比较文学

后经典时代的文学经典批评

林精华　吴康茹　尹文涓　主编

图书在版编目 (CIP) 数据

比较文学：后经典时代的文学经典批评 / 林精华，吴康茹，尹文涓主编 . -- 北京：北京大学出版社 ,2025.5. --ISBN 978-7-301-36099-6

I.1106

中国国家版本馆 CIP 数据核字第 2025CD4632 号

书　　名 比较文学：后经典时代的文学经典批评
BIJIAO WENXUE：HOU JINGDIAN SHIDAI DE WENXUE JINGDIAN PIPING

著作责任者 林精华　吴康茹　尹文涓　主编

责 任 编 辑 于海冰

标 准 书 号 ISBN 978-7-301-36099-6

出 版 发 行 北京大学出版社

地　　址 北京市海淀区成府路205号 100871

网　　址 http://www.pup.cn　新浪微博：@北京大学出版社　@阅读培文

电 子 邮 箱 编辑部 pkupw@pup.cn　总编室 zpup@pup.cn

电　　话 邮购部 010-62752015　发行部 010-62750672　编辑部 010-62750883

印　刷　者 天津联城印刷有限公司

经　销　者 新华书店

720毫米×1020毫米　16开本　28印张　480千字

2025年5月第1版　2025年第1次印刷

定　　价 88.00元

目录

第一编
比较文学前沿问题探讨

何谓世界文学？

方维规

早在19世纪上半叶歌德就宣称“世界文学”时代已经在即，期望人们促进这个时代的到来。这在当时不过是对文学未来的憧憬。然而，兴起于19世纪的比较文学摆脱不了欧洲中心主义。20世纪以降，比较文学的发展备受争议，尤其是经过批评理论的形塑，日益脱离文学本身，从而陷入学科危机。当前重提“世界文学”，当为应对危机局面的尝试。这种学术范式转换固然是文学研究自身发展的一种趋势，但也意味着以人文研究来回应当代世界不断加剧的种族、阶级和文化冲突。各种矛盾因素无疑构成地方性与普世性之间的张力。如何通过把握这一至关重要的张力关系，重新打开理解“世界文学”的思想方式，是当今世界学术研究的核心议题之一。

纵观各家论说，我们常能见到一些广为流传的说法，如：歌德是“世界文学”一词的创造者，是他首次提出这个概念；又如：歌德是一个真正的世界主义者，他具有全球视野。从现有材料来看，这些说法均不足为凭，但却深入人心，甚至成了一些“名家”的定见。回望中国学界，由于缺乏深入研究，只能人云亦云，而且常常不得要领。资料性错误和以讹传讹现象屡见不鲜，还有一些说法则不知历史依据何在，或曰不知来自何处。本文试图系统梳理“世界文学”概念的起源和发展以及相关问题：从当代“世界文学”论争说起，追溯历史并围绕歌德来厘清一些至今仍有重要意义的命题，最后回到世界文学的当代发展，以及一些与之颉颃的观念和新趋势。

一、"世界文学"难题，或众说纷纭的"世界文学"

20世纪90年代以来，相关学者围绕"世界文学"概念展开了一场深入的理论探讨；[1]"世界文学"概念成为新近关于"全球文学"（Global Literature）国际论争的焦点。打上歌德烙印的"世界文学"（Weltliteratur）概念一直被广泛地接受。但最迟自20世纪60年代起，它逐渐受到批评，原因是其思考文学时的精英意识（这常被误认为是源自歌德），以及世界文学设想虽然超越了民族框架，但却只能基于这个框架才可想象。"一般来说，所谓普世性，只要不纯是抽象，只能存在于地方性之中。"[2]如今，不少人喜于"世界的文学"（Literatures of the World）之说，这个概念虽仍与世界文学的"经典性"相勾连，却是一种全然不同的想象或纲领。

莫非这就是我们时代纷乱的"整个世界"，一如来自加勒比的法国诗人和文化评论家格里桑所言"一个没有可靠车轴和明确目标的世界"[3]？或许正是在这一语境下，才会有人说当今"世界文学包括什么"尚无定论，就连"世界文学实际是什么"也莫衷一是，[4]或用意大利裔斯坦福大学教授莫雷蒂的话说，世界文学"并非一个客体，而是一个难题"[5]。

21世纪开初，莫雷蒂和达姆罗什这两位美国学者开始全面探讨"世界文学"概念。[6]莫雷蒂《世界文学猜想》（2000）一文的出发点是，比较文学领域的世界文学始终有其局限性，时至今日才成为包罗世界的体系。他早在《近代欧洲文学的分布概要》（1994）一文中就已设问："就在这个概念诞生之初，歌德的文化梦必然会迅即令人发问：世界文学是人道主义文学，还是帝国主义文学？"[7]显然，莫雷蒂的论述充满后殖民理论色彩。在《世界文学猜想》中，他接续这一思想将世界文学与国际资本主义相提并论：

> 我想借用经济史中世界体系学派的基本假设，即国际资本主义是同一而不平等的体系，有着中心和边缘（及亚边缘），被捆绑在一个日益不平等的关系中。同一，而不平等：同一文学，即歌德和马克思眼中单数的世界文学，或更应说是一个（相互关联的、由诸多文学组成的）世界文学体系，但却有悖于歌德和马克思所希望的体系，因为它太不平等。[8]

在认识论层面，他基本上显示出二元对立的思维模式：中心和边缘，源文化（出发文化）和目标文化。知识和文化的传输总是单向的，作品和作家总是被归入两类文化中的一种，不同板块相向而立。在他看来，这种以西欧为中心的“世界文学”不符合歌德“世界文学”的世界主义标准。然而，莫雷蒂所理解的并不是歌德的世界文学。（关于这个问题，我在后面还将详述。）莫雷蒂有一个著名的观点：世界文学并非全球化的产物，它一直都存在，18世纪是世界文学的分水岭。他在《进化论，世界体系，世界文学》（2006）一文中，从进化论视角阐释“世界文学”：

> “世界文学”这一术语已有近二百年的历史，但我们依然不知何为世界文学……或许，我们一直瘫痪于这一术语下两种不同的世界文学：一种产生于18世纪之前，另一种晚于前者。“第一种”世界文学由不同的“地方”文化交织而成，其特征是显著的内在多样性；歧异常会产生新形式；（有些）进化理论能够很好地解释这个问题。[……]“第二种”世界文学（我倾向于称之为世界文学体系）被国际文学市场合为一体；它展现出一种日益扩张、有时数量惊人的同一性；它变化的主要机制是趋同；（有些）世界体系分析模式能够很好地解释这个问题。[9]

莫雷蒂受到史学家布罗代尔“长时段”理论和沃勒斯坦“世界体系理论”的启发，提出了“世界文学系统”，主张借助进化论和系统论来研究世界文学。

与莫雷蒂较为抽象的理论形式相比，达姆罗什对（世界）文学的流通过程以及翻译和接受的意义等问题的思考，不但更为具体，还拓展了问题的视域。他在《什么是世界文学？》（2003）中论述了相关问题。该书已被译成多种语言，极大地影响了人们对世界文学的认知。书中的三个部分：“流通”“翻译”“生产”，试图让人见出一部文学作品成为世界文学的过程。

科彭（1929—1990）曾指出：“与文学研究者运用的大部分概念和范畴一样，世界文学也没有一个可靠的定义或内容精准的界说。”[10]的确，很难给“世界文学”下一个精准的定义；常见的界定都是世界文学不是什么。达姆罗什试着给出了他的定义，这一定义产生了很大影响：

> 1.世界文学是民族文学间的椭圆形折射（elliptical refraction）。
>
> 2.世界文学是从翻译中获益的文学。
>
> 3.世界文学不是一套经典文本，而是一种阅读模式：一种客观对待与我们自身时空不同的世界的形式。[11]

我们可以视之为三个成分松散组合的定义，亦可视之为从三个不同视角给出的三个定义。无论哪种情况，流通都是根本所在："我用世界文学来总括所有在其原文化之外流通的文学作品。它们或是凭借翻译，或是凭借原本语言（在很长时间里，维吉尔的作品以拉丁文形式被欧洲人阅读）而进入流通。"[12]换言之："我们不是在来源文化的中心与作品相遇，而是在来自不同文化和时代的作品所构成的力场中与作品相遇。"[13]围绕这些与定义相关的问题，达姆罗什还有诸多表述，这里不再赘述。

达姆罗什在具体研究中已经走得很远，他悉心探寻世界上那些向来被人忽略的文学，但在米勒看来，达姆罗什终究未能摆脱"他者"和"自我"范畴。[14]这当然是坚定的"世界的文学"鼓吹者的立场。米勒的批判意图很明确：尽管一些美国学者为了顺应全球化趋势，努力重新打开歌德的"世界文学"概念，或曰继续使用这个概念，但却使之屈从于应时的全球化。这样就会出现一种不可避免的状况，就连达姆罗什那看似不落窠臼的模式，最终还是拘牵于中心和边缘之两极。这对"世界的文学"设想来说是成问题的，这一设想中居无定所的文学之特色正在于消弭国族与世界的两极状态，立足于第三空间，而这则不是达姆罗什所要的。达氏书中最引人入胜之处是其尤为注重翻译和接受的意义，但却没能克服"西方"（"我们的价值"[15]）与"其余"（被"我们"接受的各种文化）的两极状态。[16]

从达姆罗什对世界文学的各种定义及其实际研究来看，米勒的评判有失公允。达姆罗什说："大多数文学作品都未能在其本土之外觅得知音，即使在如今这样一个大开放的时代，世界文学的标准也是很有偏向性的。"[17]他看到了文学传播的实际状况，而且不回避事实。迄今为止的实际状况是，大多数西方读者对其他地方的文学所知无几；尤其是那些用弱势民族语言写成的作品，至少是那些未被译成英语或其他重要欧洲语言的作品，很难在世界上传播并成为世界文学。我们需要努力改变这种状况，达姆罗什这么做了。高利克的判断是客观的，他认为达氏值得称道之处在于，达氏反对早先欧裔美国比较文学学者的向心追求，主张离心研究，呼吁美国同行至少应当拓展视野，"接纳全世界的比较文学研究实践"（巴斯奈特之语）。[18]的确，我们不能把"其余"这一欧洲中心主义的遗产与关注"其余"混为一谈。

在十多年来的世界文学论争中，意大利人卡萨诺瓦的《文学的世界共和国》（1990）着实掀起不少波澜。此书影响巨大，争议不断，成为当代所有世界文学思考的话题之一，也是这场论争的重要参考书目之一。她说巴黎乃世界文学之都，并认为有其历史依据："强调巴黎是文学之都，并非法国中心主义，而是审慎的史学研究的结果。过去几百年间，文学资源十分罕见地集中在巴黎，并导致其文学的世界中心这一设定逐渐得到认可。"[19]确如其言，书中不少观点都有历史依据，但在全球化的今天，尤其是这一观点无法掩盖的法国中心主义（延及欧洲中心主义），这本非常"法国"的书频繁受到指摘亦在情理之中。同样很有名的是普兰德加斯特的同名文章，见于他主编的《世界文学论争》（2004）。他几乎动用了所有权威之说，批驳卡萨诺瓦的论点。[20]

强调歌德"世界文学"概念中的人文主义理想再常见不过。不过，这种理想主义视角晚近也受到质疑，卡萨诺瓦的说法便与这种理想主义视角相对立。她认为：歌德倡导"世界文学"时，正值德意志民族以新秀姿态闯入国际文学领地之际，为了与法国文学抗衡，歌德很懂得在德意志疆土之外占领文学市场。[21]科赫[22]和沃尔夫[23]完全不认同卡萨诺瓦的看法：一方面，她把世界文学看成文化资本相互倾轧和排挤之所；另一方面，她误判了提出"世界文学"概念的时期：1827年的德意志文学早已不是羽毛未丰，而是天才辈出，歌德也已是那个时代欧洲无出其右的文豪。[24]至少在歌德晚年，他已在整个欧洲拥有膜拜群体。经由斯达尔夫人的评述，他早已在法国、英国、斯堪的纳维亚、波兰和俄国名声大振。

新近在美国颇为活跃的倡导"新"世界文学的学者，多少受到解构主义、后殖民、后现代理论的影响。比克罗夫特的论文《没有连字符的世界文学：文学体系的类型学》[25]，旨在回应莫雷蒂和卡萨诺瓦的观点。他认为，莫雷蒂过于依赖自己所擅长的小说研究，而小说只是文学的一部分；卡萨诺瓦的《文学的世界共和国》则存在历时和空间上的局限。比克罗夫特强调“文学是全世界的语言艺术品”[26]，并提出六种文学生产模式。[27]阿普特的新著《反对世界文学——论不可译性的政治之维》(2013)，从标题便可看出其挑衅性。她本着解构精神，试图提出自己的世界文学理论。[28]她的一个基本观点是：“近来许多复兴世界文学的努力都依赖于可译性这一假设。其结果便是，文学阐释未能充分考虑不可通约性亦即不可译性。”[29]人们应当充分认识翻译的语言挑战，并且不能忽视跨文化翻译中复杂的“政治地形”。作者在该书“导论”中阐释了自己的意图：“《反对世界文学》查考各种假设，即翻译与不可译性是文学之世界形式的本质所在。”[30]她的解构主义批评带有一种末世预言，即（西方）世界文学的丧钟已经敲响，就像整个星球一样。[31]

综上概述，可以见出新近世界文学论争之色彩斑斓的景象。[32]欧美学界关于这一概念的论争似乎还未终结。在结束本节论述时，我想介绍斯堪的纳维亚的日耳曼语言文学家、冰岛大学翻译学教授克里斯特曼森所发现的一种“奇怪”现象。他批评指出：翻阅新近关于世界文学的英语研究文献，不难发现一种现象，即很少引用德语文献（歌德、赫尔德、马克思、恩格斯之外，奥尔巴赫也还算常见），德语文献中的最新成果几乎都被忽略。[33]这或许与语言能力有关，但又不全是语言问题，二者在对“世界文学”概念的认识上可能也有差异。反之，翻阅相关德语研究文献，亦可看到类似的现象：对英语文献中研究成果的利用很有限。“德国学者或许觉得自己在这个（歌德）领域‘门里出身’”——这是克里斯特曼森的设问。但他就此提出假设：英语世界更多带有解构色彩的研究方向在德国学界被冷淡以待，主要在于后者更推重建构取向。[34]本文的主要篇幅将会反复追寻歌德论说，以厘清相关问题，并在此基础上考察当下情况。

二、“世界文学”概念的“版权”及其历史背景

“世界文学”概念的高歌猛进总会追溯至文豪歌德（1749—1832），这也是学术研究中的惯例。一个术语如此紧密地且一再与一个人牵连在一起，委实不多见。

歌德曾长期被视为“世界文学”一词的创造者，不少人都会脱口而出：“世界文学”概念为歌德首次提出。其实这一说法是有问题的。新近研究已另有他说，但却常被忽略；一些学者将新近研究成果纳入视野，但却未能清晰地再现历史。另有不少学者在论述歌德的“世界文学”概念时不愿或不忍看到其时代局限，他们主要强调这一“歌德概念”的全球视野。[35]我们能否对这一概念作如是观，是作者在本节辨析的问题，当然还会涉及其他一些相关问题。

无疑，“世界文学”概念不能只从歌德说起，而是还得往前追溯。距今约三十年前，魏茨发现维兰德（1733—1813）在歌德之前就用过这个词，见于他的贺拉斯书简翻译修订手稿（1790）。对此，歌德当然无从知晓。维兰德用这个词指称贺拉斯时代的修身养成，即罗马的“都城品位”，也就是“世界见识和世界文学之着色”（“feine Tinktur von Weltkenntnißu. Weltlitteratur”）。维兰德在修订稿中用“世界文学”替换了原先译稿中的法语“politesse”（“礼俗”）。此处所言之“文学”，乃见多识广的“世界人士”之雅兴；[36]此处所言之“世界”，也与歌德的用法完全不同，指的是“大千世界”的教养文化。但无论如何，我们都没有理由仍把“世界文学”一词看成歌德所创，也不能略加限定将其看成歌德所造之新词，如一些学者依然所做的那样。持这一观点的人一般认为，这个概念于1827年在歌德那里获得了世界主义语义。从现有发现的材料来看，这个观点也是靠不住的。

“世界文学”这个有口皆碑的所谓“歌德概念”，不只是在维兰德的手稿中就已出现，更是在歌德起用这一概念之前五十四年就已出现！施勒策尔（1735—1809）早在1773年就提出了这个概念，并将其引入欧洲思想。[37]当时施勒策尔任教于哥廷根大学，是知名德意志史学家之一，其影响超出德意志疆土。他也是最早关注北欧的德意志学者之一，著有《北方通史》（1771）。1773年，他出版了《冰岛文学与历史》[38]，书中写道：

> 对于整个世界文学（Weltlitteratur）来说，中世纪的冰岛文学同样重要，可是其大部分内容除了北方以外还鲜为人知，不像那个昏暗时代的盎格鲁-撒克逊文学、爱尔兰文学、俄国文学、拜占庭文学、希伯来文学、阿拉伯文学和中国文学那样。[39]

没有证据表明歌德读过或没读过施勒策尔的著作。但事实是，这个概念及与之相关的普世主义早于歌德半个世纪就已出现。“世界文学”概念并非文学家或文论家之首创，而是出自一个历史学家之手，带着历史学家的眼光。将冰岛文学这一“小”文学与七种“大”文学相提并论，折射出启蒙运动的巨大动力，旨在推进“世界文学”的现代观念。[40]

毋庸置疑，歌德对“世界文学”概念的确立和流传做出了重大贡献，而说这个概念最初并不源自歌德，还有更深层的思想根源。这里不只涉及这一词语本身，更是涉及孕育和生发世界文学思想的思潮。这方面的一个重要贡献来自赫尔德（1744—1803）。就在施勒策尔发表《冰岛文学与历史》同年，赫尔德与歌德、弗里西、莫泽尔一起主编出版《论德意志艺术》，其中不仅载有“狂飙突进运动”的宣言，还鼓吹民族文学或人民文学。

“民族文学”概念首见于德语，第一次或许见于瑞士神学家迈斯特尔（1741—1811）的书名《论德语的历史和民族文学》（1777）[41]。在这之前，赫尔德已在其残稿《论新近德意志文学》（1767）中论及“民族文学”[42]。那个时期出现了不少“德意志”刊物或文集，以凸显德意志文化认同。[43]赫尔德坚信，在具有“根本意义的生活形态中，一个民族的精神、语言的精神和文学的精神是高度吻合的”[44]。另外，他透过古爱尔兰诗人莪相的诗，宣称庶民中亦有文学宝藏；彼时歌德当有同样见解。赫尔德界定民族文学时，歌德也还徜徉其中。直到历时一年半的意大利之旅（1786/88），这才改变歌德的文化视域，他也随之告别了文化民族主义，逐渐获得“世界”视野。

卡萨诺瓦在《文学的世界共和国》中指出，民族文学思想主要由赫尔德倡导并产生重大影响，从德语区传遍欧洲并走向世界，此乃所谓“赫尔德效应”。[45]“民族文学”与“世界文学”这两个概念相辅相成：前者是后者最重要的组成部分，而没有后者，前者只能是地方的；没有比照对象，民族文学也就失去了与世界上重要作品媲美的可能性。赫尔德也是世界文学的精神先驱之一，他的著述明显体现出民族文学与世界文学的关系。[46]饶有趣味的是，“世界文学”概念的发祥地还处在国族形成（nation-building）的过程中。[47]

歌德《诗与真》中1811/12年的一段话，是“世界文学”讨论中的一段名言，讲述了1770年他在斯特拉斯堡与赫尔德的相遇。

> 他[赫尔德]在其先行者洛斯（1710—1787）之后对希伯来诗艺做了极有见地的探讨，他激励我们在阿尔萨斯收集世代相传的民歌。这些诗歌形式最古老的文献能够证明，诗艺全然是世界天资和人民天分，绝非个别高雅之士的私人禀赋。[48]

这段语录中的“世界”常被歌德研究者视为其世界文学思想的序曲，这当然不无道理。可是，若无赫尔德，这个概念在歌德那里或许不会获得如此重要的意义。赫尔德在这个概念形成之前就已怀有同样的思绪。另外，我们在其早期著述中常能见到“世界命运”（Weltschicksal）、“世界历史”（Weltgeschichte）、“世界事件”（Weltbegebenheiten）、“世界变化”（Weltveränderung）、“世界公民”（Weltbürger）等概念。[49]

“世界文学”概念并不拘囿于自己的实际意义，它还连接着更宽阔的历史和体系语境，同其他一些近代以来与“世界”二字组合而成的重要概念密切相关。“世界–概念”旨在涵盖某种存在之整体，例如，康德（1724—1804）的“Weltanschauung”（世界观），谢林（1775—1854）的“Weltseele”（世界灵魂），均属整体论的理想主义。[50]1770—1830年间出现了一股强劲的“世界”热，一些同属普遍主义的概念脱颖而出，其中有许多今天看来仍很重要的观念，以及一些今天还被看重的价值观与全球思维方式。同样是自18世纪70年代起，歌德时常言及世界，如“世界诗歌”“世界文化”“世界历史”“世界灵魂”“世界公民”“世界事件”等。就“世界文学”而言，歌德很早就认识到文学场的某些特有规律，使得交流过程成为特殊的文学景观，可是直到很久以后的19世纪20年代末期他才对其有明确描述。而在19世纪早期的法国，席勒《奥尔良的姑娘》（1801）的法文本译者德谢（1757—1846）最先提出了欧洲文化网络意义上的“文学世界主义”。[51]

最后，我们还须提及施特里希（1882—1963）在歌德研究上的标志性著作《歌德与世界文学》（1946）中所强调的视角：个人经历对歌德“世界文学”思想的发展起了很大的催化作用：

> 歌德感到特别惊奇，自己那些在隐居状态下创作的作品，完全是为了释放自己，为了自己更好的养成而写，最后居然能在世界上产生如此巨大的反响，接连不断地传到他这个年迈文学家的耳中。这一世界反响有益于他的身心，让他感到幸福，从而成为他呼唤和促进世界文学的最重要动机：要让所在都有他这种福祉。[52]

三、莫衷一是，或歌德对“世界文学”的不同理解

“世界文学”是晚年歌德最成功的用词之一，它不仅很快就在德意志站稳脚跟，在外域也获得很大反响。从歌德的文论著述中可以看出他对世界上相距甚远的文学之通览：从近东和远东文学，到欧洲古代经典、中世纪和当代民族文学，其涉猎之广令人惊叹。此外，歌德的大量译作不仅译自欧洲常见语言（希腊语、拉丁语、法语、西语和英语），还经由各种途径涉及《旧约》《古兰经》，阿拉伯古典诗歌，古代冰岛神话诗集《埃达》，摩尔、塞尔维亚和其他许多民歌。最后还有他在《东西诗集》（1819）和《中德四季晨昏杂咏》（1829）中对波斯和中国诗歌颇具创造性的接受。弗里德尔在《近代文化史》中刻画了歌德个性的一个基本前提，这一前提使歌德得以成为“世界文学”理念的楷模：

> 没有什么能真正损害歌德，这是他的天性：汲取优良的和劣等的、高尚的和低贱的、陌生的和熟识的养分，他却依然是他；如同人的肌体，摄取和消化完全不同的食物，总在培育同样的细胞，歌德如此造就的还是歌德，没有什么能长久地阻碍他的生长。[53]

无人能像尼采那样凸显歌德如何超越其生活时代的民族界线：“从任何角度来看，歌德都超脱于德意志人，迄今依然如此：他永远不属于他们。”尼采在《人性、太人性》（1876/80）中如是说：

> 如贝多芬超越德意志人作曲，叔本华超越德意志人潜心哲学，歌德

则超越德意志人创作《塔索》《伊菲格尼》。只有极少数精英能跟得上他，古典、生活和游历锤炼之人，超然于德意志本性之人：歌德自己只愿如此。[54]

再回到“世界文学”概念上来。兰平在《世界文学之思：歌德的设想及其腾达生涯》中指出：

[歌德]在不同场合用过这一表述，却都只是简短提及。细看他的零散说辞，很快就能见出，他对“世界文学”有不同的理解，即便他清晰地偏向某种理解。[55]

歌德究竟偏向哪种理解，并不容易弄清。查阅相关研究文献，同样很难理清思路，就像兰平所强调的那样，可是他并不悲观：

这种多义性有点令人困惑，尤其是文学研究者采用这一表述时所理解的完全不同的含义总是出自歌德。然而，我们完全可以在歌德关于“世界文学”的诸多说法中，理出一个合理的头绪。[56]

兰平之说能够成立。自1827年年初起，歌德就开始在书评、文章、信件和交谈中多次明确谈及“世界文学”。[57]他在晚年极为关注欧洲报业的兴起，尤其是法国的文学刊物，其中尤为赏识1826年创刊的浪漫派刊物《全球报》。[58]歌德对自己的剧作《塔索》被译成法语甚是欣喜。在1827年1月15日的简短日记中，他第一次写及“世界文学”：“让舒哈特记下法国文学和世界文学。”[59]在1月26日给哥达的信中，他又写道：“我们现在必须特别关注外国文学，人家已经开始关注我们。”[60]次日，他在给作家兼翻译家施特赖克福斯的信中表达了他的信念：“我相信，世界文学正在形成，所有民族都对此感兴趣，因而都迈出了可喜的步子。”[61]（顺便说一句：许多“世界文学”论者，尤其是中国学者喜欢说歌德是在阅读中国文学时才第一次说出“世界文学”，[62]这是讹误！）

同样是在1827年年初，歌德在《艺术与古代》[63]杂志第6卷第1册转载了《塔索》译者迪瓦勒的两篇书评，一篇出自《商报》，另一篇出自《全球报》，迪瓦勒盛赞歌德为楷模。歌德最后在评论这两篇书评时写下如下结语，第一次公开说及“世界文学”：

> 我转载法国报刊上的讯息，目的绝不在于记起我和我的工作；我在指向一个更高的目的，我就稍微谈一下这个目的。人们到处都可听到和读到，人类正在阔步前进，还有世界关系以及人际关系方面更为广阔的前景。不管这在总体上会有何特性，[……]我仍想从我这方面提醒我的朋友们注意，我坚信一种普遍的世界文学正在形成，我们德意志人可在其中扮演光荣的角色。[64]

最后，1827年1月31日，歌德在与爱克曼的谈话中表达了后来闻名遐迩的观点：

> 我喜欢纵览域外民族，也劝每个人都这么做。民族文学现在已经算不了什么，轮到世界文学时代了；现在每个人都应出力，促成其尽快来临。[65]

同年11月1日，法国《全球报》援引了歌德之说，但将歌德的“世界文学”概念替换成了“西方文学或欧洲文学”，这在很大程度上暗合了歌德“世界文学”的原意。换言之，他当初想象的世界文学是欧洲文学，就像他主编的《艺术与古代》第6卷第3册（1829）的题旨明确显示的那样：“欧洲文学，即世界文学。”（“Europäische, d. h. Welt-Litteratur” [66]）

毫无疑问，歌德是一个心胸开阔之人，但他也有明确的等级观念。他这样写道：“中国、印度、埃及之古代，终究只是稀奇古怪之物，自己了解并让世界了解它们，总是一件好事；但是，它们不会给我们的品德和审美教育带来多少助益。”[67]他建议自己的秘书里默尔：“您还是留在希腊地区吧，没有地方比那里更好；那个民族懂得如何从千百朵玫瑰中提炼出一小瓶精油。”[68]显然，歌德无法超越他所生活的时代，他既没有读过道家经典，也不知道全球文化促进的早期形式，就像印度经济学家阿马蒂亚·森批判西方文化帝国主义时经常提及的那样。森最喜欢举的例子是今天藏于大英博物馆的佛教《金刚经》(《金刚般若波罗蜜经》)。该书由鸠摩罗什从梵文译入汉语，用中国印刷术印制；这一全世界最古老的完整印刷书籍，几乎在古登堡《圣经》之前六百年就奠定了图书时代。

德意志文学家对古希腊的钟爱可谓众所周知，这在温克尔曼（1717—1768）之后仿佛成了德意志人文学认同的组成部分。这种认同感如此强烈，甚至可被视为“民族”而非“跨民族”之感受。[69]歌德在同爱克曼的谈话中如此解释自己的思想：

> [……]但在赏识外国事物时，我们不能固守有些奇特之物并视之为典范。我们不必认为来自中国或塞尔维亚的东西就是这样的，也不必这样看卡尔德隆或尼伯龙根；在需求典范之时，我们始终必须返回古希腊，那里的作品总是表现完美之人。其他一切事物，我们仅须历史地看待；如果可能的话，从中汲取好东西。[70]

歌德这位“世界文学”的旗手如此固执于欧洲古典精神，这似乎有些让人难以理解，但我们无须惊诧，因为那是时代的局限。就连那个时代最重要的梵语专家威廉·洪堡（1767—1835），也对歌德关于印度诗歌的负面评价表示赞同：

> 我无法从中获得趣味，我依然坚持我的观点，希腊、罗马之物所拥有的高度和深度、素朴和多彩、分寸和适度，谁都休想企及，我们永远没有走出此道的必要。[71]

洪堡在其印度研究达到巅峰之时还在信中坦言：

> 我希望能有机会好好说一下，希腊语和希腊古代依然是人类精神所

> 能成就的最精粹境界。人们可以称誉梵语，但它不及希腊语；很简单，就语言而言，这会是我永久的信念。[72]

我们不应忘记，歌德是在78岁高龄即他去世前五年开始倡导“世界文学”思想；他更多的时候只是顺带提及并不乏矛盾之处，而非日后比较文学所要让人知道的系统设想且把“世界文学”视为这个专业的基本概念。[73]歌德所用的这个概念绝非指称整个世界的文学。他的“世界文学”理念所指既非数量，亦非品质，既不包括当时所知的所有文学，也不涉及各民族文学的经典作品，而是基本上只顾及德意志、法兰西、大不列颠和意大利文学，间或提及其他一些欧洲国家的民间文学，偶尔谈论几句欧洲以外的事物。[74]艾田蒲曾指出，仍有学者论及见之于歌德观点的“德意志中心主义”。[75]博南凯普甚至说，今人所使用的这一因歌德而发迹的术语，多半“与歌德对这个概念的想象几乎没有共同之处”[76]。

四、“世界文学”vs.“全球文学”：何为经典？

当今学界对歌德之世界文学论说的讨论颇为活跃，原因很简单：“世界文学”是当代围绕“全球文学”所产生的国际论争的焦点之一；各种讨论多半从歌德的“世界文学”概念说起，或者是追溯至歌德并探寻这一概念在他之后的发展。可是，“没有一种世界文学定义获得普遍认同”。[77]一方面，歌德的“世界文学”思考被当成理论，从而被过度拔高。另一方面，人们开始诘问，这个“歌德概念”究竟指什么？人们能用它做什么？歌德曾把正在形成的世界文学视为历史快速发展的结果，而他所说的“这个高速时代和不断简便的交流”[78]及由此而来的“自由的精神贸易”[79]，在国际化和全球化的今天达到了他无法想象的程度，并极大地影响了当今的世界文学观念，这也是“全球文学”观念的时代基础。在一个全球化的世界，语言及国族界线对于思想已经在很大程度上失去意义；政治、社会、经济和文化上的国族界线，仿佛只是为了被跨越而存在。

在不少人指出歌德式“世界文学”概念中的欧洲中心主义内涵之后或同时，人们又试图重新起用这个概念，为的是在今天的意义上赓续世界主义传统，抵御全球化的连带弊端。当今世界上许多地方所推崇的“世界文化”概念，不仅是为了描述一个因全球化而改变的世界，亦体现出一定的批判性介入。介入的一个依据，即中心观点，则来自歌德所强调的世界文学成于差异而非同一。[80]柯马丁在《世界文学的终结与开端》一文中探讨了这个问题。他在“地方性和全球性的对立”语境中提出如下问题：“在不断交流、相互影响和文化、语言四处弥漫的同质化压力之下，地方的独特性如何幸存？”[81]他的理论依据见于该文题词，即奥尔巴赫所言“世界文学思想在实现之时即被毁灭”[82]。奥尔巴赫哀叹世界上文学多样性的丧失，诘问歌德的“世界文学”理念究竟在多大程度上还适合我们这个时代。交流的根源在于差别，已经占有则无须交流。不同文学之间的调适，使交流失去了丰腴的土壤。因此，人们必须更多挖掘不同文学的差异性和多样性。[83]柯马丁诟病与歌德理念背道而驰的最新发展：“对歌德而言，世界文学作为文化实践保证了各种当代文学文化相互启发和影响，然而，它在今天却面临变为全球文学的威胁。全球文学并不关心文学文化来自何处，而是屈从于全球化市场的压力。”[84]故他认为：“世界文学和全球文学的二分，已经变得十分紧迫；如果世界文学成于他异性、不可通约性和非同一性，那么全球文学确实是其对立面：它在单一的、市场导向的霸权下强求一律，抹除差异，出于某种同一性而非他者性将他者据为己有。”[85]当然，对于“全球文学”还有其他多种论说。

目前（西方）学界有一个共识，即不能将“世界文学”概念理解为所有文学的整体，亦不能理解成世界上最佳作品之经典。世界文学是普遍的、超时代的、跨地域的文学；若要跻身世界文学，必须是超越国族界线而在其他许多国族被人阅读的作品。施特里希在七十年前提出的观点“只有超越国族边界的文学作品”[86]才能成为世界文学，今天依然有效；或如达姆罗什广为人知的说法，世界文学是“在原文化之外流通的文学作品”[87]。由此可见，世界文学在很大程度上成为一个视角问题：文学不再归于国族这一亚属体系，而是首先要从国际文学场出发，以此划分不同文本和写作方法的属性及归属。若以当代多语种多文化的斯拉夫文学为例，我们可以看到，亚属体系不仅超越了国族语境，甚至理当不从国族出发，一开始就是杂糅的。[88]高利克论述杜里申的“文学间性板块”理论时所涉及的地中海区域文学，可以很好地用来说明这种现象。[89]跨语言超国界现象亦见诸缘于政治关系的集团利益而生发的区域文学。狄泽林克在论述东欧巨变前杜里申倡导的“社会主义文学的综合”时早就指出：“我们能够在那里看到一种超国界的、由单一文学组成的多国整体模式，从东欧的立场出发……”[90]

当代的“世界文学”概念首先不再强调国族归属。这对文学研究来说也就意味着重点转移，告别按照语言划分的国族文学的比较研究。研究重心在于揭示诸多文学及其场域之间的关联和界线。2015年10月16—17日，北京师范大学召开了国际高端对话暨学术论坛“何谓世界文学？”弗莱泽对“世界文学”的理解是：

> 其核心问题是普适性与地方性的关系。这一论题提示我们，可以用关系取代本质主义视角来观察作为现象的世界文学。我认为，世界文学必须作为一种网状关系，而非一组客观对象，比如一组文学文本来理解。这些关系的中心问题之一就是普世性与地方性之间的张力。我们把客观对象和诸关系按照不同系统鉴别分类，对世界文学的不同理解首先就产生于这种差异。理解作为关系的世界文学，提醒我们关注其过程性。世界文学并不存在，而是在发生。[91]

我们再来看全球文学。全球文学的诉求是从全球视角出发，打破文学生产中的中心/边缘界线，也就是说，一开始就应在跨国族的架构中思考文化生产的发生和形成。语言多样性和更换国家（居住地）对写作有深刻影响，由此产生的文学分布于世界上的不同语言、文化和地域。就文学生产而言，国族文学的界线尤其在西方国家不断被消解，新的文学形式不时出现，很难再用惯常的范畴来归纳。在欧美国家，我们几乎到处可以看到杂合文学，也就是不只属于一个国家的文学，比如德国的德/土文学，见之于土耳其裔移民女作家欧茨达玛和蔡莫格鲁那样的作家；罗马尼亚裔德国女作家、诺贝尔文学奖获得者米勒介于罗马尼亚和德国之间，她以写作德裔罗马尼亚人在20世纪70年代至90年代时的遭遇著称。

政治及社会变化常会给人带来时空上的重新定位，这在当代经常与全球化和跨国发展紧密相连，即所谓走向世界。当代斯拉夫文学的转向随着昔日制度的解体和随之而来的社会转型而发生，许多文学文本不再拘囿于国族的单一文化和单一语言的文学传统。黑蒙用英语和波斯尼亚语写作；金亚娜（Yana Djin）和卡波维奇用英语和俄语写作；青格尔用俄语和希伯来语写作；居住在苏黎世和因斯布鲁克两地的克罗地亚女作家拉吉西奇在其作品中发展了外籍劳工德语；尤里耶夫和马蒂诺瓦的写作语言是俄语和德语；马尔科维奇将奥地利作家伯恩哈德的小说《步行》译为贝尔格莱德的21世纪塞尔维亚语。这些现象既会在文本内部及其所在的文学和文化场域造成"混乱"，也会释放出创新潜质。[92]当今世界上的许多作家都不认为自己只属于某个单一文化，他们有着全球认同。这一现象随处可见，它与旅行和国际性相关。这些作家作品的明显特色是语言转换和多语言，以及对于世界上各种文化的多元视角，从而带来社会及学术聚焦的移位，突破了过去语言、文学、历史（文化）的三维组合。[93]将作家团聚在一起或将其分隔开的不是他们的来源地、语言和肤色，而是他们对世界的态度。

论述世界文学，不可能不谈"经典"或曰"正典"。那些在全世界得到广泛传播、在世人眼中具有重要意义的名作可被看作世界文学，这基本上仍是一个共识。歌德使用的"世界文学"是指超越民族的世界主义精神所创作的文学。对歌德来说，并非每一部在世界上传播的作品就属于世界文学。能够获此殊荣的关键是文本的艺术价值及其对世界上众多文学的影响。（顺便说一句：在歌德那里，"超越民族的世界主义精神"中的"世界主义"并不完全是今人理解的世界主义，他的"世界"偏重"欧洲"。）

德国文学理论家向来就有神化歌德及其"世界文学"意义的倾向，这有其深层根由。人们时常谈论如何克服国族文学思维，旨在抛弃"往后看的'老式德意志爱国主义'艺术"[94]。这当然完全可与1827年1月底歌德和爱克曼谈话时的那段关于民族文学和世界文学的语录联系起来看。格森斯在《世界文学：19世纪跨国族文学感受的各种模式》（2011）中的思考，基本上也侧重这一思想层面。他这样写道：

> 一件艺术作品的当代成就[……]不只取决于创作者的技艺以及他对国族艺术的意义。靠技巧和文学作品的愉悦价值所赢得的声望是短暂的，这对世界文学思想没有多少意义。这里更为关键的问题是，作家及其作

品是否成功地破除了国族文化的界线并诉诸文学艺术实践。[95]

在此或许可以看出本雅明关于作品通过翻译而“长存”的说法。葡萄牙作家、诺贝尔文学奖获得者萨拉马戈有一句精辟之言：“作家用其语言创造国族文学，世界文学则由译者造就。”[96]他的世界声誉便要归功于其作品的45位译者。格森斯则说：“作家唯有看到其跨国族角色，才能在作品生成之时就把握住使作品成为世界文学组成部分的机会。”[97]

另一方面我们也要看到，什么作品可以进入世界文学行列，很难就此获得普遍认可的范畴和看法，不同国族或人民因为文化差异而对文学的意义所见不同。在西方世界，“经典”一词从来就给人一种不言而喻的固定想象：它首先是指古代作家和艺术家的历史作品，这些作品及其作者被视为审美楷模，在“经典”（classicus）意义上被归入“上乘”。日后文学时代遵循苏格拉底和亚里士多德之审美准则、效仿他们并创作出重要作品的作家亦被称为经典作家。当然，世界文学还须经受不同时代的考验并被视为重要作品。

德国著名文学批评家勒夫勒的《新世界文学及其伟大叙事者》（2013）[98]呈现的完全是传统“经典”的对立模式，赋予“世界文学”新的含义。作为20世纪60年代非殖民化及过去三十年全球化的结果，一种全新的、非西方的文学破土而出。作家的不同文化认同已是常态而非例外，勒夫勒的著作正是抓住这一现象，介绍她所理解的新的世界文学最重要的代表作家，将其作品归入当代各种政治文化冲突地带。在她看来，今天的世界文学不是西方、欧美的文学，而是源自那些太长时间受到忽略、创造力和创造性都在爆发之地。世界文学是全球文学，是当代叙述真实故事、发出鲜活之声的文学，是游走于不同语言和文化之间的人、往昔殖民地后裔和冲突地区的难民所写的后国族文学、移民文学。“游牧”作家是不同世界之间的译者。新的世界文学取材于文化混合、冲突和生存，如跨国迁徙、自我丧失、异地生活和缺乏认可。应该说，勒夫勒对“世界文学”“杂合”等概念的运用并不十分明晰；该书标题宏大，但其结构安排即选择标准重点关注英语文学；她的“世界文学”局限于殖民帝国瓦解后的遗产，认同危机成为创作灵感的源泉。这些看法并非没有问题，因为现实世界要比这大得多。尽管如此，勒夫勒的主导思想却很明确，而且具有进步意义。其实，她的“新世界文学”就是不少人新近倡导的“世界的文学”。

一般而言，“世界文学”和“世界的文学”这两个概念多半是在明确的不同语境中被运用：若说“世界文学”依然意味着作品之无可非议的重要性，那么“世界的文学”则更多指向世界上那些不怎么有名、却能展示新方向的文学；它们不同凡响、颇有魅力，却还未在读者的意识中占有重要位置。也就是说，“世界的文学”未必就是审美和经典意义上的上乘之作，或者是被广泛接受的作品。谈论“世界的文学”，人们面对的是浩繁的书卷、无数的作品和文化传统、难以把握的界线，以及挑选时的开放态度。[99]

余论

歌德并未提出关于“世界文学”的理论，这个概念的神秘效应在很大程度上缘于一个事实：它拒绝所有固定的界说，就连歌德自己也回避给其下定义。他的世界文学设想的中心意义，首先意味着文学的国际交流和相互接受。他曾强调指出：“不能说各民族应当想法一致，他们只需相互知道，相互理解，还要——设若他们不愿相互热爱——至少学会相互容忍。”[100]在诸多关于“世界文学”观念的著述中，我们一般能见到的是歌德的乐观态度及其相关言论，我们不了解或被遮蔽的是他最迟自1831年起出现的否定视角，至少是怀疑态度。歌德自己也告诫人们不能只看到正在形成的世界文学的积极意义：“若随着交通越来越快而不可避免地世界文学逐渐形成，那我们对这样一种世界文学不能期待过多，只能看它能做到什么和实际做到什么。”[101]

写作本文的目的既在于勾稽“世界文学”概念的“事实联系”（这是比较文学曾经喜用的一种说法），也在于呈现它在当代的最新发展。我们可以看到一些跨语言超国界的文学走向、全球化过程中的世界认同、文学运行和经典化的生成条件，以及还未完成的概念化过程。在这一世界背景下，当代“中国文学走出去”的口号和实践显得有些不合时宜；我不愿用不少人眼中的“民族主义焦虑”形容它，但我要指出它违背了文学之国际传播的一般规律。文学接受基本上是“拿来”，“接受”往往是一种主动行为，这一情形在全世界都是如此。“输出”之一厢情愿，欲速则不达，本在意料之中。与此相伴的是一些学者切盼的比较文学“中国学派”；我要问的是：何在？一些学者一味强调“中国性”说法，与世界潮流格格不入，与新的“世界文学”理念格格不入，也与“全球文学”或“世界的文学”理念格格不入。对于这些问题的讨论，详见笔者新近发表的文章：《理不胜辞的“世界情怀”：世界文学的中国声音及其表达困境》[102]，这里就不再多说了。

■ 注释

1 David Damrosch, *What is World Literature?*, Princeton: The Princeton University Press, 2003 ; Pascale Casanova, *The World Republic of Letters*, trans. by M. B. DeBevoise, Cambridge, Mass. and London: Harvard University Press, 2004, pp. 46–47（Pascale Casanova: *La République mondiale des lettres*, Paris: Le Seuil, 1999）; Emily Apter, *The Translation Zone: A New Comparative Literature*, Princeton: The Princeton University Press, 2006 ; Mads Rosendahl Thomsen, *Mapping World Literature: International Canonization and Transnational Literatures*, New York: Contiuum, 2008.

2 Matthias Freise, “Four perspectives on world literature: reader, producer, text, and system”——见“思想与方法”国际高端对话暨学术论坛“何谓世界文学？地方性与普世性之间的张力”（北京师范大学文学院，2015年10月16—17日）会议文集。该文集中许多论文的作者都在会后对文章有修改或补充，与会议文集中的文字常有出入，甚至不见于会议文集。因此，本文援引的会议论文只写作者和文章名而不写页码。所有引文见之于由北京大学出版社出版的《思想与方法：地方性与普世性之间的世界文学》[2017年3月出版]，本文仅标注“《何谓世界文学？》会议论文”。

3 Édouard Glissant, “Àpropos de Tout-Monde. Ein Gespräch mit Ralph Ludwig”（17.08.1994），转引自 *Tout-Monde: Interkulturalität, Hybridisierung, Kreolisierung: Kommunikations-und gesellschaftstheoretische Modelle zwischen “alten” und “neuen” Räumen*, hrsg. von Ralph Ludwig & Dorothee Röseberg, Bern: Peter Lang, 2010, S. 10。——路德维希和罗泽贝格很好地解析了“整个世界”的要点（同上书，第9、10页）：格里桑观察当今世界的主导观念，是用正面理解的乱世模式来取代负面的全

球化趋势。乱世中差异力量之间的关系不再是等级关系；而且新的关系不是僵化的，而是处于不断变化之中。“整个世界”之说的经验基点是巴比伦式的交往和语言的多样性。将其抽象地扩展至社会模式，“整个世界”意味着拒绝狭隘和偏见，拒绝文化的等级观念和僵化的社会秩序。

4 Martin Kern, “Ends and Beginnings of World Literature”.（《何谓世界文学？》会议论文）。

5 Franco Moretti, *Distant Reading*, London: Verso, 2013, p. 46.

6 Franco Moretti, “Conjectures on World Literature,” in: *New Left Review* 1 (2000), pp. 54–68; David Damrosch, *What is World Literature?* (2003).

7 Franco Moretti, “Modern European Literature: A Geographical Sketch,” in: F. Moretti, *Distant Reading*, London: Verso, 2013, p. 39.

8 Franco Moretti, “Conjectures on World Literature,” in: F. Moretti, *Distant Reading*, London: Verso, 2013, p. 46.

9 Franco Moretti, “Evolution, World-Systems, *Weltliteratur*,” in: *Studying Transcultural Literary History*, ed. by Gunilla Lindberg-Wada, Berlin: de Gruyter, 2006, p. 120.

10 Erwin Koppen, “Weltliteratur”, in: *Reallexikon der deutschen Literaturgeschichte*, hrsg. von Klaus Kanzog und Achim Masser, Berlin: de Gruyter, 1984, S. 815.

11—13、15 David Damrosch, *What is World Literature?* (2003), p. 281, p. 4, p. 300, p. 70.

14 Gesine Müller, “Einleitung: Die Debatte *Weltliteratur-Literaturen der Welt*”, in: *Verlag Macht Weltliteratur: Lateinamerikanisch-deutsche Kulturtransfers zwischen internationalem Literaturbetrieb und Übersetzungspolitik*, hrsg. von Gesine Müller, Berlin: Tranvía-Walter Frey, 2014, S. 7.

16 Gesine Müller, “Einleitung: Die Debatte *Weltliteratur – Literaturen der Welt*”, S. 7–8.

17 David Damrosch, “Frames for World Literature”.（《何谓世界文学？》会议论文）

18 Marián Gálik, “Some Remarks on the Concept of World Literature after 2000”.（《何谓世界文学？》会议论文）

19、45 Pascale Casanova, *The World Republic of Letters* (2004), pp. 46–47, 75–81.

20 Christopher Prendergast, “The World Republic of Letters,” in: *Debating World Literature*, ed. by Ch. Prendergast, London and New York: Verso, 2004, pp. 1–25.

21 Pascale Casanova, *La République mondiale des lettres*, Paris: Le Seuil, 1999, p.64.

22 Manfred Koch, *Weimaraner Weltbewohner. Zur Genese von Goethes Begriff "Weltliteratur"*, Tübingen: Niemeyer, 2002.

23 Norbert Christian Wolf, "De la littérature nationale à la littérature mondiale: la trajectoire de Goethe" , in: *Champ littéraire et nation*, hrsg. von Joseph Jurt, Freiburg: Frankreich-Zentrum, 2007, pp. 91–100.

24 Joseph Jurt, "Das Konzept der Weltliteratur-ein erster Entwurf eines internationalen literarischen Feldes?" in: *"Die Bienen fremder Literaturen": der literarische Transfer zwischen Großbritannien, Frankreich und dem deutschsprachigen Raum im Zeitalter der Weltliteratur (1770–1850)*, hrsg. von Norbert Bachleitner, Wiesbaden: Harrassowitz, 2012, S. 31–32.

25 Alexander Beecroft, "World Literature without a Hyphen. Towards a Typology of Literary Systems," in: *New Left Review* 54 (Nov.-Dec. 2008), pp. 87–100.

26 Alexander Beecroft, "World Literature without a Hyphen. Towards a Typology of Literary Systems," p. 100.

27 关于比克罗夫特的世界文学思想，另可参见其新著：Alexander Beecroft, *An Ecology of World Literature: From Antiquity to the Present Day*, London: Verso, 2015。

28—31 Cf. Emily Apter, *Against World Literature: On the Politics of Untranslatability*, London: Verso, 2013, p.6, p.3, p.16, pp.320–342.

32 关于新近围绕"世界文学"之颇为广泛而持久的争论，除了上文已经提及的著述外，亦可参见：*Debating World Literature*, ed. by Christopher Prendergast, London: Verso, 2004；*The Routledge Companion to World Literature*, ed. by Theo D' haen, David Damrosch and Djelal Kadir, Milton Park, Abingdon, Oxon: Routledge, 2012；*World Literature in Theory*, ed. by David Damrosch, Chichester, West Sussex: Wiley-Blackwell, 2014。

33 克里斯特曼森在此所说的现象，亦见之于中国学界。达姆罗什、刘洪涛、尹星主编《世界文学理论读本》（北京大学出版社，2013年），原作几乎是英语文献的一统天下。

34、49、69 Cf. Gauti Kristmannsson, "Die Entdeckung der Weltliteratur" , in: *Übersetzer als Entdecker: Ihr Leben und Werk als Gegenstand translationswissenschaftlicher und literaturgeschichtlicher Forschung*, hrsg. von Andreas F. Kelletat und Aleksey Tashinskiy, Berlin: Frank & Timme, 2014, pp. 352–353, 355, 362.

35 不少学者，比如“思想与方法”国际高端对话暨学术论坛“何谓世界文学？”的与会者佛朗哥（Bernard Franco）、达姆罗什、张隆溪等人的观点，不承认歌德谈论“世界文学”时的欧洲中心主义倾向，他们强调的是歌德的世界主义。

36 Hans J. Weitz, “‘Weltliteratur’ zuerst bei Wieland”, in: *Arcadia* 22 (1987), S. 206–208.

37 Wolfgang Schamoni, “‘Weltliteratur’-zuerst 1773 bei August Ludwig Schlözer”, in: *Arcadia* 43, Nr. 2 (2008), S. 288–298. 沙莫尼在文中指出，斯堪的纳维亚学者克里斯特曼森已于2007年在其论文《德意志文学中的北欧转向》（Gauti Kristmannsson, “The Nordic Turn in German Literature”, in: *Edingburgh German Yearbook*, vol. 1, 63–72）中指出施勒策尔起用“世界文学”概念。其实，施勒策尔使用“世界文学”一词的关键语录，已见之于伦皮基（1886—1943）发表于1920年的专著《19世纪以前的德意志文学研究史》，第418页。（Sigmund von Lempicki, *Geschichte der deutschen Literaturwissenschaft bis zum Ende des 18. Jahrhunderts*, Göttingen: Vandenhoeck & Ruprecht,〔1920〕1968.）

38 August Ludwig von Schlözer, *Isländische Litteratur und Geschichte*, Göttingen, Gotha: Dieterich, 1773.

39 施勒策尔，转引自 Wolfgang Schamoni, “‘Weltliteratur’-zuerst 1773 bei August Ludwig Schlözer”, S. 289.——着重号系笔者所加。

40 Gauti Kristmannsson, “Die Entdeckung der Weltliteratur”, pp. 359–360.

41 Leonhard Meister, *Beyträge zur Geschichte der teutschen Sprache und National-Litteratur*, London: typographische Gesellschaft, 1777.

42 Johann G. Herder, “Ueber die neuere Deutsche Litteratur. Erste Sammlung von Fragmenten. Eine Beilage zu den Briefen, die neueste Litteratur betreffend (1767)”, in: *Sämtliche Werke I*, hrsg. von Bernhard Suphan, Berlin 1877, S. 148.

43—44 Cf. Manfred Koch, *Weimaraner Weltbewohner. Zur Genese von Goethes Begriff “Weltliteratur”*, S. 89, S. 116.

46 Andreas F. Kelletat, *Herder und die Weltliteratur. Zur Geschichte des Übersetzens im 18. Jahrhundert*, Frankfurt: Peter Lang, 1984.

47 Joseph Jurt, "Das Konzept der Weltliteratur - ein erster Entwurf eines internationalen literarischen Feldes?" , S. 23.

48 Johann Wolfgang Goethe, *Dichtung und Wahrheit*, in: *Sämtliche Werke. Briefe, Tagebücher und Gespräche*, 40 Bde., hrsg. von Friedmar Apel, Hendrik Birus et al., Frankfurt: Deutscher Klassiker Verlag, 1986–1999, Bd. S. 14, 445.——下文中，这部法兰克福版《歌德全集》简写为Goethe, *Sämtliche Werke. Briefe, Tagebücher und Gespräche (FA)*。

50 Bernard Franco, "Comparative Literature and World Literature: From Goethe to Globalization" .(《何谓世界文学？》会议论文)

51 Galin Tihanov, "The Location of World Literature" .(《何谓世界文学？》会议论文)

52 Fritz Strich, *Goethe und die Weltliteratur*, Bern: Francke (1946) 1957, S. 31.

53 Egon Friedell: *Kulturgeschichte der Neuzeit*, München: dtv, 1976, Bd. 2, S. 883.

54 Friedrich Nietzsche, *Menschliches, Allzumenschliches*, in: *Sämtliche Werke. Kritische Studienausgabe*, hrsg. von Giorgio Colli und Mazzino Montinari, München: dtv, 1980, II, S. 448–449.

55—56 Dieter Lamping, *Die Idee der Weltliteratur. Ein Konzept Goethes und seine Karriere*, Stuttgart: Alfred Kröner, 2010, S. 11.

57 歌德在二十个地方说过"世界文学"，见施特里希的系统梳理：Fritz Strich, *Goethe und die Weltliteratur*, S. 369–372；另见兰德林：Xavier Landrin, "La semantique historique de la Weltliteratur: Genèse conceptuelle et usages savants" , in: *L'Espace culturel transnational*, ed. Anna Boschetti, Paris: Nouveau Monde Editions, 2010, pp. 96–99。

58 歌德与《全球报》关系密切，这是他观察世界的窗口之一。从他保存的《全球报》可以确定，他读过其中295篇文章，这其中有202篇都留有他的勾画记号。—— Heinz Hamm, *Goethe und die französische Zeitschrift "Le Globe". Eine Lektüre im Zeitalter der Weltliteratur*, Weimar: Böhlau, 1998, S. 15.

59 *Goethe: Werke* (Weimarer Ausgabe), München: dtv, 1987, Bd. 11, S. 8.

60 "Goethe an Cotta" (26.01.1827), *Goethe: Werke (WA)*, Bd. 42, S. 27.

61 "Goethe an Streckfuß" (27.01.1827), *Goethe: Werke (WA)*, Bd. 42, S. 28.

62 关于此说，见王宁：《丧钟为谁而鸣——比较文学的民族性与世界性》，载《探索与争鸣》2016年第7期，第39页："今天的中国读者们也许已经忘记了歌德读过的《好逑传》《老生儿》《花笺记》《玉娇梨》这样一些在中国文学史上并不占重要地位的作品，但正是这些作品启发了年逾古稀的歌德，使他得出了具有普遍意义的'世界文学'概念。"

63 1816年创刊的《艺术与古代》是歌德去世前十六年中广交文友、相互交流的重要刊物。上面三分之二的文字都出自他之手，可以说这是他的杂志。另外，他认为翻译和评论外国文学是该刊的任务，该刊不仅报道外国文学动态，也持续介绍德意志作品在外国的接受状况。

64—65 Goethe, *Sämtliche Werke. Briefe, Tagebücher und Gespräche (FA)*, Bd. 12, S. 356, 952.

66 Goethe, *Sämtliche Werke. Briefe, Tagebücher und Gespräche (FA)*, Bd. 22, S. 724–725.——关于歌德起初论及"世界文学"概念的情况，参见：Hendrik Birus, "Goethes Idee der Weltliteratur. Eine historische Vergegenwärtigung", in: *Weltliteratur heute. Konzepte und Perspektiven*, hrsg. von Manfred Schmeling, Würzburg: Königshausen & Neumann, 1995, S. 11–12。

67 Goethe, *Sämtliche Werke. Briefe, Tagebücher und Gespräche (FA)*, Bd. 13, S. 175.

68 "Goethe an Riemer" (25.05.1816), Goethe, *Sämtliche Werke. Briefe, Tagebücher und Gespräche (FA)*, Bd. 7, S. 594.

70 Goethe, *Sämtliche Werke. Briefe, Tagebücher und Gespräche (FA)*, Bd. 12, S. 225.

71 "Wilhelm von Humboldt an Goethe" (15.05.1821), in: Goethe, *Briefwechsel mit Wilhelm und Alexander von Humboldt*, hrsg. von Ludwig Geiger, Berlin: Bondy, 1909, S. 247–248.

72 "Wilhelm von Humboldt an Friedrich Gottlieb Welcker" (Anfang 1826), in: Wilhelm von Humboldt, *Briefe an F. G. Welcker*, hrsg. von Rudolf Haym, Berlin: Gärtner, 1859, S. 134.

73 关于"世界文学"在比较文学研究中的运用，参见：Xavier Landrin, "La semantique historique de la Weltliteratur: Genèse conceptuelle et usages savants", pp. 79–95。

74 Joseph Jurt, "Das Konzept der Weltliteratur - ein erster Entwurf eines internationalen literarischen Feldes?", S. 43–44.

75 René Étiemble, *Essais de littérature (vraiment) générale*, Paris: Gallimard, 1974, p. 15.

76 Anne Bohnenkamp, in Goehte, *Sämtliche Werke. Briefe, Tagebücher und Gespräche (FA)*, Bd. 22, S. 938.

77 David Damrosch, “Frames for World Literature”.(《何谓世界文学?》会议论文)

78—79 Goethe, *Sämtliche Werke. Briefe, Tagebücher und Gespräche (FA)*, Bd. 22, S. 427, 957.

80 Fawzi Boubia, “Goethes Theorie der Alterität und die Idee der Weltliteratur. Ein Beitrag zur neueren Kulturdebatte”, in: *Gegenwart als kulturelles Erbe*, hrsg. von Bernd Thum, München: Iudicium, 1985, 272.

81 Martin Kern, “Ends and Beginnings of World Literature”.(《何谓世界文学?》会议论文)

82 Erich Auerbach, “Philologie der Weltliteratur”, in: *Weltliteratur: Festgabe für Fritz Strich zum 70. Geburtstag*, hrsg. von Walter Muschg und Emil Staiger, Bern: Francke, 1952, S. 39.

83 Erich Auerbach, “Philologie der Weltliteratur”, S. 39-50.

84—85 Martin Kern, “Ends and Beginnings of World Literature”.(《何谓世界文学?》会议论文)

86 Fritz Strich, *Goethe und die Weltliteratur*, S. 14.

87 David Damrosch, *What Is World Literature?* (2003), p. 4.

88 围绕这个主题，德国吉森大学于2014年11月13—14日举办了一个学术研讨会:“作为世界文学的当代斯拉夫文学: 杂合局面”(“Slavische Literaturen der Gegenwart als Weltliteratur. Hybride Konstellationen— Über die neuere Entwicklung der slavischen Literaturen”)。关于斯拉夫文学的最新发展，参见:*Die slavischen Literaturen heute*, hrsg. von Reinhard Lauer, Wiesbaden: Harrassowitz, 2000。

89 Marián Gálik, “Some Remarks on the Concept of World Literature after 2000”(《何谓世界文学?》会议论文); 另参见:*Centrisme interlittéraire des littératures de l'Europe centrale*, ed. by Ivo Pospíšil and Miloš Zelenka, Brno: Masarykova universita, 1999; *Il Mediterraneo. Una rete interetteria*, ed. by Dionýz Ďurišin and A. Gnisci, Roma: Bulzoni Editore, 2000。

90 狄泽林克:《比较文学导论》，方维规译，北京师范大学出版社，2009年，第68页。

91 Matthias Freise, “Four perspectives on world literature: reader, producer, text, and

system”.(《何谓世界文学？》会议论文)

92 参见上揭“作为世界文学的当代斯拉夫文学：杂合局面”会议文集；另参见：Reinhard Lauer (Hrsg.), *Die slavischen Literaturen heute*。

93 David Damrosch, *What is World Literature?* (2003); Ottmar Ette, *ÜberLebenswissen. Die Aufgabe der Philologie*, Berlin: Kadmos, 2004; Mads Rosendahl Thomsen, *Mapping World Literature: International Canonization and Transnational Literatures*.

94 Dieter Lamping, *Die Idee der Weltliteratur. Ein Konzept Goethes und seine Karriere*, S. 66.

95、97 Peter Goßens, *Weltliteratur. Modelle transnationaler Literaturwahrnehmung im 19. Jahrhundert*, Stuttgart: Metzler, 2011, S. 24.

96 Wolfgang Runkel, “Im Wort stehen”, in: *Die Zeit*, Nr. 43, 10/97, S. 14。

98 Sigrid Löffler, *Die neue Weltliteratur und ihre großen Erzähler*, München: C. H. Beck, 2013.

99 Gesine Müller, “Einleitung: Die Debatte *Weltliteratur – Literaturen der Welt*”, S. 10–11.

100—101 Goethe, *Sämtliche Werke. Briefe, Tagebücher und Gespräche (FA)*, Bd. 22, S. 491, 866.

102 方维规:《理不胜辞的“世界情怀”：世界文学的中国声音及其表达困境》(《探索与争鸣》2016年第11期，第54—58页)。

关于“中国化”概念及相关问题的思考

刘建军

近年来，以“中国化”为主题词的研究文章可谓浩如烟海。但同时我们也看到，对“中国化”概念的解释，即何为“中国化”，却鲜有涉及。“中国化”有哪些基本要素，或者说有怎样的基本内涵、外延和基本特征，以及“指导思想”层面上的“中国化”与具体领域的“中国化”之间有何联系与区别，是我们当前理论建设中急需解决的问题。这个问题不解决或解决得不好，就会不利于我国当前的社会主义思想文化建设。

一、“中国化”概念自身的构成要素

从概念上来说，什么是“中国化”？我们应该如何理解“中国化”这个概念？关于这个问题，我们分开来谈。我们先来谈“化”。从词源上看，“化”表示事物的动态发展，即事物从量变到质变的过程，也即新事物产生的过程：原有的事物在新的背景、条件和语境下发生变化或转化。从“化”的甲骨文和金文字形来看，左边是一个面向左侧站立的“亻（人)”，右边是一个头朝下脚朝上倒立的“人”，它是一个会意字，表示“颠倒了”。而“颠倒了”就是发生了“变化”。《大广益会玉篇》中云：“化，易也。”“易”就是“变化”，但“化”与“易”相连又有性质上的延伸，即“变异”。如《逍遥游》中云：“北溟有鱼，其名为鲲……化而为鸟，其名为鹏。”这里的“化”用的就是“易”之本义，就是性质发生了“变化”。《黄帝内经》中关于“生、化、极、变”的事物发生发展规律是这样论述的：“物生谓之化，物极谓之变。”“夫物之生从于化，物之极由乎变。”在文言文中，“从”“由”解释为“从……而来”“由……而来”，故整个句子可译为：“物之生从化而来，物之极由变而来。”也就是说，新事物产生的过程就是“化”的过程。《重广补注黄帝内经素问》中云：“其微也为物之化，其甚也为物之变。”《张子正蒙》中也说：“气有阴阳，推行有渐为化”，“‘化而裁之谓之变’，以著显微也”。《内经知要》中记载：“经曰：物生谓之化，物极谓之变。……朱子曰：变者化之渐，化者变之成。”可见变是渐变、量变之意，化是渐变已经完成，即质变。

综上可见，“化”有三层含义：第一层含义是一个事物本身形态的转换，即某个事物从一种形态向另一种形态转换；第二层含义是变化，即一个事物向另一个事物转化；第三层含义是“融化”，即某个事物（A）在性质上与另一个事物（B）的性质相融合，变成了既有A事物因素同时又有B事物因素的新事物（C）。但要说明的是，这种“融化”是“化”的双方互相扬弃，是双方根据现实情况互相去除对方身上不适合自身的因素，然后进行的一种重新组合，而“现实情况”（即条件）则是双方互“化”和彼此扬弃的依据与出发点。

经由上述区分可以看出，“化”的第一层含义主要是一个事物自身形态的变化，如花开花落、春来夏往。这种“化”一般是自然发生的。第二层含义主要指此事物向彼事物的转化，如鲲化为“鹏”。这种“化”的要害是事物性质有变。第三层含义是指两个事物之间各自不同的要素相融合，生成一种全新的事物，如化学中的“氢”元素与“氧”元素结合成为“水”分子。马克思主义“中国化”中的“化”，无疑主要是指第三层意思。三者当中，虽然侧重点有所不同，但也有共同之处。首先，它们都是“变化”。其次，这个变化常常表现为由量变到质变的过程。也就是说，变化要经历一定的时空传递过程，而非一蹴而就。最后，“化”是有条件的，系根据某一事物的内在性质及其所处的具体条件而变化。外因是变化的条件，内因是变化的根据，外因通过内因而起作用。

通过上面对“化”的分析，我们可以得到两点启发：第一，“影响”不等于“化”。我们常说某某东西受到什么的影响，但“影响”只是“化”的前提，“化”才是“影响”的结果。另外，“影响”对被影响者来说通常是被动进行的，“化”

则是被影响者出于自身需要的一种主动选择。第二，“化”与“互化”的辩证关系问题。以往谈到“化”，人们的潜意识中总是一方被另一方所“化”，是单向度的“化”。事实上，真正的“化”是一种双向的、辩证的关系。也就是说，一种东西去“化”另一种东西的同时，其本身也在被“化”：既“化”了他者，又“化”了自己。例如，马克思主义“化”了中国的思想观念，中国的世界观、人生观和价值观呈现出新状态，但与此同时，马克思主义被我们翻译研究和引进之后，尤其是与中国的社会主义革命和建设实践相结合之后，其原有形态也发生了很大变化，成为中国化的马克思主义。这就是互化的含义。

下面我们来谈第二个问题，即“中国化”概念中的“中国”。请注意，我们这里所说的“中国”是在“中国化”概念中使用的“中国”，与我们一般泛指意义上的“中国”（如地理意义上的“中国”）并不完全等同。

首先，这里使用的“中国”指的是今天的“中国”，即当下正处于现代化进程中的“中国”。从时间范畴上说，它指的是从半殖民地半封建社会走向社会主义社会，走向民族独立、国家富强的“中国”。这近百年的中国处在一个伟大的历史转型时期，从旧民主主义革命到新民主主义革命，再到社会主义革命和建设，直至走向中华民族复兴。

其次，这里使用的“中国”是一个不断发展的概念，一个与时俱进的概念。前面说过，事物总是处在不断发展的矛盾运动中。百年来的中国社会处在一个剧烈变动的伟大历史进程中，而在不同的历史发展阶段，有着各自独特的中国国情，存在着需要不断去解决的不同问题。加之世界上的各种社会制度、文化观念和文学形态随着时代变化也在不断变化，所以处于这样情势下的今日中国又是一个不断发展变化中的中国。

最后，这里使用的“中国”重在强调精神文化范畴的“中国”。我们知道，“中国”是一个综合性的构成，其中有其固有的地理风貌、自然条件、民族构成、历史流变、思维方式、民土风情等诸多内涵。应该说，其中有些自然的和历史的东西很难用“中国化”理论去说明。这是因为只有精神性和文化性的东西才会受到外来文化的影响并与其融合。因此，精神文化的“中国”才是我们关注的领域。所谓精神文化的“中国”，主要指中国人独特的思维方式、精神指向、核心价值观乃至人生态度等。一句话，中国人有自己的世界观、人生观和价值观，有自己提出问题、认识问题和解决问题的独特方法论。因此，要研究“中国化”问题，就必须对精神文化意义上的“中国”有清醒的认识和把握。有些人直接把外来事物生搬硬套过来，但因对精神文化意义上的中国不甚了解，而无法完成外来文化“中国化”的任务。

由此可见，“中国化”主要是一个由“变化”“融化”的观念与现当代中国的思想文化发展变迁二者有机融合的特指概念。“中国化”进程的本质就是在近百年来中国独特的社会发展需要的形势下，引进外来先进的文化思想，并在与中国优秀传统文化因素相结合的过程中促进中国的思想观念和社会形态走向现代化。

二、“中国化”与“中国特色”等概念的关系

目前使用较多的还有“中国特色”一词。所谓“特色”，主要指一个事物区别于其他事物的独有特征。我们认为，从宏观视角来说，“中国特色”的内涵包括以下几个方面：一是符合中国国情，即与近现代以来社会历史发展进程紧密联系；二是拥有先进的理论指导，即不断以发展着的“中国化”马克思主义为指导，理论与实践并行；三是危机意识和进取精神，即具有“中华民族到了最危险的时候”的危机意识和高昂向上不断追求美好理想世界的进取精神。

依照逻辑关系，“中国特色”首先由“中国立场”和“中国属性”所决定。没有“中国立场”就没有“中国属性”，也就谈不上“中国特色”即“中国化”。我们强调外来文化“中国化”，既然叫“中国化”，就理当站在中国人的立场上来“化”外来的文化与文学。问题在于：什么是“中国人”的立场？我们知道，中国人极其众多，立场各异。尤其是近百年来，不同思想、学派、政治经济文化势力的人站在不同的立场上，特别是不同的阶级立场上，对外来文化采取了完全不同的态度。我们这里所说的“中国立场”主要指的是“根本立场”，即中国最广大人民群众的立场，是顺应历史发展潮流、推动社会发展和历史进步的立场，也是根据中国不同时期的发展实际来提出问题、分析问题和解决问题的立场。所以，这一立场又与中国的“是非观”紧密相连。近百年来，中国人民先是反对封建主义、

帝国主义的压迫和剥削，闹翻身、求解放；进入社会主义阶段，人们开始建立民主富强的国家，走共同富裕之路；在21世纪的今天，全国人民奔小康，实现民族复兴，这就是不同历史时期人民群众的根本立场。在民族复兴的历史进程中为全面建设新的文化和新的文学服务，就是我们今天的中国文学立场。我们就是要站稳这个时期的“中国立场”。

“中国立场”决定着文化的“中国属性”。我们认为，所谓“中国属性”包含中国特有的“思维属性”“价值属性”“审美属性”。中国人的“思维属性”来自阴阳为本的变化学说，这种思维强调的是矛盾的联系与转化，强调的是“中庸”，是“和”；西方思维则强调“逻各斯中心主义”的“二元对立”，强调矛盾的对立和斗争。中国文化的“价值属性”是天人合一、精神自省和自强不息的进步观；西方“价值属性”的内涵则是人类中心主义、物质主义和个性解放的进步观。中国文学的“审美属性”以“诗言志”“文以载道”“文章合为时而著，歌诗合为事而作”以及崇尚“风骨”“情趣”“意境”等为内涵；西方文学的“审美属性”则以“模仿论”“美是理念的感性显现”“美是生活”以及“典型”“情感”“意象”等为基本特征。因此，西方文学被移入中国的文化土壤上后，只有与中国的文学观念相融合，即在我们自己的概念内涵基础上融合进西方文化的概念意蕴，我们才能说这种文学具有了“中国属性”。

因而，在“中国立场”和“中国属性”基础上形成的文化上的“中国特色”，其实质就是根据自身实际发展状况和时代要求，站在最广大中国人民的立场上，用中国老百姓喜闻乐见的形式，在世界文化的视野中解决中国问题，使外来文化适应中国社会发展的历史要求。就文学而言，对欧美文学“中国特色”最简约的回答就是：引进欧美文学时所提出的问题是中国的，解决问题的方式是中国的，同时融入中国文学传统中。同样要指出的是，“中国特色”是一个历时和共时的发展概念，不同时期的内涵也不尽相同。所谓历时，就是历史发展进程导致外来文化“中国特色”不同；所谓共时，就是在相同的历史发展阶段，外来文化“中国化”涉及翻译、介绍、研究、传播等多个方面。因此，动态把握“中国特色”、阐释“中国特色”，是我们在研究外来文化“中国化”进程时必须坚持的原则。

三、“中国化”概念内涵的本质规定

我们说“中国化”作为一个特指概念是因其有着独特的现实依据和本质规定，换言之，我们今天所说的“中国化”是一个涵盖近百年来中国社会发展进程并受其制约的概念。这里所说的“百年来”，主要指的是19世纪末20世纪初至今这一中国历史文化发展的特定阶段。

在中国历史上，外来文化的“中国化”也曾发生过并取得一定成功。汉魏两晋之际，印度佛教传入中国。起初，传统印度佛教的一些理论与中国古代以儒家为核心的传统主张格格不入，比如，印度佛教中没有“忠君”“报国”“孝道”这些观念，它认为这些观念本身就是普罗大众得道成佛的阻碍。但佛教想在当时的中国传播发展就不能与上述观念短兵相接，故它选择了与中国本土文化妥协。例如，东晋高僧道安提出了“不依国主则法事难立”等看法。由此，从印度传播而来的佛教与中国本土文化相结合，成为后来中国社会的思想主流之一，这个历史进程也被有些学者称为佛教“中国化”。但是，它与近百年来的马克思主义“中国化”有着质的不同。第一，佛教“中国化”是佛教向中国本土文化妥协的结果，旨在促进其自身的传播与发展。而百年来的“中国化”进程始于中华民族生死存亡之际，是中国人根据中国社会所面临的主要矛盾和现实情况做出的选择，而非向本土传统思想文化妥协的结果。第二，马克思主义是在总结过往文明成果的基础上产生与发展的，也就是说，马克思主义理论中包含的一些真理思想是在人类文明的历史发展过程中就已存在的。具体到本文讨论的问题来看，在中国古代，以佛教为代表的某些外来思想的“中国化”过程之所以取得一定成功，也是因为它们所具有的某些观念暗合了人类文化交流规律的底蕴。其区别在于，这些有识之士的此种思想、观念并未形成一种理论自觉，更未形成一种现代科学的理论体系。所以，我们只能把古代外来文化的“中国化”称为“不自觉”的“中国化”阶段。

我们认为，自1919年到今天这一历史时期，是外来文化“中国化”的真正自觉阶段。这百年来既是中国社会的巨大转型时期，也是外来文化大规模进入中国的历史时期，更是在马克思主义指导下中华民族新文化建设和新文学发展的历史阶段。所以，这百年来外来文化的“中国化”就有着鲜明时代要求的依据、先进思想指导的自觉和为我国新文化建设服务的价值指向。因而，百年来的“中国化”进程就不只是一个时间发展的概念，更是社会制度、思想文化内涵发生根本变化的“性质意义”上的概念。

我们知道，中国社会自1840年以来经历了翻天覆地的伟大变革。从社会发展历程来说，这一时期我国相继走过了不同的社会历史发展阶段。从社会发展形态来说，我国经历了从封建社会到半殖民地半封建社会再到社会主义社会的发展进程。从社会发展成就来说，我们由一个积贫积弱的民族，变成一个初步繁荣富强的民族。这170多年来的社会转变，尤其是1919年至今百年来中国社会的发展变化，让世界为之瞩目。那么，为什么我们能在如此短的时间取得如此大的成就呢？这主要就是因为，在中国先进知识分子不懈的探索下，尤其是在中国共产党的领导下，我们找到了一条适合自身发展的外来文化“中国化”道路。

下面我们从文化发展角度出发，将中国现代社会文化的发展进程分为“提出问题”和“回答与解决问题”两个阶段展开讨论。

第一个阶段始于1840年，止于1919年前后。我们知道，1840年爆发了第一次鸦片战争，1842年清政府被迫签订丧权辱国的《南京条约》，这是我国近代半殖民地半封建社会的开端。帝国主义的坚船利炮使中国人固有的“中央之国”的优越感一败涂地。在这种情况下，一个巨大的问题摆在中国人民面前：为什么中国会衰败至此？中国社会走怎样的路才能重新走向繁荣富强？可以说，这是经过几十年时间所形成的一个民族之问。在这段时间内，不同阶级立场下的人们做出了各种努力，提出了各种主张。例如，林则徐、魏源等有识之士认为，中国衰落至此主要是观念落伍和技术落后所致，因而主张“师夷长技以制夷”；洋务运动的参与者主张自强求富，中体西用；早期维新派人士提出商战思想，主张在中国实行资本主义工商制度；资产阶级改良派掀起“戊戌变法”，主张君主立宪，试图从政治、经济、文化等方面进行改革；更为激进的资产阶级革命派主张学习欧美先进国家的政治制度，主张革命，实现民主共和。这些主张的背后其实都隐含着“中国应该走什么道路”这个历史之问。而到了1919年，社会改良派、无政府主义、实业救国学说、科学民主思想等纷纷涌入中国。可以说，1919年前的几十年是中国历史上第二次“百家争鸣”时期。这一历史阶段基本上属于中国人自觉或不自觉地强化这一历史之问并试图开出各种药方和给予答案的时期。

第二个阶段始于新文化运动和中国共产党成立。经过前面数十年的探寻，到了1919年前后，我们已经接受了马克思主义。马克思主义理论之所以能在中国广泛传播，就是由于当时的人们看到，如果人民不能解放、民族不能独立，“实业救国”“教育救国”“科学民主”“民权民生”等就全是空洞的口号，也是走不通的道路。所以，第一步就是要走民主革命和民族解放之路。因而，从1919年到1949年，进行新民主主义革命成了中国现代化进程的第一步。在这一历史阶段，中国人民在中国共产党的带领下，经过艰苦卓绝的斗争，打败了地主、军阀等反动势力，战胜了日本法西斯，赶跑了国民党反动派，建立了人民当家做主的中华人民共和国，“中国人民从此站起来了”。可以说，这一步，我们走得非常成功。

从新中国成立到1978年改革开放，是第一步走和第二步走的交替阶段，即我们过去常说的进行社会主义革命和建设阶段。在此期间，我们的主要任务有两个：一是继续完成推翻旧世界经济基础及其上层建筑的革命任务，维护无产阶级政权和人民当家做主的地位；二是进行社会主义改造和建设现代化国家。这两大任务相叠加，便出现了“革命”与“建设”并重的局面。

中国建设现代化国家的第二步是要走以经济建设为中心之路。1978年召开了党的十一届三中全会，这次会议是中国社会伟大转折的标志，也是我们进入第二步走的标志。从此中国社会开始了改革开放、建设四个现代化强国的进程。经过三十年的改革开放，中国的社会发展取得巨大进步，进入经济社会发展较快国家的行列。到2009年，中国的经济体量和综合国力得到极大提升，全球影响力大为增强。可以说，这一步我们也走得极为精彩。正是这三十年不懈的奋斗，中国人民在“站起来”的基础上开始“富起来”。

在这之后，我们开始了中国现代化建设第三步走的征程。这一步的主要任务是建设富强、文明、科学、民主、自由、和谐的社会主义强国。可以说，1919年时提出的科学、民主、强国、富民理想，只有在今天才有真正实现的可能。国家明确提出全面建设小康社会，推动文化建设与经济建设、政治建设、社会建设以及生态文明建设协调发展，实现民族复兴。可以说，这一步走的目的是要使我们

"强起来"。

正是这种历史发展走势构成了中国现当代社会发展的基本流程。在这样的历史进程中，我们选择了马克思主义作为中国的指导思想，即我们开始了马克思主义"中国化"进程。由此出发，我们才把今天"中国化"的概念看成是一个特指的、不可随便使用的概念。

有人可能会质疑：为什么一定要以马克思主义作为指导思想进行外来文化的"中国化"，换个理论不行吗？比如说，1919年时就有人主张所谓西方社会的民主主义理论、民族主义理论、善恶斗争学说，乃至被一些人吹捧上天的"民主""科学"理论等。我们的回答是：不可以！因为当时的历史状况决定着我们只能选择马克思主义。要知道，当时中国人民要"站起来"的历史要求，必然会使马克思主义的阶级斗争理论最符合当时中国的社会实际。试想，在一个文盲和半文盲充斥的国度，当最广大的人民群众仍然处于水深火热之中时，不先解决"站起来"的问题，一切都是空谈。

不仅如此，马克思主义作为近代以来传入中国的科学理论，其自身也有一个从学科理论和学术主张到指导思想的演化过程。当历史发展需要理论指导时，必然会使马克思主义从一种学科理论升华为指导思想。我们知道，马克思主义最早是在19世纪中叶以后传入中国。当时有一份传教士办的报纸《万国公报》，它以介绍基督教教义为主，但也报道一些西方世界发生的政治事件，其中就介绍过马克思的学说，并将其要旨概括为"安民均平"。在这之后介绍马克思学说的，主要是同盟会会员，他们后来组建了国民党。但要注意的是，此时这些人在介绍马克思的学说时不是将其作为指导思想，而是将其作为学术观点或社会主张来对待。换言之，起初它并不是作为一种意识形态理论，而是作为一套解决社会问题的学术理论被译介到中国。

十月革命爆发后，李大钊经过不断求索，最终选择了马克思主义。1919年，他在《新青年》上发表了《我的马克思主义观》，详细阐述了马克思主义的三大原理：唯物史观、政治经济学和科学社会主义。这标志着马克思主义在中国进入比较系统的传播阶段。在此期间，毛泽东等人也在积极宣传马克思主义学说。1921年中国共产党成立后，马克思主义更广泛地在中国传播开来。李大钊和毛泽东等人最伟大的功绩在于，他们正是在实践中把马克思的学说从学科意义上升华为中国革命和建设的指导思想。

中国共产党成立后，马克思主义逐渐发展成为中国革命和建设的指导思想。我们党之所以一直把马克思主义当成自己的指导思想，是因为它在实践中代表了中国社会发展前进的方向。同样，在方法论意义上，用鲁迅先生的话来说，马克思主义是最明快的哲学，用它可以洞悉社会的发展和人与人之间关系的真正奥秘。马克思主义自身世界观、方法论的科学属性，使其很快超越具体学科范畴和学术主张成为中国社会的指导思想——这也是中国现代历史发展进程对马克思主义的必然选择。

四、“中国化”概念的不同层次体系

“中国化”是否仅仅指“指导思想”意义上的马克思主义“中国化”，在具体学科领域中是否也可以使用“中国化”这一概念呢？ 在谈论这个问题之前，我们先谈一个认识上的误区，就是在说到外国文学或具体学科“中国化”的问题时，有人认为“外国文学中国化”或“某某学科中国化”这样的概念不能成立。

诚然，我们这里使用的“外国文学中国化”概念基本上是套用“马克思主义中国化”命题而来。马克思主义作为一种科学的思想体系，其基本立场、观点和方法具有普遍性的价值，当然也可以指导中国社会发展的具体实践。在这个意义上，马克思主义是可以“中国化”的。同样，我们也可以用马克思主义科学的世界观、人生观、价值观和方法论，结合中国国情和发展实际来指导中国社会主义革命和文化建设。而外国文学作为一种世界性的文学现象，其世界观之驳杂、人生观之迥异、方法论之多样、立场价值差异之巨大，使得它不可能像马克思主义那样，作为一个完整的科学思想文化体系成为我们的指导思想。加之外国文学作品更多体现的是国外不同时期的地方性知识与个人化的艺术审美感受，所以它就更难“化”成中国文学的指导思想或文学理论基础。姑且不说我们难以找到一个统一的西方文学理论，即使找到了，这个文学理论或文艺思想若“化”成了，那不就是“全盘西化”了吗？有人鉴于此，有人认为这个命题难以成立，即外国文学也能像马克思主义那样用“中国化”的提法。

这就涉及“中国化”的层次问题。我们知道，世间事物是复杂的，也是分为不同层次的。就指导思想、世界观和方法论而言，由于中国国情的特殊性，只有马克思主义在中国能起到“指导思想”和“立场、观点和方法”这样的功效。但我们绝对不能由此就得出结论，认为“中国化”只有这样一种含义或仅有这一种层次。

我认为，“中国化”这一概念还应分为“特指”概念和“泛指”概念。关于其作为特指概念，我们前面已经谈过，主要指近百年来马克思主义与中国现代社会发展进程相结合的过程。下面我们重点来谈谈“泛指”意义上的“中国化”问题。假如我们从最一般的意义上讲，凡是外来的东西按照中国人的需要经过拿来、借鉴、改造和创新过程就是“中国化”的过程，那么这也就意味着，在具体研究领域，“中国化”其实就是“洋为中用”，就是借鉴国外优秀文化遗产，根据我们的实际需要进行新的文化创造过程。例如，外国文学进入中国，外国的文化因素和中国的文化因素相互融合，形成独特的“中国的外国文学形态”，其实就是文学领域的“中国化”成果。我们知道，当前世界范围内的文学文化交流已是一种不可阻挡的历史趋势。就像一个国家离开其他国家无法生存一样，一个民族的文化和文学也不可能在封闭状态下蓬勃发展。所以，当今不同民族和国家文学之间的关系说到底更是一种互文性、互补性或增殖性的关系。从心理层面上来说，很多人认为世界文学产生于文学家个体身上固有的集体感和对文学社会功能的基本认知，即虽然世界文学中的作品均产生于每个文学创作者的自发性，但他的作品出版后，尤其是被译成其他文字后，就产生了渴望被他者接受和评论乃至产生影响的心态。这是世界文学得以产生的心理基础。译介作品通过在接受国的讲授、诠释等程序必然产生变体，当这种变体达到一定限度，就会发生民族文学向世界文学的转化。以欧美文学为例，欧美文学“中国化”的根本内涵在于把欧美文学变成为中国社会所接受的文学。从文本所蕴含的文化性质来看，“中国的欧美文学”就是被中国文化认同或接受的文学，认同或接受的目的是使之适合中国社会的时代发展要求。这种情况的出现，主要是因为欧美文学必然是以其变体（即译文文本及其研究文本）进入接受国文化。这就使欧美文学“中国化”成为可能。进一步说，如果欧美文学以这样的方式既能被中国接受，又能被其他国家在各自历史文化语境中接受，那么外来文学其实就在不断地被“他国化”的过程中逐渐成为世界文学。它既被接受又被改造和更新，它的适应性也就越来越强，最终才能变成为全人类所接受的世界文学。再如，西方哲学被中国人所接受并在理解和结合中国实际的基础上进行了创造，形成了中国的“西方哲学话语”，这也可以说就是西方哲学的“中国化”。同理，西方教育思想被中国人接受并改造，构建出中国的“西方教育话语”，这也是西方教育思想的“中国化”。甚至外国政治制度、法律制度、道德制度中的一些制度性思想和做法，在按照中国国情加以借鉴和改造后形成中国特色的样态，这也可以说是“中国化”。

从分层次的角度来看待“中国化”问题就会发现，我们可以有指导思想上的“中国化”，也可以有具体领域的“中国化”。外国文学的“中国化”，其本质就属于具体领域的范畴，因此这一概念无疑是可以成立的。例如，我们经常说到“规律”这个概念。“规律”包含普遍规律和特殊规律。一个社会的发展遵循普遍规律。普遍规律是一种根本性的规定，即它规定着一切具体事物发展的基本走向与方式。但不同事物的发展同时也存有其特殊规律。我们既不能忽略普遍规律而只重视特殊规律，也不能只重视特殊规律而忽略普遍规律。只有将二者统一，我们才能更好地认识事物和推动事物发展。我们在具体领域的“中国化”问题上为什么要坚持普遍主义和特殊主义呢？这是因为“中国化”不能不受普遍规律的制约，同时也必须认识到外国文学“中国化”的特殊规律。西方有些学者看到了事物的普遍性与特殊性问题，但他们常把普遍的和特殊的二者对立起来，所以总是得出一些偏激的或偏执的结论。

可以说，马克思主义的理论高度和历史高度，马克思主义的科学性和实践性，决定着各个具体学科领域的“中国化”进程。换言之，一切具体领域和学科的“中国化”，都要在“中国化”的马克思主义这个总统筹和总指导下进行。文学艺术（包括外国文学领域）自然也不例外。对此，陈众议研究员在《“莎士比亚化”——马克思主义文艺观刍议（二）》中指出：“马克思主义文艺观并不简单。它关涉文艺的基本问题，大至世界观方法论、价值观与审美性，小到人物塑造和环境描写、情感抒发和细节刻画等诸多领域。”因此，用“中国化”的马克思主义做指导思想，结合学科发展实际状况，实事求是地推进各个学科领域前行，这也是具体学科领域“中国化”的鲜明特征之一。为此，我们既不能将“中国化”问题狭隘化，用总体化代替具体领域的“中国化”，也不能搞那种没有指导思想的各个学科领域为所欲为的“中国化”。应该说，近百年来我国的外国文学引进、借鉴和研究等取得了很大的成就。它不仅是在中国现代化进程的推动下产生的，同时也是在“中国化”的马克思主义指导下进行的。换言之，没有“中国化”的马克思主义指导，也就没有外国文学“中国化”的进程。

当然，具体领域“中国化”的呈现方式和途径，与马克思主义“中国化”的呈现方式和途径并非完全一致。作为我们指导思想的马克思主义在进入中国后的发展演变，都是在马克思主义基本原理，即辩证唯物主义和历史唯物主义的立场、观点和方法的基础上呈现的，其“中国化”的具体途径是由不同时代提出的具体理论建构而成。而具体领域，尤其是外国文学领域，由于其作为学科的性质，其“中国化”的呈现方式体现为具体学科意义上的特征：它基本上是按照“译介—借鉴—再造”的路径在进行。在具体实践中，首先要“选择定位”。由于欧美文学思想驳杂、主张各异，需要我们先有一番选择。比如，我们接受什么，弘扬什么，抛弃什么，赞美什么，批判什么等。选择的标准，一方面是中国革命和发展的实际要求，另一方面则需要在“中国化”马克思主义的指导下进行。其次是重新组合，即依据中国特定阶段形势发展要求，在外国文学进入中国后，改变其原有的产生和存在顺序（最早期在国外产生的作品可能后译介进来），地位关系（有些在国外地位很高的作品，在中国则不受重视。有些我们非常重视的作品，在其本国评价并不高），随后在此基础上依据现实需要进行重组，像我们现今编写的《西方文学史》等，常把某一阶段出现的不同国家的作家和作品人为地放在一起，加以条理化、类型化或同性质化。例如，一说到文艺复兴时期的文学，我们就把意大利、法国、英国等国作家的作品集合在一起。由此可见，欧美文学的“中国化”呈现方式和具体途径，与作为指导思想的马克思主义“中国化”并非处于同一地位，前者只是后者的产物，一个受其指导而形成的具体结果。

巴赫金“狂欢化”理论之优胜纪略[1]

李正荣

一、苏联文艺学的思想表述层次性

苏联文艺学曲折的历史问题、巨大的成就，尤其是它的微妙，十分值得我们反思。所谓微妙，是指在苏联的曲折历史背景下苏联文艺学的独特表达方式，而“表达”/“摹仿”（representation / imitation）则是西方文艺学最古老而核心的概念[2]。令人惊叹的是，苏联文艺学历史中那些影响世界的巨大成就，正是由这种独特表达方式所呈现，甚至出现了一种巴赫金所说的“言语体裁”[3]。那么，在问题、成就与“微妙”之间，是否存在某种深刻的逻辑关系呢？

通过阅读巴赫金的副博士论文答辩会议档案，似乎可以看出运行其中的深刻逻辑。苏联科学院高尔基世界文学研究所是苏联最高学术机构之一，1946 年11 月15 日，在这里围绕巴赫金的学位论文《现实主义历史中的弗朗索瓦·拉伯雷》进行了一场意义非凡的答辩。答辩中学位申请人巴赫金的陈述和答辩委员会的评述，充分显示了那个时代表层学术语言和深层学术语言的这一深刻逻辑关系。[4]

夏忠宪是中国最早研究巴赫金狂欢化诗学的学者，他很早就看到了这一深刻“逻辑”：“巴赫金的狂欢化诗学理论，揭示了狂欢化文学在狂欢表层下隐含的逻辑联系和深层意义。”[5]

美国巴赫金研究者凯特琳娜·克拉克和迈克尔·霍奎斯特在《米哈伊尔·巴赫金》中也十分关注这场答辩，但他们这本书对这场答辩的表述给人留下的印象是：在答辩中，尽管“三位考官”[6]委员对学位论文有很高的评价，但“由于意识形态上的原因，巴赫金遭到了激烈的反对”，因为“论拉伯雷的学位论文很成问题，因为它亵渎和蔑视了教条”。[7]

事实上，答辩会上的赞成与反对并非那么泾渭分明，在匿名投票是否授予巴赫金“副博士学位”时，13 位委员全票赞成；接下来的“博士学位”投票结果则是：7 票赞成，6 票反对。[8]这一答辩结果以委员会决议方式提交苏联最高学术管理部门教育部最高认证委员会审核，经过漫长的审核过程，最高认证委员会“全体会议”拒绝授予巴赫金语文学博士学位，但却同意授予巴赫金副博士学位证书。这也就是说，苏联官方学术机构和苏联学术管理机构对待巴赫金关于拉伯雷的学位论文，有“赞成”，也有“反对”，但“赞成”和“反对”并非两个截然对立的“阵营”，而更多是分为两个不同的“层次”。

苏联文艺学的思想表述具有层次性，这是一个非常有意思的现象，苏联文艺学“表层”和“深层”之间的关系应该得到关注。

在很多关注这场答辩的讨论中，大家都像上面提到的美国学者那样，比较关注“激烈反对”的情况，对“赞成”意见则一笔带过。然而，巴赫金的意义可能恰恰蕴含在被所有人赞成的那个层面的表述之中，而非被批评的层面。

这里的关键词是“表述”，中国巴赫金研究学者程正民敏锐地发现了“表述”作为巴赫金语言哲学基本概念的重要性，对巴赫金的“表述”做出了精练的概括：“表述是言语交流的单位，表述具有明显的主体色彩，言语在现实中存在的形式只能是各个说话者、各个言语主体的具体表达；表述具有指向性、针对性，它在双方的交流和对话中进行，主体的一方要作用于对方，又必然期待对方做出回应；表述具有情态性和评价性，话语人对言语对象情感态度和真、善、美的价值评价。此外，还有历史性、整体性、表现性、创新性等特点。”[9]如此理解表述，才能理解“每一单个的表述无疑是个人的，但使用语言的每一个领域都锤炼出相对稳定的表述类型”[10]，这就是巴赫金命名的“言语体裁”。

按照巴赫金的思路，言语体裁是丰富的、多种多样的，大体可以分为两类，“应该特别关注第一类型（简单的）言语体裁和第二类型（复杂的）言语体裁之间的本质区别”，[11]“第一类型和第二类型（意识形态类型）体裁之间的差异极其巨大且具有原则性，正因如此，表述的本质应该通过既要分析此类型的样式，也要分析彼类型的样式来进行，只有在这样的条件下，才能形成适合于表述之复杂性和深刻性本质的界定（才能抓住它那些最重要的边界）”[12]。

巴赫金语言学中的“表述”“言语体裁”概念，他的“言语体裁的第一类型和第二类型的分类”原理，他对“第二类型（意识形态类型）”复杂性和深刻性的探索，都具有重大意义。在“表述”的复杂性和多样性中，自然包含了“言语体裁”的层次性。苏联文艺学有自己一整套上层的“言语体裁”，但正像程正民先生指出的那样，在这个总的“言语体裁”中，不仅普列汉诺夫、列宁、沃罗夫斯基、卢那察尔斯基等各个“言语主体”锤炼出的个人“言语体裁”参与了最上层“言语体裁”的构造；更令人惊异的是，像什克洛夫斯基、普罗普、维戈茨基、洛特曼、巴赫金等苏联时期的文艺学家，更是在最上层的“言语体裁”下，以自己“锤炼出的”表述类型创生了影响世界的“言语体裁”。[13]

二、在苏联文艺学“具体时间”中的那场学位论文答辩的独特表达方式能否进入“大时间”？

法国文艺学家托多罗夫说：“巴赫金无疑是20世纪人文科学领域最重要的苏联思想家，文学界最伟大的理论家。在这两个‘最’字之间有着某种相互联系，但这并不是因为他是苏联人所以在文学理论方面出类拔萃，而是一个真正的文学理论家必须思考超出文学以外的东西。”[14]

看来，许多人都在费神考虑：“苏联”和世界文艺学之“最”的关系。

1971 年，巴赫金曾对波兰记者兹比格涅夫·波德古热茨说道：“我有一个术语，叫‘大时间’。在大时间里，无论什么，无论何时，都不失去自己的意义。在大时间里，荷马也好、埃斯库罗斯也好、索福克勒斯也好，还有苏格拉底，以及所有古典作家－思想家都以平等的权利存留着。”[15]巴赫金的这个“术语”根本就不是一个“术语”，实际上是个具有潜台词的大白话，在与记者交谈时，巴赫金要说的是个人和时代的关系，但巴赫金把这个通俗的词组说成是“术语”，是要把它从“日常话语”中凸显出来。中国巴赫金研究专家钱中文将这个术语翻译为“长远时间”，中国另一位巴赫金研究专家周启超把这个术语翻译为“大时段”，两种翻译都揭示了巴赫金的原意。巴赫金的“大时间”就是指“长远的时间长河”“大的时间段”。巴赫金把这样放眼古今的时间长河称为“大时间”自有深意。相对于“大时间”，是“小时间”，是“短时间”，是“现今时间”。

其实，巴赫金在此一年前的《答〈新世界〉编辑部问》中就提到了“大时间”这个“术语”。[16]那么，这个“术语”是否也适合苏联时期呢？巴赫金是否在说：在一个“具体的时间”里，埃斯库罗斯赢得桂冠，苏格拉底被判饮毒自绝，两人的社会命运有着巨大的差异，但若把这个“具体时间”放到一个“大时间”里，这种差异就变得不重要了，它并不影响他们作为“作家－思想家”以平等的权利永远留存。巴赫金是否在说：只要是这个作家的“思想”“在一个领域里”达到了“巅峰”[17]，这个“作家－思想家”就会获得永远存活的“平等的权利”。如果巴赫金的术语“大时间”可以这样理解，那么“现今的时间”也就是“苏联的时代”自然包括在“大时间”里，其中的“作家－思想家”，如果达到了巅峰，也应该同样获得了永存史册的“平等权利”。

问题是：苏联时代的文艺学中是否有达到巅峰的成就，哪些成就可以永远存留在“大时间”？

问题是：巴赫金征服了世界文学领域、诗学领域、语言学领域、哲学领域、文化学领域的成就，是否是一座在苏联时期的“具体时代”崛起又必将留存在“大时间”中的巅峰之作？

三、苏联的“具体时间”的缺席和重新在场

20世纪90 年代以后，昔日苏联文艺学那种独特表达的微妙性成为不必要的累赘，话语体制与深度探索之间的纠结关系突然松散，话语体制紧张状态下才有的那种独特创造力也突然松散，以至于新俄罗斯文艺学至今仍犹豫不定，其中包括“‘敞开胸怀’去迎纳那些最为不同的学说”。一方面，为理论“从那种由上面以法令形式颁布的方法论上的生硬中解放出来”而欣喜；另一方面，又要时刻拒绝“充当另一种一元论的理论建构的俘虏”。[18]当这种犹豫持续了20 年之后，俄罗斯

学者开始反思苏联文学的历史问题及其成就和经验。在刚刚结束的上海师范大学第一届斯拉夫研究学术研讨会上，在“历史进程中的俄语文学”这个议题下，活跃的俄罗斯出版人亚历山大·阿尔帕科基做了一个非常特别的学术报告，引起与会者的热议。这份学术报告的汉语名字是“被遗忘的苏联文学：苏联文学与现代俄罗斯”，当然，报告人阿尔帕科基始终是按着原文题目在讲述自己的话题。原文题目是“被遗忘的苏联文学——当今俄罗斯的苏联作家”[19]。报告人的核心观点是：1991 年后，“苏联文学”已被遗忘，今日俄罗斯人宁愿用其他名称称呼那个时代的文学，比如用“20世纪俄罗斯文学”来代替“苏联文学”，致使当代俄罗斯年青一代很少知道苏联作家及其作品。现在是时候重新讨论苏联文学了。他的观点在现场的自由讨论中被俄罗斯学者质疑。从中可以看出，俄罗斯本土对待“苏联文学”这一概念依然犹豫不决。

苏联文艺学应该属于苏联文学大范围之下。事实上，苏联文学及苏联文艺学这两个概念在1991 年后都一起缺席。既然今天的俄罗斯开始有人重提“苏联文学”这个概念，那么苏联文艺学也必将随着“苏联文学”概念重入舆论话题而被人重新提起。有趣的是，巴赫金在1971 年答记者问中提及的那个术语“大时间”[20]，正在成为一个“大时间”里不能失去意义的概念。

重新探讨苏联文艺学这个话题，是一个非常困难又非常有趣的工作。苏联文艺学的历史问题比较严重，但它的成就又非常明显：不仅冒出了普罗普，冒出了巴赫金，冒出了洛特曼，冒出了雅各布森，还冒出了俄国形式主义等震撼世界文艺学界的专用名词。这些名词已经成为当今世界文艺学的通用名词，当今世界文艺学几乎不假思索地使用“对话”“复调”“功能”“母题”“陌生化”“狂欢化”而不必注释这些名词的渊源流变。我们稍作回味就会发现，这些词语的发明都是在1917 年至1991 年间，都是在苏联境内，之后才流传境外，因而无论从其发明者身份角度考虑，还是从其发生地点角度考虑，称其为“苏联文艺学”难道不是一个很正常的“加冕”或“盖棺”吗?

阅读苏联这一历史时期的文艺学就会发现，这一历史时期独特的表达（亚里士多德的“表达”，以及巴赫金的“表述”），在那一个“小时代”的第二类型“言语体裁”层次中，自然同样由最高话语体制掌控，但身处苏联历史背景下的文艺学者中依然有一批智者就像鼹鼠一样深入文学深处，他们似乎具有“大脑－生理”的进化，发育出一种“文艺学动物”的特殊功能。在深处，苏联文艺学“鼹鼠”一族养成独特的习性和能力，能在深处呼吸，善于挖掘，嗅觉敏锐，以至于他们在精神－生理方面具有超强的地下呼吸能力，他们在思想作业中具有独特的“畸形”的拇指的挖掘天分，他们在研究文学的隐秘时甚至发育出“象鼻吻”，在视觉受限的生态中发育出独具的嗅觉能力。故当他们“从深处”发现了文学、文本、文学创作的隐秘时，这些发现便具有卓越的理论生命力，于是他们也就从话语体制的控制下飞腾起来，变成一只只诗学理论飞鸟。

四、苏联文艺学家在层层言语体裁之下“从深处”追索的“表述”

我们也可以换种说法，把上述观点再加以“表述”：苏联文艺学的层次性也是多样的。官方话语表述中亦有不同层次，最高层次是苏联文艺学的总原则，它常以文件的政策言语、大会决议的法定言语表述，其下各个艺术领域也有一套体制化的言语体裁。在这样层层叠叠的官方话语之下，苏联文艺学中卓越的“天人”竟然“从深处”发出了震惊世界的声音，这些“从深处”发出的声音超越了时代的局限，具有强大的生命力。

我这里使用的“从深处”这个词组是一个著名的典故，它是《旧约 · 诗篇》[21]中一首传唱很广的古歌之名。古歌第一句是：“从深处，我向你呼唤……”这里的深处是内心世界，也是社会层峦叠嶂之下的深处，更是精神世界、灵魂的深处。“在深处”这一典故具有超强的表述功能。这个“深处”是“个人世界”[22]，它常是不定型的、个性化的，而这首古歌所唱则是歌唱者从这个“个人世界”的深处，穿过层层叠叠的社会话语沉积，向最高处的呼喊。用“从深处”描述苏联文艺学家中“天人”的处境，恰好也可表达一个天才的文艺学家与整个社会“言语体裁”的多层次“表述”关系。正是因为他们内心深处一直抱有这样的心理倾向：在诗学领域痴迷地探寻最高诗学的隐秘，于是从深处发出了自己独立的声音。

巴赫金申请副博士学位论文及博士学位论文的答辩，就是苏联文艺学层层叠叠的不同言语体裁相互对话的一次典型的“表述”：在这场答辩会上，最高层的言语体裁和从深处的表述追求纷纷呈现。巴赫金学位论文的主题词是“狂欢”，而答辩现场也确实是一场多样性、复杂性言语体裁的狂欢，充满了“广场的戏剧性”。事实上，也确有好事者把这场答辩搬上舞台。2014 年7 月下旬，在瑞典斯德哥尔摩举行的第六届国际巴赫金年会上，有人把这场答辩改编成戏剧予以复现，由此亦可见其魅力所在。[23]

这场答辩更是俄罗斯巴赫金学几位主将深挖的矿脉。1993 年，俄罗斯巴赫金研究杂志《对话·狂欢·时空体》在当年第2、3 号上刊载了这场答辩速记。[24]1997年，巴赫金答辩50 周年之际，这份杂志又刊发了讨论这场答辩的文章。[25]同时，同一批作者又在其他重要学术刊物上发表对答辩“速记”的扩展研究。2001 年《巴赫金研究文选》第一卷《巴赫金：赞成与反对》再次把答辩档案重新编辑刊发。[26]2008 年巴赫金俄文版文集第4 卷第一本书出版，把巴赫金有关“拉伯雷”的文献做成该书的四个附录。2009 年，该卷文集编辑波波娃又在其专著《巴赫金关于弗朗索瓦·拉伯雷一书及其文学理论的意义 》中把这四份附录附在书后。[27]同年，主编《对话·狂欢·时空体》的潘科夫也出版了专著《巴赫金的传记和学术创作问题》，其中又以“戏剧”的方式大篇幅追述这场答辩的出场人物，不仅复现每一个出场人物的言语，还旁征博引钩索每一个“角色”的性格。[28]这一节文字是作者对自己发表在《文学问题》1997 年第5 期上的文章《巴赫金：狂欢化概念的早期版本》[29]的补充。在这本书中，作者再次把巴赫金答辩会场的速记收入正文。

中国巴赫金狂欢化诗学研究专家夏忠宪很早就在《巴赫金狂欢化诗学研究》中为中国读者介绍了这场答辩的过程。[30]新近出版的由中国“老一代学者”钱中文名誉主编，中青年学者周启超、王加兴主编的《跨文化视界中的巴赫金》丛书之《对话中的巴赫金：访谈与笔谈》中则选译了1946 年11 月15 日这场答辩会的速记档案。[31]

这些文献资料显示，1946 年11 月15日苏联科学院世界文学研究所所长办公室内长达七个小时的答辩，是苏联文艺学的一次“存在”，进而是一次“事件”，[32]是巴赫金一生最迷人的“对话、狂欢和时空体”，在这个狂欢式对话的时空体中，苏联文艺学的多层次语言体裁都有充分的展演。

五、苏联文艺学家在多层次言语体裁之下的“痴迷”

1946 年11 月15 日，世界文学研究所的答辩已经到了最后环节：巴赫金对各位评委的评议进行答辩。在简短的客气之后，巴赫金起首便道：

> 阿列克谢·卡尔波维奇称我是一个痴迷着魔的人，我认同这一点。我是一个痴迷着魔的创新者，也许非常渺小和微不足道，但却是一个痴迷着魔的创新者。痴迷着魔的创新者很少能被人理解，他们也很少遇到真正的、认真的、原则性的批评，大多数情况下，他们受到的只是人们的冷遇。[33]

针对十个评委和两个列席者的评议，巴赫金首先回应的是卡尔波维奇关于自己学术性格的“定性”。他接受对自己“痴迷着魔的”判定，“痴迷着魔的”原文是“одержимый”[34]，在俄语中它被用来形容那些被某种“权力”操控乃至失去理智状态下中了魔道的情形。如此定性对理论家来说有悖“客观”“科学”精神，但巴赫金接受了它，随后他在“痴迷着魔的”后面加上了“创新者”[35]一词，由此“痴迷着魔的”和“创新者”就建立了一种关系：因为痴迷着魔，所以才会创新；反过来也可以说，因为要努力革新，所以痴迷着魔。

学位论文答辩本该是一场学术言语的交流或交锋，因为它既不同于“报纸”，也不同于“广场”那种“大庭广众”场合需要的言语体裁，更不同于家人朋友在私人空间里的谈话，但在巴赫金和卡尔波维奇之间却出现了一种言语体裁的混合。

巴赫金是一个“建设中”的语言学家，他的语言学建设笔记中有这样一段精彩的论述：

> 不可能用报纸体裁或公众性话语编织对谈，也不可能在两个人的房间里发生那种在露天广场对着成千上万形形色色的听众发表的演讲。反驳的言论会很长，里面包含非常多的东西是说给公众的，而不是说给陪伴你度过一生的那个交谈者。[36]

> 处于这样“复杂的”“多样的”语言实践中，艺术家要有一双灵敏的耳朵，不仅仅要能分辨语言的风格，还要能细品言语的体裁。[37]

在巴赫金答辩时，他和官方指定评议人卡尔波维奇之间使用了一种“学术会议体裁”中的“亲密交谈体”。这位卡尔波维奇是谁？为何巴赫金像艺术家一样用自己灵敏的耳朵率先听出他对自己性情的判定？

这位卡尔波维奇姓德仁维列果夫，是苏联学界一位与其说备受尊敬不如说备受热爱的老学者，他生于1875 年，卒于1952 年。他说话直率，对人亲切，关心同事，善待晚辈，满肚子西方文艺复兴的故事，总是用大众听得懂的语言娓娓道来。他敢说话，不唯上，不畏命，他满肚子的学问，丰厚可观的著述，乐观敞亮的性情，善用饱含真情的语言作学术判断，可能正是这些特点使得他在那些非常年代也能安然无恙。他的学生不称他老师，而是叫他“可爱的老头”。[38]

在答辩会上，他是三位“官方指定评议人”之一。主席安排他第三个发言，这位“可爱的老头”是这样结束自己的书面发言的：

> 当我看着我面前这部内容丰厚、充满如此广博学识、见证着对方法之出色驾驭能力的著作时，直说吧，面对这样一部才华横溢的学术著作，我在考虑：难道语文学副博士学位就足以配得上对这篇论文价值的确认吗？我觉得，这一学位对于巴赫金同志是低了。我愿提议世界文学研究所学术委员会对巴赫金这篇学位论文值得授予语文学博士学位加以确认，并启动相应的请求授予他这一学位的程序 。[39]

如此热情的评价已经越出了“评议书”文体，而接下来“可爱的老头”的“一点点补充”更是溢出“学术会议体裁”之外的个人化的赞美了：“对我来说，巴赫金著作中最有价值的地方在于其渊博学识与痴迷着魔。”[40]“学识渊博”是“适合学术会议言语体裁”的言语，第一位官方指定评议人斯米尔诺夫在下最终结论时使用了这个词。科学院院士塔尔列在书面评议书中两次使用了这个词。具有中世纪研究背景的专家德仁维列果夫选择这个词语则有更深的学术含量。这个词来自拉丁语，原意是“受教育”，但只有那些获得“深”“厚”知识的人才可被称为“博学之人”。德仁维列果夫在评议书的结语中使用这个词给巴赫金的论文“定性”，随后又多次将这个词与“痴迷着魔”搭配使用，如此反复强调，让整个答辩会议对巴赫金的“渊博学识”完全没有异议。这是学术委员会全票通过决议授予巴赫金副博士学位的根本理由。至于“одержимость”这个词语，则是学术老人一种感性的判断。在中世纪，这个词除了“痴迷”这一含义，还有“邪魔上身”之意。如果说一个人“着了魔”，他往往是要被人“驱魔”的。事实上，在答辩中，的确有人在给巴赫金“驱魔”。但巴赫金却是欣然领受了这个词。这是两位深谙西方文化传统的人在公开场合下进行的一场心灵交流。老学者德仁维列果夫一语道破了深藏在巴赫金思想中的“魔”，老学者欣赏这一真正的学者必备的“痴迷着魔”。[41]

六、苏联文艺学家在多层次言语体裁之下的“张力”和“应激”

苏联时期，文艺学中的深挖洞者在话语控制的体制与深度探索的追求之间，凭着痴迷尤其是有些“着魔”的精神，逐渐形成了一种从深处发声的特殊能力。这种能力可以说是一种“张力”之下的“应激”反应。

力学领域的“张力”是指，当一种作用力施加在一个物体上时，这个物体会随之产生几个不同方向的力。相对于“张力”而在物体内部产生的单位面积上的力是“应力”。心理学领域的“张力”实际上就是“压力”之下的“紧张”，是“一种坐卧不安和心神不宁的状态，尤其见于某种目标或满足受到阻断时”[42]。现代心理学中的“张力”与“应激”[43]反应同属一种心理机制：面对环境带来的某种压力，人的精神会处于一种“应激”状态，人的精神－思想系统会出现一系列不同方向的力：有抗拒方向，有服从方向，有向内的变异，有原有内在世界的瓦解，有内在世界对外部环境的“层递”消解，有内在精神的转向或保留，当然，“应激”反应也可能导致一个人精神崩溃，甚至是生理崩溃。[44]这些状态与俄语“痴迷着魔状态”一词非常相似。苏联文艺学者中的深挖洞者、痴迷着魔的创新者努力维持这些力的平衡，并在这样的努力中取得了20 世纪苏联文艺学奇绝的成就。在这一场文学运动中，“革命”与“文学”[45]、“遵命”与“创新”[46]是最高命题，也是最奇异的命题。这就是“别林斯基所称道的‘诗的弹力、力量、坚毅和宏伟’”。[47]

我们对苏联时期那些占据压倒优势的词语已经相当熟悉，并在“思想解放”后将其弃绝，如“社会主义现实主义”“社会主义现实主义的开放体系”“人民性”等。我们对曾被批判终又回归的一些概念也已相当熟悉，并在广泛征引后不假思索地使用它们，如“陌生化”“类型－功能”“复调小说”“对话体”等。但我们却很少反思，20 世纪二三十年代苏联文艺学创立那些话语律法时，也是形式主义、功能主义、象征主义及各种现实主义等文艺学泛滥的季节。事实上，放开对这些革新者的阶级定性，这些活跃生动的文艺学局面都是苏联文艺学者总体革命精神的硕果。

更为奇谲的是，在占据压倒优势的话语取得全面压倒优势时，苏联文艺学除了制定出社会主义现实主义文艺政策下的社会主义阵营通用的优势话语之外，竟然还贡献出了影响世界尤其是影响西方世界的大理论。是西方放下了意识形态的标尺吗？不是，在当时很多西方文艺学家眼里，“苏联文学”这个概念根本就不存在，因为“苏联没有文学”。同样，在西方看来，苏联文艺学也仅仅指称那些官方最高级的文艺学“言语类型”[48]，巴赫金学说、形式主义学说则被看成是被流放者言[49]，是被“正统派害怕”者言[50]，是被镇压者言[51]，是苏联文艺学最高言语体裁“首先予以根除的”[52]。那么，巴赫金的理论是西方从苏联的“地下”偷运出来的、“内部流亡”的非苏联文艺学吗？事实并非如此，被西方视为“天人之作”的那些文艺学理论，有很多都是在苏联官方允许的“地上”创生的，其中也包括我们所说的巴赫金狂欢化理论。

那么，创造出这样硕果的理论家是怎样孕育自己的理论呢？这实在是一个令人着迷的问题。而巴赫金的学位论文《现实主义历史中的弗朗索瓦·拉伯雷》所牵动的那场答辩，则是这些令人着迷的问题中最迷人的。

七、1946年8月，苏联文艺学的最高“言语体裁”

在巴赫金答辩前三个月，也就是在1946年8 月14 日，苏联共产党中央委员会组织局通过了《关于〈星〉和〈列宁格勒〉杂志》的决议。[53]一天后，也就是15

日，日丹诺夫在斯莫尔尼宫给党的积极分子召开大会，发表了著名的“日丹诺夫关于《星》和《列宁格勒》杂志的报告”[54]；16 日，他又在全列宁格勒城市作家和出版工作者会议上做了同一主题的报告。8 月21 日，联共（布）中央机关报《真理报》以中央委员会决议的方式公开发表这份中央决议。[55]9 月19 日，领袖在日丹诺夫的报告上批示：“日丹诺夫！读了你的报告。我认为报告已经收到了极好的（效果）。应该尽快把它印刷，然后把它发表。”[56] 9 月21 日，《真理报》发表了日丹诺夫的讲话，再次用“最高级”形式坚固官方话语。[57]从1946 年8月到1948 年2 月这段时间，中央委员会接连颁布关于戏剧、电影、歌剧的决议和文件。[58]苏联进入“意识形态强制管理的鼎盛时代”。[59]

然而，就在1946 年11 月15 日，高尔基世界文学研究所学术委员会通过了巴赫金副博士学位论文的答辩。世界文学研究所不是独立王国，文艺学研究论文也无法躲进小楼，在当时的氛围下，就连纯自然科学研究也需要同中央话语保持一致。事实上，在巴赫金论文答辩现场，“非法定评阅人”中第一个发言的人就明确提出，巴赫金的学位论文没有体现“最近刚刚发表的中央决议”精神。[60]所以，巴赫金的学位论文只有在一种情况下才能顺利通过，那就是他的论文的所有表达都必须具有“可通过性”。事情绝不像当事人日后回忆时所说的那样：“所有人都明知论文有重大问题。”[61]也就是说，既然一部伟大的文艺学著作能够合法地通过官方话语的鼎盛时代，那么这部可以在“大时代”中永远留存的文艺学著作，它和那个特别时代之间一定存在着从深处到表面一定程度的“契合”。1946 年11 月15 日那场答辩是苏联文艺学伟大思想表述“从深处呈现”的最经典方式。在场的所有言语表述都生动地展示了苏联文艺学中的一个卓越思想如何穿越小时代而进入大时代的戏剧性场面，都生动地展示了苏联文艺学在深处的卓越创造能力。

八、苏联文艺学的一场悲喜剧

在1946 年11 月15 日的答辩会上，学术委员会成员共计13 人。俄罗斯国家档案有关于这场答辩会的文件存档，编号为“ Ф. 9506. Оп. 73. Д. 70. Л. 141.”。档案中记录了学术委员会名单，上面全是赫赫有名的学术权威。例如，时任所长希什马廖夫是著名罗曼语专家，副所长基尔波金是著名文艺学家，波诺马廖夫是古俄罗斯文学专家、国家历史博物馆馆长、世界文学研究所前任所长。他们基本上都是学术型专家，这些专家中的每一个人，包括季诺费耶夫（其《文艺理论》曾在中国很流行）在内，都在努力“从深处”表达具有自身创造性的“言语体裁”。

巴赫金答辩的戏剧性在于，学术委员会成员作为无记名投票人和答辩现场的评议人是两组人员。学术委员会13 位成员投票是最后环节。投票之前的环节是“答辩”，由四个阶段组成：第一个阶段是学位申请人的陈述，第二个阶段是学术委员会官方指定评议人的评议，第三个阶段是非官方指定评议人的评议和提问，第四个阶段是申请人对评议人的提问做答辩。根据答辩速记可知，12位现场发言人和一位书面发言人一共13 位评议人，这些评议及提问者中有8 位不属于13 位学术委员会成员，而这13 位学术委员会成员中又恰好有8 位没有提问。（或者他们当时并不在场？）

在答辩委员会三位官方指定评议人异乎寻常的高度赞誉下，巴赫金在1946 年11月15 日答辩的结果应该说是极其圆满的：答辩委员会13 人全票通过授予巴赫金副博士学位。

如果学术委员会按这样的投票结果直接做出授予答辩人副博士学位的决议，然后提交苏联教育部最高学位认定委员会审核，巴赫金的副博士学位有可能很快就得到批准。因为在随后五年多最高学位认定委员会的漫长讨论中，没有人对授予巴赫金副博士学位有丝毫异议。也就是说，在意识形态斗争最紧张的那几年里，各个层次的学者都认可巴赫金的学位。

学者 A. A. 斯米尔诺夫在苏联学界素以严厉著称，他极为看重巴赫金的这篇学位论文，不仅同意授予申请人副博士学位，还倡议授予“副博士学位申请人”博士学位：

> 巴赫金的著作是递交来申请语文学副博士论文的，毋庸置疑，它达到了这一水准。但我认为可以授予他更高的学位。根据这一著作所有的特征——从规模上看，从作者所显示出的博学程度来看，从个人的研究方法来看，从特别的价值，著作中所包含的科学思想和观点的原创性和

丰富性来看——这一著作不太像一篇副博士论文，而更像是一篇博士论文。因此，我提议授予M.M.巴赫金语文学博士学位证书。[62]

接着，两位官方指定评议人努西诺夫和德仁维列果夫也附和斯米尔诺夫的意见，甚至把赞扬的调子抬得更高。

巴赫金的论文确如三位官方指定评议人所言：学识渊博，原创性极强，但它又的确缺少“当今时代”的言语体裁特征。所以在指定评议人的发言结束后，立刻有人端出最高“言语体裁”的表述来质疑巴赫金：“我们在巴赫金的论文中无论如何也找不到今日时代的东西。”[63]这是典型最上层“言语体裁”的僵硬面孔。巴赫金研究者、《对话·狂欢·时空体》杂志创办人潘科夫进行了翔实的考证，查出这个发言人的档案，发现她是一个总是在“斗争”的“斗士”，但潘科夫发现她并不是一个马克思主义批评家，而是一个“政治术语马达姆”。[64]不过，这个发言人僵硬的教条主义意见并未影响到学术委员会委员的投票。13 位委员全票通过。

所有委员会成员都熟悉苏联的政治形势，都知道那个激烈反对巴赫金的意见并非“无的放矢”。那么，13 位委员一致投赞成票，真的是“学术至上”吗？

是，但又不全是。

说是，是因为如上所说，这13 位评委都是学术型专家，他们深知巴赫金论文的规模、它的博学、它的研究方法、它的科学思想观点的原创性和丰富性都极为出色。

说不全是，则是因为巴赫金的论文在根本立场上与苏联最高言语体裁有多重契合。

九、巴赫金学位论文的“现实主义”优胜纪略

巴赫金这篇论文在“副博士层面”获胜，首先是现实主义的胜利。

巴赫金提交的论文题目不同于1965 年成书之名，此时巴赫金用的是“现实主义历史中的弗朗索瓦·拉伯雷”，这个标题让巴赫金能够理直气壮地回击对他的质疑：

> 我的整部论文的旨趣可以归结为一点：我是在揭示拉伯雷的创作形式的根基，是在揭示他那个拉伯雷世界的根基。我是在现实主义的历史中来展现拉伯雷。也许，我有错漏，但我觉得我为现实主义的历史添加了新的一页。在法国文学和俄罗斯文学中还不曾有过“哥特式现实主义”这一术语。谁也说不出来：何处、何人、何时就哥特式现实主义写过什么东西。我丰富了现实主义的历史，但不是在术语上：不能指责我没有论及现实主义的历史。这并不是对我们所十分熟悉的那种历史的复述。[65]

> 要是我敢于奢望，哪怕是我为现实主义的历史添写上一行也好。[66]

没错，正像有人指出的那样，巴赫金在此处使用“现实主义”概念，“在很大程度上是对20 世纪30 年代苏联文学中的意识形态定势及享有优先权的思潮的一种让步”。[67]

然而，如果从20 世纪30 年代苏联文学艺术的意识形态选择“社会主义现实主义”的历史来看，“现实主义”并非全然是一个“政治术语”。美国学者赫尔曼·叶尔莫拉耶夫在《1917—1934 年间的苏联文学理论：社会主义现实主义的起源》一书中认为，这场讨论归根结底是“一堆政治指示和僵死教条”，有一定道理。但从这部著作中可以看到，“现实主义”作为创作方法的“核心词”几经选择才定下。之所以选定它，原因有二：第一，历史上的俄国及欧洲现实主义取得伟大成果；第二，30 年代，苏联“经典”挖掘马克思恩格斯文艺思想，充分肯定现实主义。[68]

在“浪漫主义”“古典主义”“颓废主义”“现代主义”“唯美主义”“象征主义”“形式主义”乃至“唯物主义”“辩证法”等文学艺术方法中选定“现实主义”有其深刻的逻辑。这是一种历史的继承和选择。现实主义侧重“客观性”“科学性”，具有反映“社会下层”的特性，具有反映“社会本质”的特性，这是选择“现实主义”作为基本“创作方法”的内在动机。巴赫金正是在这样的逻辑中开展对拉伯雷的创造性研究。他从拉伯雷表面的怪诞和荒诞不经中看到了其对下层社会的现实关注，从而揭示了拉伯雷的现实主义审美品格。

程正民先生准确地总结出巴赫金概括的“怪诞现实主义”的三大审美特征：极度的夸张、降格、双重性。[69]程正民先生所论针对的是1965 年版本里巴赫金坚持的“现实主义”，当然，它和1946 年那场答辩里的“哥特现实主义”一脉相承：

> 我，的的确确，是在现实主义的历史中来展现拉伯雷。我没有进一步对此加以梳理。我的任务仅止于此。在这部论文的那些章节，在我论及拉伯雷对后世的影响以及其他诸如此类问题的那些地方是有一些索引，它们有可能得到展开，但这并不在我的任务之列，然而，整个哥特文学就是现实主义的历史。我倒愿同意这一说法：这不是一部论拉伯雷的书，而是一部论现实主义史之书，一部论前文艺复兴时期的现实主义史之书。[70]

巴赫金自信地认为，由于坚持了在现实主义历史中寻找拉伯雷的“哥特现实主义”——“怪诞现实主义”特性，“因而，总的来说，我的任务便是极大地拓展我们苏联文学的视野”。[71]所以在巴赫金的内心，始于30 年代成于40 年代对拉伯雷的“现实主义”的追求，并未因为1965年书名有变而转换目标，巴赫金在开展这项研究时，其内在精神对占据压倒优势的话语体系既不对抗，也不流亡，更不放弃，同时也不谄媚变节，更不虚伪，而是充分掌握占据压倒优势话语的合理性、有效性，顺应这种积极力量，从而把自己的研究引入现实主义深处。

结语：巴赫金“非官方”与“革命”言语体裁表述的优胜纪略

基于上述巴赫金在博士论文答辩中针对官方言语体裁的回应，可以发现巴赫金的理论勇气恰恰来自于对“非官方”的深度挖掘：

> 在文学中，尤其是在非官方的、鲜为人知的、匿名的、民间的与半民间的文学中占据主导的则完全是另一些形式，恰恰是我称之为怪诞形式的那样一些形式。[72]

在“人民性”作为评价古典文学最高尺度的官方“言语体裁”中，中世纪的“非官方”恰好契合了苏联的主旋律，因此第一官方指定评议人斯米尔诺夫大胆地评述说：

> 官方的中世纪以恐吓、胁迫、威胁为手段来施加影响，与之相对，民间的、非官方的中世纪及其艺术则主要以诙谐的方式，以滑稽、怪诞的形象来描绘各种各样的恐怖、胁迫、损害（地狱、死亡等）。贯穿所有非官方的中世纪（晚至文艺复兴）的民间-节庆形象系统是这种不羁的笑的载体。在中世纪的“愚人节”（在这一节日中教会等级被整个扭转）、“冬与夏”的游戏类型、乔装的狂欢节等中，我们可以发现这种形象系统更明显、更纯粹的形式。[73]

“非官方”似乎成为一个破城的缺口，有了这个缺口，巴赫金和他的支持者就可以大胆地进入文学史研究的底层：

> 依据M.巴赫金的细致考证，这种民间-节庆形象乃是“双重性的”，即双义的、双关的，因为这些形象中的每一个都同时反映死亡与出生、创造与破坏、否定与肯定、谴责与赞美。例如，狂欢节既描绘了旧时代（广义上的旧世界）的消亡，也描绘了新时代（世界）的诞生。因此，在狂欢节中有如此之多的“内幕”，如此之多的超越——里外颠倒、反转的脸、姿势和动作。[74]

从这一分析逻辑，从对中世纪“下层社会”“人民”革命性的大胆描述中，巴赫金和他的支持者共同找到了能与“社会主义现实主义”相一致的言语体裁表述：

> 这种民间-节庆形象，这种非官方的、民俗的、民间的中世纪艺术，所把握的不是现象凝固的、完成的形式，而是其从旧到新、从过去到未来的形成。[75]

前文说过，巴赫金在研究言语体裁时曾写过："艺术家要有一双灵敏的耳朵，不仅仅要能分辨语言的风格，还要能细品言语的体裁（非艺术的体裁）。"[76]事实上，1946 年11 月15 日那场答辩的参与者都有一双"灵敏的耳朵"。他们无论赞成还是反对，都听出了巴赫金从深处发出的言语体裁"革命"的声音。巴赫金在自己的研究中探触的是"当今时代"的深处本质。巴赫金坚信他的探索与这个世界的最高言语体裁并不冲突，因为他从拉伯雷的狂欢中找到了最符合时代精神的根词——革命：

> 我这部论文具备深刻的革命性，我这部论文走在了前面，它会提供一些新东西。我这部论文整个都在谈论最具革命性的作家——拉伯雷。……我所展现的拉伯雷的革命性是宽广的、深刻的，比迄今为止所展现的要更为深刻，更为根本。关于这一点，论文里说得够多的了，需要的只是会读。……"革命性"这个词在我的论文里频繁出现，即使以形式的视界来看，这也会让人感到满意。……我认为，我这部论文是真正具备革命性的，它会摧毁一些东西，它在力图创造出某种新东西，它会在必须要有的、进步的取向上去摧毁什么。我敢断言，我这部论文具备革命性。我可以作为一个学者而成为一名革命者。作为一个学者，一个已经为自己提出了特定课题——拉伯雷研究这一课题的学者，这种革命性体现在什么地方呢？我的革命性体现在哪里呢？它体现在：我曾以一种革命的方式解决了这一课题。[77]

在"革命"作为最崇高的言语体裁构成要素的苏联文艺学的深处，巴赫金能够以十分自信的语气陈述自己的上述观点并断言自己的论文研究课题具有革命性意义。

■ 注释

1 "优胜纪略"出自鲁迅的《阿 Q 正传》，但在这里我们更多使用的是这个汉字词组的本义。

2 亚里士多德在《诗学》开篇就提出一个重要概念，一切艺术都是“摹仿”，参阅Aristotle. ed. R. Kassel, *Aristotle's Ars Poetica*. Oxford, Clarendon Press。这个词从词源学上来说自然是指“模拟性的”行为，但在艺术活动中，宽泛地理解这个词的实际意义，它可以作为“表现”“表达”来理解。英文翻译《诗学》的希腊词“μΐμησις”，时而用“imitation”(摹仿)，时而用“representation”(表达、表现、呈现)。后一种翻译参见W.H. Fyfe所译23 卷《亚里士多德》文集第23卷(1932年)。英语词典解释这个词的义项常常有representation by means of art(参阅“LSJ”：The Online Liddell–Scott–Jones Greek–English Lexicon)。体会亚里士多德的文义，似乎可以把所有艺术形式都称之为对内外世界的“表达”。

3 Бахтин М. М. Собрание сочинений, Москва: Русские словари/ Языки славянской культуры., 1996—2012. 第5 卷，第159页。[苏]巴赫金：巴赫金全集，钱中文主编，白春仁等译，河北教育出版社，2009年，第138页。

4 同上书，第4 卷(1)，第831—1119页。世界文学研究所学术委员会会议速记，朱涛译，周启超校，收入王加兴选编，《对话中的巴赫金：访谈与笔谈》，南京大学出版社，2014 年，第299—345页。

5 夏忠宪：《巴赫金狂欢化诗学研究》，北京师范大学出版社，2000 年，第180页。

6 应该是官方指定评阅人。

7、49 [美]凯特琳娜·克拉克、迈克尔·霍奎斯特：《米哈伊尔·巴赫金》，语冰译，中国人民大学出版社，1992年，第393页。

8、31、39、62、65—66、70—75 世界文学研究所学术委员会会议速记，朱涛译，周启超校，收入王加兴选编：《对话中的巴赫金：访谈与笔谈》，南京大学出版社，2014 年，第345、299—345、318、312、338、339、339、339、301、308、308、308页。

9 程正民：《跨文化研究与巴赫金诗学》，中国大百科全书出版社，2016年，第93页。

10—12 俄文版《巴赫金全集》第5 卷，第159、161、161—162页。[苏]巴赫金：巴赫金全集，钱中文主编，白春仁等译，河北教育出版社，2009年，第138页。

13 程正民：《巴赫金的文化诗学研究》，中国社会科学出版社，2017年，第3页。

14 [法]托多罗夫：巴赫金、对话理论及其他，蒋子华、张萍译，百花文艺出版社，2001年，第171页。

15 [苏]巴赫金：《巴赫金全集》，钱中文主编，白春仁等译，河北教育出版社，2009

年，第4卷，第420页。

16—17 俄文版《巴赫金全集》第6卷，第451—457、461页。[苏]巴赫金：巴赫金全集，钱中文主编，白春仁等译，河北教育出版社，2009年，第4卷，第403—411页。

18 [俄]瓦·叶·哈利泽夫：《文学学导论》，周启超等译，北京大学出版社，2006年，第5页。

19 世界历史进程中的俄语文学——"第一届斯拉夫研究学术研讨会"侧记[EB] http://www.whb.cn/zhuzhan/kandian/20171021/107407.html?from=singlemessage&isappinstalled=0。

20 俄文版《巴赫金全集》第6卷，第451—457、461页。

21 灵修本《圣经》，国际《圣经》协会，1999年。

22 [俄]列夫·舍斯托夫：《在约伯的天平上》，董友等译，生活·读书·新知三联书店，1989年，第100页。

23 周启超：《"巴赫金学"与其新世纪的新进展》，收入周启超、王加兴主编：《跨文化视界中的巴赫金丛书（总序）》，南京大学出版社，2014年，第16页。

24 Диалог. Карнавал. Хронотоп//1993, №2—3 .

25 Диалог. Карнавал. Хронотоп//1993, №1.

26 М.М. Бахтин: pro et contra. Том 1.(антология:личность и творчество М.М.Бахтина в оценке русской и мировойгуманитарной мысли), М, 2001.

27 Попова.И.Л:Книга М.М.Бахтина о Франсуа Раблеи ее значение для теории литературы. М: ИздательствоИМЛИ РАН.2009, 197-430.

28 Паньков Н.А.: Вопросы биографии и научноготворчества М. -Бахтина. М: Издательство МГУ.2009, 112-168.

29 Паньков Н.А :М. М. Бахтин: ранняя версия концепциикарнавала (В память о давней научной дискуссии) //Вопросы литературы, 1997, № 5.

30 夏忠宪，《巴赫金狂欢化诗学研究》，北京师范大学出版社，2000年，第41—43页。

32 "бытие""событие"是巴赫金哲学讨论中广泛使用的两个概念。比如收入在巴赫金文集第一卷中的早期著作《论行为哲学》。参见俄文版《巴赫金全集》第1卷，第7—51页；另参阅[苏]巴赫金：巴赫金全集，钱中文主编，白春仁等译，河北教育出版社，2009年，第1卷，第4页。

33 俄文版《巴赫金全集》第4卷，第1054页；另见《世界文学研究所学术委员会会议速记》，朱涛译，周启超校，收入王加兴选编：《对话中的巴赫金：访谈与笔谈》，南京大学出版社，2014 年，第332页。

34 俄文版《巴赫金全集》第1卷，第1054页。

35 夏忠宪：《巴赫金狂欢化诗学研究》，北京师范大学出版社，2000 年，第1054页。

36—37 俄文版《巴赫金全集》第 5 卷，第275页。

38 Паньков Н.А.: Вопросы биографии и научноготворчества М. Бахтина. М: Издательство МГУ.2009，124-126.

40—41 俄文版《巴赫金全集》第 4卷（1），第1024页。

42 简明不列颠百科全书：中国大百科全书出版社，1985年，第4卷，第409页。

43—44 同上注，第9卷，第175页。

45 ［苏］托洛茨基：《文学与革命》，王凡西译，外国文学出版社，1992年。

46、48 薛君智主编：《欧美学者论苏俄文学》，社会科学文献出版社，1996年。

47 程正民：《苏联文学优秀经典的张力和魅力》，收入其著《从普希金到巴赫金——俄罗斯文论和文学研究》，福建人民出版社，2015 年，第250页。

50 ［俄］瓦赫鲁舍夫：《围绕巴赫金的"狂欢化"理论的悲喜剧游戏》，夏忠宪译，收入周启超编选：《俄罗斯学者论巴赫金》，南京大学出版社，2014年，第320页。

51—52 ［美］厄利希：《俄国形式主义：历史与学说》，张冰译，商务印书馆，2017 年，第6、226页。

53 ПостановлениеоргбюроЦКВКП(б)«Ожурналах‹Звезда›и‹Ленинград› » // Власть ихудожественная интеллигенция. Документы ЦК РКП(б) —ВКП(б), ВЧК — ОГПУ — НКВД о культурной политике.1917—1953 / Под редакцией А. Н. Яковлева .— М.: МФД,1999，587.

54 Иофе В. В. К пятидесятой годовщине постановленияЦК ВКП(б) О журналах «Звезда» и «Ленинград» от 14 августа1946 года// Звезда, 1996, № 8.

55 ПостановлениеоргбюроЦКВКП (б) « Ожурналах ‹Звезда› и ‹Ленинград› »// Правда.21.08.1946.另参阅薛君智主编：《欧美学者论苏俄文学》，社会科学文献出版社，1996年，第33—37页。

56 Доклада О журналах «Звезда» и «Ленинград»//Власть и художественная интеллигенция. ДокументыЦК РКП(б) — ВКП(б), ВЧК — ОГПУ — НКВД о культурнойполитике. 1917—1953 / Под редакцией А. Н. Яковлева. — М.:МФД,

1999，606.

57—58 Ожурналах«Звезда»и«Ленинград»//Правда,21.09.1946.另参见：《苏联文学艺术问题》，曹葆华、陈冰夷、戈宝权等译，人民文学出版社，1959年，第38—66页。

59 Власть и художе ственная интеллигенция.Документы ЦК РКП(б) — ВКП(б), ВЧК — ОГПУ — НКВД о культурной политике. 1917—1953. Под редакцией А. Н.Яковлева. — М.: МФД, 1999，535-687.

60、63 俄文版《巴赫金全集》第4卷，第1027—1028页。

61、64 Н. Паньков. М.М. Бахтин: Ранняя версияконцепции карнавала//Вопросы литературы. - М., 1997,№ 5.

67 ［俄］波波娃：《狂欢》，周启超译，收入周启超选编：《俄罗斯学者论巴赫金》，南京大学出版社，2014年，第375页。

68 Литературное наследство / РАПП и Ин-т ЛИЯКомакадемии.1931.

69 程正民：《巴赫金的文化诗学研究》，中国社会科学出版社，2017年，第86—87页。

76 ［苏］巴赫金：巴赫金全集，钱中文主编，白春仁等译，河北教育出版社，2009年，第4卷，第257页。

77 夏忠宪：《巴赫金狂欢化诗学研究》，北京师范大学出版社，2000年，第1064页。另参见世界文学研究所学术委员会会议速记，朱涛译，周启超校，收入王加兴选编：《对话中的巴赫金：访谈与笔谈》，南京大学出版社，2014年，第343页。

“中国问题”中的“外国文学”因素

林精华

> 每个法国人生来或早年就已经成为笛卡儿派或帕斯卡派。笛卡儿和帕斯卡是法兰西民族作家，他们告诉法国人有哪些选择，为人生永恒问题提供独特而强大的观点，他们负责编织灵魂(与此类似，也可以说莎士比亚是英国人的教育者，歌德是德国人的教育者，但丁和马基雅维利是意大利人的教育者)。[1]
>
> ——《美国精神的封闭》(1987)

1920年10月12日至1921年7月11日，英国思想家罗素（1872—1970）应邀来华演讲，演讲内容同时在《泰晤士报》连载，次年以《中国问题》为名结集出版。书中开宗明义定义“中国问题”：“中国的古老文明如今正经历着急剧的变化。中国在根本未受欧洲影响的情况下，完全独立发展了自己的文化传统，因而具有与西方截然不同的优点和缺点……”“现代中国在世界上的地位颇为特别，以人口和资源论乃头号大国，以实力论则末流国家，对此中国须避免‘全盘西化’、抛弃自身独特传统，否则徒增浮躁好斗、智力发达的工业化、军事化国家而已，而这些国家正折磨着这个不幸的星球……未来中国文化与政治、经济问题有关，而这些危险则通过政治和经济的影响而产生。”[2]这些论述曾引致陈独秀和鲁迅等人冷嘲热讽[3]。

1994年，四川大学曹顺庆教授在文章中写道：“长期以来，中国现当代文艺理论基本上是借用西方话语，长期处于文论表达、沟通和解读的‘失语’状态……”[4]2014年，在引进西方美学方面卓有成就的高建平研究员发现，中国人仍未建立自己的文学研究话语，他再度主张：“建立大国的学术要有大的气象，要在世界上发出自己的声音，当然，学术话语的建构要用学术的方式，按照学术的发展规律来进行，要面对其独特的问题。建设中国文学研究的话语，首先碰到的问题就是如何对待西方文论。”[5]与这些问题相呼应的是，百余年来大量文人、专业文学翻译家和研究者等，为了促使中国人追求个性解放，在并未真正认识欧美文学原委[6]的情况下大力引进欧美文学经典，以此替代而非丰富中国既有的经典序列，导致许多人把欧美文学作品所描述的情景当作行动的思想资源！

回首历史可以发现，晚清以来百余年中国发生了剧变；变局最直观的现象就是，传统价值体系加速崩溃、言文分离的言说方式和强调自我修炼的审美范式日趋衰微，中国日益成为经济全球化的一部分，加剧了与传统的断裂。如此局面自是肇始于1840年鸦片战争以来的情势：百余万清军竟不敌四千英军，一溃千里乃成不可逆转之大势。“落后就被打”的百余年历史进程，孕育出“落后就要挨打”的普遍认知。由是，不断加大引进洋人的生活方式和价值观。殊不知，第一次世界大战已经证实，西洋的船坚炮利未必能造福世界：列强在用其强行改变世界的同时又祸害其势力所及之地并殃及自身。对西洋文明如此深刻之危机，自19世纪40年代始，欧洲多国文学家就不断警醒国民，如英格兰小说家狄更斯的《雾都孤儿》《艰难时世》等，大量书写了当时正在成为世界殖民大国的英国之内部治理危机问题，法国诗人波德莱尔的《恶之花》《巴黎的忧郁》则昭示这种现代文明的恶果；自19世纪70年代始，西方知识界更是直面现代文明所带来的人伦危机，如尼采的《权力意志》《查拉图斯特拉如是说》等，几近呓语般斥责理性主义病症。更有甚者，1919—1920年梁启超考察欧洲，亲身观察到这种灾难乃祸起支撑现代科技的“进步”观念、强行建构的现代民族国家与传统国家疆域不尽一致的现实，作《欧游心影录》，向中国人介绍其所见所思，以图让当时的文化运动在颠覆中国传统文化方面有所顾忌。稍后就出现了上述罗素演讲，作为西洋人，他现身说法地指出西洋工具理性文明之危害，预言中国传统伦理可能是未来世界发展之基础。但浩浩荡荡学习西方以替代而非改造既有传统，成为百余年来无人可挡之洪流。废科举之前最先放眼看世界的士大夫，典型者如曾就读格林威治王室海军学院的严复，在引进西学方面功勋卓著，如翻译英国博物学家赫胥黎的《天演论》、苏格兰经济学家亚当·斯密的《原富》(《国富论》)、苏格兰哲学家穆勒的《群已权界论》《穆勒名学》、英国社会学家斯宾塞的《群学肄言》《孟德斯鸠论法意》等，实际上他是把这些思想家的著述当作普遍原理而非特定知识引入中国，故而少有研究英国社会变成大英帝国之过程中出现的内在问题，如彼时英国正值不断维持在英格兰传统基础上推进工业化进程，该进程对苏格兰和爱尔兰之破坏尤大，引发其在90年代末加紧诉诸自身的民族认同，哪怕英格兰借大英帝国强盛之势强力推行立足于英格兰文化基础上的市场经济和宪政制度，也未能阻止苏格兰和爱尔兰珍爱自身民族传统之大势。对此，严复在《论世变之亟》中却泛泛地说："常谓中西事理，其最不同而断乎不可合者，莫大于中之人好古而忽今，西之人力今以胜古；中之人以一治一乱、一盛一衰为天行人事之自然，西之人以日进无疆，既盛不可复衰，既治不可复乱。"[7]废科举前后，士大夫变成自食其力的知识分子，就已不遗余力地推崇西方文明，出现了如广东顺德人邓实所批评的"尊西人若帝天，视西籍如神圣"，毫不考虑所谓先进文明自身的问题；凡受过新式教育者无不痴迷于用洋文明替代本土世界，向往"新学"更是蔚为壮观，如鲁迅声言："方块字真是愚民政策的利器……汉字也是中国劳苦大众身上的一个结核，病菌都潜伏在里面，倘不首先除去它，结果只有自己死。"(《关于新文字》，1934年12月）而在苏格兰文化浸润中成长起来的辜鸿铭、在美国留学并在美国工作十年的"学衡派"创始人梅光迪、在美国获得文学学士和硕士的吴宓等人确切知晓西洋文明之症结，试图以传统中国抵抗之，但面对"新青年"，他们的努力收效甚微：受过新式教育的国人积极追求发达文明的价值观，他们认同欧洲所倡导的文明等级论，而不是倡导文明多样性，从而召唤社会大众广而从之。

这样一来也就不免令人困惑：明明那些识察西洋文明之不足者已多番指出其问题，而且西洋文明的真相还未被中国人澄清，作为知识它们尚未经静心察辨，为何欧美价值观仍被中国社会精英视如珍宝，迅速转化为思想资源，并被越来越多的国民所实践？仔细辨析，原来这种势不可挡在相当程度上源自对欧美文学的译介：百余年来，中国译介者或依据作者所在国家的审美标准引进西洋文学，或按已被洋化的审美观去理解文学，以图用所谓发达国家的文学改造中国人的审美标准，译介外国文学意外成为践行洋文明的动力！

第一节 “西方”作为崇拜的对象

历史进程显示，自1919年起中国人就突然认为：世界上最伟大的剧作家不再是关汉卿或汤显祖，而是莎士比亚。如此认知，根本就不管那个不讲贸易规则和经济伦理的英国，是如何通过政教合一的体制（王室教堂专门辟出“诗人角”，给某些能发掘出站在英格兰立场表达英国认同的作家以特殊位置），巧妙地确立了莎士比亚的地位。实际上，这位在西方所谓“无可企及”的莎士比亚[8]，其剧作内容具有强烈的地方诉求（英格兰中心论）、时代特征，观众或读者若不具备16世纪之前英伦三岛内部关系史或欧洲史知识，不探求这位剧作家历史剧和悲剧中所隐含的英格兰王国视野，不仅不可能读懂四大悲剧，更看不到《麦克白》《亨利五世》等是如何有益于贬损苏格兰王国，意外加剧苏格兰王国与英格兰王国之间的紧张，以至于英国内部对莎士比亚历史剧和悲剧的美学体验和评价至今仍无法达成共识。同样，中国人突然知晓了世界上最伟大的小说家不是曹雪芹，而是托尔斯泰、陀思妥耶夫斯基、巴尔扎克、狄更斯等。1908年，林纾为译作《孝女耐尔传》（《老古玩店》）作序时这样写道：“迭更斯盖以至清之灵府，叙至浊之社会，令我增无数阅历，生无穷感喟矣。中国说部，登峰造极者无若《石头记》，叙人间富贵，感人情盛衰，用笔缜密，着色繁丽，制局精严，观止矣……迭更斯则扫荡名士美人之句，专为下等社会写照。”这种判断，完全不考虑《红楼梦》虽为章回体小说却是世界上使用词汇量最多、涉及知识领域仅次于《圣经》的杰作，更不明白小说文体在西方国家出现乃城市化产物，并非这种言说方式天然就优越于世界其他民族的审美表达，更不论它们成为经典更有所在国当局之积极推动，以及这些作家自身的国家认同、民族情怀、基督教信仰等。汉语读者与这些背景知识、情感和美学经验等隔了好几层，难以领会，以至于在当年译介欧美文学高峰期，志希（罗家伦）的《今日中国之小说界》（《新潮》1919年元旦）援引美国芮恩施《远东当下思想政治潮流》（1911）的意见批评道："现在西洋文学在中国虽然很有势力，但观察中国人所翻译的西洋小说，中国人还没有领略西洋文学的真正价值呢！"

糟糕的是，这种状况至今未有根本改观。从1914年林纾和陈家麟翻译《人间喜剧》的"哲理研究"四个短篇小说以来，巴尔扎克成为知识界译介和讨论的重要话题之一，1950年之前已经译出其三十多部小说，此后更是把他奉为最经典的现实主义小说家之一。然而，如果认真阅读他的作品，就无法回避这样四重困惑：(1)《人间喜剧》中否定性描写的那些市场经济及其对传统社会伦理的冲击，在19世纪中后期已是欧洲社会常态，并作为现代性的后果之一催生了现代社会规则（如股票、债券、遗嘱及遗产税等）。如果承认这些资本主义成果对现代文明的贡献，并直面当下和未来社会发展趋势，就不得不反思巴尔扎克对资本主义之描写的意义完全是他个人对法国资本主义社会伦理形成过程的认知[9]。因而，我们需要做的工作是研究他何以这样叙述法国资本主义，而不是探究其创作中原本就不存在的普遍意义。(2) 小说作为审美文类，与讲求修辞炼句的浪漫主义诗歌相比，天然就有语言功力上的不足。在国语上有自恋倾向的法国人却把更多是口语化创作的巴尔扎克奉为法国文学经典作家，这就意味着我们必须理清法国人的文学经典化机制[10]，而不能仅仅依据1883年12月恩格斯在私人信件中所表白的个人见解，更何况法国奉行的是自由市场资本主义制度，何以把一位反对资本主义的作家视为经典？对此单纯局限于《人间喜剧》本身来诠释显然无济于事。(3) 中国翻译家和研究者遵从恩格斯的现实主义典型论，无法解释清楚法国人对巴尔扎克的认知，那封信说他的作品包含的"1815—1848年法国历史"比许多作家作品的总和还多，但实际上这一期间正是巴黎城市建设的黄金期，也是法国成为世界大国的关键期。倘若我们视《人间喜剧》为准确反映法国社会现实的伟大现实主义之作，就无法面对法国历史发展的真相。(4) 巴尔扎克确实强烈批评了资本主义给法国社会治理带来的问题，但却从未触及法国资本主义发展仰赖于对世界伤害深重的殖民主义。1830年，法国入侵阿尔及利亚，四年后宣布阿尔及利亚为法国属地，由此拉开了法兰西第二殖民帝国的大幕，并很快在北非扩大影响力，把中非地区纳入控制范围。在这个过程中，当时的法兰西媒体积极配合，大肆宣扬法兰西文明对推动非洲和亚洲的文明化之贡献。雨果曾对法国殖民扩张伤害中国和世界的行为予以强烈谴责，而这一点在巴尔扎克的创作中几乎不存在！《人间喜剧》更多关心的是巴黎及其郊区一部分有钱人或将要成为有钱人的悲欢离合，这种不触及时代重大问题历史真相的作品，又怎么可能进入具有普世性的现实主义经典行列？

问题的严重性并非只有阅读某些欧美文学经典时欠缺相应的历史知识，脱离历史语境而泛泛阅读，还有从晚清民初到20世纪20年代，中国没有人认真研究过任何一个国家的历史、文学。无论是留日的鲁迅和周作人等，还是留美的胡适之和林语堂等，抑或留学欧洲的徐志摩、钱锺书等人，他们无暇静下心来研究英法俄德美等国的文学真相，更多是借助国外视野评判中国问题，并且每个人的那套言说看似各有道理，但因他们都未认真研究具体国别文学，反而强化了这些国家文学在中国现代文学进程中不可企及的地位。更不可思议的是，几乎不了解这些文学大国之文学确切情形的状况至今也未彻底改观。我们知道，从晚清到1919年间，译介欧美文学蔚为壮观，英国作为文学大国的地位就此确立。例如，自上海商务印书馆1905年出版林纾和魏易合译的苏格兰作家司各特的《撒克逊劫后英雄略》（《艾凡赫》）、1907年出版《十字架英雄记》（《护身符》）和《剑底鸳鸯》（《未婚妻》）以降，司各特并非作为最重要的苏格兰浪漫主义小说家被引入，对其作品的译介虽从未中断，却只是因其妙趣横生的情节。故上文论及的《今日中国之小说界》声言："我现在还有四条意见，要对中国译外国小说的人说……（1）最要紧的就是选择材料。小说是要改良社会的，所以取的异国，总要可以借鉴，合于这个宗旨为妙，所以柯南道尔一派的小说可以不译。我们要了解的是世界现在的人类，而不是已经死了的人类，所以司各特一派中古式小说可以不译……"这种否定之声此起彼伏，如茅盾《评〈小说汇刊〉》也批评道："专图故事的突兀曲折，并无对人性的刻画，这样的小说只配作一般民众的消遣品，没有文学的价值。"[11]实际上，司各特创作了《威弗莱》《盖伊·曼纳令》《古董收藏家》《黑小侏儒》《清教徒》等著名作品，构成了苏格兰系列、英格兰系列和欧洲系列等，它们或通过言说苏格兰的艰辛历史，或叙述英格兰和苏格兰的历史恩怨，或叙述英格兰和欧洲之历史冲突，呈现了日益强大的大英帝国之内部紧张问题，以图唤起苏格兰人和爱尔兰人认同大不列颠及联合王国，并警示英格兰人要严肃面对历史。故司各特小说蕴含着认识英国问题的重大历史价值和美学意义。中国虽知晓“联合王国”的疆域和结构不断变动，但因晚清民初文学成为脱离历史语境而四处狂奔的野马，此后文学作为意识形态总有超常的地位，即使形式主义试图缩小文学直面社会问题的意义，但脱离历史语境和现实依据的文学阅读行为仍被合理化，致使“英国文学”（English Literature）能脱离“英国”概念而存在。实际上，主流英国文学史家对英国文学史的建构是处心积虑的，如在1536年英格兰和威尔士签署《联合法案》即两个王国合并之前，还是存在威尔士文学的；1707年前不存在大不列颠文学，当时还有苏格兰语、盖尔语、英语书写的苏格兰文学，1707年英格兰和苏格兰签署《联合法案》，英格兰文学和苏格兰文学在法律上变成了统一的大不列颠文学，但三百年来苏格兰知识分子却不满这种联合，顽强地维持着苏格兰文学；1801年英格兰又与爱尔兰合并，英国易名为“大不列颠及爱尔兰联合王国”，英国文学中增加了爱尔兰文学，但1922年爱尔兰共和国独立，爱尔兰北部仍被迫留在联合王国内，英国再度易名为“大不列颠及北爱尔兰联合王国”，爱尔兰文学是否属于英国文学范畴，而不仅仅是北爱尔兰文学作为英国文学的一部分，成为争议不断的问题。但是主流英国文学史很少对1707年的文学命名为“英格兰文学”（Literature in England），而是称之为“英国文学”，这个概念销蚀了英国文学创造者主体，掩饰了这片土地上的文学远非只有英语书写，而是还有法语、拉丁语、盖尔语、凯尔特语等书写[12]。到1914年，大英帝国的殖民地比本土大111倍，这些地方的文学是否属于英国文学，居然成为一个需要讨论的问题；第一版《剑桥英国文学史》第14卷（1916）把英国-爱尔兰文学关系、英国-加拿大文学关系、英国-印度文学关系、澳大利亚和新西兰及南非的殖民地英文写作，当作英国文学不同部分而各自专章论述，论述中还的确显示出这些地方的文学不是直接书写大英帝国意识形态，而是生动地呈现现代文明在这些地区所遭遇的抵抗、人文主义价值观实现之艰难[13]；随着1965年英联邦建立，逐渐形成了英联邦文学[14]。也就是说，就英国及其文学的构成而言，“英格兰文学”并不能替代甚至不能代表“英国文学”，1707年前存在独立的苏格兰文学，1707年后仍有苏格兰文学，司各特作品传达的正是1707年后苏格兰文学家对苏格兰在英国社会境遇的关切。但百余年来，如此重要作家的意义之于中国读者基本上是缺失的，直到2014年苏格兰“独立公投”，我们这才突然意识到英国内部问题是如此严重。联合王国并不是像中国那样多民族融合的产物，而是英格兰强行吞并威尔士、强迫苏格兰联合、强行合并爱尔兰的结果。这样的历史进程在威尔士、苏格兰和爱尔兰文学家中各有深刻描述，司各特就是呈现英国这种复杂历史的经典作家之一。可惜的是，新中国成立前所翻译的20种司各特作品却未能帮助中国人认真思考司各特创作之于其在英国文学史中的地位、这些作品所折射的英国内部紧张等问题，更不用说去思考英国主流文学史如何曲解司各特的创作，始终将其视为通俗小说家。

除了对司各特作品的持续误读，苏格兰诗人罗伯特·彭斯之于苏格兰民族认同问题也从未被中国翻译家认真探究过。没错，1909年苏曼殊就翻译了其诗篇《頳頳赤墙靡》(即《一朵红红的玫瑰》)，1926年9月《学衡》(第57期) 刊载12首彭斯 (彭士) 诗作，1944年3月《中原》刊载袁水拍译彭斯诗10首，译者大多提及他乃苏格兰人，但却基本上仅限于他作为英国农民诗人的范畴，苏格兰之于彭斯仅仅是英国的一个地方而已，其苏格兰身份及由此带来的苏格兰认同、拒斥英格兰等关键问题至今也不是很清楚 (近年来才有人开始探究)。如此一来，更遑论始终被称为伟大的英国浪漫主义诗人拜伦的复杂性：“除林译小说外，苏曼殊、马君武的译诗在当时的影响较大。苏曼殊翻译的《拜伦诗选》，特别是其中名篇拜伦之《哀希腊》，古雅铿锵，传诵一时。”[15]然而，这首出自拜伦长篇叙事诗《唐璜》的片段是不能独立于这首长诗的，因为诗人在诗中明确说自己是在苏格兰阿伯丁市长大，在身份上是苏格兰人。苏格兰生活经验和苏格兰情怀对其文学创作产生了深刻影响，成为拜伦对大英帝国政治不满的内在根源之一。如此重要的问题，在百余年来拜伦作品之译介和接受中从未得到彰显。至于出生于爱丁堡并毕业于爱丁堡医学院的著名作家柯南·道尔，其《福尔摩斯探案集》塑造了以逻辑推理和追求正义著称的神探福尔摩斯形象，实际上得益于18世纪苏格兰启蒙哲学之熏陶：出生并成长于爱丁堡的大卫·休谟在《人性论》扉页上就写着“尝试把推理的实验方法引入道德主题上来”，在导言中更是详细论述道：“因为关于人的科学是其他科学的唯一坚实基础，所以我们所能给予这种科学自身的唯一坚实基础，就必须建立在经验和观察之上。我必须问那些把推理建立在实体和偶性这一区分之上的哲学家们，实体这个观念是来自感觉印象，还是来自于反省印象？”休谟经过多番论述后断言，实体观念必来自反省印象，“知觉”分为“印象”和“观念”，“所谓观念指的是这些在思维和推理中的微弱印象”；在此基础上，他又出版了《人类理智研究》，深刻指出：“需要澄清假定的那个观念来自于哪个印象？若不能确定其任何来源，就证实了我们对这个观念的怀疑。通过如此清楚地解释各种观念，我们便可以合理地希望消除所有关于各自观念之本性和实在而产生的争议”，进而断言人本身更重要，提出趣味理论，认为美/丑不是对象的性质，而是取决于人对事物的情感。苏格兰常识哲学先驱杜格尔德·斯图尔特在《人类心灵的哲学要义》中认为，哲学的最大任务是确定事件的联系，因为哲学和物理学一样，“自然所确立的法则，只有通过对事实的考察才能加以研究；在这两种情形中，哲学法则的知识，导致了对无限多现象的解释”[16]。正是在这样的苏格兰哲学发展历程中，出现了强调内省和自我观察的苏格兰心理学，为后来精神科学的发展提供了可能性，使精神事实和生理学事实之间的关联得到了承认。柯南·道尔在爱丁堡大学求学期间，正是浸淫于这样的苏格兰哲学遗产之中，这样的训练过程连同其非英格兰身份，为其塑造福尔摩斯形象奠定了坚实的科学和理性基础。有意味的是，在刘鹗《老残游记》问世的前七年，张坤德1896年就在《时务报》上刊载了其所译的柯南·道尔侦探小说《英包探勘盗密约案》(《海军协定》)、《记伛者复仇记》(《驼背人》)、《继父诳女破案》(《身份案》) 和《呵尔唔斯辑案被戕》(《最后一案》)，此时距离作者出版《最后一案》仅过去三年时间；1903年商务印书馆在畅销期刊《绣像小说》上刊载林纾等人的译作，“呵尔唔斯”变成了“福尔摩斯”，到1906年就出现了“福尔摩斯热”，孙宝瑄《忘山庐日记》(1907) 中如是记录读后感：“余最喜西人包探笔记，其情节往往离奇俶诡，使人无思索处，而包探家穷究之能力有出意外者，然一说破，亦合情理之常，人自不察耳。”此后，其作品不断被刊行，如《华生包探案》(商务印书馆，1911)、《福尔摩斯侦探案全集》(中华书局，1926)。但没人关心这位机智神探破案的苏格兰哲学基础，自然也就不会去探究这个形象及其在中国催生的侦探小说与苏格兰的关系，进而福尔摩斯形象变成了对英国人智慧的张扬。而剥离福尔摩斯形象与苏格兰哲学之关系、销蚀其原作者的苏格兰情怀，正是主流英国文学史家的主张和希望所在！

这种情形意味着，依照英国文学史家所建构的英国文学经典标准，苏格兰文学家的身份在中国是失落的，威尔士文学命运亦然，爱尔兰文学也不例外[17]。接受这种英国文学经典，自然不会思考英国社会内部存在的紧张问题。如此历程，除了强化英国文学的普遍意义，完全无助于中国人借助文学恢复关于英国之真相!

问题是，在不清楚欧美文学经典所叙内容历史语境的情况下遵从其所在国批评家或文学史家的结论性判断，是百余年来普遍存在的现象，而远非译介英国文学所独有，以至于我们今天基本不清楚德国文学与德国哲学有何关系、路德版《圣经》对现代德国文学形成的影响何在，也不清楚除了题材外美国文学区别于欧洲文学的关键所在。诸如此类问题，不一而足。如此情势，以至于百余年来中国翻译家和研究者在论述某些作家作品时也能顾及特定语境，但因缺乏主体性的文学史观，无法理清世界各大国文学史观之形成机制，这就造成自1919年以来，英法美俄德等国文学史家所确定的本国文学经典被泛化为普遍的世界文学经典。这种所谓的“世界文学经典”掩盖了这些大国文学史被建构的真相及其所隐含的所在国实际历史问题。

第二节 崇拜“西方”

从晚清到民初，中国翻译家和研究者译介欧美等国许多重要/不重要的作家作品，给中国人建立了所谓世界文学经典，培养了中国人在这些文学家面前自惭形秽的心态，催生了相应的新文体，如福尔摩斯热激起的侦探小说；形成了新的文学观念，注重叙述技巧的小说被视为代表现代审美能力的文体，自由体抒情诗被认为能充分揭示人性的丰富性，注重矛盾冲突而非故事本身的戏剧被认为代表人类表演艺术的最高智慧，它们迅速战胜了被认为是体现中国之落后的章回体小说、格律诗、戏曲等中国传统文类。更重要的是，长此以往的结果竟是完全移植这些国家的文学史标准，而不是探究这样的文学史标准背后所隐含的问题。

平心而论，英法俄德等国在13世纪以后才有审美意义上的语言艺术，就文学史进程而言显然无法与中国文学媲美。姑且不论历史悠久的《诗经》《楚辞》《毛诗序》等，就彰显汉语光华的汉赋而言，16世纪的莎士比亚英语之光彩也未必能企及；若就《文心雕龙》关于文学的系统论述而言，应该是人类的诗学珍品，与基督教诗学相比有其不可替代的价值；唐朝文学艺术之发达，晚于其近千年的文艺复兴只能望其项背，若就诗歌创作技艺而言，唐诗的想象力和气魄，18世纪末至19世纪初的浪漫主义诗人未必能超越……正因中国文学艺术本身存有无尽的魅力，李泽厚先生的《美的历程》才产生了持久的影响力[18]。但自晚清译介《天路历程》以降，到20世纪20年代，英法德俄等国文学就被视为世界上最重要的文学，实际上使这些国家人为建构的文学史在中国毫无阻碍地获得了合法性。我们只要回溯英国人文学术研究史就可发现，自19世纪末建立英国文学史研究制度以来乔叟就被视为现代英国文学的奠基人，并非因其本人的文学业绩，而是因其最先被与英格兰王室关系密切的西敏寺接纳（1400），尤其是随着1553年英格兰国王亨利八世诏令英格兰教会不再向罗马教廷缴纳岁贡、第二年通过英格兰国王乃英格兰国教会最高领袖的《至尊法案》成为英格兰国教的圣公会，两年（1556）后就在乔叟墓地（西敏寺北耳堂东侧廊）附近建造纪念碑，以示对乔叟诗歌纯净本源的尊敬。此后圣公会就随着国家从英格兰发展成大不列颠、联合王国的进程，加大对文学进程的干预，如莎士比亚在英国文学史上具有至高无上的地位，得益于1740年在西敏寺最显眼的位置为其安放了一块壮观的嵌壁纪念碑。但是，威尔士、苏格兰及爱尔兰作家能进入西敏寺者甚少。直到19世纪中后期，苏格兰小说家司各特和苏格兰诗人彭斯等极少数人才有幸入选，理由如桑德斯在《牛津简明英国文学史》（1994）中所说，乃因西敏寺扩大入选范围，“说到‘英国的’文人，人们应该记得，维多利亚时期（西敏寺）主张（诗人角）兼收并蓄，增加了瓦尔特·司各特爵士和罗伯特·彭斯的半身像，并纪念了美国作家朗费罗和‘澳大利亚诗人’亚当·戈登”；“把文学视为不列颠民族的标志性成就，以及民族的统一性和国家制度连续性的体现”，19世纪50年代新议会大厅装饰图案中也选择了司各特作品的题材，“承认苏格兰在此统一体中的地位，并且很明显，没有找到爱尔兰的代表性人物”[19]。圣公会除了在克伦威尔革命期间，在英格兰一直享有崇高声誉，英格兰王室借力宗教干预文学之举，实际上为建构以英格兰文学为主体的统一的英国文学奠定了相应的基础，正如英格兰1536年强迫威尔士签署《联合法案》、1707年和苏格兰签署《联合法案》合并成大不列颠、1801年又与爱尔兰合并成“大不列颠及爱尔兰联合王国”，威尔士、苏格兰和（北）爱尔兰自此只是英国的一个地理区域一样，苏格兰文学、威尔士文学、（北）爱尔兰文学在英国官方的描述中也就成为以英格兰文学为主体的英国文学之元素，在表述上不再具有主体性价值、在审美上不再有独特的文化属性和文学传统。弥尔顿、莎士比亚、狄更斯等被视为英国文学经典，乃因英格兰王室为强化国民对国家的认同，通过这些作家的声望，有意识地在王室的教堂——西敏寺开辟“诗人角”，把这些作家的遗骸或塑像置于其中。英国主流文学史家以学术方式确认这样的标准，不同版本《剑桥英国文学史》《牛津英国文学指南》等大书特书他们的文学业绩。然而，中国按英国主流文学史观译介乔叟、莎士比亚、狄更斯、司各特、柯南·道尔等经典作家作品，还推崇这些国家主流学者按其政治正确的美学标准所编纂的文学史，或依据这样的文学史观编纂外国文学史，如翻译过泰戈尔小说和托尔斯泰《忏悔录》的王靖著述《英国文学史》（1920）、欧阳兰编纂《英国文学史》（1927）、曾虚白编纂《英国文学ABC》上下册（1928）、林语堂审校其侄子林惠元译作德尔默《英国文学史》（1930）等，乃英国主流文学史观之翻版。这样的英国文学史，直到20世纪末始有北京外国语大学王佐良先生试图改变之：从1984年年底开始，他和周珏良先生共同主持国家社科基金重点项目“五卷本英国文学史”，最初的阶段性成果《英国浪漫主义诗歌史》（1991）序言中写道：“本书是由中国人写给中国读者看的，因此不同于英美同类著作。要努力做到这几点：诗史要对所讨论的诗歌整体应有一个概观，找出其发展轨迹……要把诗歌放在社会环境中来看，根据当时当地情况，实事求是地阐释与评价作品。”[20]然而，王先生这样的努力仅启示了后来很少一部分学者。王先生之所以强调英国文学史著述的中国意识，是想突破牛津剑桥权威所形成的藩篱。稍后，程巍研究员又深刻指出英国文学所建构的“英国性”问题[21]，但至今应者寥寥，“英国文学”在中国仍是有机统一的！

何止是对英国文学的理解和建构，百余年来我们很少充分考虑《剑桥英国文学史》《牛津英国文学史》等所隐含的大英帝国认同、王室通过教会干预英国文学经典之确立过程，对世界各大国把文学视为塑造国民之国家认同最有效的手段这一情况我们也普遍缺乏认知，如法国先贤祠之于法国文学经典之确立的贡献，瓦尔纳神殿这座新古典主义建筑之于德国文学经典之确立的贡献，莫斯科新圣女公墓之于俄罗斯文学经典之确立的贡献；歌德和雨果的文学史地位各自得益于其所属国政府的极力维护，普希金的声望与俄罗斯帝国政府的推动亦不无关系。这种做法在“一战”前现代民族国家观念形成之际就已成为惯例，至今亦然。事实上，俄国文学经典人为建构性之复杂缜密程度，较之于英国有过之而不及，包括政府推动的文学家博物馆制度、中学开设文学史的教育制度、鼓励艺术和文学联姻的文化生产和消费制度等，以及文学史家在制度框架下的文学经典序列之安排，如科学院俄罗斯文学研究所教授利哈恰夫院士1999年去世时备极哀荣，就因他致力于恢复古罗斯文学的“悠久历史”并彰显俄罗斯文学的伟大性，而这正是俄联邦政府要推广古罗斯文学之普遍价值所需要的。

事情的严重性远不止于此：英法德俄美等国文学经典变成世界文学经典，译介这样的经典被视为一项神圣事业，由此百余年来翻译家/研究者对所翻译/研究的作家作品失去了主体性审视能力，大多顶礼膜拜，而不敢触及所翻译/研究对象本身可能存在的问题。朱生豪（1912—1944）以一人之力翻译《莎士比亚全集》，他在“译者自序”中写道：“每译一段，必先自拟为读者，察阅译文中有无暧昧不明之处；又必自拟为舞台上之演员，审辨语调是否顺口，音节是否调合。一字一句之未惬，往往苦思累日。”诚可谓舍身译莎剧（1935年开始翻译，到1944年年末贫病离世，共译出莎剧31部半，1947年上海世界书局以《莎士比亚戏剧全集》为名分册出版）。怀着崇敬之情去翻译欧美文学几乎是那些著名翻译家的共同特征，如有著名翻译家翻译《叶甫盖尼·奥涅金》耗时十年之久。这种以虔诚之心面对欧美文学的做法一直被传为佳话，结果也就可想而知：促使一代代译者断不敢把所翻译对象当作一个需要研究的文本，用中国知识分子的主体意识去辨析，而是希望如何用汉语去深刻传达这些经典所保有的微言大义，而这也正是耶鲁大学教授布鲁姆在《西方正典》中所批评的：“对前人之作的解读，需要一定的防范意识，因为对前人作品的一味赞誉会抑制创新。”[22]

这样的外国文学汉译历程，使得许多外语工作者误认为：只要把时间和精力耗费在某部经典的精细翻译上，就一定能译出原作的精髓。然而，不精通德文、法文而从英文转译著作中得来的有关欧洲大陆的思想观念并不可靠。实际上，大多数译者都没有能力深究英法德俄等国语言史演变及其所负载的文化信息变动，多是通过当下语法修辞之规范去翻译、理解不同时代的文学经典。这样的翻译，无论译者多么努力和严谨，都不可能达到严复所言“信达雅”之第一个标准。这一情形在20世纪50年代诸多俄语工作者的翻译中可谓再常见不过：由于学识、视野、理论、历史知识等多重局限，他们是触摸不到苏联文学的俄罗斯文化底蕴的，难以理解19世纪俄罗斯文学经典背后的古罗斯传统诉求。除了魏荒弩、左少兴、刘宁、陆桂荣、王松亭等极少数懂教会斯拉夫语的专家，无人敢去触碰18世纪之前的古俄语文学。许多俄语工作者一生大部分时间都投身于对所谓经典的翻译（多为重译）和教学，若重译，则和此前译本之区别仅仅是在个别字句上。相随而至的，自然是难以准确传达俄语中诸多司空见惯的基础词汇。试以“人民”为例：这个基础词汇在中国的魅力，与俄文词“народ”的翻译不无关系！20世纪20年代末，瞿秋白等人就把它译成有意识形态限定的“人民”，进入30年代，这样的“人民”概念日渐流行，与当时已经定下的“国民”概念相冲突，1949年后俄语词народ更是理所当然地被译成“人民”。事实上，就俄语词源学而言，这个词最初是民族学意义上的，指有特定语言、文化、疆域、宗教、历史的居民，如不同国家可能生活有同一个民族的居民（欧美许多国家都有犹太人），或者同一个民族的人散居不同国家（如苏格兰人散居法国、加拿大、美国、澳大利亚、新西兰等，流散本土外者的总数比留在本土者还要多），但这样的居民不能称为“国民”，唯有同一个国家内生活的不同族裔居民之总和才构成该国的国民。自18世纪中后期始，俄国就开始频繁使用Народ（国民），以区分热爱俄国的自己人和不爱俄国的他者，1782年帝俄政府设立“国民学校管理委员会”，1802年改名“国民教育部”，1817—1824年间易名为“宗教事务和国民教育部”，在普希金、果戈理、托尔斯泰、陀思妥耶夫斯基等经典作家笔下，народ没有阶级区分，指称的是俄罗斯帝国的国民，以此表达对帝俄之认同，陀思妥耶夫斯基甚至因为痴迷于这个概念而振振有词地藐视东方民族；托尔斯泰的《战争与和平》基本上就立足于这个概念，把18世纪末纳入帝俄版图的华沙等波兰城市理所当然地视为俄国，那里的原住民波兰人与新迁移去的俄罗斯人一样都属于俄罗斯帝国居民，拿破仑进攻这些地区就是侵略俄罗斯帝国；屠格涅夫的《前夜》塑造了新国民的形象——1855年俄国在克里米亚战争中战败，国民由此憎恶奥斯曼土耳其帝国，帝俄政府旋即暗中支持保加利亚人起来反抗殖民统治，美丽而知性的贵族少女叶琳娜宁可放弃贵族艺术家对其真诚之爱，也要追随献身祖国解放事业的保加利亚青年英沙洛夫。苏维埃政权伊始，俄语剧烈变动，народ的语义变成了被赋予政治成分的“人民”，苏俄居民由“人民”和“人民的敌人”组成，把帝俄维持社会秩序的“警察”变成了维护人民利益的“人民警察/民警”[23]。然而，中国那些进步知识分子把苏维埃的语言学标准予以泛化，并推及18、19世纪文学、历史、哲学等。如1833—1849年间兼任国民教育部长的科学院院长乌瓦罗夫伯爵，鉴于法国大革命“自由”“平等”“博爱”口号在俄国产生的巨大影响力，结合俄罗斯帝国的具体情况相应提出“正教信仰”“王道”“国民性”三个概念，20世纪40年代末以来，中国译者将其强行译成“民族性”。这样的翻译完全背离了乌瓦罗夫的初衷——这位博学的政治家希冀以此召唤被纳入俄罗斯帝国版图的各族裔居民对国家的认同、缓解少数族裔和俄罗斯族裔的冲突。与此同时，19世纪中叶文学批评家杜勃罗留波夫的名作《论俄罗斯文学发展中的国民参与程度》也被译成《论俄国文学发展中人民性渗透的程度》[24]。即使译成“民族性”，也会在理解过程中充满矛盾，如翻译别林斯基的名篇《文学的幻想》，“民族性——一个多么神奇的字眼！在它面前浪漫主义又算得了什么呢！实际上，这种致力于民族性的追求是极为重要的现象”。20世纪末这种用法有所改变，如俄联邦宪法中明确写道：“我们，俄联邦多民族构成的国民，在自己的国土上组成了命运共同体。”[25]对俄文的这样翻译也殃及对英文“people”的认知：民国初年就已使用“国民”概念，如上海有月刊《国民》，《民国日报》有副刊《国民闲话》，但到后来一律译为“人民”。随着时间推演，没人再敢辨析这一概念所指的悖谬及其演变[26]。

更严重的是，以崇敬之心翻译外国文学远不只是文学行为本身，而是要借机发动冲击传统中国认同的思想革命。鲁迅在《摩罗诗力说》中倡言：“今且置古事不道，别求新声于异邦，而其因即动于怀古。新声之别，不可究详；至力足以振人，且语之较有深趣者，实莫如摩罗诗派。”1919年出现的文化运动整体上是以欧美文学为标准，旨在诉求社会进步和革新；如陈独秀在《青年杂志》创刊词中声称，世界各国皆“遵循共同原则之精神，渐趋一致。潮流所及，莫之能违”。陈氏本人在译介或研究外国文学和文论方面的贡献乏善可陈，但却在《文学革命论》中云："自文艺复兴以来，政治界有革命，宗教界亦有革命，伦理道德亦有革命，文学艺术，亦莫不有革命，莫不因革命而新兴而进化。近代欧洲文明史，宜可谓之革命史。故曰，今日庄严灿烂之欧洲，乃革命之赐也。"相较于伟大的欧洲文学，故中国要"推倒雕琢的阿谀的贵族文学，建设平易的抒情的国民文学；推倒陈腐的铺张的古典文学，建设新鲜的立诚的写实文学；推倒迂晦的艰涩的山林文学，建设明了的通俗的社会文学"；因为在欧美文学的观照下，中国文学"未足以语通俗的国民文学也"。进而，他推崇欧美文学，"予爱卢梭、巴士特之法兰西，予尤爱虞哥（雨果）、左喇（左拉）之法兰西；予爱康德、赫克尔之德意志，予尤爱桂特郝（歌德）、卜特曼（霍普特曼）之德意志；予爱倍根（培根）、达尔文之英吉利，予尤爱狄铿士（狄更斯）、王尔德之英吉利"。实际上，陈独秀从未认真研究过任何一位作家。

也就是说，以欧美文学为引导是此后知识界的潮流。郑振铎在《文学丛谈》（1921）中声言："想在中国创造新文学，不能不取材于世界各国，取得愈多，所得愈深，新文学始可以有发达的西文。我们常说新文学者实不可放弃了这介绍的责任。"介绍外国文学的目的是为了给中国发展自己的新文学提供思想资源和技术支持，尤其是这样的目的得到了主流话语乃至制度的支持，在今天看来是令人疑惑的，至少是中断了中国自身文学传统及其知识体系、价值系统，使得长达两千多年的中国文学遗产最多只能以知识状态存在于边缘地带。实际上，艾伦在《中国演剧手册》中就声称，中国戏"比我们的戏更加精致、更加完善，并有着更高的道德要求"，认为梅兰芳、姜妙香等人的精彩演出显示出，"在这个世界上，中国戏几乎无与伦比。唯一可与之媲美的可能就要算是莎士比亚的戏了"，进而注意到当时中国演剧盲目模仿西方的现象，担忧这反而会导致中国戏剧艺术的衰落[27]。

至于把欧美经典小说的某些诗学特征当作普遍文学批评概念，强行拿来解释中国文学史，曲解中国文学发展事实，这是又一个严重问题。法国大革命对欧洲的冲击力，尤其是拿破仑要向欧洲推广法国价值观，激发了18世纪末至19世纪初欧洲知识界强烈关注自己国家及民族自豪感，作家和诗人表面上书写的是神奇的自然景观、奇异的民俗民谣，实则这种"浪漫主义"诗学是要彰显自己的民族自豪感、国家的伟大；19世纪30年代之后欧洲流行的"现实主义"，则是各国小说家务实描写资本主义社会现象的诗学；19世纪50年代开始，资本主义都市化加剧了个体与社会之间的紧张，个人存在之于社会发展变得无足轻重，人所创造的文化、社会、都市反过来成了对人的压迫，由此催生出波德莱尔用扭曲和变形的修辞诉诸无可奈何之情绪的象征主义诗歌，这样的诗歌和象征主义绘画一道引发欧洲人反思现代性，促成了19世纪与20世纪之交的象征主义思潮。事实上，西方“浪漫主义”诗学完全无法运用于中国古代文学，尤其不适合唐代文学；汉诗发达特指抒情诗发达，培养了传统中国文人对修辞炼句的孜孜以求，相形之下，叙事长诗在中国诗歌史上难以觅见；进而，与山水画、古筝等含蓄表达传统文人思绪相呼应，诗歌重视隐晦表达情感也就成为传统，这与象征主义可谓风马牛不相及。然而，作为中国第一部完整的“中国文学批评史”，朱东润的《中国文学批评史大纲》（1944）在论及“初唐盛唐时代之诗论”时却这样说，陈子昂和李白之后唐代论诗者可分为两派，“一、为艺术而艺术，如殷璠、高仲武、司空图等。二、为人生而艺术，如元结、白居易、元稹等”[28]；用浪漫主义和现实主义概念解释李白和杜甫的诗歌，或者把欧美文学经验提升为文学批评标准并用来解释中国文学史这样的做法成为绵延不绝的潮流。在这样的背景下，钱锺书先生在杨绛所译勒萨热的《吉尔布拉斯》中补充很多注释，引领读者认识到该作仅仅是法国18世纪流行的历险记，而非世界性经典，这一做法具有重大价值。

第三节 崇拜“西方”文学之后果

这样崇拜外国文学的结果就是：译介和研究外国文学带来的问题远远超出文学本身。我们常说五千年来中华文明源远流长、给人类文明做出了巨大贡献，然而这样的表述在欧美文学盛行的实际生活中是没有分量的。所谓中国历史没有中断，自然包含人口生产制度。人口生产制度则受婚姻家庭模式影响。论及中国婚姻家庭制度，《唐律疏议·户婚》明确规定：“一夫一妇，不刊之制。”这种文明的婚姻制度影响到社会伦理关系，催生出无数感人的诗篇。苏轼的《江城子》：“十年生死两茫茫。不思量，自难忘。千里孤坟，无处话凄凉。纵使相逢应不识，尘满面，鬓如霜。夜来幽梦忽还乡。小轩窗，正梳妆。相顾无言，惟有泪千行。料得年年断肠处，明月夜，短松冈。”李清照的《孤雁儿》（下阕）：“小风疏雨萧萧地，又催泪千行。吹箫人去玉楼空，肠断与谁同倚？一枝折得，人间天上，没个人堪寄。”元稹的《离思》：“曾经沧海难为水，除却巫山不是云。取次花丛懒回顾，半缘修道半缘君。”李商隐的《锦瑟》：“锦瑟无端五十弦，一弦一柱思华年。庄生晓梦迷蝴蝶，望帝春心托杜鹃。沧海月明珠有泪，蓝田日暖玉生烟。此情可待成追忆，只是当时已惘然。”……这些凄婉动人的诗句书写的是夫妻恩爱，且吻合儒家规训“发乎情止乎礼”，而非婚前用来诱惑对方的恋爱豪情。然而，在晚清以来译介外国文学的冲击下，在汉译本《汤姆·琼斯》《理智与情感》《少年维特之烦恼》《新爱洛伊斯》《村姑小姐》《安娜·卡列尼娜》等作品的引领下，以爱情为基础的婚姻大行其道。实际上，文学中倡导的这种婚姻在生活中很难做到。自1902年梁启超《新中国未来记》引用《唐璜》第三章片段“哀希腊”以降，苏曼殊、马君武、胡适之、闻一多等著名人物无不涉足翻译拜伦作品，1924年中国甚至掀起拜伦译介高潮，贵族拜伦勋爵在中国不断被塑造为民主斗士。事实上，在拜伦那里，“爱情”只是滥情的借口，他在婚姻上尤为看重门第和金钱。在莫洛亚的《拜伦传》中，拜伦对婚姻的算计是如此不堪：“拉尔夫米尔班克爵士正打算给女儿一份年收入为一千英镑的嫁妆，三百英镑给拜伦夫人作零用钱，七百英镑给拜伦勋爵作为终身年金。将来有一天，安娜贝拉会从温特沃斯勋爵那儿继承一笔年收入为七千或八千英镑的财产，由她和拜伦勋爵平分。在拜伦一方，以纽斯特德庄园的财产作为担保，正式给妻子总数达六万英镑的一笔收入，估计年收入为两千英镑。”[29]正是因为在婚姻上如此算计，还在蜜月中他就带着妻子去情人（堂姐）家寓居，很快又打发怀有身孕的妻子尽快回娘家，离婚，甚至为争财产而对簿公堂。岂止拜伦在婚姻上如此看重金钱，德俄法等国许多著名作家亦是如此。如此一来，随着人性解放日趋深入，性之于爱情变得更有实质意义，劳伦斯《查泰莱夫人的情人》（1928）大胆书写性之于英国中产阶级婚姻的危机，虽不为英国主流社会所认可，但在婚姻之外寻找性满足则势不可挡，最终该小说于1960年被承认合法。

欧美这些文学名家的爱情或婚姻行为直接影响了中国社会。1920年10月罗素来华演讲的论题虽然抽象，却是震动知识界，但其此行不合中国礼俗之举——携带婚外情女人多拉·布莱克同行，居然不是引发有着礼教传统之中国文人的批评，相反，一些中国学生也模仿罗素，称之为“罗素式爱情”（1921年罗素回国后与多拉·布莱克结婚，1932年两人离婚）。相较于此，1906年高尔基携带情人去美国访问，得知同行者不是他的妻子，马克·吐温等作家纷纷取消预定的会晤。没错，欧洲已经接受了爱情可与婚姻脱离的观念：罗素照旧于1949年被选为英国科学院荣誉院士，1950年获得英王颁发的勋章，同年荣获诺贝尔文学奖，1952年又与第四任妻子结婚。1901年，浙江奉化岩头村人毛福梅和蒋介石成亲，这位支持夫君求学和革命的缠足女子，在夫君功成名就后得到的却是现代爱情的羞辱——四十岁的蒋介石开始追求留美归来的宋美龄。1927年12月1日，蒋介石在《申报》上同时刊登两则启事：一为离婚声明（“毛氏发妻，早经仳离；姚陈二妾，本无契约”），一为结婚声明，宣布与宋美龄结婚，自此和宋美龄过着快乐的现代婚姻生活，而毛氏夫人只能在青灯孤房里艰难度日，直到1939年12月12日在溪口镇死于日机轰炸。

鲁迅的《伤逝》深刻地讲述了青年男女无所畏惧地追求爱情之后的深沉悲剧，但却无法抵挡中国自成体系的传统婚姻被否定之潮流，又遑论期望增加婚姻中的“爱情”因素以补充和丰富中国婚姻传统伦理。引进这等欧美文学作品之后果就是，一代代在欧美文学滋养下成长起来的青年男女再也不用节制被激发的本能和欲望，他们在“爱情”这一冠冕堂皇的旗号下，无视男女交往及婚姻的自我克制和道德自律。实际上，《村姑小姐》诉求的是子女恋爱可以，但婚姻须由父母决定；《安娜·卡列尼娜》则警示，在现代情欲对婚姻的冲击下，社会要付出太多的成本。而且欧洲人完全清楚资产阶级罗曼蒂克的虚假性，因为试图把婚姻建立在充满激情的爱情之上，这本身就是不可能的：“夫妻是社会最基本的细胞，他们的基本力量来自于两个拥有独立而不同性格的人，但就是这样的两个人决定组成‘一个既不存在融为一体，也不存在分离，更不存在从属关系的家庭’……同时，爱欲和欲爱之间的冲突，也给他们的生活和梦想增添了不可预测的未来。”[30]

更严重的是，欧美文学经典原本是各国用来维系自身文化传统的载体，而在进入中国后却被演绎成替代旧有秩序的手段！于是便出现了本文开篇所引罗素所担忧的那些问题，但他的睿智之论不敌社会潮流，时隔一轮（1933年7月）变得更为严重，以至于胡适应邀在芝加哥大学发表题为“当下中国文化的走向”英文演讲，开宗明义提出何谓“中国问题”，即“一个古老的文明已经被强制性地、违背自己意志地纳入了与西方新文明经常而又频密的接触之中，而这一古老文明清楚地自我表明，对解决民族生存、经济压力、社会与政治无序以及知识界的混乱等问题是完全无能为力的”[31]。也就是说，在亚欧大陆东端独立发展起来的传统中国文明，强行被英国和世界其他先行现代化的国家纳入了所谓现代文明轨道，并因与现代文明国家交锋时中国人屡屡战败，致使自20世纪初以来怀疑自身文化基因不足以解决“中国问题”成为时代潮流；其间伴随着大量引进这些国家的文学，以替代而不是补充和丰富中国既有的文化，以为这是推动解决“中国问题”的最佳方式，结果导致中国传统的生存方式、价值观、言说方式等日益弱化，1905年废科举后文人的尊严就不再以拥有知识多寡而定，1911年建立共和制，原本承认社会阶层差别的传统有序之中国开始加速远离现代中国人，以至于到了百余年后的今天，在中国普遍的价值观和生活方式中，传统道德难见，个人欲望泛滥。

然而，并非转型国家一定要立即抛弃本土的制度化传统。彼得改革推动沙俄变成世界第二大殖民帝国却未使俄国完全欧化，就因三百年来无论怎么变革，总保持东正教信仰在民间生活中的基础性地位，并在壮大过程中凸显俄罗斯作为斯拉夫民族的主体性地位。同样，明治维新并未摧毁日本天皇制度，国民的国家认同在基层没被破坏，从大唐引进的礼仪典章不因社会管理制度的西化而断裂。同样，传统中国社会也有自己的一套价值体系；格雷斯认为：“中国是另外一条可供选择的人类发展道路，其原因……在于其文化，中国文化体现于家庭价值观、进取精神、职业伦理，对教育、能力、学问的严肃态度，尊敬父母、上级和社会等级制度，同时具有强烈的社群主义。”[32]但百余年来中国引进西方文学经典，却是要给中国建构一种新的文学知识体系，“立身”“修德”“求道”“秩序”等传统价值观不断消隐。而此类问题原本是可以有所预防的：郭嵩焘借出任驻英公使兼任驻法使臣之机，认真观察和思考英法两国，著述《伦敦与巴黎日记》（后缩写成《使西纪程》），发现英伦“国政一公之臣民，其君不以为私。其择官治事，亦有阶级、资格，而所用必皆贤能，以与其臣民共之。朝廷之爱憎无所施；臣民一有不惬，即不得安其位。自始设议政院即分同异二党，使各歇其志意，推究辨驳，以定是非；而秉政者亦于其间迭起以争胜。……朝廷又一公其政于臣民，直言极论，无所忌讳；庶人上书，皆与酬答。其风俗之成，酝酿固已久矣”[33]。这一重视制度建设的认知，远比一味模仿西洋要深刻。只可惜，郭嵩焘将《使西纪程》寄回国祈求总理衙门出版，却遭普遍反对。同样可惜的是，严复在《拟上皇帝书》(1898）中直言：“臣闻天下有万世不变之道，而无百年不变之法。盖道者，有国有民所莫能外。自皇古以至今日，由中国以讫五洲，但使有群，则莫不有其相为生养、相为保持之事。既有其相生养、相保持之事矣，则仁义、忠信、公平、廉耻之实，必行于其间。否则其群立散，种亦浸灭。”[35]稍后，其《与〈外交报〉主人书》(1902）中更是提出：“今之教育，将尽去吾国之旧，以谋西人之新欤？曰：是又不然。英人摩利之言曰：‘变法之难，在去其旧染矣，而能择其所善者而从之。’方其汹汹，往往俱去。不知是乃经百世圣哲所创垂，累朝变动所淘汰，设其去之，则其民之特性亡，而所谓新者从以不固，独别择之功，非暖姝囿习者之所能任耳。必将阔视远想，统新故而视其通，苞中外而计其全，而后得之，其为事之难如此。”[36]这些文字并非无的放矢，然而，面对中国不断败北、制度革新不力的局势，如此洞见竟无人理会。令人不胜唏嘘的是，在1996年世界经济峰会上，马来西亚总理马哈蒂尔声扬：“亚洲价值观是世界价值观。欧洲价值观是欧洲人的价值观。”[37]

问题还在于，引进欧美文学成为潮流，其后果与欧美诸国“汉学”在目的上正好形成反差：“汉学”在欧美的主体是译介和研究中国语言文学，但这些被译介欧美的中国语言文学经典不是要进入欧美既定的语言文学体系，以改变这些国家读者的语言认知、审美观念，而是作为特殊知识领域的汉学或东方学之一部分而存在，给他们国民中有些希望了解中国的人士提供一种叫“中国语言文学”的专门知识，从而强化用汉语书写《老子》《论语》等文本的中国人是不同于白种人的“他者”。换句话说，欧美等国不会将外来文学所传达的价值观作为本土的指导思想。正因如此，1921年同时来华演讲的杜威如是评价在中国演讲产生轰动效应的罗素：“作为一位名副其实的欧洲人，罗素或许对欧洲文化和欧洲人应向亚洲学习什么感兴趣；相较于此，这个世界上最古老、深厚、广泛的文明如何内在地再造这一巨大而重要的话题却未能引起他的关注。”[38]

正因起作用的不是传统中国文学，而是这些被译介的欧美文学，所以在20世纪上半叶出现了与下述原则相矛盾的现象：一个有着足够长历史的民族，若有相伴而生的文学艺术，这就构成了这个民族从传统国家向现代民族国家转型的最重要资源。而这种矛盾现象在世界上各传统国家向现代民族国家的转型过程中极为少有。彼得大帝开启的俄国启蒙主义式改革，强行在日常生活方式和社会组织方式上推行欧洲模式，但俄罗斯东正教文学经典仍然成为抵抗西化的审美基础，并借助把俄罗斯东正教会纳入国家治理层面而使所引进的欧洲文学受到美学的检验，从而使得沙皇俄国转化为俄罗斯帝国，不断创造出替代欧洲文学经典的“世界文学经典”。同样，日本明治维新强行推进“脱亚入欧”，但脱离的是中国文学经典，而不是用欧洲经典来摧毁《源氏物语》等日本经典及其审美基础。

20年前曹顺庆教授的“失语症”之说并非其一厢情愿之言。季羡林先生在《东方文论选·序》中有言：“我们东方国家在文艺理论方面噤若寒蝉，在近现代没有一个人创立出比较有影响的文艺理论体系……”香港中文大学黄维梁教授在《龙学未来的两个方向》中也提及：“在当今的世界文论中，完全没有我们中国的声音。20世纪是文评理论风起云涌的时代，各种主张和主义争妍斗丽，却没有一种是中国的。”“失语症”概念之争不再，但“失语症”所指称的问题并未克服。2016年，联合国教科文组织在全球范围内纪念莎士比亚、塞万提斯和汤显祖逝世四百周年活动，但这并不会让中国传统文学经典的边缘化地位得到有效改观。

当然，“中国问题”最早并非肇始于引进欧美文学，而且在很大程度上也不是文学所为，但在译介欧美文学的历程中未能冷静地让汉语读者知晓不同国家的文学真相和经典序列及其机制，结果便是：介绍别国文学经典越多，中国自身主体性的审美能力受影响就越深。更糟的是，这一现象在其他领域整体上开始得到遏制，如在体育领域，众多国际赛事证明了中国人的竞技体育能力并不输于白种人；在科技和经济领域，高铁技术、航天事业、经济发展规模和速度等证明了中国的强大存在；屠呦呦获诺贝尔生理学奖，证实了中医的魅力，但在文学艺术领域却仍在延续：国外文学奖和文艺奖成为我们评价国内文学艺术家业绩的标准。而这正是罗素在《中国问题》中所说：“孔子已无法满足现代人的精神需要。接受过欧美教育的中国人意识到，必须使中国传统文化注入新的元素，而我们的文明正好投其所需。”[39]

当然，我们无意否认百余年来引进西方文学的伟大意义，只是希望大家认识到：以寻找思想资源的毕恭毕敬姿态这样去做，事实上贻误了用其完善中国的目的和机遇。20世纪90年代，有位经济学家指出，当时方兴未艾的对外开放不断引进和模仿西方，一旦模仿空间消失，各种制度滞后的危险就会显现。因而，中国需要在认识主要现代文明国家之真相的基础上，认清这些国家文学所诉诸的审美目的及其表达方式，将其经典和当下作品视为一种文学现象而非世界经典，客观地引进介绍。换句话说，21世纪以来对西方诸多经典和文学的大规模引入，不应视为百年前“拿来主义”之延续——译介西方文学和理论不能抱以“西天取经”的目的，因为当代中国问题不仅是现代性的普遍后果之一（西方也有此类病症），还有现代性在地化（中国化）的独有特点，所以译介西方文学和理论，重要的是提供相应的知识和启发。

■ 注释

1 Allan Bloom, *The Closing of the American Mind*. New York, etc.: A Touchstone Book, 1987, p.52.

2 罗素：《中国问题》，秦悦译，学林出版社，1996年，第2—4、49页。

3 参见：《陈独秀致罗素先生的信》(《新青年》第八卷第四号)；鲁迅《坟·灯下漫笔》(《鲁迅全集》第1卷，人民文学出版社，2005年，第228页)。

4 曹顺庆：《文论失语症与文化病态》，载《文艺争鸣》1996年第2期。

5 高建平：《从当下实践出发建立文学研究的中国话语》，载《中国社会科学》2015年第4期。

6 如程巍：《文学的政治底稿：英美文学史论集》，复旦大学出版社，2014年；《泰坦尼克号上的中国佬：种族主义的想象力》，漓江出版社，2013年。

7 《严复集》第一集，中华书局，1986年，第1页。

8 至今西方仍这样认为，如布鲁姆《西方正典》按维科《新科学》所说的“神权、贵族和民主”理论，论述代表西方经典的伟大文学家，却时常以莎士比亚为标准，对其推崇备至，到了无以复加之地步。详请参见《西方正典：伟大作家和不朽作品》，江宁康译，译林出版社，2005年，第2、7、17—19、28—29、39、412页。

9 W. H. Helm, *Aspects of Balzac*. London: Eveleigh Nash, 1905.

10 David Bellos, *Balzac Criticism in France, 1850–1900: The Making of a Reputation*. Oxford University Press, 1976.

11 转引自陈平原:《中国小说叙事模式的转变》，北京大学出版社，2003年，第119页。

12 参见宋达:《百余年"英国文学"汉译史：苏格兰文学何在》，载《首都师范大学学报》2016年第5期。

13 A.W.Ward & A.R.Waller, *The Cambridge History of English Literature*. Vol. XIV. Cambridge: at the University press, 1917, pp.1–2.

14 Alan L. McLeod, *The Commonwealth pen: An introduction to the literature of the British Commonwealth*. Ithaca, N.Y.: Cornell University Press, 1961. David Daiches, British & Commonwealth literature. Middlesex: Penguin Books, 1971. Peter J. Kalliney, *Commonwealth of letters: British literary culture and the emergence of postcolonial aesthetics*. New York: Oxford University Press, 2013.

15 王建开:《五四以来我国英美文学作品译介史：1919—1949》，上海外语教育出版社，2003年，第17页。

16 ［澳］亨利·洛瑞著:《民族发展中的苏格兰哲学》，管月飞译，浙江大学出版社，2014年。

17 茅盾《近代文学的反流：爱尔兰的新文学》的论文（载《东方杂志》17卷6号），在知识上知晓爱尔兰文学是不同于英国文学的，但并未在诗学上澄清爱尔兰文学真相，导致乔伊斯《尤利西斯》等作品在中国虽然不断有人翻译、研究，但多依据现代主义的一般性特点论述这位作家在意识流小说创作上多么富有智慧，其作品如何呈现了人类最根本的情感与道德。

18 关于李泽厚对中国文学艺术的美学论述之价值，越来越得到发达国家人文学界的承认:《诺顿文学批评文选》(2010)收录其《美学四讲》选段，也就意味着西方开始正视他所讨论的对象——中国传统文学艺术。

19 ［英］桑德斯著:《牛津简明英国文学史》，谷启楠等译，人民文学出版社，2000年，第5、7页。

20 王佐良:《英国浪漫主义诗歌史》，人民文学出版社，1991年，第1—2页。王佐良先生身体力行，其主编的这套《英国文学史》揭示所谓“英国文学”概念的复杂性，以及英格兰、苏格兰、威尔士和爱尔兰这四个民族（nation）的各自文学贡献。

21 程巍：《隐匿的身体》，河南大学出版社，2009年，第1页。

22 ［美］哈罗德·布鲁姆著：《西方正典：伟大作家和不朽作品》，江宁康译，译林出版社，2005年，第6—7页。

23 民警很快成为苏俄是警察国家之明显象征，与斯大林“大清洗”时期权力膨胀的“人民法庭”一道，危及苏联国民。对此，莫斯科观念主义诗人普里戈夫写有著名的后现代主义诗篇《民警颂》（1976）。

24 要说明的是，关键概念理解有误，对字句翻译再认真也无法传达真髓，这和译者的俄语水平不相干。

25 В. С. Малахов, Народ // А. А. Гусейнов, Г. Ю. Семигин, Новая философская энциклопедия. 2-е изд. М.: Мысль, 2010, С.302.

26 “人民”概念极为复杂，列宁、毛泽东、德里达等各有论述，法国La Fabrique出版社出版的论文集《什么是人民？》（*Que c'est-qu'un peuple?*）中收录了巴迪欧《“人民”一词用法的24个笔记》等文章。

27 B.G. Allen, *Chinese theatres handbook*. Tientsin (China) : La Librairie Française, 1920, p.25.

28 朱东润：《中国文学批评史大纲》，上海古籍出版社，2001年，第93页。

29 ［法］莫洛亚著：《拜伦传》，裘小龙、王人力译，浙江文艺出版社，1985年，第189页。

30 Johan Huizing, *The Autumn of the Middle Age* (trans. By Rodney J. Payton & Ulrich Mammitzsch). Chicago: University of Chicago Press, 1996, pp.422-423.

31 Hu Shih, *The Chinese Renaissance*, Chicago · Illinois: The University of Chicago Press, 1934, p.1.

32 ［丹麦］格雷斯著：《西方的敌与我》，黄素华、梅子满译，上海人民出版社，2013年，第469页。

33 郭嵩焘：《使西纪程》，岳麓书社，1980年。

34 薛福成：《薛福成日记》下，吉林文史出版社，2004年，第538页。

35 严复：《拟上清帝书》，载《严复集》第一册，中华书局，1985年，第61页。

36 严复：《与〈外交报〉主人书》，载《严复文选》，百花文艺出版社，2006年，第

157页。

37 *Economist*, March 1996.

38 Quoted Jessica Ching-Sze Wang, *Dewey in China: to Teach and Lear*n. New York: The State University of New York Press, 2007, p.82.

39 [英] 罗素 :《中国问题》, 秦悦译, 学林出版社, 1996年, 第50页。

关于契诃夫戏剧在20世纪的影响

董晓

作为一位跨世纪剧作家，安东·契诃夫（1860—1904）对20世纪戏剧的发展有深远的影响。美国剧作家尤金·奥尼尔、阿瑟·米勒、田纳西·威廉斯尊其为“艺术之父”；荒诞派戏剧家贝克特、尤内斯库、阿达莫夫等从其戏剧中汲取了丰富的灵感；中国现代剧作家曹禺、夏衍等人受其启发，开创了中国现代戏剧的“非戏剧化倾向”，曹禺更是因契诃夫而完成了自身艺术风格的转型。凡此种种，都是契诃夫之影响的明证。

一

从第一部公开发表的多幕剧《伊凡诺夫》开始，契诃夫的戏剧便呈现出独特的静态性美学特征。在其戏剧代表作《海鸥》《万尼亚舅舅》《三姊妹》《樱桃园》中，这种静态性体现得更加明显。可以说，在契诃夫的戏剧创作历程中，静态性的获得是其戏剧创作走向成熟的重要标志。从《海鸥》首演失败到后来被认可，表明人们接受了契诃夫新的戏剧风格，而契诃夫正是欲以其静态的戏剧改变俄国人固有的戏剧审美习惯，实现其戏剧艺术的创新。

契诃夫戏剧的静态性表现在人物行动的阻滞、对话交流的隔阂、言语的停顿，以及人物行动之环境背景的抒情氛围烘托等方面。

人物行动的阻滞是契诃夫戏剧静态性的最显在因素。《海鸥》《万尼亚舅舅》

《三姊妹》《樱桃园》中均鲜明地呈现出人物行动的阻滞性。在这几部作品中，剧作家没有给观众提供一个完整的戏剧动作，乃至人们难以梳理出一个连贯统一的戏剧事件；人物的动作大都没有通往这一行动所指向的结果，如叶尔米洛夫所言："契诃夫的剧作不仅缺乏外部变化，而且仿佛在否定变化，有意突显生活过程的不变性。"[1]《万尼亚舅舅》《三姊妹》《樱桃园》的第一幕及第四幕仿佛构成一个圆圈，第四幕重又回到第一幕的场景，人物均显示出原先的心境，似乎其间什么也不曾发生，苏联戏剧理论家津格尔曼认为："圆圈式的模式是契诃夫喜欢运用的戏剧动作结构方式。"[2]这种圆圈式模式的戏剧动作结构，造成人物行动不断被阻滞，从而向观众展示了人物动作的无结果性，当代俄罗斯学者波洛茨卡娅说："契诃夫剧本中的冲突最后是以独特的方式解决的，即什么都没有真正解决，每个人都保持着他原先的样子。"[3]这突显了整个舞台的静态性。

在契诃夫的戏剧中，人物行动的阻滞往往与人物之间语言交流的阻滞联系在一起。契诃夫剧中人物之间语言交流的阻滞加剧了人物行动的延缓与停滞，从而削弱了舞台的动态性，增强了其静态的显现。契诃夫的剧中人物时常各说其事，而事件的进展便在人物之间语言的种种阻隔中延缓下来，呈现出趋于静态的特征。

停顿是契诃夫剧中经常使用的艺术手段。契诃夫之所以在其剧作中无数次刻意使用这一提示语，自然是为了让人们充分体会人物情感之间丰富的潜流，而从显在的舞台呈现这个角度来看，契诃夫剧中频繁出现的人物言语的停顿的确起到了加强舞台静态性特质的功能。譬如，契诃夫剧中众多的停顿或者对正在宣泄的情感、正在引向高潮的情绪起到平抑作用，以此缓解情绪的高涨抑或情绪间对立的激化，进而延缓戏剧冲突进展的节奏，或者起到情绪转化作用，将人物之间对话的紧张感破坏掉，从而也缓解了矛盾的激化。

人们时常论及契诃夫戏剧的抒情性特征。在契诃夫的戏剧中，舞台抒情氛围的营造是与动作的阻滞、事件演进节奏的舒缓相配合的。飘散着淡淡哀愁的抒情气氛烘托出舞台的犹豫情调，使不断被阻滞的行动与冲突在确定的时空中停滞下来，与剧作家忧郁的抒情相交融，为观众提供一种有着更为深广感受的空间与时间，从而增强了观众对戏剧的静态体验。

自19世纪末以来，静态化成为戏剧发展的一种趋势。易卜生作为19世纪末欧洲剧坛影响最大的剧作家，其剧作中已经露出从动态向静态演化的苗头。如果说他创作中期的社会问题剧《玩偶之家》《人民公敌》《社会支柱》等还具有比较明显的动态性，那么在其后期创作的《野鸭》中，静态性特征已初见端倪。契诃夫当年对易卜生的否定主要源自两人不同的戏剧观，但他对易卜生的否定主要是针对那几部社会问题剧。事实上，易卜生晚期剧作的变化已经与后来契诃夫的戏剧观念相差无几，而这也正好说明了从晚期的易卜生到契诃夫所展现的戏剧发展的总体趋势。进入20世纪，这一趋势变得更加鲜明。20世纪的剧作家创造性地借鉴了契诃夫静态戏剧的表现方法，在自身戏剧创作中主动追求静态性的艺术特质。譬如，尤金·奥尼尔作为美国20世纪最杰出的剧作家之一，其戏剧创作的演变就显示出向静态化的转变。如果说《天边外》《榆树下的欲望》中的戏剧冲突具有鲜明的动态性特点，那么到了《进入黑夜的漫漫旅程》，其戏剧冲突的静态化特征已相当明显，剧作家更加致力于对静态化下人物内心世界微妙变化的细腻捕捉。

20世纪中叶产生的荒诞派戏剧则更具静态化特质。波洛茨卡娅认为："荒诞派将契诃夫戏剧动作的缓慢发展到极致。"[4]这正体现了契诃夫对荒诞派戏剧的影响，如美国戏剧史家斯托维尔所言："'安静'场面的艺术处理是杰姆逊和契诃夫作为印象主义大师的共同之处。这一点后来在贝克特那里得到发展。"[5]在贝克特的《等待戈多》里，两个流浪汉在舞台上毫无逻辑联系的只言片语支撑起整部戏的结构，其静态性特质非常显著；尤内斯库的《椅子》《秃头歌女》更是取消了几乎所有外在的戏剧动作，突显出舞台的静态性。

中国现代剧作家曹禺和夏衍等人同样受到契诃夫静态戏剧美学风格的影响。论及曹禺对契诃夫的接受，人们惯常提及曹禺创作完《雷雨》后的心态变化："写完《雷雨》，渐渐生出一种对于《雷雨》的厌倦。我很讨厌它的结构，我觉出有些'太像戏'了。技巧上，我用的过分。……我很想平铺直叙地写一点东西，想敲碎了我从前拾得那一点点浅薄的技巧，老老实实重新学一点较为深刻的。我记起几年前着了迷，沉醉于契诃夫深邃艰深的艺术里，一颗沉重的心怎样为他的戏感动着。"[6]曹禺这番话说明了他从易卜生转向契诃夫的着眼点在于对戏剧动作和冲突的表达方式，即对戏剧静态化的认同。于是，曹禺在《日出》里摈弃了《雷雨》的结构形式，开始向静态戏剧演变。从《日出》到《北京人》，曹禺逐渐完成了他的艺术风格转型。在这一转型过程中，戏剧动作之静态性的增强极为显著。《北京人》是曹禺艺术风格转型完成之作，它之所以被认为最具契诃夫风格，与其静态的舞台呈现有直接关系。《北京人》成功地借鉴了契诃夫戏剧平淡悠远的静态化艺术特色。同样，夏衍的《上海屋檐下》也弱化了紧张的戏剧动作，渲染了忧郁的抒情氛围，体现出契诃夫艺术风格的影响。

二

契诃夫戏剧的静态性弱化了外在的戏剧动作，从而缓解了紧张显在的戏剧冲突。这是契诃夫戏剧观念的体现。他曾说过这样一句话："人们吃饭，仅仅是吃饭，可是在这时候他们的幸福形成了，或者他们的生活毁掉了。"[7]这句话体现了契诃夫对欧洲传统戏剧过于张扬外部冲突的反感。因而，在《海鸥》里，特列勃列夫与母亲的冲突虽有莎士比亚式的悲剧情愫，但最终在对艺术的体悟中消解，没有发展成《哈姆雷特》式的激情，而特列勃列夫的自杀也被放在了幕后；《万尼亚舅舅》中万尼亚与老教授的冲突最终也消融在平淡的庄园生活中；《三姊妹》里姑嫂间的对抗始终被三姊妹对未来和莫斯科的徒然向往抑制着；《决斗》里真正的决斗也终未到来。在契诃夫那些静态性的作品中，人与人之间的对抗减弱了。

契诃夫刻意淡化人与人之间外在的紧张冲突，从而为人们感受剧中人与人内心的紧张冲突，感受平静生活画面里人物内心的微澜提供了深广的空间。在《万尼亚舅舅》中，庄园生活看起来缺乏事件冲突，即使万尼亚对老教授心有不满，即使他一怒之下朝老教授开枪，也终未形成一场真正有结果的事件的冲突。但在表面缺乏事件冲突的平淡的日常生活画面里，万尼亚与教授之妻叶莲娜、阿斯特罗夫医生与叶莲娜、阿斯特罗夫与万尼亚之侄女索尼娅、索尼娅与叶莲娜、叶莲娜与丈夫老教授、万尼亚与老教授之间，却是自始至终交织着丰富而细微的情感交流与冲突。将人们的注意力从对事件之间的对抗转向人物内心情感细微的冲突，这是契诃夫将戏剧舞台静态化、去动作化的一个重要目的。这一理念对20世纪戏剧影响甚大。

奥尼尔早期戏剧中的外在冲突极其强烈，如在《天边外》中，主人公罗伯特与他的哥哥以及露斯之间的爱情纠葛成为剧情发展的主线；而在其晚期代表作《进入黑夜的漫漫旅程》中，外在的事件冲突消退了，突显的是深度的心理剖析。表面平静的家庭生活情景下暗藏着内心涌动的洪流，剧作家对人与人之间心灵碰撞的揭示达到了相当的深度。奥尼尔创作上的这一显著变化在20世纪戏剧发展史上颇有典型意义。

中国现代戏剧的“非戏剧化倾向”也突显了这一趋势。在契诃夫艺术风格的影响下，夏衍在《上海屋檐下》中淡化了戏剧的外在冲突，消除了突兀离奇的情节。匡复、杨彩玉、林志成三人之间本该得到紧张表现的关系被淡化处理，剧作家潜入人物内心世界，透过五家小市民平庸的日常生活琐事，表现了人物内心丰富的潜流。曹禺在《雷雨》中那环环相扣、层层推进的戏剧冲突表现方式，在《北京人》中被淡淡的忧郁抒情氛围下人物之间内心情感的细微碰撞所替代。曾文清与愫方之间难以名状的情感交流，恰因外在戏剧动作的缺位而变得更加丰富。

契诃夫淡化戏剧冲突的另一个重要目的是将戏剧内在的冲突引向另一层面加以深化，即更具形而上色彩和抒情哲理意味的人与环境、人与时间的冲突。这是契诃夫戏剧静态性特征更为本质的意义所在。戏剧冲突的这一转化，是契诃夫对20世纪戏剧发展做出的重要贡献。诚如童道明先生所言：“契诃夫之所以比19世纪末曾经较他更出名的同行（易卜生）更有资格充当新戏剧的前驱人物，就因为正是他在世界戏剧史上第一个用一种全新的戏剧冲突取代了‘人与人的冲突’模式。”[8]在《樱桃园》这部戏中，樱桃园固然富有诗意，但它的失去是必然的，女主人朗涅芙斯卡娅固然懂得美，但她终究无法保住庄园。在人与环境、时间的对抗中，人是渺小的，正如《万尼亚舅舅》中万尼亚和索尼娅注定要在乡间默默劳作，阿斯特罗夫医生注定要与孤独为伴，正如《三姊妹》中充满幻想的三姊妹注定无法回到莫斯科。契诃夫的静态戏剧突出了人在时间与环境面前的无可作为。在《樱桃园》里，剧作家并不是为庄园的消失而忧郁，而是为人无法阻止这一消失而忧郁。人类的进步竟以美的失落为代价，这就是人类的命运，这就是人与时间和环境相冲突的必然结果。从契诃夫的静态戏剧中可以品出他对人类荒诞的生存状况的忧虑。

20世纪中叶荒诞派戏剧家对契诃夫戏剧静态性的自觉追求，恰恰与他们对契诃夫戏剧所隐含“荒诞性”的理解联系在一起，也就是说，他们从契诃夫的剧作中读出了人在时间面前的无奈。荒诞派戏剧家以前所未有的悲凉、绝望的心境面对当代世界，他们所欲表现的正是人类面对无法操控的命运时的无奈与绝望。从这里面可以悟出他们与契诃夫之间的内在联系。尤内斯库在谈到《樱桃园》对他的启发时说：“《樱桃园》揭示的真正主题和真实性内容并不是某个社会的崩溃、瓦解或衰亡，确切地讲，是这些人物在时间长河中的衰亡，是人在历史长河中的消亡，而这种消亡对整个历史来说才是真实的，因为我们每个人都将要被时间所消灭。”[9]应该说，尤内斯库对《樱桃园》的感受更接近于契诃夫的本意。荒诞派戏剧家将契诃夫对人之生存状态的无奈感受延续至对20世纪人类生存境遇更加冷酷的反思中：在尤内斯库的《椅子》里，可以体悟到人生探索追求的徒劳性；在《秃头歌女》中，契诃夫剧中人与人之间语言交流的阻滞更加荒诞化地表现为语言交际的彻底失败、人与人沟通的彻底无望。在贝克特的《等待戈多》中，可以看到当代人对自己生存其中的世界，对自己命运的一无所知，可以窥视到人类在一个荒诞的宇宙中的尴尬处境。贝克特将契诃夫《三姊妹》中的等待主题更加抽象化地表现为人对主宰其命运的时间的无奈，如吉尔曼所言：“等待，即生活，本来就没有意义。”[10]荒诞派戏剧家以荒诞的形式，将时间统治下人的行动的意义彻底消解，其间包含着对当年契诃夫忧郁无奈之感的当代回应。

同样是受到契诃夫戏剧风格的影响，中国现代剧作家却难以在这一层面上与契诃夫产生共鸣。这不能不说是一个遗憾。与西方荒诞派戏剧家相比，中国现代剧作家对契诃夫的理解与接受更多倾向于戏剧表现的艺术手段，契诃夫剧中那体现了荒诞意识的忧郁，在中国现代剧作家那里基本上没有得到展现。以曹禺的《北京人》为例，愫方的形象常被中国学者视为曹禺笔下的三姊妹或索尼娅。然而，愫方的光明结局与三姊妹和索尼娅的无奈境遇之间的区别何其大！愫方的形象从艺术上讲塑造得很成功，但曹禺由此而显示出的乐观的憧憬与契诃夫那冷酷严峻的无奈感形成鲜明对照。契诃夫对人类生存境遇的荒诞性体悟，我们在《北京人》中是体会不到的。这是一个遗憾，但也是中国现代戏剧发展中一个无法避免的局限。20世纪三四十年代是中国现代剧作家自觉借鉴和接受契诃夫影响的时代，但那个时代中国历史文化所呈现出的总体趋势（为人生的现实主义观），决定了中国现代剧作家无法真正地去体验荒诞意识。

三

论及契诃夫戏剧的影响，人们往往将其局限在戏剧冲突的淡化、舞台氛围的抒情诗化等风格，以及由此而出现的所谓“潜台词”“停顿”等表现手法的运用上。事实上，契诃夫对这些艺术风格和手段的运用，是为了喜剧性的生成。喜剧精神是其戏剧艺术世界最根本的特质。文学影响的研究不仅要揭示风格的影响，更应探究风格背后所隐藏的内在艺术精神。只有观照内在艺术精神，才能更准确地认识产生影响的根本因素。就曹禺而言，其《北京人》之所以被认为最具契诃夫风格，固然因其忧郁抒情的特点，但更是因为这一抒情背后却又显出喜剧性特质。曾浩、曾思懿、江泰等人物所固有的滑稽性与曹禺嘲弄的眼光形成该剧内在的喜剧性。该剧因而成为曹禺最具喜剧性之作。这证明，真正的影响之源是契诃夫的喜剧精神。笔者认为，契诃夫对20世纪戏剧的影响，其本质就在于其喜剧精神。

契诃夫的喜剧精神是独特的，否则也就不会有所谓“契诃夫之谜”和《樱桃园》的“体裁之谜”。

《樱桃园》是一部喜剧，但又绝非一部传统意义上的喜剧。对其喜剧性的理解必须联系到该剧对传统喜剧观念的继承与超越，联系到近百年来现代喜剧观念的发展与深化。美国戏剧理论家皮斯在论《樱桃园》时指出：“泪与笑紧密相连。契诃夫将行动置于笑和泪犹如刀刃的交界处。但他不想在两者中求中立，他要使同情和怜悯在喜剧性中增强，或者使喜剧性在哭中加强。”[11] 也就是说，契诃夫在《樱桃园》中表现出的喜剧观，强调对悲痛的喜剧化表达。因此，他的喜剧世界具有典型的悲喜剧性。对人生悲苦的喜剧式观照确是《海鸥》《万尼亚舅舅》《三姊妹》《樱桃园》这些契诃夫戏剧代表作最本质的艺术观念。这些悲喜剧作品中饱含着深刻而内敛的幽默。契诃夫的文学生涯是从发表幽默故事开始的。不过，外显的幽默并不具有内敛的幽默那种独特的内涵。只有当幽默与忧郁相结合，将幽默的天赋与对人生的无奈感受相交融，才会发展成契诃夫式独特的内敛的幽默。剧本《海鸥》《万尼亚舅舅》《三姊妹》《樱桃园》和小说《带阁楼的房子》《带狗的女人》《套中人》《姚内奇》等这些代表契诃夫最高创作水准的作品，均包含着这种体现了对生活本质之喜剧式观照的幽默精神。这种幽默体现了作家的冷酷，这种冷酷则表明其眼光深邃，明察人类荒诞的生存状态。这种幽默使作品超越了外在滑稽的闹剧性而获得了深刻的喜剧性。

悲喜剧并非悲剧与喜剧之叠加，亦非滑稽因素与悲剧式体悟之混合。悲喜剧是真正意义上的喜剧，而非介于悲剧与喜剧之间的“混血儿”，它从本质上深刻体现了喜剧之精神。自17世纪意大利戏剧家瓜里尼首创悲喜剧之后，作为喜剧的一种特殊形态，它在19世纪末以来的一百多年间有长足的发展。作为新型喜剧精神之体现，悲喜剧始终伴随着人类对生活的荒诞体验和无奈感受的不断深化。认识不到这一点，就无法更深地认识契诃夫艺术世界的本质所在，以及契诃夫对包括中国现代话剧在内的20世纪戏剧的根本影响。悲喜剧的产生有其合理性：既然人们意识到喜剧所产生的笑并不应当总是轻松愉快的，换言之，喜剧诗人并不该只去观照生活中那些轻松愉快的方面，那么如何用喜剧方式去审美地表达生活中可悲的、忧伤的方面，也就成为喜剧作家新的任务。19世纪中叶以后，在现代主义文学产生和发展的背景下，随着人们对现代生活之复杂性的认识愈加深刻，传统喜剧观发生了显著变化，喜剧与悲剧泾渭分明的传统界限渐渐模糊，诚如克尔凯郭尔所言：“喜剧与悲剧在无穷的极点上相交——即在人类经验的两个极端上相交。”[12]人们意识到，正是在对痛苦的审美观照中，在笑与深刻的痛苦相交融时，喜剧才会获得新生。悲喜剧艺术由此获得了广阔的发展空间，英国当代戏剧理论家辛菲尔指出：“喜剧正是建立在双重机会、双重价值之上。……喜剧时常与悲剧的行动轨迹重合，而又不失其自主性。相反，喜剧凭借自己的资格，大胆地、不合逻辑地向一些传统上只属于悲剧的价值提出了挑战。”[13]这种与悲剧的融合，正是现代喜剧精神对传统喜剧观的深化。契诃夫的戏剧创作有力地推动了这一现代喜剧精神的生成。

20世纪悲喜剧的发展与人类自身对世界的荒诞体验的加深有密切关系。早在19世纪末，法国象征主义诗人戈蒂耶就说过：“喜剧本身就是一种荒诞的逻辑。”[14]这句话表明了现代喜剧精神与荒诞意识之间的联系。这种基于对人类自身存在的荒诞体验之上的喜剧精神，在20世纪中叶的荒诞派戏剧那里得到了淋漓尽致的显现。荒诞派戏剧将悲喜剧艺术提升到一个新的高度，将契诃夫剧中那内敛的幽默化作绝望的冷笑。尤内斯库认为喜剧会使人哭得甚至比正剧还厉害，这种看法所包含的对喜剧的理解，将契诃夫剧中的忧郁延伸至更加极端、激烈的程度。由此也就不难理解，为什么荒诞派剧作家会自觉地汲取契诃夫戏剧的艺术养分。将契诃夫这位带有象征主义意味的写实主义作家与荒诞派戏剧联系起来，看似“荒诞”，其实崇尚写实风格的契诃夫与荒诞派戏剧之间并无不可逾越的鸿沟。契诃夫对人类生存境遇的忧患意识，引起了荒诞派剧作家的共鸣。贝克特、尤内斯库、阿尔比、阿达莫夫等人都从契诃夫的悲喜剧中得到帮助。

契诃夫戏剧所显现出的对喜剧与悲剧之传统界限的模糊化倾向，随着20世纪文学中荒诞意识的加强而变得日益突出。这在荒诞派戏剧中表现得尤为明显。尤内斯库所说的“滑稽性的就是悲剧性的”，正好表达了对悲喜融合的要求。这种悲喜交融并不是要去消解掉双方，而是将传统的喜剧精神通过悲与喜的现代融合，提升到一个新的更高的境界。荒诞派剧作家以前所未有的悲凉、绝望的心境面对当代世界，他们所欲表现的是人类面对无法操控的命运时的无奈与绝望。他们将契诃夫内在的喜剧精神延续至对20世纪人类生存境遇更加冷酷的反思中。

面对世界的不可把握性，荒诞派戏剧家将契诃夫喜剧精神的冷酷性发展到极致，直视人类面对荒诞生活的无奈。尤内斯库认为：“只有无可解决的事物，才具有深刻的悲剧性，才具有深刻的喜剧性。”“由于喜剧就是荒诞的直观，我便觉得它比悲剧更为绝望。喜剧不提供出路。”[15]这种强烈的反乌托邦理念需要作家具有更强的主体意识和更高的理性眼光。在这种更高理性的眼里，过去的理性“被本身变质为庞大的不合理的真实”。[16] 一旦艺术家具有了这样的主体气质，他就能以喜剧而不是悲剧的眼光去看待荒诞而虚无的、令人沮丧的当代世界，他就能感受到人的悲剧都是带有嘲弄性的。尤内斯库认为：“对现代批判精神来说，没有什么东西可以被完全严肃地对待。”[17]以笑的姿态直面残酷人生的荒诞性便可将绝望之情归于平静，缓解因对世界的荒诞感受而产生的焦虑与不安，进而获得一种宁静感。这种宁静感是剧作家以其主体意识战胜和超越荒诞现实的结果。只有具备超脱精神才会有荒诞意识，这是荒诞派艺术具有喜剧性的根本原因。正是在剧作家主体精神的彰显中，荒诞派戏剧体现了与传统喜剧精神的一致性，即马克思所说的“理性的幽默高于理性的激情”。[18]意识到荒诞并去取笑之，就必须成为这种荒诞的主人。这便是艺术家主体精神的凸显——荒诞体悟中彰显出的主体精神。在这种主体性的观照下，荒诞派剧作中的人物大都具有某种“外位性”。观众与之无法认同，剧作家使观众从外面而不是依据其本人的观念来看待人物身上发生的事情。这就使荒诞派剧作无论题材有多么阴郁悲凉，都能呈现出喜剧性特质。荒诞派剧作家将契诃夫戏剧中就已隐含的这种喜剧精神与人类对存在的荒诞体验联系在一起，这种喜剧精神的生成显然离不开契诃夫式忧郁喜剧的熏染。在《等待戈多》里，贝克特将《樱桃园》中主人公面对厄运时那滑稽的“无畏”所包含的对命运的超越，更冷峻地表现为主人公“掩住挫折，站在高处俯视死亡”的态度。对死亡的这种态度超越了悲剧对死亡的感伤和恐惧，乃是真正喜剧精神的体现。苏联导演艾弗罗斯说过：“契诃夫以《樱桃园》向人们表明，时间就像旋风，人在它控制下，比它弱。这就是巴尔扎克式的‘人间喜剧’，对此不应发笑。”[19]荒诞派戏剧家以荒诞的形式将契诃夫戏剧中那最后一点传统理性之光消磨掉，但透过他们绝望的冷笑，又依稀可见契诃夫那温柔抒情掩饰下面对人类命运的忧郁眼神。这便是契诃夫喜剧精神的深远影响所在。

不过，这种喜剧精神在曹禺、夏衍等深受契诃夫影响的中国现代剧作家那里却未得到深刻体现。曹禺的《北京人》虽有一定的喜剧性，但这一喜剧性更多体现在曹禺对旧式没落家庭的嘲笑上，而并非契诃夫剧中那融于痛苦与荒诞体悟中更具现代性的冷酷的喜剧精神。

20世纪是喜剧艺术得到充分发展的一百年。这与20世纪人类对自身生存的荒诞体悟是分不开的。20世纪的人们愈来愈认识到，面对历史的荒诞和生活的无奈，与其悲痛哀挽，莫如居高临下地“苦笑”。这正是20世纪喜剧艺术取得比悲剧更大发展的原因。昆德拉在《玩笑》中写道：“人们陷入了历史为他们设的玩笑的圈套；受到乌托邦的迷惑，他们拼命挤进天堂的大门，但大门在身后砰然关上时，他们却发现自己是在地狱里。这样的时刻使我想到，历史是喜欢开怀大笑的。”这段话表达了20世纪人类在历史命运捉弄下的无奈之感。现代喜剧精神就是用“理性的幽默”去抚慰历史的捉弄所带来的精神灼伤，超越无奈之感，求得豁达的生活观，最终取得对荒诞的胜利。正是这一精神需求，使得契诃夫内敛的幽默喜剧获得愈来愈多的当代回应，其独特而深刻的喜剧精神成为影响20世纪戏剧发展的最根本因素所在。

■ 注释

1 叶尔米洛夫：《论契诃夫的戏剧创作》，张守慎译，作家出版社，1957年，第224页。

2 Б.Зингерман：*Театр Чехов и его мировое значение*. Москва：изд. рик русанова. 2001,с.130.

3—4、19 Э. Полоцкая：*Вишнёвый сад：жизнь во времени*. Москва：изд. наука. 2004, с.164, с.201, с.226.

5 Peter Stowell, *Literary Impressionism, James and Chekhov*. Georgia: University of Georgia Press, 1980, p.31.

6 曹禺：《日出》跋，《曹禺全集》第一卷，花山文艺出版社，1996年，第387页。

7 [俄]契诃夫：《契诃夫论文学》，汝龙译，安徽文艺出版社，1997年，第379页。

8 童道明："契诃夫与20世纪现代戏剧"，载《外国文学评论》1992年第3期，第14页。

9、15 黄晋凯主编：《荒诞派戏剧》，中国人民大学出版社，1996年，第76、50页。

10 贝克特等：《荒诞派戏剧集》，施咸荣等译，上海译文出版社，1980年，第6页。

11 Richard, Peace. *A Study of the Four Major Plays*. New Haven and London:Yale University Press, 1983, p.119.

12—14 [加]诺斯罗普·弗莱等：《喜剧：春天的神话》，傅正明等译，中国戏剧出版社，1992年，第183、203、186页。

16—17 [英]阿诺德·欣奇利夫：《荒诞说：从存在主义到荒诞派》，刘国彬译，中国戏剧出版社，1992年，第97、84页。

18 《马克思恩格斯全集》第15卷，人民出版社，1964年，第587页。

卡夫卡对当代中国文学的影响和启示

曾艳兵

对于中国作家乃至中国文学而言，2012年最重大的事件莫过于莫言荣获诺贝尔文学奖。诺贝尔委员会的颁奖词为：莫言“将魔幻现实主义与民间故事、历史与当代社会融合在一起”。在诺贝尔委员会看来，莫言的创作显然受到拉美魔幻现实主义的影响。莫言对此并不讳言，他说：“像我早期的中篇《金发婴儿》《球状闪电》，就带有明显的魔幻现实主义色彩。”[1]作为魔幻现实主义最重要的作家，同时也是对当代中国文学影响最大的作家，哥伦比亚的马尔克斯对莫言的影响和启示自然不容忽视。“先锋派文学是西方现代主义思潮涌入中国的直接呼应，寻根文学则是《百年孤独》等魔幻化叙事和因外来参照而逐渐强化的民族精神文化源流的再审视。在先锋派文学和寻根小说之间活跃着的莫言，或者说与二者联系最为密切的莫言，在某种角度上可以被定位为用先锋文学的技法包裹了寻根文学内涵的当代作家。”[2]而对马尔克斯影响最为深远而又重大的作家就是卡夫卡，是卡夫卡引发了马尔克斯写小说的兴致。如果说卡夫卡影响了马尔克斯，马尔克斯又影响了莫言，那么我们是否可以说卡夫卡间接影响了莫言？当然，卡夫卡并非只是通过马尔克斯间接影响了莫言，他也直接影响了莫言的创作观念和手法，这在莫言日后的文字中也有记载。事实上，卡夫卡对中国当代作家的影响又何止是莫言，受他影响的中国当代作家包括宗璞、余华、格非、马原、徐星、刘索拉、皮皮、蒋子丹、残雪等。故有作家说：“卡夫卡影响了我们每个人，而不仅仅是作家。”[3]可以说，卡夫卡影响了整整一代中国作家。

卡夫卡对中国文学的影响主要发生在当代[4]，准确来说是1979年之后。在此之前，中国读者对卡夫卡是比较陌生的。以笔者所见材料来看，中国最早提及卡夫卡的是沈雁冰，他在《小说月报》第14卷第10号（1923年10月）“海外文坛消息”专栏发表了《奥国现代作家》一文。沈雁冰将卡夫卡译为“卡司卡”，将卡夫卡评述为“抒情诗家”“表现派戏曲的创始人”，显然他对卡夫卡的了解比较有限。1930年1月，赵景深的《最近的德国文坛》一文发表于《小说月报》第21卷第1号，文中有关卡夫卡的评述五百余字。这次卡夫卡被译为“卡夫加”，文中尚有不少不实之词。在这之后，孙晋三、卞之琳、萧乾等也曾简短地评介过卡夫卡。1948年，天津《益世报》刊登了由叶汝琏翻译的卡夫卡日记片段，这可能是国内对卡夫卡作品的最早翻译。在新中国成立后的头十年，“大学外文系德语文学专业的教材中和课堂上根本不提他的名字；在一部1958年出版的影响很大的文学史里，哪怕批评的话也没有一句”[5]。1966年，作家出版社出版了由李文俊和曹庸翻译的《〈审判〉及其他小说》，其中包括卡夫卡的六篇小说：《判决》《变形记》《在流放地》《乡村医生》《致科学院的报告》《审判》。但这部小说集当时是作为“反面教材”“内部发行”，只有极少数专业人员才有机会看到。1979年，《世界文学》刊登了一篇署名丁方和施文的文章，这是国内第一篇比较全面而系统地评介卡夫卡的文章。随后，卡夫卡的大名就出现在大江南北各种文艺刊物上。1981年年底，钱满素先生满怀激情地写下《卡夫卡来到中国》[6]这篇文章，宣布卡夫卡在世界上蹉跎了半个多世纪后，终于在中国“安家落户”了。

“对于新时期的中国文学而言，卡夫卡的影响力同样是无远弗届：从1980年袁可嘉等人介绍卡夫卡开始，经历80年代中期先锋文学的‘卡夫卡热’，再到当下以谈论卡夫卡为时尚的文学潮流，这位生前寂寂无名的小说家业已重塑了中国当代的文学版图。”[7]“在德语文学方面，可以说，歌德已让位给卡夫卡。多年来卡夫卡一直成为一些作家的热门话题，他被视为现代派的第一个大师。他的作品使我们了解到西方文学中对人性的认识已达到怎样的深度。不仅上帝死了，人自己也死了，不仅现实是荒谬的，人自身也是荒谬的，人常常不是一条龙，而是一条虫。这些观念至今还使我们感到惊骇，促使我们深化对人的思考，因为我们的作品一般总是要证明自己是‘龙种’，是壮汉，是英雄，而不愿意承认自己可能是荒谬的，可能只是一条‘虫’。”[8]随着中国对卡夫卡的译介与研究越来越深入、成熟和系统，卡夫卡对中国当代作家的影响也越来越深刻、持久和全面。

关于对中国当代作家产生过影响的20世纪西方作家，我们可以列出一个很长的名单，但这其中卡夫卡的影响无疑十分突出和深刻，而且这种影响还有进一步扩展和深入的趋势。卡夫卡对中国作家的影响和启示，最初是他笔下的艺术世界，那是一个荒诞而又真实的世界；然后，中国作家很快便被他独特的创作观念和写作手法所吸引；再往后，人们才注意到他独特的人生经历和人格品质，才发现他的人品和他的作品原来是融为一体的；最后，中国学者发现他其实一直非常向往和憧憬中国文化，对中国文化多有关注和涉猎，并在他的作品中有所反映和体现。这使中国作家对卡夫卡有种似曾相识的感觉。凡此种种，下面我们分而述之。

一、荒诞而真实的艺术世界

卡夫卡最初引起中国作家的关注和兴趣，主要是因为他作品中所表现的荒诞、异化、孤独、隔膜等主题，以及他表现这些主题的荒诞、变形、象征手法。人们惊讶地发现，卡夫卡笔下的艺术世界如此荒诞，但又如此真实；如此非理性，但又是经过理性思考的结果。对于卡夫卡的艺术世界，经历过“文革”浩劫的中国作家既感到新鲜陌生，又感到熟悉适用。用卡夫卡的方法表现中国人的荒诞感、异化感、孤独感，既没有脱离中国社会现实，又实现了对传统现实主义的突破和超越。卡夫卡的艺术世界引起了中国作家强烈的共鸣，激发了他们的创作灵感，提供了表达社会悲剧的新视角和新方向。中国当代作家切入卡夫卡作品的角度不同，但他们所看到的常常是一个怪诞而又真实的世界：宗璞看到的是异化和变形，余华看到的是孤独、焦虑和恐怖，格非看到的是绝望、荒诞和言说之难，皮皮看到的是平静、紧张和思索，残雪看到的则是作家灵魂的历险……

卡夫卡的《变形记》对中国当代作家的启示和影响已是不争的事实。1986年，吴亮和程德培在评述当年中国的探索小说时明确指出：“几乎所有描写变形、乖谬、反常规、超日常经验的小说都直接或间接地与卡夫卡有关。由于中国的知识分子和青年一代遭受了十年动乱的精神折磨，更由于中国的现实曾一度受到错误意志的反常干预，变形和荒诞首先成为俯拾即是的事实。……我们不难发现某些小说仍然有着卡夫卡的痕迹，那种沉闷、压抑、重复和莫可名状、不由自主……卡夫卡的叙述仍然有着一种令人心悸和痉挛的力量，那种严肃和悲天悯人的消沉无望骨子里是一种逆向表现的人道主义，而这一主张的健康面貌，则正愈来愈深入一代人的灵魂，不可抹去。”[9]

宗璞说过，她的作品可以分为两大类：一类为“外观手法”，另一类为“内观手法”，后者“就是透过现实的外壳，去写本质，虽然荒诞不成比例，却求神似……卡夫卡的《变形记》《城堡》写的是现实中不可能发生的事，可是在精神上是那样的准确。他使人惊异，原来小说竟然能这样写，把表面现象剥去有时是很有必要的，这点也给我启发”。[10]可见，宗璞笔下那个剥去表象、追求神似的艺术世界实际上来源于卡夫卡。

余华曾专门论述过卡夫卡与《城堡》中K之间的关系。余华说：“内心的不安和阅读的不知所措困扰着人们，在卡夫卡的作品中，没有人们习惯的文学出路，或者说其他的出路也没有，人们只能留下来，尽管这地方根本不是天堂，而且更像地狱，人们仍然要留下来。”“卡夫卡一生所经历的不是可怕的孤独，而是一个外来者的尴尬。这是更为深远的孤独，他不仅和这个世界所有的人格格不入，同时他也和自己格格不入。”[11]余华在卡夫卡那里看到的是没有出路的地狱、可怕的孤独、外来者的尴尬，以及永远的格格不入。

格非钟情于卡夫卡并研究过卡夫卡。他曾对鲁迅和卡夫卡进行过比较分析：“鲁迅和卡夫卡，他们都从自身的绝望境遇中积累起了洞穿这一绝望壁垒的力量，而‘希望’的不可判断性和悬置并未导致他们在虚无中沉沦。从最消极和最悲观的意义上说，他们都是牺牲者和受难者。而正是这种炼狱般的受难历程，为人类穿越难以承受的黑暗境域提供了标识。”“与卡夫卡一样，鲁迅深切地感受到了存在的不真实感，也就是荒谬感，两者都遇到了言说的困难，虽然他们言说、写作所面临的文化前提不尽相同，但他们各自的言说方式对于既定语言系统的否定和瓦解的意向却颇为一致。”[12]卡夫卡的这种荒谬感、言说的困难，以及对既定语言系统的否定和瓦解，对格非的创作不无影响，尽管这种影响也许是通过鲁迅这一中介而得以完成的。

皮皮说，那些好小说“会陪伴你度过各种光阴。每次读起，无论是晴朗的午后，还是小雨的黄昏，你都会跟它们做一次交流，围绕着生死爱恨”。“当年我已经从它们那里获得了超值的享受和补益，今天我再一次从它们那里收获。”这些好小说中就有卡夫卡的《在流放地》。皮皮的大学学士论文写的就是卡夫卡，因此她对卡夫卡曾有过一番研究。她在读《在流放地》时，“经历了很丰富的阅读感受：平静、紧张、恐怖、思索、佩服等，尽管它的篇幅对此而言显得过于短暂”。[13]

在残雪看来，卡夫卡的艺术世界就是作者自己灵魂历险的过程。残雪认为，《诉讼》描述了一个灵魂挣扎、奋斗和彻悟的过程。“K被捕的那天早上就是他内心自审历程的开始”“史无前例的自审以这种古怪的形式展开，世界变得陌生，一种新的理念逐步主宰了他的行为，迫使他放弃现有的一切，脱胎换骨。”那么，城堡是什么呢？它“似乎是一种虚无，一个抽象的所在，一个幻影，谁也说不清它是什么。奇怪的是，它又确实存在着，并主宰着村子里的一切日常生活，在村子里的每一个人身上体现出它那纯粹的、不可逆转的意志。K对自己的一切都是怀疑的、没有把握的，唯独对城堡的信念是坚定不移的”。原来，城堡就是生命的目的，是理想之光，并且它就存在于我们的心里。《美国》实际上意味着艺术家精神上的断奶，“一个人来到世上，如果他在精神上没有经历‘孤儿’的阶段，他就永远不能长大，成熟，发展起自己的世界，而只能是一个寄生虫”。[14]至于卡夫卡的一些短篇小说，在残雪看来，《中国长城建造时》象征着“艺术家的活法”，《致某科学院的报告》记录了“猿人艺术家战胜猿性，达到自我意识的历程”，《乡村教师》中的老教师体现了“艺术良知”，《小妇人》《夫妇》描述了“诗人灵魂的结构”，《地洞》表现了艺术家既要逃离存在遁入虚空，又要逃离虚空努力存在的双重恐惧。

看来，残雪完全是以写小说的方式来解读和描述卡夫卡的作品，这使得读者在惊讶于残雪的敏锐、机智和个性外，也渐渐地开始怀疑：残雪在这里究竟是在解读卡夫卡，还是在构筑她自己心中的卡夫卡？抑或真正的卡夫卡其实就等于她心中的卡夫卡？她究竟是在解读小说，还是在创作小说？

二、独特而新颖的创作观念

在20世纪80年代以来介绍和评价卡夫卡小说创作的众多文章中，叶朗的《卡夫卡——异化论历史观的图解者》一文颇具代表性。叶朗首先指出西方形成“卡夫卡热”的原因：“‘卡夫卡热’的实质就是‘异化热’。卡夫卡所以被西方评论家誉为‘文学天才’‘现代文学之父’，甚至抬到‘传奇英雄’和‘圣徒’的高度，最根本的原因就在于他是异化论历史观的图解者。……评论家们普遍认为，卡夫卡所以引起人们的兴趣，并不在于他描写了资本主义世界的贫富不公现象，也不在于他揭露批判了资本主义世界的各种社会弊端和统治阶级的暴虐与腐败。卡夫卡所以引起人们的兴趣，他的‘独特之处’，他的‘杰出成就’，是在于他用象征的手法，指出人类社会是一个与人的本性相敌对的异化的世界，即梦魇的世界，从而‘向我们揭示了生活的真谛’。”[15]这就是说，卡夫卡首先引起中国作家关注的就是他独特的文学观念和创作手法。

1999年，新世纪出版社推出了一套丛书《影响我的10部短篇小说》，其中莫言、余华、皮皮均选了卡夫卡的小说。卡夫卡不仅促使中国作家改变了文学创作的观念，丰富了中国小说的写作手法，而且教会了中国作家怎样将小说写得更新鲜、更深刻、更尖锐、更动人魂魄。残雪说，二十多年前她偶然读到卡夫卡的小说，“从此改变了我对整个文学的看法，并在后来漫长的文学探索中使我获得了一种新的文学信念”[16]。卡夫卡的某些小说成了中国当代小说家必读的经典，是影响他们一生的作品。中国作家从不同的角度领会卡夫卡的奥秘，他们总能从卡夫卡那里找到自己所需要的东西，卡夫卡成了许多作家连通自我与世界的桥梁和中介。

1990年，余华在《川端康成和卡夫卡的遗产》这篇文章中写道：“1986年让我兴奋不已”，这一年他读到了卡夫卡的《乡村医生》，这篇小说“让我大吃一惊……让我感到作家在面对形式时可以是自由自在的，形式似乎是‘无政府主义’的，作家没有必要依赖一种直接的、既定的观念去理解形式。卡夫卡解放了我，使我三年多时间建立起来的一套写作法则在一夜之间成了一堆破烂”。[17]宗璞开始阅读卡夫卡的时间较早，是在60年代中期。她原本是为了批判卡夫卡才阅读卡夫卡的，但却发现卡夫卡在她面前“打开了另一个世界”，令她大吃一惊。她说："我从他那里得到的是一种抽象的，或者说是原则性的影响。我吃惊于小说原来可以这样写，更明白文学是创造。何谓创造？即造出前所未有的世界，文学从你笔下开始。而其荒唐变幻，又是绝对的真实。"[18]莫言在接触过卡夫卡等作家的作品后说："我原来只知道，小说应该像'文革'前的写法，现实主义和浪漫主义的结合，噢，原来还可以这么写！无形中把我所有的禁锢给解除了。"[19]这种情形非常接近当年卡夫卡对马尔克斯的影响：17岁的马尔克斯在读过《变形记》后心想："原来（小说）能这样写呀。要是能这么写，我倒也有兴致了。"[20]一不小心，卡夫卡的《变形记》创造出一位伟大的诺贝尔文学奖得主；而这位诺贝尔文学奖得主日后又影响了更多的诺贝尔文学奖得主，这其中就包括中国作家莫言。卡夫卡对于中国作家的影响之所以深刻而又全面，首先就在于他改变了中国作家的创作观念，使他们重新思考一些昔日被认为毋庸置疑的文学基本问题："什么是文学？""文学的目的和意义是什么？""文学与现实的关系究竟怎样？"他们惊讶地发现：原来小说可以这样写！

创作观念的改变必然带来创作方法的变化。许多作家都受益于卡夫卡的创作方法。宗璞的小说《我是谁？》显然受到了卡夫卡《变形记》的影响。小说描写了在那个非常时期人变成蛇的异化情态，"孟文起和韦弥同样的惊恐，同时扑倒在地，变成了两条虫子……。韦弥困难地爬着，像真正的虫子一样，先缩起后半身，拱起了背，再向前伸开，好不容易绕过一处假山石。孟文起显然比她爬得快，她看不见他，不时艰难地抬起头来寻找。"[21]宗璞的另一篇小说《蜗居》也是一篇卡夫卡式的寓言小说。小说主人公的背上长出一个蜗牛的硬壳，他便像蜗牛一样爬行。宗璞认为，在那个特殊年代，许多人不是一觉醒来就变成牛鬼蛇神了吗？人变成虫，看似非常荒谬，其实非常真实。

蒋子丹的情形与宗璞有点相似。1983年，她在读过卡夫卡等作家的作品后，便想试着写一种荒诞小说，这种小说"所有的细节都真实可信（至少貌似真实可信），没有一句话让人费解，但在骨子里横着一个荒诞的内核，这个内核里又包裹着某种险恶的真实"。她正是在这一思想的指导下创作了短篇小说《黑颜色》《蓝颜色》《那天下雨》和中篇小说《圈》。当时很多读者都看不懂这些小说，但她对自己的选择并不后悔，她说："我觉得一个作家选择了错误的目标并不可怕，可怕的是根本没有目标。”无论怎样，卡夫卡成了蒋子丹选定的目标。

卡夫卡对余华的影响深沉而直接。余华曾认真研读过卡夫卡作品，包括他的书信和日记。面对卡夫卡的作品，余华说：“我就像一个胆怯的孩子，小心翼翼地抓住它们的衣角，模仿着它们的步伐，在时间的长河里缓缓走去，那是温暖和百感交集的旅程。它们将我带走，然后让我独自一人回去。当我回来之后，才知道它们已经永远和我在一起了。”[22]卡夫卡那种异常锋利的思维，他那轻而易举直达人类痛处的特征，给余华留下了极为深刻的印象。余华对卡夫卡的叙述手法更是推崇备至：“卡夫卡的描述是如此的细致和精确”“又充满了美感”“叙述如同深渊的召唤”。[23]卡夫卡的小说《乡村医生》中有这么一段，描写医生查看病人病情，发现患者身体右侧靠近臀部位置有一个手掌大小的伤口：

> 玫瑰红色，有许多暗点，深处呈黑色，周边泛浅，如同嫩软的颗粒，不均匀地出现淤血，像露天煤矿一样张开着。这是远看的情况，近看则更为严重。谁会见此而不惊叫呢？在伤口深处，有许多和我小手指一样大小的虫蛹，身体紫红，同时又沾满血污，它们正用白色的小头和无数小腿蠕动着爬向亮处。可怜的小伙子，你已经无可救药。我找到了你硕大的伤口，你身上这朵鲜花送你走向死亡。[24]

余华读罢，震惊不已。这种对血淋淋事实冷静客观的描写，尤其是用“鲜花”形容伤口，使他大开眼界。他的《十八岁出门远行》就是在读了《乡村医生》后写成的，因此我们可以说，是卡夫卡帮他完成了其成名作。在中篇小说《一九八六年》中，余华笔下中学教师自残的场面更是令人触目惊心：“他嘴里大喊一声‘劓！’然后将钢锯放在了鼻子下面，锯齿对准了鼻子。那如手臂一样黑乎乎的嘴唇抖动起来，像是在笑。接着两条手臂有力地摆动了，每摆动一下他都要拼命地喊一声：‘劓！’钢锯开始锯进去，鲜血开始渗出来……。他喘了一阵气，又将钢锯举了起来，举到了眼前，对着阳光仔细打量起来。接着伸出长得出奇也已经染红的指甲，去抠嵌在锯齿里的骨屑，那骨屑已被鲜血浸透，在阳光下闪烁着红光。”[25]余华在这种充满血腥味的“死亡叙述”中，更是将异常冷漠、绝对超然的叙述笔调和风格推向了极致。

莫言那种独特的艺术感觉和叙述腔调也部分来源于卡夫卡。他认为《乡村医生》是对他的创作产生过重大影响的小说之一。他说，一篇好小说应当具有独特的腔调。这种独特的腔调“并不仅仅指语言，而是指他习惯选择的故事类型、他处理这个故事的方式、他叙述这个故事时运用的形式等全部因素所营造出的那样一种独特的氛围”。《乡村医生》就是这样一篇小说。这是一篇“最为典型的‘仿梦小说’，也许他写的就是他的一个梦。他的绝大多数作品都像梦境。梦人人会做，但能把小说写得如此像梦的，大概只有他一人”。[26]莫言显然感觉到了卡夫卡的独特腔调，并在自己的小说中有所借鉴和表现，有学者曾撰文比较莫言的《檀香刑》和卡夫卡的《在流放地》[27]。

当然，当代作家对于卡夫卡的思想和创作并非一味地借鉴和接受，他们也总在进行某种转换和变形。譬如，在宗璞的小说中，主人公最后又直露地发出了“我终究是人”的愿望，这使得她与卡夫卡区别开来。人变成虫，虽然都是异化，但在卡夫卡那里，异化是一种世界观，无时无刻不在；而在宗璞那里，异化只是一种暂时现象，是某个特定历史时期的产物。在卡夫卡那里，变形既是形式，又是内容，在宗璞那里，变形只是形式，而非内容；在卡夫卡那里，叙述是冷静和客观的，作者置身于故事之外，漠然地注视着这一切，而在宗璞那里则是夹叙夹议，作者置身其中，感情悲愤激越，最后作者甚至直接站出来说道：“然而只要到了真正的春天，‘人’总还会回到自己的土地。或者说，只有‘人’回到了自己的土地，才会有真正的春天。”[28]这样直露的议论已经不像是写小说了。总之，宗璞并不想走向彻底的荒诞变形，她笔下的人物虽已蜕变为“蛇”，但最终仍是人性占了上风。

三、特立独行的业余作家

卡夫卡是一家保险公司的普通职员，但他同时又是一位特立独行的业余作家。卡夫卡是一个将写作视作生命的业余作家。正因他是一位业余作家，所以他从不急于发表作品，从不希望通过作品换取稿酬或荣誉，也无意去迎合任何思潮、流派或主义，更不必看评论家和读者的眼色行事。自然，他也很少对自己的作品满意过，以至于最后他给朋友布罗德留下这样一份遗嘱：将他所有的遗稿“读也不必读地统统予以焚毁”。卡夫卡是一个业余作家，他写作是因为他必须写作，并没有写作之外的任何理由。卡夫卡由此超越了功利的和意识形态的束缚，成为一个真正纯粹的作家。

随着中国作家对卡夫卡的认识和了解越来越深入，随着中国作家主体意识和自由意识的进一步增强，卡夫卡更多是作为一个普通人、一个业余作家引起了他们的关注和钦佩。青年作家徐星说：“现代主义不是形式主义，而是生活方式问题，真正超脱的人实际是最痛苦的人。卡夫卡活着本身就是一个艺术品，写什么样的作品是生活方式决定的，是命中注定的。”[29]的确，卡夫卡的生活和写作都是独一无二、不可模仿的。卡夫卡这位西方现代艺术的怪才和探险家，以痛苦走进世界，以绝望拥抱爱人，以惊恐触摸真实，以毁灭为自己加冕……他是现代世界里唯一的“精神裸体者”，他那独一无二的生活方式决定了他的创作，他的创作完成了他自己。从这个意义上说，徐星一句话便道出了卡夫卡生活和创作的本质。

中国文坛上同样特立独行的女作家残雪被誉为“中国的卡夫卡”。残雪作品中所包含的那种极端个人化的声音一直令许多读者望而兴叹，她笔下那个冷峻、变态和噩梦的世界也一直难以被人理解和接受，她在偌大的中国似乎缺乏知音，然而，她在一个十分遥远的国度里却发现了卡夫卡并引为知音。于是，奇迹发生了。1999年，残雪推出了一本专门解读卡夫卡的大作《灵魂的城堡——理解卡夫卡》。残雪将半个多世纪以来西方有关卡夫卡的评论和著述几乎统统悬置一旁，直截了当地将卡夫卡当作一个作家，或者更确切地说当作一个小说家来理解。在残雪看来，卡夫卡是一个最纯粹的艺术家，而不是一个道德家、宗教学家、心理学家、历史学家和社会批评家，他的全部创作不过是对作者本人内心灵魂不断深入考察和追究的历程。这样一来，残雪似乎一下子就抓住了卡夫卡最本质的东西。的确，写作就是卡夫卡生命中的一切，没有了写作，卡夫卡的生活将变得毫无色彩和意义。卡夫卡说：“在我身上最容易看得出一种朝着写作的集中。当我的肌体中清楚地显示出写作是本质中最有效的方向时，一切都朝它涌去，撇下了获得性生活、吃、喝、哲学思考，尤其是音乐的快乐的一切能力。我在所有这些方面都萎缩了。”[30]“我写作，所以我存在。”他“不是一个写作的人，而是一个将写作当作唯一的存在方式、视写作为生活中抵抗死亡的唯一手段的人。”[31]只有写作才能证明卡夫卡的存在。卡夫卡为了写作而拒绝了友谊、爱情、婚姻和家庭，他选择了自己所惧怕的那份孤独。卡夫卡大概可以算是世界上最孤独的作家，他的小说所表现的也正是现代人的这种孤独感，所以卡夫卡自己的生活与创作就在这里合而为一，他成了在生活上最无作为和在创作上最有成就之人。

残雪对卡夫卡的生活方式和生活目的颇有同感，她在《黑暗灵魂的舞蹈》中这样写道：

> 是这种写作使我的性格里矛盾的各个部分的对立变得尖锐起来，内心就再也难以得到安宁。我不能清楚地意识到内部躁动的实质，我只知道一点：不写就不能生活。出于贪婪的天性，生活中的一切亮点（虚荣、物质享受、情感等）我都不想放弃，但要使亮点成为真正的亮点，惟有写作；而在写作中，生活中的一切亮点又全都黯然失色，没有意义。[32]

这段话与卡夫卡如出一辙，而与卡夫卡不同的是：残雪并没有拒绝丈夫、儿子和家庭。残雪的孤独更多的是灵魂的孤独，在现实生活中她要比卡夫卡幸运得多。

四、陌生而熟悉的文化传统

卡夫卡无疑是一位西方作家，但他了解东方文化，比如日本艺术和印度宗教，对中国文化更是情有独钟。他阅读了大量中国文化典籍，深受中国文化影响，这种影响明显地体现在他的思想和创作中。他的作品在当代中国有着广泛而深刻的影响，许多读者和作家都将他引为知音，他是20世纪对当代中国影响最大的西方作家之一。因此，中国作家面对卡夫卡感到既陌生又熟悉，陌生的是他的文学观念和创作手法，熟悉的是他的文字中包含的中国文化因素和韵味。

卡夫卡在书信和日记中经常直接谈到中国，其中最引人注目的是1916年5月中旬他从玛丽恩温泉寄给女友的一张明信片，上面写着："当然现在因为宁静和空旷，因为所有的生物和非生物都在跃跃欲试地摄取营养，这儿显得更美了，几乎不曾受阴郁多风天气的影响。我想，如果我是一个中国人，而且马上坐车回家的话（其实我是中国人，也马上能坐车回家），那么今后我必须强求重新回到这儿。"[33]这番话表明卡夫卡对中国文化充满热情和亲切感，对古老的中国非常理解和向往，而这一切日后又体现在他的思想和创作中。

卡夫卡阅读了大量经过翻译的中国典籍、诗歌、传说故事，认真研究过西方学者撰写的有关中国及东方的著述，翻阅过许多西方旅行家、神职人员、记者、军人、商人等撰写的旅行记或回忆录。他在书信、日记或谈话中多次谈及中国文化，对中国古代哲学非常崇拜和赞赏，他曾抄下清代袁枚的一首诗送给他的女友，并反复引用这首诗。他称赞汉斯·海尔曼编译的《公元前12世纪以来的中国抒情诗》（1905）是一个"非常好的小译本"，布贝尔编译的《中国鬼怪和爱情故事》更是"精妙绝伦"，后者实际上选译自《聊斋志异》。他"不仅钦佩古老的中国绘画和木刻艺术"，还读过"德国汉学家理查德·威廉·青岛翻译的中国古代哲学和宗教书籍，这些书里的成语、比喻和风趣的故事也让他着迷"。[34]这里所说的理查德·威廉·青岛（1873—1930）就是著名德国汉学家卫礼贤。卫礼贤在卡夫卡去世（1924）前已经翻译出版了《论语》（1910）、《老子》《列子》（1911）、《庄子》（1912）、《中国民间故事集》（1914）和《易经》（1914）等。后来卡夫卡将卫礼贤翻译的《中国民间故事集》当成礼物送给他的妹妹奥特拉[35]。

卡夫卡与中国文化这种独特而亲密的关系不能不影响到他的创作，他对中国文化孜孜不倦的学习和精细入微的体味也必然会融入他的创作中，因此卡夫卡除了在某些作品中直接以中国为描写对象或主题，他的所有作品几乎都在某种程度上具有中国文化韵味或东方色彩。他创作的第一篇小说《一次战斗纪实》就与中国有密切关系，后来他又创作了以中国为题材的小说《往事一页》《中国长城建造时》《一道圣旨》《中国人来访》等，他的其余作品也常与中国文化思想有着或隐或显的相似性和一致性。因此，如果从中国文化角度来重新审视卡夫卡的作品，我们甚至可以说，卡夫卡的全部创作就是用德语在西方建造了一座新的"万里长城"。关于这一问题，笔者已有专文论述，这里不再赘述。

总之，卡夫卡所代表的文化传统决不仅仅是西方的，它同时也是东方的，甚至是中国的。卡夫卡不属于任何一种单一的文化，他是一个真正的跨文化作家。然而，正是这种跨文化特征反而使他顺理成章地成为一个超越了民族主义、帝国主义和宗教主义之狭隘性和局限性的伟大作家。也许正是由于卡夫卡思想和创作中的这种跨文化特征，使得他的作品在当代中国很容易就产生了广泛而深刻的影响，许多中国读者和作家都将他引为知音。当代作家北村在接触福克纳、海明威、川端康成、乔伊斯、卡夫卡后明确表示："我更容易进入卡夫卡。"[36]卡夫卡给我们提供了一个中西方文化相互交流、渗透、转换、变形的经典范例。中国当代作家特别认同和钦佩卡夫卡，这必然会在当代中国文学中留下深深的印痕。也许卡夫卡当初对中国文学的研读和体会，早就为他在未来中国找到读者和知音提供了条件和基础。

进入21世纪，世界经济走向国际化、整体化，人类社会呈现出电脑化、信息化特征，整个世界连为一体，过去那种单一化的生活格局发生了根本变化，我们进入了全球化时代。在此背景下，我们更应该用整体的、全方位的思维方式来认识现实与阅读文学。随着世界文化交流日益频繁，随着人们的思想观念和认知方式发生改变，我们越来越认识到，当今世界任何一国的文学都不可能孤立存在和独立发展。因此，研究卡夫卡与中国文学的关系，既可以使我们换个角度来重新思考卡夫卡及其创作的价值和意义，又可以通过卡夫卡的视角和眼光来打量中国文学。卡夫卡被誉为欧洲文坛的"怪才"、西方现代派文学的宗师和探险者，但他的文学历险与他对中国文学的接受和转换又是分不开的，正因如此，中国当代作家面对卡夫卡时反倒有种亲切感。卡夫卡希望在中国有个"家"，中国作家则在卡夫卡那里找到一种家的感觉。在中西方文化交流的背景下，他们一起构筑起20世纪世界文学中一道独特的风景。

■ 注释

1 孔范今、施战军主编：《莫言研究资料》，山东文艺出版社，2006年，第53页。

2 付艳霞：《莫言的小说世界》，中国文史出版社，2011年，第237页。

3 黄佳星：《审判之谜》，《世界文学》1987年第6期。

4 这里不再使用“新时期文学”而使用“当代中国文学”这一概念，后者又可与“中国当代文学”区别开。当代中国文学就是指1979年至今的文学，“是当下时代的文学，就是与我们同时代的文学”。参见高旭东：《近代、现代与当代文学的历史分期须重新划定》，《文艺研究》2012年第8期，第70页。

5 杨武能：《从卡夫卡看现代德语文学在中国的接受》，《中国比较文学》1990年第1期。

6 钱满素：《卡夫卡来到中国》，《世界图书》1981年第12期。

7 叶立文：《“误读”的方法：新时期初西方现代主义文学的传播与接收》，中国社会科学出版社，2009年，第115页。

8 刘再复：《笔谈外国文学对我国新时期文学的影响》，《世界文学》1987年第6期。

9 吴亮、程德培编：《探索小说集》，上海文艺出版社，1986年，第640—641页。

10 施叔青：《又古典又现代——与大陆女作家宗璞对话》，《人民文学》1988年第10期。

11、23 余华：《卡夫卡和K》，《读书》1999年第12期。

12 格非：《鲁迅与卡夫卡》，《当代作家评论》2001年第1期。

13 皮皮等：《影响我的10部小说》，新世界出版社，1999年，第1、12页。

14 残雪：《灵魂的城堡——理解卡夫卡》，上海文艺出版社，1999年，第85、192、38页。

15 北京大学哲学系编：《人道主义和异化问题研究》，北京大学出版社，1985年，第186页。

16 ［英］里奇·罗伯逊：《卡夫卡是谁》，胡宝平译，译林出版社，2008年，第18页。

17 余华：《川端康成和卡夫卡的遗产》，《外国文学评论》1990年第2期。

18 宗璞：《独创性作家的魅力》，《外国文学评论》1990年第1期。

19 李子顺：《在写作中发现自我检讨自我——莫言访谈录》，《艺术广角》1999年第4期。

20 加西亚·马尔克斯、门多萨著：《番石榴飘香》，林一安译，生活·读书·新知三联书店，1987年，第39页。

21 宗璞：《宗璞》，北京，人民文学出版社，1991年，第38页。

22 皮皮等：《影响我的10部小说》，新世界出版社，1999年，第11页。

24 Nahum N. Glatzer, ed., *The Collected Short Stories of Franz Kafka,* Trans., Wills and Edwin Muir, Penguin Books, 1983，p.223.

25 余华：《现实一种》，新世界出版社，1999年，第151—152页。

26 皮皮等:《影响我的10部小说》,新世界出版社,1999年,第2、7页。

27 程倩:《于残酷中审视人性:莫言〈檀香刑〉与卡夫卡〈在流放地〉之比较》,《解放军艺术学院学报》2002年第2期。

28 宗璞:《宗璞》,人民文学出版社,1991年,第61页。

29 谭湘:《文学:用心灵去拥抱的事业》,《文学评论》1987年第3期。

30 Max Brod, ed., *The Diaries of Franz Kafka*, Trans., Josegh Kresh and Martin Greenberg, Penguin Books, 1972, p.163.

31 Ernst Pawel, *The Nightmare of Reason—A life of Franz Kafk*. New York : Farrar · Straus · Giroux, 1984, pp.96–97.

32 残雪:《残雪散文》,浙江文艺出版社,2000年,第11页。

33 叶廷芳编:《卡夫卡全集》第10卷,河北教育出版社,1996年,第46页。

34 叶廷芳编:《卡夫卡全集》第5卷,河北教育出版社,1996年,第454页。

35 Adrian Hsia, ed. *Kafka and China*. Berne: Peter Lang AG, 1996, p.119.

36 北村:《我与文学的冲突》,《当代作家评论》1995年第4期。

国际视野中的中国戏曲

梁燕

说起中国戏曲的海外传播，不能不提20世纪一代京剧大家梅兰芳。他于1919年、1924年和1956年三次东渡日本演出京剧，1930年和1935年又去美国和苏联多个城市演出京剧和昆曲。他以精湛的技艺向海外观众展现了中国戏曲的独特魅力，是京剧海外传播的伟大先行者。在他之前中国戏曲也有作品流传欧美，但多限于文本。即使有少量戏班演出，也因不成规模而影响甚微。梅兰芳的出现让西方人见识了什么是中国戏曲的表演艺术，让他们对中国戏曲有了本质的认识。

一、20世纪前欧美学界对中国戏曲的误读与批评

中国戏曲的海外传播始于18世纪上半叶：1735年，法国传教士约瑟夫·普雷马雷将元杂剧《赵氏孤儿》译成法文。“他的译文省略了唱词和韵白，也不是严格意义上的翻译。依据普雷马雷的文本，欧洲先后又出现了好几种法文、英文、意大利文和德文的改编本。”[1]其后至19世纪中叶，又有元杂剧《老生儿》《汉宫秋》《灰阑记》《合汉衫》等、少量京剧和粤剧剧本及其改写本在欧洲出版或发表。

《赵氏孤儿》以其离奇曲折的故事情节引起欧洲人莫大兴趣，法国文学家伏尔泰将其改编为《中国孤儿》在欧洲上演，但这完全是按照欧洲人的习惯和想象来诠释中国和中国文化，实质上包括伏尔泰在内的西方学者很难理解中国戏曲的艺术表现原则：“中国文化在其他方面有很高的成就，然而在戏剧领域，只停留在它

的婴儿幼稚时期。”还有西方人认为，中国戏曲“太早就定型成为一种极僵硬的形式，而无法从中解放自己”。[2]1817年，西方人约翰·戴维斯出版了元代武汉臣的杂剧《老生儿》的英译本。在这个译本中，戴维斯写了一篇《中国戏剧及其舞台表现简介》，介绍中国戏曲的舞台：“一个中国戏班子在任何时候只要两三个小时就能搭一个戏台：几根竹竿用来支撑席编台顶；舞台的台面由木板拼成，高于地面六七英尺；几块有图案的布幅用来遮盖舞台的三面，前面完全空出——这些就是搭建一个舞台所需要的全部物品……不像欧洲的现代舞台，他们没有模拟现实的布景来配合故事的演出。”[3]1829年，戴维斯又出版了元代马致远《汉宫秋》的英译本，他认为此剧非常符合欧洲有关悲剧的定义并给予高度评价：“此剧的行动的统一是完整的，比我们现时的舞台还要遵守时间与地点的统一。它的主题的庄严、人物的高贵、气氛的悲壮和唱词的严密，能够满足古希腊三一律最顽固的敬慕者。”[4]其后，他在《中国人》一书中系统地评价了在西方影响较大的元杂剧《赵氏孤儿》《老生儿》《汉宫秋》，并向欧洲读者介绍元杂剧《灰阑记》以及有关中国戏曲表演方面的基本常识。应该说，戴维斯是较早从专业角度对中国戏曲进行客观考察和潜心研究的西方学者。他对元杂剧文本的解读，对中国戏曲表现手法的领悟，不仅较为准确，而且为西方人了解中国戏剧文化作出了具有开拓性的努力。

19世纪中叶，中国的戏剧团以赢利为目的在欧美进行过营业性演出。1852年10月18日，一个有百余人阵容的广东粤剧团到达美国旧金山，进行了为期五个月的首次商业演出。在美国人的记述中，这个剧团叫“戏剧益协社”（英文为Hong Took Tong）。尽管有为数不少的华人观众，但因它是一种完全陌生的艺术形式和演剧观念，其演出很难被美国人接受。从美国《加利福尼亚三角洲日报》的报道中可以看出，美国人对中国戏曲舞台十分陌生：“光秃秃的舞台”“没有景片”“没有幕帘，没有边厢，也没有天桥，更没有我们通常在西方剧院里见过的机械装置”。[5]令美国观众最感兴趣的是中国戏曲演出中所展示的武打、杂技等中国功夫，还有华美的戏装。对于戏曲音乐，尤其是打击乐，他们极不习惯：“不停地用锣、铜鼓敲打出来的声响是那样的不协调和震耳欲聋，令人很难在那个地方待上几分钟。”[6]中国戏曲经常都是露天演出，喧闹的锣鼓不仅可以烘托场上气氛，还直接应和演员舞台动作节奏和人物心理表现，但是进入收音效果明显的西式剧场就会产生上述令人不适的状况。这是中国戏曲经常让西方人感到困惑和不满的地方。

19世纪下半叶，中国还曾有戏班去巴黎和旧金山进行营业性演出，演出反响热烈，但观众基本上都是华人。19世纪末，一些西方人接触到中国剧场，但对中国戏曲的舞台呈现依然有很多隔阂："所有演员的吐字都是单音节的，我从未听到他们发一个音而不从肺部挣扎吐出的，人们真要以为他们是遭遇惨杀时所发出的痛苦尖叫。其中一个演法官的演员，在舞台上走着十分奇怪的台步：他首先将他的脚跟放在地上，然后慢慢放下鞋底，最后才是脚尖。相反，另一个演员却像疯子似地走来走去，手臂与腿夸张地伸动，比起我们小丑剧的表演，仍然显得太过火了。"关于中国戏曲的演唱，一位法国人如此描绘："高到刺耳以至让人难以忍受的程度，那尖锐的声音就像一只坏了喉咙的猫发出的叫声一样难听。"[7]其反感态度一目了然。

二、1930年梅兰芳访美演出赢得世界声誉

1930年2月，梅兰芳率团先后到访美国的西雅图、纽约、芝加哥、华盛顿、旧金山、洛杉矶、圣地亚哥、檀香山等城市演出京剧。演出剧目有梅兰芳的个人剧目如《晴雯撕扇》《黛玉葬花》《天女散花》《木兰从军》《洛神》《霸王别姬》《贵妃醉酒》《思凡》《佳期·拷红》《琴挑·偷诗》《游园·惊梦》《御碑亭》《汾河湾》《虹霓关》《金山寺》《打渔杀家》等，京剧舞蹈片段如杯盘舞、拂舞、散花舞、绶舞、袖舞、花镰舞、羽舞、刺蚌舞、剑舞、戟舞，以及剧团其他成员的演出剧目如《群英会》《空城计》《捉放曹》《青石山》《打城隍》等。

梅兰芳剧团在纽约的百老汇49街戏院、国家戏院先后演出35天，在芝加哥的公主戏院演出14天，在旧金山的提瓦利戏院、自由戏院、喀皮他尔戏院演出13天，在洛杉矶的联音戏院演出12天，在檀香山的美术戏院演出12天，前后历时半年之久。梅兰芳在美期间掀起了一股"京剧热"，以纽约的主流媒体报道为例，各大报刊争相刊登梅兰芳与京剧的消息和各种评论。"梅兰芳是所见过的最杰出的演员之一，纽约还从来没有见识过这样的演出。"（《世界报》）"梅兰芳的哑剧表演和服装展示的演出真是精美优雅，可爱绝伦，美妙得就像中国古老的花瓶或是刺绣的帷

幔。这是一次接触，与一种在数世纪中不可思议地圆熟起来的文化的接触。”(《时代》)“几乎是一种超乎自然的发现，通过许多世纪，中国人建立了一种身体表情的技巧。当它传情达意时，你的识别绝对正确，这不是因为你了解中国人，而是因为你了解美国人。这种表情达意的技巧是人类普遍适用的。我相信，这种技巧使梅兰芳对我们充满了可知可懂的意义。当然，这远不是通过解释，身体的表情技巧使他完全可以被我们理解。”(《太阳报》)[8]美国戏剧评论家罗伯特·利特尔写道：“昨夜，中国著名的演员梅兰芳在美国观众面前亮相了，这是我在一家剧院里度过的最不可思议也最兴奋刺激的一个夜晚。对舞台所演的，也许我只是理解百分之五，其他都是误解，但这已经足以使我对我们自己的舞台和一般西方舞台感到非常自卑。因为它是那样古老的艺术，有一个剧本写于多个世纪以前，已经是那样正规，那样圆熟，它（的内容）让你无法理解，但欣赏起来却又欲罢不能。相比较而言，对于历史，我们的戏剧似乎既无传统也无根基。”舞蹈家威廉·伯尔萨评价说：“在他的剧目中的两出选本里，一句台词也没有，因此，出于一个单纯的想法，我想，梅兰芳的艺术更应该被视为一种与我们西方人看惯的形式有极大区别的哑剧芭蕾。对我而言，梅兰芳是高于所有人的舞者，我会毫不犹豫地推举他进入舞蹈家的最高级别。”[9] …… 可以说，梅兰芳让美国人对中国戏曲刮目相看。

在美国戏剧界及学术界的专家学者中，要数著名诗人、小说家、评论家斯达克·扬撰写的《梅兰芳》一文最有名。扬看到了程式性作为中国戏曲的一个重要传统不容忽视：“这种戏剧具有一种热情流传下来的严密传统，一种严格的训练和学徒制，还有要求严厉的观众，演员表演得好坏，观众一眼就能看出是照既定的演法还是敷衍了事。”他认为，中国戏曲“建立在精雕细刻的基础上，因为观众除去不知道临时的插科打诨之外，对剧情和剧中人物十分熟悉，只关心表演本身、表演的质量和表演的展开”。所以，他称赞梅兰芳所代表的中国戏曲是一种“具有真正原则性的学派”[10]，应该引起西方戏剧界的重视和研究。

对于梅兰芳在《费贞娥刺虎》一剧中的表演，扬激赏不已，他说：“梅兰芳运用他那超过手腕的长长的白水袖的功夫，被中国观众视作他的成就中的一个高峰。一个外国人只有对他的艺术经过一段长时间的熟悉，才会发现这种水袖运用之广泛，出现种种规范和多端的变化，但是他运用水袖而产生的舞蹈美和戏剧性气氛是显而易见的。”他用文学性的语言描绘梅兰芳在舞台上的表现：“在这出戏里有一时刻，费贞娥摘去凤冠，脱下蟒袍，身穿白色长服和青坎肩、白衬裙、白水袖，恐惧地逃离那个狂怒的虎将，你可以看到他那水袖扬起，就像一只白鸽展翅飞翔，你甚至可以听到翅翼发出的啪啪作响声；他表演得如此细腻完美，使你简直不敢相信这真会发生似的，而这一切又确实以极其自然而富有精巧设计的图案的方式表演出来了，甚至连舞台上所规定的位置也准确得分毫不差。”[11]当梅兰芳所扮演的费贞娥用宝剑自刎后横卧于舞台上时，扬表达了对这种写意化表演的强烈感受：“我激动得浑身发抖，怪就怪在这种激动比我多半能从任何对死亡的恐惧仅是摄影般的描绘所感受到的那种激动要强烈得多，同时又显得更朦胧更纯净。于是那些对我来说至关重要的且对我们西方戏剧同样十分重要的特征开始萦回在我的脑际。”[12]他从梅兰芳的表演中意识到，在剧场效果上，中国戏曲独特的表演手法比西方人习惯的写实主义戏剧表现形式要更有震撼力和艺术美感。

三、梅兰芳团队海外传播策略与启示

在梅兰芳的五次海外演出中，美国之行意义非凡。距离的遥远，文化的隔膜，路径的陌生，对于梅兰芳来说无疑是巨大的挑战。因此，访美演出是梅兰芳演出中准备时间最长、投入精力最多、不确定因素也最多的一次。在梅兰芳的团队中，有着国际视野和海外经历的友人学者齐如山（1877—1962）和张彭春（1892—1957）起到了至关重要的作用。齐如山出身书香门第，19岁入同文馆，后游历欧洲，主要侧重国内的联络和宣传。张彭春毕业于美国名校，谙熟西方戏剧，主要是做疏通美国方面的各种关系、安排演出、译介剧情等工作。他们在海外传播方面采用的一些策略和经验，至今仍有借鉴意义。

（一）加强相关信息的渗透

随着梅兰芳的知名度不断上升，欧美及印度、越南等国的王储、政要、社会名流等都通过中国外交部的渠道要求观看梅剧，造访梅宅。对于来访的各国人士，梅兰芳都热情招待。他在自己家中或办茶会，或办宴会，招待的内容和方式都是纯中国式的："蔬菜茶点，都用中国极精美的食物；杯盘盏箸以及屋中的点缀品，更无一处不用中国式的，尤其要选择最可表现中国精神古雅高贵的样式。"[13]几年间来访多达八十余次，被招待者约有六七千人。

通过一些在美官员、商人及留学生，齐如山联系到美国新闻媒体，向其提供有关梅兰芳和中国京剧的资料，并雇用两名美国通讯员做具体联络工作。"每月酬以微资，让他们时常与美国各报馆通信。每封信里更附上梅君一两张相片，这种宣传法也颇生效力。"[14]到梅兰芳赴美之前，由美国寄到梅家刊有梅兰芳消息的杂志就有三十多种。

（二）赴美宣传品的准备

在齐如山的主持下，各种宣传品的编撰、翻译和制作有序展开。

1.编撰宣传册《中国剧之组织》《梅兰芳》，

2.编写几十出剧目的说明书，

3.编写一百多篇梅兰芳的讲演稿、几十篇演出新闻稿，

4.绘制二百幅戏曲服装、乐器图片和舞谱，上述所有宣传品均被译成英文。

5.制作中国特色礼品：瓷器、笔墨、绣货、国画、扇子、梅君相片。

（三）确定演出剧目和演出方式

在剧目遴选和演出安排上，梅兰芳主要听从美国戏剧专家、总导演张彭春的意见。张彭春考虑美国人的欣赏习惯，提出在美演出的原则：每晚演出时间不超过两个小时，压缩梅兰芳的"古装新戏"，保留剧中的舞蹈表演：杯盘舞截取自《麻姑献寿》，拂舞截取自《上元夫人》，袖舞截取自《上元夫人》和《天女散花》，绶舞截取自《天女散花》，花镰舞截取自《嫦娥奔月》，剑舞截取自《霸王别姬》和《樊江关》，刺蚌舞截取自《廉锦枫》，羽舞截取自《西施》，戟舞截取自《木兰从军》和《虹霓关》，散花舞截取自《天女散花》。

演出时，开幕后的"总说明"由张彭春用英语向美国观众介绍；具体到各出戏的"说明"，由华裔留学生杨素女士用英语进行讲解。

（四）尊重美国观众的欣赏习惯

1.改工尺谱为五线谱，

2.净化简化戏曲舞台，

3.培训演职人员外交礼仪，

4.按照国际市场规律运作演出，

5.翻译打通文化隔膜。

张彭春的精彩翻译为演出增色不少。比如，《汾河湾》《春香闹学》《刺虎》等剧，张彭春分别将其译成《鞋的问题》《淘气的女学生》《费贞娥与虎将军》，便于美国观众理解。

（五）突出中国气派的整体设计

在服装和乐器的制作、舞台样式的设计和剧场的布置上，梅兰芳剧团都力求体现中国气派。演出服装的面料全部采用纯正丝绸、锦缎并饰以手工绣花。乐器如堂鼓、小鼓、唢呐、胡琴等采用仿古形式，所有材料都要以象牙、牛角、黄杨、紫檀等构成，还专门请人制作了大小忽雷、琵琶、阮、咸等古典乐器，演奏时不仅悦耳动听，而且外观非常精美典雅。舞台样式仿照故宫戏台，台前设立两根圆柱，上挂一副对联，联曰：

> 四方王会夙具威仪 五千年文物雍容 茂启元音辉此日
>
> 三世伶官早扬俊采 九万里舟轺历聘 全凭雅乐畅宗风[15]

舞台两边装饰龙头挂穗，显得富丽堂皇。由于美国剧场的舞台普遍较为宽大，所以台上桌椅均为特制，可以根据不同需要放大或缩小。舞台的格局是：第一层保留原有剧场的旧幕，第二层是中国的红缎幕布，第三层是中国戏台式的外檐、龙柱，第四层是天花板式的垂檐，第五层是中国古典式的四对宫灯，第六层是中国传统的戏台，包括隔扇、门帘、台帐，两旁的隔扇镂刻窗眼，覆以薄纱。乐队位于隔扇之后，后台光线很暗，乐师对台上演员的一举一动看得十分清楚，台下观众却看不到乐队。剧场门口悬挂一百多个红灯笼、几十幅图画、各种旗帜，一切都采取中国样式。乐队人员和剧场服务人员一律身着中式服装，体现中国气派。

（六）依靠在美华人和学界的影响力

梅兰芳访美演出期间，在美华人成立了一个梅剧团“后援会”。他们联络各界，多方宣传，接洽各项事宜，为演出提供了极大的便利。据说梅兰芳在纽约、芝加哥、旧金山、洛杉矶、檀香山等地演出时，曾有二百余名侨胞倾力支持，海外华人的思乡情结凝聚出一种可贵的力量。

梅兰芳在美演出取得巨大成功，还有很关键的一点就是借助了学界的影响力。赴美之前，梅兰芳曾为剧场问题所困扰，在张彭春的引荐下，梅兰芳得到“华美协进社”的帮助，经过多次协商，赴美演出行程最终敲定。“华美协进社”成立于1926年，由当时一些德高望重的中美学者共同发起，其中有胡适、张伯苓、梅贻琦、美国哲学家杜威、美国教育家孟禄等人，它以促进中美文化交流为宗旨，由纽约州立大学系统董事会下发执照，得到联邦政府教育部门的拨款，接受美国一些基金会资助，是一个非营利性质的学术团体。由于它的推荐，美国学术界对梅兰芳的到来高度重视，哥伦比亚大学、普林斯顿大学、芝加哥大学、旧金山大学、波摩那大学、南加州大学、夏威夷大学等高校的校长、教授公会、知名学者专家纷纷邀请梅兰芳座谈、演说。波摩那大学和南加州大学更是授予梅兰芳文学博士荣誉学位，从而奠定了他在世界舞台上的地位。

八十多年过去了，梅兰芳在美演出的足迹依然清晰在目。他的表演是一种艺术，他的传播策略是一种科学。梅兰芳团队之所为带给后人一种启示：中国戏曲走出去，对中华文化要有深刻的理解，对外传播要讲究恰当的方式，翻译工作要注意文化的阐释，运作演出要遵守国际规则——这些经验为中华文化走向世界提供了有益的历史借鉴。

■ 注释

1 ［新西兰］孙玫：《中国戏曲跨文化研究》，中华书局，2006年，第142页。

2、7 施叔青：《西方人看中国戏剧》，人民文学出版社，1988年，第9页。

3 ［法］约翰·戴维斯译：《老生儿》（London: John Murray，1817），《中国戏剧及其舞台表现简介》，第10—11页。

4 ［法］约翰·戴维斯译：《汉宫秋》，《幸运的团聚》第二卷（London: The Oriental Translation Fund，1829），第216页。

5—6、8—9 转引自吴戈：《中美戏剧交流的文化解读》，云南大学出版社，2006年，第39、40、51、119、125页。

10—12 ［美］斯达克·扬：《梅兰芳》，中国梅兰芳研究学会、梅兰芳纪念馆编《梅兰芳艺术评论集》，中国戏剧出版社，1990年，第693—694、697、697页。

13—15 齐如山：《梅兰芳游美记》，梁燕主编《齐如山文集》第二卷，河北教育出版社、开明出版社，2010年，第8、8、44页。

东方理想国：早期西方人关于北京的想象（1247—1793）

尹文涓

在探讨19—20世纪西方人关于北京的认识之前，有必要对在此之前西方人关于中国和北京的描述进行一番梳理和总结。[1]关于早期西方人对北京的认识，有两点需要厘清：其一，19世纪之前，西方人关于中国乃至某个区域的认识，与其对整体上的中国乃至整个“东方”的想象是混同和叠加的；其二，这一关于中国或东方的认识在不同时段表现出不同的属性，而关于这一时段的划分，应当是以“认识者”或“观察者”的属性来界定。因为西方关于中国的每一阶段的认识，在一定程度上叙述了曾经现实的中国，但更多表达的是这一时段西方的意识和欲望。此即法国哲学家保罗·利科所谓：“言说他者，都是在言说自我。”有鉴于此，本文将19—20世纪之前西方人关于中国的认识，按照西方的历史分期，划分为中世纪和16—18世纪两个阶段来探讨。

一、“契丹传奇”：中世纪欧洲人关于中国的想象

一般认为，西方人最早的中国印象源于13世纪的《马可·波罗行纪》，但也有学者将1247年圣方济各会修士柏朗嘉宾（1182—1252）蒙古游记中的“契丹”（Cathay）作为西方之中国形象的历史起点。[2]而实际上，阿拉伯人与中国建立关系的历史要更为久远。早在玄奘西行不久，阿拉伯人就通过海路与中国建立了频

繁而稳固的关系。唐代来华阿拉伯商人苏莱曼等人所著的《9世纪阿拉伯及波斯旅行家印度与中国旅行游记》[3]，约成于851年，是中世纪阿拉伯人所著最早关于中国和印度的旅行游记。这部游记描述了一个如“天方夜谭”般贸易繁荣、交通发达、管理有序、法律严明的强大帝国，其“居民无论贵贱，无论冬夏，都穿丝绸”，中国文明昌化，“所有中国人都习书认字”。阿拉伯人还将中国和印度进行对比，认为相比印度，中国“更美丽、更令人神往”。[4]可以说，四百年后柏朗嘉宾所描绘的强大帝国，阿拉伯人早就向西方介绍过。

但西方正式出使中国的第一人还当属柏朗嘉宾。13世纪初，在世界的东方，蒙古游牧民族在其首领成吉思汗及其继承者的带领下横扫欧亚大陆，建立了强大的草原帝国。他们在灭掉金国后一路西进，先后击溃波兰和普鲁士联军，一度陈兵维也纳城下。西方基督教世界将蒙古人视为一种严重威胁，教宗甚至号召组织十字军以抵抗其入侵。他们急欲刺探蒙元王朝和东方人有关战争、军队结构和武器等方面的情况，同时了解有关鞑靼人及其他东方人的地域、生活方式、宗教信仰、王室世系以及通往那里的道路。在此背景下，1245年，教皇在法国里昂召开了大公会议，选择当时已经65岁高龄的意大利方济各会士柏朗嘉宾修士出使蒙元帝国。

1245年4月，柏朗嘉宾一行从里昂出发，经基辅、沿里海、越阿尔泰山进入蒙古地区。1246年7月，他们抵达和林（蒙古上都），8月参加了蒙古新君贵由大汗的登基大典并得到贵由的接见。教皇派遣柏朗嘉宾出使蒙元帝国时曾委托他携带致蒙元皇帝的两道敕书，其主要内容是抨击蒙古人的征战与杀戮，陈述基督教义，旨在劝阻蒙古人的征战、要求他们接受基督教的归化。[5]

从贵由的回信来看[6]，蒙古人直接回绝了教皇的“阻战”和归化意图，并反过来要求教皇及欧洲所有君主降服蒙古人并为他们服役，否则将被视为敌人予以征讨：

> 如果你前来为朕服役并侍奉朕，朕将承认你的降服……如果你不遵守长生天的命令，不理睬朕的敕令，朕将认为你是朕的敌人。[7]

1246年11月，柏朗嘉宾带着贵由的回信踏上归途，经基辅返回，并于次年11月回到里昂。柏朗嘉宾回到欧洲后，将沿途见闻写成《蒙古史》(汉文译作《柏朗嘉宾蒙古行记》)，详细介绍了蒙古的地理概况、宗教信仰、生活习俗、大汗王室、战略战术、征服地区，以及如何抵御蒙古入侵的战术等内容。这是西方第一部有关蒙元帝国和整个东方的人类学和舆地著作，而且该书首次提到“契丹”：

> 鞑靼地区位于东方一隅，我们认为那里正是东方偏北的地域。契丹人以及肃良合人（高丽人）地区位于其东部，南部是撒拉逊人的栖身地，在西部和南部之间是畏兀儿人的疆域，西部是乃蛮人的省份，该地区的北部由海洋环抱。[8]

可以说，柏朗嘉宾虽未完成教宗交给他的任务，但他把“契丹”首次带入中世纪晚期的西方文化视野，开启了前后两个世纪的“契丹传奇”，并定下了这种东方传奇的基调：大汗统治下的契丹是财富与秩序的世俗天堂。

元代随后来华的传教士将这个传奇进一步神化，其中包括方济各会士鲁布鲁克（约1215—1257，1253—1255年出使蒙元帝国）、成功抵达北京（汗八里）并于1294年设立大主教府的若望·孟德高维诺（1247—1328）、1311年入华的安德烈·佩鲁贾（?—1326）、1318年入华的鄂多立克（1286—1331）等。

鲁布鲁克在出使期间曾受到蒙古多个汗国可汗的召对、接见或交谈。1255年8月15日，鲁布鲁克返归的黎波里，他在那里将其出使报告写成文稿并进呈法国国王，他的《出使蒙古记》即由此问世。[9]该书介绍了蒙元时代的撒里答、钦察汗国的缔造人拔都和元宪宗蒙哥等蒙古政要的情况，描述了蒙古人及诸部族的饮食起居、风俗宗教、司法外交等内容。其中关于“契丹”的许多信息都比柏朗嘉宾的记载更为详细：

> 大契丹民族就是古代的赛里丝人。他们生产最好的丝绸（该民族把它称为丝），而且他们是由于自己的一座城市得到的‘丝人’名。有人声称，该地区有一座城市，城墙用银子筑成，城楼用金子所造。该国土

内有许多省份，大部分还没有臣服于蒙古人，他们和印度之间隔着海洋。这些契丹人身材矮小，他们说话鼻音很重；他们和所有东方人一样，也长着小眼睛。[10]

相比前面两位教皇使节，孟德高维诺不仅真正抵达北京而且在华生活长达34年之久。在他抵达北京后写回总部的第一封信的末尾，他称中国为世界上最大的帝国：

就帝国幅员之广阔，民族之众多，财富之无限而言，我认为，世上任何君主都无法与大汗相比。[11]

而安德烈·佩鲁贾在1326年的一封书信中则以更为抒情的笔调写道：

谈到这位伟大皇帝的财富、显赫和荣耀，其帝国幅员之广袤、民族之众多、城市数量及面积之大，以及帝国内那种谁也不敢对他人动武的安定秩序，我无一可说，因为要说的实在太多且说来也令人难以置信。[12]

除了元代来华的这批方济各会士，“契丹传奇”的另一个制造者当属马可·波罗（1254—1324）。按照《马可·波罗行纪》所记，他是13世纪威尼斯的商人和旅行家，17岁时跟随父亲和叔叔历时四年多到达当时元朝首府上都。之后，他们一直在元朝政府供职，经常奉命巡视各省，出使外国，并担任过扬州总督等。马可·波罗后来回到意大利，在狱中口述、由狱友笔录写成《马可·波罗行纪》，记述了他在东方最富有的国家——中国的见闻。

该书分为四卷，其中第二卷共82章以叙述中国为主，记载了蒙古帝国北起大都南至沿海有关朝廷、都城、节庆、商贸、物产诸事。它以热情洋溢的语言记述了中国无尽的财富、巨大的城市、华丽的建筑、川流不息的运河等，其中有很多篇幅是关于忽必烈和北京的描述。作者还描写了他护送中国公主到波斯沿途访问和听闻的印度、爪哇等国度。[13]

马可·波罗评价忽必烈为："亚当以来最为强大的君主，拥有最多的臣民、土地和珍宝。"他有些夸张地评价那个时代为"黄金时代"，将大汗的汗八里比作伊斯兰教历2世纪的巴格达，甚至断言，就其辉煌与文雅程度而言，忽必烈的年代"超越"了赖世德的年代。总而言之，马可·波罗的游记给西方人描述了一个前所未有的神秘而富庶的东方强国，为50年前柏朗嘉宾和鲁布鲁克语焉不详的"契丹传奇"补上了丰富生动的细节，和以其曾供职元代朝廷言之凿凿的可信度。

据16世纪意大利地理学家赖麦锡称，游记写成"几个月后，这部书已在意大利境内随处可见"[14]；而在1324年马可·波罗逝世前，该书已被译成多种欧洲文字，广为流传。现存的《马可·波罗行纪》有119种文字的版本。可以说，由于《行纪》出色的描述，加之其流行程度，马可·波罗在西方塑造了一个神秘而富庶的中国形象。之后几百年，书中那个神秘富饶的东方国度一直萦绕在西方冒险家和知识分子的心中。

虽然《行纪》的历史真实性一直存疑，一是游记本身存在漏洞和谬误，二是几个世纪来，经过中西方历史学家的广泛考证，仍未找到马可·波罗来过中国的确切证据，但游记的意义及其塑造的中国形象不在于其真实与否，而在于其对于中世纪欧洲人的启蒙性。

赫德逊指出，蒙元时期欧洲最大的发现就是马可·波罗发现中国，"在哥伦布之前就已经为中世纪的欧洲发现了一个新大陆"。[15]游记里的"中国之行"以及一个神话般东方国度的存在，突破了欧洲人传统的"天圆地方"地理观念，意大利的哥伦布、葡萄牙的达·伽马等众多航海家在读了《马可·波罗行纪》后，纷纷出发寻找东方新大陆，开启了全球现代文明的大航海时代。正如马可·波罗研究专家莫里斯·科利思所言，马可·波罗的游记并非单纯的游记，而是"启蒙式的作品，对于闭塞的欧洲人来说，无异于振聋发聩，为欧洲人展示了全新的知识领域和视野。该书的意义在于它导致了欧洲人文的广泛复兴"。[16]可以说，马可·波罗和他的游记给欧洲开辟了一个新时代。

从形象学的角度来说，马可·波罗创造了西方集体记忆中的中国形象。时至20世纪，西方人依然认为，西方人之中国印象的基本成分就是马可·波罗与成吉思汗的结合体。马可·波罗展现给西方人的是东方的富庶、美丽和令人骄傲的东方美德，成吉思汗则给西方人心中的东方及东方人打上了蛮荒可怖与落后凶残的烙印：

> 在与中国接触的漫长过程中，这两种形象时起时落，时而占据、时而退出我们心目中的中心位置。任何一种形象都从未完全取代另一种形象。它们总是共存于我们的心目中，一经周围环境启发便会显现出来，毫无陈旧之感。它们还随时出现在大量文献的字里行间，在每个历史时期均因循环往复的感受而变得充实和独特。[17]

这个想象的结合体就是西方人早期关于大汗及其帝国的契丹传奇。从1247年柏朗嘉宾的《蒙古行记》、鲁布鲁克的《出使蒙古记》、孟德高维诺等教士的书简、《马可·波罗行纪》《曼德维尔游记》，到1447年布拉希奥里尼完成的《万国通览》，整整200年间，西方不同类型的文本中出现了大量有关契丹的描述，包含游记、史志、书简、通商指南、小说、诗歌等各种文类。从高雅的拉丁语到通俗的罗曼语，从虚构到纪实或是纪实与虚构混合一体，在不断被言说的过程中，这个遥远异域国度的他者不断被具体化，最后定型为一个充满财富与权力象征意味的中国形象。

这个形象的最大特点是其物质性：中国幅员广阔，物产众多，遍地财富，城池众多，道路纵横。契丹传奇最大的魅力在于其物质繁荣，相对于中世纪晚期贫困混乱的欧洲来说，蒙古治下的中国可谓人间天堂。物质化的契丹形象刺激着中世纪晚期西方文化中的世俗欲望，使其变成资本主义文明发生的动力。

与此同时，我们也要看到欧洲中世纪晚期的“契丹传奇”中所包含的政治隐喻。马可·波罗、鄂多立克、马黎诺里的文本中都有对大汗威仪的描述。契丹传奇中的大汗君权，实则是中世纪晚期欧洲的世俗政治理想。

文本是一面镜子，中世纪晚期欧洲文本中的“契丹传奇”，与其说反映了契丹的形象，不如说表现了中世纪晚期欧洲集体无意识的幻想。一个充满财富与权力象征意味的中国形象，所投射的是当时欧洲人超越自身经济、文化与政治困境的需求和愿望。随着他们的处境和愿望发生转变，这一想象和言说也必将发生改变。

二、16—18世纪传教士笔下的乌托邦

1585年，西班牙奥斯丁会修士门多萨（1545—1618）撰成《中华大帝国史》。[18]该书用西班牙语写成，是西方第一本全面介绍中国的权威著作，是16世纪有关中国自然环境、历史、文化、风俗、礼仪、宗教信仰以及政治、经济等情况最全面而详尽的百科全书。该书一经问世便在欧洲引起轰动，7年间以7种欧洲语言刊印46版。在西方文本中，该书首次清晰而完整地勾勒了中华帝国的形象，其历史化的描述意味着西方“契丹传奇”时代的终结。

然而，门多萨并未到访中国。1580年，西班牙国王菲利普二世派遣包括门多萨在内的使团前往中国，后因政治形势变化，使团半道折回，门多萨的中国之行未能成功。1583年，门多萨前往罗马觐见教皇，当时天主教急欲开拓地广人众的中国，但又苦于对中国历史文化诸多方面茫然无知，教皇于是要求门多萨编撰一部“关于中华王国已知诸物”的书籍。

门多萨广泛收集前人的使华报告、文件、信札、著述等资料。从内容来看，他所依据的材料主要有两种：葡萄牙历史学家巴洛斯1539年至1563年写成的《亚洲史》，葡萄牙多美尼各会士克鲁兹1569年出版的《中国志》。值得一提的是，克鲁兹曾在东南亚一带活动并曾在广州居住，《中国志》收集了包括地方志在内的诸多中国人自己撰写的材料，并广泛论及中国宗教、科举制度、科技、农业、语言等，是《中华大帝国史》的主要参考资料。其他重要参考资料还有1575年出使中国（只到达福建）的使团成员奥斯丁会士拉达的使华报告及其带回的中文书籍。拉达根据亲身经历写了一份备忘录，全面地叙述了中国的版图、人口、城市、政治、经济、军事、风俗习惯。此外，门多萨还参考了彼得罗·德·阿尔法罗等四名西班牙方济各会修士1579年游历广东后的札记，方济各会修士马丁·罗耀拉1581—1584年环游世界并途经中国时所写的札记。这两部旅行札记成为《中华大帝国史》第二部的附录。为了表明这些中国资料对于他完成《中华大帝国史》的重要意义，门多萨如实地将他这部名著命名为《依据中国典籍以及造访过中国的传教士和其他人士的记叙而写成的关于中华大帝国最负盛名的事情、礼仪和习俗的历史》，《中华大帝国史》是该书的简称。

由于门多萨广泛搜集整理16世纪有关中国的各类记载，大量利用相关中国典籍的译文，所以相比此前中世纪“天方夜谭”式的叙述模式或同时代的同类著作，《中华大帝国史》的内容要更丰富、更全面，也更具真实性和可靠性，这在相当程度上弥补了他没有亲自造访中国的遗憾。

《中华大帝国史》共计两卷。第一卷分3册共44章，介绍中国的政治、史地、宗教、文字、教育、科技、风俗、物产等方方面面；第二卷由拉达等人的三篇旅行记构成。在门多萨的笔下，中国不仅“是世界上面积最大、人口最多的帝国”，而且有着悠久的历史和文明。

在经济上，中国商业发达，贸易兴盛。中国境内拥有像古罗马时代一样发达的官道，城镇相连，北京是世界上最大的城市。中国的物产种类远比西班牙丰富，中国人普遍穿着丝绸服装，农田管理得当，矿产储量丰富，“这是世界上最富饶而物价又十分低廉的国家”；在科技方面，中国人有很高的成就，“是伟大的发明家”，欧洲人一向引以为豪的印刷术便出自中国；中国人富有建筑才能，最雄伟的建筑就是长城；在军事方面，中国的军队在数量和器械上相比欧洲也处于优势，而且中国的造船术和大炮远比西班牙高明，“这些士兵如果在胆识和勇气上能和欧洲各国士兵一样，他们可以征服整个世界”；在政府管理方面，中国司法严明，有高效的官员选拔和考核体系。最令人羡慕的是，中国皇帝具有至高无上的、统治国家的全权，这对于当时正在竭力走向君主集权的欧洲国家来说，不啻是最高理想。

至于中国人的偶像崇拜这个敏感问题，门多萨发现，中国人喜欢偶像，但对它们并不尊重，如果偶像不应所求，就会被抛弃。因此，门多萨预测，“依靠主的尊严和威力”，将福音传至中国是一件“大有希望和信心”的事情。

总而言之，门多萨向欧洲描述了一个完美而优越的中华帝国形象。这个帝国不仅历史悠久，文化灿烂，而且物产丰富、经济发达、体制完善、军事强大。可以说，门多萨基本上把16世纪的中国较为客观而真实地介绍给了欧洲，但更重要的是，他在西方文化视野中树立了一个价值标准化的中国形象。一如利科所言，他者是通往自我的最近途径，因此，《中华大帝国史》所描述的中国，所言说的实则是16世纪欧洲蠢蠢欲动的欲望：中国是一个只可当作贸易伙伴而不可直接侵略的强大帝国。

论起之后向西方传播中国形象的贡献者，不能不提耶稣会士，他们被称为“中西文化交流的开路先锋”。宗教改革后，罗马天主教利用新航路的开辟，将一批又一批传教士派往海外传播福音。[19]明朝中后期，耶稣会、多明我会、奥斯丁会、方济各会传教士先后进入中国，其中尤其是耶稣会士在中西文化交流领域发挥了特别重要的作用。据统计，16—18世纪在华活动过的耶稣会士多达九百余名。他们中有许多人在华生活数十年，其间广交官宦人士，还有不少人长期服务于朝廷（1644—1775年的钦天监监正基本都是耶稣会士）。这里面广为人知者有利玛窦、汤若望、南怀仁、钱德明等。他们在中国社会中的融入程度及对中国了解的深度，是过去来华的外国人所无法相比的；而且他们又长于著述，勤于写信——耶稣会士的优秀代表利玛窦除与中国士大夫联手译述科学著作，还开创了以书信形式向西方介绍中国文化的先河。于是，有关中国的大量信息便通过他们的著述、书信或报道源源不断地传回西方。

从1643年多明我会士黎玉范向教宗申诉耶稣会到1773年耶稣会被取缔，“礼仪之争”历时一百多年，从欧洲宗教界蔓延至知识界乃至全社会，从而促成了欧洲18世纪的“中国热”。但这场由文化差异引起进而涉及政治的争论，使天主教在华传教事业，尤其是身处北京的耶稣会士受到来自各方面的压力。在反复辩论和申诉的过程中，耶稣会士发现，正式出版他们的著述和书简，可以证明耶稣会士在外传教的热忱和成果。这些著述中最有影响的是后世所称西方汉学三大名著：《耶稣会士中国书简集》《中华帝国全志》《中国杂纂》。

《耶稣会士中国书简集》[20]在1702年到1776年间共刊印34卷。先后负责该书编撰的有法国耶稣会士郭弼恩、杜赫德等。该书收录了明清两朝西方入华耶稣会士从中国发回差会的152封书信，其所涉及的1700—1736年正是“礼仪之争”的白热化阶段，其间教宗宣布严禁中国礼仪（1715）并先后派遣多罗使团（1707）和嘉乐使团（1719）来华斡旋。这一阶段是在华耶稣会士向中西各方势力和团体申辩和争取支持的最关键时期，其中当务之急就是向西方介绍他们在中国的事工以及这一事工对象的合理性。为此他们撰写了大量书信，从亲历者的视角向西方详尽介绍中国社会生活的方方面面，涵括他们对当时中国政治体制、社会风俗、自然地理、天文仪象、工艺技术等各方面的观察和理解。可以说，《书简》以大量珍贵的一手文献，展示了一幅中国18世纪的社会风景图，其内容在广度和深度上远超此前著作。当代欧洲汉学家许理和依然认为，该书是“欧洲中国文化爱好者的《圣经》”。

杜赫德编撰的《中华帝国全志》，全名是《中华帝国及其所属鞑靼地区的地理、历史、编年纪、政治及博物》，1735年在巴黎首刊，共计2500页。[21]与门多萨一样，杜赫德一生从未踏足中国，但他对中国历史文化非常着迷，收集了大量在华耶稣会士有关中国的通信、著作、研究报告等，通过精心选编，著成此书。该书一经出版即轰动欧洲，先后被译成英文（1738）、俄文和德文等出版发行。

钱德明编著的《中国杂纂》（又名《耶稣会士北京论集》）是一部4开本16册的鸿篇巨著，从1776年到1814年历时近四十年全部出齐。它是在华耶稣会士因“礼仪之争”而被解散后，失落之余转向纯汉学研究的成果。

可以说，在华耶稣会士从利玛窦到钱德明，一方面为了争取更多的同情与支持，把中国描绘成一个乌托邦式近乎完美的理想帝国；另一方面，他们在积极适应和迎合中国本土文化的过程中，多以正面态度肯定中国的文化、历史、哲学等各个方面，因而在宣传天主教义理和介绍西方科技知识的同时，也真诚地赞赏中国的艺术、科技和礼仪文化等。基于这两个出发点，他们向欧洲所传递的中国形象，在这三部著作中得到一种总结性的体现：“可以毫不夸张地说，中国是世界上物产最丰富、疆域最广袤、风景最美丽的国度之一。”[22]

但耶稣会士对中国的介绍并非仅仅停留在形象塑造的层面，他们还对中华文明起源、上古文字、社会制度等进行了深入的探讨。譬如，他们关于中国古代编年史问题，即中国这片土地何时开始有人定居，中国作为一个国家何时形成，其君主政体何时确立，附带也涉及中国人的民族起源等问题的讨论。1658年，卫匡国出版《中国上古史》，视伏羲时代为中国信史的开端，并将这一时间定位于基督诞生前2952年左右。此书奠定了欧洲人认识中国历史起源问题的基础，也成为争议的开端。在宗教正统人士眼里，这个问题不仅涉及《圣经》版本的高下，而且易于被异端分子用来攻击《圣经》所记载的人类起源故事的错误。在华耶稣会士显然无意颠覆《圣经》传统，他们始终坚持认为中国历史悠久，这么做一方面是避免因质疑或否定中国史书而引起中国人的反感乃至仇视，另一方面则是为了让欧洲同胞折服于中国历史文明，塑造一个能配合传教策略的中国形象。

耶稣会士关于中国编年史的讨论（以及人类其他古老文明的证据），很快就被伏尔泰等启蒙旗手用来抨击教会关于人类起源的说教。欧洲神圣历史的体系随之瓦解，自此以后，中国编年史与《圣经》编年史之关系不再是欧洲学者的重要论题，知识界大体上将视野转向对人类历史的研究，而不再过多关注神圣历史。应该说，中国古代编年史对于拓展欧洲人的历史视野发挥了可观的作用。

由此可见，耶稣会士的作品在当时欧洲产生的作用，远远超出了撰写者的意图。整整一个世纪，书简集等作品吸引了全欧洲的知识界。对他们来说，中国决不仅仅是一个异国形象，更是刺激新思想进而质疑旧制度的源泉，这一点正如当代法国学者席微叶所言："耶稣会士书简就如同其他许多游记一样，广泛地推动了旧制度的崩溃，在西方那已处于危急的思想中发展了其相对的意义。"不仅如此，席微叶还认为，这些著述"甚至部分地造就了18世纪的人类精神面貌。它们出乎其作者和巴黎审查官们的意料之外，为哲学家们提供了武器，传播他们所喜欢的神话并为他们提供了楷模"[23]。也就是说，在华耶稣会士从遥远的北京不自觉地参与了对法国社会的改造。这也是中国进入欧洲哲学史和文学史的路径。

三、知识界与文学界的接受与定型

毫无疑问，中国的"契丹传奇"和理想国形象，无论从期待视野还是固化的效果来说，所体现的并不仅仅是形象"始作俑者"马可·波罗和传教士们对中国的认知，而更多是当时欧洲知识界的集体意识对欧洲之外的期待的投影。

随着18世纪欧洲启蒙运动的高涨，欧洲对中国的期待从猎奇式的幻想转向全面的、上到哲学思辨下到日常生活的"中国热"。此时欧洲对中国的崇拜达到异乎寻常的高度，以伏尔泰为代表的启蒙思想家对中国文化普遍抱有仰慕之情。法国哲学家蒙田亦曾提到中国是一个伟大的国家，正是因为他由中国的历史得以认识到，世界比古人和今人所知的还要广大得多。

除此以外，人们极其推崇中国的政治制度和宗教宽容，尤为赞美中国的手工制品，尤其是陶瓷制作技术。史景迁在引用赖希文对中国和欧洲关系的论述时提到："随着1790年伏尔泰《道德论》的出版，欧洲对中国的赞美达到极致。"[24]伏尔泰特别推崇孔子，他认为中国文化才是世界上更理性而人道的文化。因此，一股"中国热"的风潮在法国兴起：无论是那时的启蒙思想家还是平民百姓，他们对中国的文学艺术、园艺和瓷器等带有中国元素的事物都产生出一种疯狂的好感。对中国文化的钦慕和好感不仅出现在各国的文学作品中和科技上，还体现在西方人的日常生活中。比如，融入中国元素的英国壁炉以及西方人喜爱的中国瓷器和茶叶，在很长一段时间里成为西方上层社会日常生活的标志："中国"在那时一度成为欧洲眼里的神话。

耶稣会士提供的关于中国的文献，成为启蒙思想家和"中国热"的日常生活实践者的最好依据。譬如，耶稣会士关于中国政治的理想化描述，认为其最大特点是开明集权君主制。在杜赫德看来，"没有一个国家的君主集权制超过中国"，中国皇帝"拥有圣人一般绝对的权力，他的话语如神谕一般，人们要绝对遵从，他是在任何典礼任何场合都被膜拜的对象"。至于身处"礼仪之争"权力另一端的康熙帝，耶稣会士毫不吝啬地赞美道：

> 他拥有最高程度的治国之道，他本人身上汇集了构成一位正人君子和君主的一切品质。他的风度举止，他的体形，他泰然自若的种种特征，某种高贵气质，温和仁慈的性情，使人一见到他就油然而生爱戴敬重之情，从一开始就向人表明他是宇宙间最伟大的帝国之一的君主。[25]

不仅如此，中国还有一套非常合理的文官行政系统，可以确保制约皇权，与之配套的是监察系统，监察官是忠君爱国的哲学家，是公众良知的捍卫者。这些文官和监察官都是通过几近完美的科举制度选拔出来的，其中最为耶稣会士景仰的是其实践中的某些环节设计，如回避法和三年任职法。其实，早期耶稣会士对中国制度亦有批判，但在17世纪后期耶稣会士加大了对中国政治理想状态的描写力度。原因在于，渲染中国政治制度的优越性，是耶稣会士论证儒家伦理优越性的一个手段。自17世纪末开始，欧洲知识界关心中国道德与政治方面的内容甚于宗教内容，耶稣会士觉察到这种变化后有意予以迎合，以便为自身争取更多的同情与支持。

由此出现的结果就是，欧洲出现了一句套话：中国是“哲学家政府”。欧洲观察家依据耶稣会士介绍的“文官系统是中国制度的基础”而认为，中国是一个由西方人称为“哲学家”的文人学者阶层井然有序地管理着的国家。基尔谢指出，中国是以柏拉图式的方式由学者统治的政府，符合神圣哲学家的意愿。中国是一个快乐的王国，中国皇帝能够以哲学家的方式思考行事或至少允许哲学家来治理国家并指导皇上。

18世纪，法国新君主主义者心目中的理想国王就是：明君不仅要坚信他的个人利益与臣民利益相一致，还要用“仁慈”这种更有力的纽带把君主与臣民联系起来，国王本人要受到自己所颁行法律的约束。新君主主义者对中国政治制度中伦理与政治合一的特点最感兴趣：中国的伦理是一种真正的政治伦理，中国的政治原则与个人道德和家庭伦理的原则相一致，由此产生出一种合理化政治——富有感情的专制主义。中国君主至高无上的权力不是以武力而是通过说服、表率和仁爱来实现，恰好合乎新君主主义者的理想。

所以耶稣会士和启蒙思想家所拥趸的中国开明君主制度，与其说是当时真实的中国政治，不如说是欧洲新君主主义者们的政治诉求。伏尔泰理想中的政府必须既是专制集权又是依据宪法行事，集权不等于独裁。耶稣会士描述的中国政府恰好符合他对此的愿景，因而他将中国的政治制度誉为“人类精神所能设想出的最良好的政府”。卢梭在《论政治经济学》中颂扬中国政府对民意的绝对重视和重农政策。狄德罗赞赏家长制式政治制度，称赞奉行这种制度的中国政府有着罕见的稳定性。

如果说欧洲知识界尤其是法国启蒙思想家对中国式开明君主制度的向往是出于病急寻求速效药的心理，那么他们对中国哲学的译介和认同则反映了他们对欧洲思想体系的深刻反思和修正。

1687年，柏应理等四位耶稣会士所作《中国贤哲孔子》在巴黎出版，书中含有《论语》《大学》《中庸》一些篇章的翻译。这是17世纪欧洲介绍孔子及其著述最完备的书籍，西方世界第一次了解了中国文化的哲学基础：孔子思想。这卷孔子语录很快就在欧洲以各种语言刊印，欧洲思想界刮起一阵“孔子热”，孔子成为中国的代言人。这一点在1691年刊印的欧洲首部《论语》英译本的序言中体现得尤为明显：

> 呈现在读者面前的这本书，包括摘要部分在内，包含了中国哲学家孔子的所有道德理论。本书若从页数而言只是薄薄一册，但若从内容的重要性而言，这无疑是本伟大的著作。
>
> 可以说，这位哲学家的道德理论是如此的崇高，无可比拟，同时又是如此的纯净、理性，如同源自最纯净的理性之泉；显然，就连那些使得神圣的启示之光黯然失色的理性，也不曾具有如此灿烂的光辉和巨大的力量；孔子的思想涵盖了人类道德的一切范畴……这位哲学家广泛地传扬其道德信念，却不失分寸；他总是能恰到好处地判断何者需不懈追求，何者需适可而止。
>
> 在这些方面，孔子不仅超越了大多数异教国度的思想家，甚至也远比我们某些神学家高明得多。这些所谓的神学家，要么满脑虚假或故弄玄虚的观点；要么僭越本分，妄自尊大，文辞恶俗；要么完全偏离道德范畴，毫无分寸；要么就是念歪了经使得道德成为完全不可实践的教条，无法起到教化人心的作用。
>
> ……
>
> 中国人对上帝的崇拜礼仪隆重而壮观，同时又极恭顺而谦卑。他们认为，如果没有发自内心的虔诚和美德，外在的敬拜并不能取悦神灵。他们极为尊崇父母和先祖。女人都具有良好的德操，她们的言行举止看上去非常谦恭。在中国，无论男人还是女人，贵族还是农夫，君主还是臣民，无不崇尚理智、朴素、克制、公正和美德。[26]

伴随着儒家典籍在欧洲的译介和传播，中国的文化、道德和政治制度，尤其是儒家思想，给了崇拜理性、反对教会的启蒙思想家们很大启发。启蒙思想家们从儒家思想中寻找和阐释自己的人文理想和政治需求，将中国当作东方智慧与制度的优秀代表，他们把中国渲染成为一个“乌托邦”式的乐园，那里开明的帝王、完善的政策、孔子的思想，都令当时的西方人赞叹和向往。在这种理想光环的照耀下，中国变得近乎完美无缺。

欧洲思想界和日常生活中的“中国热”，通过文学的再现而被固化。丹麦童话大师安徒生在自传中写道，他还是一个小男孩时，在河边洗衣裳的一位老妇人对他说，中华帝国就在欧登塞河底下。[27]所以他常常坐在河边，幻想着会有一位中国王子挖掘通道而来，同他唱歌，带他到中华帝国，让他升官发财后又送他回到欧登塞，并给他建造一座城堡[28]。值得注意的是，在安徒生的美妙幻想中，前来拜访他的不是别人，正是“中华帝国”的“王子”。这不禁让人联想到，1784年，第一艘美国商船自新英格兰驶向中国海岸，在美国航海史上极具浪漫色彩的这艘船被命名为“中国皇后号”[29]。从“王子”到“皇后”，从童话大师的少年之梦到美国水手的浪漫情怀，我们不难看出西方人对中国皇室深切迷恋。莎士比亚在很多作品里也涉及许多有关中国的内容。例如，《第十二夜》里的托比爵士在攻击女主人时就指出“女主人是中国人”，表达了某种讽刺；《奥赛罗》中提到的“中国风味”也是一例[30]；不仅如此，中国的瓷器也在莎剧里以“china”之名出现过。

不可否认的是，就在中国和中国文化成为欧洲最倾慕的对象之际，也有一股否定和排斥中国的潜流在暗中涌动。例如，孟德斯鸠在《论法的精神》中指出，中国是一种以恐怖镇压为基本手段的专制政体，笛福在《鲁滨逊思想录》里指出中国人的性格缺陷，黑格尔在其哲学体系中将中国排除在外等。但无论怎样，欧洲关于中国的印象在18世纪末以前都是以倾慕为主的，诚如史景迁所言：“18世纪是中国和西方最早有深入接触的时代，当时西方对中国的看法，总的来说相当不错。”[31]

究其原因，在这一理想化的中国里面，既有在华耶稣会士刻意误导的成分，也有包括传教士在内的欧洲人对中国历史及世界历史缺乏了解的成分，还包含宗教偏见的成分；欧洲知识界对中国政治制度、儒家思想、历史文化等的接受和美化，不乏启蒙思想家们利用孔子思想来反对旧欧洲制度，以构建自己的思想学说、实现政治宏图的目的。正如有学者指出的那样，西方之中国形象是西方文化投射的一种关于文化他者的幻象，是西方文化自我审视、自我反思、自我想象、自我书写的方式，表现了西方文化潜意识的欲望与恐惧。[32]

也就是说，西方之中国形象的生成，体现的是西方塑造者更深刻的动机与意向。随着这一意向发生改变，作为自我批判榜样的现实中国，必然会使即将到来的马戛尔尼使团成员深感失望。

注释

1 本文为本人课题“从传统到现在：十九、二十世纪西方人眼中的北京”（已结项）的部分章节，与其他章节有关联。

2 参见《柏朗嘉宾蒙古行纪·鲁布鲁克东行纪》，耿昇、何高济译，中华书局，1985年；周宁：《天朝遥远：西方的中国形象研究》，北京大学出版社，2006年，第3页。

3 原著为阿拉伯文抄本，手稿现藏于叙利亚皇家图书馆，1983年穆根来、汶扛、黄倬汉根据法、日两种译本翻译成中文出版，定名为《中国印度见闻录》。

4 苏莱曼等：《中国印度见闻录》，穆根来、汶扛、黄倬汉译，中华书局，1983年，第10—25页。

5、7 Christopher Daulson, *The Mongol Mission*, Lonalre and New York, 1955, pp.73–75, p.83.

6 元定宗这封信的日期为1246年11月13日，现藏梵蒂冈图书馆，1921年发现其拉丁文译本原本，其汉文原本至今尚未被找到。

8 ［意］柏朗嘉宾：《柏朗嘉宾蒙古行纪》，耿昇译，中华书局，1985年，第28页。

9 Claude et René Kappler. *Guillaume de Rubrouck, envoyé de Saint-Louis, Voyage dans l'Empire mongol*（*1253–1255*）. Payot, Paris, 1985.

10《柏朗嘉宾蒙古行纪·鲁布鲁克东行纪》，耿昇、何高济译，中华书局，1985年，第245页。

11—12 孟德高维诺从北京发出去的第一封信写于1305年1月，中译本参见：［英］阿·克·穆尔著，《一五五〇年前的中国基督教史》，郝镇华译，中华书局，1984年，第280—282页。

13《马可·波罗行纪》，冯承钧译，上海书店，2006年。

14 Donald Lach, *Asia in the Making of Europe*, Chicago: The University of Chicago Press,

1965, vol.I, p.35.

15 [英]赫德逊:《欧洲与中国》，王遵仲等译，中华书局，1995年，第135、137页。

16 Maurice Collis, “Marco Polo” , Collier’s Encyclopedia,vol.15, p.383.

17、29 Harold R. Isaacs. *SCRATCHES ON OUR MINDS: American Imagines of China and Indi*a. New York: The John Day Company,1958, p.64.

18 [西]门多萨:《中华大帝国史》，孙家堃译，中央编译出版社，2009年。

19 晏可佳:《中国天主教简史》，宗教文化出版社，2001年，第26页。

20 [法]杜赫德等编:《耶稣会士中国书简集》，郑德第、朱静等译，大象出版社，2001年。

21、25 Jean Baptiste Du Halde, *Description geographique*, *historique, chronologique, politique et physique de l’Empire de la Chine et de la Tartarie chinoise,* Paris: P. G. Lemercier, 1735.

22 同上注，第 ix页。

23 席微叶:《入华耶稣会士和中西文化交流》，载安田朴、谢和耐等编:《明清间入华耶稣会士和中西文化交流》，耿昇译，巴蜀书社，1993年，第17—18页。

24、31 [美]史景迁:《文化类同与文化利用——世界文化总体对话中的中国形象》，廖世奇、彭小樵译，北京大学出版社，1990年，第159、157页。

26 *The Morals of Confucius, A Chinese Philosopher,* London: Printed for Raxdal Taylor, 1691. 译文为笔者所译。

27 安徒生出生和童年时居住的小镇。

28 [丹麦]安徒生:《安徒生自传：我生命的童话故事》，傅光明译，民族出版社，2005年。

30 刘鉴唐:《中英关系系年要录：公元13世纪—1760年》，四川省社会科学院出版社，1989年，第440页。

32 周宁:《天朝遥远：西方的中国形象研究》，北京大学出版社，2006年，第157页。

第二编
外国文学研究前沿问题探讨

巴尔扎克文学思想新探析

黄晋凯

“我无意充当批评家”[1]，巴尔扎克曾如是说。但不容置疑的是，他是一位具有执著美学追求和深刻文学见解的作家。散见于他的前言、序跋、评论和书信中的真知灼见，与其多姿多彩的文学作品相得益彰，构成了内涵丰富的艺术宝库，很值得人们深入开掘。

一、“必须成为一个体系”

“艺术世界”——我们常常用这一词组来形容一个作家所创造的艺术图景。但若认真推敲起来，古往今来又有多少作家的笔下真正建构起了“世界”呢？巴尔扎克当属少数佼佼者之一。

巴尔扎克是位雄心勃勃的作家。他相信法国文学的力量：“法兰西的一大荣光便是如过去它用剑震撼欧洲一样，用笔杆震撼欧洲。”[2]他更相信自己的力量：“我要以笔完成他（拿破仑）用剑未能完成的伟业。”他要使他的作品成为法兰西“美好语言中的纪念碑”。[3]当人们看到他以一砖一瓦建起的宏伟建筑《人间喜剧》后，就再也无法认为这只是信口雌黄的狂妄了。

“只作为一个人是不够的，必须成为一个体系。”[4]纵观世界文学史，作为文学家而立志成为“体系”者可谓少之又少。巴尔扎克的这句名言体现了他本人的雄心壮志，反映了他的“喜剧”世界的整体特征，更代表着他对作家使命和文学创作的深刻理解。正是基于这一追求，他把小说提高到了历史和哲学的高度，把小说家提高到了历史学家和哲学家的地位。

1831 年，初登文坛的巴尔扎克在《驴皮记》中借拉法埃尔之口表达了自己的愿望："我感觉到在我心中有某种思想要表达，有某种体系要建立，有某种学术要阐释。"[5]同年，他的挚友夏斯勒阐述了自己的观点："故事家得是全才。他应该是历史学家；他应该是戏剧家；他应该有深刻的辩证法使他的人物活起来；他还应该有画家的调色板和观察家的放大镜"；"巴尔扎克先生是一位故事家……他又是一位思想家和哲学家……"[6]对刚过而立之年且在文坛立足未稳的作家而言，这难免有溢美之嫌；但若我们将此视为作家的追求和理想，便能引导我们深入认识他的"体系"说，认识其博大的胸怀和恢宏的立意。"写书之前，作家应该分析过（各种）性格，接触过各种风尚，踏遍了全球，体验过各种激情。或者，各种激情，各个国度，多种风尚，各种性格，自然的偶然现象，精神的偶然现象，这一切都来到他的思考中"[7]；"社会的各个阶段，从高层到下层，法律、宗教、历史和当代，我都作了一一的观察和分析"。[8]总之，作为一个作家，应当以全部热情拥抱一切，占有一切，认识一切，研究一切。

人们注意到，巴尔扎克总是把创作小说看作是书写历史，把小说家看作是历史学家。"说本文作者是历史学家，这就说全了。"[9]"德·巴尔扎克是一位必将流传后世的历史学家。"[10]或者，退一步讲，"法国社会将成为历史家，我只应该充当它的秘书"[11]。历史学家也好，历史学家的秘书也好，其本意都在于说明，真正的文学家应当高瞻远瞩，鸟瞰全局，自觉地把反映"社会全貌"、记录"时代变迁"作为自己的神圣职责。"我要把整个社会装进我的头脑。"[12]正因如此，勃兰兑斯从横向对巴尔扎克的创作作了如下描述："巴尔扎克自己的国度，像一个真正的国度一样，有它的各部大臣，它的法官，它的将军，它的金融家、制造家、商人和农民……我们不由自主地想到当时的法国就熙熙攘攘住满了这些人物。而且这是法国的全部风貌。因为巴尔扎克按照顺序描写了法国每一部分的城镇和地区。"[13]恩格斯则从纵向揭示了巴尔扎克的历史价值："他在《人间喜剧》里给我们提供了一部法国'社会'特别是巴黎'上流社会'的卓越的现实主义历史，他用编年史的方式几乎逐年地把上升的资产阶级在1816年至1848年这一时期对贵族社会日甚一目的冲击描写出来……他汇集了法国社会的全部历史。”[14]达文则不无夸张地代巴尔扎克宣称："一幅人类的全景图将要诞生。”“作者以极其宏伟的规模造了一面类似Speculummundi（世界的镜子）的东西。”[15]法国学者泽里古尔则说："什么是《人间喜剧》？我们可以回答：一切！因为它带来一种生命哲学。”[16]

巴尔扎克强调自己要完成的这部历史，是“伟大的人类史，风俗史，事物和生命的历史，心灵和社会利害的历史”[17]。或者，我们可以借用《幻灭》中伏脱冷并不科学但却十分尖刻的历史分类法："历史有两部：一部是官方的、骗人的历史，做教科书用的，给王太子念的；另外一部是秘密的历史，可以看出国家大事的真正原因，是一部可耻的历史。”[18]作家偏爱的是后者。显然，巴尔扎克要求文学表现的是一部更真实、更深层的历史，一部关于社会和人类的真正的历史，一部既包含着外在的社会变迁轨迹，又包含着内里的情感变化的历史。

为此，文学需要思想，作家需要“研究”（像巴尔扎克这样在书题上频繁使用“研究”一词的作家也是绝无仅有）。“文学艺术以借助于思想重现人的本性为目标，是所有艺术中最复杂的艺术。”[19]巴尔扎克在艺术门类的横向比较中，概括出文学是最需要思想的艺术。它的描绘不能是对表象的描绘，不能停留在严谨的再现上，文学要探索，要深究，“应当研究一下产生这类社会效果的多种原因或一种原因，把握住众多的人物、激情和事件的内在意义”；“在努力寻找这种原因、这种社会动力之后”，“还应当思索一下自然法则，推敲一下各类社会对永恒的准则，对真和美有哪些背离，又有哪些接近的地方”[20]。总之，观察应伴随着思考，描绘现实的目的在于揭示历史的规律，而作家则应是“时代的分析者”和“深刻的哲学家”。

小说——历史——哲学

小说家——历史学家——哲学家

这“三位一体”的主张，不妨认为就是巴尔扎克“体系”说的要旨。如果说在《驴皮记》《路易·朗贝尔》中已透露出青年巴尔扎克曾立志要建立自己的思想体系的话，那么随着作家巴尔扎克的成熟，他更强调的则是作家把握世界的系统性和创造艺术世界的系统性，即要求作家对世界应有一个总体的解释，应能全面、历史、深刻地认识和表现社会现实。巴尔扎克曾盛赞司各特把小说提高到了历史哲学的地位，但又不无遗憾地指出“他没有构想出一套体系”[21]。正是巴尔扎克自己在把小说提高到历史哲学的同时还构想出了一套完整的体系，从而在文学史上建起了“一座比例和谐的雄伟建筑”[22]。

《人间喜剧》的构想和实践，就是这一体系观念的具体体现。在巴尔扎克对创作进行总体构思的过程中，他曾将总题先后设想为《19世纪风俗研究》和《社会研究》。定名为《人间喜剧》后，他又把结构布局分为三个“研究”和六个“场景”：《风俗研究》《哲学研究》《分析研究》和《私人生活场景》《外省生活场景》《巴黎生活场景》《政治生活场景》《军事生活场景》《乡村生活场景》，并声言三部分“研究”是为分别表现社会的“效果”“原因”和“原理”。仅从其构架设计就不难看出作家对“体系”的追求。“这里每一部分都表示社会生活的一个方面，提出这些标题就足以表现人类生活的起伏变化。”[23]巴尔扎克还强调要将“全部作品联系起来，构成一部包罗万象的历史，其中每一章都是一篇小说，每篇小说都标志着一个时代”。[24]明确的“体系”观使作家创造出人类文学史上罕见的奇迹；同样，读解《人间喜剧》的每部作品，也只有置于“体系”中考察，才能更深刻地把握其真谛。

然而，巴尔扎克又辩证地指出：“对于一个时代，有一个整体的看法还不够，因为这是历史范畴内的事。在这之上，作者还应该加上小说家的品质，高度的想象力，精细的细节，对人类情感深刻的研究，以及……谁知道呢？一千样说不完的事。”[25]

二、“全力追求的准确性”

艺术和现实的关系，是文艺发展史上一道永恒的难题，也是每个文学艺术家必然要面对的一道难题。

无疑，巴尔扎克是酷爱真实、崇尚真实的，这是他作为“历史学家”的自然禀赋。他总是声称他的作品“既非虚构，亦非小说”，而是真实的故事；而且现实生活也足够丰富多彩，远胜过作家可能的创造。

“小说家自以为创造的所有恐怖故事其实总是比不上现实的……”[26]

“摆在这里的，是条分缕析地勾画出的人类心灵史，是由各部分组成的社会历史，这就是基础。这里没有想象的事实，有的都是到处都在发生着的事故。”[27]

“作者转述的全部事实，一个个分开来说，全是真实的，包括那些最富浪漫色彩的在内……无论什么时代，叙事人都是同时代人的秘书……主题完全虚构、与任何现实远近不着边的书，大部分是死胎；而以观察到的、铺陈开来的、取自生活的事实为基础的书，会获得长寿的荣光。”[28]

在《金眼女郎》第一版出版说明中，作者说得更加彻底：“……作家是从来不进行杜撰的……作者是个抄写员，只是抄得好坏不同而已。”“抄写员在人类这本大书中遗漏了几页，本故事就是对这几页并不完美的转述。这里没有一丝虚构。”[29]从“历史学家”而至“秘书”，从“秘书”而至“抄写员”，作家对现实的“忠实”程度可谓无以复加。“真实”在作家心目中的至高无上地位由此可见一斑。没有“想象的事实”，没有“杜撰”，没有“虚构”，巴尔扎克的反复强调，旨在突出现实在艺术创作中的第一性地位。

在巴尔扎克的真实观中，“细节”具有特别重要的意义。“究竟什么叫作生活呢？事实上，生活就是一堆细小的情况，最伟大的热情就受这些细小情况所制约。”[30]“小说如果在细节上不真实，那它就没有任何价值”[31]；“我们读一本书，心里总有一种求真的意识，碰到不可能的细节，它就会大喊：‘这是假的!’当这种意识反复喊叫，并且所有人的意识都这样喊叫时，这本书就没有、也不会有任何价值了。普遍的、永恒的成功的秘密，就在于真实。”[32]在这里，细节的真实决定着作品的生命、作品的价值甚至是“永恒的成功”，巴尔扎克现实主义理论中这一举足轻重的要素，在他的创作中得到了充分的体现，它使恩格斯在为“现实主义”界说时也强调了“细节真实”不容置疑的地位。

按照巴尔扎克的观点，社会生活就是由无数看似琐屑的“细节”组成，就像许多部件构成一个物体，只有真实地再现每个细节，准确地将每个细节“粘合”成一个有机的整体，才有可能全面而忠实地反映出社会的本来面目。而在观察和创作的过程中，事无巨细都不应被作家忽略，“杂乱无章的什物，褴褛的衣衫，挑夫的语言，工匠的动作，一个工业家倚在自己商号门前的姿态，生活中最严重的时刻，心灵中最不为人觉察的细腻之处，他都会善加利用”[33]。历史风云，时代轨迹，正潜藏在这些表面十分平凡精微的生活之中。巴尔扎克总以历史学家自比，但他却不以正面描写政治风浪、重大事件见长，而是专注于在日常生活场景中融入阶级的更迭、时代的信息，在平凡中开掘不平凡的内涵。这样，他就把对历史规模的追求和对寻常细节的描摹巧妙地熔于一炉，形成鲜明的现实主义特色。达文形象地阐释过作家的这一创作特点："这些激情和典型，巴尔扎克先生几乎全是到家庭中、炉火旁去寻找的。他在表面看上去那样千篇一律、那样平淡的外表下去搜索，突然从中挖掘出既那样复杂又那样自然的性格，以致所有的人都纳闷，一些如此司空见惯、如此真实的事情，怎么会这么长时间一直无人发现!这是因为，在他之前，从来没有哪一位小说家像他那样深入细致地研究细节和小事。他以高度的洞察力对这些细节和小事加以阐释和选择，以老镶嵌细工那种艺术才能和令人赞叹的耐心将它们组合起来，构成充满和谐、独特和新意的一个整体。"[34]结论是："巴尔扎克先生的伟大诀窍：在他的笔下，没有任何事物可称为微不足道，他能把一个题材最平庸的细节加以提炼并戏剧化"；"艺术的特质便是选择自然中零散的各个部分，真实的细节，以便构成一个统一的整体"。[35]法国学者罗伯里埃更进一步指出，巴尔扎克对细节所作的社会学阐释表明，对细节的重视"不仅是气质的需要，也不仅是对真实的深爱，而是为他所描绘的社会面面观所制约的一种美学需求"[36]。

由此我们可以看到，巴尔扎克对文学中宏观与微观关系的理解是十分辩证的。只有具有清醒的历史意识，力图表现历史的风貌，才能从大量平凡的细节中捕捉和发掘丰富的内涵；只有透彻地了解社会生活的底蕴，真实地描绘出生活的本来面貌，才能令人信服地构筑起历史的大厦。二者相辅相成，互为因果，辩证统一。

然而，对细节的忠实并不意味着对自然的简单摹写。巴尔扎克断言："自然的真实不是、也永远不会是艺术的真实。"他认为："倘若自然和艺术在一部作品里完全吻合，那是因为具有无限偶然性的自然此时符合了艺术的条件。艺术家的才能就表现在是否善于选择能够转换成文学真实的自然事件，而且假如他不能把这些事件焊接在一起，不能用这些金属材料一气呵成地完成一件色调和谐的塑像，那么他的作品就失败了。"[37]

巴尔扎克将这种"转换"和"焊接"过程名之为"典型化"。他在《人间喜剧》的前言中指出："不仅人物，而且生活里的主要事件也都有典型的表现，有一些情境人人都经历过，有一些发展阶段十分典型，正好体现了我全力追求的那种准确性。"[38]通过典型化寻求文学真实的"准确性"，正是现实主义理论的精要，也是巴尔扎克对现实主义理论的卓越贡献。

他把文学创作的重心始终置于典型人物的塑造上，声称要"刻画一个时代两三千名出色人物的形象……就是一代人所涌出的典型，也是《人间喜剧》典型人物的总和"。[39]他强调典型形象的概括性："一个典型，从应该赋予这个词的意义来说就是一个人物，他把所有多少与他相似的人的特征都概括在自己身上了，他是这一类的样本。"[40]他还以作家的经验归纳出创造典型的方法："文学使用绘画上应用的手法：在绘画上，为了画出一个美人，从这个模特儿身上取其手，从另一个模特儿身上取其足，从这个模特儿身上取其胸，从另一个模特儿身上取其肩。画家的任务就是赋予这精选的各个部位以生命，并且叫人信以为真。如果他为诸位临摹某一个真实的女人，诸位大概会掉头而去。"[41]有模特儿，又不局限于模特儿，在综合中寻求人物的生命力和概括力。这是他本人实践的总结，也是他留给后人的宝贵财富。

"艺术家的使命是创造伟大的典型，将美提高到理想的程度。"[42]他还一再强调，要"在个性化中给典型以生命，在典型化中给个性以生命"。[43]典型化是巴尔扎克为艺术通向理想美铺设的坦途。

三、"一面无以名之的镜子"

当我们习惯性地把巴尔扎克称为现实主义作家时，可能出现或已经出现的最大误解便是以为他对文学创作的主张仅限于对现实和历史的摹写，以为《人间喜剧》的特点就在于对社会历史的复制。

的确，如前所述，巴尔扎克以对历史的酷爱和忠诚彪炳于世，以精细入微的观察和描摹令人瞠目。但这决不意味着他只是个平庸的反映论者，更不意味着他会呆板地将小说等同于历史。人们无法想象，一个作家仅靠直接观察，就能建筑起如此宏大巍峨、凹凸有致的艺术世界；人们也无法想象，一位倾毕生精力于小说艺术探索的作家，会将自己的眼光仅限于事实的存在。巴尔扎克将历史比作画布，小说家要在这上面画上、点染上“最能使人动情的具有个人色彩的故事，写小说的目的就是要叫人激动，小说总是小说，永远不应该倾向于历史的严格，因为人们不会到小说家笔下去寻找往日的历史”。[44]作家对小说与历史关系的种种阐释，究竟是自相矛盾的悖论，还是充满辩证的理解?

“镜子”是摹仿说的通用比喻。而巴尔扎克则别有深意地指出，作家所拥有的应是“一面无以名之的集中一切事物的镜子，整个宇宙就按照他的想象反映在镜中”。[45]“一切事物”和“整个宇宙”，正是巴尔扎克式无所不包的雄心的体现；“无以名之”一词则道出了作家对文学创作的复杂与微妙的深切理解。一面普通的平面镜无法反映出艺术真实的魅力，只有通过作家“想象”的多棱镜，才可能折射出奇异的光彩。

在巴尔扎克的理论思考和艺术实践中，想象与洞察同观察与分析具有同等重要的地位。他认为，将观察力与洞察力集于一身，才能“形成完美无缺的人”；如果用历史的真实过分地“固定”作家的想象力，扼杀他的“蓬勃朝气”，就等于说“我们不要小说”[46]。“如果一定要作品拘泥于事实，让这些人物处于他们在社会上的实际位置，而老实正派人的生活又毫无戏剧性可言，您以为这样一部作品能让人读得下去吗?”[47]

巴尔扎克对想象的热衷，是与他对创作的痴迷相联系的。他夜以继日、全身心地把近乎疯狂的激情投入作品，融入人物，直至无法分辨真实的世界和虚构的世界。他在想象中生活，在生活中想象，将生命意志贯注于艺术，为艺术的极致耗尽了生命。波德莱尔指出：“他的所有人物都秉有那种激励着他本人的生命活力。他的所有故事都深深地染上了梦幻的色彩。与真实世界的喜剧向我们展示的相比，他的《人间喜剧》中的所有演员，从处在高峰的贵族到居于底层的平民，在生活中都更顽强，在斗争中都更积极和更狡猾，在苦难中都更耐心，在享乐中都更贪婪，在牺牲精神方面都更彻底。总之，在巴尔扎克的作品中，每一个人，甚至看门人，都是一个天才。所有的灵魂都是充满了意志的武器。这正是巴尔扎克本人。”[48]法国当代学者巴贝里斯以更简洁的方式表述了这一特点：‘我’进入了人物，人物为的是言说‘我’。这正是整个现实主义的基础。”[49]作家生命力的充溢，想象力的驰骋，使《人间喜剧》成为巴尔扎克对法国社会历史的独特读解——既是现实的，又是超验的；使《人间喜剧》中的艺术形象都律动着巴尔扎克的激情，凝聚着巴尔扎克的执着——既是真切的，又是奇特的。

巴尔扎克对作家的“视力”曾有过带有几分神秘主义色彩的阐释：“在真正具有哲学家气质的诗人或作家的头脑里，还发生一种精神现象，这种精神现象无法解释，非同寻常，科学也难阐明。这是一种超人的视力，使他们能够在一切可能出现的情况中看透真相。或者，更胜一筹，这是一种难以明言的强大力量，能将他们送到他们应该去的或想要去的地方。”[50]这种“超人的视力”也就是巴尔扎克多次提到的“第二视力”。凭借这种视力，作家能透过纷繁的表象捕捉事物的真谛；凭借这种视力，作家能随心所欲地进入任何常人所难以企及的领域，甚至还可以在“公众看到是红色的地方”却看到了“蓝色”[51]。神奇的“视力”说，显然是通向后世日渐风行的“通感论”和“直觉论”的。

19世纪的评论家们也许还没有注意到巴尔扎克理论的超前建树，但却已从他的创作中读出了作家与众不同的天赋。对巴尔扎克一贯颇为不恭的圣伯夫认为：“他既想象，又观察……巴尔扎克追求科学，但实际上，他特有的却是一种哲学的直觉。”夏斯勒说得好：“人们没完没了地反复说巴尔扎克先生是位观察家、分析家；而无论这个词的含意是更好些还是更坏些，他还是一位透视者。”[52]“通感论”者波德莱尔则称：“我多次感到惊讶，伟大光荣的巴尔扎克竟被看作是一位观察者，我一直觉得他最主要的优点是：他是一位洞观者，一位充满激情的洞观者。”[53]视野开阔的勃兰兑斯也指出：“巴尔扎克不仅仅是一个观察者，他还是一位透视家。”[54]独特的天赋使巴尔扎克出于现实，又穿透现实；出于历史，又超越历史。在无数精确琐屑的细节后面，在一张张被情欲扭曲的面孔后面，人们看到的不仅是一个现实的世界，也是一个想象的世界，一个可能的世界、未知的世界。

如果说巴尔扎克的“第二视力”论已经包含某种先锋意识的话，那么对现实的执着依恋却仍是他最坚实的理论基础。如达文所言：“巴尔扎克先生大概是根据直觉来进行创作的，这是人类头脑最罕见的特质。然而，不是也必须自己受过苦才能将痛苦描绘得如此精彩么！不是也必须长期估量过社会的力量和个人思想的力量才能将二者之间的斗争描绘得如此出神入化么！”[55]由于巴尔扎克主张紧紧依附于现实土壤进行艺术探索，因此他这面“镜子”还没有演变成映像面目全非的“哈哈镜”。

四、“艺术家的精神是远视的”

巴尔扎克是一位锐意求新、永不满足的作家。他在浪漫主义的鼎盛期步入文坛，积极支持了以雨果为旗手的浪漫运动，但他却没有尾随其后，而是声称自己站到了介于“形象文学”与“观念文学”之间的“文学折中主义大旗下”。他称这派作家为“全才”，是“兼收并蓄”的“大智”；认为这一派的特点是“要求按照世界本来的面目表现世界，就是说，有形象也有观念，形象中有观念，观念中有形象，有行为也有梦想”。[56]

巴尔扎克坦然自若地另辟蹊径，显示了他的理论勇气和革新精神。正如达文所说：“他向前走去，独自一人，靠着边，向前走，就像一个贱民，他难以抵挡的天才使别人想要将他逐出文坛，他本人所赢得的是艺术中的真实……他从来没有宣称过自己是个改革者。他不是站在屋顶上高喊：‘让我们使艺术回归自然吧！’而是辛勤地完成他那一部分文学革命。”[57]左拉认为，巴尔扎克的“革命”在于“扼杀了古老体裁中的谎言”，“开拓了未来”并成为“明日文学法国的领袖”。[58]

对人的命运始终如一的关注，是巴尔扎克“文学革命”的一个重要方面，也是他与未来文学趋向沟通的重要因素。他要写时代、写历史、写社会、写败德，无疑，这是人的时代、人的历史、人的社会；或者说，是时代的人、历史的人、社会的人。他要写环境、写情欲，无疑，这是人的环境、人的情欲、人的败德；或者说，是写环境如何造就了人，情欲如何支配着人，败德如何腐蚀着人。简而言之，“是要写人和生活”[59]。无论是以动物界为参照系，还是对唯灵论的痴迷，作家的旨意都在于全力深化对人的认识和表现。朗松在其开山之作《法国文学史》中对巴尔扎克的总体评价并不高，但却十分敏锐地指出：“只有人使他感兴趣，一切描写都离不开人，一切描写都是为了揭示人。若要问到他自己是个什么样的人，我们只能回答，他是描写社会关系和人类本性的画家。”[60]进入20世纪，文学观念发生巨变，文学形式花样翻新，但它所探讨的核心命题，仍然与巴尔扎克所关注的“社会关系”和“人类本性”有着明显的承传关系。巴尔扎克对“人性”的开掘，更是给予后人多向的启迪。

“艺术家的精神是远视的，世人看得很重的琐事，他视而不见。然而他与未来对话。”[61]巴尔扎克的“历史性”可谓众所周知，人们深为他对历史的总体把握所折服。但是，巴尔扎克的“前瞻性”同样值得人们重视。而且他的前瞻性又是与他的历史性紧密关联的。“回忆只有用在预见时才有意义。”[62]

“最近，他又迈出了一大步。公众看到数个从前创造出来的人物在《高老头》中重新出现时，便明白作者有一个最大胆的意图，那就是将生命与活动赋予整整一个虚构的世界，待到其绝大多数模特儿已经死去而且被人遗忘时，这个虚构世界中的人物说不定仍然活着。”[63]巴尔扎克独创的人物再现法，其意义不仅在于拓展艺术的空间，让各色人等穿梭于不同小说中的不同场景，大大丰富了人物关系，扩张了生活的内涵；而且作家“将生命与活动赋予整整一个虚构的世界”，使其中无数典型形象具有更加鲜活的特质和更加丰满的性格，从而获得比生活原型远为持久的生命力。在巴尔扎克诞生二百周年、辞世一个半世纪的今天，如果我们将《人间喜剧》虚构的世界与现实世界相对照，便会惊异地发现，巴尔扎克所列举的“清单”上的“恶习”还远远没有被清除；他所揭示的“现金交易”的人际关系有增无减；他所剖析的形形色色灵魂依然投射出诡异的光芒……作家对历史和现实的深刻理解使他赢得“与未来对话”的权力和能力；“与未来对话”的旨意使他的观察分析和表现都具有了预见性。巴尔扎克倡导“远视”的艺术精神，大智若愚，胸襟开阔，属大家风范，伟人气度。这将他与平庸的作家拉开了距离。

《人间喜剧》是一个既完整又具有开放性的体系。人物的时隐时现，情节的若断若续，给“喜剧”世界增添了“流动性”与“未完成性”；各种风格的杂陈，显示了作家不拘一格、求新求变的特点。在20世纪反对“巴尔扎克式小说”的浪潮中，“新小说派”扮演了重要角色。而“新小说派”的主将之一布托尔却对巴尔扎克与当代文学的关系作出了耐人寻味的公允评价：“巴尔扎克与当代小说中最大胆的形式之间的联系，我们大体可以提出这样的论断：假如随意从《人间喜剧》中抽出一本小说，我们很容易指出它与当代小说相左之处，指出它落伍或超越时代之处。但从整体上看，我们就会发现，这些作品的丰富性和所体现的勇敢精神，远远超出了迄今为止我们对它的准确价值的判断，对于我们，这简直是一座取之不尽的宝藏。巴尔扎克作品的革命精神，远非肤浅的、断章取义的阅读所能理解。它所具有的新意，一部分已在19世纪得到了系统的展示。另一部分，则是在20世纪最富独创性的作品中才产生了回响，而这种丰富的创造力远远没有穷尽。”[64]我以为，相比而言，我们对巴尔扎克文学思想独创性和丰富性的开掘更是“远远没有穷尽”。

巴尔扎克是位哲人式的智者。他崇拜思想，深信思想的力量。“有思想的人，才是有至高无上权力的人，国王左右民族不过一朝一代，艺术家的影响却可以延续好几个世纪。他可以使事物改观，可以发起一定模式的革命。他能左右全球并塑造一个世界。”[65]巴尔扎克这番言辞未免夸张，但他对艺术家，特别是对有思想的艺术家（自然包括他本人）的地位的充分肯定，确已为人类文明发展史所证明。

■ 注释

1 巴尔扎克：《关于文学、戏剧和艺术的信(一)》，《巴尔扎克全集》（以下简称《全集》）第30卷，人民文学出版社，1999年，第7页。

2 巴尔扎克：《〈夏娃的女儿〉〈玛西米拉·多尼〉初版序言》，《全集》第24卷，第483页。

3 巴尔扎克：《给韩斯卡夫人的信(1834.10.24)》，译自*Lettres Madame Hanska*（4卷集），Paris: Les Editions du Delta，1967年，译文载《巴尔扎克论文学》，程代熙等译，人民文学出版社，1986年。

4、23、33、35、42、55、57、63 达文：《〈19世纪风俗研究〉导言》，《全集》第24卷，人民文学出版社，1999年，第286、279、290、306、303、292、312、298页。

5 巴尔扎克：《驴皮记》，《全集》第20卷。

6 夏斯勒：《〈哲理小说故事集〉导言》，《全集》第24卷，第222、225页。

7、19、45、50 巴尔扎克：《〈驴皮记〉初版序言》，《全集》第24卷，第214、212、213、214页。

8、12 巴尔扎克：《给韩斯卡夫人的信（1833年3月末）》，出处同注③。

9 巴尔扎克：《〈夏娃的女儿〉〈玛西米拉·多尼〉初版序言》，《全集》第24卷，第

483 页。

10、15、34 达文:《〈哲理研究〉导言》,《全集》第24 卷,第261、263、261页。

11、20—21、24、31、38、39 巴尔扎克:《〈人间喜剧〉前言》,《全集》第1 卷,第8、8—9、7、7、14、19、18页。

13、54 勃兰兑斯:《19 世纪文学主流》第5 分册,人民文学出版社,1982年,第217、220页。

14 恩格斯:《致玛·哈克奈斯(1888 年4 月初)》,《马克思恩格斯选集》第4卷,人民出版社,1972 年,第462—463 页。

16 Zélicourt, *Le monde de la Comédi e Humaine*, Séghers, p.14.

17 巴尔扎克:《给韩斯卡夫人的信(1842.11.11)》,出处同注③。

18 巴尔扎克:《幻灭》(下),袁树仁译,《巴尔扎克选集》,人民文学出版社,2013年,第589页。

22 雨果语,转引自《巴尔扎克致厄阿泽尔的信(1844.1.5)》,译自 *Correspondance* T.V.(5 卷集),EditionsGarnier Frères, 1966,译文出处同注③。

25、44、46 巴尔扎克:《流氓团伙》,《全集》第27 卷,第723—724、723、723页。

26 巴尔扎克:《高老头》,《全集》第5 卷。

27 巴尔扎克:《给韩斯卡夫人的信(1834.10.26)》,出处同注③。

28、41 巴尔扎克:《〈古物陈列室〉、〈冈巴拉〉初版序言》,《全集》第24 卷,第470、469—470页。

29 巴尔扎克:《〈欧也妮·葛朗台〉初版跋》,《全集》第24 卷,第248 页。

30、47 巴尔扎克:《致〈星期报〉编辑伊波利特·卡斯蒂耶先生书》,《全集》第30 卷,第643、644页。

32、37 巴尔扎克:《关于文学、戏剧和艺术的信》(三),《全集》第30 卷,第97页。

36 P. Laubriet, *l`Intelligence de l art chez Balzac,* Slatkine Reprints,1980, p.29.

40 巴尔扎克:《〈一桩神秘案件〉初版序言》,《全集》第24 卷,第524 页。

43 巴尔扎克:《给韩斯卡夫人的信(1834.10.26)》,出处同注③。

48《波德莱尔美学论文选》,人民文学出版社,1987年,第82页。

49、52、58 P. Barbéris, *Balzac une mythologie réalistie*, Paris, p.217, p.241, p.247.

51、61 巴尔扎克:《论艺术家》(二),《全集》第27 卷,第580、558页。

53[法]波德莱尔:《波德莱尔美学论文选》,郭宏安译,人民文学出版社,1987年,第81—82页。

56、59 巴尔扎克：《贝尔先生研究》，《全集》第30卷，第170、170页。

60 Lanson, *Histoire de la littérature française*, Hachette, 1964, p.1001.

62 巴尔扎克：《两个弄臣》，《全集》第27卷，第704页。

64 布托尔：《巴尔扎克和现实》，收入《新小说派研究》，中国社会科学出版社，1986年，第95—96页。

65 巴尔扎克：《论艺术家》(一)，《全集》第27卷，第572页。

当代“左拉学”建构之学术源流考

以《自然主义手册》(1955—1987)为例[1]

吴康茹

20世纪80年代，皮埃尔·布迪厄曾断言：“文学问题与我们的制度实践和制度定位密不可分。”[2]在当代法国，学术建制[3]对文学研究起着十分重要的影响，文学研究通常受文学制度的规范化实践和专业化要求所推动。左拉研究发轫于19世纪七八十年代的法国，大致经历了近现代、战后现代转型和当代左拉研究三个重要阶段。当代左拉研究的勃兴则与1955年学术期刊《自然主义手册》的创办有关。该期刊作为法国“左拉之友文学协会”的专刊，一直以研究左拉及自然主义文学为对象，以推动和促进左拉经典化研究为文化使命。创办至今，该期刊已成为当代法国左拉学术研究微观史的缩影。“二战”后至今六十多年的当代左拉研究，从重新评价左拉及自然主义流派、举办重要学术会议，到选择相关历史事件、作家作品、重要学术问题作为研讨话题，几乎所有重大学术活动的策划、组织与安排均由“左拉之友文学协会”、《自然主义手册》期刊杂志社以及设立在国家社会科学中心的学术机构“自然主义中心”来运作和推动。无论从批评实践、著述出版还是治学方式来看，当代左拉研究完全是在文学研究制度化和专业化的背景下进行的。所以在学术研究制度化的影响下，左拉研究逐渐向“左拉学”专业化方向转型。本文通过考察“左拉学”最初32年建构之学术源流，来探讨学术期刊目标导向与文学研究之专业化对“左拉学”建构所发挥的影响力。

一

法国近现代左拉研究肇始于19世纪后期以职业批评[4]而著称的传统大学批评。该派批评的代表人物是执教于巴黎大学和法兰西学院的教授勒梅特尔、布吕纳介、法盖和朗松等。作为职业批评家，他们以博学严谨、擅长说理和分析而著称，不过对于19世纪后期法国文坛上出现的自然主义文学，他们在接受态度上却表现出高度一致性，即持异乎寻常的严厉和批判态度。他们不约而同地将左拉及其作品视为实践其职业批评最好的靶子，对其横加指责并借题发挥。他们斥责左拉“用狂热地想象出来的猥亵或怪诞的幻觉来代替现实”[5]，“热衷于描绘疯子的狂躁和野蛮人的欲望”[6]，“他的作品是极度颂扬肉欲和人类兽性的悲观史诗”[7]。他们认为左拉既缺乏思想深度，又无卓越的艺术才华，指责左拉在小说中竭力贬低人类的价值，渲染不道德行为的合理性，将读者大众引向歧途。19世纪后期学院派大学批评的左拉研究，在研究思路和狭隘道德观念的限制下，全盘否定左拉的文学成就。他们旁征博引、言之凿凿，但在评判自然主义文学功过问题上言过其实，自然无法对左拉小说的价值做出公允的评价。这些大学批评家耗尽其毕生精力，尝试解释左拉文本中的诸多难解之谜，但却无法抓住左拉及自然主义文学的核心问题加以鞭辟入里的分析与探究，最终只得将那些带有贬义的武断性评价，如“淫秽、不道德的作家”[8]帽子扣在左拉头上。可以说，正是这些学院派批评家简单否定式的论断，给20世纪左拉研究留下很多难解的“死结”，致使左拉研究搁浅于20世纪初。

当代左拉研究再度兴起，与“二战”后法国知识界人文社会科学的勃兴和理论创新意识的空前高涨有关，更与1955年学术期刊《自然主义手册》的创办有直接关系。1952年是左拉去世50周年，1922年成立的民间文学社团“左拉之友文学协会”在学界发起了一系列纪念活动，并在巴黎国家图书馆举办左拉作品回顾展。值此之际，法国左拉研究者们在法国各地高校组织了多场左拉作品专题研讨会，由此揭开当代左拉研究的序幕。之后，在“左拉之友文学协会”和左拉之子雅克·爱弥尔-左拉医生的积极倡议下，《自然主义手册》于1955年得以创刊。在创办该刊物之前，“左拉之友文学协会”曾出版有《简报》，以登载协会每年所组织的各项活动信息。但在“二战”结束后，为了适应新形势发展的需要，尤其是为了发表学界关于左拉研究的学术论文和各类前沿研究成果综述，“左拉之友文学协会”秘书处决定创办一份期刊，即《自然主义手册》。

《自然主义手册》作为协会专刊，其创办宗旨从一开始就十分明确，即要推动当代法国左拉研究不断发展。首任主编皮埃尔·科涅在创刊号上发表发刊词：“《自然主义手册》将成为什么？”他在文中指出：“由‘左拉之友’倡议组建的新文学协会希望延续过去的传统。因为新文学协会的成员不可能相信，人们对自然主义那样辉煌灿烂的时代会无动于衷。时至今日，自然主义的影响力依然存在。……此外我们还想为某种文学观念，仅仅是文学的观念服务。我们丝毫没有回避我们这一任务所要遇到的困难。这就是我们需要读者抱以更多宽容、少许怜悯以及积极的合作精神。”[9]

这篇发刊词既表达了文学协会创办刊物的初衷，又强调创办此刊的最终目标是要服务于某种文学观念。“服务于某种文学观念”其实表明了“左拉之友文学协会”创办期刊的未来目标及努力方向。创刊号上还刊载了主编科涅一篇属于研究型的调研报告，即《自然主义目前状况》，谈及左拉及自然主义研究在过去和当下所面临的困境。因为自19世纪70年代直至“二战”结束，左拉在法国文学界一直备受争议。左拉生前因为创作出《卢贡-马卡尔家族》《三名城》等巨著而被尊为“自然主义大师”，但在其生前和身后很长时间里都被视为专写淫秽下流作品的自然主义小说家。左拉及自然主义文学在法国学界长期遭遇严重误读。不过，这篇调研报告通过分析一百份调查问卷的结果，从另一个角度告知学界：“自然主义并没有死亡……自然主义还会继续存在下去。”[10]因此，“二战”后“左拉之友文学协会”期望通过创办专刊来延续自然主义文学的影响力，发起为左拉恢复名誉的“正名运动”，并推动左拉作品进入大学课堂的经典化运动。1955—1987年是该期刊初创阶段，尽管遇到如何突破传统左拉研究的僵化模式等难题，但它在推动当代左拉研究方面还是不断拓展与创新，最终取得了令人瞩目的好成绩。

在这32年间，《自然主义手册》总共发行61期，1955—1974年每年发行两期，1975年起改为年刊，每年发行一期。在这61期中有6期属于专号，即只刊载专题研讨会的学术成果。受期刊每期篇幅容量所限，这32年所登载的各类文章有583篇。

从所刊载的学术成果类型来看，学术论文有350篇，占全部成果的60%，其占比明显高于其他文献及会议综述等。单从文章数量上看，该期刊所发表的学术成果并不算特别丰富，但若从所发布的学术信息量上来看，这一阶段该期刊所刊载的资料文献、研究型论文、专题研讨会的综述等学术信息含量还是异常丰富的。此外，在此期间，期刊上所发表的文章所探讨的话题也较为广泛，不仅涉及与左拉相关的历史纠葛和历史事件问题的调查，如对“德雷福斯案”内幕的披露，还涉及20世纪50年代至80年代欧美学界左拉研究之前沿研究话题。该期刊之所以在“二战”后法国学界引起关注，关键原因是它将欧美学界一大批最有权威的左拉研究学者、批评家和史学家等专业研究者聚集起来，依靠这些名家的科研力量与学术资源，向学界推出当代左拉研究最有代表性的前沿成果。除此之外，该期刊还从当代左拉研究领域遴选出一批新锐学者的优秀论文，这些都成为建构“左拉学”学术谱系不可缺少的组成部分。总之，在这32年间，该期刊汇聚了当代左拉研究最前沿领域的精华成果，给予欧美学界启迪也最大。

在对这一阶段期刊所载论文及相关成果的数据统计中，笔者发现，该时期左拉研究呈现如下特点，即除了所关注的主题、研究模式、表述方式等与以往传统左拉研究有巨大差异之外，当代左拉研究无论是在学术视角、研究思路上，还是在问题意识和研究方法上，都有更进一步的拓展与创新。可以说，在这一阶段，当代左拉研究形成了特有的专业化和跨学科研究特色。在“二战”后新兴学术建制的推动下，当代左拉研究摆脱了“独学无侣”的传统模式，向由学术机构推动的专业化研究和与专刊合作的团体化合作的社会互动研究模式转变。正是在专业学术机构的影响下，当代左拉研究自身获得快速发展，其最终结果就是成功地建构起“左拉学”。

从实际成果来看，《自然主义手册》创办后，短短32年间，当代左拉研究迅速完成现代转型，研究模式不仅与时俱进，而且在诸多领域不断有新的突破和创新。最有突破性的业绩莫过于“左拉之友文学协会”发起的为左拉恢复名誉的“正名”运动顺利完成。此外，通过学术研究推动左拉文本进入大学课堂的经典化运动也取得初步成功。

在回顾该期刊最初创办32年来所取得的成绩时，笔者注意到，该期刊在两个方面起到了积极引导作用。第一，作为当代左拉研究的专刊，《自然主义手册》发挥了专业期刊引领法国左拉研究不断开创新局面的作用。依照美国学者诺维克关于专业学科建立的几项标准来看，“学术机构的出现（如学会、专业刊物），培养专业技能的标准化训练，进行资格考核并发放文凭和合格证书，专业人员地位的提升和专业的自主性”[11]是衡量一门专学形成的专业化标准中最重要的指标之一，当代“左拉学”建构与发展的决定性时期就是“二战”后学术期刊《自然主义手册》的创办。在后来学界发起的“正名”运动和经典化运动中，该学术机构又起到了至关重要的推动作用。“正名”运动更是开启了当代左拉研究的新历史进程。此外，在文学协会的积极支持下，期刊编辑部通过组织专题讨论和举办国际学术会议等专业化方式，不断推动当代左拉研究朝着现代学术型研究转型。第二，《自然主义手册》杂志社在法国本土学界发起了为左拉及自然主义恢复名誉的“正名”运动，这一运动在推进过程中需要有领军人物。因此，1955—1987年，《自然主义手册》先后由著名学者皮埃尔·科涅、勒内·特诺瓦和亨利·密特朗出任主编。前两任主编的任职时间均在四五年左右，第三任主编密特朗则任职长达22年（1965—1987）。事实证明，这三任主编都成为了不负众望的领军人物。他们不仅积极投身当代左拉研究，还凭借自身专长各自创立了当代左拉研究流派，他们的学识、魄力和影响力得到同行高度认可。作为当代左拉研究的推动者，他们倾注其全部精力，依靠和借助本土学界科研人员的集体研究力量和学术资源，不断开拓新的研究领域，尝试推动当代左拉研究朝着学术化方向全面转型。

二

从《自然主义手册》创办最初32年所取得的成就来看，最显著的莫过于初步建立了“左拉学”及其学术谱系。从当代左拉研究兴起的角度来看，“左拉学”实际上是该时期左拉研究者不断建构的产物。从左拉研究到出现“左拉学”，促成一门专学形成的关键因素到底是什么？考察“左拉学”形成与发展过程中的学术建构源流及发展脉络，对我们回答这个问题大有助益。

从1955年至1987年，“左拉学”之建构可以分为三个不同阶段：(1) 五六十年代是当代左拉研究启动阶段，也是当代左拉研究新范式创建阶段；(2) 70年代是当代左拉研究朝着多元化方向发展阶段，受“二战”后法国现代文论各种批评方法的影响，左拉研究的空间不断被拓宽；(3) 80年代，随着新生代批评家群体崛起，左拉研究的专业权威及主体性话语得以形成和确立，“左拉学”领域中不同批评流派的学术谱系建构得以完成。

当代左拉研究起步于五六十年代，以《自然主义手册》的创刊为标志。创刊初期面临的最大难题就是，如何解决左拉及自然主义文学长期被污名化、被误读这一问题，以及如何启动当代左拉研究。在该期刊创刊之前，左拉研究在法国本土处于被搁浅状态。与巴尔扎克、福楼拜在学界的经典地位相比，左拉在学界几乎被边缘化。在20世纪前半叶法国出版的各类文学史教材中，左拉没有获得应有的文学地位。左拉是一位多产作家，其作品数量丰硕，但因19世纪末法国传统学院派批评家对左拉自然主义小说价值的否定，导致像《卢贡-马卡尔家族》这样的作品无法进入法国大学课堂。在半个多世纪中，左拉及其作品始终被贴上“污秽和淫荡”的标签。所以在开启当代左拉研究之前，学术期刊需要为左拉及自然主义洗刷“罪名”，恢复名誉，重新“正名”。而重塑左拉形象涉及众多问题，这在客观上也为当代左拉研究提供了许多崭新的研究课题。

那么，如何解决左拉长期被污名化、不断被诋毁的难题，推动当代左拉研究呢？显然，必须对左拉及自然主义文学进行一次价值重估。20世纪以来有过三次为左拉恢复名誉的尝试。第一次尝试是法国政府的决定。左拉于1902年逝世，1908年，法国政府宣布将左拉的遗骸迁入先贤祠，邀请法兰西学院院士阿纳托尔·法朗士主持仪式并发表演讲，重新评价左拉在德雷福斯案中为国家挽回名誉所做出的贡献。将作家遗骸安置于先贤祠是官方给予左拉最高的礼遇，但与之形成对比的是，当时学界并未及时为左拉摘除“淫秽作家”的称号。第二次尝试是，1909年，左拉女儿及女婿勒·布隆夫妇创建“爱弥尔·左拉协会”，尝试通过编辑出版《左拉全集》和组织每年10月“梅塘朝圣”纪念活动，为左拉恢复名誉进行呼吁。后因战事阻碍，为左拉恢复名誉活动被迫中止。第三次尝试由《自然主义手册》前两任主编科涅和特诺瓦发起。作为学者型主编，他们深知文化传播的力量，因而精心策划了一系列活动。他们以纪念左拉作品出版周年庆和作家晚年所介入的历史事件为契机，不断在学界制造舆论话题，利用杂志传播来造势，提出要为左拉“正名”和重新评价自然主义文学价值问题。第三次尝试从发起到完成历时约十年，最终获得了成功。

为左拉恢复名誉之所以进展顺利，主要缘于两点：一是“左拉之友文学协会”的积极推动，二是前三任主编找准了批评界误读左拉及自然主义作品之症结所在，积极采取两大策略：一方面倡导加大对左拉及自然主义小说的研究力度，突破难题，以扭转左拉研究令人堪忧的现状；另一方面则以“左拉之友文学协会”的名义和学术期刊作为宣传平台，通过邀请法国政府官员、法兰西学院院士、福楼拜研究会和巴尔扎克文学研究会的会长、历史学家等重要人物参加每年十月在左拉故居举办的“梅塘朝圣”活动，并让这些特邀嘉宾发表例行演讲。这些名人演讲以“梅塘朝圣”专栏形式刊载于期刊《自然主义手册》上。“梅塘朝圣”的名人演讲其实就是社会各界名流对左拉恢复名誉问题发表各自看法，通过这些权威人士发声来引导社会舆论，改变法国大众对左拉及自然主义文学的看法。可以说，“梅塘朝圣”是“左拉之友文学协会”和专刊《自然主义手册》为重塑左拉形象、对左拉进行价值重估所采取的最有效策略之一。此外，为了掀起“正名”运动的高潮，杂志编辑部还利用大众电子传媒等新媒介，通过与法国电视台合作，制作有关左拉的电视专题片等在国内播放，广泛营造为左拉恢复名誉的文化氛围。这些媒体宣传和名人演讲在社会上产生了积极效应，引领法国民众重新认识左拉及自然主义文学的价值和历史功绩。所以战后由前三任主编发起的为左拉“正名”运动在学界引发强烈反响，为后来学界重新评价左拉及自然主义文学价值奠定了基石。

利用媒体宣传和名人演讲等方式确实可以有效地推动左拉“正名”运动，但要真正改变人们对左拉及自然主义文学价值的认知，依然需要有相关学术研究来作为支撑。《自然主义手册》期刊编辑部在创刊初期，在学界积极倡导突破传统左拉研究模式和创建当代左拉研究新范式。那么，如何解决19世纪学院派批评留下的死结呢？期刊编辑部充分利用法国高校科研机构专业科研人员的集体力量，采取团队作战策略，借助于原始文献的搜集和整理，选择一些缺乏深入研究的课题，比如像《小酒店》《土地》《娜娜》这样长期被诋毁的作品，或者选择左拉早期和后期那些被忽略的作品，重新展开一系列学术探讨活动，通过发掘左拉文本中的独特性价值，逐步消除大众对左拉及其作品价值的负面看法。

为了建立新的研究模式，期刊编辑部引导当代左拉研究者们对学术研究对象进行全面专业提升：首先是搜集整理与左拉有关的原始文献资料，建立“左拉学”相关的文献档案体系。该项目由期刊主编密特朗与加拿大多伦多大学法国文学系皮埃尔·罗贝尔教授牵头，1971年正式签署合作出版协议。项目参与者主要包括巴黎四大和十大专业研究者，巴黎国家图书馆手稿保存部，意大利那不勒斯大学、波兰华沙大学和加拿大多伦多大学的学者等。项目启动后，法国与加拿大还组建了各自的研究团队，计划在十年内出版包括传记、《左拉书信集》和作家档案材料等系列著作。建立作家档案资料文献库是期刊编辑部的重大决策之一。该合作项目的启动为“左拉学”成为专学奠定了扎实的基础。众所周知，作家文献搜集的完整程度和整理分类的研究工作，对于开展当代左拉研究影响巨大。由于在半个多世纪以来属于被忽略、被诋毁的作家，所以与左拉相关的手稿、笔记、书信等重要文献，除了《卢贡–马卡尔家族》手稿和《三名城》创作笔记是由左拉遗孀于20年代馈赠给法国国家图书馆和普罗旺斯艾克斯省图书馆之外，其余手稿，以及左拉与外界往来的书信，尤其是与出版机构往来的信件、在国内外报刊上发表的各类专栏文章等均散佚各处。而这些文献资料对于开展文学研究，拓展左拉研究的新问题，尤其是改变以往对作家作品的评价，具有特别重要的学术价值。所以在创刊初期，期刊主编广泛发动学界对左拉各个阶段的原始文献进行全面搜集、整理、分类。他们不仅动员国内学者参与其中，还联合英国、意大利、波兰、美国、加拿大和日本等国外高校的科研人员展开作家文献搜集工作，力求尽可能将作家文献搜集齐全。在搜集整理文献的过程中，期刊编辑部还委托专业人员将这些文献信息编制成目录，定期刊载在期刊上，以供研究者查阅检索。从文献学研究角度来说，搜集、整理和出版作家手稿、笔记、写作提纲及书信等这些原始文献材料，为日后学者展开左拉研究，尤其是左拉文本研究奠定了基础，也为后来开创当代左拉研究新局面起到了推动作用。

如何跳出传统学院派左拉研究的旧模式，从某种意义上来说，关键就是要建立起当代左拉研究的新批评模式。美国学者威廉斯曾指出：“思想流派创造出了不同的解读方法，从某种程度上说它们可谓具有学科权威性。这是一门学科的特征。”[12]在期刊创办初期，编辑部就呼吁要在当代左拉研究领域建立新学院派批评模式，要向学界推出一批新生代左拉研究者的研究成果。其实早在期刊创刊号上，《萌芽》研究者马塞尔·基拉尔就发表了一篇题为《爱弥尔·左拉与大学批评》的论文。他在文中倡导重建一种新学院派批评模式，依照当下文学观念去阐发左拉作品中有价值的内容。他认为，50年代应该成为当代左拉研究的转折点，建立新学院派批评模式的时机已经成熟。他还提供了一份当代左拉研究新学院派批评家的名单，其中包括居伊·罗贝尔、F.W.J. 海明维、莱昂·德福、雅克·凯塞、皮埃尔·科涅、罗贝尔·里卡特、M.格兰特、阿尔芒·拉诺、让·盖海诺、罗谢·伊克尔和勒内·特诺瓦等。从这份名单中不难看出，这批当代左拉研究者不仅包括法国本土学者，也包括英国、美国、比利时、瑞士等国学者，他们以大学教师和研究员为主，属于新生代年轻有为的学者。这些学者后来成为真正扭转当代左拉研究局面和推动20世纪中叶左拉研究的开拓者[13]。与19世纪传统学院派批评家不同，这批当代新批评家不仅对左拉研究抱以热忱，还尝试以批评界出现的新理论和新方法去重新解读左拉文本，挖掘左拉作品中的独特价值。在这群“新学院派”批评家中，居伊·罗贝尔被视为“二战”后法国学界第一个站出来质疑传统大学批评模式的开创性人物。他在论著《爱弥尔·左拉的〈土地〉——历史与批评研究》（1952）中重新解读了左拉的《土地》。1952年10月，在纪念左拉逝世一百周年所举办的学术会议上，他以反复考证的确凿事实与对作品细节的展示，第一次肯定了《土地》所蕴含的历史价值和文学价值。正是居伊·罗贝尔对《土地》的重新解读，揭开了50年代左拉研究的序幕，给当代左拉研究带来了新生。

在当代左拉研究新模式的建立过程中，当代学者的专业研究意识和学科研究意识不断增强值得关注。过去的左拉研究均以批评家的个人兴趣偏好为出发点，没有立足于专业学科研究体系的建构，对相关的原始文献缺乏系统梳理与整合，更谈不上深入研究。当代左拉研究者则重视对左拉相关文献的搜集、整理与研究，他们将对这些新材料的系统阐释纳入当代“左拉学”的总体框架。事实上，最初十多年，《自然主义手册》比较集中地推出了上述新学院派批评家富有创见的研究成果。这些文章为重塑左拉形象和改变人们对于左拉自然主义小说的成见起到了重要作用。这些论文提出的独到见解之所以获得学界大多数人的认可，原因就是这些作者非常重视对原始文献材料的整理与发掘，注重发现以往左拉研究中的盲点问题。例如，期刊主编特诺瓦通过将左拉后期赴卢尔德、罗马等地的旅行日记的整理与《三名城》创作笔记进行比照性阅读，对《三名城》的不同主题做出了独到的阐释。这些有价值的分析与阐释不仅更新了学术观点，还引发了其他研究者对《三名城》的关注。与特诺瓦一样，期刊主编密特朗长期致力于搜集、整理和研究左拉青年时代的档案材料。他对左拉早期生平史料的研究及对自然主义形成的起始时间都有独到见解，弥补了以往传记家忽略左拉早年经历对其文学创作影响的缺憾。除密特朗外，这一时期还有一些学者通过将作家文献、文本与文学史融合在一起等方法进行了一些综合性研究，这些研究侧重于左拉小说文本的题材、故事及人物原型的来源。这种研究同样也是以历史文献和作家档案新材料的新发现为基础，重在回溯历史语境，帮助读者理解左拉小说题材、人物及故事与历史事件和其他作家作品之间的关联性。总之，在期刊创办初期，当代左拉研究者在搜集、整理、建立作家档案文献体系和建构新批评模式方面都取得了很大的成就，为后来“左拉学”的形成夯实了基础，同时也带动了日后左拉研究的学术创新。

1970年至1979年是当代左拉研究的第二个阶段。当代“左拉学”的形成乃至延续发展，不仅受益于学术期刊《自然主义手册》之导向，还有一个重要因素，即“二战”后法国人文社会科学繁荣发展，尤其是结构主义新理论及研究方法的流行，给当代左拉研究提供了发展契机。六七十年代，法国结构主义新批评崛起之后，像罗兰·巴特等新批评代表人物特别强调“从作品走向文本，要关注作为文学科学研究对象的文本”[14]。在结构主义理论及文本分析方法的影响下，重视文本分析与阐释成为六七十年代左拉研究发展的新趋势。而对文本展开分析的起点是要将与作家文本创作相关的原始文献统统纳入考察和分析视野，所以运用以文献考据为主的实证主义方法和以文本分析为主的结构主义方法，成为这一时期左拉研究者首选的解读策略。这一时期文本阐释新方法的运用开创了左拉研究的新局面。这尤其表现在《自然主义手册》上刊载的一些运用新理论视角系统研究和阐释《卢贡–马卡尔家族》的论文成果上。

例如，密特朗在《关于左拉创作手法的若干看法》[15]中，批驳了19世纪后期图卢兹博士关于左拉自然主义手法的成见[16]。密特朗依据对新文献材料的发掘，重新探讨了左拉在《卢贡-马卡尔家族》系列小说创作不同阶段的理性反思所导致的文学观念及手法变化。在他看来，自然主义文学观念及手法并非固定不变，而是随着作家不同阶段的写作实践及创作动机的变化而有相应转化的。与密特朗一样，特诺瓦也从历史语境变化角度重新探讨了《卢贡-马卡尔家族》系列作品原来的构思计划与作品定稿之间的巨大差异。他在《左拉与他的时代》[17]中，将左拉的文学书写置于法国第二帝国和第三共和国广阔的社会历史语境下进行全面考察。他依据史料及作家文献，对第二帝国时期法国社会政治、经济和道德等各方面的境况作了历史分析，探讨路易·波拿巴政府推行的限制公民自由言论、将狭隘的道德原则和政治标准强加于文学功能之上等措施，对这一时期包括福楼拜、雨果和左拉在内的小说家创作的影响。他以左拉为例，分析了作家政治立场转变与其文学手法选择之间的密切关联，指出置身于第二帝国后期的左拉为了抵制政府的做法刻意选择采用客观暴露方法，注重描绘第二帝国社会腐败堕落的阴暗面。在他看来，左拉选择暴露社会阴暗面的描写方法，是左拉不愿让文学履行道德说教功能的立场所致。从左拉运用这一创作手法的主观动机来看，可以将其理解为作家为了针砭当时社会所采用的一种叙事策略，而不应该像传统学院派批评家所断言："左拉的书中充斥着下流的东西，其无耻淫荡的程度远远超过了现实生活；这些书毫无价值……左拉先生与正统的理想主义小说家相反，他喜欢描绘的就是这些兽性。"[18]传统学院派批评家因为缺乏必要的学术方法和精神分析理论，所以无法对左拉小说中大量出现的暴力、犯罪、乱伦和精神疾病等描写做出合理解释，只能依据保守的道德观念将之归结为作家个人的病态嗜好。显然，他们对左拉的评判有失偏颇和公正，很难让当代研究者信服与接受。

在左拉研究逐步向"左拉学"演变的过程中，值得注意的是，推动左拉研究向学术化和专业化方向转型的内在驱动力，实际上是当代左拉研究主体的专业意识和探究精神。当代左拉研究者不仅注重从时代语境的转变、文学观念的变化角度重新考察左拉自然主义文学观念的诞生及其流变，更注重从当代文学观念和文学研究模式的变化角度重新阐释左拉作品的独特性价值。他们对左拉及自然主义文学的价值重估，不是做出肯定与否定的简单论断，而是深入作家作品，从作品主题、结构和叙事模式等多维度去探讨左拉小说文本所蕴含的独特性价值。从60年代后期至70年代，当代左拉研究探讨的话题逐渐呈现出开放性，从狭义的文本阐释向文化研究领域延伸。这可以从《自然主义手册》杂志社举办的四次学术研讨会的议题上看出。例如，1971年在伦敦举办的“爱弥尔·左拉国际学术研讨会”，核心议题是围绕《卢贡–马卡尔家族》从构思到最后成书整个过程，探讨左拉的创作动机、作品整体结构及主题、艺术风格和作品影视改编等问题。1976年在法国瓦伦西安娜大学举办的“《萌芽》与法国工人运动研讨会”，核心议题是围绕《萌芽》与19世纪后半叶欧洲工人运动的关系，探讨左拉作品对法国工人运动的影响力。1978年在加拿大多伦多大学举办的“关于《小酒店》的国际学术研讨会”，核心议题是围绕《小酒店》与工人阶级的历史处境，探讨左拉小说中的现实主义、劳动话语和作家所提出的解决工人阶级处境问题的方案。1979年6月在法国利摩日大学召开的“左拉与共和精神”专题研讨会，核心议题是围绕左拉文学生涯不同阶段的思想及政治立场演变，探讨作家与政治制度、左拉小说与意识形态、隐含政治、关于左拉的接受与影响、左拉与德雷福斯案等五个方面话题。从这些学术研讨会的议题选择上可以看出，70年代左拉研究所关注的话题，从探讨文本主题、人物形象塑造，转向了更为宽泛的文化生产、政治与文化、意识形态和文化霸权等上。该时期文化研究视角的引入，对于拓展和挖掘《卢贡家族的命运》《小酒店》《萌芽》等作品中蕴含的现代性价值具有开创性意义。

第二个阶段当代左拉研究取得的成果也十分丰硕。这些研究成果可以分为两类：第一类属于文本阐释类的文学研究，重在挖掘和揭示左拉小说文本的独特性价值。例如，1965年《自然主义手册》上刊载的法国艾克斯–普罗旺斯大学罗谢·里波尔的论文：《左拉作品中的“目光凝视”之戏剧性作用》。里波尔着重从细节描绘方面揭示左拉作品的独特性价值。他认为，左拉小说中经常出现关于女性裸体的场景描绘和有关性与施暴的“偷窥”场景描绘。以往批评家将这些描绘归结为左拉对欲望与兽性的病态嗜好，忽略了其中蕴含的深刻寓意。他从视觉“看”的角度分析了文本中男性角色的“目光凝视”和儿童无意识的“偷窥”行为所蕴含的戏剧性作用。他列举了左拉作品中多处关于女性裸体的场景描绘的相似之处，分析了这些场景描绘与作家青年成长时期患有女性裸体恐惧症有关。在分析左拉文本中的儿童偷窥行为时，他尝试从目击者和偷窥者这一双重角度，揭示左拉描绘人物的“看”/“偷窥”行为背后所隐藏的动机。在他看来，左拉主要是借助于这些人物的“偷窥”行为，选择站在受害者的立场上去呐喊，唤醒人们关注和思考如何解决暴力犯罪等社会问题。里波尔强调关注左拉文本中某个细节或者某种技巧的运用之意义和价值，是因为可以从中挖掘到细节描写背后的动机问题。

与里波尔一样，比利时列日大学的雅克·杜布瓦长期致力于《小酒店》研究。他曾在《自然主义手册》上发表了一篇题为《热尔维丝的避难处——论〈小酒店〉中一个象征性的装饰物》的论文。在该文中，他对《小酒店》中女主人公热尔维丝的堕落提出了不同看法。他认为传统学院派批评家往往只从伦理道德批评角度将热尔维丝归入雨果和欧仁·苏笔下塑造的“悲惨工人角色”之列，用社会环境决定论来解释女主人公的道德堕落问题。这是一种简单化和肤浅的看法。为了挑战传统学院派批评家的定论，他采用当代结构主义和精神分析学等方法，从《小酒店》中选出一个象征记号，对该记号的内涵意义及意指作用进行了解读。杜布瓦认为，要重新解读这部小说女主人公的形象，必须深入小说文本，从某个装饰物着手，进而对其象征寓意进行深入分析。他以《小酒店》中女主人公频繁变换五个不同住处作为切入点，从热尔维丝内心渴望获得避难处这个角度勾勒出其一生命运的轨迹。他认为，《小酒店》突出表现了一个压倒其他一切的核心主题，即女主人公内心强烈渴望“寻找一个洞穴、巢穴、隐秘的小住所，这个干净的窝是可以用来休憩的”[19]。正是对内在安全感的渴望，最终将女主人公推向一个又一个不同类型的男人怀中。他对热尔维丝的堕落原因做出了不同的解释，认为女主人公的堕落并非简单的家族酒精中毒遗传所致，而是出于女性内心深处对安全感的情感需要。她从寻找内心的避难处最终转向寻找外在的避难所。杜布瓦从精神分析学中的“欲望”角度出发，探讨人物内心思想与“施动者”性格之间的关系。他对这位无产者女性形象的解读与以往学者有很大不同。

上述学者通过对文本细节的分析与阐释，破解了左拉小说文本中一些难解之谜，发掘出其独特的内涵。他们对左拉文本细节的解读，应该说拓宽了人们对左拉小说世界复杂性和丰富性的认识，也改变了左拉及其小说在大众心目中单调、平庸的刻板印象。

第二类研究成果探讨的话题属于跨界文化研究范畴。这类成果主要以左拉的政治思想演变以及文本中的意识形态话语作为探讨话题。如吉奥夫·沃伦的《〈萌芽〉：昆虫的一生》、F.W.J.海明维的《从〈杰克〉到〈萌芽〉：都德与左拉眼中的无产者》（上述论文刊载于《自然主义手册》1976年第50期）；科莱特·贝克的《〈小酒店〉中的工人阶级状况》、佩特雷的《〈小酒店〉中的劳动话语》、瓦尔克的《〈小酒店〉与左拉的宗教思想》（上述论文刊载于《自然主义手册》1980年第54期）；让娜·盖亚尔的《左拉与道德秩序》、哈尼娜·苏瓦拉的《左拉关于文学的使命与作家的职责》、罗谢·里波尔的《左拉作品中的文学与政治（1879—1881)》、罗贝尔·尼斯的《左拉与资本主义：社会达尔文主义》、大卫·巴格莱的《从论战叙事到乌托邦话语：左拉共和派福音书》、奥古斯特·德扎莱的《神话与历史：左拉作品中的罗马形象》（上述文章刊载于《自然主义手册》1980年第54期)。上述文章的作者主要从文化研究视角探讨左拉文本中关于工人阶级文化身份属性、作家意识形态立场表达、达尔文主义思潮在法国第二帝国时期的传播问题等。在70年代中后期的当代左拉研究中，文化研究方法的引入曾引发了很多话题，这显然拓宽了左拉研究的空间。

80年代是当代左拉研究的第三个阶段，也是其繁荣发展阶段。由于当代左拉批评家群体的崛起，当代左拉研究的专业权威及主体型话语得以形成和确立。自50年代至80年代，《自然主义手册》以积极引导和推动当代左拉研究而获得学界广泛关注。受其影响，众多域内外学者参与到左拉研究项目工程中来。在此过程中，由于各个学者的学术思路不同，研究方法和路径不同，逐渐形成了当代左拉研究的不同学术流派。这些不同流派及其各自的代表人物又促成了“左拉学”最初学术谱系的形成。到80年代末，当代左拉研究领域涌现出二十多位左拉研究权威专家。他们在学界崭露头角，不断引入新的批评话语，让当代“左拉学”研究变得更有影响力。具体来说，在第三个阶段，当代“左拉学”形成了四大批评流派：重视史料整理和考证的社会历史批评学派，致力于自然主义小说文本研究的新结构主义批评派，专注于左拉生平事迹及传记史料研究的传记研究学派，侧重于文本中的精神创伤、乱伦、暴力犯罪等研究的精神分析学派。这四大学派均有各自的领军人物，如传记研究学派主要以亨利·吉约曼、亨利·密特朗和科莱特·贝克为代表；社会历史批评学派主要以皮埃尔·科涅、勒内·特诺瓦、F.W.J.海明维为代表；文本阐释（新结构主义批评）学派主要以雅克·杜布瓦、罗谢·里波尔、让·布瑞、奥古斯特·德扎莱为代表；精神分析学派主要以大卫·巴格莱、罗贝尔·J.尼耶思、朱莉特·卡明卡等为代表。这四大学派都在拓展当代“左拉学”的研究空间方面做出了各自的贡献。当代“左拉学”不同批评流派的初步形成，既代表《自然主义手册》创刊最初阶段所取得的成就，也标志着当代“左拉学”的多元化研究格局初步形成。

三

通过对当代“左拉学”谱系建构和学术源流的梳理与论述，可以看出当代左拉研究之所以能够在最初32年间逐步演变为一门专学，左拉及自然主义文学价值之所以能够被重新评价，左拉之所以在“二战”后的法国获得了较为公允的评价，恢复其在19世纪后期文学史上应有的地位，《萌芽》《小酒店》等这些自然主义小说之所以能被经典化，得以进入大学课堂或成为中学毕业会考的考核对象，都要归功于学术期刊《自然主义手册》的创立，归功于当代左拉研究的逐步深入。不过，在回顾当代左拉研究如何从单纯的研究课题逐步演变为一门专学“左拉学”时，我们需要对当代法国左拉研究领域这一成功个案进行更深层面上的追问与思考。

当代左拉研究的演变轨迹可以概括为从左拉研究到“左拉学”。在“左拉学”的建构过程中，可以看出“左拉学”既是“二战”后一代又一代学者对左拉及自然主义文学持续关注、投入巨大学术研究热情才有的成果，又有学术建制对它施加的影响和《自然主义手册》对它的推动。如果没有学术期刊集结大量专业人员投身左拉研究，如果没有“左拉之友文学协会”阶段性研究目标的制定与导向，可能就没有后来“左拉学”的出现。从学术意义上来看，《自然主义手册》的创办对“左拉学”的形成起到了决定性作用。从左拉研究到“左拉学”，促成一门专学形成的关键性因素就是学术期刊的导向作用。这一导向以在不同阶段确立新的研究目标以及问题化方式来发挥作用。

但在另一方面，当代左拉研究之所以能在很多研究领域获得突破并最终演变为“左拉学”，在回顾这一过程时也有许多地方需要我们深入思考。因为在梳理从左拉研究到“左拉学”的演变轨迹时可以发现一个重要现象，即“左拉学”建构的背后始终围绕着一个核心问题，即左拉为何会被19世纪后期法国学院派大学批评诋毁和污名化，理由只有一个，即左拉及自然主义文学存有“不正确”或“缺陷”之处。对此，密特朗在《阅读/再解读左拉》（2004）一书的序言里道出了个中原因：“左拉在其所处的那个时代，在政治、宗教、道德和艺术等任何领域都算不上是一个观念‘正确’的人。因此，无论在域内还是域外，他都始终处于被边缘化的地位……”[20]也就是说，“二战”后左拉研究的重启和当代“左拉学”的建构，始终围绕着如何纠正19世纪法国学院派大学批评关于左拉种种“不正确”的指责。事实上，当代“左拉学”的建构过程就是扭转这样一种定性评价的过程，即通过质疑以往左拉研究者的偏见和定论的专业化学术研究，重新发掘左拉作品中的“不正确”之处所包含的独特性价值。所以从“不正确”到“正确”，如何得出相对比较具有合理性的价值判断，这是“左拉学”得以被建构的真正缘由。从某种意义上来看，当代“左拉学”确实是“二战”后学术机构推动的积极结果，但实质上更是文学研究者不断发掘左拉小说中具有独特性的价值并将其加以全面细致阐释的结果。因此，基于上述分析，可以得出这样一个基本结论，即专业化的学术研究才是当代“左拉学”建构的内驱力。这一过程最终得以完成，应该归功于当代左拉研究者敢于质疑以往批评家的偏见，不断将左拉研究问题化。诚如当代最资深的左拉研究者密特朗所言：“重构一个左拉形象，不是凭借第一眼，而是要凭借第二眼。”[21]密特朗这句话真正道出了当代左拉研究者如何解读左拉自然主义小说文本的真谛。阅读或阐释左拉，不能单凭简单或表面的感受，而是要再往深处多思考一下，即究竟如何看待左拉文本中那些“不正确的观念”。其实在“左拉学”的建构过程中，正是当代左拉研究者在学术研究过程中不断正视这些诸多“不正确”问题，通过不断追问和深入的专业化学术研究，将很多疑点难点问题化，才最终发掘出左拉小说中蕴含的独特性价值和新美学观念。

所以当代左拉研究者在进行左拉研究时，一直受到问题意识的推动。他们尝试通过文本细读与分析，挖掘这些诸多“不正确”地方所蕴含的独特价值，探究被遮蔽的深层问题。当代左拉研究者努力避免沿袭传统学院派批评家“不读而论”的做法，“拒绝接受不经检验、不通过文本细读与审视而匆忙得出的假设与论断”[22]。当代左拉研究者深知，左拉作为一个被同时代批评家嘲讽为“观念不正确”之人，其作品必然具有与众不同的特质。这种与众不同的特质恰恰需要通过学术研究活动不断被揭示出来。正是抱着这样的学术信念，当代左拉研究者从最初仅仅关注和解读那些屡受诋毁的小说，如《娜娜》《小酒店》《土地》，到后来选择《卢贡-马卡尔家族》系列作品作为解读对象，对其展开整体性和系统性研究。他们采用现代批评理论视角，对这部表现一个家族自然史和社会史的巨著之整体叙事结构、不同主题、题材类型和家族五代人血缘遗传谱系及各个成员的不同际遇等，展开全方位的整体研究。

基于以上论述可以看出：当代左拉研究之所以能够不断延续、“左拉学”之所以得以建构，并不仅仅是依靠学术机构的支持以及学术期刊《自然主义手册》创立等外部力量的支持与推动，更关键的因素还是靠专业化的学术研究去不断推动。这是因为，只有专业化的学术研究才能将左拉及自然主义文学作品的价值及影响力挖掘和揭示出来。

从“左拉学”的学术源流来看，需要进一步反思的就是，当代“左拉学”的建构更是研究方法不断变革、发展与多元化的结果。方法是研究学术问题的根本途径，但在方法转变的背后则隐藏着不同思想理论和文学观念的认识。正如有学者指出：“传统的文学观念把语言作为世界或者个人的表象，话语之间的关系实际上是各种表象之间的发展。文学的目的在于提供有意义的想象。传统的文学观念是由美学、心理学、伦理学等生活世界中的价值来确立。”[23]在以往的左拉研究中，许多研究者主要采用传统文学研究模式，将左拉的自然主义小说与巴尔扎克的现实主义小说加以对照，按照文学所能提供的生活世界中美学、心理学或伦理学的价值多少来评判该流派文学价值的高低。依据这样的文学观念，自然主义小说因侧重于描写“淫荡和堕落”这些“不正确”的内容而无法为人们提供符合生活世界正确价值的文学，所以它理应被诋毁和否定。事实上，若采用传统文学研究模式，显然不能很好地揭示出左拉自然主义小说中所蕴含的独特性价值。当代左拉研究者正是意识到传统研究模式的缺陷，所以尝试转换现代性视角，借鉴50年代以来知识界各种现代理论及不同学术话语，运用现代精神分析学、社会学、传记学、文化人类学、神话原型批评等不同研究方法，重新解读左拉的小说文本，挖掘其所蕴含的独特性价值。正是因为这些当代左拉研究者对左拉研究新领域的开拓，通过重构许多不同流派的话语，对左拉作品的独特性价值做出新的揭示与阐释，这才最终创立了“左拉学”这门专学。

结束语

当代左拉研究无疑属于域外的“专门之学”，属于法国本土的“本源性研究”。有学者将本源性研究视为一种起源性的追踪。[24]对于“左拉学”来说，本源性研究意味着从“起点”开始进行回溯，追踪事物或思想生成与演变的历史踪迹。当代“左拉学”从知识谱系上来说属于“二战”后法国学界兴起的一门专学，它由法国19世纪文学研究领域里一个具体研究专题演绎而来。它是借助于法国及欧美大学科研院所等现代学术机构和学术期刊《自然主义手册》出版等所产生的广泛传播力才得以形成。此外，它也是通过长达六十多年的学术积累始得以建立。在这一专学建立的过程中，当代“左拉学”不仅拥有一批专业化的学者群，有一整套学术观念体系，有明确的学术研究对象，有多元化的研究视角和研究方法，还有其独特的核心范畴、理论术语、档案文献资料等。考察研究当代“左拉学”的学术源流，至少可以给予我们如下启示：(1) 从“二战”后“左拉学”的建构及其演进来看，推动左拉经典化运动和创建左拉研究现代模式离不开学术机构的支持和“二战”后现代主义文学理念的推动。文学观念及研究方法不断更新与发展是推动学术研究发展的内在动力。(2) 纠正学界对左拉的长期误读和所形成的错误观念，不是靠简单的呼吁，而是靠制定切实可行的研究目标，确立研究计划，探索多种阐释策略。(3) 从当代“左拉学”的建构结果来看，重视专业化研究团队和阐释主体的力量，建立现代多元价值评价体系，才是推进学术进步与发展的内在因素。

■ 注释

1 基金项目：本文系国家社科基金研究项目“法国学术期刊《自然主义手册》与“左拉学”谱系建构研究（1955—2015）”（15BWW061）的阶段性成果。

2 Bourdieu, Pierre, “The Philosophical Institution.” Trans. Kathleen McLaughlin. *Philosophy in France Today*. Ed. Alan Montefiore. Cambridge: Cambridge University Press, 1983, pp.1–8.参阅杰弗里·J.威廉斯编著：《文学制度》，李佳畅、穆雷译，南京大学出版社，2014年，第1页。

3 国内学者对学术建制的解释，请参阅罗志田主编：《20世纪的中国：学术与社会（史学卷）》（上），编序第12页，山东人民出版社，2001年。广义上的学术建制不仅指大学、研究所等专门的学术机构，也包括该机构各类课程、教材的设置与演变，同时还包括学术刊物的出现及影响等。

4 职业批评在法国又被称为“教授的批评”和大学批评，因为代表人物均为从事文学职业的教授。该派批评主要采用一种以搜集资料为开始，以考证渊源及版本为基础，通过社会、政治和伦理因素来研究作家作品。参见郭宏安：《读〈批评生理学〉——代译本序》（[法]蒂博代：《六说文学批评》，赵坚译，生活·读书·新知三联书店，2002年，第15页）。

5—8 吴岳添编选：《左拉研究文集》，译林出版社，2014年，第37、65、24、24页。

9 *Les Cahiers Naturalistes, VOL.1*, 1955, Bruxelles: reimprime en 1968 en Belgique par Jos.Adam.Bruxelles, pp.1–2.

10 Pierre Cogny, “Situation actuelle du Naturalisme” , *Les CahierNaturalistes, VOL.1*, 1955, Bruxelles: reimprime en 1968 en Belgique par Jos. Adam. Bruxelles. p.128.

11 罗志田：《20世纪的中国：学术与社会（史学卷）》（下），山东人民出版社，2000年，第621页。

12 [美]杰弗里·威廉斯编著：《文学制度》，李佳畅、穆雷译，南京大学出版社，2014年，第39页。

13 Marcel Girard,Emile Zola et la Critique Universitaire, *Les Cahiers Naturalistes Vol.1,1955*, Paris: Reimprime en 1968 avec la permission de la Société Littéraire des Amis d`Emile Zola pour Dawson-France S.A., pp.29–31.

14、23 钱翰：《二十世纪法国先锋文学理论和批评的“文本”概念研究》，北京大学出版社，2015年，第23、3页。

15 Henri Mittérand,《Quelques aspects de la création littéraire dans l`oeuvre d`Emile Zola》, *Les Cahiers Naturalistes,Vol.9*, Reimprimé en 1970 avec la permission de la Société litteraire des Amis d`Emile Zola pour Dawson-France S.A., p.9.

16 亨利·密特朗引用了1896年图卢兹博士在论著中对左拉创作手法的描述：左拉任何一部小说都是凭借一个学者式的诚实和有意识的方法步骤进行的，即创作小说之前费尽心思收集大量实证材料，然后再根据调查和观察构思，安排情节。这种创作方法是行之有效的符合逻辑的方法。参见《爱弥尔·左拉作品中有关文学创作的若干看法》，该文刊载于《自然主义手册》(1963)。

17 René Ternois,compte rendu du livre *Zola et son temps*, *Les Cahiers Naturalistes, Vol.8*,1962,Paris: Reimprimé en 1970 avec la permission de la Société litteraire des Amis d`Emile Zola pour Dawson-France S.A. p.174.

18 吴岳添编选:《左拉研究文集》，译林出版社，2014年，第18、17页。

19 Jacques Dubois: Les refuges de Gervaise. Pour un decor symbolique de l`Assommoir, *Les Cahiers Naturalistes Vol.11*, 1965, reimprime en 1970 avec la permission de la Societe Litteraire des Amis d`Emile Zola pour Dawson-France S.A., p.105.

20—22 Jean-Pierre Leduc-Adine,Henri Mitterand, *Lire /Dé-Lire Zola*, Paris: Nouveau Monde Editions,2004, pp.11-12, p.10, p.13.

24 支宇:《西方后结构主义理论与中国后现代小说批评——以陈晓明先锋派小说批评为中心》，载《湘潭大学学报》2007年第5期。

论法国后现代主义文学的自由主义实质

杨令飞

自由主义是一种在西方近现代占据支配地位的思潮，如今依然具有强大的生命力，为欧美的社会政治生活提供了一种系统的世界观和价值观，指导或影响着人们的社会实践。法国后现代主义文学系指1945年后法国社会中出现的一众先锋性文学思潮和流派，它们于20世纪七八十年代达到高潮，其主要流派包括存在主义、荒诞派戏剧、新小说、新浪潮电影等。此外，还有一些作家很难归入某个流派，但其创作极具后现代主义文学特征。

一些后现代主义思想家对自由主义有过尖锐的诘难和深刻的批判[1]，但在20世纪世界文化的多元化进程中，各种社会文化思潮和文化现象之间经常呈现“你中有我，我中有你”的局面；从文化史角度来看，任何严肃的探索和实验都不可能同以往的文化传统截然分开，这一传统自然也包括自由主义思潮。有鉴于此，笔者拟描述和阐释相结合，截取法国后现代主义作家和作品的个案，勾勒后现代主义文学与自由主义思潮互动的基本过程，爬梳隐藏在后现代主义文学内部的自由主义观念，考察并概括自由主义与后现代主义文学的相互关系。

一、法国后现代主义文学与“自由”“平等”理念

20世纪物质文明的高速发展，西方政治、经济、文化方面的深刻变化，尤其是两次世界大战摧毁了资本主义公认的道德和信仰，古老的欧洲文明及其一系列

伦理和价值观受到挑战，文艺复兴以降竖起的一座座丰碑如“自由”“平等”“博爱”“人权”等岌岌可危。这一切惊醒了深陷噩梦之中的法国后现代主义作家，他们开始关注时代和人生，对当代世界面临的问题进行质疑、反思和总结。他们的大部分作品并不以塑造鲜明的人物形象、编织离奇的故事情节和设置宏大的社会场景引人入胜，而是从不同角度去认识和探讨与当代社会、生存条件、人的价值息息相关的议题，在作品中形象地加以反映，为其注入深刻的哲理和较高的认识价值。

自由主义的主旨在于强调个体自由，包括公民自由、人身自由、社会自由等，其核心在于保障个人至高无上的自由本质。西方文学史上并未形成所谓的自由主义文学思潮，将自由主义与某些特定的文学现象或流派结合起来考察，而更多是一种从外部对这些现象或流派加以概括的说法，抑或可以将其归入文学社会学概念；不过，从法国后现代主义文学的实际来看，许多创作或直接反映自由主义的主旨，或透过隐晦手法道出其中三昧。

萨特的长篇小说《自由之路》（1944—1949）把自由观作为作品的哲学基础，透过主人公马蒂厄个体本身、个人与他人、个人与社会集团的矛盾冲突，揭示了追求自由的艰辛历程，表现了作者关于“自由选择”的思考，同时塑造了“自由选择”的英雄。“萨特作为思想家，最大的价值是主张自由，他认为每个人必须获得自由，才能使所有人获得自由，因此，不仅每个人要获得自由，还要使别人获得自由，这是他作为社会斗士留给后人的精神遗产。”[2]这种自由观认为，通过具体的社会环境去实现具有政治意义和社会意义的自由，在理论上具有积极意义。然而，不可回避的问题在于：“自由”必须以普遍的伦理价值为依托，否则个体自由便无从寻觅，“自由选择”也会止步为一个乌托邦式的幻想。

加缪通过揭露现代人的“荒谬”尖锐地批判了传统道德观和自由观，他在《西绪弗斯神话》（1942）中写道：“荒诞的人明白，他迄今为止的存在，是与这个自由的假设紧密相关的；这种自由是建立在他赖以生活的幻想之上。在某种意义上说，这成为了他的障碍。在他想象他生活的一种目的的时候，他就适应了对一种要达到的目的的种种标准化要求，并变成了他自身自由的奴隶。”[3]其小说《局外人》与《西绪弗斯神话》相互印证，将荒诞意识与小说样式紧密结合，塑造了莫尔索这样一个“荒诞的人”的典型，把对现实世界的基本看法有机地融入作品情节和人物形象中。小说的写作手法不露声色，却透过主人公身边一系列荒诞不经的事件，隐喻了现代社会中人际关系的冷漠、令人窒息的生存环境和人与人之间交流、沟通的困境，在否定荒诞的同时隐约可见对于个人自由、个体意义和完美社会的希冀，包含着对于构建精神自由的些许向往。

荒诞派剧作家对世界荒诞的深刻认识集中体现在其剧作中，剧中主人公生活在“自由虚空的界域”[4]。贝克特的《等待戈多》(1969) 作为荒诞派戏剧经典，透过流浪汉、残疾人、疯癫者等人物在荒诞世界中的荒诞遭遇，反映了外部世界和具体生活对人之自由的压抑、摧残和剥夺，表达了等待、孤独、疏离、死亡等20世纪文学的重大主题，展示了人在非自由状态下的真实处境，将人的生存描述为一场悲剧。值得肯定的是，荒诞派戏剧在悲观绝望的背后含有一种疗伤的能量，力图让人们意识到人类状况的终极真实，使他们从麻木平庸、充满假象和虚伪的生存状态中清醒过来，鼓起勇气，集聚力量，为重新寻找自由而不断抗争。

新小说在外观上尽显其所谓的“客观性”，但新小说作家在进行创作时并非处于完全无目的状态，他们在怎样写和写什么的问题上同样有自己的思考和选择。罗伯–格里耶的《在迷宫》《纽约革命计划》《幽灵城市》等作品，以了悟的境界和游戏的手法，将城市塑造为当代社会或世界整体的对等物，隐喻人在其中只能被动地听之任之，没有任何选择，获得实质性的自由更无可能的真实处境。萨罗特的《陌生人肖像》透过小说中父女俩相互利用又相互逃避的畸形关系，强调了个人在社会中应有的独立性和创造性，每个个体生命都应拥有一种追求和热爱自由的心态，而不应盲从于集团或派别的制约，以此弘扬了个人自由的观念。

“平等”“公正”等也是自由主义的基本理念，后现代主义作家不仅在理论著作中回应了这些理念，而且在文学作品中亦可察觉其各种回响。萨特的作品抨击种族主义、法西斯主义和战争狂热，在现实生活中发挥过积极作用。其剧作《恭顺的妓女》可被视为一部政治剧。该剧揭露了美国种族主义者对黑人的迫害，对普通民众的觉醒寄予深切的期待。萨特在剧作中不仅为这群“被侮辱与被损害者”呼吁平等和公正，而且揭示出他们的自由除了遭遇以金钱和权力形式出现的显性束缚，更被囚禁于先验的道德价值原则与行为规范中。

杜拉斯的小说《抵挡太平洋的堤坝》（1950）描写了白人个人/家庭在印度支那殖民地的生活，揭露了殖民地严格的等级制度的罪恶：那些有钱有势的白人不仅利用手中权势压榨当地居民，同样也欺压那些无权无势的普通白人。杜拉斯从自身经历出发，不停地思索社会问题，批判社会中存在的不公正和不平等现象，并将其归结于巧取豪夺的殖民制度。高举“自由”“平等”“博爱”大旗的法兰西民族将这种非正义行为扩及广大殖民地，这是该民族在世界近代史上留下的一道耻辱印记。

自由主义把个人视为存在、价值、权利和道德的真正主体，视为哲学意义上的社会范围内的唯一实体。与此同时，自由主义也认为个人不能游离于社会之外，而是构成整个社会的有机组成部分。这种倾向也体现在法国后现代主义文学当中。后现代主义文学重点关注当代社会中的不同个体，但在根本上并不排斥整个时代和群体的根本利益。正因如此，后现代主义文学才能在当代历史条件下，抵御现代工业文明和科技迅猛发展造成的各种不自由、不平等和不公正，在一定条件下反映社会生活，与自由主义的基本理念并行不悖。

二、法国后现代主义文学的人道主义印迹

伴随文艺复兴而来的人文主义肯定人性和人的价值，提倡享受人世的欢乐，追求人的个性解放和自由平等。这种思潮在16世纪以后逐渐衍生出关于人的本质、使命、地位、价值和个性发展等的人道主义思潮和理论。人道主义更强调以人为本，承认人的价值和尊严，或以各种方式把人性及其范围、利益作为课题，形成了一种以高度文明为基础，以人类和谐发展为目的的普世观。“二战”爆发标志着近代以来旧有人道主义传统的终结，西方人道主义思想开始更注重一种新的理念：追求人的普遍性价值和尊严，力促全面实现自由。

自由主义具有明显的人道主义特征，盖因自由主义的原则和理论均源于“人是万物的尺度”这一信念。自由主义在论述“自由”“平等”等概念时，重点强调的也是人的参与和人的自由。后现代主义文学具有自由主义的实质特征，因而它也打上了人道主义的烙印。

萨特“存在主义的人道主义”的要义，就是从人道主义角度去理解和实践存在主义。他认为，存在先于本质，人不是生物学意义上的人，而是一个处于不断生成过程中的人。人拥有绝对的自由，人的行动构成了人的一切，人的选择决定了人的所有价值，因此人必须对自己完全负责，同时不断追求超越自我。“这种构成人的超越性（不是如上帝是超越的那样理解，而是作为超越自己理解）和主观性（指人不是关闭在自身以内而是永远处在人的宇宙中）的关系，就是我们叫作的存在主义的人道主义。”[5]

从萨特的文学作品中可以窥见存在主义的人道主义思想。其作品要求人们正视“存在”的荒谬性，正视自己内心的焦虑和痛苦，同时面对如此荒诞的现实也要遵循“介入”原则，思考现实，批判现实，改变现实。萨特的戏剧营造出一种充满危机、生死攸关的可怕境遇，剧中人物意识到自己的各种荒诞生存处境，从而萌生出自我选择的强烈愿望。这些作品在特定时期有着很强的现实意义，可被视为对法西斯占领及合作运动的某种讽喻。这些作品反映了作者所处时代激烈的社会矛盾和民族矛盾，传达了民众的呼声和愿望，肯定了抵抗运动的正确性，表现了对人的关爱，宣扬了人道主义的崇高理想。

波伏娃同样主张文学表现时代精神并对现实生活进行干预。在其最有影响的作品《第二性》中，她把关系到妇女地位和妇女解放的问题看得高于一切，对现代女性的地位、女性在婚姻及母性义务中扮演的角色提出诸多质疑，认为向来公认的男女两性差别都起因于荒谬的世俗偏见，都是有史以来女性受奴役受压迫的结果。她鼓吹女性完全独立，享有与男性完全平等的权利，流露出作者追求个性解放、精神独立和自由发展的人道主义愿望。

荒诞派剧作家尤内斯库的《犀牛》包含很多传统戏剧元素，情节相对完整。剧中人物最后全都变成犀牛。有批评家认为，《犀牛》表现了一种基本的从众心理/习惯，现实生活中的人们都以面具示人，面具后面则包藏着永远不为人知、不可测量的人心。[6]联系该剧写作的时代背景，也可将人物变成犀牛解读为一种流行病，其中隐喻法西斯主义正是一种危害极大的流行病毒，这一特征无疑具有反法西斯主义倾向。《椅子》全剧剧终时，整个舞台遍布椅子，主人公老头和老太太被挤得分离两边，要靠喊话来确认对方的存在。剧中的老头、老太太、国王等人，不过是去除了本质属性的一把把椅子。该剧讽喻了当今世界人在物的挤压下逐渐失去生存空间的境况，预示了“人不存在，理想不存在，意义也不存在”[7]的虚无主义观念，呼应了后现代主义宣扬的“人是没有本质、没有意义的存在物”这一观念，也表现了重寻人的价值和尊严的企图。

新小说作家对20世纪的“物化”和“异化”现象了然于心，力图让小说创作与社会现实相互适应，深刻反映全面物化时代“主体危机”的特征。罗伯-格里耶的《橡皮》《窥视者》借用了侦探小说的框架，但其中所见皆是对主人公周围事物的外在描写，而对强奸、杀人、窥视、侦探等情节均无交代。书中的一切仿佛外在的物象一般纷乱、模糊、无序，人物缺乏个性，没有思想，缺乏沟通和理解，就连外貌都复杂难辨。这种后现代的“物化”和“异化”现象，反映了人类生存的某种特殊状态。布托尔声言小说包含教益作用，具有“介入”特点，其作品中的人物及其思维方式，其作品中描绘的各式物件，也都不同程度地折射出社会问题。[8]《时间表》的主人公游荡在充满魔幻色彩的陌生城市，求索自己与城市之间应该存在的某种相互依存、休戚与共的关系，但城市中象征传统文化的教堂和博物馆，以及象征商业经济和政治权力的现代化建筑，似乎都预示着城市与人之间的对立，这种对立其实是用文学手法强化了马克思等人揭示的人与物、人与自然对立的现象。新小说作家的创作反映了“物化”世界中的“主体危机”，他们用这种方式将现实中的矛盾和问题呈现给读者，让其自行判断。此外，他们或许想透过由“物化”“异化”现象引发的人与社会疏离状态，揭示其所造成的对于人类生存的负面影响，实现西方文化倡导的对于个人自由和个人价值的关怀。

人道主义在历史上作为反封建反宗教的武器，曾为资本主义的自由发展和自由竞争提供了理论依据，反映了人类长期以来孜孜以求的“自由”“平等”“博爱”理想并起到过积极作用，但它作为一种特定的观念形态，始终是资产阶级的思想体系。法国后现代主义作家从人道主义出发，在作品中深刻地反映了人在当代社会中的“异化感”，他们深知自己无法改变种种对于自由、人性、人的尊严不利的因素和局面，甚至不相信人在现实中能够认识和把握自己的命运，因而他们的作品大都没能以肯定性的描写蕴含对于人类社会发展有益的积极思想，其中不乏荒诞、怪异、丑陋、消极的因素。不过，西方现代社会虽说存在“主体危机”，但人毕竟还是社会生活的主体，在社会中仍在发挥决定性作用，因而文学艺术终归不能将人排除在外。后现代主义作家意欲突破传统思想束缚，清算传统文学，但他们并未从根本上否定文学艺术是社会生活的反映，而是以人性的尺度对现实世界进行深度揭示，其作品在否定性的描述中也潜藏了某些正能量，于阵痛中发出希望人性复苏的呐喊，在一定程度上表达了不愿看到“物化”“异化”现象在社会上蔓延的心理，打上了希望人的价值、尊严和自由健康发展的人道主义印迹。

三、法国后现代主义文学的艺术手法

在艺术表现手法上，后现代主义文学具有创作主体的消解、“宏大叙事”的铲除与“深度模式”的削平、审美规则的颠覆和文学范式的反叛、语言的不确定性、拼贴和碎片化等主要特征。

存在主义文学在艺术手法上最显著的特征是哲理化，其作品提供给读者的主要不是动人的艺术形象，而是鲜明的哲理性和寓意的思辨性。存在主义文学看似有比较完整的故事情节和较为清晰的人物形象，在艺术表现上的反传统、反文学倾向不像其他后现代主义文学流派那样彻底，但这些作家要么在写作中极力排除主观情绪和感情，用非感情化的中性语言进行机械性的陈述，以期实现所谓的“零度写作”；要么将其人物所处的特定环境仅作为提供主观感受和自由选择的条件，只让人物在这类环境中表现自己的性格和命运，“人物的处境”与时代特征、历史进程及典型人物塑造毫无关联；要么将小说或戏剧文本视为具有独立性质的文化生命体，在猛烈抨击文本封闭性的同时谋求更加“开放式”的写作。存在主义作家各自的创作实践皆为后现代主义文学的发展作出了贡献，同时也凭借自己的探索不断实现文学领域里的精神自由。

荒诞派戏剧颠覆了传统戏剧规范，将直接的梦呓和无序的字句拼帖起来，消解了文本意义的建构，斩断了能指与所指的联系，使戏剧语言成为无意义的符号流动，并以颠覆隐喻的表达方式直喻荒诞的世界，以彻底和绝决的“反戏剧”“反传统”姿态，成为文学领域从现代主义向后现代主义转型的先声。尤内斯库把平庸的日常用语用极度夸张的手法加以表现，其代表作《秃头歌女》自始至终没有歌女出场，剧中人物没话找话，独白和对白皆语无伦次。作者通过支离破碎和莫名其妙的呓语以及毫无意义的场景，说明人与人之间根本无法交流，人本身就是异化世界的一个组成部分，表达了一种人生的彻底幻灭感。

新小说作家极力突破巴尔扎克式小说的常规，或通过对物作纯客观的描写、简化人物形象来表达人与物之间的新型深层关系；或通过叙述直指人心，对人物心理进行深入细致的开掘，探寻其中无穷无尽的奥秘；或以颠倒时空的叙述方法，在文学创作中尝试多种艺术的结合，以实验文学呈现生活画面的立体感；或对小说语言进行全方位的探索，把语言作为文学创作或文学构思的对象之一，创造出一种新颖别致、富有表现力的语言，以促成语言与表现对象之间、语言与其他形式的思维之间的近似转换。

萨罗特的小说《行星仪》《金果》《生死之间》，以潜对话的形式俘获无法触知、转瞬即逝的事物，努力把无法言说的东西带入公众视域，进而进入与人的本质息息相关既现实又神秘的心理世界。西蒙的《弗兰德公路》《豪华大饭店》，以“诗画结合”的方式，注重个人印象和主观意识，彻底摒弃了简单的时间顺序，通过复杂心理活动的描写将现实、梦幻和想象相交织，语言艺术探索独具个人特色。布托尔的小说《米兰胡同》《变》《度》，以一种纯正优美、浑然天成、包含浓郁诗意的现代文学语言，使得小说在状物叙事和表达思想方面体现出诗一般的意旨和情趣。他致力于小说形式革新，在文学创作中使用的技巧层出不穷，以至于获得了“百科全书式”艺术的评价。他们的小说为读者提供了一幅幅具有“不确定性”的世界图景，同时调动读者的创造力以揭示“真实的”现实。

面对新小说和荒诞派戏剧的强烈冲击以及欧美电影的激烈竞争，法国电影界亦不甘寂寞，试图动摇传统电影的摄制体制、表现内容和表现手法。20世纪50年代末期出现于法国的“新浪潮”电影运动，包括以《电影手册》杂志为代表的一批电影人及批评家和“左岸派”作家及导演。

特吕弗信奉所谓“非连续性哲学”，认为生活是散漫而没有连续性的事件的组合，在电影创作上否定传统的完整情节结构，以琐碎的生活情节代替戏剧性情节。戈达尔以蔑视传统电影技法闻名，是“破坏美学”的代表人物，其影片在破坏传统结构方面比特吕弗走得更远。他们的创作促进了法国电影表现手法的多样化，引发了后现代主义电影思潮在欧美各国的第二次兴起，在一定程度上推动了电影艺术和电影工业的进一步发展。

“左岸派”不仅贡献了“电影作家”“文人电影”的样本，还承载了20世纪中期以来后现代主义艺术的种种理念。这派电影的主创人员来自知识界和文学界，具有素质高雅、品位文气和思想前卫的特点。新小说作家如罗伯–格里耶等也涉足电影领域，以“电影小说”这一独特的艺术形态为世界影坛留下不少精品，并催生了“文学电影化”和“电影小说化”现象的生成和发展。关于“电影小说”，罗氏曾有如下界定：电影小说本身不是作品，而是一种电影，“然而，对于没有观看演出的人来说，就如同乐谱可以阅读一样，电影小说也是可以阅读的。但这样一来，交流就必须通过读者的智力才能进行”[9]。

“新浪潮”电影竭力抛弃模仿现实的传统方式，通过电影语言的革新和持续不断的违规操作，达到摆脱主流电影强权统治和重构现实的企图；同时使电影不囿于空间艺术和外在性艺术的桎梏，让艺术边界趋于模糊，为破除僵化的思维定势和开拓多样化的艺术世界敞开了视野。

在法国现当代作家中，有一部分人很难归入某个特定流派，但他们的创作和理论中含有明显的后现代主义因素。马尔罗的后期作品如《反回忆录》，从思想内涵到表现手法都贯穿了作者的后现代主义美学观。作品质疑并颠覆了真实性这一传统传记的核心价值，透过对历史事件的剪辑和对世态人生的种种思考，以“历史书写”表现作家对于世界文明发展的看法，彰显了作者追求精神自由和审美自由的愿望。

昆德拉的小说经常注重故事视角和时间视角的选择，其叙述人称与其他传统小说家别无二致，但他在使用第一人称或第三人称叙述时却能营造出一种独特的效果。故事的发生与作者的写作及读者的阅读同步进行，二者之间构成一种共时状态，从而使作品获得一种“现场直播”式的“在场”感。昆德拉也是“复调”理论的坚定实践者，他经常将不同时代、不同类型的人物故事顺手拈来，揉进自己的小说，同时讲述两种甚至几种故事。在其作品中，历史与现实、真实与虚构杂糅在一起，拆开即是各自独立的故事，组合起来就变成一部诗意的“复调”小说。[10]昆德拉对小说艺术的革新，既体现出后现代主义的诉求，也表现出某种“反抗命运”的自由意愿。

安妮·艾尔诺在作品中融入后现代主义文学观。她的写作直接关注小说创作本身，运用不确定性、中性写作等后现代主义文学表现手法客观描述过去发生的事情，通过引语的使用和一些碎片性的记忆再现当时的场景，激发读者的认同，给文本注入了更为丰富的内涵，进而消解了中心结构和确定意义，大大增强了作品的表现力。

综上所述，自由主义与后现代主义文学之间，实质上形成了良性互动、相辅相成、相互扬弃、相互超越的态势。自由主义和后现代主义都把“自由”当成最高的社会价值和终极的理论及实践追求。法国后现代主义文学虽无被广泛认同的纲领和宣言，但也推崇自由主义的基本理念，并从人道主义出发，对人民群众的“自由”“平等”等诉求作了形象的反映，对现实世界进行了颇具深度和广度的揭示。后现代主义文学在艺术创作方面的基本倾向体现为：尽力摆脱传统文学的清规戒律，在表现内容上和艺术形式上提倡不受束缚的自由，其中一些主题、原则、观念和艺术表现手法等承袭了自由主义的创新精神，自由主义所起的积极作用贯穿法国后现代主义文学的发展过程。在此意义上，我们可以把法国后现代主义文学视为自由主义在西方现当代文学中的一种实践，而这种实践也丰富了自由主义的思想内涵。

■ 注释

1 T. Eagleton , *The Illusions of Postmodernism,*, London: Wiley-Blackwell, 1996 ; E. Neaman, *Liberalism and post-modern Hermeneutics*, in *Critical Review*, Volume 2, Issue 2-3,1988.

2 柳鸣九 :《山上山下：柳鸣九散文随笔选集》，中央编译出版社，2005年，第75—76页。

3 高宣扬 :《法国思想五十年》，中国人民大学出版社，2005年，第63页。

4 W. B. Worthen, *The Wadsworth Anthology of Drama*. 5th ed. Boston: Thompson, 2007, p.59.

5 ［法］萨特：《萨特哲学论文集》，周煦良译，安徽文艺出版社，1998 年，第134页。

6 A. K. Mask, *Qu'a-t-on fait de Rhinocéros d'Eugène Ionesco à travers la monde*, Paris: Kamyabi Mask, 1995, pp.231–232.

7 E. Simion, *Le jeune Eugen Ionescu*, Paris: L'Harmattan, 2013, p.59.

8 M. Butor, *Répertoires* (I), Paris: Minuits, 1960, p.11.

9 陈侗、杨令飞编：《罗伯–格里耶作品选集》，湖南美术出版社，1998年，第323—324页。

10 李夫生：《米兰·昆德拉小说的叙事策略》，载《长沙大学学报》1998年3月。

俄罗斯宇宙论：现代生态世界观的思想根源

梁坤

俄罗斯宇宙论既被视为俄罗斯文化的“黄金资源”和20世纪末以来俄罗斯理念的基础，也是当今俄罗斯生态思考的重要思想根源。它是一种全球性历史转变的现象，也是俄罗斯理性在思考未来时的一种独特突破，其潜能在于从历史的危机中制订整个人类和俄罗斯未来出路的方案。这是一个包罗万象的综合概念，涵盖了万物统一、聚合性、索菲亚性、末世论、存在的完整性、普世意识、全人类性和全世界性、宇宙、地球、生物圈、智慧圈等思想，因其博大精深、体系庞杂，故有很多人说，在宇宙论之下可以理解整个俄罗斯文化的流脉。

一

俄罗斯宇宙论思潮发端于19世纪中叶，20世纪获得广泛发展。这一思潮主要包含两条主要线索：自然科学宇宙论和宗教哲学宇宙论。在自然科学宇宙论领域做出杰出贡献的众多学者和思想家中，首推费奥多罗夫、齐奥尔科夫斯基和维尔纳茨基。费奥多罗夫提出的“共同事业哲学”，包含了改造世界、复活先辈的宏大理想。他的“自然调节”思想就是“以理性和意志介入自然”，其中蕴含着对人与自然关系的辩证思考：他相信科学知识和人类理性的无限力量，认为人必须从道德感和理性的深远需求出发，自觉地控制进化，改造自然。人是自然发展的最高成就，走出地球飞向宇宙，获得新的居住地，改造太阳系乃至更远的宇宙，是克服因生产资料和人口不足带来的死亡的唯一出路。这种试图按照人的理想来改造世界和走向宇宙的“方案”，成为俄罗斯宇宙论的先声。费奥多罗夫还从生态角度预告了世界末日景象，他的“共同事业哲学”孕育出现代生态思想的萌芽。齐奥尔科夫斯基直接受费奥多罗夫思想的影响，是现代航天学之父和火箭理论的奠基人，他相信宇宙间生命无所不在，并有着更为具体的梦想，如载人宇宙飞行和太空行走。他研究了宇宙航行和火箭推动力等方面的理论，给出了成为宇宙航行基本公式的火箭速度公式。他的名言抒发了人类的豪情壮志：“地球是人类的摇篮，但人不能永远生活在摇篮里。他们不断地向外探寻着生存的空间：起初是小心翼翼地穿越大气层，然后就是征服整个太阳系。”维尔纳茨基是一位地质学家和矿物学家，他提出了著名的生物圈和智慧圈学说，寄托了人与自然和谐共生、人与生物圈共同进化的理想。这与现代生态观的联系最为紧密。

在19世纪末20世纪初的俄罗斯宗教哲学中，可以划分出接近宇宙论思想的一脉：索洛维约夫、弗洛连斯基、布尔加科夫、别尔嘉耶夫等，其基础是基督教的创世论和积极的、创造的末世论。别尔嘉耶夫将其阐释为关注人在自然和社会中的积极性。

全球性生态危机所引发的生态意识兴起于20世纪70年代初。罗马俱乐部的系列报告在苏联哲学界激起强烈反响。1972—1974年，由《哲学问题》杂志主编弗罗洛夫主持的“圆桌会议”栏目，就“人及生存环境”“科学和现代全球问题”进行专题讨论。这些讨论吸引了很多著名哲学家、科学家和文学家的参与，对从社会哲学方面深入研究生态问题起到了助推作用。1983年，在第三次全苏现代自然科学的哲学问题会议上，关于“科学技术革命时代中的人、社会和自然”这一问题的讨论又向前推进了一步[1]。弗罗洛夫以其主编的《哲学问题》杂志（1968—1977年任主编）和专著《人的前景》，唤起了思想界对全球化问题尤其是生态问题的密切关注。

这一时期具有重要影响的生态思想家是莫伊谢耶夫院士。他是一位数理博士、力学家、计算数学家，晚年致力于生态问题研究与生态运动，曾任国际独立生态政治学大学校长，俄罗斯“绿十字”生态运动主任，俄罗斯促进联合国环境保护规划民族委员会主任，《生态与生活》杂志主编，因建立人与自然相互作用的生态技术数学模型而具有全球性影响。20世纪80年代以来，他著有《人与生物圈》《人、自然与文明的未来》《数学家眼中的人类生态》《人与理智圈》《离明天有多远……》《转折点上的文明，俄罗斯的道路》《人类……生存还是毁灭？》《文明的命运——理性之路》等16种有关生态问题的专著。“人、自然与文明的未来”是他始终密切关注的核心问题。他从生态末世论出发，对人类中心主义提出质疑：“如果承认20世纪是预警的世纪，21世纪就可能不是完成的世纪，而是毁灭的世纪。其中可能会发生那种在很多人意识中深信不移的世界观的崩溃，他们在这样的文明背景下接受教育，这一文明建立在人对自然之无限权力的基础上。”[2]他警告人们，生态危机将要带来的不是世界的终结，而是历史的终结。历史由人类书写，“历史的终结”也就意味着人类的末日。

俄罗斯学界在反思全球化问题时，普遍聚焦于环境、资源及与之相关的种种问题。他们对导致消费主义膨胀的西方工业文明普遍持批判态度，认为工业文明无节制的片面发展，造成了对人的奴役和对自然界的掠夺与破坏，导致新的野蛮。生态与精神危机已经标志着工业文明自身发展的界限，表明它不可能是未来发展的全球模式。莫伊谢耶夫和卡兹纳切耶夫、奥西波夫、拉伊梅尔斯、苏别托等所建构的宇宙人类生态学和理论体系，为俄罗斯确定了选择有利于社会整体发展、符合生态社会律令、控制社会与自然发展之“世界幻象”的道路。这意味着选择有利于计划–市场与合作经济，选择知识、智力、教育和信息密集的经济类型。

90年代初出现宗教复兴热潮，一些哲学家开始从宗教视角反思生态问题，从《哲学问题》1995年第3期“生态·伦理·宗教”专栏的论文中就可见出这种转向，如盖伊坚科的《宗教世界观中的自然》、库拉硕夫的《生态学与末世论》、卡弗留申的《基督教与生态》等。不仅如此，社会各界不约而同地透过宗教视角审视生态问题。1997年，莫斯科总主教管辖教会宗教教育与教义问答分部出版了论文集《东正教与生态》，收录了19世纪和当代神学家、宗教哲学家、生物学家、地理学家、物理数学家、经济学家及记者的论文，思考内容几乎涵盖生态问题的各个层面。

从生态视角反观俄罗斯宇宙论的两条路向可以发现：第一条路向源自费奥多

罗夫的使大自然的盲目力量服从人的理性意志的“自然调节”原则，这在现代生态学中符合所谓的“人类中心主义”倾向，认为人是独立于自然进程的存在，应按人类的规则管理自然进程。第二条路向认为人是自然的一部分并据此确立人与环境协同发展的原则。这在生态学中符合把人类社会作为自然进化一部分的“生态中心主义”倾向。这种理解最明显地反映在确定“人和人类进化同宇宙的联系，在于承认他是宇宙的组成部分”的人类宇宙论倾向中，以霍洛德内依、齐奥尔科夫斯基、维尔纳茨基、奇热夫斯基等为代表[3]。但在这一概念中，人不仅被想象为大自然和宇宙创造的一部分，而且是她的创造者。由于自身的实践和理智活动，人类宇宙论承认人是强大的宇宙“进化因素”。因此，在维尔纳茨基那里，生物圈因人而转变为智慧圈首先是自然的延续，而齐奥尔科夫斯基则相信人有改造全部宇宙空间的可能性。

二

俄罗斯宇宙论思想表现出极其深刻的生态内容，现代生态世界观则在宇宙论的视野下得以考察人与环境的相互关系。通过辨析“俄罗斯宇宙论”“世界观”“生态学”等几个关键词的词义，可以见出二者的相似性与同源性。

根据叶梅良诺夫的观点，俄罗斯宇宙论这一术语有广义和狭义两种意义：“作为科学哲学思潮之广义的——趋向——处世态度——世界观——文化原则……”和狭义的“作为自然科学的流派”[4]。在此我们采纳对宇宙论的广义理解，并且主要是在确定的世界观这一意义上使用。

“世界观”是人关于自身和世界的概念，包括认识层面和价值观层面，即主体对现实的特定立场。宇宙世界观的主要对象则是人与环境（不是狭义的环境或大自然，而是近地宇宙空间）的相互作用。正如卡兹纳切耶夫所言：“俄罗斯宇宙论……作为包罗万象的世界观类型，反映世界和人在人的小宇宙与大自然的大宇宙之间牢不可破的关系。”[5]

“生态学”的字面意义为“关于家园的学说”。1866年，德国生物学家海克尔在《有机体的共同形态学》中首次使用这一术语。他主要取其狭义的生物学内容，指出这是一门研究有机体和非有机的大自然之相互关系的学科。此后，生态学概念逐渐被加入各种细微差别，变得越来越宽泛，处于自然科学领域之外。1998年，俄罗斯出版的《生态学》教材中，把“大生态”定义为“关于跨学科领域在自然与社会及其相互关系的多层次系统的建构和功能”[6]。这一理解更为宽泛，显示出包罗万象的和非常现实的世界观的特征。生态世界观逐渐渗入所有领域，其核心是研究人与自然在其统一和相互关系中的原则。

总括而言，俄罗斯宇宙论和生态思想有两个重要使命：其一，在认识层面，全面而深刻地理解人在整个环境包括生态环境中的位置。这也是宇宙论和生态世界观初始定义中存在的共同基础。

俄罗斯宇宙论是世界文化宇宙论演进的结果，与古希腊及文艺复兴时期的文化成就一脉相承。其核心就是贯穿整个人类历史的人和宇宙统一的思想。大宇宙和小宇宙之生机勃勃的统一，是古代东西方思想家极为关注的对象。在古希腊哲学传统中，外宇宙、宇宙世界丰富了人并使其具有灵性；人作为小宇宙，将全部自然、宇宙的元素和能量融入自身，并试图认识、反思、让这个外宇宙充满自己的精神。在东方，印度的“梵我一如”和中国的“天人合一”哲学思想体系与此不谋而合。

索洛维约夫、弗洛连斯基等宗教哲学家通过万物统一原则展开这一理念。根据这一原则，万物相联，人与世界就像小宇宙与大宇宙一样相互关联。弗洛连斯基在古希腊哲学传统的轨迹上展开小宇宙和大宇宙统一的主题，提出“了解自己，你就会了解整个世界”的名言。他写道：“人与自然相像，内在地统一。人是小世界，小宇宙。环境是大世界，大宇宙。这么说很正常。但是什么也不能妨碍我们反过来称人是大宇宙，而自然是小宇宙：如果他或她是无限的，那么人作为自然的一部分，也许同自己的整体同样显著……”万物统一的观念在维尔纳茨基那里是作为宇宙、生命和理性的统一呈现出来的，活物质确保了“万物之间不易觉察的深刻而牢固的联系”[7]。俄罗斯宇宙论自身也十分庞杂，但人与环境统一的原则和相互之间的紧密联系是所有论者的共识。

俄罗斯宇宙论和生态世界观都呈现出俄罗斯思想所特有的整体性和综合性特征。费奥多罗夫表达过人类应该是一个整体的思想：“这个整体是知识与行为的统一；这个机体的能源是人之于基本的宇宙物质——矿物，而后是植物，最后是活组织自觉的创造过程。”[8]人的宇宙定位是对人的思考“螺旋式上升”：在几千年的物质生产发展中出现分裂和异化后，重回整体性、普遍性和混合性。为了达到对世界作为一个完整宇宙的充分了解，确定创造的必然性，索洛维约夫倡导“神学、哲学和经验科学”有机综合的“完整知识”理论，弗洛连斯基则提出哲学、宗教、科学和艺术之新综合的“完整世界观”。由此不难看出俄罗斯宇宙论的泛化倾向：不仅哲学家和科学家，而且作家、诗人、艺术家如罗蒙诺索夫、杰尔查文、普希金、果戈理、莱蒙托夫、陀思妥耶夫斯基、丘特切夫、赫列勃尼科夫、苏霍沃-柯贝林、列里赫、弗鲁贝尔等，只要其作品中存有某种宇宙论的倾向和气息，就会被纳入宇宙论者行列，被称作文学宇宙论和艺术宇宙论。

生态化也蕴涵了同样的意味，阿基莫娃和哈斯津在《生态学》中将其表述为“反映着……现代科学的重要趋势：很多领域转而拒绝继续分化（‘世界只有一个’‘大自然不知道体系’）并探索综合，包括自然科学和人文科学之间的综合”[9]。因此，生态内容渗入政治、经济、社会学、伦理学、哲学和我们的日常生活。但二者又略有不同：前者具有理论直观性，后者则与实践活动领域密切相关，这一理念由此获得了更具体的意义。“万物统一”的要素可以在作为一个系统、一个特定整体的世界的协同理解中见出。各个部分的相互联系和相互作用都涵纳其中，因此系统方法经常被用于生态学中。

其二，在道德层面，倡导与人在世界上之位置相符的行为和活动，寻找“人类在21世纪生存的绝对律令”这一答案的精神道德和科学理论基础。俄罗斯宇宙论与生态世界观之间的联结点，就是生物圈和智慧圈学说。

生物圈和智慧圈学说是宽广的“俄罗斯宇宙论”思潮的一部分，也是俄罗斯思想史上“圈的学说”的极致和使控制社会自然和谐的思想具体化的“特殊结果”。1848年，洪堡[10]的俄国战友弗罗洛夫提出了“智力圈”概念，这是洪堡“生命圈”的俄罗斯变种。洪堡通过“生命圈”概念推导出地球的“万物生机”思想，弗罗洛夫则通过“智力圈”概念第一次转向理性圈思想。鉴于人类社会的出现和发展，洪堡俄国旅行的向导、俄罗斯地理学家阿努钦在1902年从“生物圈”推导出“人圈”[11]。在接受了洪堡的生命“无所不在”理论之后，维尔纳茨基创造了

“智慧圈”学说——这实际上是弗罗洛夫的智力圈和地球生物圈的综合。

生物圈是人类的发源地和家园，智慧则是使人类安居家园的保障。俄罗斯生态哲学高度重视“生物圈”“智慧圈”概念及其关系。生物圈是生命存在的范围，这是一个统一发展的整体，通过人类智慧的力量，生物圈最终向智慧圈转化。在维尔纳茨基的概念中，智慧圈在所有方面都比生物圈更加完善。它是一种关于文明发展和地球圈生物地理（生物圈、岩石圈、水利圈、大气圈）发展相和谐的学说。其中含有对被组织在人类圈、生物圈形式中的人类之意义开端的理解。用莫伊谢耶夫的话来说就是促使保障文明可持续发展的综合规则，即便不可再生资源匮乏，即便整体上与居住在地球上的人的目的与愿望相矛盾。

当代的智慧圈学说还汲取了弗洛连斯基的“大气圈”观点，在其范围内，“物质的特殊部分——被吸引到文化演变，或者更确切来说使精神演变”得以实现，从中可以研究物质形成的特殊稳定性[12]。智慧圈概念在文学及其他各个领域得到广泛运用。[13]

60年代末，莫伊谢耶夫在通过计算机研究生物圈的问题时，开始使用“智慧圈时代”概念。他认为，在智慧圈时代，“人的理性将有能力确定为保证自然界与社会协同进化的那些条件，而人们的集体意志则旨在实现这些条件，即保障进入智慧圈时代”[14]。此说与费奥多洛夫“以理性和意志介入自然”的“自然调节”思想遥相呼应。

生物圈和智慧圈学说的最高贡献在于“终结了人的人类中心主义，包括集体的全人类的自我中心”[15]。1999年，由科普狄克院士等主编的《俄罗斯发展的新范式——可持续发展综合研究》出版，该书由俄罗斯科学院几个研究所合力完成，代表了俄罗斯当今学术界的最高水平。书中列出专节讨论“全球可持续发展的生物圈概念”，明确提出当时世界上存在两类性质不同的可持续发展概念——人类中心论和生物圈中心论，在否定当今世界上流行的由《我们的共同未来》一书带来的人类中心论的同时，积极倡导可持续发展的生物圈中心论，即“人类不破坏自己的经济存在与发挥作用的自然基础，人类对环境的作用与环境被同化的潜在可能相适应，与生物圈的调节能力相适应”[16]。

智慧圈的意义在于寻求人类生存与发展的道德律令。莫伊谢耶夫在《人类……生存还是毁灭?》中指出:“生态律令不可避免地萌生不似生态律令那般严厉的道德律令，在我看来，道德律令概念的基本内容，应该使人们明白自己属于两个共同体:行星社会和生物圈。”[17]莫斯科市市长卢日科夫在该书序言中寄予殷切希望:“在这种条件下，现代生态问题或许可以得到解决。当那种集体理性在行星上得到确立时，它有可能成为人类的拯救者，但现在得出这一结论所依赖的显然不是人们的认识，而是集体生存本能。”[18]

三

本文重点讨论的是自然科学宇宙论与现代生态世界观的相似性和同源性，但从中亦可看出它与宗教哲学宇宙论之间互相联结、互相渗透的关系。俄罗斯宇宙论是综合的开端，涵纳了俄罗斯哲学的很多重要主题，故可在其范畴下解读20世纪末以来的俄罗斯理念。作为俄罗斯文化的产物和俄罗斯文明的精神反映，俄罗斯宇宙论和生态世界观主要有以下两个共同特征。

第一，由俄罗斯民族固有的弥赛亚情结所引发的责任意识。智慧圈的人是未来的人，智慧圈的社会是未来的理想社会。面向未来，揭示与西方资本主义文明精神相对立的人与人类使命的意义，是俄罗斯弥赛亚主义的一贯诉求。面对全球化生态危机的时代主题，俄罗斯宇宙论类似人类的“集体先知”和“客体之间和谐复调”这一“文化新模式的预言者”，旨在唤起人们对存在意义的省察。人类的命运与宇宙和自然的命运息息相关，在俄罗斯宇宙论代表科学与哲学创造中，特别提出人对宇宙命运的责任问题和智慧圈作为宇宙自组织中特殊新层级的问题，强调人之活动伦理价值的改变和人之选择的重要意义。所以霍洛德内依说，人的角色“作为大自然长期进化的自觉因素……让他承担巨大的责任，由此使他成为宇宙规模的进程和意义的直接参与者”[19]。维尔纳茨基同样认为，人是地球上和宇宙间所发生一切的承担者。弗洛连斯基在发展关于人与宇宙不可分割的思想时得出结论:“在实现大宇宙和小宇宙不可分割的联系时，不容许人对环境粗暴以待，为了人类的眼前利益而牺牲自然。”[20]

生态世界观的责任概念关联着拓宽了的环境概念、危机意识和超越地球通向宇宙的概念。在这些联系中，人对宇宙中所有生命的责任问题显得十分尖锐。人既可以成为危机的原因，也可以成为走出危机的可能。很多事情都取决于人的选择意识。费奥多罗夫早就对人在地球上鼠目寸光的功利主义的剥削活动将要造成的灾难后果提出生态预警。莫伊谢耶夫在《人与智慧圈》中写道："理性清楚，它能把人类引向绝境。这是伟大的理解！"[21]社会理智和人的理性就如同建立于社会经济和社会自然中的体内平衡。为了避免走向绝境，现代生态世界观要求在宇宙定位的前提下，根据生态律令改变人自身。人可以依靠自己的知识、理智、精神、道德，真正成为"生物圈"和"宇宙"的人，承担起对宇宙、地球和人的责任。

第二，由俄罗斯思想的理想性和精神性特征所决定的超越精神。俄罗斯哲学的基础是唯心主义，它赋予人的活动及其与自然的关系以理想性和精神性特征。俄罗斯宇宙论和生态思想中同样洋溢着超越现实的积极、浪漫和乐观的基调，而绝无现代西方哲学中常见的悲观与虚无的影子。而也正因如此，俄罗斯宇宙论被质疑为乌托邦方案设计传统的延续，蕴含着乌托邦盲信的力量，其基础是人类理性无限可能的概念，即确信人有控制大自然的能力，人可以在理性的指引下改变自然和自身，却不受制于大自然的任何规律。然而，从某种意义上可以说，整部文明史就是人类以有限追求无限的历史，这种浪漫的超越精神正是科学和神话的共同根基。

只要稍作历史回顾便知，古代的宗教神话观念已经领悟到自己的存在与世界的本质之间的相互关系。民间文学和长诗中宇宙的象征与形象、小宇宙和大宇宙的和谐，都反映了这种有机地蕴藏在其生活和意识中的整体世界观思想。但与此同时也一直有一种更积极的、渴望作用于世界的倾向与其相伴随。改变人和世界、克服人在空间和时间上之有限性的梦想，在控制自然力、空中飞行、改变物体形态、活水与死水的传说和民间文学形象中得以实现。从古代到19 世纪末，这一宇宙梦想只是在神话、民间口头创作、长诗和某些乌托邦哲学，以及伯吉拉克的赛拉诺、凡尔纳等人的幻想作品中得到发展。奇妙的是，正是凡尔纳的幻想小说在齐奥尔科夫斯基心中播下了太空飞行思想的种子。1896年，齐奥尔科夫斯基创作了科幻小说《在地球之外》，描述了太空城的想法。书中提到的宇航服、太空失重状态、登月车、空间站、返回地球等设想与现代太空技术完全一样。在俄罗斯这个从生物圈转向智慧圈学说的故乡，开启了通向宇宙的现实道路——从第一个宇航员加加林起，人类已经在探索宇宙空间方面向前行进了很远；费奥多罗夫百年前提出的调节自然（调节气候，控制地球运动、磁力和太阳能）的方案也已部分实现并为人类所共享。正是在梦想和现实的相互映照下，在哲学、宗教、科学和艺术的相互滋养下，才催生出俄罗斯宇宙论这一绚烂的文明奇葩。

■ 注释

1 ［俄］弗罗洛夫：《人的前景》，王思斌、潘信之译，中国社会科学出版社，1989年，第174页。

2 Моисеев Н. Н. Быть или небыть…Человечеству? Москва, 1999, p.284.

3—4 Емельянов Б. В. Очерки русской философии начала 20 века. вып.2, Екатеринбург, 1996, p.37, p.33.

5、20 Казначеев В. П., Спирин Е. А. Космопланетарный феномен человека: проблемы комплексного изучения. Новосибирск, 1991, p64, p.70.

6 Акимова Т.А. Хаскин. В.В. Экология: учебник для вузов. М.: Юнити, 1998, p.20.

7、9 Вернадский В.И. Труды по всеобщей истории науки. М.: Наука, 1988, p.43.

8 Федоров Н.Ф. Сочинения/ Общ. ред. А. В. Гулыги; Вступ. статья, прим. и сост. С. Г. Семеновой. М.: Мысль, 1982, p.711.

10 洪堡是德国自然科学家、自然地理学家、政治家，近代气候学、植物地理学、地球物理学的创始人之一。

11 Забелин И.М. Возвращение к потомкам. М.: Мысль, 1988, p.331.

12 Русский космизм: Антология философской мысли / Сост. С. Г. Семеновой, А. Г. Гачевой. М.: Педагогика-Пресс, 1993, p.368.

13 洛特曼（1922—1993）于1984年提出的符号圈理论为其在文化领域的延展：“在现实运作中，清晰的、功能单一的系统不能孤立地存在……它们只有进入到某种符号的连续体中才能起作用。这个符号的连续体中充满各种类型的、处于不同组织水平上的符号构成物。这样的连续体，我们按类似于维尔纳茨基的‘生物圈’概念，称之为‘符号圈’。”（康澄：《罗特曼的文化时空观》，载《俄罗斯文艺》2006年第4

期，第39页。）

14 Моисеев Н. Н., Судьба цивилизации. Путь разума. М.: Языки русской культуры, 2000, p.78.

15 Русский космизм и ноосфера/ Тез. докл. Всесоюзн. конф. Часть I. Ред. сост. О. Д. Куракина. М.: Гособразование СССР, Ин-т философии АН СССР, 1989, p.232.

16 安启念：《俄罗斯向何处去——苏联解体后的俄罗斯哲学》，中国人民大学出版社，2003年，第361页。

17—18 Моисеев Н. Н. Быть или небыть…Человечеству? Москва, 1999, p.50, p.55.

19 Холодный Н. Г. Мысли натуралиста о природе и человеке. Киев, 1947, p.48.

21 Моисеев Н.Н. Человек и ноосфера. М.: Молодая гвардия. 1990, p.272.

屠格涅夫小说中的“漂泊”与“禁忌”主题

王志耕

在19 世纪的俄国作家中，屠格涅夫被认为是最缺少宗教精神的作家之一，他受过西方教育，整个后半生都在法国度过，其思想在很大程度上倾向于“西欧派”。29岁那年，他在给维亚尔多夫人的信中谈到他热爱的西班牙作家卡尔德隆，称后者像莎士比亚一样，其特点是富于人性和强烈的反基督教意识，并写道：“我更喜欢普罗米修斯，更喜欢撒旦，一个反叛和个人主义的典范。无论我如何渺小，我都是自己的主宰；我要的是真理，而不是救赎；我期望救赎是出于自己的理性，而不是出于神恩。”[1]后来他甚至宣称：“我不是你们所说的意义上的基督徒，任何意义上的也不是。”[2]但这并不妨碍他在实质上是一个有着强烈宗教情愫的作家。他也曾说过：“没有信仰，没有深刻而强大的信仰，就不值得活着。”[3]更重要的是，任何人都无法逃离自身文化结构的制约，即使屠格涅夫声称自己是一个西欧主义者，[4] 在骨子里他也是一个“俄式”的西欧主义者。因此，要想理解屠格涅夫的创作实质，还需将其置于俄国的宗教文化语境中来加以审视。

本文尝试从作家的具体创作来考察其隐含的基督教命题：“漂泊”与“禁忌”，以及受其制约的英雄观。

一

“漂泊”是一个基督教命题，或者说是一个东正教命题。漂泊与苦修相关，而在基督教发展史上，东部教会更注重苦修实践，最初的苦修运动就是在东部教会发起，并一直在东部保持苦修传统。从耶稣的行状来看，漂泊是一种基本生活方式，他和他的门徒一生都处于漂泊状态。当然，“漂泊”是今人的一种命名，在耶稣及其追随者来看则无所谓“漂泊”，因为普天之下都是上帝的空间，这就是耶稣的理想，即整个世界成为一个空间——教会。同样，“教会”这个概念也被今人意向化了，耶稣的原义并不是指一个机构，而是指一个空间，一个普世空间，其中只有上帝一个权力，他将所有人融入一个平等的整体。[5]要实现这种平等，就要拆除个人的财产樊篱，消解个人的家园意识。正是在这种教义之上，漂泊式苦修在东部教会内普遍存在，并成为一种文化，影响到俄罗斯民族中知识人格的形成和文学书写形态。

19 世纪的俄国作家中不乏苦修者类型，屠格涅夫堪称典范：他一生未婚，从年轻时起即漂泊在外，最后死在法国的布日瓦尔。所以他的小说中出现了一系列漂泊式的人物，甚至其主要作品的主人公都可归入此类。如《贵族之家》中的拉夫列茨基，他虽出身贵族之家并娶了一位退役将军之女，有了自己的小家，但他其实并未在任何一种意义上的“家”中获得身份的稳定感；随着农奴制解体，昔日贵族的荣耀黯淡无光，他的家庭更是名存实亡；因此，我们在小说中可以看到，拉夫列茨基就像屠格涅夫笔下几乎所有主人公一样，从来都是在辗转漂泊中存在，任何一个稳定的着陆点带给他的都是精神的毁灭，漂泊成为他灵魂修复的“常态”。此外，《父与子》中的巴扎洛夫和《烟》中的利特维诺夫也具有类似特点。实际上，漂泊不仅成为屠格涅夫笔下主人公们的存在方式，更是贯穿其创作中的一种文化理念。

这其中最为典型的就是同名小说主人公罗亭。罗亭一直被认为是俄罗斯文学人物画廊中的“多余人”。这种阐释首先来自于19 世纪俄国革命民主主义批评家，如杜勃罗留波夫就把罗亭归入和奥勃洛莫夫一样的人，认为他们都是只尚空谈而无心于社会改造的人：“类似罗亭的人们，在社会中的成就，就是建立在这上面的。更有甚者——他们还可以沉湎酒宴，追逐女色，谑浪谈笑，纵情剧场，而一面却使人相信，他们所以这样放纵，是因为再没有比这更广大的活动天地了。”[6]“别尔托夫和罗亭——这些怀着真正崇高而尊贵意向的人，非但没有体会到有跟压迫他们的环境作残酷、誓死斗争的必要，甚至还不敢想象这种斗争有迫近的可能。”[7]皮萨列夫甚至做出了对后来的理解具有决定性影响的评价：“一类以语言代替行动的典型。”[8]这些激进的年轻批评家（当时杜勃罗留波夫24岁，皮萨列夫21岁）显然是从社会“革命”角度来理解这一人物形象，而完全无视这一人物形象所蕴含的俄罗斯传统宗教文化意味。且不说罗亭从未像杜勃罗留波夫所说的“沉湎酒宴，追逐女色”，实际上罗亭是一生都在行动着的。不错，罗亭的特点是他的雄辩，但这并非“空谈”，而是与他的思想和行动相统一的。只是他没有像杜勃罗留波夫所期望的那样进行“革命斗争”，也没有取得世俗眼光中的伟大功绩。然而，正是这种不断行动而又没有“成就”的存在方式，恰恰契合了东正教的苦修精神，漂泊本身就是生存的目的，因为舍弃了个人的家园就进入了上帝的空间。

罗亭始终在“行动”中。当他最初出现在娜塔里娅家的晚会上时，小说并未说明他从哪里来，他的到来给这个封闭的乡村带来了思想的活力，他谈吐机智，锋芒毕露，吸引了女主人公娜塔里娅。而罗亭本人一边倾心于娜塔里娅，一边又在理智中拒斥她。当娜塔里娅决定和他离家出走时，罗亭退缩了，因为这个家庭不接纳他（“妈妈反对”），于是罗亭表示：“当然，只有屈服了。”[9]娜塔里娅本希望能在他那里得到肯定的答复，但她得到的只是失望。两人分手，罗亭继续他的漂泊生涯。多年后，罗亭又出现了，与自己的老同学列日涅夫在外省一个旅馆相见，谈起这些年的经历。小说中的这一部分非常重要，是理解罗亭的一个关键。罗亭此时头发几乎全白，腰背佝偻，显得颓唐沮丧，神情疲惫。但从谈话中我们得知，罗亭这些年做了许多社会性尝试。比如，他进行科学实验，疏浚河道，改革教育，但都没有成功。他非常感慨，历经多种尝试却一事无成。然而，列日涅夫却对他的精神表示了由衷的赞赏：“每个人只能尽其所能，不应该向他提出更高的要求！你自称为‘漂泊一生的犹太人’……可你怎么知道，也许你命该终身漂泊，也许你因此而在完成一项崇高的使命，而自己还不知道。有道是：谁都逃不出上帝的手掌。”[10]交谈过后，“两位朋友起身拥抱。罗亭很快就走了。〔……〕外面刮起了狂风，它咆哮着，恶狠狠地把玻璃窗摇撼得哐啷直响。漫长的秋夜降临了。在这样的夜晚，谁能够得到居室的庇护，拥有一个温暖的小窝，谁才会觉得舒适。愿上帝帮助所有无家可归的流浪者吧！”[11]显然，这一结尾仍在暗示罗亭的生命本质就是漂泊。

小说最初在《现代人》1856 年第一、二期上发表时，结尾就到这里。小说发表后引起很多人的不满，因为那个时代已经不同于此前的普希金时代，整个社会都需要在文学中看到代表希望、有力量、能够拯救社会的人，而不是这种只知道四处“漂泊”的人。于是，屠格涅夫在小说再版时又加了一个结尾，让罗亭死在了巴黎工人的街垒战中。屠格涅夫这个结尾的言外之意是：你们不是需要英雄嘛，罗亭终于成了勇于为大众牺牲的英雄，不过不是在俄国，因为俄国没有成为英雄的土壤。这个结尾中更有意味的是，罗亭死时，一个巴黎起义者喊道：“波兰人被打死了！”[12]也就是说，罗亭至死也是一个没有祖国的人。因此，屠格涅夫尽管加了一个“媚俗”的尾巴，但还是执拗地表明，俄国的英雄也许恰恰是像罗亭这样，不是为了某种现实目的而牺牲，而是为了自己的“思想”而活着。

罗亭对娜塔里娅的拒绝，是人们将他视为“多余人”的主要理由：一个人连对自己心爱的女人都不能负责，又如何期望他会为社会服务？但我们要说，这仍是从“社会革命”角度来理解这一艺术形象。要想真正理解罗亭，必须从俄罗斯宗教文化角度来加以阐释，这样我们就可看出，罗亭乃是真正的俄罗斯式英雄。本质上，罗亭是一个以漂泊为生的苦修者，而苦修者的共同特征是：具有强烈的自我牺牲精神，没有个人生活，没有家庭，没有财产。他们有着明确的为了灵魂而生的目标，而非为了个人的物质属性而存在。罗亭的一生有远大理想，没有私欲，这从他的话语中就可以看出。他有一段名言：“自私就等于自杀。自私的人就像一棵孤零零的、不结果实的树，会慢慢枯萎的；但是，自尊心，作为一种追求完美的巨大动力，却是一切丰功伟业的源泉……人必须克服自己身上根深蒂固的私心，让个性获得充分发展的权利！”[13]把这段话与罗亭对娜塔里娅的拒绝联系起来，我们就会明白，罗亭最初对娜塔里娅的爱恋类似于苦修过程中接受诱惑的考验，当娜塔里娅要和他私奔时，他才突然意识到，这种世俗情感会阻碍他的人生追求，因此拒绝也就成为必然。这种拒绝表面上看是惧怕无法带给对方幸福，实质上则是对自身内在信仰的坚守。当他对娜塔里娅表示“只有屈服”后，遭到对方的严词指责，此后罗亭的一句话是我们理解这一拒绝的关键：“我希望有一天您会还我以公正。您会明白的，到底是什么竟值得我舍弃了您说的那种我无须承担任何责任的幸福。”[14]

显然，这里罗亭是在暗示娜塔里娅：只有时间才能说明他作为一个志在苦修的“漂泊者”的意义。因此，面对娜塔里娅对他的指斥，他的回答是：“胆怯的是您，而不是我！”[15]作为肉体的人，罗亭深爱着站在他面前的娜塔里娅，但作为一个本质上的漂泊者，他必须放弃世俗的幸福。屠格涅夫在娜塔里娅这个形象中寄寓了他对世俗立场的理解，娜塔里娅作为世俗立场的代表，无法理解罗亭的漂泊性。在她的心目中，罗亭的雄辩与激情成为“英雄”的标志，罗亭的雄辩征服了那些浅薄的庸人，这给了娜塔里娅极大的心理满足；但她却无法理解它们背后隐藏着什么样的生命意义，自然也就更无法理解罗亭为什么会拒绝她的求爱而宁愿选择漂泊。

屠格涅夫在创造罗亭这一形象时，也许确实是按照现实中的失败者来写的，但无论如何他都无法掩饰他对罗亭这种生命形式的肯定。小说中列日涅夫这个形象深有意味，他就像与堂吉诃德想法不一但却忠诚于主人的桑丘·潘沙，作家通过这种镜像式人物来表达他对主人公的正面评价。当有人对罗亭冷嘲热讽时，列日涅夫的评价是：“我很了解他，他的缺点我也很清楚。这些缺点之所以格外明显，是因为他不是平庸之辈。……他有热情；而这一点，请你们相信我这个懒散的人，是我们这个时代最宝贵的品质。我们大家都变得难以容忍的谨慎、冷漠和委靡，我们都沉睡了，麻木了，谁能唤醒我们，给我们以温暖，哪怕一分钟也好，那就得对他说声谢谢。……谁有权利说他从来没有做过，也不能做一件好事呢？谁有权利说他的言论没有在年轻人的心中播下许多优良的种子呢？”[16]罗亭最后对列日涅夫忏悔道：“我毁了自己的一生，并没有好好地为思想服务……”[17]这是对其一生的总结。他一生的目标就是为思想服务，而这思想就是一种信念、精神。罗亭最后这句忏悔的话并不表明他失败了，恰恰相反，这说明罗亭始终保持着对思想的坚信。他没有抱怨环境，没有把自己的“失败”归罪于别人和社会，而仅仅说他自己毁了自己。这是一种苦修圣徒式的精神，没有为自己一生的努力沾沾自喜，他想到的仅仅是“失败”；因为失败，所以需要继续前行。在屠格涅夫的理念中，只有这种不断地在失败中前行的人，才是生活中真正的英雄。如果每个人都像罗亭一样只为纯粹的精神而活，世界的拯救也就有了希望，而这正是基督教框架内“漂泊”的文化意义。

二

我们说漂泊是一种理想的生命形态，这也就意味着在人的生命中还存在一种俗常状态，即世俗功业的诱惑与追逐。为了抗拒这种诱惑，就需要设立禁忌，以免人轻易滑入世俗功业的陷阱，而使人保持在理想的漂泊状态。

在某种意义上，任何一种宗教都源于“禁忌”。人之所以形成共同信仰和强制性仪式，源于对某种不可知的未来的恐惧，因而要限制人的现实行为就需要制定强制性禁忌条款。在犹太教和基督教中，大家都知道“摩西十诫”：在《旧约》中摩西领受来自上帝的诫命并以此约束全体犹太人。实则在历史上，这显然是犹太人首领制定的约束同族人的法律，只不过以宗教“禁忌”形式出现，以借上帝之名强化其权威性。因此，禁忌也可被视为人类早期的道德法则。德国思想家卡西尔指出：“在人类文明的初级阶段，这个词包括了宗教和道德的全部领域。在这个意义上，许多宗教史家都给了禁忌体系以很高的评价。尽管它有明显的不足之处，但还是被称之为较高的文化生活之最初而不可缺少的萌芽，甚至被说成是道德和宗教思想的先天原则。”[18]当然，在成熟的宗教中，除了禁忌体系，还会发展出激励体系，即鼓励人通过积极行动来超越现实困境。上述“漂泊”机制便属于这类体系中的内容。但一种宗教的发展往往始于设计禁忌体系，所以我们可以看到，《旧约》中的上帝更像一个“监督者”，《新约》中的耶稣则更像一个引领者。基督教早期的传道过程其实也是始于设立禁忌体系，这就是为什么《新约》中最早成篇的是《启示录》。《启示录》展示的就是当人跨越了禁忌后将要面临的惩罚性后果，后来人们对地狱和炼狱的想象有很多都是来自《启示录》中的描绘。

说起来，禁忌体系也是苦修传统形成的一个基础：人设立禁忌，以远离诱惑或训练自己抗拒诱惑，保持进入天堂的可能。这种苦修传统之所以在西方逐渐消失，原因就是文艺复兴运动所产生的世俗化效应，追求现世幸福成为西方文化的新倾向。但在俄国，因为缺失了历史发展的世俗化转向，所以早期的禁忌传统在其文化层面一直保留下来。这也是我们为什么在俄罗斯文学中会看到许多逃婚者形象的原因。在我们的论域中，这种现象在文化制约层面上是源于基督教的原初禁忌，即“摩西十诫”中的第七条“不可奸淫”。原本无论犹太教还是基督教，婚内性行为均不在禁忌之列，但如前所述，由于公元三四世纪在东部教会地区形成了大规模的苦修运动，所以禁止任何性行为都成为一种虔信的标志，或者说成为信仰的高级形式，同时也成为世俗人群的一种道德标准。在俄罗斯文学中，我们除了可以看到逃婚者形象，在作家身上也可以感受到这种“禁忌”的存在，其实屠格涅夫并不是著名作家中唯一一个终身未婚者，比他年长九岁的果戈理和比他年长六岁的冈察洛夫都是如此。尽管他们的未婚各有原因，但两性间的禁忌始终是一种文化制约因素。这个问题我们在托尔斯泰那里可以看得更清楚：他的小说《谢尔基神父》中的主人公，为了克制自己的情欲，甚至砍掉了自己的手指。托尔斯泰本人为其年轻时的放荡不断忏悔，他甚至认为：“允许两个不同性别的人在婚姻中过性生活，不仅不符合基督有关贞洁的教义，而且恰恰相反。贞洁，按照基督的教义，就是过着基督徒生活的人本应追求的完善。因此，所有妨碍对这种完善的追求的东西，包括对婚姻中性交的允许，都是违背基督教生活准则的。”[19]当然，婚外性行为就更在禁忌之列了。

屠格涅夫一生有过若干恋人，并在24岁时与他母亲的一个婢女生下一个私生女，这个婢女被他母亲赶出家门，孩子则留了下来。这件事对屠格涅夫的一生产生了决定性的影响，此后虽然他与几个女人也有过恋情，但都止于婚姻门前，后来他把一生最真挚的情感献给了法国女歌唱家波琳娜·维亚尔多，他们始终保持着纯洁的精神之爱；屠格涅夫把女儿送到法国与维亚尔多夫人的孩子一起接受教育，并把女儿的名字改为波琳娜。屠格涅夫在女儿面前始终有一种歉疚感，这大概也是他终生未婚的重要原因。在我们的论域中也可以说，这一事件强化了屠格涅夫内心深处的“禁忌”意识，迫使他此后一直保持贞洁的生活，并将这种“贞洁”意识贯穿其文学创作，罗亭对娜塔里娅的拒绝就是一种表征。《父与子》中的巴扎洛夫对两个女人（奥津佐娃和费涅奇卡）都有过强烈的欲望，但却都止于有限的身体接触，而且他对费涅奇卡那个让许多评论者费解的吻，由于被巴威尔所窥见，实际上是一个被揭穿的非正当行为，这强化了这一细节的禁忌意味，从而成为巴扎洛夫接受“惩罚”的一个转折点，即他通过自虐式的工作来弥补跨越禁忌所遭受的精神损害并最终走向死亡。而这种“禁忌”观念体现得最明显的，当属在《罗亭》之后四年写成的《前夜》。

屠格涅夫始终在思考俄国究竟需要什么样的人。《罗亭》发表后，他感受到了来自各方面的压力。因为那个人物太懦弱，无法产生激励现实社会的作用，所以屠格涅夫希望用更加鲜明的形象来表达对人的理想，满足社会对英雄的需求。但当时的俄国社会并没有产生英雄的土壤，所以他把《前夜》主人公英沙罗夫写成了保加利亚人。实际上，在俄罗斯人的帝国意识里，保加利亚也属于大俄罗斯帝国圈子，所以这里面有屠格涅夫本人以近取譬的意思，即以一个俄罗斯人“近亲”的形象来为俄国年青一代树立一个榜样。或者说，屠格涅夫有意识地要塑造一个超越罗亭的人物。如果说罗亭没有明确的社会现实目标，只是处于漂泊状态，那么英沙罗夫则意志坚定，目标明确，当时保加利亚被土耳其人占领，小说中说他到俄国来念书，“他念书的目的是什么？他只有一个思想：解放自己的祖国”[20]。《罗亭》更多展示了罗亭的雄辩，只是通过内视角的口述来交代他“隐性”的行动，《前夜》则尽力展示英沙罗夫富于行动的一面，他的朋友对他也评价道：“他真是全心全意献身给自己的祖国——不像我们这些个口头爱国者，只会拍拍人民的马屁，只会空口吹牛。”[21]当然，屠格涅夫本人脑子里并没有任何关于“行动”的具体认识，虽然他自称是个“西欧主义者”，但却不是接受了法国大革命主张的西欧主义者，他只不过是对俄国的落后表示痛心而已，至于如何改造这个社会，并无具体想法。所以他只能让罗亭死在巴黎的街垒战中，而不是死于改造俄国社会的行动中。《前夜》中也是如此，英沙罗夫的行动在小说中也只能体现在三个方面：一是他以瘦弱的身躯打败了在河边挑衅的胖大的德国人，二是他勇敢地接受了叶琳娜的爱情，三是他在接受爱情的同时要求对方与自己一起回到祖国为自由而战并立即付诸行动，当然，这个“行动”在小说中被终止了。

“行动终止”在小说中是一个“症候”，也就是说，这是一个“不合情理”的情节。因为你是要创造一个超越罗亭的人物，写一个“英雄”，是要给当代俄国青年树立一个榜样。屠格涅夫自己也说过："我这部小说的基础就是奠定在必须塑造若干自觉的英雄人物的思想上。"[22]既然如此，那么你起码也要让英沙罗夫像罗亭一样死在战场上，死在驱逐土耳其侵略者的战斗中，"以语言代替行动"的罗亭都能为巴黎工人而战死，英沙罗夫当然更应该为祖国而献身。但是，作家却让他死于"无谓"的疾病。

屠格涅夫为什么要这样写呢？在我看来，这里仍然涉及什么是"英雄"的问题。不管作家本人怎样打算要创造一个超越罗亭的人物，他对英雄的理解都没有超越罗亭的范式，即真正的英雄并不取决于世俗意义上的功业，能否成为英雄的标志是他是否具有伟大的精神力量。我们知道，因为对《前夜》的评价问题，屠格涅夫与《现代人》杂志分道扬镳，起因是杂志主编涅克拉索夫不顾屠格涅夫的反对，发表了杜勃罗留波夫的评论文章《真正的白天何时到来？》。这篇文章把英沙罗夫理解成一个"革命者"，并表示俄国也需要这样的革命者："英沙罗夫这种自觉的全身心洋溢着解放祖国的伟大思想，并志愿对祖国发挥实际作用的人，是无法在当今俄国社会中得到发展和表现的。〔……〕难道所有英雄气概和务实作风必然会远离我们吗，假如不想在碌碌无为中消亡或徒劳地死去？"[23]同时文中也表示，在俄国很快就会出现像英沙罗夫一样的英雄，即"真正的白天"就要到来："到那时，文学中也会出现丰满的、刻画鲜明而生动的俄国的英沙罗夫形象。对此我们不必等待很久：在我们期盼它在生活中出现时所怀有的狂热而痛苦的焦虑，就是一种明证。对我们来说，这种形象是必要的，没有它，我们的全部生活就仿佛无关紧要，每一天都失去了其自身的意义，而仅仅是第二天的一个前夜。但那一天终将到来！因为不管怎样，前夜距离随之而来的明天不远了：不过只有那么一夜之隔！……"[24]显然，这种理解极大地背离了屠格涅夫本人的观念。至于屠格涅夫对这篇文章大为不满的具体原因，没有可信的材料来说明。[25]总之，屠格涅夫要求涅克拉索夫不要发表这篇文章，他在给后者的信中写道："我恳请你，亲爱的涅克拉索夫，不要刊登这篇文章：它除了让我不快没有别的，它偏执而刻薄——如果它被发表了，我将不知所措。请你尊重我的请求。"[26]车尔尼雪夫斯基认为，屠格涅夫之所以对这篇文章不满，是因为他觉得文章贬低了他的艺术才华。[27]但在我们的论域中来看，屠格涅夫的不满还是源于当时的批评家们无法看到英沙罗夫这一形象的复杂性，尤其是他身上蕴含的那种宗教意味。

其实，屠格涅夫根本不想把英沙罗夫写成一个社会革命家，但他又想把他写得与罗亭不同一些，所以加上了把酒后无德的德国人扔进河里的情节。然而，本来这个情节是表明其英雄气概的一个例证，但屠格涅夫却通过叶琳娜的眼光否定了以此来判定英雄的标准。此事过后，叶琳娜在日记中写道："是的，他是一个不容小视的人，同时也是一个勇敢的保卫者。可是，为什么要那么狠，嘴唇也那么颤栗，眼睛也发着怒火呢？也许，那是不可避免的么？难道做一个人，做一个战士，就不能依旧温柔，依旧和善么？"[28]也就是说，屠格涅夫一方面试图满足大家的愿望，把人物写得富于行动能力，另一方面却又把这种"行动能力"通过各种手法加以否决。这说明，他在骨子里始终坚守着罗亭的生命原则，即真正的英雄是在精神中坚守而非表现在现实行动上。正是依循这个原则，屠格涅夫在英沙罗夫和叶琳娜的关系中，书写了一种不同于罗亭和娜塔里娅的爱情。

表面上看，英沙罗夫超越了罗亭：他不仅接受了爱情，还勇敢地跨越了两性间的障碍。而实际上，与其说这是英沙罗夫的"壮举"，不如说这是为了使他成为精神"苦修者"所设定的"罪孽"，因为他跨越了"禁忌"。如前所述，禁忌是苦修的前提，人生活在物质现实中，一个无法逃避的问题就是冒犯禁忌；但在基督教的理念中这并不是关键，关键是冒犯禁忌后的忏悔与自我惩罚（苦修）行为才体现着人在通向天国途中的努力。小说在写过两个人的激情之后，首先写到了来自外部的"惩罚"：疾病。英沙罗夫在享受了爱情的禁果后，却病倒在回去拯救祖国的途中。我们说，"生病"是一个具有原型意味的母题，在《圣经》中，上帝在试炼和惩罚人的背弃行为时便往往将疾病加诸其身，因此人对疾病的理解也往往与自身所应受到的惩罚相关。当人意识到这一点时，这种"罚"就变成了内在的"自我惩罚"。所以我们在小说中可以看到，作家多次写到英沙罗夫和叶琳娜的恐惧与自责。

两个人第一次表白爱情时已经超越了禁忌。原本仅有肢体接触是可以不算作冒犯禁忌的，但在小说中这种行为却是发生在教堂，这不能不说是作家有意为之，当然也可能是无意识中所写，那就更说明屠格涅夫是在潜在的心理中对这种行为持否定态度。让上帝证明一桩爱情并不违背基督教的基本伦理，但两个人在教堂中的表白并不只是停留在口头上，而且作家发挥了他擅长描写爱情的才能，将这种激情写得回肠荡气，缠绵悱恻，而这一切竟然在上帝面前发生，实际上这已经是对神圣殿堂的一种亵渎。所以在这之后英沙罗夫便开始了他的“疾病”，叶琳娜则开始了自责：“跟什么也没有猜测到的母亲坐在一块儿，听着她，回答她，和她谈话——在叶琳娜看来，这就好像是在犯罪；她感觉着自己的虚伪，她心里苦恼，虽然她没有做过什么可以赧颜的事［……］她周围的一切，在她看来，好像是既不可爱，也不可亲，甚至也不像梦境，却有如一个恶梦；它们以不动的、死般的沉重，压在她的心上，一切都好像在斥责她，恼怒她，并且理也不愿意理她……”[29]也就是说，爱情带给她的，除了喜悦的激动，还有随之而来的“噩梦”。当他们真正偷吃禁果后，英沙罗夫本人也意识到他的疾病与“惩罚”相关：“叶琳娜，告诉我，你难道从来没有想到过，这病，是作为一种惩罚，降临到我们身上来的么？”[30]而叶琳娜的行为则充分表明这种“幸福”的获得与罪孽相关，所以小说中说：“想到自己的幸福，她感觉恐怖了。”[31]当意识到这一点时，“罪”已经开始转变为“罚”。或者说，更重要的不是来自外部的惩罚，比如上帝降临的疾病，而是人来自内心的恐惧与忏悔。“如果那是不能白白赐给的，就怎样呢？啊，那都是天意……而我们，凡人，可怜的罪人……”“如果这是一种惩罚，又怎样呢？如果我们必须为了我们的罪愆去偿付整个的代价，又怎样呢？我的良心原是平静的，它现在还是平静的，可是，那就是无辜的证明么？啊，上帝，难道我们真是这样罪孽深重？难道是你，创造了这样的夜、创造了这样的天空的你，为了我们的相爱，要来惩罚我们么？”[32]英沙罗夫最后就是带着这样的忏悔走入天国，叶琳娜则是带着这样的忏悔踏上前途莫明的征程。实质上，两个人的结局都是罗亭式的。如果说这两个人物形象有超越罗亭的地方，那就是小说通过对“禁忌”的跨越与之后的忏悔，深化了人物的精神内蕴，扩大了人物生存的精神空间。

在创作《前夜》的同时，屠格涅夫也在写作他的长篇演讲稿《哈姆雷特与堂吉诃德》，他对堂吉诃德和哈姆雷特的形象作了全新的阐释。大家一般都把这种阐释理解为作家要否定哈姆雷特的犹豫不决，而肯定堂吉诃德的勇于行动。实际上，这一演讲的真谛在于其对堂吉诃德“行动”方式的理解。表面上看，堂吉诃德的行动毫无意义，因为他面对的是幻想成魔鬼的风车、羊群，结局则是头破血流。但在屠格涅夫眼里，其实这才是真正的英雄壮举，因为它的意义就在于“活在信念”中：“堂吉诃德身上体现的是什么？首先是信仰；是对某种永恒的、坚不可摧的事物的信仰，对真理的信仰，总之，是对超越了个人的真理的信仰。〔……〕堂吉诃德充满了对理想的忠诚，为了这个理想，他准备经受各种艰难困苦，牺牲生命；他对自己生命的理解，是看它是否能够成为展现理想、在世上确立真理和正义的手段。〔……〕在他身上没有丝毫利己主义的影子，他不为个人打算，他是纯粹的自我牺牲〔……〕他不会改变自己的信念，见异思迁；他的道义精神的坚韧性（请注意，这个疯狂的游侠骑士却是世界上最有道义精神的人）赋予他全部的见解和言谈以及整个形象以一种特殊的力量和威仪，虽然他不断地陷入可笑而窘迫的境况……”[33]在世俗眼光中是可笑的，但在屠格涅夫眼中这却是人最可贵的精神品格，因为它不是为了世俗利益的行动，它是对一种信念和一种精神的坚守。因此，屠格涅夫是在借助对堂吉诃德的解读来诠释一种俄罗斯理念，而正是这种理念赋予其笔下人物，无论是罗亭、英沙罗夫还是拉夫列茨基、巴扎洛夫、利特维诺夫等，一种超越一般社会批评的内在意义，它指向的不是社会改造，而是人的自我救赎。而这也正是屠格涅夫与那些激进的革命理论家们的根本区别所在。

注释

1 参阅И. С. Тургенев, *Полное собрание сочинений и писем в 30 томах, сочинения в 12 томах, письма в 18томах*（Наука, 1978—2003）。本文此处相关引文均出自该书，引自*Сочинения* 第1卷，第377页。

2 同上注，引自*Сочинения* 第6卷，第46页。

3 同上注，引自书信*Письма* 第1卷，第227页。

4 屠格涅夫曾说：“我一头扑进理应将我清洗一新并使我重生的‘德意志人大海’里，当我最后从它的浪涛中冒出来的时候，我竟然变成了一个‘西欧主义者’，并且始终不渝。”（*Сочинения* 11: 8）

5《新约·以弗所书》(1:23):“教会是他的身体、是那充满万有者所充满的。”据权威的布罗克豪斯百科全书解释，俄文的“церковь”(教会)一词源于希腊语，意为“主的家”。实际上，就是指上帝无所不在的整个空间。

6—7 杜勃罗留波夫:《什么是奥勃洛莫夫性格?》,《杜勃罗留波夫选集》第一卷，辛未艾译，上海译文出版社，1983年，第231、222页。

8 Писарев, Д. “Писемский, Тургенев и Гончаров.” *Полное собрание сочинений в 6-х томах*. Т. 1. СП б .:Товарищество “Общественная польза”, 1894. 462.

9—13、15—17 《罗亭》，徐振亚译,《屠格涅夫全集》第二卷，河北教育出版社，2000年，第95、142、143、144、35、99、122—123、142页。

14 参阅*Сочинения* 第5卷，第282页，这句话在几个中文译本中均不准确，故自原文重译。

18 [德]卡西尔:《人论》，甘阳译，上海译文出版社，1985年，第133页。

19 Толстой, Л. Н. *Путь жизни. Полное собрание сочинений в 90 томах*. Т. 45. М.: ГИХЛ, 1956,128.

20—21、28—32 屠格涅夫:《前夜》，丽尼译,《前夜·父与子》，人民文学出版社，1986年，第55、67、96、118、149、185、185页。

22 同注1，引自*Письма* 第4卷，第110页。

23—24 Добролюбов, Н. “Когда же придет настоящий день?” *Собрание сочинений в 9-х томах*. Т. 6. М.-Л.: ГИХЛ, 1963, 138、140.

25 此前屠格涅夫与杜勃罗留波夫已有龃龉，前者认为后者有巨大的才华，但与别林斯基相比却“处处表现出冷淡和偏颇”(巴纳耶娃，307—315)。

26 同注1，引自*Письма* 第4卷，第163页。

27 车尔尼雪夫斯基回忆道:“屠格涅夫把杜勃罗留波夫的文章视为对自己的侮辱：杜勃罗留波夫将他视为缺少那种把握小说主题的才华、缺少对事物的洞察力的作家。我对涅克拉索夫说，我看了文章，没有发现其中有任何这一类的话。……我对杜勃罗留波夫说，我没有看到其中有任何过错。”巴纳耶娃也在回忆录中谈到过涅克拉索夫对她说:“嗨，杜勃罗留波夫惹出乱子来了！屠格涅夫认为自己被他的文章大大侮辱了一顿……我怎么会那样失策，竟没有劝住杜勃罗留波夫不要给这一期《现代人》写文章评论屠格涅夫的新小说！屠格涅夫刚才派柯〔尔巴辛〕来找我，请求删去文章的整个开头部分。我还没有来得及读那篇文章。柯〔尔巴辛〕转告我：据屠格涅夫说，杜勃罗留波夫似乎嘲笑了他在文学界的声誉，而且全文充满着一种不怀好意的、恶毒的隐喻。”（320—321）

33 同注1，引自*Сочинения* 第11卷，第170—171页。

哈罗德·布鲁姆“文学地图”序言的文学与城市关系论及其意义[1]

胡燕春

文学地图是有关作家、作品相关地理位置的记录，或者是创作主体建构的文学世界的向导。“文学与地图的互动，就是以文学生命特质的体验去激活和解放大量可开发、待开发的文学文化资源，又以丰厚的文学文化资源充分展示和重塑文学生命的整体过程。”[2]由此言及哈罗德·布鲁姆主编的“布鲁姆文学地图丛书”[3]，布鲁姆生于纽约及其后长期的城市生活经历，对其具有原创性的文学研究实践产生了潜移默化的影响。布鲁姆主编的“布鲁姆文学地图丛书”，以罗马、巴黎、伦敦、都柏林、纽约、圣彼得堡的文学发展为脉络，以各城历史兴衰为时间轴线和地理坐标，将历史、宗教、建筑与文化融汇于文学之中，进而展示了多幅完整的文学地图。有鉴于此，本文以该丛书“总序”与六篇分册“序言”为考察对象，力求深入探讨布鲁姆关于文学与城市间复杂多元关系的理论观念与批评实践。

一、关于文学与城市关系的总体阐述

首先，城市是文学精神的发源地。布鲁姆认为，在古代城市中，最能激发西方作家文学想象的城市既不是雅典，也不是耶路撒冷，而是古埃及的亚历山大城。“古希腊文化和希伯来文化在亚历山大城融合并结出累累硕果。在某种意义上，所有艺术上有所造诣的西方作家都是亚历山大城人，无论他们是否意识到这一点。

普鲁斯特、乔伊斯、福楼拜、歌德、莎士比亚、但丁都难能可贵地分享了其兼收并蓄的文化遗产。”[4]自公元前3世纪中期至公元3世纪中期，亚历山大城始终是精神与心灵之城，“在那里，柏拉图和摩西未能彼此接纳（那是不可能的），但却彼此磨砺，催生出一种新意识，这种新意识已经有26个世纪的历史了，我们今天才明白，它原来叫‘现代主义’”[5]。由此，西方文学可以说是一直保持着亚历山大城文化的传统风格。

其次，城市是诸多文学体裁与主题的生成及发展地。布鲁姆指出，西方几乎所有文学体裁都发源于城市，希伯来文《圣经》前六卷完成于所罗门位于耶路撒冷的宫廷，清晰地揭示了文学焦点从田园到城市的转移过程。《荷马史诗》生成于希腊民族，而希腊人的聚居地是雅典与底比斯，蒙田散文的忠实读者是巴黎居民，莎剧使伊丽莎白与詹姆斯一世时期的伦敦成为英国的文学之城，爱默生、梭罗的散文促使康科德成为美国文艺复兴的发轫地，惠特曼与克莱恩的诗歌和梅尔维尔与亨利·詹姆斯的小说对于纽约有着同等重要的贡献。

最后，城市是作家交往之所。布鲁姆的研究表明，城市是作家交往的必备条件。尽管就职业而言，文学大师们总是喜欢远离尘世，但除去那些始终深居简出者外，多数文学创作主体都渴望在文学创作领域寻觅对话空间。例如，莎士比亚与本·琼森、斯威夫特与蒲柏、歌德与席勒、拜伦与雪莱、华兹华斯与柯勒律治、托尔斯泰与契诃夫、霍桑与梅尔维尔、艾略特与庞德、海明威与菲茨杰拉德、亨利·詹姆斯与伊迪斯·华顿等，他们之间的交流、对立和传承也与城市相关。“伦敦就聚集了一大群本·琼森的徒子徒孙，如卡鲁、洛夫莱斯、赫里克、萨克林、鲁道夫等。还有塞缪尔·约翰逊博士和他的俱乐部成员，如包斯维尔、戈尔德史密斯、伯克等。除此之外还有马拉美和他的门徒们，如青出于蓝而胜于蓝的瓦列里。布鲁姆斯伯里区是伦敦现代派作家的大本营。”[6]此外，在布鲁姆看来，即使在当今电脑时代，地域的临近性仍是文学创作者之间建立亲密关系的必要条件。

值得注意的是，布鲁姆所编纂的这套书系非常注重把握城市的文学轨迹，沿循历史发展轨迹展示其文学遗产，在丛书的六卷中均设有“文学圣地”部分，梳理各个相关城市的文学地标与人文景观。例如，《罗马文学地图》中的“文学圣地”列举了梵蒂冈及普拉提地区的圣彼得大教堂、圣天使城堡，三岔路地区的济慈–雪莱纪念馆、歌德居所等，威尼托区和伯吉斯家族庄园地区的伯吉斯艺术馆、国立现当代艺术馆等，万神殿和纳沃那地区的罗马博物馆、万神殿等，奎里纳尔山地区的巴贝里尼宫–国立古代艺术馆、科隆纳艺术馆等，特拉斯提弗列区和雅尼库鲁姆山地区的科尔西尼宫–国立古代艺术馆、蒙托里奥的圣彼得小教堂，罗马的美国学院、犹太区和鲜花广场等，蒙提区和埃斯奎利诺山地区的戴克里先浴场等，卡皮托尔山和巴拉丁山地区的卡皮托尔博物馆、古罗马广场等，阿文丁山和迪斯达奥地区的阿卡托里科公墓、迪斯达奥山，西里欧山和圣乔万尼地区的圣格雷戈里奥·马格诺教堂、圣梯等。

《伦敦文学地图》中的“文学圣地”列举了斯特兰德/舰队街地区的萨沃伊剧院、《笨拙》周刊等，考文特花园/卢格特希尔地区的考文特花园、鲍街地方法院等，索霍地区的索霍广场、赫拉克里斯之柱餐馆等，皮卡迪利/梅费尔/圣詹姆斯地区的哈查德书店、皇家咖啡馆等，威斯敏斯特地区的威斯敏斯特教堂、福尔摩斯酒吧等，查令十字街/费茨罗伊地区的特拉法加广场、常春藤餐厅等，南岸/南华克地区的泰特现代美术馆、莎士比亚环球剧院等，伦敦城地区的塔桥、约翰逊博士故居等，布鲁姆斯伯里地区的狄更斯故居博物馆、魔鬼酒馆等，马里波恩地区的福尔摩斯博物馆、马里波恩教区教堂，摄政公园/报春花山地区的伦敦动物园、报春花山书店，肯辛顿/切尔西/骑士桥地区的斯隆广场地铁站、托马斯·卡莱尔故居等，伊斯灵顿地区的萨德勒的韦尔斯剧院，温布尔登地区的温布尔登公地，布莱克西斯/格林尼治地区的诸圣教堂、特拉法加酒馆，以及汉普斯特德地区的济慈故居等。

《纽约文学地图》中的“文学圣地”列举了布朗克斯区的埃德加·爱伦·坡故居、波浪山庄，布鲁克林区的哈特·克莱恩故居，曼哈顿区的阿尔冈昆大酒店、美国艺术与文学学会、现代艺术博物馆、纽约公共图书馆、自由女神像国家纪念碑等，昆斯区的昆斯区艺术博物馆，以及斯塔滕岛的里士蒙历史名镇等。

《都柏林文学地图》中的“文学圣地”列举了利菲河以南的大卫·伯恩酒吧、伦斯特议会大楼、马什图书馆、爱尔兰国家图书馆、圣帕特里克大教堂、圣斯蒂芬公园、圣三一学院图书馆、奥斯卡·王尔德大楼和奥斯卡·王尔德雕像、乔治·萧伯纳出生地，利菲河以北的阿贝剧院、都柏林作家博物馆、詹姆斯·乔伊斯中心等。

《巴黎文学地图》中的“文学圣地”列举了一区的法国喜剧院、海明威酒吧等，二区的法国国家图书馆（黎塞留分馆）、哈里的纽约酒吧，四区的维克多·雨果博物馆、巴黎圣母院等，五区的先贤祠、莎士比亚书店等，六区的鲜花街27号、花神咖啡馆等，七区的罗丹博物馆、埃菲尔铁塔等，八区的凯旋门、香榭丽舍大道等，九区的和平咖啡馆、浪漫生活博物馆，十四区的蒙帕纳斯墓园、蒙苏利阁楼等，十五区的拉胡石居，十六区的巴尔扎克博物馆，十八区的蒙马特公墓，二十区的拉雪兹公墓，以及巴黎郊外的凡尔赛宫等。

《圣彼得堡文学地图》中的“文学圣地”列举了涅瓦大街及其周边地区的涅夫斯基修道院、陀思妥耶夫斯基文学纪念馆、阿赫玛托娃博物馆、滴血救主教堂、文学咖啡馆、喀山大教堂、海军部大厦等，艺术广场地区的夏季花园、俄罗斯国家博物馆等，宫殿广场和周边地区的冬宫博物馆、普希金公寓博物馆等，海军部大厦周边地区的青铜骑士、马林斯基剧院等，瓦西里岛的交易大楼/海军博物馆、圣彼得堡美术学院等，以及彼得格勒河岸的“阿芙乐尔”号巡洋舰等。

二、针对作家与城市关系的具体剖析

本雅明指出：“文人是在林荫大道上融入他所生活的社会的。他在林荫大道上随时准备着听到又一个突发事件、又一句俏皮话、又一个传言。”[7]这在一定程度上揭示了文人与所在区域对其认知范式和思想观念的影响。就作家与其所在城市的关系而言，这些城市或为创作者的出生地、或为其创作地、或为其叙事设置地、或为其定居地、或仅为暂留地，但无一例外均是其灵感的重要获取地。作家通过对相关城市的书写，不仅展现了自我对其独到的认识与理解，而且建构了文本存在的城市空间。

（一）城市对于作家创作的影响

布鲁姆立足于具体城市维度，深入地阐述了城市对诸位作家及其创作产生的影响。

以罗马为例，在此生活过的杰出作家（包括杜贝莱、克拉肖、蒙田、歌德、拜伦、雪莱、勃朗宁、霍桑与亨利·詹姆斯等）来自不同国家。此外，莎士比亚的戏剧《裘力斯·凯撒》《辛白林》《安东尼和克丽奥佩特拉》《科里奥兰纳斯》《泰特斯·安特洛尼克斯》、歌德的《意大利游记》、司汤达的《罗马日记》、拜伦的《恰尔德·哈洛尔德游记》和雪莱的《钦契》都描写了罗马。在布鲁姆看来，"歌德的《罗马哀歌》，蒙田优秀的随笔《论虚荣》，雪莱的《阿童尼》，勃朗宁的《指环与书》，霍桑的《大理石牧神》，亨利·詹姆斯的《黛西·米勒》：这些都是罗马这座文学之城的无限荣耀"[8]。

巴黎有史以来涌现出多位具有世界影响的作家，如拉伯雷、莫里哀、伏尔泰、司汤达、巴尔扎克、福楼拜、雨果、左拉、大仲马、莫泊桑、波德莱尔、魏尔伦、兰波、普鲁斯特、费度、科莱特、科克托与萨特等。此外还有一些作家（如海明威、乔伊斯、贝克特等）为巴黎所吸引，创作出诸种有关巴黎的文学作品。

伦敦文学史源远流长，先后出现了伊丽莎白时期的莎士比亚，王政复辟时期的塞缪尔·佩皮斯，乔治和摄政时期的笛福、菲尔丁、塞缪尔·约翰逊博士，维多利亚时期的狄更斯、萨克雷与诸位女性作家，20世纪的王尔德、亨利·詹姆斯、威尔斯、巴里、萧伯纳、艾略特、伍尔夫、奥威尔、格雷厄姆·格林、伊夫林·沃，21世纪的拉什迪、艾米斯等作家。布鲁姆以莎士比亚为例指出，莎剧中大量有关英国古典、他国文学及宫廷生活的知识，在很多层面上都是源于伦敦。事实的确如此，尽管他从未去过欧陆，但其时的伦敦与欧洲以及东、西印度群岛都有贸易联系，前往伦敦的异国人的举止、服饰及其所带来的书籍与其他物品丰富了莎士比亚有关异国文化的认知并成为其创作来源。莎翁剧作背景广涉意大利、法国、苏格兰与希腊等，剧中人物经常提及伦敦的地方与事件，莎士比亚的世界就是以环球剧院为中心的伦敦。在某种意义上，他剧中所有的城市都是伦敦，"他的地理是虚幻的，他的历史往往具有传奇色彩，他的现实稀奇古怪。罗马悲剧并没有因为其普鲁塔克风格而就不是英国的。在埃尔西诺的丹麦宫廷里生老病死的哈姆雷特是威腾堡大学的学生，但是巡回演出的演员属于莎士比亚的剧团，所以那位王子显然就成了在环球剧院消磨时间的逃课的学生"。[9]此外，布鲁姆还表明，被尊为社会斗士的狄更斯对伦敦的大街小巷了如指掌，他的伦敦生活经历不仅为其之后的文学创作提供了素材，而且奠定了审美基调。南华克区是他的《小杜丽》《大卫·科波菲尔》《匹克威克外传》等小说的背景。考文特花园是《匹克威克外传》中的乔布·特洛特、《雾都孤儿》中的比尔·赛克斯的活动区域。与之相应，他作品中有关伦敦的漫画式人物与迷宫式情节，对伦敦贫民生活的逼真描绘，渗透着其对生活于伦敦的芸芸众生感同身受的关怀与同情。

都柏林文学史以爱尔兰民族英雄斯威夫特的文学创作为先导，“斯威夫特本人对都柏林文化有重大影响，但却是都柏林造就了斯威夫特，而非斯威夫特造就了都柏林；造就都柏林的是国王之间与文化之间的冲突与汇合”[10]。其后，都柏林先后出现了早期小说家埃奇沃思、勒夫尔、里维尔、卡尔顿、马图林、法努，18世纪的穆尔、戴维斯、曼根、弗格森，爱尔兰文艺复兴时期的叶芝、辛格、拉塞尔和斯蒂芬斯，20世纪的乔伊斯、贝克特，独立时期的奥法莱恩、奥康纳、奥布赖恩、卡瓦那等作家。布鲁姆以乔伊斯为例指出，乔伊斯试图逃离都柏林而远走里雅斯特、苏黎世和巴黎，但却因其短篇小说集《都柏林人》、小说《一位青年艺术家的画像》《尤利西斯》《芬尼根守灵夜》等成为都柏林伟大的散文诗诗人。“一想到都柏林，我们就会想到是乔伊斯风格：对反讽的反讽——乔伊斯重新创造了都柏林却又拒绝接受都柏林。”[11]事实的确如此，乔伊斯始终意欲摆脱这座城市却又频繁地对其予以多方书写，其文学作品多以都柏林为重要的故事背景和发生地。例如，自传体小说《一位青年艺术家的画像》里就描绘了乔伊斯长大成人过程中的诸多地方。

纽约文学自美国文学之父华盛顿·欧文起，出现了19世纪初的梅尔维尔、惠特曼，迈向大纽约时期的亨利·詹姆斯、斯蒂芬·克莱恩，现代时期的德莱塞、华顿、玛丽安·莫尔，爵士时代与大萧条时期的克劳德·麦凯、康梯·卡伦、兰斯顿·休斯、哈特·克莱恩、菲茨杰拉德、帕索斯、拉瓜迪亚、韦斯特，纽约知识分子、纽约画家与纽约诗人群体中的阿瑟·米勒、拉尔夫·埃里森、詹姆斯·鲍德温、索尔·贝娄、弗兰克·奥哈拉与诺曼·梅勒，当代纽约的爱德华·科奇、保罗·奥斯特、汤姆·沃尔夫、E. L.多克托罗、奥斯卡·黑杰罗斯、托尼·库什纳与唐·德里罗等。布鲁姆认为，欧文的《纽约外史》是美国人创作的较早跨越国界赢得好评的文学作品，其借古讽今，借外寓己，实质上是在赋予纽约一种自我意识，将纽约及美国刻于世界文学地图。在当代纽约作家中，唐·德里罗独树一帜的《地下世界》和菲利浦·罗斯的系列小说，包括他的代表作《安息日剧院》，就是这个世界级城市生机与活力的最好证明，即使在世贸中心双子塔倒塌之后依然如此。“无论你把这座万城之城当作爱伦·坡或欧·亨利笔下哈德逊河上的巴比伦，还是美国梦五花八门又生机勃勃的幻象，歌颂或抨击它的文学作品都丝毫没有衰败的迹象。”[12]圣彼得堡哺育了俄罗斯文学史上的诸位文学大师与知名作家，包括自18世纪至19世纪的普希金、赫尔岑、果戈理、陀思妥耶夫斯基，20世纪的亚历山大·勃洛克、安德烈·别雷、奥西普·曼德尔斯塔姆、安娜·阿赫玛托娃与约瑟夫·布罗茨基等。在布鲁姆看来，“这里不但有‘疯癫’的讲故事能手果戈理和‘睿智’的小说家陀思妥耶夫斯基，还有不朽的‘艺术丰碑’——诗人普希金”。[13]依据对于所在地的书写而言，普希金与果戈理的杰出文学成就绝不能被轻视，但圣彼得堡的文学泰斗理当是陀思妥耶夫斯基，因为“陀思妥耶夫斯基的《罪与罚》描绘了这座城市里梦魇般的经历。这种体验已经成为圣彼得堡永恒的文学坐标。漆黑的深夜里，圣彼得堡散发着邪恶、暗黄的光，周围的一切似乎都被笼罩在梦魇之中，拉斯科里涅珂夫、司维特里喀罗夫和波费利也上演了他们的人生闹剧”[14]。其中，虚无主义者司维特里喀罗夫是该作品中塑造得最为成功的人物，当他意欲以开枪自杀的方式结束生命而被警察询问时，他激情洋溢地答道：“上美国去。”[15]布鲁姆认为：“这个时刻融汇了文学之都圣彼得堡崇高的审美情趣和可怕的毁灭原则。”[16]

（二）同城作家之间的影响

布鲁姆认为：“影响的过程在所有的文艺和科学中都起着作用，在法律、政治、媒体和教育领域也一样重要。”[17]由此，在他的《影响的焦虑》《西方正典》等多部论著中，贯穿始终的是其对文学创作中诸种影响问题深入而全面的论述，并在其自称为旨在将影响在文学中运作方式的思考和盘托出的“收官之作”《影响的剖析》中明确指出：“在《影响的焦虑》出版前后的许多年里，文学研究者和评论家都不太愿意把艺术看成是一场争夺第一名的竞赛。他们似乎忘记了竞争是我们文化传统的核心这一事实。运动员和政治家眼里只有竞争，而我们的文化传统，如果我们还承认它的根基是希腊文化的话，也把竞争规定为文化和社会中一切领域的根本前提。”[18]由此，他在其编纂的“文学地图”总序与各篇序言中都展现出其对同城文学与具体作家之间影响的理解与把握。例如，他在《伦敦文学地图·序言》中指出：“自莎士比亚之后，伦敦涌现出一大批诗人、剧作家和小说家，但他们中最伟大者仍然笼罩在莎士比亚的光辉里。伦敦的先知是威廉·布莱克，他是英国的以西结，曾试图‘修正’弥尔顿，但弥尔顿也是深受莎士比亚影响的作家。伦敦小说家狄更斯也没能例外，还有伦敦的文学批评家塞缪尔·约翰逊博士。”[19]由此，面对繁杂的伦敦文学遗产，布鲁姆表示：“伦敦的文学遗产如此丰富，以至于任何简短的概括都会有胡言乱语之嫌，但若我们把伦敦文学史的辉煌归功于莎士比亚和狄更斯，这至少是个真实有益的起点。”[20]

与此同时，布鲁姆将冲突视为文学家关系的核心特征，着重揭示相关影响中的焦虑情绪与防御机制。“许多人只愿相信文学影响是一个平稳和友好的传承过程，是一件礼物，施予者很慷慨，接受者则充满感恩。”[21]对此，布鲁姆虽然赞同布迪厄强调冲突与竞争的文学关系论，但又反对简单化地将文学关系视为对世俗权力赤裸裸的追求等文学观。“对强大的诗人来说，文学争斗的重要性一定是文学本身。他们会有一种危机感，受到想象力可能会衰竭的威胁，害怕完全被前人所控制。一个有能力的诗人想要做的不是去击溃前人，而是声明自己作为一个作家的能力。”[22]具体而言，“文学中影响的焦虑不一定体现在某一传统中迟到的作者身上。这种焦虑总是蕴含于文学作品之中，并不基于作者本人的主观感受”[23]。例如，《巴黎文学地图·序言》中指出，如若意欲在法国找出能跟但丁与莎士比亚，托尔斯泰与塞万提斯，歌德与惠特曼，易卜生与乔伊斯相媲美的世界级作家，需将蒙田与莫里哀融为一体，或将巴尔扎克、雨果、波德莱尔与左拉合成一种犹如布莱克《四天神》或《以西结书》中四轮马车天使们般的四重形象，“透过巴尔扎克、雨果、左拉的小说及雨果和波德莱尔的诗歌，19世纪的巴黎成了一种幻象，充满惊人的活力，同时也充斥着剧烈的社会动荡与堕落”[24]。由此，针对19世纪作家对后世同城作家形成的影响焦虑，布鲁姆指出：雨果的著作卷帙浩繁，“难怪波德莱尔饱受折磨，感觉自己被雨果排挤，因为雨果发现了所有的文学空间并将其悉数开发”[25]。因此，波德莱尔一方面称赞雨果是“无国界的天才”，另一方面却在观照与书写对象等层面戛戛独造，“孤独地走在一座地狱般的城市的街道上，波德莱尔创造了现代巴黎的审美情趣。雨果在被流放到海峡群岛中的泽西岛上时，曾按以赛亚和耶利米的方式进行预言，期望能被历史验证。波德莱尔则拒绝进步、拒绝预言、拒绝历史，一心作诗，终于如愿地实现了文学理想；而雨果却没能做到”。[26]又如，《纽约文学地图・序言》指出，艾略特在《四个四重奏》《荒原》等诗作中对现代城市生活的想象不免既让人灰心丧气又令人信服，并对同城后世诗人克莱恩产生了巨大的影响。然而，克莱恩并非对艾略特完全膜拜，而是将其诗歌视为“否定诗”，尝试另寻方法来再现城市之自信、热情和积极向上的层面。“在克莱恩看来，艾略特发现了现代诗歌恰如其分的题材，但却没能把异化的一面表现出来，合理发挥艺术家的功能，克莱恩认为艺术家的功能主要是同化作用。克莱恩怀着这个宏伟目标，选中纽约的布鲁克林大桥作为史诗的主要象征，他将在自己的史诗中刻画一个复杂的美国，并将放弃艾略特在《荒原》中对现代主义的悲观立场。”[27]

三、“文学地图”序言的文学与文化意义

（一）文学地图学层面

意大利学者维柯被誉为近现代“人文科学之父”，他的《新科学》标志着历史哲学的诞生，他在这本书中就曾倡导开展“诗性地理学”研究。其后，文学地图学领域的诸多学者纷纷投身其中，波西托-桑德瓦、麦克高安、古尔德创立了“诗性地图学”，特纳创立了“地形诗学”，哈根、莱顿与亨特等频繁使用“文学地图学”等相关术语，利用地图学的认知范式与操作方法进行文本分析和寓意阐释。

就现当代人文社会科学研究领域的“空间转向”倾向而言，正如列斐伏尔所言：“我们所面对的并不是一个，而是许多社会空间。事实上，我们所面对的是一种无限的多样性或不可胜数的社会空间。”[28]与之相应，相关成果频出并逐渐赢得认同，例如，巴什拉的“现象主义空间诗学”、巴赫金的“空间对话论”、列斐伏尔的“空间三元辩证法”、福柯的“异度空间”、苏贾的“第三空间认识论”、德勒兹的“块茎空间”论等。这其中，巴什拉针对现象学视域指出：“内部空间和

外部空间并不以同样的方式获得修饰语，这些修饰语衡量着我们对事物的认同程度。”[29]巴赫金力求通过“超视”与“外位”等范式考辨自我与他者的时空辩证观，认为文学空间“是形式兼内容的一个文学范畴”[30]。福柯批评既有研究中存在的将空间视为死亡的、刻板的、非辩证的与静止的等现象，指出“空间曾被看作属于‘自然’——也就是说，是既定的、基本的条件，是一种自然地理，属于‘前历史’的层面，因而不被重视”[31]，进而主张针对时间与空间的价值与属性等进行重新定位。列斐伏尔批驳现代认识论哲学中存在的将空间视为精神场所或模糊观念等弊端，指出：“认识论哲学的思想没有为一种科学的产生奠定好基础，而这种科学在非常长的时期内都在努力形成——这种科学就是空间的科学。”[32]德勒兹依据联系与异质性原则辨析“光滑空间”与“条纹空间”等维度，进而表明：“作为条纹化的结果，资本主义带来了完美的非平衡点，而循环资本有必要重新创造，重新建构一种光滑空间，人类命运在其中将会得到重铸……在新的光滑空间的生成中，资本主义达到了‘绝对’速度，这是一种‘解辖域化的光滑空间’。”[33]

由此言及文学理论与批评及文学史研究可知，既有文学史撰写与研究中依然存在过于偏重时间维度、相当程度地忽视地理维度，进而导致相关知识谱系欠缺与萎缩等弊端。因而布鲁姆主编的“文学地图”的文学地理学意义非常深刻，序言及各分册依托丰厚的文学文化知识资源，展现了六座城市完整且深厚的文学版图，针对文学要素的地理构成、组合及变迁，文学要素及其整体形态的地域特征与差异，文学与地理环境的交互关系等，全面而深入地考察了自然与人文地理环境对创作主体的知识结构、文化观念、创作心理、审美倾向的影响，文学创作者的出生与成长地、流动迁徙地、文学作品的问世地及其所书写的自然与人文空间及景观，地区性的文学流派、文学社团与文学活动区域的地理分布及其变迁，文学传播与接受的地域因素，文学批评的地域特征，进而联通相关文学史、艺术史和文明史，阐述了相应共同文学形态赖以存在与发展的整体地理生态环境、人文地域环境和相应的文明根基。

（二）世界文学层面

作为所在国文学中心的城市大都有着繁复的历史嬗变，文学创作者与研读者的关系同样投射到城市文化的生长脉络中，而通过文学想象与描绘等方式赋予城市以想象中之现实的文学作品，则是走近和了解相关城市的历史与现实一种合理而有效的途径，由此诸城独特的文学史传统亦随之而生。

首先，就文学创作层面而言，城市是文学作品的表现对象。以圣彼得堡的青铜骑士雕像为例，它自建成之日起即被视为俄罗斯精神的象征，在俄罗斯历代文学对它的书写中，文学与雕像珠联璧合，共同展现了圣彼得堡乃至俄罗斯的历史命运。例如，普希金由青铜骑士雕像汲取灵感写下《青铜骑士：一个关于圣彼得堡的传说》，通过描写1824年几乎淹没圣彼得堡的大洪水等历史事件，深入触及彼得与其西化改革的历史作用、国家与个人的关系以及文学创作中的英雄主义等问题。别雷是俄罗斯象征主义的主要代表者之一，其小说《彼得堡》中的主人公伊万诺维奇与普希金《青铜骑士》中的主人公叶甫盖尼较为相似，纳博科夫将这部小说视为与乔伊斯的《尤利西斯》、卡夫卡的《变形记》和普鲁斯特的《追忆逝水年华》这些现代主义杰作具有同等文学地位。在布鲁姆看来，“别雷的诗体小说充分再现了彼得堡神话。从文本角度来看，它为这个神话提供了大量的例子和证明——一方面，小说描绘了海市蜃楼和奇异幻象组成的怪异世界；另一方面，它也叙述了石头、砖头、运河和宫殿组成的真实世界，这两个世界奇妙地融合在一起。小说的开场白清晰地指出了彼得堡作为文学象征和具体城市的双重地位”[34]。

其次，就文学作品接受层面来说，文学的城市书写为表现对象赢得了世界声誉。例如，乔伊斯对都柏林的书写使世界各国读者对都柏林产生迷恋，进而扩大了其国际影响。自乔伊斯的诸种文学作品问世以来，他对家乡的爱与恨便被记录、被分析乃至被过度解读。“一方面，他嘲笑叶芝和都柏林的文人们，即使在国家最动荡的年代，他对民族主义也漠不关心，因为他觉得艺术和精神的自由在瘫痪的都柏林之外。另一方面，他也深深地明白，这种强加的自我流放在《尤利西斯》出版后变成了现实。”[35]事实的确如此，1954年6月14—16日是《尤利西斯》中的故事发生50周年，自那时起，每年这个时候，世界各地的乔伊斯爱好者们就会聚集到都柏林庆祝“布鲁姆日”，纪念活动包括追溯该作品中人物的活动路线，沿着布鲁姆、迪达勒斯走过的路行走，品尝作品中提到的食物，言说作品中人物的语言，聆听有关乔伊斯的讲座，参观展览，观看表演等。由此，布鲁姆认为：“都柏林，古老的都柏林，作为乔伊斯文学作品中自然主义与象征主义完美结合的产物，必将经久不衰，这也就是王尔德所说的艺术战胜生活。”[36]毋庸讳言，作家的城市书写为相关城市扩大世界影响提供了契机。

再者，城市文学形象是城市文学史建构的要素。例如：“19世纪中叶，来自世界各地的弃儿们在埃利斯岛登陆，并把他们陌生的语言和生活方式传播到美国各地，纽约由此成为大熔炉式国家的象征——至少是有别于英国。”[37]因而，该时期的欧洲移民潮赋予纽约两种截然相反但又恰如其分的形象，而梅尔维尔、惠特曼等则在相关文学史上呈现出两种有关该城的文学话语：“一方面，拥挤的廉价公寓使人觉得纽约像个黑乎乎的迷宫，只有强者才能在此生存，强烈的疏离感和幻灭感如影随形。另一方面，随移民而来的是希冀改善生活的坚强信念和文化多样性，这又使人觉得纽约像个乌托邦，充满希望和机会，在此人们可以体验到别处难以企及的人与人之间的紧密联系。在很大程度上，第一次移民潮之后的纽约文学史，就是这两种城市形象如何相互交融、相互抨击的文学再现。”[38]

最后，文学之城对于世界文学史具有独特贡献。例如，罗马的文学质素令其极具国际性，许多世纪以来，亲历罗马者都有机会重游历史长河，穿越不同层面的罗马遗迹去感受从伊特鲁里亚人到共和国及帝国时期等历史阶段的罗马发展状况及其历史遗迹。与之相应，综观世界文学史上有关该城的书写，“一些作家为这座城市歌功颂德，吹捧赞扬昔日帝国以及基督教会的不凡命运，其他一些人则强烈要求颠覆这座城市的神圣地位——他们意在谴责这样一个充满邪恶、腐败堕落透顶的城市。一座神圣之城颠倒过来就是一座魔鬼之城。还有一些人对这些极端对立的看法姑妄听之，把罗马描绘成这样一座城市：它像一道永恒的神符，一座神秘的城市。而能够引发人们尖锐的对立看法，正是这座城市最大的特点”[39]。布鲁姆得益于此而断言：“文学之城罗马是法国人、德国人、英国人和美国人的天下。”[40]

（三）城市文化学层面

就人类文明发展历程而言，“人类最伟大的成就始终是她所缔造的城市。城市是我们作为一个物种具有想象力的恢弘巨作，证实我们具有能够以最深远而持久的方式重塑自然的能力”[41]。与之相应，“城市的演进展现了人类从草莽未辟的蒙昧状态繁衍扩展到全世界的历程”[42]。据《布莱克威尔社会学词典》的统计及预测：1800年，世界人口仅有3%生活在城市；1900年为14%，1975年为41%，预计到2025年将有60%生活在城市。[43]以城市为依托的文学中心，作为人类文明的载体与标志，其内涵、特征及功能始终变动不居，但其典型的共同特征与发展规律无疑仍然有迹可循。布鲁姆“文学地图”丛书所选的六座城市，除罗马、伦敦、巴黎既是首都又为文学中心外，纽约、圣彼得堡、都柏林也都始终或在某段历史时期是所在国的文学中心，同时上述城市多为诸种文化精神的集聚地，在人类文明发展史上凭借其无与伦比的文化影响力和辐射力，均程度不等地演绎着诸种文化功能，进而发挥了不可替代的文化推动作用。

例如，巴黎作为一座既古老又现代的国际大都市，几千年的历史积淀成就了其“文学名城”这一美誉。中世纪时期，巴黎即为英雄史诗、教会文学与市民文学等文学形态的发展提供了契机；在文艺复兴时期、古典主义时期与启蒙运动时期，巴黎文学对于法国乃至欧洲文学发展始终功不可没。基于此，历史进入19世纪，“在这座城市里欧洲文明达到登峰造极的地步，这里汇集了整个欧洲历史的神经纤维，每隔一定时间，就会从这里发出震动全世界的电击，这个城市的居民与其他任何地方的人民都不同，他们把追求享乐的热情同从事历史行动的热情结合到了一起，这里的居民善于像最讲究的雅典享乐主义者那样生活，也善于像最勇敢的斯巴达人那样死去，在他们身上既体现了阿基比阿德，又体现了勒奥尼达斯；这座城市就像路易·勃朗所说的那样，它真的是世界的心脏和头脑”。[44]从那时至今，该城的文学与文化成就始终相得益彰。与文学发展相应，巴黎是一座拥有两千余年历史的世界文化中心，囊括了埃菲尔铁塔、凯旋门、爱丽舍宫、凡尔赛宫、卢浮宫、协和广场、巴黎圣母院以及乔治·蓬皮杜国家文化艺术中心等文化圣地。正如布鲁姆所言，“历史上，巴黎向来都是一个民族和文化的熔炉。在其他国际大都市如纽约和伦敦，移民群体倾向于聚居在一起，建立起新的社区，结果就是形成唐人街或小意大利。置身于城市中的这些地方，你可能会感到你其实就是在上海或那不勒斯。但是在巴黎，民族社区之间的界限不像在其他地方那样明显”[45]。值得注意的是，法国政府始终重视文化外交，素有对文化名人委以外交重任的传统。例如，16世纪，“七星诗社”代表诗人杜贝莱被任命为驻罗马大使；18世纪，卢梭任驻维也纳大使；19世纪，夏多布里昂任驻伦敦和罗马大使，随后又出任法国外交部长，拉马丁在该世纪也曾被委以这一职务。

总体而言，纵观作为所在国与地区文学中心的诸文学名城，多为融合本土文化与外来文化、传统文化与现代文化、官方文化与民间文化、高雅文化与通俗文化的集聚地，拥有积淀丰厚且保持良好的文化传统，强大与多元的文化功能，完善的文化机构与种类繁多的文化设施，以及规模化与专业化的文化产业，这无疑为其文学的发展与繁荣提供了有效的场域和有力的支撑。

综上所述，布鲁姆主编的“文学地图”丛书之相关诸篇序言，虽在观点与论据等方面尚存偏颇与局限，但的确基于文学地图批评图示的构建，揭示了罗马、巴黎、伦敦、都柏林、纽约与圣彼得堡这六座城市中的人文地理环境、诸种文学现象、文学创作主体与文学鉴赏主体之间在冲击与交融中砥砺共进的繁复关系，进而展现了这六座文学名城在全球文化史和世界文学史上独特的价值与意义。

■ 注释

1 本文系国家社科基金一般项目“21世纪以来中国对当代美国文论的接受状况与反思研究”（项目批号：14BZW172）的阶段性成果。

2 杨义：《重绘中国文学地图通释》，当代中国出版社，2007年，第53页。

3 Harold Bloom，*Bloom's Literary Places*，Chelsea House Publishers，2005.该丛书共六册，包括：Mike Gerrard, *Bloom's Literary Guide to Paris*; Donna Dailey and John Tomedi, *Bloom's Literary Guide to London*; Foster Brett, *Bloom's Literary Guide to Rome*; Jesse Zuba, *Bloom's Literary Guide to New York*; John Tomedi, *Bloom's Literary Guide to Dublin*; Bradley D. Woodworth and Constance E. Richards, *Bloom's Literary Guide to St. Petersburg*。

4—6 ［美］布雷特·福斯特、马尔科维茨：《罗马文学地图》，郭尚兴、刘沛译，上海交通大学出版社，2011年，“总序”，第1、1、5页。

7 ［德］瓦尔特·本雅明：《巴黎，19世纪的首都》，刘北成译，上海人民出版社，2006年，第81页。

8、39—40 ［美］马尔科维茨等:《罗马文学地图》，郭尚兴 、刘沛译，上海交通大学出版社，2011年，“序言”，第1—2页，第18页，“总序”第3页。

9、19—20 ［英］唐娜·戴利等:《伦敦文学地图》，张玉红、杨朝军译，上海交通大学出版社，2011年，“序言”，第2页。

10—11、35、36 ［美］约翰·唐麦迪等:《都柏林文学地图》，白玉杰、豆红丽译，上海交通大学出版社，2011年，第3页，“序言”第2页，第138—139页，“序言”第2页。

12、27、38 ［美］杰西·祖巴:《纽约文学地图》，薛玉凤、康天峰译，上海交通大学出版社，2011年，第1、109、47页。

13—14、16 ［美］布拉德利·伍德沃斯、康斯坦斯·理查兹:《圣彼得堡文学地图》，李巧慧、王志坚译，上海交通大学出版社，2011年，“序言”第2页。

15 ［俄］陀思妥耶夫斯基:《罪与罚》，岳麟译，上海译文出版社，2015年，第179页。

17—18、21—23 ［美］哈罗德·布鲁姆:《影响的剖析：文学作为生活方式》，金雯译，译林出版社，2016年，第7、9、9、10、8页。

24—26、45 ［美］迈克·杰拉德:《巴黎文学地图》，齐林涛、王淼译，上海交通大学出版社，2011年，第2、3、3、7页。

28 Henri Lefebvre, *The Production of Space*, Donald Nicholson-Smith, tans., MA: Blackwell Publishing, 1991: 86.

29 ［法］加斯东·巴什拉:《空间的诗学》，张逸婧译，上海译文出版社，2013年，第531页。

30 ［俄］米哈伊尔·巴赫金:《巴赫金全集》(第四卷)，钱中文、白春仁、晓河等编译，河北教育出版社，1998年，第274页。

31 ［法］米歇尔·福柯:《权力的眼睛——福柯访谈录》，严锋译，上海人民出版社，1997年，第152页。

32 Henri Lefebvre, *The Production of Space*, Donald Nicholson-Smith, trans. , MA: Blackwell Publishing, 1991:7.

33 Gilles Deleuze, Félix Guattari, *A Thousand Plateaus: Capitalism and Schizophrenia*, Minneapolis: University of Minnesota Press, 1993 : 492.

34 ［美］布拉德利·伍德沃斯、康斯坦斯·理查兹:《圣彼得堡文学地图》，李巧慧、王志坚译，上海交通大学出版社，2011年，第103页。

37 ［美］尼尔·波兹曼：《娱乐至死》，章艳译，中信出版社，2015年，第3页。

41—42 ［美］乔尔·科特金：《全球城市史》，王旭译，社会科学文献出版社，2010年，第38页，“前言”第1页。

43 Allan G. Johnson，*The Blackwell Dictionary of Sociology: A User's Guide to Sociological Language*，Wiley-Blackwell，2000：307.

44［德］弗里德里希·冯·恩格斯：《从巴黎到伯尔尼》，参见《马克思恩格斯全集》（第五卷），中共中央马克思恩格斯列宁斯大林著作编译局译，人民出版社，1958年，第550页。

从影像隐喻到文化记忆：小津安二郎《东京物语》论

周以量

一、绪论

《东京物语》拍摄于1953年，是小津安二郎“东京系列”故事中最具代表性的一部作品。在小津创作的54部电影中，以“东京”命名者有5部：《东京合唱》《东京之女》《东京之宿》《东京物语》《东京暮色》；除此之外的许多作品尽管没有在标题上体现“东京”主题，但很显然，“东京”是小津电影主题的一个重要构成因素，是小津影像中不可或缺的结构素材，正如《东京物语》片名所示，“东京”的“物语”是小津所要表现的主题。

当我们从技术层面分析电影影像时，对129600格[1]影像画面的分析也许并不是最难的，难的是“描述一个画面，亦即将画面中包含的讯息与意义改用语言表达出来”[2]。《当代电影分析》的作者认为：“一个影像永远都有……好几层意义，至少它一定承载了资讯元素和象征元素。”[3]对此，作者继续解释道：

> 分析者描述影像时的第一个任务就是正确认定并指明这些元素，这层“外延意指”的字面意义认定工作看似颇为容易，其实视觉元素都受到文化背景限制的影响，我们举例[4]的镜头内公寓空间结构及其运用可能在日本电影学者眼中并非那么一目了然，同样，我们法国的研究者对小

> 津电影中房屋的结构理解起来也有困难。至于“象征”这一层次就更是彻底的约定俗成了，想要作出正确解读，需要对影片所呈现的风土人情、历史背景和故事空间有深入了解。[5]

在这里，作者举例提到法国电影学者对小津电影中房屋的结构比较难理解，当然，除了房屋结构之外，对小津电影中其他影像的理解似乎也并非很容易。其实，这并不仅仅只是对异域空间的接受者来说，即使对与影像创造者处于相同空间的接受者来说，随着时间变化、环境转变，也会不容易理解影像，有时需要调动一切文化积淀的知识才能有所认识，我们把这种文化积淀的知识称作“文化记忆”。

二、被选择/排除的影像

《东京物语》以本州西部小城尾道的场景开始又以尾道的场景结束，却冠以“东京”之名，无疑，东京才是作者想要叙述的对象，是影片的核心。一般情况下，出于经费等方面的考虑，同一地点的外景拍摄都是事先在同一个时间内拍完，再在后期加工中将这些镜头分别插入叙事过程中。例如，“阿兰·雷奈在拍摄《广岛之恋》时，就是先把广岛的街景及东京的室内镜头拍完，再到法国的内韦尔拍摄外景，最后回到巴黎的摄影棚完成大量的室内镜头”[6]。由此我们可以想象，在拍摄了大量外景素材后，后期剪辑时采用哪些影像素材就成为影片形成的关键，也就是说，被选择/排除的影像具有了意义，形成“有意味”的影像。

从这一点来说，当镜头从尾道转向东京时，作者采用怎样的影像就令人颇感兴趣。按照常规做法，那就是将最具代表性的东京风景展现在银幕上，让人心领神会，换言之，就是在接受者共同拥有的认知基础上将那个地域的风貌呈现出来，这时常常用到的影像就是地标性素材。比如，《东京物语》还涉及另一座城市：大阪，当镜头转向大阪时，作者采用的地标性影像是大阪城，不仅用了近景，还有远景，将大阪的地域景象恰当地展现在观众眼前。提及地标性素材，一座城市可能有多重选择。以东京为例，由于东京塔是在这部影片完成五年后（1958）才建成，因而未能成为这部影片的影像（不过，小津在其1960年拍摄的《秋日和》中，一开头就使用了东京塔的影像）；除此之外，被认为是当时“参观东京第一步”[7]的皇居二重桥前、国会议事堂、东京车站、银座、旧两国国技馆，甚至是尼古拉教堂等，或许都可成为东京地标性的素材，但因这些影像与电影主题不相吻合，故被导演排除掉了。在这里，小津的选择是烟囱的影像：六根高大的烟囱错落地凸显在观众眼前，其中一根还冒着浓烟。[图一] 与表现大阪风貌的大阪城相比，东京的风貌未免过于平凡，过于没有“风情”，甚或可用“大煞风景”来形容。这一被选择的影像背后究竟有着怎样的意味呢？

[图一]《东京物语》截图之一

对于这个影像，当时人们所唤起的共同认知是“妖怪烟囱”。事实上，这也是东京当时的地标性建筑之一，它是人们对日本最大火力发电站烟囱的称呼。“妖怪烟囱”修建于1927年1月，位于东京足立区千住的隅田河畔，小津对这个影像的选择并非标新立异，甚至可以说是再普通不过。之所以这么说，我们可以从文字记载和图像记录两个方面加以阐述。

从文字记载方面看，我们可以在作家永井荷风的日记《断肠亭日乘》中看到它的身影。1940年11月26日，永井荷风这样写道：

> 十一月廿六日。晴，暖和。……吃过晚饭，前往浅草歌剧馆排练场。从住在三河岛的艺人那里听到有趣的故事。如下：
>
> 西新井桥妖怪烟囱的故事
>
> 西新井桥南侧的大堤外有一个发电厂，四根巨大的烟囱耸立云间。住在近旁的人们叫它妖怪烟囱。远望这些烟囱的时候，根据地点和时间

的不同，有时看见两根，有时看见三根。如果不到近处的话，是不会看到四根的。妖怪烟囱的名字由此而来。[8]

……

说是故事，其实这应该是根据实际情况转述的。西新井桥是当时跨越东京足立区荒川上一座南北走向的桥，“妖怪烟囱”就在桥边。永井荷风记下这个故事，一方面说明了故事的来源，另一方面则表明这个烟囱的有名。据说小津拍摄《东京物语》前读过永井荷风的日记，不知他是否读到这则关于“妖怪烟囱”的记载。但无论读到与否，对当时人来说，“妖怪烟囱”闻名遐迩，可谓当时东京的地标性建筑。关于这一点，我们可以从更多的图像资料方面获得信息。

从图像方面来说，木村伊兵卫就曾将“妖怪烟囱”摄入镜头。1952年，他以远景的形式展现了烟囱的形象：白云下粗大的烟囱喷出浓烟，与白云融为一体，画面黑白对比强烈；由于波纹的荡漾，倒映在隅田川里的烟囱呈现出不规则的曲线性，更加增添了画面的流动性，原本生硬、强壮之感的烟囱表现出柔和的一面，在黑白对比之外又强调了刚柔的对比。[图二]如果说这是一幅风景画，那么木村1962年拍摄的烟囱就是一幅风俗画了。在这里，“妖怪烟囱”作为人物的背景出现，照片中三人视线所凝视的方向各不相同——背对镜头而坐的女孩头偏向左侧，抱小孩的女子因视线对着怀中的小男孩而显得微闭双眼，女子手中的男孩则面对镜头，三人无一观望眼前的烟囱。[图三] 尤其是男孩那纯真无邪的眼光直视镜头，显然，眼前的“我（摄影师）”这个“闯入者”要比“妖怪烟囱”更加吸引他的注意力，因为他们对“妖怪烟囱”早就习以为常。除了木村伊兵卫外，桑原甲子雄以及早年曾师从木村伊兵卫进行摄影创作的田沼武能等人也都拍摄过“妖怪烟囱”。桑原甲子雄在1935年就将“妖怪烟囱”摄入镜头 [图四] [9]，而且在50年代还多次拍摄过它[10]。[图五]

像这样以“妖怪烟囱”为主题的照片，除了纯粹的风景照外，在有人物“在场”的情况下，似乎只有“不在场”的“我（摄影师）”对它感兴趣，“在场”人物几乎都对它“漠然处之”。[11]

在绘画方面，长谷川利行用油画形式对“妖怪烟囱”作了描绘（创作年代不

二	三
四	五

[图二] 木村伊兵卫摄影："妖怪烟囱"之一
（选自前田爱《都市空间中的文学》（前田爱著作集第五卷），筑摩书房，1989年）

[图三] 木村伊兵卫摄影："妖怪烟囱"之二
（选自木村伊兵卫《木村伊兵卫的昭和》，筑摩书房，1990年）

[图四] 桑原甲子雄拍摄的"妖怪烟囱"（1935年）
（选自桑原甲子雄《东京：1934—1993》，新潮社，1995年）

[图五] 桑原甲子雄拍摄的"妖怪烟囱"（1950年）
（选自桑原甲子雄《东京：1934—1993》，新潮社，1995年）

［图六］长谷川利行绘画："妖怪烟囱"
（选自芳贺徹编《绘画中的东京》，岩波书店，1993年）

详），给现实中的景象增添了一抹梦幻般的色彩。［图六］横山操画于1952年的《千住风景》曾以"妖怪烟囱"为主题描绘了它的壮观，充斥画面的烟囱景象给人以强烈的冲击。三年后，他又以"妖怪烟囱"为主题创作了《十文字》，四根烟囱高大有力，喷出的浓烟有一种生命律动之感。[12]

在上述图像资料中，"妖怪烟囱"进入我们的视线时，或两根，或三根，或四根，其实这正是这些烟囱被称作"妖怪烟囱"的缘由；也就是说，观看者角度不同，原本四根烟囱有时变成一根、或两根、或三根——正如永井荷风所记录的那样，但是绝非小津在《东京物语》中展现给我们的六根。不过，在《东京物语》的后半部分，这样的场景还出现过两次：(1) 当场景从东京的大儿子家转到大女儿家时[13]，(2) 当场景从热海再次转到大女儿家时，这时画面上出现的是四根烟囱的影像。由此我们知道，小津在这里想要表现的正是"妖怪烟囱"。至于为什么是六根，或许是小津想要通过另一种形式表达出其"妖怪"的性质。不过，这并非问题所在，问题的关键在于这个影像视觉元素中显现出来的文化涵义。

《东京物语》的主人公平山周吉和老伴富子的大儿子平山幸一一家与大女儿金子志一家都住在东京，实际上我们不必通过周吉和富子之间的对话——"这儿是在东京什么地方？""是在东京的边上吧。""大概是，坐汽车还走半天呢。"[14]——来了解儿女们所居住的地方，通过影像我们就已明白他们所居住的是平民区（下町）一带，其实在剧本里，当场景转到东京时，作者也明确指出"能看到小工厂等江东景色"[15]。换句话说，"妖怪烟囱"的影像已经点明人物的身份：生活在普通平民聚集区的平凡家庭，尽管他们分别开了一家小诊所和小美容店，却是生活在这个社会里最普通的家庭，这就是小津选择这个影像的意味之一。影片中，我们从大女儿家的平台上也可以看到远处的烟囱景象——当然不是“妖怪烟囱”，但通过这个景象，我们还是能够窥探到大女儿家周边的小工厂的环境。[图七]

[图七]《东京物语》截图之二

与《东京物语》同年拍摄的影片《看得见烟囱的地方》（导演五所平之助）则直接将“烟囱”这个符号运用到标题中。影片描绘了居住在看得见“妖怪烟囱”的地区人们的喜怒哀乐，在“妖怪烟囱”的“庇护”下，东京“下町”地域普通人的日常生活通过这部影片“妖怪烟囱”的符号指向得到强化。

由此可见，这个影像的符号指向性十分明确。小津、五所及其他艺术家对这个影像的运用在很大程度上都是对这个符号指向性的确认，而接受者对它的认知基本上也是源于这一能指与所指的关系。

三、“外延意指”的影像

小津曾对《东京物语》所要表现的主题这样说过：“通过双亲与孩子的成长，我想描绘日本的家庭制度是如何走向崩溃的。”[16]这也是众多评论家对这部影片的评价。当我们将视线集中于小津如何描绘这一崩溃时，就会发现许多评论家常拿它与美国影片《明日之歌》作比较，认为是受到了这部影片的影响[17]，其中的分析精辟入里，令人信服。不过，在这里我想强调的是东京这个大都会的历史语境。

历史进入50年代后，日本走出战争的阴影，正处于“设计成长”[18]时期：由于“特需”采购，日本经济“猛烈复兴”[19]，但不久随着朝鲜战争结束，日本经济又

［图八］长野重一摄影：东京江东区龟户工厂地带
（选自竹内启一编著《日本人的故乡：高度成长以前的原风景》，岩波书店，1995年）

［图九］长野重一摄影：东京湾填海造地
（选自竹内启一编著《日本人的故乡：高度成长以前的原风景》，岩波书店，1995年）

开始走下坡路，“到重新回升为止，大约经历了三年半时间”[20]。也就是说，在拍摄《东京物语》时的1953年前的一段时间，日本经历了“复兴—繁荣—危机”的历程。1953年的繁荣被称为“虚假繁荣”[21]，但当时的人们从不同的方面还是感受到了某种活力。

当时，东京“下町”地域有许多小工厂，在日本经济复兴的道路上，这些工厂起到了它们应有的作用。它们的景象也成为东京大都会的风景之一而受到宣扬。例如，1952年，长野重一拍摄的一幅东京江东区龟户工厂地带的照片，就为我们展现出这种繁荣的活力景象。[图八] 尽管是烟囱林立（这里用“林立”再恰当不过）的远景，看不到一个人物的工作形象，但通过这些密集的工厂，我们岂不也感受到了东京的活力吗?

当我们看到摄影师拍摄于同一年的东京湾填海造地的照片［图九］并将其作为当时东京的面貌来介绍时，不禁会想起日本诗人草野心平的诗《在芝浦的填海造地上》，它收录在1931年出版的《明天是好天》诗集中：

铅灰色的云飘浮的天空中，
海鸥们不再飞舞。
起重机，不再起动。

雨夹着雪马上就要降落时，
整个天屏住了呼吸。
承载着一千九百三十三年和十一个月零十天的历史，
地球在呻吟着用力旋转。
不过，
一点儿也没有改变。

你和我就这样只要在这里，
我就会激动不已，眼中充满了泥泞。
本来历史是各个个体写下的世界的历史，
而且是相互照应。

没有历史。
拥有梦幻。
自月岛一带的烟囱中，
凝重地流淌着的是好几重的烟。[22]

诗人于《东京物语》完成前20年眺望到的东京湾对面的景象似乎与50年代的风景相重合，尤其是月岛[23]（东京都中央区）一带。它是1892年根据“东京湾疏浚计划”建成的，是在明治时代“富国强兵”国策下填海造地形成的工业化地带，这里聚集了许多工厂，因此便有了草野心平的“自月岛一带的烟囱中，凝重地流淌着的是好几重的烟”这样的诗句。时间再往前回溯到1921年，日本画家川濑巴水创作过一幅题为《月岛的摆渡场》的木版画，河

［图十］川濑巴水绘画：《月岛的摆渡场》（选自芳贺彻编《绘画中的东京》，岩波书店，1993年）

对岸烟囱耸立的地方就是月岛，它明确地描绘出“一战”期间月岛作为工业地带的特征。[图十]

“富国强兵”口号是明治政府提倡的国策，由于它与“文明开化”等国策一道使得日本国力大增，这种说法亦为一般民众所熟知。像这样“浓烟滚滚”的烟囱形象也就成为“富国强兵”成果的隐喻。比如，明治时代的画家床次正精创作的《三田制纸所全景》就对此做了很好的诠释。[图十一] 这是一幅油画，创作于1880年，描绘了1875年开工的东京三田小山町造纸厂的景象，画面正中，四根粗大的烟囱冒着浓烟；作为大烟囱的点缀，画家还描绘了一些冒着白烟的小烟囱，大烟囱里喷出的黑烟与天空中飘浮的浓云融为一体，在夕阳的照射下，工厂屋顶整齐排列的瓦片上散发出光影，与浓烟一道为我们展现出一幅生机盎然的景象。“虽然它的透视点有些混乱，但画中所描绘出的煤烟的力量感、晚霞的光影以及远景的森林，在当时都是出类拔萃的。”[24]这幅暗示着“富国强兵”国策所带来的都市变化的绘画作品，是否造就一种修辞手法的形成呢？换句话说，粗大的烟囱以及从中喷出的浓烟形象由此是否已经构成一个隐喻呢？回答应该是肯定的。这种形象在东京这座城市的“构形(configurations)”[25]中起到的作用应该说是显而易见。

[图十一] 床次正精绘画：《三田制纸所全景》
（选自芳贺彻编《绘画中的东京》，岩波书店，1993年）

话题回到《东京物语》，我们特别注意到，小津的东京影像不仅仅是高耸的烟囱，而且它们都以中远景的形象展示在观众眼前，如果将它与木村伊兵卫远焦距拍摄的“妖怪烟囱”照片相对比，从低处仰拍[这或许是出于无法从空中俯拍的拍摄现实（小津很少使用俯拍的机位）]的高大的烟囱可以说缺乏一种优美感，它给予人们的是强大、有力的感受，是上升的力量的印象——如果说这也是蕴含着美的一种感受的话，那它就是一种壮美感。我们不难想象：木村伊兵卫那样远景的“妖怪烟囱”形象一定也出现在了小津的构图元素中，然而，经过一番选择/排除，小津最终使用了中远镜头的影像。但若我们就此认定小津对工业化文明给予高度赞扬，肯定了工业化社会欣欣向荣景象的话，或者说小津是在以此对工业化文明所带来的污染等社会问题[26]进行反讽的话，结论未免就显得有点仓促了。

如果我们进一步将这个影像符号放置到《东京物语》所展现的尾道与东京的关系中来进行探究，我们或许能够发现它的另一个“外延意指”。

前面我们说过，《东京物语》以尾道的场景开始又以尾道的场景结束，一头一尾的场景在整个影片中大约占时40分钟，在整部电影135分钟的片长中占三分之一弱，但作为一个“东京”的“物语”来看，应该说这个比例还是比较大的。

小津在安排周吉和富子以及他们的小女儿京子所居住的场所时，一开始似乎挑选的是山口县[27]，最终之所以定在尾道可能有多方面考虑。田中真澄认为，“由于从东京到这里[尾道]的距离符合电影的内容，因而选择了这里”，并进而指出：“参照现实生活中的时刻表，尾道与东京之间大约需要15个小时，赴京和回乡并不容易，这个距离和时间足以使踏上归途的老太太的身体状况恶化，而且中途还有一个儿子生活着的大都市（大阪）。”[28]无疑，这是与电影叙事内容相关的最大的理由。当然，正如田中所说，出于对志贺直哉的崇敬应该也是合乎情理的。[29]此外，还有一个细节也为田中所挖掘，这就是“战前蒲田时代的普通演员，在小津的电影中常以公司职员、警察角色露一脸的仲英之助此时回到故乡尾道当上了市议会议员，好像他与小津约定从中帮忙”[30]。总之，在《东京物语》里，尾道成了与东京形成鲜明对比的城市。也就是说，在看似小津高度“赞美”的东京大都会的背后，还存在着一座叫尾道的城市。

越是将大都会的工业化文明描绘得高大，也就越加反衬出与此相对应城市的“落后”或“落伍”。如果我们联想到小津自己所说的“日本的家庭制度是如何走向崩溃的”这一主题，就会发现在小津的东京影像中的另外一层意味：推动日本家庭制度加速走向崩溃的正是大都会工业化进程所带来的后果，而这种后果在小津的影像中是通过与尾道的对比表现出来的。

［图十二］摄影：东京车站丸之内一侧的“丸大厦”附近的人力车
（选自竹内启一编著《日本人的故乡：高度成长以前的原风景》，岩波书店，1995年）

50年代不仅是日本工业化进程大步迈进的时代，也是日本传统同时共存的时代。日本地理学家竹内启一从一幅人力车与高层建筑物共处于同一个空间的照片中发现了这个时代的特征。［图十二］四辆人力车并排停靠在路旁，地点在东京车站丸之内一侧的“丸大厦”附近，尽管不见车夫的身影，但它们静候乘客的姿态一览无余，作为背景的现代化建筑明确告诉我们它的时代——这是拍摄于1952年的一幅照片。对这幅照片，竹内启一解说道：

> 看到它[这幅照片]，我想起现在印度街头的风景。以现代化高层建筑为背景，神圣的牛缓步行走在那里，行人、自行车、摩托车以及各式各样的汽车与那几千年来使用的交通工具一道拥挤在同样的道路上。外国人突然置身于这样的风景中会有一种不协调感，但对生活在那里的人们来说，这是极为日常性的风景。同样，我们究竟如何把握这幅照片所发出的信息，因人而异。
>
> 当时的人力车当然并非公众交通工具，在大都市，电车、公共汽车、无轨电车、地铁等公共交通都已完备，而且还有出租车。但是，人

力车作为交通工具也发挥了它的作用。在东京，如果是在丸之内一带等人的话，懒得走短途的人们，或者是怀念战前的老绅士们，或者是好奇的观光客们都用过人力车；如果是在新桥和赤坂一带的话，人力车是艺妓们使用的交通工具。此外，从历史上看，这幅照片中的丸之内自从称为三菱之原时就是人力车夫聚集的场所，因此50年代初期这里依然聚集着人力车也是很自然的。对当时从来没有将人力车视为逝去时代产物的东京居民来说，这种景象是日常性的风景，绝不会引起任何不协调感。如果这是留着丁髻[31]的人乘坐着轿子的景象的话，那就不是日常性的风景了，也许它是某个喜剧电影的外景，人们会把它当成是本不存在的虚构的风景。[32]

正如这幅照片所展现的那样，当时的日本正处于传统与现代交汇的时代。也就是说，东京的形象一方面是用现代化的音符描绘出的，另一方面又处处显现出传统性的音调，这两种声响并置于同一空间，演奏出的是怎样的音效呢？小津在《东京物语》中为我们演示了这种音效，不过，这种音效是通过两个空间的对比展现出来的。我们将东京的都市空间作为现代化的一极——或许可用摇滚乐来比喻——来看的话，那么处在另一极——或许可用安魂曲来比喻——的就是传统的尾道这个都市空间。在志贺直哉的笔下，尾道是这样一座城市：

这里真是一派好景象。只须躺在那里就可以欣赏到种种景物。前面的岛上有造船厂，清晨伊始就从那里传来铁锤的铿铿声。岛左面的山腰上是一座采石场。松林中总是有采石工人哼着歌儿采凿山石。那声音是从城市的遥远的高空中直接送过来的。傍晚时分，他心情舒畅地坐在狭窄的边廊上。一幅缩得很小的景象呈现在眼前：在下面商铺屋顶的晒台上，小孩子面向即将沉没的太阳舞动着棍棒。五六只白鸽匆匆地盘旋其上，夕照下的羽毛闪着金黄色的光。六点了。山上面的千光寺撞响了报时的钟声。随着“咣”的一声响，一个反响立即从远方传了回来。接着又是一声，又是一声。白天只能从向岛上那山与山间探出一点头来的百贯岛，自此刻始灯塔闪出了光亮。它闪亮一下忽又灭了。造船厂熔化了的钢水把火光投射到水面上。[33]

这是志贺直哉《暗夜行路》[34]中的一段文字，它描写的是20世纪20年代前后的尾道景象，与30年后小津眼中的尾道固然有别，但与大都会东京相比，它的现代化进程相对来说要迟缓得多。这从诗人小野十三郎写于1960年左右的《从车窗》中可以深深地体会到。

尾道。
常常是悲切地
黑夜笼罩的城市。
这座岛，那座岛
小小的高丘上
也都点燃了星星点点的灯光。
在微微飘动着海潮气息的地方。
头倚着夜雾笼罩的车窗，
看着掠过的城市闪烁的灯光。
我这样思量。
那潮润的灯光摇曳处，
蕴藏着
人类失去的梦想和幸福。

什么时候，我
要以轻便装束的旅行者的容貌，
站在这土地上
什么时候，一定要。

飞逝而过的尾道的夜灯哟，

那一天会来到。[35]

在《东京物语》完成后七年左右，诗人用真切的语言表达出尾道在他心目中的印象，率真地吟诵着诗人想投入它的怀抱的强烈愿望。将这样一座城市与东京的都市空间对比，或许就是震耳欲聋的摇滚乐与追思弥撒的安魂曲对比，这种对比融汇在同一部声乐作品中，貌似对立的同时又强化了某种气氛，这就是家庭走向崩溃的潜在原因。

周吉和妻子在经过了一番“摇滚乐”的洗礼后，最终还是回到了“安魂曲”的故乡，而且妻子的灵魂在这里得到彻底的安息，作为丈夫的周吉的灵魂也终将在这里安息。《东京物语》的最后，剧本中这样写道：

173 平山家

周吉独自一人孤零零地坐在走廊前，远眺大海。

…………

周吉独自眺望大海，不由得深深地叹了一口气。

174 大海

远处海面上，往返于各岛之间的砰砰船（汽艇）开了过去。

175 走廊前

周吉呆呆地眺望着远方的小汽艇——

176 大海

砰砰船的响声就像梦一样远去，渺不可闻。

这是濑户内海七月里一个下午的景色。[36]

这是一段完全可以与志贺直哉和小野十三郎的作品相媲美的文字。[37]影像中的表现更是传达出那既令人伤感又令人怀念的一幕，与东京的景象形成鲜明的对照。

四、结论

法国电影导演侯麦认为，电影中有三种并存空间：建筑空间、绘画空间和影片空间。它们分别指客观存在的一小部分世界、再现了世界的电影影像和“借着影片所提供的元素”重新建构的精神上的潜在空间。[38]从《东京物语》来说，实际生活中的“妖怪烟囱”也好，尾道的现状也罢，都是“建筑空间”的一部分；而无论是“妖怪烟囱”的影像，还是尾道的影像，都是小津电影中再现的影像，属于“绘画空间”；本文所分析的小津电影中所展现给观众的“妖怪烟囱”以及与东京都市空间相对立的尾道城市空间元素则构成了精神内涵上的隐喻空间，即相当于侯麦所谓的“影片空间”。然而，随着时间的流逝以及“建筑空间”的变化，“绘画空间”中展现出来的影像所具有的精神内涵有时会（有意或无意地）被遗忘，由此隐喻空间的架构便遭到破坏，换句话说，“绘画空间”与“影片空间”的联络受到阻碍，此时“绘画空间”就转化成文化记忆的空间。

作为“建筑空间”、曾是东京平民区（下町）日常生活场景的“妖怪烟囱”，在《东京物语》完成11年后的1964年11月被拆毁。现在我们只能在东京“足立区立乡土博物馆”[39]等处看到它的模型（比例为200:1）或图像。但更重要的是，通过《东京物语》的影像（“绘画空间”），我们究竟能在多大程度上意识到“影片空间”带给我们的意味？当影像隐喻转化为文化记忆时，一部值得玩味的经典也许就此诞生，而《东京物语》就是这样一部经典之作。

■ 注释

1 按九十分钟的时间计算出的画面数。

2—3、5—6、38 ［法］雅克·奥蒙、米歇尔·马利：《当代电影分析》（电影馆丛书），吴佩慈译，江苏教育出版社，2005年，第60、62、62—63、52、166页。

4 指前文中所举阿兰·雷奈的《穆里爱》电影中第33个镜头的分析。

7 ［日］竹内启一：《日本人的故乡：高度成长之前的原风景》，岩波书店，1995年，第142页。

8 ［日］永井荷风：《断肠亭日乘（五）》，岩波书店，1981年，第105页。本文作者译。

9—10 ［日］桑原甲子雄：《东京：1934—1993》，新潮社，1995年，第146、410、504页。

11 例如，田沼武能拍摄于1954年的一幅照片，前景是在隅田川上练划船的几位年轻人，他们身后便是喷吐黑烟的“妖怪烟囱”，“在场”五个人专心划船。另一幅拍摄于同一时间的照片上，尾竹桥中间部分横贯整个画面，桥下是划船的几位女子（与前一幅应是同一群人），其专心划船的情景与前一幅并无二致，这里需要注意的是桥上一些人（行人、骑车人、推车前行的人、开卡车的人）的举动，其中卡车后方的一位行人和骑车人的目光所向特别值得关注。行人的目光望向上方，但从构图上看，他所观望的并不是“妖怪烟囱”，而似乎是顺风飘来的烟的方向；骑车人的目光也朝向天空，但他所观望的方向又与行人不同，是更加远离烟囱的方向，天空中究竟有什么东西使得他们驻足观望？这是一个谜。正因这个谜的存在，这幅照片与众不同的魅力也充分体现出来。参见川本三郎编《昭和三十年东京“美好时期”》，岩波书店，1992年，第74—75页。

12 ［日］川本三郎编：《昭和三十年东京“美好时期”》，岩波书店，1992年，第85页。

13 剧本中该处的描写是：战争灾难过后复兴的街道。由此我们可以判断，电影中“妖怪烟囱”的景象是小津用来表现战后复兴的情况的。

14—15、36 《龙爪花·东京纪行》(《外国电影剧本丛刊》42)，李华译，中国电影出版社，1984年，第115、100、193—194页。

16 “电影的滋味，人生的滋味”，《电影旬报》1960年12月增刊号“日本电影导演特辑”。转引自田中真澄：《小津安二郎周游》，周以量译，广西师范大学出版社，2009年，第285页。

17 如佐藤忠男的《小津安二郎的艺术》(仰文渊等译，中国电影出版社，1989年，第303–307页)、田中真澄的《小津安二郎周游》(周以量译，广西师范大学出版社，2009年，第277页)等。

18 援引美国学者约翰·道尔在《拥抱战败：第二次世界大战后的日本》(胡博译，生活·读书·新知三联书店，2008年)中的说法，其第十七章的标题就叫“设计成长”。

19 同上注，第527页。

20 ［日］小林义雄：《战后日本经济史》，孙汉超等译，商务印书馆，1985年，第62页。

21《1954年经济白皮书》。转引自小林义雄：《战后日本经济史》，孙汉超等译，商务印书馆，1985年，第77页。

22《金子光晴・西胁顺三郎・三好达治・草野心平・中原中也集》（日本现代文学全集77），讲谈社，1980年增补改订版，第276页。本文作者译。

23 其名称由来据说是这里原来有一处叫月岬的东京湾眺望月亮的好去处。

24 ［日］芳贺彻编：《绘画中的东京》，岩波书店，1993年，第6页。

25 这是张英进在《中国现代文学与电影中的城市：空间、时间与性别构形》（秦立彦译，江苏人民出版社，2007年）中提出的概念。作者在书中指出："'构形'（configurations）一词，我指的是象征性地建构起来的'真实的'或'想象的'城市生活。"（第3页）

26 在《东京物语》公映后不久，1953年12月在水俣市发现了一位因食用河鱼而汞中毒的病人，"水俣病"的名称由此而来。在日本，这个事件非常具有象征性意义。

27—30 1953年4月12日的《东京新闻》上报道说："老夫妻俩的故乡在山口县岩国附近，……"转引自田中真澄：《小津安二郎周游》，周以量译，广西师范大学出版社，2009年，第280页。

31 将头发束在头顶上的一种发型。

32 ［日］竹内启一编著：《日本人的故乡：高度成长以前的原风景》，岩波书店，1995年，第85—86页。本文作者译。

33 ［日］志贺直哉：《暗夜行路》，刘介人译，湖南人民出版社，1985年，第107—108页。

34 这部小说的前编发表在《改造》杂志1921年1月号至8月号上，后编陆续发表在自1922年1月号起到1937年4月号上。

35 转引自《文学之旅14：山阳・濑户内海》，千趣会，1971年，第54页。本文作者译。

37 由于《东京物语》是一部有声电影，所以在镜头从大儿子家转向大女儿家时，"妖怪烟囱"的影像出现在银幕上的同时，我们还能够听见"铛铛"的钢锤敲击声，这不禁令人想起志贺直哉《暗夜行路》中造船厂的"铁锤的铿铿声"。此外，"砰砰船"的响声似乎又与《暗夜行路》里千光寺钟声的回响遥相呼应。

39 这是一座专门收集、展览东京都足立区文化、历史、民俗生活等方面资料的博物馆，于1986年开馆。

第三编

世界文学经典研究与再阐释

回归古典的当代意义：论马修·阿诺德对文学权威的建构*

崔洁莹

在《批评在当下的功用》等文章中，马修·阿诺德（Matthew Arnold，1822—1888）重新思考和定义了文学批评的对象、遵循的原则以及文学批评对人与社会的功用，建立起不同以往的批评传统，使批评本身从文学的附属产品转向具有自身权威性的评判体系，并反过来作用于文学和社会，通过对文学作品的筛选和评判，构建出一个体现“最佳思想”的文学世界，进而影响整个社会的思想秩序。那么，接下来的问题自然就是：这一理想文学世界应该拥有怎样的具体形态与特征？值得注意的是，虽然阿诺德预设了一个可以为批评所辨识的极致完美状态，但他并未用现存的任何文学作品去指代它。换句话说，“最佳思想”是阿诺德总结出的一种理想情况，并相信这种理想情况可以对现实发挥作用。由此可见，阿诺德的思维方式是一种想象性的建构，不过，这种想象并非凭空而来，而是建立在现有文化遗产的基础上，也就是说，那些根据他的批评标准被称为伟大的作品都是这种想象性建构的依据。因此，要了解阿诺德理想中的文学世界，就要从这些伟大作品的特征入手。在阿诺德的诸多批评论著中，《1853年诗集序言》《文学中的现代因素》《论翻译荷马》《华兹华斯》《论诗》等作品主要涉及这一问题，它们共同体现了阿诺德对文学权威的建构。

一、作为权威范本的古典文学

综观阿诺德的文学批评论著，不难发现：他对乔叟、莎士比亚、弥尔顿等构成英国文学伟大传统的大诗人或多或少都有微词，而在谈及荷马与索福克勒斯等古希腊诗人时则毫无保留地大加赞美。在《1853年诗集序言》中，他更是直言英国现代文学问题重重，伊丽莎白时期以来的文学传统又不适合效仿，所以青年诗人应该以古希腊文学为学习目标。[1]也就是说，古希腊文学对英国现代文学具有典范作用。

阿诺德对本国文学的批评惹怒了他的许多批评界同行[2]，但他这种对古典文学极度的推崇，对于当时的英国人来说并不难接受。在阿诺德那个时代，英国大学开设的文学相关课程依然是古典文学和古典语文学；1857年，阿诺德在牛津大学开设诗歌讲座时，有意打破传统用英语而非拉丁语讲授，但他讲授的内容仍以古典文学为主；甚至当约翰·柯林斯为了在牛津大学建立英语学院而写信向他寻求支持时，他也没有给予积极的答复[3]。诚如伊格尔顿所言，英国文学直到“一战”前都难以进入古老大学的殿堂，它的发展是从工人阶级、妇女群体开始的自下而上的进程[4]。而对于阿诺德这样有着较高社会地位和文学威望的维多利亚知识分子来说，古典文学自然是他在思考英国文学历史和现实中的问题时最容易想到的参照物。在这种情况下，阿诺德似乎理所当然地算是一位复古主义者，认为回归古典文化传统是针对现代文学的一剂良药，甚至伍尔夫还曾指出，阿诺德针对现代社会的策略就是要人们“从现今争执激烈的地方撤退到过去安全平静的地方”[5]。事实上，在阿诺德所谓“徘徊在两个世界之间/一个已经死了/另一个无力诞生”的社会转型期[6]，复古的愿望总会出现。一旦在现实世界中找不到过去的信仰曾带来的那种稳定感和价值感，有些人就会选择创造一个新世界（像日后未来主义者所做的那样），有些人则会将希望寄托于对古典时期的幻想，从而产生出抽离现实回到过去的渴望。当然，我们也可以将阿诺德对古典文学的青睐，理解为他对缺乏精神性关怀、一味沉浸在自由主义和功利主义进步观念中的英国社会做出的回应，但仅仅把阿诺德推崇古典文学的主张理解为一种因对当下不满而产生的怀旧情绪，甚或是一种保守的反进步话语，都是不充分乃至有失偏颇的。实际上，阿诺德在颂扬古典文学时从未放弃他的现实观照，即解决当下英国人在精神领域出现的问题。因此，古典问题对他而言毋宁说是现代问题，古典文学亦是为现代文学的未来描画的蓝图。

巴克勒在《马修·阿诺德与古典主义危机：导言》中曾断言，詹金斯在其专著《维多利亚人与古希腊》中最重要的观点之一就是，包括阿诺德在内的维多利亚知识分子所推崇的古典主义，实际上塑造了一个与历史真实不符的古希腊神话。[7]然而，暂且抛开能否认知一个具有绝对历史真实性的古希腊不论，阿诺德本人感兴趣的其实并非还原历史上的古典。诚如巴克勒所言，对阿诺德来说，古希腊并不是完美本身，而是一个充分的范本。[8]因此，如果说阿诺德在歌德、海涅、圣伯夫等欧陆知识分子的思想基础上为英国文学设计了一个理想的权威标准，那么古希腊文学就是这个权威的范本，在实际的文学活动中具有权威性。与以布瓦洛为代表的18世纪法国新古典主义者不同，阿诺德并不打算以古典文学为标准，为当下的文学形式和内容制定出一套外在的具体准则和规范，而是致力于追求在文学世界树立权威的真正意义——鼓励英国诗人和读者学习古典文学的总体精神特征，成为一个更加完善的人。因此，在理解阿诺德所描述的文学权威特征时，必须认识到它们不是僵死的规范，而是总体精神的有机组成部分。

二、古典文学中的“伟大行动”

前面已经提到，1857年，阿诺德在牛津大学开设诗歌讲座，他的诗歌教授就职演讲几经修改，11年后才出版，名为《文学中的现代因素》。作为之后一系列古典文学和历史讲座的开场，这篇文章具有很强的概括性。它主要论述了古典文学之于现代社会的意义，使学生认识到，在掌握文学和历史知识之外，还有着关于人和人生的更高目的。根据阿诺德在正文之前的说明，这篇原本针对大学生的讲座之所以过了11年才出版，是为了解释他当时在《文化与无政府状态》等著作中提出的“希腊精神”这一概念，让读者进一步了解在当今时代最需要学习的东西是什么。由此可见，虽已事过多年，阿诺德宣传古典文学的根本目的却并未改变；无论是对牛津大学的学生，还是对英国社会以中产阶级为主的读者，他在文中都致力于传达这样一种理念：现代社会最迫切需要的是“思想的释放”，而学习古希腊文学，或者更确切地说，学习古希腊文学中反映的希腊精神，就是现代人获得思想的绝好途径。[9]可以说，这一观点是阿诺德所有古典文学批评论著的基本要点，它既适用于需要认识和体会古典文学必要性的读者和学生，也适用于英国的青年作家。在阿诺德看来，只有效仿古希腊文学，学习希腊精神，才能创造出给读者带来思想和智慧的作品。所以虽然《文学中的现代因素》《论诗》等教导读者怎样阅读和理解文学，《论翻译荷马》《1853年诗集序言》等为英国译者和作家提出建议，但它们的主题都是以古希腊文学为范本，描绘文学权威的基本特征，为英国作家和读者提供指导。

我们知道，文学由内容和形式两大基本要素组成。在中西方文学理论史上，关于它们中哪一个应占支配地位的争论从未停止过，而对于强调作品“释放思想”之功用的阿诺德来说，文学主题的选择占有绝对优势地位。他在《1853年诗集序言》中断言，“诗人的第一要务是选取一个伟大的行动（action）”[10]，这是决定一部文学作品是否具有永恒价值的关键。阿诺德的这一观点很容易让人联想到亚里士多德在《诗学》第六章对“悲剧”的定义：“悲剧是对一个严肃、完整、有一定长度的行动的摹仿。”[11]针对其中“行动”的含义，罗念生曾撰文指出，它和亚里士多德多次提及的另一个词“动作”在英文中都译作“action”，但前者意为“人所行的事”，后者的范畴则要更小一些，指身体的动作。[12]这里需要注意的是，亚里士多德在《诗学》中谈及的“悲剧”指的是一种表演形式，而非以文本形式存在的剧本，因此辨析“行动”与“动作”的区别十分必要。但对于力图向读者宣传古典文学权威性的阿诺德来说，他所考虑的自然是文学文本而非表演形式，因此作为伟大作品永恒主题的“action”就接近罗念生所辨析的第一种意思，指的是人在情感与思想支配下所行的事。在阿诺德看来，伟大的行动超越时代性，也高于现实，“最有力地诉诸人类最根本的情感，那些人类永恒的、不随时间转移的本质情感”[13]“永远可以被接近，永远可以被理解，永远有趣味”[14]。因此，如果一部作品以伟大的行动作为主题，就能奠定崇高的基调，帮助现代的英国读者获得思想与智慧。

由此可见，在阿诺德的理论中，伟大的行动在影响文学的诸要素里占据绝对支配地位。在这一前提下，戏剧由于是反映伟大行动最纯粹直接的形式，也是读者体会作品崇高精神的最佳途径（人物行动能给予读者最直接有力的影响），因而比古希腊史诗的地位还要略高一筹。[15]相较之下，史诗则因除了处理行动，还关心行为举止等本土化和具有时间效应的枝节，在永恒价值的层面上便打了折扣。从阿诺德对戏剧和史诗两种文学体裁的比较可以看出，他对古典文学的推崇有一个核心目的，就是试图让英国人通过古典文学接触到反映在人的行动之中、超然于功利主义和放任自由之上的崇高人性。

三、古典文学的当代意义

在《文学中的现代因素》中，阿诺德以索福克勒斯为例论述了崇高人性的具体表现。它并不是孤立地属于索福克勒斯一人的崇高品格或天才创造，而是立足于伯里克利时代高度发达、有趣、现代的古希腊整体精神氛围之中。在这里，阿诺德特意用“现代”来描述古典时代的精神特征，呼应了文章题目里强调的“现代因素”，其含义和他在《海因里希·海涅》一文中提到的现代思想一样，都是其所谓“最佳思想”的特征。实际上，在某种程度上，反复出现在他著作中的“现代思想”“批评精神”“最佳思想”和“完美”都是含义接近、可以互换的妙语，在不同的语境下为他所选用。他在《文学中的现代因素》中频繁选用“现代”一词，显然是为了与复古主义区别开来。但无论如何，按照他在《批评在当下的功用》中提出的理论，只有伟大的时代还不足以诞生真正的杰作，所以索福克勒斯的重要意义就在于他是“伟大时代的伟大作家”，用完美的形式反映了古希腊全盛时期的精神风貌，塑造了“在政治、社会、宗教、道德等诸多方面高度发展的人性”[16]。前面已经提到，虽然维多利亚中期也是一个科学与工业飞速发展的时代，但阿诺德对自身所处社会中蔓延的放任自由和功利主义倾向有诸多批评。显然，他并不认为这是一个伟大的时代，故而对于这一时代的英国读者来说，了解和学习索福克勒斯等伟大作家所描绘的那种崇高人性和永恒精神，就成为向“最佳思想”靠近的方式。

在《论翻译荷马》中，阿诺德举了一个生动的例子来证明古希腊文学如何影响了英国贵族的精神气度。1762年，“七年战争”临近尾声，枢密院议长格兰维尔伯爵在生命的最后几天仍不愿放弃工作，他吟诵了《荷马史诗》中萨耳珀冬的话来表明自己的意愿：“但死机既然四伏，逃避到最后也终是枉然——那么，我们就前进吧。”[17]阿诺德认为，《荷马史诗》中对命运之苦痛的接受以及从中寻找希望、获取力量的崇高精神，完美地体现在格兰维尔伯爵身上。显然，他希望当下的英国人也能重现这位18世纪英国贵族在文化和精神气度上的高度。正是在这个意义上，他在《华兹华斯》中宣称：“诗是对人生的批评。”[18]在文章末尾，他提到华兹华斯曾在给博蒙特夫人的信中写道：“（我的诗歌）将使人性中好的倾向与社会相协调，并且将根据自身的情况使人更明智，更完善，更幸福。”[19]阿诺德把这句话记入日记，又将其作为《华兹华斯》一文的结语，可见他对这句话的认同。伟大的文学反映的是伟大的人格，也能使读者变成一个更好的人，从而获得更好的人生，这是阿诺德多次表达的信条。正是基于这一原因，他针对单独作家的那些批评著作（《海因里希·海涅》《拜伦》《约翰·济慈》《雪莱》），从来都不只是对诗歌的评鉴，而是通过诗人的个人经历、书信、日记等材料提供的佐证，与作品一道还原出一个个鲜活的诗人形象，并抓住他们最重要的精神特征，因而散发出独特的魅力。说到底，阿诺德宣传古典文学的真正意图在于，通过古典文学教育为英国人树立起精神权威进而扭转弥漫整个国家的思想风气，也就是为了有益于“将要到来”但还没有到来的人。事实上，这一着眼于改变现实、创造未来的目的，始终隐含在阿诺德包括文学、社会、政治、宗教等方面的所有批评著作中；即使那些看似谈论古典文学的作品，也有着针对现实的文化和政治意义。

基于以上分析，我们就不能将《论翻译荷马》《论诗》简单理解为谈论翻译技巧和诗歌理论的作品。阿诺德在《论翻译荷马》开篇就提出了当今译者应该怎样看待《荷马史诗》的问题。在这个问题背后隐藏的史实是：1795年，弗里德里希·沃尔夫发表了古典学名著《关于荷马的绪论》。沃尔夫在书中质疑荷马为《伊利亚特》和《奥德赛》唯一作者的说法，在学界引起巨大震动，以至于“古典学因沃尔夫的《荷马绪论》而成为现代式大学中的一个专业，表明这门学科首先关注的是整理和研究‘古籍’——所谓‘荷马问题’属于古代问题”[20]。除此之外，包括阿诺德的好友克拉夫在内的学者也都致力于研究古希腊读者究竟怎样阅读荷马，并讨论如何使英译本对读者产生同等的效果。[21]但对阿诺德来说，这两种流行观点都偏离了当下翻译、阅读古典文学的本质意义，译者做到信实固然重要，但原原本本地恢复古希腊时代的种种细节已不可能也无必要，“为有才智的学者翻译出荷马的总体印象”才是译者的第一要务。[22]显然，阿诺德笔下那个体现在文学作品中却又无法用精确语言定义的“最佳思想”，就是《荷马史诗》最宝贵的“总体印象”。在《论翻译荷马》中，阿诺德提出译者必须理解《荷马史诗》的四大特征：轻快、语言朴实直接、内容思想朴素、风格崇高，它们共同构成荷马的“宏伟风格”。荷马的崇高最能代表史诗的总体精神特征，是这四大要素的核心，而也正是因为这一点，在译作中没有体现出崇高的弗朗西斯·纽曼成为被批判的重点。正如特里林准确指出的那样，纽曼在翻译中体现出的随性粗鄙实际上代表了英国国民的性格，而这才是让阿诺德真正警觉的地方[23]。

四、对建立古典文学权威的反思

上述分析表明，在阿诺德看来，“荷马问题”或曰“古典问题”其实是当代问题，但带着想要改变社会现状的急切愿望，阿诺德对文学权威的树立也为后人提供了反思和批判的空间。在《论翻译荷马》《论诗》中，他一再表现出对历史性和个体性的轻视，指出对文学作品的批评存在两大谬误：“历史的评判和个人的评判。”[24]这意味着，一部伟大作品的价值不取决于它在历史中的意义，也无须在意根据读者的个体经验施加的影响。究其原因，一方面在于历史因素不但意味着瞬时性，还会使人掉入价值相对主义的圈套，这无疑是致力于塑造权威的阿诺德极为反对的；另一方面，个人评判同样存在绝对价值感缺失和自由主义倾向，它们都是文学权威的敌人。在这一基础上，阿诺德又发展出当代主题都不具备永恒意义的理论：“毫无疑问，有着敏锐洞察力的希腊人觉得一个当代的行动离自己太近了，它混杂了太多偶然与瞬时的东西，因此不能构成悲剧诗所需要的那种足够宏伟、超拔、自足的主题。”[25]

然而，如果说文学对永恒价值的追求意味着放弃当前意义不明或没有被经典化的主题，那么文学的动态发展就不会存在。退一步说，如果放在不同历史时期进行考察，就连希腊文学所反映的永恒的行动，也必然会有不同的表现形式和变体，阿诺德对历史因素的忽视，无疑是在避免陷入相对主义之后又走向了另一个极端。在《1853年诗集序言》中，阿诺德试图针对文学权威对主题的选择十分狭窄这一问题做出回应，他承认《安提戈涅》的主题很难再引起当代读者的兴趣，但他进一步提出，自己在文中是为个体的作家而非普通读者树立古典文学的典范，从而让前者能够明白选题的极端重要性。[26]在这里，阿诺德的观点似乎又与教导中产阶级读者怎样读诗的《论诗》互相矛盾，因为在后者中，阿诺德同样建议普通读者以古希腊文学为范本鉴赏诗歌之优劣。事实上，这里触及阿诺德批评理论中一个极为重要的问题："最佳思想"是否平等地向每一个人敞开？阿诺德曾提出"最佳自我"这一概念，并认为这是每个人都应追求的目标，就这一层面而言，阿诺德似乎应该认为答案是肯定的。然而，他又在不同的论述中出现了区分"有思想智慧的人"和大众的倾向。这种观念上的含混，在阿诺德的社会政治批评中表现得更为明显。

除此之外，还应注意到在阿诺德颂扬伟大行动的背后隐含着对消极主义的批评，这也是他将创作精力主要放在批评领域后做出的重大改变。在阿诺德看来，纯粹传递悲观主义的作品是病态的，因为除了沉浸在苦痛中，它们不能给读者提供任何出路。伟大的作品需要靠行动来传播希望的讯息，哪怕这行动最后以失败告终。在这一点上，阿诺德体现出了达尔文主义式的乐观精神，即将事物看作是在不断前进发展的过程当中，人类完全有可能沿着理想的方向朝着完美的境界前进。而且就像伯瑞在《进步的观念》中所指出的，相信人类进步的这种信念将会"产生一种重要的道德原则"[27]。也就是说，如果相信进步是整个人类的发展趋势，而非仅仅属于个人，就必然需要从整体角度去衡量进步的条件。因此，个人行为不再只需对行为者个人负责，而是还要考虑受到影响的他者和后代。这一由达尔文主义衍生而来的道德准则在阿诺德身上表现得十分明显。如果说他在早期诗歌创作中不同程度地表达了个人的情绪，那么在这种整体性思考的道德观作用下，他开始有意识地从创作中抽离出自我。正是基于这一原因，阿诺德在1853年出版的诗集中进行自我审查，删去了《恩培多克勒斯在埃特纳火山》这首长诗。由此可见，阿诺德的"文学权威"有着明显的教谕意义。它虽未以道德说教形式出现，但通过文学为读者塑造理想精神世界的意图却是昭然若揭。问题是，在阿诺德的观念中，“读者”更多是一个群体而非个体的概念，他期望通过文学施加影响的其实不是（或者说不主要是）有着不同经验的个人，而是一个想象中的精神共同体。在这种情况下，文学的一部分功能就被遮蔽了。一个有着特定经验的读者个体完全可能从悲观主义的作品中得到共鸣和愉悦，但对于否定对文学进行个人评判的阿诺德来说，不仅文学权威具有统一的内在特征和价值，他所预设的读者也是同一的，因而文学之于他们的影响和作用也就不再加以区分。然而，在实际情况中，读者往往是以个体而非群体中一员的身份进入文学作品，这意味着文学在他们眼中将会具有不同的意义。阿诺德对个人评判的全盘否定和对文学教谕意义的坚持，使得他对文学作品的评鉴间或出现偏颇，这也导致他对《恩培多克勒斯在埃特纳火山》这首诗的自我批评。

综上所述，阿诺德以古典文学为范本，为英国文学建构起具有指导意义的权威，以期修正与其同时代英国国民精神中存在的诸多问题。然而，由于过分强调文学权威之恒定的统一价值和特征，阿诺德既忽略了文学发展的历史性和动态过程，也缺乏对读者群体内部差异和个体经验价值的重视。

■ 注释

* 本文为教育部人文社会科学研究青年基金项目“马修·阿诺德批评理论中的权威问题研究”（项目号：17YJC752002）阶段性研究成果，最初发表于《汉语言文学研究》2019年第4期，第109—115页。

1、9—10、13—16、21—22、25—26 Arnold, Matthew. *The Complete Prose Works of Mathew Arnold*. Vol.1. Super, R. H. (ed.) Ann Arbor: The University of Michigan Press.1986, pp.8-12, p.19, p.4, p.4, p.34, p.34, p.28, p.239, p.118, p.7, p.12.

2 阿诺德在《论诗》一文中梳理了英国诗歌的发展史，对乔叟、托马斯·格雷、彭斯、雪莱等人均做出了评价。文章甫一发表就引发了不少讨论，其中多以阿诺德对18世纪诗人和乔叟的评价为争论核心。

3 Arnold, Matthew. *The Letters of Matthew Arnold*, vol.6. Lang, Cecil Y. (ed.)

Charlottesville: University of Virginia Press. 2001.pp.212-213.

4 ［英］特雷·伊格尔顿：《二十世纪西方文学理论》，伍晓明译，陕西师范大学出版社，1987年，第32页。

5 ［英］弗吉尼亚·伍尔芙：《伍尔芙随笔全集》，石云龙、刘炳善等译，中国社会科学出版社，2001年，第225页。

6 Arnold, Matthew. *The Poems of Matthew Arnold.* Kenneth Allott. (ed.) London: Longman Group Limited. 1979, pp.305-306.

7—8 Buckler, William E. "Matthew Arnold and the Crisis of Classicism: An Introduction", *Browning Institute Studies,* 10 (1982), p.28, p.30.

11 ［古希腊］亚里士多德：《诗学》，陈中梅译，商务印书馆，1996年，第63页。

12 罗念生：《行动与动作释义》，载《罗念生全集·第八卷》，上海人民出版社，2004年，第202页。

17 ［英］马太·安诺德：《安诺德文学评论选集》，殷葆瑹译，人民文学出版社，1958年，第13页。

18—19、24 Arnold, Matthew. *The Complete Prose Works of Mathew Arnold.* Vol.9. Super, R. H. (ed.) Ann Arbor: The University of Michigan Press. 1973, p.46, p.345, p.118.

20 刘小枫：《古典学的何种"传统"》，载《古典研究》2012年春季卷，总第九期，第114—117页。

23 Trilling, Lionel. *Matthew Arnold.* New York: W. W. Norton & Company. 1939, p.168.

27 ［英］约翰·伯瑞：《进步的观念》，范祥涛译，生活·读书·新知三联书店，2005年，第216页。

果戈理笔下的城市空间与权力

刘胤逵

《彼得堡故事》是果戈理的中短篇小说集，书中故事多以圣彼得堡为背景，展现了生活在19世纪俄罗斯帝都的下层公务员、贫苦艺术家们的人生和命运。其中既有光怪陆离的荒诞故事（《鼻子》），也有浮光掠影的对现代都市生活之偶然性的描写（《涅瓦大街》），更有作者以饱蘸血泪之笔写成的关于本国同胞不幸命运之切肤痛史（《外套》《狂人日记》）。今天若从城市文化研究视角来分析这些作品，透过这些发生在圣彼得堡的故事，我们可以梳理出文本背后隐藏的关于权力与城市之间的复杂关系。

一、社会地位与出行时间：涅瓦大街上的一天

《涅瓦大街》是俄国文学乃至世界文学中极为少有的以城市街道命名的作品，讲述了青年画家庇斯卡辽夫和中尉庇罗果夫在涅瓦大街上的不同遭遇，以及由此导致的截然不同的命运。作品旨在为读者揭示充满偶然性和不确定性的现代都市生活特征。按照一些西方学者的说法，“《涅瓦大街》的开头和结尾都详细地描绘了圣彼得堡中心的这条街道”[1]，换句话说，涅瓦大街才是这部作品的真正主角。

作为帝都最有名的街道，涅瓦大街对于圣彼得堡的意义相当于香榭丽舍大街在巴黎的地位。这条大街全长约3公里，北起海军部大厦，南至涅瓦河畔的涅夫斯基修道院。其中，从海军部到起义广场（帝俄时代称为兹纳缅斯基广场）这一

段长约1.25公里，既是涅瓦大街最为笔直的部分，也是建筑最宏伟的部分，被视为涅瓦大街的精华所在。涅瓦大街得名于13世纪的涅夫斯基大公，1240年，他击败了沿涅瓦河而上的瑞典军队，由此声名大振。涅夫斯基在俄语中相当于“涅瓦”一词的形容词形式，也可用作姓氏。两年后，涅夫斯基大公又在派普斯湖上歼灭了日耳曼骑士团。这条街道原来叫“远大前程大街”，1738年更名为涅瓦大街，十月革命后新政权将其命名为“10月25日大街”，以此纪念布尔什维克夺取政权的日子，但“涅瓦”一名早已深入人心，新名字并未在这座城市产生持久的影响力。1944年，这条大街的名字又改回涅瓦大街。

如果我们抛开人物的命运，果真把涅瓦大街视为这篇小说的主人公，我们就会发现，文本中对涅瓦大街一天中景象和人群的描绘，还为我们揭示了彼得堡居民的出行时间与权力等级之间的关系。《涅瓦大街》为我们呈现了因阶级差异而导致的彼得堡居民出现在城市中优质公共空间的时间上的区别。

作为帝都第一街，涅瓦大街在当时的俄罗斯乃至整个欧洲都算得上是首屈一指的著名大街。这样的街道在圣彼得堡无疑属于城市公共空间中的优质资源，作为一种开放性的城市公共空间，理论上，它公平地属于每一个城市居民。然而，这种城市公共空间占有方面的公平性却是一种虚假的公平，因为同一空间在不同时间所呈现出的功能和品质截然不同：不必为生计奔波的上流社会，因为拥有大量闲暇时间而可以在最好的时间段从容地占有优质的城市空间资源；反之，底层民众缺乏这样的休闲时间，自然也就无法随意占有这样的优质城市空间资源。表面上看，空间是公正的，但这种公正性却因时间上的差异而根本无法实现。

《涅瓦大街》一开篇，果戈理就为读者展现了这种因时间差异而导致的对于城市公共空间占有的非公正性。他首先夸赞了涅瓦大街的迷人魅力，将涅瓦大街称作彼得堡最好的东西，无所不包的首都之花。无论哪个阶层的首都居民（无论是为官者还是贫苦者），都不愿拿涅瓦大街去换取世上任何财宝；无论哪个年龄层的居民（无论是穿着时髦的年轻人还是头发掉光的中年人），无不对涅瓦大街神魂颠倒；至于淑女们，那就更爱涅瓦大街了。可以说，彼得堡的居民只要一踏进涅瓦大街，就会完全被一种游荡的氛围所包围。一个人只要一踏进涅瓦大街，就是有再重要的事情也会被其抛到九霄云外。

果戈理将涅瓦大街视为圣彼得堡“唯一的一个地方，人们不是因为必要才上这儿来，不是实利和吞没整个圣彼得堡的商业利欲把他们赶到这儿来的”[2]。作者将它和圣彼得堡的其他大街，如海洋街、豌豆街、打铁街、小市民街做了对比，认为在这些地方，吝啬、贪婪和唯利是图就刻画在步行的以及坐着轿车和弹簧马车飞驰的人们的脸上，而在涅瓦大街上遇到的人则并不带有明显的功利心。在这里，果戈理不吝溢美之词：“万能的涅瓦大街！这是绝少散步之处的彼得堡唯一解闷的地方。”作家实际上为读者指出了涅瓦大街作为首都公共空间的特殊性质，其中包括供人们休闲解闷、打听消息、邂逅亲故等非功利性功能（当然，涅瓦大街的非功利性只是相对于那些可以直接获取经济利益和物质利益的城市空间而言）。

果戈理确定涅瓦大街这种非功利性的公共空间属性，似乎想要说明这种属性对于任何阶层和年龄的人都是公平的，因为空间的开放性使得涅瓦大街不会拒绝任何想要进入其中的人。但是，果戈理立刻又通过对“涅瓦大街的一天”的描写，撕破了这种空间正义的假面具，展现出因时间资源对于不同阶层的不公平而导致上述空间正义无法实现。在确定了这种非功利性的公共空间属性之后，果戈理又笔锋一转，转向了对于时间的关注，开始详细描述帝都“涅瓦大街的一天”。

果戈理为读者展现了一天之中不同阶层在涅瓦大街上出现和活动的时间顺序。最先出现的是处于社会最底层的贫苦民众：清晨，“穿着破烂衣衫和旧斗篷的老婆婆们奔向教堂，奔向同情的过路人去乞讨施舍”[3]；乞丐们聚集在点心铺门口，店铺里睡眼惺忪的学徒则踱出来布施给他们发硬的糕饼和剩肴残饭。此时的涅瓦大街上还是空荡荡的，“有时走过一些干活儿去的俄国庄稼汉，穿着沾满石灰的长筒靴”；此外，涅瓦大街上还可以看到不时走过一个睡眼惺忪的公务员，腋下夹着皮包赶去衙门上班。而此时，社会地位稍高于这些人的“身体结实的掌柜和他们的大伙计都还穿着蓝衬衫睡觉，或者用肥皂涂抹他们高贵的脸庞，喝着咖啡”[4]。

涅瓦大街上逐渐热闹起来：“俄国庄稼汉谈说着十戈比银币或者七枚半戈比铜币，老大爷和老大娘挥舞着手，或者自言自语着，有时做出惊人的手势，可是没有一个人去听他们，笑他们，除非是那些穿着条纹麻布长袍、手持空酒瓶或者缝好的靴子、像一阵闪电似地奔过涅瓦大街的孩子们。”[5]按照果戈理的说法：“在十二点钟以前，涅瓦大街对于任何人都不是目的，却只是手段罢了。”[6]因为上午的涅瓦大街可以说是一个底层民众的世界，虽然“他们各有自己的职务、自己的关怀、自己的烦闷”，但他们的共同之处在于：他们是帝都起床最早的人群，由于需要为生计奔波，他们被迫在清晨和上午最早出现在涅瓦大街上。对于这部分处于社会最底层的彼得堡居民来说，这条以宏伟、时尚著称的“帝国第一大街”不过是他们谋生的场所和手段，他们身处其中时几乎不会对它有任何诗意的感性认知，甚至根本就不会意识到它的存在。

涅瓦大街上的人群随着一天中时间的变化而变化。到了中午十二点，上午还在活跃的底层居民从涅瓦大街上消失了，取而代之的是来自各国的家庭教师和他们负责照看的学生：“英国的琼斯们和法国的柯克们跟托付给他们亲如父母般照顾下的学生挽着手同行，谆谆地教导他们，商店挂着招牌是为了让人知道店里有些什么货色。女教师们，苍白的密斯和玫瑰色的斯拉夫女郎，威严地走在轻快的、活泼的女孩子们后面，叫她们把肩膀抬高一些，挺起胸来；总之，这时候的涅瓦大街是一条教育味道的涅瓦大街。”[7]这些来自欧洲各国的家庭教师受雇于贵族或富人，此时他们结束了上午的学习，带着自己的学生来到涅瓦大街从事户外活动。不过，这些受雇者只能在十二点到两点这段时间拥有这一公共空间，他们的活动受制于雇主的时间表，因此两点以后就逐渐从涅瓦大街上消失了。

这些家庭教师的短暂出现似乎只是为他们雇主的正式出场而上演的开场节目。两点之后，这条最负盛名的大街迎来了首都居民中富裕而有闲的阶层。他们是家庭教师们的雇主，他们学生的父母，“这些人跟他们珠光宝气、花花绿绿、神经衰弱的女伴们挽着手在这一带徜徉漫步”[8]。与之前出现的两类人群（穷人和雇员）相比，他们更像是涅瓦大街真正的主人。与此同时，许多忙完自己事情的人也加入其中，“有的刚同自己的医生谈过天气和鼻子上长出的一粒小疙瘩，有的关心着马和自己很有天分的孩子的健康，有的读了广告和报上关于来往人物的重要报道，有的刚喝过咖啡和茶；此外，还有一些凭着令人钦羡的命运赢得办理特别事物的重要职位的人。混到这一群里来的，还有一些在外交部做官，职务和习惯都显得超群出众的人”[9]。

此时，涅瓦大街已经成为富裕阶层的天堂，这一优质公共空间被首都的富人和真正的官员（而非清晨就要赶去衙门办差的底层公务员）所占据。此外，作者还提到一些来此享受闲暇时光的人，尽管没有明确交代他们的身份，但这些人看得起医生，有自己的马车，有闲情逸致喝茶和咖啡，由此可见他们至少属于中等阶层。此时的涅瓦大街上再也听不到刺耳的粗话和各种讨价还价声，“凡是你在涅瓦大街遇见的一切，都是彬彬有礼的：绅士们穿着长长的大礼服，双手插兜，淑女们穿着粉红色的、白色的和浅蓝色的长裾缎外衣，戴着小巧玲珑的帽子”[10]。由此可见，下午两点到四点这段时间，涅瓦大街成为有钱有闲阶层的乐园，他们衣着得体，举止端庄，充分体现了彼得堡中上等阶层的教养和趣味。取代破衣烂衫的是钻石、香水、貂皮大衣和各种保养精美的胡须，代替汗臭、灰土和乞讨的是各种风度翩翩的绅士和衣冠楚楚的淑女小姐。用果戈理的话说：“在正午两点到三点之间可以称为涅瓦大街活动焦点的这一段幸福的时间中，人间一切优美的作品在这儿举行着盛大的展览会。”[11]三点钟一过，展览会就宣告结束，在此后的一个小时里，涅瓦大街挤满了刚刚下班的各类中下等公务员：他们有的尽可能多地抓紧时间想要多在此溜达一会儿；有的低着头匆忙走过，没有闲心细看路人；有的满怀心事，脑袋里乱糟糟的，塞满一大堆尚未办完的公务。与之前的富裕阶层相比，这些中下层公务员大多行色匆匆，无暇顾及涅瓦大街琳琅满目、万紫千红的街景，也对满大街的各式招牌视而不见，眼前看到的只有自己的公文包和上级的面孔。

四点钟后的涅瓦大街变得空空荡荡。按照当时俄罗斯人的生活习惯，这段时间是人们下班、休息和晚餐的时间，街上只有一些零星的人在游荡。不过，这种平静只是暂时现象，随着暮色四合、街灯亮起，“灯火给一切东西笼罩上美妙诱人光彩的那种神秘的时刻就来临了”[12]，果戈里笔下的涅瓦大街再次成为彼得堡最具活力的公共空间，各种各样的行人出于不同目的纷纷现身其中。在这里，果戈理反复强调着夜幕下涅瓦大街的不真实性，他告诉读者：“千万别去相信这条涅瓦大街啊！……一切都是欺骗，一切都是幻影，一切都和表面看到的样子不同！”果戈理发出这种感叹的一个重要原因就在于，茫茫夜色和明暗交错的街灯掩盖了行人身份的差异，由此也会造成一种对于阶层认知的偏差。正如作家所说：“你以为这位穿着漂亮的大礼服徜徉漫步的先生很有钱么？——才没有这回事：这件大礼服就是他全部的财产。”[13]不过，夜色并不能彻底抹除行人身份的差异，此时你会看到“无数马车从桥上涌来，骑手吆喝着，在马背上跳着”[14]。当时，马车是富人的交通工具，通常有四匹马或六匹马分两到三排驾驶，除了驾驭者，还会有骑手坐在左侧的第一或第二排马背上。因此，在灯火闪亮的涅瓦大街上，疾驰而过的马车在一片人喊马叫声中，宣告了贵族和最富有者将成为彼得堡夜间的主人。

通过上述梳理可以看出，帝都居民因出行时间差异而在每天的不同时段占有帝都最优质的公共空间资源，但这种占有并非公平的分享：富有阶层无须为生计奔波，不必遵守任何工作时间表，因此可以在午后和夜晚这两个最为悠闲的时间段从容不迫地占有涅瓦大街，他们是帝都优质公共空间资源的真正主人。而对下层人士而言，他们更多是在清晨和下班时才经过涅瓦大街，他们因为要为生计操劳而注定不能把过多的时间消耗在这里；大多数情况下，涅瓦大街对于他们来说只是一条通向其他城市空间的普通道路，他们注定只是这条帝都最美大街上的匆匆过客。

二、权力对于城市空间的全面渗透与控制

果戈理的《鼻子》为读者讲述了帝都发生的一件荒诞不经的咄咄怪事，但它更像是一部探讨权力对于圣彼得堡城市空间全面渗透和控制的小说。作品由两条线索交织而成：理发师雅柯夫列维奇在自家早餐的面包里发现了一个鼻子，出于某种恐惧心理，他出门在城市里想方设法扔掉鼻子；八等文官柯瓦辽夫一觉醒来发现自己鼻子没了，于是出门在城市里到处寻找鼻子。雅柯夫列维奇和柯瓦辽夫的主要活动都是在圣彼得堡市内展开，这就使这部小说大量涉及帝都的城市空间问题。

作为帝都，圣彼得堡不仅是帝国行政权力的中枢，更是帝国官僚体制的缩影。在这里，官阶、品级、地位等官僚体制因素等构成了权力的金字塔，这种由上而下的权力体系不单是在官僚制内部发挥作用，造就出一种唯命是从、奴颜婢膝的扭曲的人格，它还普遍渗入帝都城市空间的各个角落，进而将那种来自于官僚体系的奴性人格，推而广之到了普通人的日常生活中，使之成为帝俄治下俄罗斯人的“集体人格”。在作品中，文本透过主人公在城市空间中的遭遇，为读者展示

了权力在圣彼得堡城市空间的广泛渗透，同时也揭示了权力对于日常生活的全面控制。

1. 亲人和熟人，监视者和告密者

首先身陷权力之网的是理发师雅柯夫列维奇，地点则在他的家中。雅柯夫列维奇在家里吃早餐时在面包里发现了一个鼻子，为此他遭到妻子的怒斥和恐吓。理发师的妻子咒骂自己的丈夫是"骗子手""酒鬼""无法无天的强盗"，并恐吓他："我要亲自到警察局告你去！"[15]理发师"一想到警察要在他家里搜出这鼻子，给他官司吃，他简直吓昏了。他恍惚已经看见绣银边的红领子，剑……他浑身哆嗦起来"[16]。在这里读者可以看到，可怜的理发师坐在家中便遭到了权力的恐吓，尽管这一恐吓来自他的妻子，但后者正是凭借警察制度下无处不在的权力之网把自己的丈夫吓得魂不附体。"绣银边的红领子"和"剑"既是帝俄警察的装备，也是执法权力的象征，当一个市民遭到告发和逮捕的恐吓时，它们就会立即浮现在此人眼前，由此可见警察权力对于日常生活的广泛渗透。这种渗透的效果十分显著，理发师的恐惧感就体现出了其对于普通市民的心理震慑作用。

与此同时，权力之网之所以能在日常生活中时时处处显示自己的存在，是因为由它造就的恐怖统治催生出了大批潜在的告密者，这些告密者成就了无孔不入的权力之网对人的全面监控。在这里，理发师的妻子就充当了告密者的角色，她要向权力机关告发自己丈夫的"不端行为"，这无疑将会导致后者被捕。

如果说理发师雅柯夫列维奇在自己家中的恐惧感是因为在私生活中遭到权力的监视，那么当他置身于城市的公共空间中时，这种因恐惧而生的不适感就表现得更为强烈。理发师走出家门，想要随便找个什么地方丢掉这只不祥的鼻子。他本想把鼻子塞在大门边柱子底下，或者抽冷子把它丢掉，然后踅入小胡同。可是运气坏得很，他总是遇到熟人，他们不住地打听他要去哪里？要去干什么？这使得理发师根本没有机会出手。在这里，雅柯夫列维奇的局促感来自于熟人们对其行踪的关切，因为此时一旦被警察知道，这些熟人就有可能成为其行为的目击证人。如果说在雅柯夫列维奇的生活中，家中的妻子充当了私人空间的监视者和告密者，那么这些大街上遇见的熟人则是隐藏在城市公共空间潜在的监视者和告密

者。在日常情形下，熟人们的寒暄被视为一种友好的关切，但在客观上也起到了一种监视作用。而且，此时的关切很有可能在彼时转变为告发和揭露。

2. 警察，无处不在的权力之眼

在作品中，果戈理对于圣彼得堡城市空间的书写展现了另一个值得关注的特征，那就是无处不在的权力之眼——警察。在小说中，警察作为城市公共空间秩序的维护者，发挥着监控和指挥市民公共行为的作用。这种监控就像权力的眼睛，无处不在，随时出现，将城市空间中每一个个体的行为举止毫无遗漏地纳入自己的监控范围。在这一权力之眼的监视下，每一个置身城市公共空间的个体都全部或部分地丧失了自由。

在处理鼻子的过程中，雅柯夫列维奇好不容易找到一个机会把鼻子扔掉，远处的岗警就用手中的戟指着他大喊："拾起来呀！你把什么东西丢在地上了！"[17]理发师只能把鼻子捡起来放回口袋。随后他决定到以撒桥那边把鼻子扔进涅瓦河，在以撒桥上他经过一番费尽心机的伪装终于将鼻子扔进了涅瓦河，但他"忽然间看见桥头站着一个仪表堂堂、长着茂密的络腮胡子、戴着三角帽、佩剑的巡长"[18]。经过一番问讯，理发师雅柯夫列维奇终于还是被捕了。

根据文本的描述，这名巡长好似从地下冒出来一样突然出现在桥头，迅速逮捕了理发师。表面上看，巡长和之前那位岗警的出现以及他们与雅柯夫列维奇的相遇，与果戈理在《涅瓦大街》中所描述的那种现代都市普遍存在的人与人之间的"偶然相遇"有相似之处，但实际上，雅柯夫列维奇的被捕绝非偶然，因为作为权力之眼的监控者密布于圣彼得堡的城市公共空间，他们从各个方面小心翼翼地维护着权力对于城市的统治。作为置身城市空间的个体，其任何逾规之举必然会招致如雅柯夫列维奇这样的后果。

综上所述，我们可以看出，在果戈理的小说《鼻子》中，作者在展开故事情节的同时，也书写了圣彼得堡的城市空间，而在书写这一城市空间的背后，也客观地揭露了帝国权力对于人们日常生活空间的普遍渗透。这是一种白色恐怖的统治策略，它通过无处不在的权力，对每一个俄国人的日常生活形成了一种无孔不入的有效监视。由于长期生活在受到权力之网控制的环境下，由此造就俄国人的一种奴性人格：公民（理发师雅柯夫列维奇）在恐惧中生活，亲人（夫妻）和熟人之间形成一种潜在的互相监视或随时告发的恶性关系。同时，文本也为读者揭示了这种恶性关系形成的原因——遍布城市空间各个角落、无所不在的警察。同时，这些警察也是帝国权力全面控制日常生活行之有效的手段，由于他们的存在，美丽的圣彼得堡变成了一个帝国权力时刻彰显自身在场的恐怖空间。

■ 注释

1 ［美］布拉德利·伍德沃斯、康斯坦斯·理查兹：《圣彼得堡文学地图》，李巧慧、王志坚译，上海交通大学出版社，2011年，第53页。

2—18 ［俄］果戈理：《彼得堡故事》，满涛译，人民文学出版社，2005年，第1、4、4、4、4、4—5、5、5、5、8、9、40、41、44、44、44、45页。

从“作者之死”到对作者权威的推求：一个比较叙事诗学的视角[1]

罗怀宇

已故文学评论家夏志清先生曾呼应周作人1918年的同名文章将自己一本中文文论集命名为《人的文学》，这被广泛视为他对自己文学思想的一种集中表达。诚然，文学研究从来不曾也必将不会脱离人的因素，无论我们将文学看作人的创造，抑或人的功用。如果我们将其看作人的创造，那么人的因素就会包含虚构世界的各式人物（或人格化的参与者）和带着特定目的、动机、思想、趣味和情感进行创作的作者。在这一方面，迄今仍在争论的问题是：作者是否在其创造的文字世界中留存了任何标记其身份的痕迹？如果是，他可能以什么方式留下这种痕迹，是否存在一种相对确定的解读方式将其推敲或还原出来？如果我们将文学看作人的功用，人的因素就会涉及读者和一些伦理或价值问题，比如：作品或特定人物所体现的价值是否与作者自身想要表达的价值存在关联？作者是否可以不顾读者而进行写作，或者说，是否需要对读者的阐释方式承担某种责任？作者是否需要承担中国古代评论家所谓的“有功世道人心”的道德伦理责任？

在日常语用层面，我们也经常用作者姓名如“哈代”“纳博科夫”“茅盾”指代他们特定类别的作品；在各国文学史中，作者姓名都成为标记文学经典性的最显著符号。可见，无论在理论层面还是实践层面，“作者”都是文学和文论必不可少的核心概念之一。然而，在结构主义和解构主义的冲击下，文学研究已经在很大程度上避免触及作者议题，文本研究在这方面表现尤甚。虽然在叙事学从经典向后经典转向的过程中发展出了“隐含作者”概念，用来维系文本与其创造者的“秘密交流”，但这一概念同样饱受质疑和挑战。究其实质，或许是因为在理论的洪流下，人们对作者这一古老话题仍然缺乏足够的反思和再认识。

一、方可方不可的作者

在文学研究领域，“作者”至今仍是一个饱受争议的概念。本文提出“作者权威”一词有以下考虑。在中国文学批评语言中，“作者”长期作为一个极具弹性的术语，几乎可以涵盖西方文论所做的所有语义/语用区分，如作为血肉之躯的作者、历史意义的作者（侧重历史背景）、传记意义的作者（侧重可考的作者信息）、权利意义的作者（侧重身份真实性和内容原创性）、隐含作者甚至叙述者。传统中国文人读者乐此不疲地通过细致入微的阅读，解码作者的隐含信息；对一些所谓“奇书”或“才子书”的阅读更是如此——他们惊羡乃至消费从阅读中收集或建构出的作者性格和意图。通过与此相似的方式，文学批评家大多也醉心于为读者揭示作者的“精神”或“灵魂”。在追求尽可能地接近作者的内在性或精神性的同时，批评家们事实上也在竞逐对于他们所从事的事业至关重要的文学名声。在这样一种文学传统下，作者本人也难以免俗。面对心中设想的特定读者，他必然会对其修辞选择和结构选择思之再三、仔细权衡。为了在写作完成后仍在文本中标注其存在，作者会巧妙地操控其最佳傀儡——叙述者，有时甚至还会不惜借用侵入文本的方式。当然，从读者角度来看，作者在文本中存在的证据往往成为见仁见智的悬案。

因而，中国传统叙事文学的文本成为读者、批评家和作者之间发生权力关系和进行意义磋商的一个场所，上演着永不停息的对作者权威的推求，实践着一套由作者预设、在很大程度上由批评家主导的阅读政治学。由是观之，文学文本或许并不像西方结构主义文论所宣示的那样是一块没有作者的无主之地，作者的状态可能更接近于庄子所说的“方生方死、方可方不可”。

二、对作者权威的推求

在这里，“对作者权威的推求”有两重含义：一是指向文本内对作者意义和价值的推求，一是指向文本间或主体间的权力形成过程。作为一种文学现象，“对作者权威的推求”与西方的经典解释学、浪漫主义批评和所谓的“文学伟人说”颇有相似之处。它们都认同可以最终触及作者的意图或内在性。主要的不同点在于，中国方面似乎对相互竞争的副文本[2]更感兴趣并将重点放在探究式阅读的乐趣之上，而西方上述理论则显现出一种直接从文本中寻找证据的分析倾向。然而，当经典解释学和浪漫主义受到英美新批评和结构主义的挑战后，双方之间产生了更大的分歧。在新批评和结构主义的视野下，不仅“意图”和“感受”被视为谬误[3]，甚至文学研究的重心都转移到了对“自主”文本的“客观”分析上。这股批评思潮随着后结构主义的“作者已死”[4]这一战斗号角而达到高潮。在结构主义和后结构主义者看来，文本的意义与其历史上的作者并无瓜葛，其在本质上是一种文本性或互文性；在新批评和结构主义者眼中，文本是一个自主且稳定的分析对象；在后结构主义者眼中，文本则是开放、多元和动态的。

结构主义和后结构主义虽然在认识论上很有意义，但却并不妨碍我们退而反思："作者已死”这一观点在美学、伦理和实际操作层面将给文学的前途带来怎样的影响（如果不是危害的话）。布思在晚年也表达了“一种‘道德上的’忧虑，即批评家忽视了作为作者与读者之间纽带的修辞伦理效果的价值”[5]。他驳斥这种“暗杀”作者[6]的企图，力主“复活”作者。对于隐含作者在传递作品的伦理效果方面的重要性，布思有一番精彩论述：

> 其他一些人可能会为我对伦理效果的着迷而感到烦恼。对此我只能略为无礼地回答：难道你们这不是在呼应那些提高误读地位、暗杀作者的人吗？那些误读者仅仅关注理论和结构问题，并未按照作者的意图来体验文本。由于没有通过人物与作者建立情感联系，他们就可以不考虑伦理效果。……那个被创造出来的自我创造了作品，当我们与这一自我融为一体，按其意图重新建构作品时，我们会越来越像作为创造者的隐

> 含作者。当我们得知作品后面存在较为低劣的自我时，我们不仅会比以前更为欣赏作品，还能看到可以模仿的、创造更好自我的榜样。[7]

虽然布思提倡这一点，但我们也必须看到，“按照作者的意图来体验文本”在现实操作层面很可能是众说纷纭，因为这个过程必然是主观的、因个体而不同。其实，布思观点的真正价值在于：他将作者意图视为一种文学体验，强调了读者与作者之间的情感联系，以及文学在塑造更好自我方面的价值。在结构主义手段和解构主义视角主导下的今天，这几点显得尤为重要。

无独有偶，布思之前的文学批评家拉伯克更为直言不讳地以一种浪漫主义的方式为作者进行辩护：

> 事实上，对于那种对作者天分和想象力的批评，我们印象中尚存的资料真是不在少数。一说起塞缪尔·理查森、托尔斯泰和福楼拜，我们马上就会想到，他们对生活的体会、对人物的把握、对人类情感和行为的理解已经达到了相当的功力和深度；我们可以进入他们的心灵并捕捉支配着那里的思想。[8]

中国古典文论关于作者权威的基本理论前提，源自儒家和道家哲学对于“心”（在文学语境下就是“文心”）的形而上理解，即“心”是在不同认知主体之间传递微妙信息的关键。正因这样，作者之心才有可能被读者知悉。从文学实践层面来看，长期作为主导体裁的诗和史十分推崇作者的重要性。中国古代史学在很大程度上受到孔子和司马迁的影响。孔子开“春秋笔法”之先河，司马迁则提出“究天人之际，通古今之变，成一家之言”的撰史观，中国最早的历史文献《尚书》更是明确指出“诗言志”。诗与史在体裁上长期居于主导地位，增加了作者在文学欣赏和阐释中的权重。在其作用下，文学创造成为一项令人肃然起敬的崇高事业，作者的地位并不输于作品，甚至可以说占据了一个更重的位置。

古代中国文学中作者地位的强化还受到福柯所言“价值升华”和“挪用”两种作用的影响。一方面，从价值升华角度来看，人们在选取作品阅读时首先考虑的就是作者，并会根据作品的文学性、叙事性和思想性对作者做出相应判断。在向来竞争激烈的中国文坛，如果一个作者不能让读者在单纯的语言或故事外领略某种精神性，或者不能让他们体验一种推求作者内在性或意图的“智力游戏”，他的文学名声很可能会大打折扣，他的作品很可能会被贴上“浅陋”的标签。另一方面，在设计这场阅读游戏时，作者必须确保不偏离儒学正统或违犯皇权下各种保守的规矩和禁忌。否则，轻则一夜之间美名变污名，重则身家性命难保。清初一桩广为人知的“文字狱”事件便是明证。一个名叫徐骏的庶吉士，只因在其作品中发现了“清风不识字，何必乱翻书”和“明月有情还顾我，清风无意不留人”几句诗，竟被斩首，其书稿悉数被焚。清风、明月原是文人雅士吟诗作赋时常用的起兴，但在当时特殊的政治背景下，其解读方式变得大相径庭且极其敏感。徐骏案可谓“价值升华”一个极端反面的例证，但足以说明在中国文学传统中作者地位之重要和特殊。从春秋穆叔的“立德、立功、立言”的“三不朽”论，到三国曹丕的“经国之大业、不朽之盛事”，再到唐朝杜甫的“文章千古事，得失寸心知”，无不折射着极具中国特色的人文主义色彩，昭示着作者对于文本和文学不可或缺的重要意义。

从挪用角度来看，当作者费尽苦心希望创造出彪炳后世的作品时，批评家也在不遗余力地代替普通读者解读作者的意义。通过将自己置于作者的“官方喉舌”角色，批评家事实上挪用了作者的部分权力。这种挪用最直观地反映在中国古典小说的文本形式上——评点作为一套共生的文本体系与小说一同发表、传播。读者对作者意义的认识，在不同程度上受到评点家的左右。在阅读过程中，他们要么对评点的精妙之处会心一笑，要么对领会到作者的良苦用心感到与有荣焉。阅读过程完成后，一些读者可能会将故事情节和评点家的视角和观点化为己有，摇身一变成为说故事的那个人。由此观之，作者的权威地位并不因其“缺席”而有丝毫减损。相反，正因他的缺席，批评家和读者才有更多机会和更大兴趣进行推论和阐释。在中国文学传统中，对作者意义的推求可以说是文学生活的一种常态。

三、隐含作者及其理论困境

上述“文字狱”的例子表明，虽然中国古代的批评术语并未单独确立隐含作者的概念，但其在文学阐释和审查实践中的运用却是显而易见。它也表明，隐含作者和作为血肉之躯的作者之间是否存在一致性，很大程度上是由占有更大知识/权力的读者来判定。如前所述，中国古典文论对作者和读者的讨论不在少数，但却并未像西方叙事学一样进一步区分出隐含作者和隐含读者。不过，这并不表示中国古代的批评家们没有意识到隐含作者和隐含读者的问题。金圣叹在《水浒传》开篇所做的评点就是很好的例子：

> 吾特悲读者之精神之不生，将作者之意思尽没，不知心苦，实负良工，故不辞不敏，而有此批也。

以上“作者”和“读者”显然是指真实作者和真实读者，但“作者之意思”在实际功能上则相当于西方叙事学的隐含作者。与“作者之意思”相对应的“读者之精神”可以根据语境确定为作者对理想读者的预期，即隐含读者。在金圣叹看来，读者之所以不能欣赏（“不辞不敏”）小说的结构和技巧（“良工”），是因为他们没有体会到作者的良苦用心（“不知心苦”）。这就突显了作者和文心对于小说理解的重要作用。换个角度来看，对“作者”这个简单化术语的灵活运用，也使金圣叹等批评家可以向读者施加一种“阅读政治学”：具备一定批判意识的读者或许会意识到，评点家每每提到作者，他们的阅读节奏、注意的焦点和想象就会受到影响。例如，在《水浒传》金批本中，读者经常可以读到“皆作者呕心失血而得，不得草草读过”“读者毋为作者所瞒也”一类的提醒。这种借作者之名发布的阅读指引，一方面有助于指导读者进行更深入、更有效的文本细读，另一方面也可能引发某些伦理上的疑虑。以“读者毋为作者所瞒也”为例，这到底是在提醒读者注意“叙述者的不可靠性”，还是在向读者强加批评家自己对于作者的解释，有时并非一个单纯的问题。

金圣叹关于作者的某些探讨甚至可以让我们联想到当今后结构主义文论的某

些关切。例如，在下面这则评论中，虽然金圣叹本人未必意识到，但他对真实作者创作动机的生动分析将作者理论推到了一个新的高度，即不仅隐含作者是读者从文本中建构出来的，甚至人们所理解的真实作者（作为血肉之躯的、历史意义上的、传记意义上的）都不过是文学想象的副产品而已。

> 大凡读书，先要晓得作书之人是何心胸。如《史记》，须是太史公一肚皮宿怨发挥出来，所以他于《游侠》《货殖传》特地着精神，乃至其余诸记传中，凡遇挥金杀人之事，他便啧啧赏叹不置……《水浒传》却不然，施耐庵本无一肚皮宿怨要发挥出来，只是饱暖无事，又值闲心，不免伸纸弄笔寻个题目，写出自家许多锦心绣口，故其是非皆不谬于圣人。

金圣叹认为，“晓得作书之人是何心胸”是读书的第一步，只有深入作者内心（以今天的理论看颇有争议）才能增强文学欣赏的效果。他入情入理地想象着司马迁的悲剧命运如何影响了《史记》的风格，以及施耐庵所处的社会经济情形如何决定了他书写《水浒传》的方式。金圣叹的这种想象色彩对于文学这样特殊的活动不无益处，它可以帮助那些追求阅读乐趣的读者建构心中的作者形象，更好地把握小说的主旨和精神内涵。金圣叹的这则评点还表明，隐含作者乃至真实作者都离不开读者的建构，但这种建构并非完全随意，而是有一定物质基础的，并且需要读者付出基于理性、文学直觉和美学需求的同理心。以司马迁为例，他的个人悲剧不仅可以通过历史和传记研究得到证实，其在文本中的反映也可以通过他对特定人物或事件意味深长乃至奇特的处理和他嵌入的某些带有暗讽意味的评论得以察觉和论证。

然而，我们也必须注意到，中国古代批评家对待作者的态度有时也自相矛盾，而这恰恰从另一个角度证实，他们在推求作者权威的过程中如何挪用了作者的权力。从下述几处《西厢记》评点中可以看出，金圣叹在这里一反对作者首要地位的坚持，而代之以对读者阅读特权的推崇：

> 七一、圣叹批《西厢记》是圣叹文字，不是《西厢记》文字。

> 七二、天下万世锦绣才子读圣叹所批《西厢记》，是天下万世才子文字，不是圣叹文字。
>
> 七三、《西厢记》不是姓王字实甫此一人所造，但自平心敛气读之，便是我适来自造。亲见其一字一句，都是我心里恰正欲如此写，《西厢记》便如此写。
>
> 七四、想来姓王字实甫此一人亦安能造《西厢记》？他亦只是平心敛气向天下人心里偷取出来。
>
> 七五、总之世间妙文，原是天下万世人人心里公共之宝，绝不是此一人自己文集。

以今天的理论视角来看，金圣叹这种“剥洋葱”式的层层解构极其超前。尤其是七三、七四、七五三则评点。他认为他所读到的《西厢记》已不再是王实甫“一人所造”，而是他自己根据需要“自造”的；王实甫的《西厢记》之所以能为天下人所爱，是因为王实甫首先“偷取”了天下人心中的“公共之宝”。他并由此推而广之，认为天下所有妙文概莫能外。从后结构主义视角来看，金圣叹的上述评论不仅解构了文本的原创性观点，还审视了文本性与主体性之间的双向建构关系。

与中国古典文论对待作者和隐含作者的笼统模糊相比，西方文论则区分了一整套源自作者或与作者密切相关的术语。查特曼提出的叙事交流模式很好地涵盖了这些术语：

叙　　事　　文　　本
真实作者 ⇨ 隐含作者 ⇨ 叙述者 ⇨ 受述者 ⇨ 隐含读者 ⇨ 真实读者

查特曼的叙事交流模式看上去很有科学感，但在对待作者的问题上却难以让人信服。一方面，他将真实作者置于交流过程之外，另一方面又心照不宣地将隐含作者推到前台。那么，人们该怎样理解隐含作者中的“隐含”二字呢？这种隐含的行为源自哪里？是由谁来操作完成的呢？难道不正是真实作者本人吗？

这个模式是结构主义典型的思想产物。自从巴特在马拉美的“以语言本身代替人”这一思想基础上提出“作者已死”后，文学批评越来越将重心放在文本的结构分析和读者反应上。作为对这一思潮的响应，经典叙事学更加排斥“对写作者内在性的诉诸”[9]，同时与读者反应理论那种“失序的相对主义”保持一定距离。尽管这样，经典叙事学还是保留了“隐含作者”这扇偏门，用来维系文本同其创造者之间的“秘密交流”。自从布思提出隐含作者作为真实作者的“正式的书记员”和“第二自我”后，这个概念一直是叙事学界争论的焦点。这一争论分为两派，修辞叙事学者认为，隐含作者是一个必不可少的叙事范畴，因为它既有其文本功能，又可以作为一个术语与作者的价值相联结；结构主义和认知叙事学者则主张取消这个难以捉摸的晦涩的概念；在他们看来，这个概念谬误至极，以至于“the implied author”三个词无一不是有问题的：

> author（作者）不是一个令人满意的词，因为它总是不免会让人想到那个死去的或者被认为死去的人；
>
> implied（隐含的）也不是一个适当的词，因为它总是暗指一个先于文本或处于文本之外的某个主体，所以最好被替换成“推断的”[10]从而将重点过渡到读者一方；
>
> the（定冠词）：“定冠词和名词的单数形式暗示只有一种正确的阐释”[11]，这相当于为读者的解读套上了紧箍咒。

但即使将隐含作者逐出文本，问题依然没有得到解决。不仅读者难以确定一部作品整体的秩序性和规范性，而且正如布思所警告的那样，“学习者的误读”和对作品“修辞伦理效果”的忽视可能变得愈加甚嚣尘上。这对叙事理论产生了更为具体的影响。一是如果隐含作者不再作为叙事概念，那么对“叙述者（不）可靠性”这一重要问题的讨论就会陷入窘境，因为判断叙述者（不）可靠性的标尺就是隐含作者设立于文中的规范。二是人们在阅读或分析文本需要谈到作者或作者的受众时，在概念上缺少过渡的一环。三是人们在阅读文本时，如果只能从直接的上下文获取意义，而不能领会超越直接上下文某种微妙的讯息，或者不能领会统率全篇的主旨和精神，他们也就很难领会文本结构、人物塑造或言语表现方式中蕴藏的深意。

鉴于此，许多叙事学家提出更务实地看待隐含作者概念。例如，申丹建议：“我们现在不妨将关注点从对概念本身的争论转移到一些相关的其他问题，比如，如何从叙事文本中更确切地推断出隐含作者。”[12]纽宁在深入探讨不可靠叙述与隐含作者的关系后指出，唯一的出路就是“整合认知与修辞叙事学两种方法下的概念和观点”。

事实上，隐含作者之所以引发如此多的讨论和争议，归根结底就是因为它被一些人视为作者在文本中的“借尸还魂”，以及它介乎主观（依赖读者的主观解读和判断）与客观（在文本中客观存在）之间的模糊性。因而在很大程度上，对隐含作者的批判是“作者之死”问题的延续。换言之，要使隐含作者摆脱理论困境，必须回到对文学活动中作者问题的反思上（见上文）。这里我们不妨借用宁一中20年前的一段经典论述：

> 在“作者之死”的口号声里同时就响着“作者的复活”的声音。越是宣布“作者之死”，作者的概念越是显得生机勃勃。君不见，巴特宣布了“作者之死”，而作为这一宣言写作者的巴特不正被引为权威而声名沸扬吗？巴特没有“死”去。作者也没有“死”去。[13]

四、作者权威的文本分析

通过文本分析可以看出，围绕隐含作者争论的两派：“修辞的”角度和“认知的”角度，其实不过是同一问题的两个方面。隐含作者必然是以文本迹象为依据的创造性阅读的一种构造，而且离不开历史和传记意义上对真实作者的探求。从另一个角度也可以说，创造性的读者的每一次阅读，都是一个与隐含作者/作者权威进行磋商的过程。通过这个过程，读者也为自己确立了某种意义上对于文本的权威，并在必要时挪用了一部分原本属于作者的权力。

为了更直观地说明上述观点，以下选取塞缪尔·约翰逊的《致切斯特菲尔德伯爵书》和曹雪芹《红楼梦》中的两处例子。

> 忆当年，在下小蒙鼓励，竟斗胆初谒公门。大人之言谈丰采，语惊四座，令人绝倒，使在下不禁谬生宏愿：他日或能自诩当世："吾乃天下征服者之征服者也。"举世学人欲夺之殊荣，或竟鹿死我手！……

约翰逊这封信是作者意图与立场相对表露的一个范例。对语言的创造性运用，如夸张、对照等修辞手法，产生了反讽效果，进而可能使读者对作者（或隐含作者）的境遇及情绪产生同情并激发读者对可能的"作者形象"的想象。但若读者试着拉开自己与文本的距离，尝试对文本做一次尽可能公正的阅读，他可能会发现局部的修辞对阐释虽有影响，却未必是决定性的。例如，虽然很多人会认为"举世学人欲夺"切斯特菲尔德的一眼垂青听起来难以置信，但也会有人认为一点点夸张修辞并不足以损害语言的真值，即切斯特菲尔德伯爵魅力独具、追随者不计其数。因此，反讽的修辞效果并不一定能够成立。在这种情况下，读者就需要诉诸一个更大的语境寻找其中的文本迹象。例如，读者可能会联系到作者随后关于"赞助人"的讨论、"维吉尔笔下牧童"的典故、排比等强调功能的修辞以及对他亡妻的提及。除此之外，读者若能对约翰逊的生活处境、健康状况、与切斯特菲尔德的恩怨、成名的挣扎以及凭一己之力编纂《英语大辞典》的辛酸历程做一个传记式的研究，就可以将隐含作者建构在更坚实的基础之上。

《红楼梦》中的作者意图则以多种形式散布在不同的结构层面，包括修辞手法、副文本、越界和套层结构。首先，书名中着一"梦"字就是总揽全局的暗示。然后，在第一回顽石入世前的引子中，作者将故事发生的情境设置在大荒山（"大荒"在词义上容易让人想到"荒唐"或"荒废"）无稽崖（"无稽"的意义不言自明，更是与"大荒"互文互证）。这一对双关已经为我们暗示了故事的虚构性甚至人生的虚无性。在为主要情节准备好引子后，身为作者的曹雪芹又假借《石头记》批阅人的身份越界进入文本，向他设想的读者袒露心迹：

> 满纸荒唐言，一把辛酸泪。

都云作者痴，谁解其中味。

这首诗以及这种越界的目的显然是告诉读者，不要只停留在故事和言语的表面意义上（“荒唐言”“痴”），而是要深入思索作者隐含的意图（“辛酸泪”“其中味”）。如果我们将第一回视为一个整体，我们还可以发现这种叙事越界的作用不只是为了让叙事进程稍作停顿以便作者能对读者施加强大的影响，在形式上它也构成了“虚构中的虚构世界”和“虚构中的真实世界”之间的分界线。自此，故事开始由世外转入红尘——以甄士隐和贾雨村两个文人之间的纠葛为缘起将情节不断引向深入。然而，有趣的文字游戏又发生在这两人的名字上。乍看都是正式且高雅的汉语人名，但它们语音上的效果却足以激发读者丰富的想象：甄士隐与“真事隐”谐音，贾雨村则可能暗指“假语存”或“假语村言”。尤其当这两个人物结对出现时，名字的互文互见更能加深读者的这一判断。即便如此，多疑的读者仍然会问：“我如何能仅凭两个谐音就断言有作者的隐含意义？”通读整部小说你就会发现，在这方面，作者可能比很多读者都高明：甄士隐和贾雨村都是整部小说中仅在第一回和第一百二十回被推到前台的次要人物，而且都是作为虚构中的虚构世界和虚构中的真实世界之间的联系，这无疑突显了他们在叙事结构上的象征意义。在最初叙述甄士隐的故事时，作者采用嵌套结构描述了甄士隐夏日梦中看到的世界。在那里，他见证了一僧一道关于通灵宝玉的对话。这一方面与开篇顽石入世前的引子相呼应和印证，另一方面将好奇的甄士隐一路引至太虚幻境。这才有了大石牌坊上的一副对联：

假作真时真亦假，
无为有处有还无。

无独有偶，相同的嵌套结构也用在第四回贾宝玉的白日梦中。贾宝玉在警幻仙姑的引导下也进入太虚幻境，在听完红楼梦仙曲并会见金陵十二钗后，青春期的贾宝玉与身兼幻境十二钗之一和贾府名媛的秦可卿有了他人生的第一次性体验。但在所有这些事情发生之前，贾宝玉也同甄士隐一样看到了这副对联。对比来看，对联和太虚幻境的第一次出现，可能更多是为暗示整个故事的虚构本质，第二次出现则可能还预示着贾宝玉日后与林黛玉、薛宝钗等女子爱情的虚幻结局，因为所谓的人生（“真”“有”）说到底不过是一场虚幻的梦（“假”“无”）。这副对联除了暗指人生的徒劳和无意义之外，也可视为作者对小说的自我批评和他想传递给读者的哲学立场的一种宣示。随着情节向前推进，对作者意图的这一判断将不断得到证实。贾府女子的悲剧结局将一次又一次地激发读者的悲悯之情，正如英国诗人赫里克诗中所感叹的那样：“此花今日尚含笑，奈何明日竟残凋。”[14]

似乎担心读者不够敏感，领会不到作者的良苦用心，评点家脂砚斋做出以下批注：

> 此回中凡用梦用幻等字，是提醒阅者眼目，亦是此书立意本旨。

在文学欣赏和阐释中，总会有些痕迹或精妙的设计将读者的想象力引向文字背后那颗创造的心灵。将这些痕迹或设计一笔抹杀，对于文学而言未必就是好事，甚至也是不现实和难以操作的。我们只需想想《洛丽塔》《爱达或爱欲》这类作品就不难明白，人们对这些作品持久的批评兴趣正源自对其作者纳博科夫真实意图和价值观的推求。推而广之，“对作者权威的推求”这一原则也适用于其他艺术门类，如音乐和绘画。古典音乐爱好者痴迷大提琴曲《杰奎琳的眼泪》，除了其高超的音乐性外，很大程度上也取决于他们对作曲家奥芬巴赫和演奏家杜普蕾的兴趣；同样的道理，油画爱好者过去100年来对莫奈作品的热爱，除了其对光与色的高超技巧运用外，也离不开对其艺术思想和表达的追寻。在作者被宣告死亡且隐含作者也岌岌可危的今天，叙事学研究应该将更多的注意力投向中国的叙事实践和叙事诗学。在那里，文本的书写被视为一种权力的行使，文本本身成为多方角逐和磋商各自权威的一个场地。有趣的是，在这个“磋商室”里，无论作者是死是活、在与不在，总会为他预留一个荣誉之席，他的精神被认为弥漫于整个房间。

综上所论，笔者提出，在巴特的经典口号“读者之生必须以作者之死为代价”[19]后面，我们不妨再附上一句新的口号，即“作者之死必然导致对作者权威的推求”。

■ 注释

1 基金项目：教育部人文社会科学研究项目“中西叙事诗学比较研究：以西方经典叙事学和中国明清叙事思想为对象”（16YJC752015）。

2 中国古典小说的读者常常面对同一本小说的多种评点版本；在某些个案中，同一本小说中甚至还可能并列出现多个评点家的评论。

3 韦姆萨特（W. K. Wimsatt Jr.）和比尔兹利（M. C. Beardsley）在1946年和1949年的《塞万尼评论》（*The Sewanee Review*）上分别发表了题为“论意图谬误”和“论感受谬误”的文章。

4 “作者已死”最先由罗兰·巴特提出，之后很快得到福柯和德里达等人不同形式的呼应。

5 笔者译。布思的原文为“[a] ‘moralistic’distress about how critics ignored the value of rhetorical ethical effects—the bonding between authors and readers”。

6 在布思的理论语境中，作者在很多情况下实指隐含作者。

7 申丹译。布思的原文为“Others may be troubled by my obsession with ethical effect. To that objection I can only reply, a bit rudely: are you sure that you are not echoing those author-assassinators who were in fact *over*standing *mis*readers? As they pursued only theoretical or structural questions, they in fact failed to *experience* the work as intended. Having experienced no emotional bonding with the author through the characters, they could thus dismiss ethical effect— As we merge ourselves with the created self who has created the work, as we recreate the work as intended, we resemble more and more the IA who achieved the creation. And when we learn of the shoddy selves behind the creation, we not only can admire the creations even more than previously; we observe models of how we ourselves might do a bit of creating of better selves.”

8 笔者译。拉伯克的原文为“And true it is that for criticism of the author’s genius, of the power and quality of his imagination, the impressions we are able to save from oblivion are material in plenty. Of Richardson and Tolstoy and Flaubert we can say at once that their command of life, their grasp of character, their knowledge of human affections and manners, had a certain range and strength and depth; we can penetrate their minds and detect the ideas that ruled there.”

9 巴特的原文为“recourse to the writer’s interiority”。

10 查特曼建议将“隐含的”(implied)替换为“推断的”(inferred)。Chatman, Seymour. *Coming to Terms: The Rhetoric and Narrative in Fiction and Film*. Ithaca, N.Y. and London: Cornell University, 1990, p.77.

11 纽宁(Ansgar Nünning)的原文为“the definite article and the singular suggest that there is only one correct interpretation”。

12 申丹的原文为“we may now shift our attention from debating on the concept itself to some other related concerns including the issue of how to infer the implied author more accurately from a narrative text”。

13 辜正坤译。约翰逊的原文为“When, upon some slight encouragement, I first visited your lordship, I was overpowered, like the rest of mankind, by the enchantment of your address, and could not forbear to wish that I might boast myself *Le vainqueur du vainqueur de la terre*;—that I might obtain that regard for which I saw the world contending.”

14 赫里克的原文为“And this same flower that smiles today, tomorrow will be dying.”

从格洛丽亚·奈勒小说《贝雷的咖啡馆》看黑人女人的性征与性身份认同

郭晓霞

格洛丽亚·奈勒（Gloria Naylor，1950— 2016）是美国当代文坛最重要的黑人女作家之一，自1982年发表处女作《布鲁斯特的女人们》至今，出版了7部小说[1]，获得包括“美国图书奖”在内的多项奖项，成为与托尼·莫里森和艾丽丝·沃克比肩的先锋作家。

奈勒善于利用多种资源进行创作[2]，其中最擅长运用的是《圣经》。奈勒的母亲是一位虔诚的“耶稣见证人会”信徒，受其影响，奈勒高中毕业时没有直接报考大学，而是加入“耶稣见证人会”[3]做了七年传教工作。她坦言自己“很多次有意识地使用《圣经》的暗示”，“《圣经》是我的一部分，所以我运用《圣经》进行创作”[4]。她对《圣经》的运用集中体现于其第四部小说《贝雷的咖啡馆》中，这部小说直接重写《圣经》中的女性故事，透过那些女性形象对《圣经》进行女性主义诠释，探讨女性尤其是黑人妇女的性征和性身份建构问题。

一、“即席伴奏”：诠释的策略

《贝雷的咖啡馆》主要通过咖啡馆老板的视角讲述1948年夏至1949年夏发生在贝雷咖啡馆及其邻里之间的故事，小说采用布鲁斯音乐的结构形式，由“大师，请您……”“即席伴奏”“第三节脚本”“收尾”四部分组成。

第一部分“大师，请您……”交代了咖啡馆的由来和咖啡馆现任老板的经历。咖啡馆现任老板即叙述者是位“二战”退役老兵，他和妻子一起经营着一家小咖啡馆，但他的名字并不叫“贝雷”，“贝雷”是先前老板给这家咖啡馆起的名字，叙述者接手后沿用了这个名字。形形色色的客人来到咖啡馆，咖啡馆老板向读者讲述了经常光顾的一些客人，主要是6个女性的故事。在第二部分“即席伴奏”中，叙述者首先提到两个常客：愤世嫉俗的修女卡丽和小个子男人休格·曼，二者都在工作日到来，前者胃口极好，后者则吃剁碎的食物，他们对一些问题包括对6个女性的看法总是不一致。标题“即席伴奏”有两重含义：作为音乐术语，指歌手正式演唱前的伴奏或伴唱；作为俚语，指娼妓。两重含义都有一定的所指，从字面意思看，前者说这两人仅是次要人物，后者说接下来要讲的是娼妓之事。但这些都是表象，和咖啡馆不真实的名字一样，叙述者声称“一切真正值得细听的事情潜藏在……表面之下”[5]，因此叙述者提醒读者，应该用怀疑的眼光从深层解读接下来那些所谓妓女们的故事。同时，奈勒借此表明，她对《圣经》中女性的故事首先使用了怀疑诠释学[6]。以此为基础，奈勒从社会的象征体系和基督教的边缘出发，讲述了6个被传统社会定义为“妓女”的故事，从而对《圣经》中的女性和黑人女性进行了“愿望诠释学”[7]的释读。

二、母亲的性别社会学

母亲形象和母亲身份是20世纪80年代以来女性主义运动最为关注的议题之一。究其原因，大致有二：一方面，父权制社会所塑造的“母亲神话”对女性自身解放产生了束缚作用，女性主义者想要解构“母亲神话”以打破束缚；另一方面，母亲对女儿的性征和性身份认同往往有重要影响。

莎蒂是小说中第一个出场的源于《圣经》的女性。与《圣经》中的撒拉相对应，莎蒂（Sadie）之名就来自《圣经》中的撒拉（Sarah）。撒拉是犹太族长亚伯拉罕的妻子，美丽、高贵、顺服。据《创世记》（11：10—21）记载，亚伯拉罕和妻子撒拉逃荒到了埃及，亚伯拉罕担心埃及人因撒拉美丽而杀了自己，对外谎称撒拉是自己的妹妹。面对丈夫的自保策略，撒拉没有任何怨言和反抗，默默地顺从丈夫，甘心被埃及法老带走。《圣经》没有记载被丈夫出卖、被法老带走后的撒拉是如何想的，即她是为了自保才沉默？还是在父权制社会里根本就没有想过反抗？无论如何，《圣经》中的撒拉顺服了丈夫，做了埃及法老的妓女。奈勒则对撒拉实施“愿望诠释学”，让她发出了自己的声音。

与撒拉相似，莎蒂对自己的身体最初也没有支配权。莎蒂的母亲是个妓女，在堕胎未果的情况下生下莎蒂。莎蒂从小在母亲的鞭打下长大，认为自己之所以挨打是因为不够乖巧，为了赢得母爱她努力表现得乖巧。她和撒拉一样顺服，却仍在13岁时被逼卖身。但与撒拉不同的是，莎蒂始终有自己的梦想，并以自己的方式为之奋斗。幼年的莎蒂处处小心，梦想着靠自己的勤奋努力换来母爱；母亲去世后，她仍然梦想能有个家。嫁给比自己年长30岁的酒鬼丹尼尔后，莎蒂将家收拾得一尘不染，在院子里种满了红色的天竺葵。丈夫去世后，为了保住唯一的安身之所，她身兼数职，终日拼命挣钱，但最终还是没能挣够丈夫前妻之女索要的钱财（200美元），被赶出家门。无家可归的莎蒂靠酒精麻醉自己，梦想成了醉后的幻觉；在她看来，唯有喝酒才能保住这醉后的幻觉——梦中的家。她重操旧业只为买酒，每次向嫖客只要25美分，从不多要。然而，做了职业妓女的莎蒂仍然自尊、自立，不接受救济，并拒绝了卖冰人琼斯的帮助和求婚。她一生纯真、本色，一直有着“一双四岁孩子的眼睛，梦想着能够活下去”[8]。奈勒笔下的莎蒂成为一个有梦想的主体，她为实现梦想采取的手段尽管值得商榷，但相对于《圣经》中作为客体存在的沉默者撒拉和世俗中堕落、邋遢、自私的妓女，莎蒂发出了自己的声音。

不过，莎蒂的遭遇又与《圣经》中的撒拉不同。在《圣经》中，撒拉被丈夫出卖，父权制是她忍屈受辱的罪魁祸首；在《贝雷的咖啡馆》中，莎蒂的母亲在女儿堕落的过程中负有首要责任。幼年的莎蒂曾一次次重复着这样的梦想——自己有一天拿到大学学位证书，或者成为一个衣着考究的职员，这时妈妈与她共进午餐，送给她一束玫瑰花，还说：“我知道你能做得很好，我以你为骄傲，莎蒂，你是个好姑娘。”[9]然而，在现实面前，梦想瞬间便被击得粉碎。身为妓女的母亲非但没有给予莎蒂应有的母爱，反而逼迫自己13岁的亲生女儿去接客，就这样决定了莎蒂的命运。通过莎蒂与她母亲的关系，奈勒表明，对于女性的性身份认同而言，母亲起着重要作用。母亲通过自己的母亲角色和女性角色，使得性别社会学的观念得到循序再生，由此母亲会“不自觉地成为父权制社会得以延续的同谋”[10]。

“玛丽（镜头2)”中的玛丽亚姆（Mariam）是第六个出场的《圣经》女性，对应《圣经》中的圣母马利亚。在《圣经》中，圣母马利亚是个圣处女，从圣灵感孕生下耶稣。在《贝雷的咖啡馆》中，玛丽亚姆未被任何男人碰过却怀有身孕，也应属圣灵感孕，但这位玛丽亚姆却彻底颠覆了《圣经》中的圣母形象。玛丽亚姆的族人是恪守宗教习俗的犹太人，他们认为生下女婴的产妇不洁净，必须独处净身；已婚女人也不洁净，不能靠近神像；女孩只有行过割礼才贞洁。按照族人的习俗，他们对玛丽亚姆实施了女性割礼。所谓女性割礼就是将女性的生殖器官用刺槐刺穿透，用线缝合起来，然后插入一个小细管排尿，意在防止女性性交，确保其贞洁[11]。但具有讽刺意味的是，与圣母马利亚从圣灵感孕相似，行过割礼的玛丽亚姆不久也怀孕了。当族长审问玛丽亚姆“孩子的父亲是谁”时，玛丽亚姆一再说“没有男人碰过我”[12]。在《圣经》中受圣灵感孕生下耶稣的马利亚被当作圣母崇拜，未被男人碰过就怀孕的玛丽亚姆却被当作荡妇遭审判、被驱逐。通过玛丽亚姆这一形象，奈勒揭示了父权制社会的虚伪，及其在对待妇女态度上的悖论。

圣母马利亚是父权制社会全力打造的与夏娃截然对立的女性形象，是一个屈服的、喜悦的、被祝福的、光明的、救赎的、复归的、与上帝结合的、非性的人物。但正如女性主义神学家所发现的，其矛盾之处在于她的处女身份和母亲身份共存[13]，由此父权制建构的马利亚形象难免自相矛盾，其“自我矛盾的核心在于混淆了纯洁与性爱”[14]。由此可见，父权制社会一方面赞扬马利亚的纯洁，一方面又对其作为女人而具有的性爱与生殖力量产生恐惧。小说中玛丽亚姆的故事便揭示了父权制社会“母亲神话”建构过程中的纠结与矛盾心理。

在“怀疑诠释学”的基础上，奈勒还描述了另一个人物：玛丽亚姆的母亲。如果说父亲所代表的父权制体系是阉割玛丽亚姆性意识和性征的罪魁祸首，那么玛丽亚姆的母亲就是其中的帮凶。母亲出现在了玛丽亚姆被行割礼的现场，“当她发现正派得体的丈夫难以从众多处女中挑选出准备行割礼的女儿时，她便让产妇们靠紧女儿”，她认为这样做可以“提升一个女人的价值”，而“她是多么地爱她的女儿”[15]。如果说莎蒂的母亲由于不爱女儿而将其推上妓女之路，那么玛丽亚姆的母亲则是出于对女儿的错爱而成了残害女儿的凶手，二者在女儿性身份的认同过程中，都使之不自觉地认同她们自身所象征的性身份，以致影响了女儿性身份认同的主体选择。通过莎蒂和玛丽亚姆及其母亲的故事，奈勒揭穿了父权制社会所塑造的“母亲神话”的谎言，同时指出母亲在女儿的性征和性身份认同过程中所发挥的重要作用。

三、性与原罪

如前所述，西方传统文化通常将女性的性身份界定为截然对立的两极：“圣女”和“妓女”。据《创世记》记载，夏娃因违背上帝诫命偷食智慧树上的果子而被上帝逐出伊甸园，因此她所犯之罪是原罪，那原罪与蛇的引诱有关，蛇的引诱象征着欲望和性[16]，由此夏娃所犯之罪又与欲望和性相关，夏娃也就成为原罪和性的同义语。这是西方传统文化界定女性性身份的起点。因此，女性主义者要祛除西方传统文化对女性性身份的父权主义界定，必须从夏娃开始，而要建构新的女性性身份，也必须从夏娃开始。

“夏娃之歌”重新讲述了《创世记》中的夏娃故事。在奈勒笔下，夏娃从不知道自己的生身父母是谁，只知养父是派勒特镇的牧师，夏娃称他为“神父”。“神父”不仅是镇上的牧师，还是学校的簿记员、棉花交易的测量主管，身兼阐释者、审判者、测量员三职，对应于上帝的“圣父、圣子、圣灵”三位一体。“神父”在派勒特镇无所不在，却仍然成为村民指责的对象，因为他对养女夏娃的身体爱抚被视为带有性倾向。为了平息流言蜚语，他不再给逐渐长大的夏娃洗澡。由于没有了“神父”的身体爱抚，夏娃就从游戏中寻找身体的愉悦。她经常强迫男孩比利与她玩一种游戏——夏娃躺在草丛中将身体尽量接触土地，然后男孩用力踩踏土地。有一次夏娃赤身裸体躺在地上做游戏，被“神父”发现，结果被“神父”一丝不挂地逐出伊甸园——即“神父”的家和派勒特镇，让她先是成为妓女，后来则成为妓院老板。

在“夏娃之歌”中，奈勒首先揭示了父权主义对《圣经》的挪用行为：

> 神父总是告诉我，由于我没有一个真实的父亲或母亲，而没有他我就不能活下来，所以他将决定我是什么时候出生的……无论我什么时候问他我的生日是哪一天，他总是从一年变到另一年，从一个月变到另一个月……当他想教育我时，他就是那么有耐性。[17]

这段话揭示出《圣经》中创世叙述的权力动力学。根据《圣经》记载，上帝是人类的唯一创造者，赋予女性以生殖能力。但在奈勒笔下，“神父”却在夏娃出世的问题上模糊不清。奈勒借此揭示出传统社会对创世故事进行了父权主义挪用，删除了早期神话传统中的女神及其创世的故事。“神父”不但在创世问题上模糊不清，还在讲坛上对雷声等自然现象束手无策。奈勒的“怀疑诠释学”消解了逻各斯在《圣经》中的绝对权威地位。

其次，奈勒重新界定了夏娃的“罪”及其所代表的性征。传统社会将夏娃的罪与性联系起来，奈勒则运用“愿望诠释学”写出了夏娃性意识的发展过程。夏娃从小具有对身体愉悦的渴望，非常喜欢“神父”给她洗澡；为了能得到“神父”的爱抚，有时她假装滑倒以便能抓住“神父”的胳膊。当“神父”不再给她洗澡后，夏娃便觉得很失落。后来，在和一个小男孩玩游戏时，夏娃的胸脯会从粗糙的衣服中显露出来，她由此意识到了自己的身体，感觉到一种快乐和放松，后来便经常强迫那个男孩与她一同玩这种带有性色彩的游戏。显然，在这里，夏娃的表现是一种青春期少女的单纯性身份探索和认同行为。借助于这样的“愿望诠释学”，奈勒将夏娃与性相关的原罪合法化，驱除了夏娃身上的父权制魔咒。可见，此夏娃已非彼夏娃，她尽管被视为旅馆中众妓女之首，是鸨母，但她“不仅独立，而且能为他人疗伤，并帮助姐妹们找回自信，确立自我价值”[18]。夏娃被“神父”逐出“伊甸园”后，经过辛苦跋涉和艰苦努力，来到那个城市，建造了一座自己的旅馆。她接纳了那些无家可归、伤痕累累的女性，像母亲一样照顾她们，如为玛丽亚姆接生，帮助杰西·贝尔戒毒等。

四、被奴役的妇女与性权力

如果说“夏娃之歌”通过审查夏娃原罪的性化本质，揭穿了伊甸园神话的父权制秘密，那么“甜蜜的以斯帖”则揭穿了被奴役的妇女的性权力话语。据《以斯帖记》记载，犹太女子以斯帖父母早亡，从小由堂兄末底改抚养成人，后来遵照其要求隐瞒了自己的犹太人身份，被亚哈随鲁王立为王后。后来，末底改怠慢了宰相哈曼，哈曼密谋在普珥节那天诛杀犹太人。经末底改请求，以斯帖沐浴、盛装，冒着生命危险去拜见亚哈随鲁王，揭穿了哈曼的阴谋，拯救了犹太人。以斯帖因其自我牺牲精神而受到犹太人的爱戴。但正如女性主义学者所认为的，在《圣经》的叙事中，“以斯帖的行动不是出于独立自主的主观性或对其民族自发的关心，而是出于对堂兄的顺服，甚至是畏惧”[19]，而且以斯帖与《圣经》中其他女性英雄一样，在履行了父权制强加给她们的功能后便消隐了[20]，因为《以斯帖记》的结尾将以斯帖的功劳归于其堂兄末底改，以致“犹太人末底改作亚哈随鲁王的宰相，在犹太人中为大，得他众兄弟的喜悦，为本族的人求好处，向他们说和平的话”（《以斯帖记》10：3）。从性别政治角度来看，以斯帖的身体在履行有限的主动性之际，成为以末底改为代表的犹太民族和国家利用的工具，以致父权制叙事下的爱国女英雄以斯帖，实际上不过是国家和民族的妓女。

奈勒从女性主义视角重写了《圣经》中的以斯帖故事。在《贝雷的咖啡馆》中，从小失去父母的以斯帖由哥哥抚养长大，12岁时由哥哥做主嫁给一位富有的农场主，那人拥有2428亩土地和7个劳工（以斯帖的哥哥就是其中之一）。同样，在以斯帖出嫁前，哥哥一再告知她务必做丈夫让她做的任何事。以斯帖虽然成为农场女主人，实际上却是丈夫的性工具，每天待在地下室里接受农场主的性虐待。为了报答哥哥的养育之恩，她默默忍受了12年被性虐的日子，哥哥的生活则因以斯帖的捐躯和忍受而富足、和平。以斯帖成为男人们之间用以交换的物体，女人的性则成为男人利用的工具。同时，以斯帖的遭遇还揭示了美国文化深处奴隶制的罪恶。

奈勒对《圣经》中的以斯帖进行了“愿望诠释学”。其超越之处在于，以斯帖最终认识到了“恨”，而“恨”这一感情正是主体意识苏醒的体现。在“恨”这一主体意识的驱使下，以斯帖最终逃出农场，结束了为家捐躯的“妓女”生活，确立了一己的性身份。

五、被生成的妓女/圣女

“女人不是天生的，而是生成的”，这是波伏娃提出的著名观点，奈勒在《贝雷的咖啡馆》中则提出了“妓女/圣女不是天生的，而是生成的”观点，这主要体现在第四节“玛丽（镜头1）”中的桃子/玛丽故事中。桃子/玛丽（Peaches/Mary）对应于《圣经》中的抹大拉的马利亚（Mary Magdalene）[21]。在基督教文化语境中，抹大拉的马利亚最初是一个妓女，后来弃恶从良。《圣经》中先后记载了六七个名叫马利亚的女人，包括圣母马利亚（《路加福音》1：5—55）、圣母马利亚的母亲（《使徒行传》12：12），以及根本未被说明身份的马利亚（《罗马书》16：6）等；其他被唤作马利亚的女性的身份难以确认，说法不一[22]。《圣经》中多次提到抹大拉的马利亚[23]，但描述的都是她见证耶稣被钉十字架和复活的事情，并未提及她的妓女身份。据《路加福音》（7：36—50）记载，加利利有一个有罪的女人，用自己忏悔的眼泪为耶稣膏抹，叙述者未说明那个女人犯了什么罪，只是随后（8：2）提到，耶稣从抹大拉的马利亚身上驱赶出7个鬼。根据《圣经》经文的互文性特点，早期教父将《路加福音》（7：36—50）所称“有罪妇女”与被赶出7个鬼的抹大拉的马利亚合二为一，并根据女人之罪与性相关的传统思想，把罪孽深重的抹大拉的马利亚视为妓女，于是抹大拉的马利亚就成为一个忏悔的妓女形象。由于抹大拉的马利亚同时具有忏悔的妓女和耶稣复活的第一个见证者这种双重身份，她遂与夏娃、圣母马利亚共同成为西方世界对待女性观点的重要基础。抹大拉的马利亚兼具妓女与圣女两种品质，其形象反映出女性在父权制社会中被赋予的分裂身份和品格。

奈勒笔下的桃子/玛丽便是一个在父权制思想压制下最终精神分裂的女性。与身份模糊的抹大拉的马利亚一样，桃子/玛丽没有确切的名字，只知其父亲叫她桃子，一个崇拜她的瘸腿男人叫她玛丽。不确定的名字表明了这个女性身份的不确定性；两个男人曾对她命名，表明其身份由男人确定。她的价值也由男人确定：

父亲将美貌的女儿叫桃子，因为她是“丰满的和甜蜜的”“黄色的和甜蜜的”[24]，表明父亲只看到了女儿的外表，而忽略了女儿的内在价值；瘸腿男人随意称她为玛丽，将其神圣化，说明那个男人在抹杀她的主体性。因此，“从对桃子/玛丽的命名可见，她一开始就没有自己的身份，而被当成一个客体，被物化、神化了”[25]。尽管她学习成绩优异，工作表现出色，但其身边各色男人却看不到这些内在价值，而以她的外表定义她，玩赏她。后来，父亲送给她一个礼物：镜子。镜子是一个很重要的意象，根据拉康的镜像理论，个体不能主动确立自我主体，只能在一个对象化了的他人镜像中认同自我身份。桃子/玛丽对自己性身份的认同也是对镜子中的影像进行认同，问题是这个镜子是父亲给的，是父权制的镜子，而父权制镜子中的影像本身就是虚假的。所以桃子/玛丽看不到真实的自己，而是分裂成妓女桃子和圣女玛丽两个人格。但无论哪一个，都是父权制社会对女性的扭曲和想象，是虚假的。换句话说，无论是妓女桃子还是圣女玛丽，都不是天生的，而是社会建构的。奈勒借助精神分裂的桃子/玛丽，揭示出父权制社会中妓女/圣女被建构的过程，谴责了父权制权力话语对女性的戕害。具有颠覆意义的是，奈勒还指出了女性超越父权制权力话语的路径。在其小说中，桃子/玛丽在本我的内在驱动下，自我毁容以逃脱外表的羁绊，显示出对父权制权力话语的反抗。后来在夏娃的帮助下，桃子/玛丽逐步认识到自己的性征和自我价值，找回了完整的自我。

六、多种冲突下的性迷失

与白人妇女不同，在确认其性征和性身份时，黑人妇女经常面临种族、阶级等多种价值观的冲突，以致更容易迷失方向。“杰西·贝尔”的故事便探讨了这一点。

小说中的杰西·贝尔（Jesse Bell）对应于《圣经》中的耶洗别（Jezebel）。《列王纪上》第16—21章和《列王纪下》第9章都记载了以色列国王亚哈的王后耶洗别之事。耶洗别本是迦南城邦西顿国王的女儿，与以色列人信仰耶和华不同，她信奉巴力神。后来她成为以色列王后，强迫丈夫亚哈和以色列人改信巴力神，还将敢于直言的先知以利亚驱逐。耶洗别最令人发指之事是为了帮助丈夫夺取普通农户拿伯的葡萄园，亲自操纵歹徒将拿伯杀害。鉴于耶洗别的邪恶与歹毒，先知以利亚预言她必被狗吃掉。亚哈倒台后，新任以色列国王耶户前往捉拿耶洗别，她得知消息后擦粉梳头，准备色诱耶户，但阴谋未成，被耶户从窗户扔下去，其尸体被狗吃得只剩下头骨和脚。在西方传统文化中，耶洗别成为淫荡邪恶女人的代名词。

奈勒重写了《圣经》中耶洗别的故事。与其他女性人物一样，为了让笔下人物具有与《圣经》相对应人物的背景，奈勒让杰西·贝尔具有与耶洗别相似的身份和遭遇。奈勒改变了耶洗别的公主身份，让杰西·贝尔出身于工人阶级，但却保持了耶洗别的异教信仰特征，使杰西·贝尔与其中产阶级出身的丈夫持有不同的生活习俗和信仰，而且杰西·贝尔的丈夫属于金姓家族，“金”（King）对应于亚哈的国王身份。奈勒还设置了一个与先知以利亚相对应的人物——丈夫的叔叔以利。奈勒将其笔下人物在身份上与《圣经》一一对应，但却使其有着与《圣经》对应人物截然不同的性格品质。杰西·贝尔的丈夫并非残暴的男人，而是金家唯一接受并深爱着杰西·贝尔的人；叔叔以利虽然具有先知以利亚的名字并坚决反对杰西·贝尔，却不是先知以利亚，而且还背叛了自己的信仰——黑人身份。正如杰西·贝尔所言，“它们（白人）是以利叔叔的神”，以利将白人和白人文化奉为圭臬，是一个“真正的白人”[26]。以利不但是一个白人种族主义的黑人内化者，还是一个具有等级观念和父权思想的家长，因此他瞧不起工人阶级出身的杰西·贝尔，将她视为奴隶，称她做的菜是“奴隶的食物”。以利还利用一切手段离间杰西·贝尔与丈夫和儿子的关系，不让她管教儿子，而让其儿子接受白人教育。与耶洗别不同，杰西·贝尔最初本是一个敢说敢为、富有活力的贫家女孩，最终却成为父权制、等级制以及黑人内化的白人种族主义的牺牲品。在以利的侮辱、蔑视与策划下，杰西·贝尔无法与丈夫和儿子交心，最终在酒精、毒品和同性恋的刺激中寻找慰藉。因此，她陷于种族之间（黑人和白人价值观）的冲突、阶级之间的冲突、异性恋与同性恋之间性身份认同的冲突，在这三重冲突下，她迷失了自己的性征和性身份。与耶洗别一样，杰西·贝尔成为社团指责和蔑视的对象。但因她从来没有独立于男人对女性的界定之外而定义自己的性征，所以她比其他女性受到的伤害要少些[27]。通过杰西·贝尔的故事，奈勒揭示了父权制、等级制和内化的白人种族主义对黑人女性性征和性身份认同的阻碍。

七、结语：贝雷和梅普尔小姐

如上所述，《贝雷的咖啡馆》共描写了6个黑人女性，她们均非父权制社会所界定的“圣女”，而是所谓的“淫妇”或“妓女”：夏娃是旅馆的主人，那个旅馆被称为妓院，故夏娃被视为鸨母，其他五个女性居住在其旅馆里，均被视为妓女，莎蒂是地道的廉价妓女，玛丽亚姆施行了割礼却未婚先孕，桃子/玛丽是精神分裂、不知悔改的妓女，以斯帖是性工具，杰西·贝尔是个瘾君子。通过这六个“妓女”的故事，奈勒颠覆了《圣经》中被父权制社会支配的女性形象，揭示了传统社会中妓女/圣女身份被建构的过程，探讨了黑人女性性征和性身份认同中的影响因素。综前所述可知，作为父亲、丈夫、兄弟的男性，作为母亲、姐妹的女性，以及阶级、种族、性取向等，都影响了黑人女性性征和性身份的认同。

在弄清楚了这诸多要素之后，奈勒要给黑人女性确立何种类型的性征和性身份呢？答案存在于贝雷和梅普尔小姐这两个人物身上。上述6个黑人女性的故事都由贝雷讲述，贝雷的男性身份则削弱了故事本身的讽刺和批判成分。梅普尔小姐出现在篇幅最长的“梅普尔小姐的布鲁斯”一节中，是小说中最后出场的人物，但他并非女性，而是一个男性，本名叫斯丹利，受过良好教育，获得博士学位，只是因其黑人身份谋职时一再受挫而在夏娃的旅馆里做主管。由于斯丹利在炎热的夏天喜欢穿裙子，夏娃便给他起了“梅普尔小姐”这个绰号。斯丹利不仅名字变成了梅普尔小姐，命运也发生了变化：他在夏娃旅馆的工作得心应手，并在其他公司举行的广告词征集大赛中屡屡获奖，还积极搞投资，挣的钱足够自己开公司。他充满了自信。黑人男性身份曾一再使他受挫，现在性身份却不再是他实现梦想的障碍，他在男性和女性之间自由穿梭。正如奈勒自己所言，“梅普尔小姐和贝雷是我所讲述的关于性征和性身份的故事的书档”[28]，通过贝雷的讲述和梅普尔小姐的故事，奈勒给黑人女性指出了一种多元的、流动的性身份，前提是她们能找到自我。

■ 注释

1 分别是《布鲁斯特的女人们》《林顿山》《贝雷的咖啡馆》《布鲁斯特的男人们》《1996》。

2 如《林顿山》在结构上模仿了但丁的《神曲·地狱篇》和哥特式小说,《戴妈妈》与莎剧《暴风雨》彼此互文。

3 该宗教团体产生于19世纪70年代后期的"《圣经》学生运动",其教义以对《圣经》的阐释为基础,是一个"《圣经》学生团体",主要办公地点在纽约布鲁克林区。

4 Maxine Lavon Montgomery, ed., *Conversation with Gloria Naylor*, University Press of Mississippi, 2004, p.127.

5、8—9、11—12、15、17、24、26 Gloria Naylor, *Bailey's Cafe*. Orland: Vintage Contemporaries, 1992, 35, 70, 44, 151-152, 134, 152, 82, 102, 125.

6 怀疑诠释学是西方女性主义《圣经》学者提出的《圣经》诠释方法,主要代表人物包括菲奥伦查和犹太裔女性主义诗人、批评家奥斯特丽克。

7 奥斯特丽克在"怀疑诠释学"的基础上进一步提出了"愿望诠释学"。她认为《圣经》不应该被视为持续、整一、真实的文本,而是具有多重意义和不确定性,因此她鼓励妇女借助《圣经》诠释说出自己想说的话,对那些贬抑女性的文本进行超越性阅读,从文本中获得力量。关于奥斯特丽克等学者的女性主义《圣经》诠释,可参见郭晓霞硕士论文《重现伊甸的丰荣——《〈圣经〉》的女性主义文学诠释》(2003,未刊稿)。

10 郭晓霞:《五四女作家和〈圣经〉》,中国社会科学出版社,2013年,第139页。

13 神学家达利指出:"没有妇女能达到那个境界……"参见:Mary Daly, *Beyond God the Father: Toward a Philosophy of Women's Liberation*. Boston: Beacon Press, 1973, p.62.

14 Barbara Hill Rigney, *Lilith's Daughters: Women and Religion in Contemporary Fiction*, London: The University of Wisconsin Press, 1982, p.36.

16 女性主义学者认为蛇象征着女性意识。Babbi Elyse Goldstein, *Revision: Seeing Torah through a Feminist Lens*, Woodstock: Jewish Light Publishing, 2001, p.56.

18、25 林文静:《玛利亚/夏娃:故事的重写——格罗丽亚·内勒小说〈贝利小餐馆〉的女性主义解读》,载《北京第二外国语学院学报》2010年第10期,第52、53页。

19 Alice Bach, *Woman in the Hebrew Bible: A Reader*, New York: Routledge, 1999, p.80.

20 消隐是女性主义神学和解放神学共用的术语，指《圣经》妇女的形象、声音、地位及其重要性在父权制文化中被消解或被边缘化的事实。

21 Virginia C. Fowler, *Gloria Naylor: In Search of Sanctuary*, New York: Twayne Publishers, 1996, p.130.

22 杨慧林：《"大众阅读"的诠释学结果——以抹大拉的马利亚为例》，《〈圣经〉文学研究》第一辑，人民文学出版社，2007年10月，第321页。

23 《马太福音》27:56，61；28:1；《马可福音》15:40，47；16:1，9；《路加福音》8:2；24:10；《约翰福音》19:25；20:1，18；这些经文均提到抹大拉的马利亚。

27 Virginia C. Fowler, *Gloria Naylor: In Search of Sanctuary*, New York: Twayne Publishers, 1996, p.133.

28 Maxine Lavon Montgomery, ed., *Conversation with Gloria Naylor*, University Press of Mississippi, 2004, p.130.

镜像与还原：论美国学者笔下的日本人航美日记[1]

冯新华

大体上，西方对东方的认识经历了一个由自发到自觉、由单一化到多元化的过程。这一过程复杂而漫长。西方人“认识”东方的方式也是多样的，有的未曾到过东方却善于望文生义，有的亲身游历后如实记叙，因而在这一过程中被认知的东方便呈现多种形态，其中有被高度赞美的“东方”，有毁誉参半的“东方”，有被感性认识的“东方”，有被理性剖析的“东方”，有被线条勾勒的“东方”，有被细节描写的“东方”，有被个人解读的“东方”，有被集体研究的“东方”……“Orientalism”一词就诞生于西方人这一发现东方、认识东方的历史过程中。萨义德指出：“Orientalism”一词有三种解释，一是学术研究学科，一是思维方式，一是权力话语方式。[2]汉语无法用一个词囊括这三种含义，但这并不影响东方学文本自身所具有的丰富性。美国东方学是世界当代东方学的代表，美国日本学则是美国当代东方学的重要内容，美国日本学学者及其论著是开展美国日本学研究的重要课题。无论从哪个角度来说，唐纳德·金（Donald Keene）都是美国日本学研究必须面对的重要人物，他对日本文学在欧美世界的传播和研究有重大影响，他将自己一生的主要精力都投入对日本文化和日本文学的书写、译介及研究中。这深深地影响到了他的生活，并导致他无法从痴迷日本文化的状态中走出。2011年3月11日日本大地震后，金决意和自己热爱的日本文化共存。4月15日，他宣布加入日本国籍。可以这样说，浸润与涡旋在美日两种文化之中是金独特的文化身份特征，而这也正是他研究日本文化时一个独特的关注点：日本文化如何与美国文化相遇？在他的论著中，笔者认为他对日本人航美日记的书写及论述很有代表性。

19世纪中期日本门户向西方敞开之后，日本人开始较大规模地被迫或自愿走出国门，为了完成政府公务或实现个人梦想而留迹欧美诸国。其中许多人把自己的海外足迹写进了日记，无论是转述事实还是抒发情感，这些日记均成为当时日本人的思想回音，也成为海外学者考察日本对外交流史的重要资料。金对日美文化交流史料备感兴趣，非常重视这些潜藏在日记中的思想回音。他在《现代日本人日记》的前言中写道："哪怕是读那些最不知名者写的日记，也会让人比读任何教科书更受启发。但只有大量阅读日记之后，你才能发现那充满个性、非常逼真的部分，它足以让你忍受那些冗长且毫无意义的日子。"[3]金对日本人日记价值的认识还很独特，他在《百代之过客》的序言中这样写道："世界上每个国家的人们都保留有他们的日记，一些日记的内容只不过是对天气的简单注解或者是他们日常生活的清单，但还有一些毫无疑问带有浓郁的文学色彩，这一事实已经在日本延续了一千多年；在其他一些国家，不少过去所写的日记仍然因其折射出的时代之光或者显示作者的独特个性而被广为诵读，但据我所知，只有在日本，日记才需要具备一些与小说、散文及其他文学分支相比而言所具有的文学因素，后者往往被投以更多的关注。"[4]可见，金不只是把日本人日记当作文化史料来看，他更注重日本人日记的文学性因素。"浓郁的文学色彩"使日本文学专家金与日本人日记产生了紧密的联系，也促使他在研究日本戏剧、小说和诗歌之余写出了《百代之过客》和《现代日本人日记》。在这些著作中，他非常注重突出日记主人们千差万别的关注视角和细腻感受。他所选的日记由不同身份的日本人写成，其中有古代派往中国的求法僧，有早期派往外国的使节，有远赴国外的游览者，有身居海外的作家、政治家、妇女、诗人和小说家等。本文以《现代日本人日记》中的日本人航美日记为例来展开探讨。

一、异域想象与镜中之像

金将日本人航美日记作为《现代日本人日记》一书的开篇之作，同时也是该书“早期派往外国的使节”部分的开端之作，可能与他的文化身份有关。他生长于美国，但人生的偶然与必然又让他走上了热爱日本文化、研究日本文学和日本文化之路。这种美日双重渗透的文化情缘绝非一蹴而就，而是多年来他以美国人的文化身份倾心于日本文化的结果。2011年他宣布加入日本国籍可谓水到渠成。他之前的所有学术研究行为也是紧密围绕日本文化和美国文化这两大核心展开。《现代日本人日记》中的两篇航美日记均起于同一事件：1860年，日本向美国派出首个使节团。村垣淡路守范正（下称村垣）和木村喜毅（下称木村）均为使节团成员且都是第一次赴美，这种具有历史开创意义的行程和他们日记中耐人寻味的文字深深地吸引了金。

金从转述村垣和木村日记入手，首先描述了他们接到出使任务时的心情。

根据金的转述，村垣当时被任命为使节团副使，但当他接到出使美国的任务时，心情骤然沉重起来。当时正是花好月圆夜，但他却无心欣赏如此美景，也无心参加派对。在他看来，出使美国这一任务无疑是块烫手山芋。首先，这是一项重任，作为首位被派往海外的大使，村垣觉得自己“只能成功，不能失败，若失败了，是多么耻辱的一件事儿啊！”[5]其次，想到要远离妻儿老小，他的心里又有一种说不出的苦楚。他的妻子和孩子面对如此“荣誉”却凄惨地说：“我们应该怎么办？我们应该怎么办？”[6]村垣尽力安慰他的家人，但同时又对自己的能力不够确信，有些担心。正是在这种矛盾重重的心理挣扎中，村垣与他的伙伴们登上了去往美国的船只。临行前，村垣写下一首告别诗，根据金的转译，其大意如下：

将我的生命之线
委托给神灵
以及我的君王
我将把我的名字留下
即使在陌生的国度[7]

这首诗对美国抱有一种遥不可知的想象，这种想象因缺乏了解而略带畏惧色彩，但使命感又不允许作者退缩，于是带有“悲壮”味道的诗句便油然而生。可以说，这样的“悲壮”有很多想象的成分；村垣这首诗仅仅是对漫漫行程不可捉摸的一个自我告白，在这一告白中，“未知的”美国全然陌生，陌生到他无法产生具体的想象。村垣在诗中只表达出了他领命后的惶惑无奈和朦胧揣测。然而，真正的航程开始后，未知的东西逐渐变得越来越可知。他笔下的文字也逐渐褪去了想象揣测的成分，越来越多地成为一种记录和描述。然而，在木村的日记中却找不到村垣日记那种告别诗式的开头。木村之所以被派遣赴美，是因为日本使节需要武装保护。接到任务，木村怀着无比憧憬的心情感到“一个新时代要来临了”。在他看来，这次航行是日本发展与外国关系的新起点，而这正是他“长期以来的心愿”，能被委以此任他“甚感激动”。[8]就这样，在金的笔下，怀着不同心情的村垣和木村都接受了出使美国的任务。

金论述最多的是日本人航美过程中的所见、所闻和所想。日记作者们记录最多的也是航美行程本身，他们的记录多为事实描述或主观评论。日记中的事实描述部分分为航海途中和到达美国后两个阶段。对航美过程中的一些“技术行为”，金虽着墨不多，但所记之处还是相当细致入微。例如，他提到了使团成员所做的准备工作：正式入海起航前，村垣、木村及其他所有使团成员准备了他们认为出行所必需的大米、酱油、咸鱼、海藻等食物；为防新米在途中变质，他们还带了大量晒干的大米。从这些准备工作中可以看出，他们具备一定的远航知识，这与大航海时代对日本的影响有直接关系。在大航海时代之前，以日本人自己的历史经验和从中国传来的知识，日本人所知晓的外部世界主要是东亚，其航行范围限于日本临海海域。大航海时代开始后，欧美人陆续依靠航行进入日本并引发了日本与它们的交流互动，这既促使日本人学习西方物质技术，也引起了他们在观念认识上的变化。[9]木村在日记中很是叹服美国水手高超的操控技术，在“咸临丸”号遇到风暴时，美国人热情相助、临危不乱的场景让他感到惊讶，甚至有些尴尬，因为在此之前这些日本水手受过荷兰人的训练，但在这次航海考验中却暂时失效了。在木村看来，即使在暴风雨面前，这些美国水手也“没有一个人会感到恐惧，并会以与常规操作几乎不同的方式去完成他们各自的任务”[10]。这种“礼貌友好”至极与过硬的本领使得木村们在心理上受到冲击，也产生了对美国人的一些最初印象。

然而，上述好印象并未持续多久，到达美国后的一些所见所闻让这些日本人瞠目结舌，甚至对美国人产生了“极坏”的印象。尤其是在礼仪和政治观念方面，村垣和木村写下了一些颇值得金引述的语句。以村垣眼中的美国议会为例，议员们开会讨论问题的场景在村垣看来闹乱不堪，甚至有人在讨论中起立、叫骂、比划手势，其状犹如狂人。这样没有礼仪的议事场景让村垣大跌眼镜，甚为反感，他甚至把美国的议会视为“宛如我日本桥之鱼市”[11]。在金看来，日记主人的厌恶之情充斥字里行间，如果说美国水手高超的本领带给他的是因技不如人而产生的尴尬和不舒服，那么美国议员们的自由争论带给这些初来乍到的日本人的则是极端的厌恶。

这些极具个性的日记语言就是村垣和木村的“美国印象”。这些印象虽然分别表达了村垣和木村初到美国的不同感受，但却流露出了相似的信息：产生这些印象的村垣和木村无法完全理解他们眼中的美国，更无法融入其中。这一信息其实代表了二人所具有的共同观念：美国这个国度是陌生的，尽管因公务在身无法拒斥而置身其中，但接触越多，与日本风土人情的比较就越多，比较越多，对美国的不习惯就越多，对日本的认同也就越多。村垣和木村对美国的不习惯和对日本的认同是紧密相连的。正因有后者存在，前者才得以产生，反之，前者是以后者为基础并进一步加深了后者在二人心目中的分量。金在论述中显然认识到了这一点，他把引起他注意的句子和意象予以联结，进行转述和解读。他并不急于刻意描绘这两种互为因果的情结，而是在转述和解读中很自然地把村垣和木村的情感展现给读者。我们对一个对象没有任何观念或印象，或者只有一种关系，决不会引起骄傲或谦卑、爱或恨之情，所以单凭理性我们就可确信，要激起情感，必然要有一种双重的关系。[12]金正是借助这种自然的转述和解读，去展现萦绕这两位日本使者心目中互为因果的复杂情感。

二、错位体验与深层透视

赫施说过，没有人能够确切地重建别人的意思。解释者的目标不过是证明某一特定的读解比另一种读解更为可能罢了。在阐释学中，证明即是去建立种种相对可能性的过程。[13]从相对可能性来看，金的解读有一个客观存在的前提：无论是村垣的《航美日记》，还是木村的《赴美大使之旅》，都是在真实历史的基础上写成的。在日本，近代以来第一次正式走向世界就是向美国派遣使节团。1860年（万延元年），在岩濑忠震和井上清直的推动下，日本幕府派出了一批赴美使节。他们出使的目的有二：一是完成《日美通商航海条约》草案审议，二是考察美国形势，学习先进经验。这一使节团的正副使节分别是新见正兴和村垣范正。当时，新见正兴的职务是外国奉行兼神奈川奉行，村垣范正的职务是箱馆奉行、外国奉行兼神奈川奉行。这个使节团是幕末日本向西方国家派出的第一个使节团。团员们历时八个多月，于1860年9月27日顺利回到日本。因日本国内政局变化，使节团回到国内后表现得非常低调。但这并不意味着使节团的派出是失败的，实际上，它推动了德川幕府与欧美等西方国家进行交流的历史步伐，从此以后，日本真正进入了西方国家的“外交”视野。

在幕末时期所有的使节团中，1860年的这个赴美使节团规模最大，人数最多。使节团成员留下的日记也最多。除了上文提到的《航美日记》《赴美大使之旅》，还有新见正兴的《美行咏》、柳川当清的《航海日记》、玉虫左太夫的《航美日录》、野村忠实的《航海日录》、福岛义言的《花旗航海日志》、木村铁太的《航美记》、森田清行的《美行日记》、日高为善的《美行日志》、村山伯元的《奉使日录》、益头尚俊的《美行航海日记》、佐野鼎的《万延元年访美日记》以及名村元度的《美行日记》等。

为什么在众多日记中，金最终只选取了村垣和木村的日记呢？在《现代日本人日记》再版序言中，金写道：“我是以一个编选者的身份把那些日记中特别吸引我的篇目选进来而已。”[14]他说的“特别吸引”究竟是什么意思呢？或者说，村垣日记和木村日记中的哪些东西使得金产生了被“特别吸引”的感觉？这恐怕还要到日记文本本身中去寻找答案。

村垣的《航美日记》有一个非常突出的特点，就是个人的主观感受性极强。前面提到的他那首告别诗，就流露出一种矛盾重重的情绪。对于自己记下的东西，村垣曾表示过仅留给自己看，不愿拿给别人阅读和评判。在这样的写作意图主导下，村垣的日记中充满了“内心流淌”的痕迹。在很大程度上，这些“痕迹”是他不满和不解情绪的记录和宣泄，是最真实的个人内心表述。具体而言，它们表现为对美国社会风俗习惯和文化现象的不习惯、戏谑、嘲弄乃至排斥。在饮食方面，村垣在日记中写到，他们抵达美国费城后，终于见到了米饭，但在高兴起来之前却发现米饭里有黄油，于是他们又把米饭送回厨房。在社会礼仪方面，村垣的日记里有这样一段记载：当他们抵达三藩（圣弗朗西斯科）后，当地市长组织了一次在美国人看来非常隆重的欢迎宴会，但宴会上美国人的行为却让村垣感到诧异和很不习惯。宴会开始后，美国人喜欢"'砰'的一声将酒杯在盘子上敲击一下"[15]，除此之外，美国人在宴会上"大声的呼喊"以及不绝于耳的"狗叫般"的音乐声，均让村垣心生厌烦。在这种情绪的影响下，村垣对市长率众欢迎他们的宴会评价极低，称宴会"就像江户的建筑工完工后的庆祝聚会"。在见到时任美国总统布坎南之后，后者专门为他们举办了一场欢迎舞会。对于当代人来说（包括当代日本人），绝大多数人都会觉得这是一件很荣幸的事。但村垣却觉得这给他带来了巨大的挑战，声称为了参加舞会自己打破了晚上不去参加活动的习惯。村垣还评价了这次舞会，称美国人的舞蹈"毫无技巧可言"。在日常生活中，村垣在日记中记录了自己与同伴这样一个举动：当他们抵达华盛顿在旅馆入住后，对于房间中的椅子很不习惯。村垣称日本人"一见到椅子就紧张"，于是他们就把房间中的椅子统统搬了出去。当他回到日本，坐在"舒服的榻榻米上"，他脱口而出："我又活过来了！"在文化艺术方面，村垣对美国音乐极其反感。他的一个很有代表性的观点就是"美国的音乐像是狗叫"，除了上面提到的他如此描绘美国人在欢迎宴会上播放的音乐，他在描写檀香山经历的日记中也表达了相同的观点，一个当地小孩唱歌给他听时，他觉得"宛如狗叫"。

对读者而言，金选择木村的日记比较让人费解。不管怎么说，村垣都是赴美使节团的主要成员，而木村则没有出现在遣美使节团成员名单上。实际上，木村当时的职务是军舰奉行（这是日本江户幕府政府于1859年开始设置的一个官职），他的职责是统领幕府海军，管辖军舰制造、购入，负责海军技能训练等。金在书中引述了木村日记开端的一段文字：

我被派往美国的首要原因是日本政府想让我护卫出使团，这个团是派往外国的首个出使团，也是自中世纪以来日本首次史无前例地、大规模地向海外派遣船只的行动，这也是我国与别国关系的一个里程碑。这是我渴望已久的。在其位谋其职，我不能以自己不能胜任为由来加以拒绝。[16]

正因遣美使节团之行的意义如此重大，与使节团成行相关的一切也变得重要起来。工欲善其事必先利其器，准备开放国门的日本人同样认识到“器物精良”的重要性。美国军舰“波华坦”号和日本从荷兰买回的首艘初级军舰“咸临丸”号是这次遣美使团最为基本也最为重要的“器物”。身为军舰奉行的木村理所当然地成为这次遣美行动中必不可少的人物。金在分析他的日记时，非常注重他受命后的心理状态并特意引用了他的一段原话，在这段话中，木村对日本船员的技艺水平和纪律都有些担心，他认为当时日本海军组建时间很短，他很不放心由这些海军士兵担任如此重要的航海任务。那么，问题自然就来了，由谁来担此重任呢？金也在木村的日记中找到了答案，木村向日本政府提出请求：请熟悉航海线路的美国人来协助他们完成这次航海任务。日本政府很快就同意了他的要求，并派出布鲁克来协助他们。金指出，木村对政府的这一批示非常满意，称布鲁克的到来是他们“最大的荣幸”。笔者认为，正是木村对布鲁克重要性的高度认同增进了金的兴趣。日本使节团出访却要靠美国军舰，这一事实本身就有很大的吸引力，更何况又出现了一个具有不可替代作用的美国人布鲁克。木村的记叙正是以此为前提，而这样的记叙前提又是金在著作中加以强调的。

三、转述视角与还原立场

即使最漫不经心的选择也会有它的标准或理由。金之所以在众多航美日记中选取村垣和木村的日记，表面上看是因为日记作者充满个性的论述和内容本身多方面涉及美国文化，但我们细究下去就会发现，这种表象之下其实蕴藏着更为深层次的原因。

如果对金的研究进行提炼归纳，就会发现他对村垣和木村日记的叙述包含以下几种立场：

第一种立场是尽量还原日记主人的内心世界。上文提到，村垣得知自己要被派往美国时内心充满不安乃至悲凉并赋诗一首，那首短歌颇有“风萧萧兮易水寒”的味道，但他没有料到的是：在以后的数月里，悲壮之情并未成为他的深刻记忆；从他自己的陈述中可以看出，他收获的主要感受可以分为航海途中的不适和到达美国后的惊奇和尴尬。村垣笔下的航海过程是危险的。他们在出发前虽有准备，但随之而来的飓风影响、米饭的短缺以及强烈的晕船都让他们始料未及。风暴让他们乘坐的“波华坦”号向南行驶到檀香山去维修，在那里他们终于看到了久违的人群。但在檀香山所经历的一切都没能让村垣高兴，甚至让他心生厌恶。一个当地小孩唱歌给他听，他觉得“宛如狗叫”；好不容易吃上米饭，一见米饭中的黄油又将其送回厨房。这些零星记录反映出村垣们身在其境的内心感受。村垣与木村的任务不同，他更注重航行途中船只遇到的困难以及解决困难的过程。他们二人的记叙细节在内容、角度和情感色彩上均有不同，但在转述日记时金会尽最大可能向读者还原村垣的内心感受，这也是金研究日本人日记的一个基础步骤。

在这一立场的基础上，金产生了第二种立场，那就是“戏谑”“调侃”日本人的“保守、滑稽甚至自大等行为”。在金看来，早期日本人出国完全是意外行为，他在开篇中写道，即使在闭关锁国时期也有一些日本人到了国外，他们大多是些不情愿的渔夫。他们乘坐的渔船被暴风吹入太平洋，吹到勘察加岛，于是这些渔夫就成了早期漂流国外的日本人。这样的叙述意味着：早期日本人缺乏开放意识，不愿主动走出国门。在金的笔下，这些走出国门的村垣们和木村们，在航美途中和到达美国后不断做出令人发笑的行为。因不懂美国的音乐而称之为“狗叫”，因习惯榻榻米而在美国的房间中席地而坐，因不懂美国的舞蹈而称其“毫无技巧可言”……诸如此类的行为令金觉得好笑，这一情绪的流露不仅仅表现在金对村垣们在社会礼俗方面的转述，还表现在政治外交和军事科技等方面。村垣们此行最重要的一个外交使命就是与美国方面交换《日美通商航海条约》。交换仪式于1860年5月17日举行。金对村垣这一天的日记做了转述和评价。在金的转述中，村垣和他的伙伴们非常重视这一仪式，换上了在他们自己看来非常得体的和服，乘坐马车前往白宫。马车行驶途中，街边很多美国人都紧盯着他们身上华丽的和服。这让村垣感到荣耀无比，一种心理上的极大满足感油然而生：“我感觉到仿佛置身于野蛮人的国度，并使皇国的光辉在此闪耀。此时，我忘记了自己这样一个愚蠢之人的缺陷而允许自豪之情爬上脸庞——我是多么可笑！”[17]金没有对村垣这种自嘲式的得意进行直接评判，而是继续进行转述。村垣们到达白宫，见到了总统，由新见正兴正使递交条约文书；正当他准备退下，美国人又把他叫了回来，总统握住新见正兴的手，高度赞扬他们此行的意义，并代表全体美国人祝贺日本最终完成了这次友好条约的签订，同时也为日本首次向美国派遣使节团这一事件而感到高兴。在金的叙述中，村垣日记中所记载的日本使节团成员对这一事件的政治外交意义的忽略与美国总统的表现形成鲜明对比。对于同样一件具有重大政治和外交意义的事件，他们关注的细节却是大相径庭。前者更多将笔墨放在礼仪交往方面，尤其突出了因日美两国文化差异和礼俗不同而造成的心理冲击。后者则紧密围绕条约交换的核心任务和外交意义，向在场的日本人表达美国政府的态度。

金的第三种立场是对自身民族感情的保护。他的保护有时是有意识的，有时则是潜意识的。以对美国人布鲁克的评价为例，在日本近代思想史上具有重大影响的福泽谕吉曾就布鲁克在使美航船上的作用发表过评论，声称布鲁克在航程中几乎没有起到什么作用。使美航船之所以能够完成任务，全靠日本人自己的力量。金对福泽谕吉的这一言论很不以为然，并指出福泽谕吉的错误之处在于他不应该把民族主义情感融入对历史事实的客观评价之中。金的指责中包含着为布鲁克鸣不平。这也许是身为美国人的金所作出的本能反应。村垣在日记中还对美国人在布坎南总统舞会上的表现颇为不屑，声称美国人的舞蹈毫无技巧可言，对此金反唇相讥：“但是，二十年后，日本人也喜欢上跳这样的舞蹈了。”[18]这样的评论已经不仅仅是在为美国人的舞蹈辩解，而是蕴含了相当浓烈的文化优越感。金的这种优越感来自一个事实：美国的舞蹈最终影响到了日本人。在此，作为文化载体的舞蹈成为美国文化的标志，所以舞蹈的最终胜利也就成了美国文化的最终胜利。

无论叙述者是否被称为“我”，他总是或多或少地具有介入性，也就是说，他作为一个“叙述的自我”或多或少地被性格化。[19]按照杰拉德的观点，村垣是他日记的“介入者”，他笔下的“客观事实”已经不是原初的客观事实，而是打上村垣主观烙印的客观事实，即使那些看起来最为原汁原味的描述，也蕴含着村垣不动声色的评判。表面上，村垣是在“原汁原味”地描述客观存在的事实，似乎没有掺杂其好恶判断，但细细品来，这些客观事实全是凭借村垣的内心映射到读者眼中，名副其实的日记（或者说好的日记）是那些瞬间就能让我们感受到与日记作者越来越近的作品，这是其他文学形式难以比拟的。金则是他研究论著的“介入者”，他的研究也被“性格化”了。在美国文化和日本文化的双重浸润下，金的“性格”中已经具备了“文化间性”的因素。从18岁开始读阿瑟·韦利翻译的《源氏物语》，到成为著作等身的日本文学专家，再到2011年加入日本国籍……思想成熟期的金成为美国与日本的“文化中间人”，他带着美国文化的底色亲近日本文化，并逐渐由了解、探索到企图融入。美国文化的底色使金对日本赴美使节的种种对美评价保持足够的警惕，并不断用含有美国因素的标准来加以检验。

■ 注释

1 本文为国家社科基金青年项目（14CWW024）、教育部社科基金青年项目（13YJCZH039）、国家社科基金重大项目（14ZDB083）阶段性成果。

2 ［美］爱德华·萨义德:《东方学》，王宇根译，生活·读书·新知三联书店，1999年，第3页。.

3、5—8、10、14—18 Donald Keene. *Modern Japanese Diaries.* New York: Columbia University Press, 1998, p.2, p.11, p.11, p.13, p.32, p.35, p.2, p17-18, p.32, p.22, p.21.

4 Donald Keene.*Travelers of a Hundred Ages.* New York: Henry Holt and Company,1989, p.1.

9 徐静波:《大航海时代以后日本人对外界与自身的新认识》，载《日本学刊》2009年第5期。

11 ［日］依田熹家:《近代日本与中国，日本的近代化》，卞立强译，上海远东出版社，2004年，第368页。

12［英］大卫·休谟:《人性论》，石碧球译，江西教育出版社，2014年，第260页。

13 E. D. Hirsch. *Validity in Interpretation*. New Haven: Yale University Press, 1967, p.236.

19［美］杰拉德·普林斯:《叙事学：叙事的形式与功能》，中国人民大学出版社，2013年，第10页。

边界模糊的叙述：龚古尔兄弟小说的传记性

辛苒

龚古尔兄弟的创作首先是历史著述，获得成功后转入小说创作。撰述史书让龚古尔兄弟确立了严谨的考据态度，培养了他们重视文献的创作方法。这一著史之风被他们延及之后的小说创作中，使他们的小说与其历史著作具有诸多共同的写作特点。在他们看来，历史与小说在根本上是同质的，区别只在所用文献不同。历史学家旨在提供关于过去的文献，小说家则以搜集现代的文献为创作基础。文献的搜集与整理是他们创作的首要步骤，也是最为基础性的步骤。他们力图让自己的小说建立在“人文文献”的基础上，于是有意模糊了小说与传记的边界，从而赋予自身作品以“文献小说”的历史真实性。

一

自19世纪50年代中叶始，两兄弟逐渐有了为18世纪社会精神立传的想法。他们从搜集、整理法国大革命时期的史料着手，开始系统地为18世纪著史。先是在1854年和1855年，他们相继出版了《大革命时期法国社会史》和《督政府时期法国社会史》两部总体性的社会史学作品。之后两兄弟陆续完成《莎菲·阿尔努传》《18世纪人物真影》《玛丽·安托瓦内特传》《路易十五的情妇们》《18世纪的妇女》等多部历史人物传记。这些历史著述前后勾连，贯穿整个18世纪，形成一套系统性的史述系列。

在19世纪法国史学界，对文献的热衷是一种风潮。其时，历史学已经开始了科学化进程，作为一门专业学科的历史学逐步形成。在盛行的实证主义哲学背景下，史学家们非常注重文献材料的整理与研究，并一度兴起了收集文献的史学界时尚，甚至导致“收藏珍本的兴趣超过思想批评”[1]。怀特指出，当时的史学研究采用的方法基本上是文献学方法，即“包括一项规定使用最精细的文献学技术来批判历史文献的准则，还有就是一整套言论，用来阐明在其批判的文献基础之上，什么事情是史学家不应该做的”[2]。在米什莱、托克维尔以至晚出的泰纳等人的史学著作中，这种大量使用文献档案的特点越来越突出，反映出当时法国史学家注重以事实材料为基础进行史学撰述的总体倾向。他们力图从事实材料出发，避免先验的观念影响，让历史的意义自然而然地从文献自身中显示出来。

龚古尔兄弟便属于这一群体。在研究对象上，他们沉浸于18世纪壮阔的大革命和旧制度；在研究方法上，他们十分依赖文献资料。他们非常重视实证性的文献考据工作，强调历史的叙述只有在作者掌握了第一手材料时才有可信度，力图让自己著作中出现的每行字、每件事都有所本。著史期间，他们四处奔走，从古董商和继承人那里购买和收集了大量18世纪的原始文献资料，包括当事人或亲人的回忆录、手稿、日记、书信、报刊、小说、剧本、便条等。两兄弟在《大革命时期法国社会史》的序言中提及，该书引征的文献数量多达1.5万种。他们自豪地宣称：“本书中提到的最细小的一件事，最微不足道的一句话，我们都可以为评论界提供一份资料。”[3]

对文献的强调甚至让龚古尔兄弟放弃了对历史做说明或论证、为历史进行情节编码的尝试。他们的史书仅限于描述。他们坚持只从文献出发，在毫无先入之见的前提下对18世纪社会进行纯粹的景观呈现，以大量实证资料平面化地展示人们日常的生活习惯，以及社会的风俗、心理、文化，而不去做重大历史事件的分析、社会变迁动力的思考或是历史因果的逻辑推演。他们力图运用手中文献进行一种全新的历史叙述，撰述“一部前所未有的历史”，即“社会史”：“社会史将不局限于记录人物的官方活动，而更多关注私人的日常生活，它是一种被政治史所遗忘或鄙弃的历史，是有关一个民族、一个世纪、一个国家的私人史。它研究的是人类道德的变革，短暂存在的和地方性的文化形态。”[4]两兄弟认为这是现代史学的发展趋势："私人史就是现代的史学，社会史就是这种史学的最新表达方式。"[5]

不同于泰纳等历史学家力图在历史个体的表现中整合出民族乃至人类精神的做法，龚古尔兄弟更加强调个体的重要性。他们希望描述的历史不是保持一致性而忽略个人的整体，而是由一个个"私人史"所组成的集合。他们不关心宏大的社会思想、政治制度，而是俯身观察那些被革命风暴所裹挟的个体的人，观察他们面对社会危机时的种种表现，观察其中展示出的或可鄙或高贵的人性。圣伯夫称赞龚古尔兄弟的史著为"一场色彩的运动"，但也指出他们"过于沉溺在细节和一切18世纪的小物件中"[6]。注重画面的色彩性与大量的细节叙述，这正是龚古尔兄弟史述的两个主要特点。他们的作品以成千上万看似毫不相关的小物件、小场景、小人物集合成一场波澜起伏的社会风暴，为整个时代定下基调和色彩。在他们的笔下，历史不再是任人打扮的小姑娘，每一件事实、每一个人物都具有独立且平等的意义，都同样值得史家尊重。

正因如此，人物传记成为龚古尔兄弟史著的重要组成。"（我们的计划是）通过路易十五的情妇们，书写路易十五王朝的历史；通过玛丽·安托瓦内特的生平，书写路易十六王朝的历史；通过大革命和督政府时期的社会史，书写大革命的历史。"[7]他们透过人的文献来写历史，这种历史所关注的重心依然是人。这些点彩的触笔所组成的画卷，不仅意在展示社会的场景，更是意在展示位于画面前景的、社会中的人物群像。他们的传记与"社会史"的书写具有相似的意旨。一方面，他们的叙述视野不只锁定于宏大历史叙事所关注的上流贵族、政府要员，而同样要为18世纪留下平凡民众、那些"被历史遗忘/忽视者"[8]的身影。另一方面，对于这些人物的表现，也决不止于叙述他们在公共领域的社会生活；人物那不为外人所知的"私生活"，更被龚古尔兄弟视为展示人性的绝佳场域。他们的传记多集中表现人物日常的生活、服饰和器物的选择、朋友的往来，以及情绪、心理上的流动变化。如罗新璋所言："倘如说圣伯夫把作家的私生活引入文艺批评，那么龚古尔兄弟就是把历史人物的私生活引进了历史。"[9]

对于这种重视文献材料的创作手法，龚古尔兄弟也曾有过自我反思："莱斯居[时任国务部秘书兼历史学家]给我们送来了他的《摄政王的情人们》……这本书使我们睁开了眼，就像一面镜子让我们看到自己过去写作的缺点：个人风格泛滥，过分追求和看重文献。这就像是‘陀螺’，是最不适合历史著作的，也最让人厌烦。”[10]然而，他们并未就此放弃这一创作方式，这种对文献的执着追求也被他们应用于小说写作中，最终为19世纪贡献了“文献小说”这一全新的小说类型。

二

著史经历让龚古尔兄弟积累了大量的写作经验，在史述中形成的注重文献的写作习惯成为他们此后小说创作的主要方式。对他们而言，小说家与历史学家的身份之别十分模糊：“小说家其实就是没有故事可说的历史学家。”[11]他们认为，现代小说将不再是注重故事性和情节性的纯虚构作品，小说的发展应日趋历史化。也就是说，它将更具真实性，更有生活感，更需事实的支撑，因而也就更需要作者对文献材料的积极搜集和表现：“巴尔扎克以来的小说已经不同于我们先辈对小说的认识。现代小说由口头或采自现实的‘文献’构成，正如史书由书面文献构成。”[12]

因此，以60年代发表《文学家》为起点，龚古尔兄弟的创作从历史向小说的重心转变，对他们来说显得极为自然。他们在创作观念和叙述方式上并无变化，只不过是将注视的目光转向现实。“历史学家是讲述过去的人，小说家是讲述现时的人。”[13]1860年5月，他们在一篇日记中写道：“我们所走的文学道路非常奇特。我们是经由历史才进入小说，这并不是通常的做法。然而，对我们来说，这是合乎逻辑的。人们基于什么来写历史？是文献。而小说的文献，除了生活还有什么呢？”[14]

在龚古尔兄弟看来，小说与历史是同质的叙述话语。二者的唯一区别在于所用“文献”类型不同：历史所需的是过去的文献，只能借助他人的回忆和实物的留存来获知；小说有赖的文献则是生活本身，需要的是作家在现实生活中的切身认知与体验。因此，在这个意义上，小说是比历史更鲜活而真实的叙述。1860年，在给福楼拜的一封信中，弟弟茹尔表示，自己对讲述过去的历史已经厌倦，小说才更具真实性：“真正的虚无，我亲爱的朋友，可能是历史，因为它是死去的东西……事实上，长久以来对过去的解剖，让我们感到犹如身处地穴的寒意。这些紧紧包裹着我们的历史记忆，好像具有一种制作干尸的防腐香料气息……我们迫不及待地要重新回到新鲜空气里，回到日光下，回到生活里，回到唯一真实的历史——小说中去。”[15]

事实上，小说吸引他们的正是他们可以由此进入现实，观察并表现日常社会生活。他们小说创作的宗旨就是用文字记录日常瞬间即逝的时代表征，反映现时的特有风貌和美感。凭借对现实细致入微的观察、鲜活的生活经验，连同他们对信件、手稿、日记等实物的广泛收集，他们积累了丰富的“人文文献”，为其小说写作建立了可观的资料库藏。他们希望充分利用这些文献材料，在小说中还原出当代社会的各种人群、人们日常的生活习惯以及社会的环境、风俗、心理、文化，由此形成一种全新的小说类型：文献小说。这种与历史同质化的小说，与他们的史述相似，试图表现的同样是“社会史”：“我们的小说有一个最不寻常的特点，即它们是当代最具历史性的小说，为本世纪的精神史提供了最多的事实和真实情况。”[16]

美国学者道勒齐尔提出以“事实性叙事”一词来指称包括纪实小说、非虚构小说、写实文学、“新新闻体”小说等在内以非虚构性为自我标签的小说文本。他认为，事实性叙事与历史叙事非常相似，它们都“提供或至少自称提供一种纪录片式的精确形象”，也都是对某种“可然世界”（possible worlds）的语言建构。二者的区别仅在于，“历史学家的重构来自对档案文献的仔细检索和了解”[17]，事实性叙事则“描绘现在的形象。换句话说，事实性叙事的可然世界是亲眼目睹的现在模式……作者所调查的范围就是眼前的现在，他们根据近距离观察、详细采访以及忠实的记录所了解的情况进行范例建构”[18]。也就是说，二者在叙述方式上并无不同，文本所能达到的真实性程度也不相上下。龚古尔兄弟的文献小说即属于以“眼前的现在”为对象的事实性叙事，以其对现实的忠实记录而成为“现时的”历史叙事。尽管撰述逝去的历史已令他们厌倦，但史家意识在龚古尔兄弟的写作生涯中却是一以贯之，他们始终秉有为时代著史的使命感。龚古尔兄弟由衷地钦佩巴尔扎克为法国社会做书记官的壮举，19世纪现实社会的实事实人是他们眼中最具价值的小说表现对象，甚至可以说是他们小说的唯一对象。这些作品全部以当代的日常社会生活为内容，展示的是各个阶层真实生存的人和细致入微的社会风俗场景。

一方面，如上文所说，人是龚古尔兄弟最关注的研究对象，他们写作的最终立足点在于表现人性："我们的壮志正在于从瞬间的真实中展现变化无常的人性。"[19]龚古尔兄弟相信，借助对社会各个角落的实地调查、对"人文文献"广泛而精细的搜集以及用科学方法对写作对象进行研究分析，他们就可以完成对人性的真实表现。他们力图从生活经验出发，而非从既有的观念体系出发，在真实生活中观察人物的神态、动作，从中发现人物细微的心理变化、隐秘的人性思想。"这些男男女女，甚至他们在其中生活的环境，只有靠无边的观察的储存，以夹鼻眼镜获得的无数笔记，大量人的材料的搜集才能还原出来；这些人的材料就像画家死时代表他一生所有素描的多如山积的笔记本。让我们大声地说，因为只有人的材料才能构成好书：在这些作品中，真正的人站立了起来。"[20]左拉曾在《实验小说》中引用这段话并大加推崇，将其视为自然主义文学的基本方法："这就是我们用于一切环境和一切人物的工具和自然主义公式。"[21]龚古尔兄弟总是从身边人事获取创作灵感与动机，其小说人物几乎都有现实人物为原型，所有故事都有丰富的文献材料为事实基础。譬如，《文学家》中对巴黎新闻圈的叙述，由他们在报界的经历以及对新闻从业者多年的观察所得，在1861年3月31日的日记中，他们甚至列出了作品里数十位作家与艺术家在现实中原型人物的名字；《费罗曼娜修女》中的主人公来自与朋友席间闲谈听到的一位修女的故事；《热曼妮·拉赛朵》再现了他们的女仆萝丝的真实命运遭际；《热尔维泽夫人》中主人公的故事则取自作者一位表亲的经历。

另一方面，值得注意的是，龚古尔兄弟对当代史的记录并不意味着他们对时代的介入和参与。他们的出发点并不是关注社会问题，而是出于一种艺术性的、审美的心理需求，关切的是个体生活的全部真实和琐碎细节："[《热曼妮·拉赛朵》]抨击的不是社会制度的核心，而是描写了该社会制度边缘一个奇特而个别的现象。龚古尔兄弟要表现的是丑陋与病态的美学魅力。"[22]如同哥哥埃德蒙自己所说，他们之所以开创性地将底层民众生活作为小说题材，"或许因为我是出身高贵的文人，出身卑贱的平民百姓对我来说有一种诱惑力……是旅行家们要去寻觅的颇具异国情调的东西"[23]。他们对于现代生活的处理同史述一样，缺乏纵向深入的对社会变迁动力的思考、对重大历史事件的分析；不做任何规律性和概括性的阐发，只并列呈现单个具体现象，只做平面化的场景堆积，尤其注意呈现微观层面的社会场景。在他们看来，既然小说以生活为表现内容，处理的是纷繁的现代生活经验，这就需要作家走出书斋，到街道上，去沙龙里，全身心地投入现代社会，在躁动的、都市的、日常的生活中感受种种细微的体验，并在作品中加以展现。因而，两兄弟非常注重对写作对象的实地调查和切身体验，从而能够“缓慢而细致地搜集微妙而稍纵即逝的素材”[24]。在他们的小说中，人们可以发现当时女性流行的裙边装饰、街道上闲逛者的姿态、沙龙里时兴的俏皮话、乃至黄昏时天色的浅淡变化。从巴黎的廊道到乡村的河流，从文人吵闹的聚会到画家贫寒的画室，再到上演新剧时嘘声一片的剧场，从女仆的负重工作到公主开设的沙龙……他们小说中出现的这些独具19世纪特色的场景和细节，几乎都是作家本人所亲历，来自作家本人对瞬间的敏锐感受与捕捉。他们相信，时代的习俗、风貌、精神，就存在于人们往来的数札书信、饭店的账单、某桩爱情轶事或是沙龙里的高谈阔论中间。

三

对于龚古尔兄弟来说，文学与历史的同质性不仅体现在叙述方式、文本形式上的类同上，甚至体现在他们小说的内容上，文本虚构与历史真实相交织，颠覆了小说与传记的二元对立。

日记是龚古尔兄弟另一种形式的当代史书写。数十年来，他们坚持撰写日记，记下生活中的点滴体验和观察心得，总计22部的日记长卷成为一座关于现实生活的文献库藏。他们特意以日记为史笔，为时代留下尽可能真实细致的记录。哥哥埃德蒙曾在日记的序言中声称：“我们知道自己曾是情绪化、神经质、有些病态敏感的人，因此会不时犯错。不过，我们可以保证，尽管我们有时会表现出错误的偏见或是盲目而毫无缘由的反感情绪，但我们从未有意对自己所谈论的事情进行编造。”[25]日记中丰富详密的细节记录，不仅为龚古尔兄弟在小说创作中真实再现人物和生活场景提供了坚实的现实基础，也让这部日记直至今日仍是历史学家研究19世纪法国史时不可或缺的案头资料。

对他们来说，日记的功能远不止于此。它更是两兄弟锤炼文笔的训练场，是他们创作的庞大前文本。对他们而言，日记本就像画家手中的素描簿，对于外界打动自己的画面和由此产生的感官印象，可以寥寥几笔随时勾勒记录，为日后创作留下鲜活的记忆和珍贵的底稿。这些未经系统编码的前文本，经过作者的裁剪、拼贴、改编、变形乃至部分直接搬用，得以进入小说文本，成为作品的组成部分，使龚古尔兄弟小说中的虚构叙述与历史叙述的界限愈益模糊，他们的小说也更具自传意味。而他们也正是意在以这种边界模糊的叙述，赋予小说更大的真实性和历史性。

当《热曼妮·拉赛朵》于1886年再版时，埃德蒙在序言结尾附上了两兄弟撰于1862年的数篇日记，其中记载了自女仆萝丝的病情恶化直至两兄弟发现女仆生活真相的过程。他写道："这些日记是我弟弟和我于两年后完成的《热曼妮·拉赛朵》的文献雏形。"[26]将这些内容与书中相关章节对照，可以发现相当多的重叠之处，有的地方甚至连文字都完全一致。通过这些前文本与小说文本的趋同，埃德蒙试图弥合虚构人物热曼妮与历史人物萝丝之间的差异，从而以传记叙事为名遮掩小说的虚构本质："这部书是我们以现代的历史传记手法写成的一部真实的传记。"[27]

又如，在《文学家》中，主人公夏尔·德马伊在文学界的创作经历和他对女性的厌恶等都明显带有两兄弟的印记。因此，许多评论家都指出这部小说具有两兄弟的自传性质。将这部小说与日记并置分析，可以发现前者在许多地方都以引用、拼贴、变形、改编等互文性方式征引了日记，二者在多重层面产生互文关系，《文学家》也由此成为一种可与日记互证的自传性叙事。具体来看，首先有对日记的大篇幅直接引用。《文学家》的整个XXXIV章由一封德马伊致友人的信构成，信中记述了他参加叔叔葬礼的感受。这封信的内容几乎全部来自龚古尔兄弟1857年7月的两则日记。日记所记同样是在一位叔叔葬礼上的见闻与观感，其中房屋的细节、家具的摆设、亲属间的对话与《文学家》里信中所述几乎一字不差，甚至日记里提到的女仆名字"玛丽-让娜"在小说中也没有改动。[28]第LII章中还有这样一个情节：玛特向丈夫德马伊谈到一部关于法国大革命的小说——保罗·德·考克撰写的《三重衬裤的男人》，玛特对这部书大为推崇，称赞它"非常有趣""组织完美""比一般史书要好得多"；身为文学家的德马伊则认为这只是一部难登大雅之堂的劣质小说，玛特毫无鉴赏力的称赞让他颇为无奈。[29]在龚古尔兄弟的日记中，我们可以找到这个故事的原型：在一次晚餐会上，一位名为玛丽·勒拜尔蒂埃的妇人整晚向他们朗诵这部《三重衬裤的男人》，喋喋不休地夸赞它的趣味性、历史性。两兄弟觉得，这一场景对于写出了《大革命时期法国社会史》的他们来说，简直是命运的嘲弄。[30]此外，还有许多地方运用了拼贴手法，如将不同的人物性格和经历集于同一个人身上。譬如，尽管德马伊基本上是两兄弟自身形象的投射，但有别于他们自己敏感脆弱的神经和羸弱多病的身体，两兄弟为他准备了坚定的毅力和强健的体魄；这些特点其实来自于福楼拜，他们在日记中经常提到福楼拜“野人”般的身材和过人的精力。同时，夏尔在情感上的遭遇又明显取自日记中以“X”为名的人物经历，两人的妻子都有不轨行为，日记和小说中对此的描述极为相似。

龚古尔兄弟小说与日记之间的这种互文共生关系，是他们欲作史笔的有意为之。他们意欲以此模糊、弥合文学与历史，或小说与传记之间的文类差距，借由大量真实的文献来削弱小说的虚构性，让它担负起为现实作传的使命，成为讲述现时生活的历史。对小说历史化的追求，使得龚古尔兄弟不注重阐发思想，而更在意小说表现现实的真实性和可靠性，从而导致过度依赖文献资料。这一点使他们的小说为读者提供了大量的“真实与事实情况”，却也在一定程度上造成文本可读性的丧失。龚古尔兄弟的小说在问世之初一度读者寥寥，这无疑是重要原因之一。但无论如何，史学思想与小说诗学的同质化、以著史的方式来创作小说，让他们的小说获得了极其鲜明的个人特色，也为自然主义文学以至20世纪的新小说等现代文学流派的出现起到了开拓之功。

■ 注释

1 ［法］让-皮埃尔·里乌、让-弗朗索瓦·西里内利主编：《法国文化史》（第三卷），朱静、许光华译，华东师范大学出版社，2011年，第255页。

2 ［美］海登·怀特：《元史学：十九世纪欧洲的历史想象》，陈新译，译林出版社，2009年，第163页。

3—5、7—8、11、26—27 Edmond et Jules de Goncourt. *Préfaces et Manifestes Littéraires,* Paris: G.Charpentier,1888, p.180, pp.206-207, p.206, pp.203-204, p.193, p.59, p.45, p.45.

6 Cited from Jean-Paul Clément. “Les Goncourt, historiens de la Révolution et du Directoire” , in Jean-Louis Cabanès. Ed. *Les Goncourt dans leur siècle: un siècl de ‘Goncourt’,* Villeneuve d’ Ascq, France: Presses Universitaires du Septentrion, 2005, p.53.

9 罗新璋：《法国自然主义文学的先驱——龚古尔兄弟》，见柳鸣九主编：《自然主义》，中国社会科学出版社，1988年，第11页。

10、14 Edmond et Jules de Goncourt. *Journal: Mémoires de la vie littéraire, Tome I*, 1851–1865, Ed. Paris: Robert Laffont,1989，p.560.(1860.5.9), p.564 (1860.5).

12—13 Edmond et Jules de Goncourt. *Journal: Mémoires de la vie littéraire, Tome I*, p.1112. (1864.10.24)

15 Jules de Goncourt. *Lettres de Jules de Goncourt*, Paris: G.Charpentier,1885.(1860.6.16)

16 Edmond et Jules de Goncourt. *Journal: Mémoires de la vie littéraire, Tome I*, p.662. (1861.1.14)

17—18 ［美］戴卫·赫尔曼主编：《新叙事学》，北京大学出版社，2002年，第198、197—198页。

19、25 Edmond de Goncourt: Preface, in Journal: *Mémoires de la vie littéraire, Tome I*, p.19.

20—21、24 朱雯等编选：《文学中的自然主义》，上海文艺出版社，1992年，第300、248、300页。

22 ［德］埃里希·奥尔巴赫：《摹仿论——西方文学中所描绘的现实》，吴麟绶等译，百花文艺出版社，2002年，第565页。

23 Edmond et Jules de Goncourt. *Journal: Mémoires de la vie littéraire, Tome II*, 1866–1886, Ed. Paris: Robert Laffont, 1989, p.476.(1871.12.3)

28 见《文学家》第XXXIV章：Edmond et Jules de Goncourt. *Les Hommes de Lettres,* Paris: E. Dentu, 1860. pp.162–168；及《日记》中的相关记载：Edmond et Jules de Goncourt. *Journal: Mémoires de la vie littéraire, TomeI*, pp.283–287。

29 Edmond et Jules de Goncourt. *Les Hommes de Lettres*, pp.217–218.

30 Edmond et Jules de Goncourt. *Journal: Mémoires de la vie littéraire, Tome I*, pp.293–294.(1857.8.20–26)

“伪满”时期朝鲜移民文学中的殖民压迫和现实反抗

夏艳

对于朝鲜人来说，“满洲”是一个失去国家的民族为求生计而寄居的异国生活空间，在这里，他们承受着阶级和民族双重压迫下的战乱、腐败和黑暗。这一时期反映社会现实的小说几乎都带有揭露、批判和反抗的意味，这种揭露和批判大多源于自觉的阶级意识或民族意识。社会资源分配不公和民族间的压迫倾轧是朝鲜人生活中最真实的苦痛。在严酷现实的逼迫中，人们的反抗基因被逐步激活并迸发。无论是阶级视角下的反剥削，还是民族视角下的反压迫，在该时期都以一种或隐或显的形式存在和蔓延。由此，对峙和斗争成为朝鲜文学中与妥协和逃避相并立的一种文学主题，这一主题体现了流淌在朝鲜人血脉中的阶级情怀和民族风骨。

一、对殖民生活的揭露和批判

日本吞并朝鲜后，无数朝鲜人背井离乡，迁徙谋生。怀揣未来美好生活憧憬的朝鲜人没有想到，他们向往的中国东北地区也处于日寇的铁蹄践踏之下。背井离乡之苦与殖民侵略叠加，朝鲜移民生活在水深火热之中。1931年后，为了加强对东北的殖民统治，日本侵略者开始实施集团部落和保甲制。在政策实施过程中，日帝为了推行并屯烧毁大量房屋，大片土地荒芜，本就十分贫困的移民陷于绝境，许多移民因被赶入集团部落而被冻死、饿死和病死。此外，部落房屋的修筑及其他各项工程都由移民无偿完成，各项费用自行负担，这对本就贫苦的移民来说无疑是雪上加霜。在这种种苦难面前，作家们的笔触深植于现实，那些以揭露和批判殖民统治下悲惨生活为主题的作品，为朝鲜文坛的现实主义文学发展奠定了基础。

“移民的定居问题几乎是所有作家关心的主题……很多作品都触及这一问题，但像安寿吉这样深入穿凿而创作出的作品却不多。特别是《黎明》，可以说它是多角度描绘朝鲜移民前期苦难史的代表作。”[1]安寿吉的《黎明》几乎囊括朝鲜移民前期苦难史的所有要素：赤贫下的被迫移居，因欠债而被抵押给中国人的妻女之不幸遭遇，“无良朝鲜人”的蛮行，地方军阀的压榨和欺凌，马匪和各类强盗的掠夺，走私食盐的无奈。值得关注的是，《黎明》集中暴露了当时存在的社会问题，但作者却刻意将这些问题与这一时期割裂开。作品开头部分特意将时间设定在“伪满”建国前，明显是为了避开当局政府审查之举。小说始终将贫富对立、阶级对立和军民对立设定为推动情节发展的主要矛盾，但有了开头部分的声明，这些问题似乎都和“伪满”没有了关联。然而，即便如此也不可否认其悲剧结局与日本殖民侵略密切相关。

小说从一个少年的视角，将姐姐自杀、父亲被地主杀害和母亲疯掉这一巨大的家庭悲剧用较短的篇幅表现出来。为了维持生计，很多朝鲜移民不得不选择走私食盐，然而，在这背后他们却经历了比物质贫瘠更为可怕的精神恐吓和惊吓。作品中有这样一段描述：

> 我们玩得很愉快。
>
> ……
>
> 但这愉快只在刹那间就消失了。
>
> 到了中午。
>
> “那边在干什么呢？”
>
> 突然出现的喊声把我们吓了一跳，我们爬上土岗望去。五个背着枪的人从那边朝我们走过来。白雪映衬下身着黑色服装的几个人——很显眼地映入我们的眼帘。看到他们的一瞬间，在我心底留下的印象至今仍然难忘。[2]

十几岁的少年本应生活在无忧无虑中，但作品中的“我”却很少能感受到愉快和放松。即使有，也在刹那间就消失了。殖民统治下移民的生命可能随时会被吞噬，巡警突然出现的场景让“我”至今记忆犹新，恐惧让一个孩子真切地体会到自身的渺小和无力。白雪映衬下身着黑色服装的巡警突然出现，打破了原有的轻松愉快氛围，色彩上的鲜明对照映射着曾经简单纯净的生活被现实的殖民恐怖所笼罩。这种战战兢兢的状态是物质贫瘠所伴随的精神压迫，尚未建立生活根基的朝鲜移民生活于恐怖中的紧张和慌乱跃然纸面。小说事件的选取带有普遍性和广泛性，这种普遍和广泛是一个弱小民族的悲哀，也是那个时代底层人共同的悲哀。如果说精神上的战栗还只是一个痛苦的端氏的话，那么在得知女儿自杀的消息后，父亲选择用死来偿还自己的愧疚才真正将作品中的批判主题表现出来。

在看到致万的那一瞬间，父亲发出了霹雳一样的吼声，然后像猛虎一样，用力地朝着朴致万的脸猛扑过去。

致万“啊”的一声用手护住了脸，同时四脚朝天躺在了地上，父亲暴跳如雷地朝朴致万扑去，而他边用力去推父亲，边喊道，

“你这是干什么？”

接着，致万家的随从们随即赶到，用手里的木棍开始猛击父亲的头。

父亲的头被打破，血流了出来，可他的手还是死死地扼住朴致万的喉咙，久久没有松开。

致万的脸变红了，只有手在不断地扑腾。木棍不断地朝着父亲的头打下来。

父亲最终没了气息。[3]

从父亲最后的狂怒和舍命相搏的复仇方式可以看出，其内心一直压抑的仇恨最终以一种惨烈的形式被释放出来。朴致万的贪婪和阴险将女儿逼上绝路，失去女儿的悲痛超越了父亲忍受的极限。对于此时的父亲来说，内心的苦痛已经达到对失去生命都不在意的程度。这种切肤之感在作品中通过略显狰狞的场面展现出来，现实之残酷将一个正常人逼入了万劫不复的深渊。

安寿吉另一篇现实主义小说《市场》也再现了移民的殖民地生活悲剧。小说内容通过在市场唱打令谣的乞丐、殴打乞丐的店主、店主老婆和围观者四个人对事件的讲述表现出来，这其中对现实苦难生活的暴露集中体现在乞丐的悲惨身世上。原本生活于朝鲜的他听信日本人宣传的中国东北的美好生活，辗转来到这里的金矿做工，但在做工时不幸腿部受伤，又无钱医治，只好眼睁睁看着腿烂掉，最后截肢成为残疾人，只能靠在市场卖艺为生。一天，他在一家杂货店门前唱了两个小时的打令谣，吝啬的主人却始终无动于衷。一气之下他开始谩骂主人，结果遭到主人一顿毒打。表面上看，这篇小说记录的只是一次冲突事件体现出的矛盾关系。然而，若从四个人对同一事件不同的讲述来看，实际上他们代表了社会不同阶层的利益，同时也从深层次揭露了日本人的欺瞒行径。为了满足开发和掠夺中国东北的罪恶目的，日本当局不惜散布假消息，将其描绘成生活的天堂，诱使朝鲜人大量涌向中国。朝鲜人大量移居的最大受益者是日本，与日俱增的人口使他们可以更为便利地榨取劳动力。不难看出，朝鲜人沦为亡国奴并在异国生活这一悲剧的根源主要来自日本侵略行径背后的丑恶目的，其对人之生命和尊严的践踏是造成朝鲜人生活悲剧的罪魁祸首。作品并未深入挖掘苦难生活的根源，但只要将事件与时代背景相联系就能推断出，底层民众的悲惨身世与日本殖民统治有着密不可分的关系。

随着城市人口急速增加，城市生活影响愈发扩大，文人的创作视角逐渐转向城市。移民作家中有相当一部分人都是在城市工作的同时进行创作，反映市井生活成为他们创作的主要方向。姜敬爱的大部分作品即属此类。《盐》讲述了在陌生的中国东北，凤艳妈失去丈夫和儿子后，被地主蹂躏而怀孕，临盆时被撵出家门、失去孩子的凄惨身世。作品以移民的苦难史为主要素材，将朝鲜移民的生活范围定位于农村和城市生活之间。值得注意的是，这部作品没有止步于揭露和批判现实，而是将阶级理念贯穿其中。“作品中移居女主人公虽在起初埋怨共产党造成了丈夫和儿子的死亡，但通过自己的实际生活体验，她与共产党的主张产生了共鸣。从理念觉醒的层面来看，可以说这部作品取得了相当的成果。”[4]将对民族命运的期待与共产党的阶级斗争相联系并通过作品来表现对现实的认识，成为姜敬爱前期作品的主要风格。

在政府的严格审查下，朝鲜移民文学中反映殖民地悲惨生活的作品采用迂回手法来回避锋芒，有些作家甚至直接将民间的鬼怪之说引入作品，用虚构的方式来表达对现世的批判和反抗，金昌杰的《无贫沟传说》便是其中代表作之一。在故事矛盾正式展开前，作品给出了这样的背景交代：金氏一家因在朝鲜半岛的生活无以为继而移居中国东北，生活虽说黯淡和清苦，但比起之前遭受的殖民压榨来说他们觉得很满足，同时幻想着有一天可以“苦尽甘来”。

> 金氏一家经过白天一天的辛苦劳作后，晚上点着了松明火围坐在一起，开始追忆往事，或谈论当年在故乡挨饿的情形，或说着每逢荒年好好儿的人说倒下就倒下的场景，或回忆有人饿了几天之后精神失常、背着孩子出去却把枕头当成孩子背回来的故事。全家人时而会因《春香传》中春香的守节而感叹，时而也会因《兴夫传》中切南瓜后的报仇而畅快淋漓地大笑。
>
> “如果努力干活，以后一定会有土地并且活下去的！……只要辛苦几年就可以，一定会苦尽甘来的……”沉浸于这样想法的他们一天天地熬日子。[5]

从金氏一家人的追忆可以看出，与之前的生活相比，移居中国东北还是给他们带来了一线希望。处于殖民统治苦难下的人们在信念的支撑下尽力为未来打拼，但现实却未能给他们机会“苦尽甘来”。他们经历了无数艰难困苦，却一直无法看到未来的希望，原本淳朴善良、易于满足的移民从未享受过真正的生活。金氏从因殖民掠夺在朝鲜遭遇荒年开始，到移居中国东北被地主陷害中枪而死，最后再到妻子上吊自杀，整个生活历程就是一部苦难的连环记录史。殖民统治下的生活不会因为他们的善良淳朴而放弃对他们的折磨和蹂躏，反而变本加厉。小说结尾，金氏含冤死后为报生前之仇而化作冤魂，最终将地主无贫逼迫致死。通过传说和幻想来表现阶级理念的作品在这一时期为数不多，但这样的形式确实让人耳目一新。作品中这一情节的设置不但凸显了朝鲜移民生前所承受的现世之苦，同时也发泄了民众无法释怀的民族和阶级仇恨。应当说，《无贫沟传说》将暴露和批判现实的主题用虚幻的手法表现出来，是作者迫于恶劣的文学创作环境的无奈之举。作品虽未采取现实反抗的方式，但这种批判意识值得肯定和推崇。

朝鲜移民文学中反映殖民统治下朝鲜人悲惨生活的作品，真实地记录了为维持生计而背井离乡的朝鲜人在中国东北的凄苦命运，在这一过程中，他们有的残疾，有的疯掉，还有的含冤而死。作品中取材的人物身份各有不同，经历的苦痛也各自相异，但作家描写的目的却是一致的。金昌杰《暗夜》中高芬的父亲因欠债而被迫折价二百元将女儿卖给一个老头；《地下村》中的残疾人充满诅咒和暴力的破败生活……殖民地的严酷统治、中国官厅的镇压、原住民的歧视和排斥、马匪的掠夺和同族无良朝鲜人的剥削，将朝鲜移民的生活逼入绝境，文学作品正是通过对其典型生活面貌的记录，实现了揭露和批判现实的目的。

二、现实体验与抗争意识

在文学创作中，现实性起着微妙而重要的作用，这种作用使得文学服务于特定时代的人类生活。有关这一时期文学现实性的问题，流民、鸦片、走私、抢劫、偷盗、土匪、军阀和强盗是最具代表性的意象。在用文学来表现真实性和抗争性方面，姜敬爱的小说可谓典范。她把对社会现实的关注和时代的认识与在中国东北的殖民生活密切相连，抓住了最为重要的社会矛盾并在作品中真实地反映出来，由于其作品在主题意识、作品素材和背景等方面具有强烈的社会性，她被称为“最男性化”的女作家。姜敬爱并未参与“卡普”活动，但却写出了最“卡普”化的作品。

姜敬爱出生于朝鲜的黄海道，自幼失去父亲，成长经历极为曲折和艰辛。她的母亲在失去丈夫后，为了维持生计而再婚。在极度的贫困下，母亲不得不接受性格粗暴的继任丈夫。她对生活的屈从将年幼的姜敬爱置于苦难的煎熬中，姜敬爱几度因交不起学费而被迫退学。父亲的早逝、母亲的懦弱和继父的粗暴造就了姜敬爱内向而隐忍的性格。在这样令人窒息的环境中成长，使姜敬爱一直渴望逃离贫穷，用奋斗去改变未来的命运。在与丈夫张河一结婚后她选择离开故乡，来到中国东北开始新生活。此后，姜敬爱用笔描绘真实的贫穷体验和现实悲剧，用女性特有的真实和细腻再现那个时代最具代表性的画面。通过创作，姜敬爱找到了慰藉心灵苦痛的出口并实现了内心抗争的理想。

长篇小说《妈妈和女儿》是一部记录现实与抗争的作品。小说中的美丽和杉皓茱是第一代女性人物，第二代女性人物则是玉儿，小说以玉儿与李春植、姜洙、奉准等男性人物的对立为基本结构，塑造了在身份和新旧秩序矛盾中积极探索人生的玉儿形象。玉儿是在农村和婆婆一起生活的平凡的女性，她为支持丈夫留学而作为后盾独立支撑起了家庭。婆婆临终时告诉玉儿："不要相信男人。"当时她还不理解这句话的含义，等到丈夫奉准被淑姬迷惑想要和自己离婚时她才明白婆婆临终时那句遗言。把自己的全部都奉献给丈夫结果得到的却是丈夫无情的背叛，这样的背叛是婆婆杉皓茱经历过的，现在玉儿又重复了同样的命运。无私的付出和奉献得到的不是丈夫的感恩和回报，而是背叛和离弃，面对这一事实，玉儿只能默默擦拭泪水。但受过新式教育的玉儿选择了与婆婆截然相反的道路，她决然地与丈夫离婚并开始寻找自己的新生活。姜敬爱通过小说描述了当时在社会和性别双重压迫下的女性，为了摆脱命运而积极与现实抗争、果敢寻找出路的过程。对于在现实中受到压迫的姜敬爱来说，这是她在生活中结合自我体验摸索出的新出路，也体现了她在人生探索上的积极态度。

姜敬爱的代表作《人间问题》更为鲜明地体现了主人公积极的生活追求和抗争意识。善飞在父亲被迫害致死后失去了唯一的亲人，走投无路之下不得不去地主德浩家做侍女，虽饱受各种折磨，但仍感恩德浩的收留而把他当作自己的恩人。她相信了德浩要把自己送到京城读书的花言巧语，甚至在被德浩凌辱怀孕后还在梦想能生下孩子来改变自己的命运。就是最后沦落到被德浩赶出家门的境地，她仍然没有放弃与生活的抗争，而是选择到城市的纺织厂去寻找自己的生存价值。与阿大在城市重逢后她才发现，像德浩这样的恶霸并非个例，要想彻底改变现状，只有把和自己一样受压迫的人们团结起来进行斗争。这种醒悟也直指作品的基本问题——阶级问题和社会问题。在这篇作品中，姜敬爱通过善飞在苦难中的抗争，揭示出了隐藏在现象背后的阶级矛盾，进而上升到阶级斗争和政治斗争的高度，而也正是这样的高度使得这篇小说成为姜敬爱众多小说作品的代表作。

姜敬爱小说作品最突出的特性就是现实体验和抗争意识：在阶级和民族的双

重压迫下，人们为生存而生存。在赤贫状态下，很多人不得不牺牲自己的一切以求得生存，姜敬爱正是在这种环境下长大，对这种贫穷、煎熬和苦涩有切肤之感。她的作品透出一种人本能的追求和反抗——在无路可走下的抗争和奋进，而这种状态又是最真实、最生活化的。白铁这样评价姜敬爱："她的作品多少流于单纯平易的描写，不过相应地她是一个一贯地贯彻细密而诚实文风的作家，而且作为女流作家也是具有罕见的毅力与韧性的作家。"[6]

源自本性的反抗，一旦超出忍受的限度就会以极端方式表现出来。在安寿吉的《圆觉村》中，亿锁用一种惨烈的方式实现了对邪恶势力的反抗，这种反抗形式也使他成为移民小说中特殊人物形象的代表。

> "老公，救命。"
>
> 屋里发出了女人的呼救声。
>
> "什么？"
>
> 只一会儿工夫，内外就处于了一种无言的对峙状态。
>
> ……
>
> 亿锁从仓库里拿出一把斧头开始猛砸门。门被一点点砸开，他马上闪身进屋。亿锁的斧头，朝着正准备向厨房逃走的益尚飞去，斧头在他的后脑勺落下。
>
> 哎哟，益尚倒下了，再没能起来。益尚像在厨房睡着了一样，永远地绝命于此。[7]

亿锁这种激情杀人方式夹杂着一种别无选择的无奈。眼看妻子受辱，他只能用最本能的方式去守护尊严。对于亿锁，金允植教授是这样评价的："《圆觉村》刻画了一只来到中国东北的狼，这部作品和《黎明》《稻子》表现的开拓移民史在两个方面有质的区别。第一，它不是以民族或家族为单位的生存方式，而是单纯争取一个人的生存权，主人公亿锁既没有家族和族谱，也没有故乡。……对亿锁野蛮、孤独而又坚强个性的塑造，体现了安寿吉作为作家的力量。第二，对妻子的否定没有作为道德问题展开，妻子的问题不是道德问题，而是最单纯原始的‘狼的习惯’和‘狼的本能’，因此在这里伦理感完全没有渗透进来。个人的生存权只是最小单位的问题，和家庭、种族没有任何关联。渴望生命是动物自原始世界以来一直处于首位的追求，满足食欲和种族繁殖是本为动物的人生存的基本条件。开拓移民的原始类型无疑通过对这个人物的创造被表现出来。…… 亿锁从里至外既不是善人也不是恶人，只是一只狼而已。”[8]有着孤独和刚毅个性的亿锁，他的抗争与这一时期其他人的抗争有所不同，即不具有阶级性和民族性，而只是一种兽性。他的反抗行为源于其本能，这也使得安寿吉笔下的“亿锁成为这一时期小说作品中最具个性的形象之一”[9]。

如果说亿锁代表了这一时期作品中反抗方式的一个巅峰，那么大多数作品中所体现出的反抗意识仍是以较为和缓的形式表现出来的。在创作《序诗》之前，尹东柱创作过很多童诗，但这些诗歌作品大多建立在个人体验之上，没有形成系统的社会使命感和责任意识。在《序诗》中，作者将“死亡”作为诗歌的开头，实则是他在深感无力和羞愧之时对现实生存意义的怀疑。死亡意味着终结，虽然没有直接提及反抗，但用死前无悔于天地的誓言来预示抗争似乎更耐人寻味。连穿过“叶间的风”都“让我觉得痛苦”，尽现了他内心的纠结和无助。尹东柱的反抗不似其他作家那样直白清冽，而是带有一种柔和婉约的阴柔气质。“那个时代，没有怜悯苦难的自由，有人逃避到或自然或原始或信仰的世界，还有人干脆回避一切世事，日本式的创氏改名和日帝刀枪下的阿谀、屈从随处可见，人们将这一切归咎为宿命，但尹东柱的诗歌却似一抹光一样珍贵。虽然当时看不到阳光，但他的作品却成为当时朝鲜人诗坛最美最值得骄傲的分支。”[10]

在这一时期的朝鲜移民文学中，除上述名篇体现出现实描写和抗争意识，还有很多作品都在表现这一主题，如安寿吉的《黎明》、金昌杰的《暗夜》、姜敬爱的《足球赛》和《盐》等。在生活极度苦难的状态下，现实磨难不可避免地会激发民众的抗争意识，因此这一时期的抵抗情绪在很多作品中都有流露。虽然大部分作品中的抵抗情绪无法直接予以表现，但其背后隐含的阶级意识和民族意识始终未被磨灭，这种反抗代表了作为社会最底层的朝鲜移民源自内心的真实情绪，也形成了黑暗时期具有指引力量的文学风骨。

三、游击区歌谣中的抗日反日思想

“九·一八”事变之后，东北各地朝鲜共产主义者在中国共产党的领导下建立起抗日游击队和抗日游击根据地，展开了不屈不挠的抗日武装斗争。不久，东北各地抗日游击队先后整编为东北人民革命军，其中第二军绝大多数是朝鲜人。东北人民革命军各部队中的朝鲜共产主义者同中国各族指战员一起与日伪“讨伐队”展开游击战，坚持抗日武装斗争。其间，朝鲜共产主义者主张建立更为广泛的抗日民族统一战线“祖国光复会”。之后，“朝鲜共产主义者在中国共产党的领导下积极开展‘国内进军作战’，给日本帝国主义在朝鲜的殖民统治以沉重的打击，有力地推动了朝鲜的独立和民族的解放事业”[11]。就文学而言，中国境内的朝鲜文学包括上海的韩国光复军文学、延安的朝鲜义勇军文学和以长春为龙头在延边地区创作的文学，这其中显现出最鲜明抗日反日情绪的是以长白山为中心的游击区内创作和流行的抗日歌谣。为了完整展现游击区文学的面貌，本部分将突破这一时期的时间段限，将20世纪前半叶游击区歌谣中体现出的抗日反日思想做一全面梳理。

《韩日合并条约》的签订标志着朝鲜正式沦为日本殖民地，之后朝鲜本土多次掀起反日复国运动，但均以失败告终。这其中影响最大的要数1919年的朝鲜“三·一”反日运动，运动的惨败激发了朝鲜抗日志士的强烈斗志，他们开始在半岛周边的中国东北和俄国等地陆续建立抗日根据地并积极斗争。许多参与独立运动的朝鲜人在战斗之余进行文学创作，作品中流露出强烈的反日情绪，金佐镇就是这些文人志士的杰出代表。虽然41岁就遇刺身亡，但他在短暂的生涯中留下了“刀头风动关山月，剑末霜寒故国心。三千槿域倭何事，不断腥尘一扫寻”这样悲壮的诗篇。作为一名具有文学情怀的独立运动家，金佐镇的诗歌堪称朝鲜抗日游击区文学的先导之作。

作为朝鲜近代史上著名的独立运动家，安重根因成功刺杀侵朝元凶伊藤博文而被当今朝鲜和韩国分别称为“爱国烈士”和“义士”。安重根在日俄战争后积极投身爱国启蒙运动和教育事业，1907年参与义兵运动，但在与日军的数次交战中均以失败告终。1909年10月25日，在刺杀伊藤博文前一天，安重根感慨万千，写下了著名的《丈夫歌》，又称《举事歌》。原文如下：

丈夫处世兮/其志大矣
时造英雄兮/英雄造时
雄视天下兮/何日成业
东风渐寒兮/壮士义烈
忿慨一去兮/必成目的
鼠窃伊藤兮/岂肯比命
岂度至此兮/事势固然
同胞同胞兮/速成大业
万岁万岁兮/大韩独立
万岁万岁兮/大韩同胞[12]

诗中饱含安重根对祖国的炙热情怀，对国家自由独立的向往超越个人生死安危，这种舍身取义之举正是大丈夫应有的境界。安重根将自己大无畏的精神和鼠辈伊藤博文迷醉于军国主义的罪恶行径进行对比，更加突显了他为实现“大韩万岁独立”的崇高目标而实施义举的正义性和迫切性，表现了他不甘任人凌辱和宰割的高洁品质。1909年10月26日，安重根在哈尔滨成功击杀伊藤博文，这一消息震惊了远东，也震惊了全世界。一条简短的电报“伊藤博文今日在哈尔滨被一韩国人弹毙，刺客已被获”的新闻一经发出，就被当天的全球报刊争相报道。为了纪念安重根的义举，安重根义士纪念馆于2014年1月19日在哈尔滨开馆。

随着反日斗争中心由朝鲜本土向周边扩展，抗日反日文学也得到进一步的发展和传播。依据创作时间和类别不同，抗日游击区创作的抗日反日歌谣可以分为独立军歌谣、革命歌谣和抗日歌谣三大类。单从歌谣分类来看，革命歌谣涵盖面最广，包括独立军歌谣和抗日歌谣；如果按抗日的特殊时期来说，抗日歌谣也可包含独立军歌谣和革命歌谣；但当讨论这一时期在中国东北创作的朝鲜文学时，这几类歌谣却有严格区分。独立军歌谣指反日武装组织内创作的歌谣，它的主题是反帝反封建，重在鼓吹民族觉醒和文明开化，它与启蒙歌谣的不同之处在于它旨在揭露日本侵略者的罪行、鼓舞全民族武装斗争、描绘声势浩大的反日武装斗争、高扬独立军斗士的意志和灭敌气概。独立军歌谣倾向于由军方创作，革命歌谣则是一种民间创作。这些歌谣一般是在学校或民众团体的社会革命活动中创作并传播开来，一经问世就以其强烈的战斗性、鼓动性和通俗性迅速被大众接受和传唱。第三类抗日歌谣则是抗日武装斗争开始后在抗日游击区内的战争生活中创作的。这类歌谣以强烈的律动性、生活化和鼓动性为特征，艺术性较为欠缺，但在鼓舞民众奋起反抗方面则功不可没。

1919年前后，东北各地的反日武装组织如雨后春笋般建立，鼓动反日武装斗争士气的独立军歌谣由此开始广泛普及。这部分作品重在揭露日本侵略者的暴行并鼓舞民众斗争意志，主要有《动员歌》《编队歌》《勇进歌》《独立军进行曲》，以及各种版本的《独立军歌》。这其中《编队歌》因是军事学校和武装队伍的操练歌而被广泛传唱。这些歌谣不但展现了慑人的战斗气魄，还巧妙地将大众生活用语融入其中，在韵律节奏上也体现了与以往定型诗迥异的特色。

进入20年代，随着反帝反封建斗争日渐深入，大众革命歌谣的创作范围不断扩大。该时期专门作家创作的革命歌谣数量不多，大多是学校或民众团体在社会革命活动中集体创作。这些作品以其强烈的战斗性、鼓动性和通俗性而广为传播。复杂的创作主体形成了革命歌谣纷繁的题材，这其中既有对“十月革命”胜利和新制度诞生的欢呼，也有对民族和阶级矛盾及不合理社会制度的批判；既有对反日革命斗争中前线战士崇高精神境界的颂扬，也有对女性解放、婚姻自由和儿童生活的歌颂。主要包括《红色的春天回来了》《“十月革命”歌》《苏联拥护歌》《议会主权歌》《现代社会矛盾歌》《不平等歌》《农民自叹歌》《农民不平等歌》《苦难者之歌》《阶级战歌》《决死战歌》《革命斗争歌》《革命者之歌》《革命家》《女性解放歌》《女性之歌》《我的家庭》《少女的哀诉》《少年儿童歌》等。这些革命歌谣通俗简练，在丰富广大群众生活的同时，也为抗战时期抗日歌谣的创作和发展打下了基础。

1931年的“九・一八事变”将东北推到抗日最前沿，斗争实践为朝鲜抗日文学提供了丰厚的创作土壤。该时期抗日游击区的战士和群众创作了大量脍炙人口并鼓舞斗志的抗日歌谣。这些作品大多直白易解，具有显著的生活性和通俗性，主要包括《“九・一八事变”歌》《总动员歌》《民族解放歌》《革命军之歌》《追悼歌》《游击队》《倭南瓜》等。其中《倭南瓜》以幽默诙谐的笔触描绘了日寇惨败后的狼狈相：日军在抗日游击队的狙击下横尸遍野，因无法将尸体搬走，只好将脑袋割掉装入麻袋，当被问到时，谎称里面装的是南瓜。面对日军这样罪有应得的凄惨下场，民众纷纷拍手称快。这首歌谣疏解了民众心中对日军侵略罪行郁结已久的仇恨，其贴近生活的题材选取和自然明快的语言表达也为作品增色不少。

抗日反日诗歌多为无名氏或集体创作，从内容上看，这些歌谣有的深刻揭露日帝暴行，宣传抗日民族统一战线；有的歌颂抗日战士的英勇牺牲精神和为国为民族英勇献身的高洁品性，高扬抗日斗士的不屈意志和牺牲精神；有的表达人们对民族解放和抗日斗争必胜的坚定信念和与日帝血战到底的坚强决心。无论哪一方面，在内容上都体现为抗日反日的鲜明时代主题，旨在直接或间接鼓舞人们进行民族抗争。下面就朝鲜抗日游击区创作的代表作品中反映出的抗日反日思想，按主题内容进行分类详述。

（一）以深刻揭露日帝暴行和民族阶级矛盾为主题的作品。自从1876年日本逼迫朝鲜签订《江华岛条约》以来，朝鲜逐步沦为半殖民地半封建社会，民族矛盾日益尖锐。进入20世纪，朝鲜民族与日帝之间的矛盾成为触动社会各领域的最主要矛盾。朝鲜仁人志士流亡中国进行抗日武装斗争的目的就是驱逐日帝，争取民族解放和独立。在这种情况下，抗日游击区内的一切工作自然都是围绕着反帝、反侵略和争取民族独立展开，文学创作同样受到这一主题的影响。纵观这一时期游击区内创作的诗歌，虽然主题表现形式各异，但绝大部分作品都是以揭露日帝暴行和号召人们投入反帝第一线的中心而展开，其表现出的鲜明爱国主义和民族主义倾向也可谓前所未有。作为反帝反侵略的前沿阵地，中国东北地区创作的朝鲜抗日反日文学集中体现了反抗文学的主旋律，旨在号召生活在日帝铁蹄下的人们积极投身抗日斗争。《“九·一八事变”歌》《反日歌》《民族解放歌》《劳动者歌》《农民革命歌》《革命曲》《女子斗士歌》《少年斗士之歌》都采用了几乎相似的内容模式：前半部分列举日帝的野蛮行径以激发民众的愤怒情绪，后半部分号召人们即使付出生命的代价也要与敌人对抗到底。

《现代社会矛盾歌》《不平等歌》《农民不平等歌》《苦难者之歌》等则从底层民众角度出发，表达了人们憎恶和批判社会不合理制度的心声，旨在调动起社会革命的基本动力——劳苦大众的反抗情绪，为抗日民族斗争和阶级斗争积蓄力量。此类作品语言犀利，很少运用模糊、多义、隐喻等手法，旨在“能指”和“所指”

相统一，但较为注重节奏和格律，以求达到朗朗上口、赢得群众喜爱并迅速普及的宣传效果。

（二）通过歌颂抗日战士的自我牺牲精神、高洁品质和不屈意志来表现抗日情绪的作品。革命歌谣中以赞美抗日战士为主题的作品占有很大比重。其中《革命者之歌》《革命家》等赞颂了革命者忘我的牺牲精神和投身反帝反封建革命斗争的崇高境界；抗日歌谣中的《革命军之歌》《要想成为革命军人》《革命之路》《让沸腾的血更沸腾》《革命潮之歌》《延吉监狱歌》《追悼歌》《游击队追悼歌》展现了在严酷斗争中抗日战士的铮铮铁骨和为民族甘愿牺牲的崇高气节。《延吉监狱歌》以激昂的笔调歌颂了抗日游击队战士在艰苦条件下的革命英雄主义和乐观精神：

南北满洲一片荒凉大风在呼啸，
高举红旗冲锋陷阵个个逞英豪，
延吉监狱摧残我们身体虽衰弱，
为了革命热血沸腾斗志日日高。
……
手铐脚镣虽夺走战士们的自由，
任凭摧残英雄也不屈膝不折腰，
如今虽遭敌人监禁弹压和蹂躏，
灿烂明天属于我们光荣而自豪。

凶恶鬼子卑鄙走狗高兴得太早，
九百多万广阔国土红旗高高飘，
四万万反日大众的杀声冲云霄，
砸碎黑铁牢奔向自由的光明道。[13]

修建于1924年的延吉监狱在“伪满洲国”成立后，成为监禁和处决被捕独立运动家的场所。作为独立运动家唯一成功越狱的监狱，狱中碑文对这首歌谣作了如下记载：“1931年在中国延吉县的监狱里成立了以金勋为书记的中国延吉监狱委员会。在党的领导下，监狱里进行了数回越狱和绝食的斗争，但由于变节者的告密而终于没有成功，而像金勋、李镇、吴特古等主要领导者也被杀害。据传《延吉监狱歌》是李镇同志创作并在通往刑场的路上一路高歌的曲子。此后，这首歌便常在狱中被传唱。"[14]作为当时广泛传唱的作品，歌谣再现了反日斗士在民族理想的召唤下，面对敌人严刑拷打仍不卑不亢的高洁品质。这既体现在"大风呼啸中的冲锋陷阵"和"身体衰弱却热血沸腾斗志高"的英勇精神上，也体现在"被夺自由依然不屈膝不折腰"的顽强意志上。应当说，高高飘扬的红旗和反日大众的热情激励着独立运动家们，无论道路何等艰难，都要为自由的光明道而奋勇直前。

（三）通过对民族解放和抗日斗争的必胜信念来鼓舞民众斗争的作品。独立军歌谣的全部作品几乎都可归为这一主题。这些歌谣通过展示反日武装斗争的战果而高扬独立军的战斗意志和杀敌气概，以求达到鼓动全民族参与抗日武装斗争的目的。《阶级战歌》《决战歌》《革命斗争歌》《总动员歌》等则突出表现了劳苦大众的强大力量，坚信底层人民的紧密团结必将取得斗争胜利。这其中《总动员歌》最具气势和鼓舞：

向前、向前、向前，奔赴战场，
去前线去杀敌，我们果敢顽强，
纵使那敌人肆意烧光杀光抢光，
也不能阻止那帝国主义的灭亡。
……
冲锋、冲锋，革命洪流不可阻挡，
孑孑一身的工人高举铁锤赴战场，
手无土地的农民扛起锄头去战斗，
世界革命风暴正把五洲四海震荡。[15]

《总动员歌》是当时最流行的抗日歌谣之一，旋律铿锵有力，节奏感强，歌词通俗易懂，号召力强，深得当时民众的喜爱。作品第一联用急促有力、富于节奏感的语言号召人们奔向抗日第一线，表达了与垂死挣扎的日帝血战到底的时代呼声；第二、三联指出革命烽火已传遍全世界，为了人民解放和民族独立，不管工人还是农民都要自觉投身驱逐日帝的革命斗争。显然，这首诗受到了“全世界无产者联合起来”的马克思主义思想的影响，并显现出以工农联盟为基础的明确革命斗争方向。第一联中反复使用“向前进”等铿锵有力的语言，强调了革命斗争的紧迫性与急切性，与《中国人民解放军军歌》中的首句“向前，向前，向前！我们的队伍向太阳！”有异曲同工之妙。

（四）其他主题的作品。除了以上三类主题，还有一些间接表现抗日反日思想的歌谣。这里面既包括歌颂苏联“十月革命”和国际友谊的《红色的春天回来了》《苏联拥护歌》《议会主权歌》《苏联革命歌》《十进歌》，也包括展现抗日斗士情感世界的《游戏曲》《舞蹈曲》《爱的祝福》，还有民众在武装斗争中自发创作并流行的《游击队》《倭南瓜》《倭寇兵遭雷劈》等作品。这些歌谣的抗日反日情绪不如前三类强烈，但却真实地展现了抗日游击区的军民生活，丰富了歌谣的主题内容。

歌谣作为朝鲜抗日游击区内创作的抗日反日文学的重要组成部分，在反日思想宣传、抗日情绪传播上起到了举足轻重的作用。抗日反日歌谣以其简短的篇幅、明快的节奏和浅显的内容获得大众青睐，在艰苦的斗争中不但丰富和调剂了民众生活，而且成为宣传抗日反日思想的有力武器，为朝鲜民族独立斗争的胜利贡献了精神力量。

反抗文学还包括游击区内集中创作的抗日反日文学，此类作品爱憎分明、形式简短、节奏明快、易于传播，在抗日思想宣传、鼓舞民众斗争意识方面功不可没。

四、结语

朝鲜移民文学作品真实地记录了为维持生计而背井离乡的朝鲜人在中国东北的艰难生活。日帝的残酷统治、中国官厅的镇压、原住民的歧视和排斥、马匪的掠夺和同族无良朝鲜人的剥削将移民逼入绝境。在极度苦痛的生活中，现实磨难不可避免地激发出民众的抗争意识，因此这一时期的抵抗情绪在很多作品中都有或多或少的流露。大部分作品都没有直接表现抵抗情绪，但其背后隐含的阶级意识和民族意识却是始终未被磨灭，这种反抗代表了作为社会最底层的朝鲜移民源自内心的真实情绪，也形成了黑暗时期具有指引力量的文学风骨。朝鲜移民文学中体现殖民压迫和现实反抗这一主题的作品，除了通过生活化、个体抗争的创作形式予以表现，游击区内无名氏和集体创作的抗日文学也属其列，它的出现为抗日战争胜利提供了强有力的精神后盾。

■ 注释

1、4 장춘식 , 해방전 조선족이민소설연구,북경: 민족출판사, 2004, p.80, p.119.

2 연변대학 조선언어문학연구소,중국조선민족문학대계(10),소설집-안수길,하얼빈:흑룡강조선민족출판사, 2001, pp.130-131.

3 연변대학 조선언어문학연구소 편,중국조선민족문학대계10 소설집 안수길,하얼빈:흑룡강조선민족출판사, 2001, p.166.

5 연변대학 조선언어문학연구소,중국조선민족문학대계(11),소설집-김창걸외,하얼빈:흑룡강조선민족출판사, 2002, p.24.

6 이병기,국문학전사,서울:신구문화사, 1987, p.271.

7 연변대학 조선언어문학연구소,중국조선민족문학대계(10),소설집-안수길,하얼빈:흑룡강조선민족출판사, 2001, p.45.

8 김윤식,한국근대작가론고,서울:일지사, 1981, p.89.

9 오상순, 중국조선족소설사,심양:료녕민족출판사, 2000, p.84.

10 김호웅, 재만조선인 문학연구,서울:국학자료원, 1997, p.105.

11 黄润浩：东北地区朝鲜共产主义者的“双重使命”研究,延边大学朝鲜近现代史专业，2012年，第6页。

12 윤윤진,지수용,정봉희,권혁률,한국문학사,상해:상해교통대학출판사, 2008, pp.210-211.

13 译文出自权哲、赵成日：中国朝鲜族文学概况（初稿），载《延边大学学报（哲学社会科学版）》1979年12月，第50—51页。

14 高仁淑、薛巧巧：中国朝鲜人集中居住地区的抗日歌谣——以监狱歌为中心，载《直面血与火——国际殖民主义教育文化论文集》，2003年，第81页。

15 오상순,중국조선족문학사, 북경:민족출판사, 2007, p.16.

经典化理论视野中的人文古炉文化：贾平凹小说《古炉》的创作探索及艺术成就

张亚斌 韩瑞婷

引言

在人类的文学叙述模式中，采用经典化理论进行小说的艺术叙述，是文学作品经常采用的基本叙述策略。这一策略一般分为前经典主义、经典主义和后经典主义三个理论分支。其不同之处在于，创作主体采用完全不同的主体叙述视角，建构具有权威性、典范性的艺术叙述话语体系，谋求赢得最大限度的艺术影响力，进而在艺术史上获得更为显赫的社会地位。一般而言，那些名闻遐迩的传世之作都具有这样的“经典化”特点。它是经过历史的大浪淘沙逐渐筛选出的“最有价值的”艺术作品，它一般最能反映那个时代的社会特点、民族风貌、人文精神和思想精髓，因而它往往是最具代表性和最完美的文学作品。显然，正是因为这些小说都采用了这样的经典化叙述模式，反映了某一特定人群在不同历史社会现实下文化生活的原生态，“经典化”叙述方式也被人们统称为“元叙述”模式[1]。

在《古炉》这部小说里，贾平凹采用了前经典主义、经典主义和后经典主义这三种“经典化”艺术表现手法。它以后经典主义的叙述方式为主，适当地吸收了前经典主义和经典主义叙述的一些表现手法，为我们再现了一个波澜壮阔的时代，一群人的狂热、斗争和毁灭。下面我们就借助“经典化”理论来分析和解读这部小说所取得的艺术成就。

一、前经典主义理论视野中的人文古炉文化

在“经典化”文学叙述理论中，前经典主义叙事是一种伴随人类童年时期而出现的文学创作手法，其叙述策略就是在叙述模式中创作主体多以“集体叙述者”的文化身份出现，其叙述特点就是艺术家通过对大自然中超越人类认识极限的各种神秘文化现象进行“神话叙述”，获得艺术叙述的经典性和权威性。这种文学叙述方法最突出的特点就是，艺术家经常采用夸张、变形、拟人、隐喻、象征等艺术手法，去表现人类在与自然和其他部族斗争过程中所遇到的许多无法解释的神秘现象，从而创造出一种“神秘文化现象”+“人物神话化”的“民间传说叙事”模式，塑造出一系列源于历史又高于历史的半人半神的艺术形象，并通过一些具有魔幻色彩的“史前传奇叙事”来叙述人类历史上那些“未被（人类）知晓的现象”。由于这种叙述模式重在传达一种历史文化观念，故可被称为“概念叙述”；如同巴克指出的那样，叙述是“我们体验世界主要和不可避免的方式”，是我们“告诉自己和他人有关我们生存世界的故事”[2]，小说家的使命就是“通过叙述来认识、理解并弄清社会世界，通过叙述与叙述性来形成我们的社会身份”[3]。

贾平凹在描写古炉村这个具有原生态文化性质的艺术文化环境时，有意识地采用前经典主义的叙述手法，将其塑造为一个具有神秘和深厚文化底蕴的故事发生地。这个地方的地理文化原型是陕西铜川陈炉古镇，这里烧造陶瓷的炉火千年不息，形成蔚为壮观的“炉山不夜城”人文美景，成为名闻遐迩的古同官八景之一。所以当我们今天走进陈炉古镇，走在那用历代窑炉产出的碗碟、梅瓶、瓦罐和匣钵等废料建成的“瓷片路”“罐罐墙”“匣钵门”“瓷器院”等特殊人文景观中，便不由得会想起五千年中华史，特别是当我们意识到这古炉里烧造的是精美的瓷器，而中国的英文名称“China”又是“瓷器”的意思，我们就不难理解作者将这部小说起名为《古炉》的原因和深意。显然，这其中有着强烈的文化寻根意味和文化反思意味，显现出其对五千年中华文明为何会出现20世纪下半那场悲剧的不解，以及其所进行的深度思考，毕竟这其中蕴含着深沉的历史文化内涵。可以说，古炉村今天的历史，就是中国的历史；古炉村发生的事情，不用说就是中国的事情。这说明，作者在写古炉村在那个特殊年代的故事时，是将其置于五千

年中华历史这个大背景的整体框架中予以思考布局的。

与此同时，作者写古炉村及古炉村人时告诉我们，这个地方曾经发达过，繁荣过；这里的人曾精于烧制瓷器，现在却只能烧造乡下人用的粗瓷；它在现代社会中不断被边缘化，成为一个十分偏僻的地方。当然，这也造成其地山青水明，树木繁多，野兽活跃，六畜兴旺；同时也造成其人虽勤劳又擅技工，却极度贫穷和文化愚昧。为何会出现这样相互矛盾的发展状况呢？无疑，作者在此是有意识地要将其归于中国社会文化发展的“原罪情结”。唯因如此，在作者笔下，主人公守灯的人生命运之所以不幸，并非来自其生命主体自身，而是完全来自客观存在的家庭出身，正因如此，他一出生就被贴上“地主狗崽子”的社会文化身份识别符号，并因此而经常被人轻蔑、凌辱和欺压。由于“成分高”，他这个性格刚强孤傲、内心桀骜不驯的人最终只能夹着尾巴做人，开会时自觉地站在供人批判的位置上。但谁也没想到，最具反讽意味的是，他却是古炉村瓷器烧造手艺最高的人。只有他在破“四旧”时才能找出各式理由，只为留住一只青花瓷瓶，这只造型精美、工艺精湛的青花瓷瓶正是他烧造磁器必须参考的唯一艺术蓝本和理想范式。因而，这只瓷瓶也就成了他生命中唯一值得信任、尊重、挂念、崇敬的文化价值所在。然而，现实的残酷之处就在于：他这样勤劳致富的人必然要成为地主，他这样热爱劳动的人注定要被侮辱，而侮辱他这种人尊严的唯一有效方式就是剥夺他烧制这样精美瓷器的工作权利，因为剥夺他的这一权利就等于剥夺他人生的全部生存意义。所以当霸槽率领榔头队造反派强占窑场不许他烧窑时，他真的是彻底绝望了，以至于他内心深处潜藏太久的报复欲望开始露头。当他与麻子黑一道找支书进行报复时，他的个人命运也就走向了毁灭的结局。由此可见，守灯的命运具有某种悲剧感。

当然，基于相同的原因，在揭示古炉村人卷入这场运动的文化心理动机时，作者也适当地采用了一些前经典主义叙述方法，如神话与传说等，讲述了古炉村的造反派疯狂投身政治运动的荒唐行径，尤其是对他们在批斗、抄家、武斗中的各种非理性行为予以真实再现。应当说，这很好地契合了故事发生的时代背景、社会形势和集体文化心理，它对陷入政治迷狂者的荒唐之举做了入木三分的细致刻画。

小说中塑造了黄生生这样一个被政治异化的人物形象。他的命运可怜又可悲，可恨又可叹。正值人生大好时光，这个豆蔻少年却没有走正常人应当走的正确道路，而是愚忠盲从，丧失了正常人的文化心性和智慧理智，最终被无情的现实斗争所吞噬，成为一个不可救药的文化妖魔。作为一个普通人，他没有接受正常的人性教育，结果沦为残酷的斗争文化工具。他生活在自己根本理解不了的革命概念中，活在丧心病狂的派性斗争中，从而给古炉村人造成深深的伤害。其结果，随着运动逐步深入，不可控的运动最终伤害到了他自身，好端端的一个青年最终死于武斗。显然，这是其心灵陷入思想异化、生命异化的必然结果，这和马克思论述宗教异化、劳动异化和审美异化时所揭示的那些异化悲剧的思想含义别无二致。

这说明，在这场运动中，黄生生和很多人一样，原本是想从中得到自由幸福，但他们都没料到，非但这一理想无法实现，反而更加远离了自己奋斗的目标。更可悲的是，他们本来希望通过这样的奋斗再造一个全面发展的自我理性人格，最后反而被残酷无情的斗争所异化。最终，他们变成一个名副其实的非我，一个泯灭自己真实人格的自我，一个失去普通人天性、人性和理性的自我，一个连自己都不认识、给社会带来无穷破坏、给他人带来深重灾难、给家庭带来无限痛苦、给自身带来永恒悲剧的自我。他们原本希望通过参加运动实现自己的理想抱负和人生价值，结果却陷入了人生命运的幻灭之中。他们不仅没有成为精神的主人，反而成为精神的奴隶。他们不仅没有抵达革命理想的自由彼岸和心灵自由的必然王国，反而陷入革命理想的思想囚室和心灵监狱，获得了一种思想被异化的非理性人格。他们要想重新获得自己的独立自由人格，必须砸碎斗争理性的牢狱和人性异化的枷锁，争取自身文化人格的彻底解放。只有这样，其人文主义理性精神才能真正醒悟过来，真正走向回归，才能“既是思想的真实形式，又是存在的真实形式”（黑格尔语）[4]。

二、经典主义理论视野中的人文古炉文化

在文学的艺术叙述模式中，经典主义叙事是人类进入信史时代后才出现的一

种优化叙述策略。它是艺术家通过对现实生活进行加工、提炼和剪裁而逐渐形成的一种源于生活又高于生活的艺术叙事模式，其叙述者经常是社会事件的经历者、目击者。它采用一种类似“史官叙述者”的角色叙述方式，真实客观地再现社会发展中出现的各种事件，塑造出一系列栩栩如生的“典型艺术形象”，进而获得一种最具经典性和权威性的艺术叙述影响力。一般而言，这种叙述模式采用的是“重大社会事件”+“人物典型化”的“社会宏大叙事”模式。由于它更多关心社会生活中的各种“公共事件”，塑造的人物是一种“社会的公共人物形象”，故它可被称为“公共叙述”模式。它能绘声绘色地为人们讲清各种人们根本“未被知晓的事件”的发展原委和前因后果，因而其小说文本经常成为人们津津乐道的经典叙述文本[5]。

在《古炉》中，首先值得人们玩味的是，作者也采用了经典主义的叙述方法，对各种人物和事件根据情节需要做了合理的剪裁和取舍，只选择那些有意义的典型事件，如烧瓷器、破“四旧”、批判会、大游行、大武斗等，对于需要表现的事情不惜浓墨重彩。最精彩的是有关武斗进入白热化阶段后的描述，那是古炉村武斗后的第三天，县联指打垮了县联总，为了防止县联总的人逃往省城重新组织反攻，就派了一些人在古炉村的公路上设卡堵截。这天拦下了一辆班车，扣住了五个可疑的人。这些人拒不承认是联总的人，秃子金和迷糊就搜他们身。秃子金在一个人身上搜出一把菜刀，他叫道：狗日的带刀！那人说：那是菜刀。秃子金说：菜刀不是刀？你带刀干啥呀，杀人呀？那人说：过风楼的菜刀有名，我买了一把，身上有刀就是杀人呀？秃子金说：武斗时期出门带刀我就怀疑你是联总的！那人说：我身上还带着个鸡巴哩，那也怀疑我是强奸犯呀？！秃子金“叭”的扇他一个耳光，骂道：你嘴还能说呀？！五个人就全被关进小木屋。胖子从窑场吃完饭过来，一看那五个人，抓住一个就打，说这人他在县城见过，是联总的。众人一窝蜂地扑上去就打。到了晚上，被胖子认出的那个人在严刑拷打后招了，说他们逃出去要到县城北的峦庄和他们的头儿会合。另外四个人死不承认是联总的，结果不承认就接着打，他们拿劈柴打，拿板凳面子打，打得那四个人头破血流。胖子打累了，让跟后继续打。跟后说：血流得那样了，我看着下不了手。胖子让给他们套上麻袋打，四个麻袋包在地上滚蛋子，叫声瘆人。

其次，最值得人们思考的是，在对古炉村人的种种举动进行叙述解构时，《古炉》通过塑造善人这一典型人物形象，为我们树立了一个全新的社会文化坐标。善人是一个深受道家思想熏陶的民间圣者，小说中通过善人的“说病”，拯救了一大批陷入疯狂政治迷途的古炉村人，使他们走出心灵中的形而上学迷雾。善人通过自己所掌握的那些半知半解的善良的伦理道德思想，挽救了人们心中残存的那一点点善良意识和行为本能，并最终驱走了古炉村人心中的那些恶性。善人通过宣扬“善”而使古炉村人在一种回归传统的善良道德意识及观念的救赎中，最终跳出心灵的苦海，获得些许心灵的慰藉。

善人通过自己的善行挽救了很多人的生命，这一事实无可争辩地告诉人们：善良本身就是一种强大的文化力量，它可以除去人们心中的恐慌、自私、贪婪、欲望和畏惧。而当革命带给人们的只是人性的沦丧、精神的堕落和生命的死亡时，这种革命必然会走向其文化价值的反面。从这个意义上讲，书中的善人“说病”就是对人性的善意挽救，就是对人行动的善意规谏，就是对人心理的善意理疗。

唯因如此，小说中有意安排霸槽在革命的困境中求助于善人，让善人给他说病释疑，最后按照善人的指示挖出石碑，得到太岁，治好了自己的生理和心理之病。由此可见，善人的“善意”理论虽古而不朽，在“大善若水”面前，人们清醒地意识到，人人都会得“病”。由此我们也就不难理解，善人这个智慧之人为什么会为了一棵树而拼命。他这样做分明是在教诲人们，人类的智慧之处就在于行仁赴善，坚持善的信念，哪怕为此放弃自己的生命。总之，善人最终是用自己的善终诠释了善之人文价值和生命意义，谱写了一个有关弘扬善、践行善、捍卫善的人生社会传奇和历史文化神话。这正如日本美学家西田几多郎所言，“善行为就是一切以人格为目的的行为”[6]“绝对的善必须以人格的实现本身为目的”[7]，善要求“我们在内心锻炼自己，达到自我的实体，同时在外部又产生对人类集体的爱，以符合最高的善的目的，这就叫作完全的真正的善行，又是任何人都应该做到的”[8]。显然，问题的出现绝非偶然，它是一种历史的必然，因为这场运动不仅关乎国家的现代化，也关乎每个人的观念现代化，关乎走在现代化道路上的中国人应该以怎样的态度传承传统文化，以怎样的姿态超越和创新传统文化，迎接未来知识经济时代的社会挑战。

三、后经典主义理论视野中的人文古炉文化

与前经典主义叙事和经典主义叙事不同，后经典主义叙事完全是一种私人化的艺术叙述模式，其叙述角色一般是超越现实生活的“个人叙述者”，他试图通过对现实生活流变的仔细观察和忠实记录，进行不加区别、不经加工的叙述，对现实生活中出现的各种人物的日常生活事件及其细节进行絮絮叨叨的客观叙述，以获得生活叙述的经典性和权威性。由于其叙述能够客观记录社会发展进程中的生活流、人物流、心理流，表现现实生活场景中普通人物鸡零狗碎的叵烦日子，故其叙述模式亦可称为“日常生活语境”+“人物平民化”的叙述模式。它经常通过一系列平平淡淡的“现实平凡细节”复原普通人的生活往事，由于其叙述对象基本为不被人注意的老百姓，因而其叙述方式采用的多是典型的“个人叙述”模式，通过深入挖掘生活细节，倾诉“沉默的大多数”“未被知晓的心声”[9]。

在《古炉》中，作者也采用了后经典主义手法。这种手法与主流文学评论家倡导的文学创作方法刚好相反，主张文学叙述要表现寻常百姓的寻常生活，表现小人物的生活命运；与传统的经典主义作品追求艺术的永恒性不同，更注重艺术的现实生活性和时代平凡性，在叙述内容上创造性地采用了一种叙事开放式、话语多声部、组织无中心、结构零碎化、意义不确定的新经典叙事语法，从而把文本叙述置于更广阔的社会背景下，放入大众主义话语的叙述结构和阐释批评模式中。这样，其艺术叙述就走上了从再现生活叙述到发现生活叙述、从一致性生活叙述到复杂性生活叙述、从艺术学生活叙述到文化学生活叙述的文化转型之路。由是，在一种全新的艺术哲学体系建构过程中，其艺术叙事极大地超越了经典化叙述的文学意义，具有客观复原和理性认知世间万物生存发展意义的重要文化作用。它使我们在感知每个鲜活的生命个体存在意义的同时，亦陷入对平凡人生意义的文化反省中，使我们自觉认识到每个平凡人的生命意义和独特的审美文化价值。当然，也正是在这一点上，我们说后经典化叙述的意义就在于，其把普通人的生活命运移入自古以来人类艺术发展的时空平台，一个由悠远的历史纵向性与广阔的社会共时性组成的立体文化叙述的时空平台，使其艺术叙述显示出超越现实时空叙述的特点。

具体来讲，在艺术叙述中，《古炉》采用了如下三种叙述方式，以表明其叙述超越经典文学叙事，与前经典化和经典化叙事在研究范畴上具有明显的文化分野特征。

一是作者在《古炉》里用边缘叙事和解构手法来讲述这场运动。作品之所以选择狗尿苔这个边缘叙述人物来出任叙述主角，乃是因为他是“四类分子”的后代：据说他的父亲是一位国民党军官，但他自己不是，又是个小孩，所以村里没人在意他；正因没人在意，他才可以用一种全知全能的视角把村里夜姓和朱姓两大家族的斗争交代清楚。在古炉村的历史上，夜姓和朱姓两大家族一直和睦相处。结果因为这场运动，两个家族变成两个对立的造反派，武斗不休，村里死了很多人。狗尿苔目睹了这整个过程，所以他成了小说里的叙述者。当然，也正是因为作者选了这么一个边远山区的边远村子，然后用边缘人物叙述手法去叙事，这才让我们对这场运动的发生必然性、残酷无情性、细致入微性等有了更加深刻的认识。

说到此，也许有读者会问：为什么小说叫《古炉》？笔者以为，作者是要把美的结构文学和丑的破坏文学有机结合。古炉村的原型是铜川陈炉镇，那是一个制作瓷器的地方；瓷器当然很美，其英文单词（China）和“中国”相同，可见作者有意用它象征美的中国文化。从这个角度来讲，古炉村在历史上就是生产美的东西的地方，那它为什么又成为破坏美的东西的战场了呢？这里面反映出一个问题，即在民族现代化的历史进程中，主要的阻碍力量来自我们民族文化内部而非外部。由此可见，《古炉》采用边缘叙事手法以引起我们对民族现代化进行思考，立意甚好。

二是《古炉》采用细节叙述和情景再现手法还原历史。小说中的狗尿苔因为到处跑，所以武斗的详尽过程看得一清二楚。他就像是作家的代言人，带着我们把很多细致入微的东西都看到了。狗尿苔长得矮小，人也卑微，和陕西农村一种苔藓类植物的名称相同。狗尿苔这个人也和狗尿苔这种植物一样有着强劲的生命力，什么风雨都挫不败他的生存意志。作为人，他在村里是一个经常被侮辱被欺负的人，但他自己对此并不怎么在意。他与村霸霸槽的关系最铁，霸槽不欺负他，某种程度上还十分信任他并利用他。他也欣赏霸槽，也愿与霸槽交往。但他对霸槽与杏开的关系却不懂而且颇有微词，对霸槽拉屎却要他提锨去盖也颇为不平。他时常准备根火绳以方便那些抽烟用火的人，并不是为了讨人喜欢，而是自我求得别人尊重的动机的反映。他与善人一起抬蜂桶而掀翻蜂桶制止了一场即将扩大化的武斗，自己却被蛰得伤痕累累。他在与善人的亲近中不仅学到了待人处事的方法手段，也受到了良好品德的熏陶。同时，他毕竟只是个孩子，也做了不少淘气好笑的事。在被人欺负时，他用孩子的行为语言予以反击，又显得那么天真。正是因为他与男女老幼都能打交道，看到了社会的各个方面，所以他成了一个全知全能的叙述者，能将古炉村发生的大大小小事件都讲清楚。

当然，说到《古炉》这部小说的艺术情景再现，有意思的是，它还有建构主义理论所讲的情景创设、会话交流和意义迁移。它通过引导读者身临其境，进行情景对话，实现审美意义的迁移，把我们与狗尿苔看到的现场和有意义的细节移入我们心中，让我们玩味。显然，如此富有意味的细节和情境值得我们肯定，其最大意义就是带领我们沉浸于古炉村的具体历史文化氛围，感受和体会古炉村人当时的社会文化心理，他们内心的不安、躁动、狂热、迷乱、好斗和不可救药。所以说，这种艺术探索的成功经验又是作品的一个成就。

三是《古炉》采用影子叙述和公民阐释的手法来表达自己的看法。在故事叙述过程中，置于前景的叙述是主人公进行角色表演，然后紧跟着的是狗尿苔的影子叙述，再后边是作家本身进行影子评价，最后才是我们读者如影相随，进行公民阐释。正因如此，作家在小说后记中也说了，自己到村子里看到两个武斗时对垒的老人如今则拉起手在散步，这说明历史上的这一页在他们心中真的翻了过去。然而，对于他们的后代而言，这一页真的翻了过去吗？我们的后代会不会重蹈覆辙？这个问题值得深思。由此可见，作家有意通过影子叙述手法，通过这种公民表达手法，旨在引起人们对建设公民社会的思考。他试图通过再造一个影子经典，给我们留下更多的思考余地。

显然，这样的艺术叙述模式就是要提示我们，在我们今后的人生当中，看待任何事情，一定要远离那些非理性的情绪化思想观点，因为历史教训告诉我们，这样做既是为民族发展前途计，也是对极端政治思潮的警惕，对他人和我们自己的尊重，更是对国家发展应负的一种责任。所以我们说，贾平凹作品最重要的一点就是，他在从不同角度去探讨民族、民主、民生这一文化课题，其作品总是弥漫着一种浓郁的、理想的生活主义文化情结，一种可持续的国家文化发展观，而且他希望建立起现代公民社会，让我们每个人都参与到国家的社会建设当中，让每个人都活得有尊严。当然，也正是从这个角度看，我觉得《古炉》这部作品真的具有独特的艺术文化价值。

结语

总之，《古炉》就是这样通过一种类似“纠缠态”的“经典化”文学叙事模式，将前经典主义、经典主义和后经典主义的叙述方式有机结合，创造出一种“新经典”和“超经典”小说。这部作品以这场运动的历史进程为时间线索，以古炉村的自然地貌为空间布局，表现古炉村人的生活际遇和命运转折。在其叙述模式中，既贯穿有对“活”的历史追忆，也穿插了对“史”的演绎认知，还分布有对“事”的忠实记录；正是这三者有机结合，形成了一个纵横交错、似连非连的“叙述时空点”，作品情节向多个方向延伸，极大地推动了作品“新经典化叙述”“超经典化叙述”格局的形成，弥合了作品的“中心化叙述“与“边缘化叙述”之间的鸿沟。“典型化叙述”与“碎片化叙述”的文化模式相融合，使得小说文本呈现出“非经典”“元经典”“反经典”的三重结构模式创新特点，成为名副其实的“新经典”和“超经典”小说。

《古炉》的前经典化、经典化和后经典化艺术叙述探索表明，作为人类文学创作主流代表的传统经典作家群体的文学主体地位非但没有被动摇，反而在日新月异的现代信息传播媒介里，经过作家们艺术创作观念的变革，以及与前经典化和后经典化表现方式的艺术文化融合，正在将其自身推向“新经典”和“超经典”的艺术文化位置。它告诉我们：前经典化叙述方式并未过时，它在现代社会焕发出新的活力；经典化叙述及其对人们的影响非但没有消失，或因被替代而逐渐消亡，相反，在融入后经典叙述的艺术之流后，它又获得了新的文化生命活力。正是由于这三者有机融合构成“纠缠态”文学叙事模式，当前的文学探索出现了新的发展可能和空间突破方向。它使我们意识到，在当前这样一个没有英雄的平民狂欢化年代，每个普通人都是大家心目中的英雄，文学作品的叙述只有将每个普通人的命运纳入其艺术观照的文化视野，才能彰显出“新经典化”和“超经典化”的永恒艺术价值。当然，也正是在这个意义上我们说，前经典化、经典化和后经典化三种叙事模式通过吸收彼此的精华，形成了蔚为大观的“新经典化”和“超经典化”小说，其最大意义就是解放了小说，使其创作和书写获得了新的艺术发展文化生命力，正是它，使得人类的小说叙事创作，获得了更为强大的历史延续能力和理论创新张力。而这，也正是我们将《古炉》的艺术文化底蕴界定为“人文古炉文化”的深层文化原因。

■ 注释

1 Wallace Martin, *Recent Theories of Narrative*, Ithaca: Cornell University Press, 1986.（[美]华莱士·马丁:《当代叙事学》，伍晓明译，北京大学出版社，1990年，第228页。）

2—3、5、9 Baker, Mona. *Translation and Conflict: A Narrative Account*. London: Routledge, 2006, p.169, p.9.（《翻译与冲突：叙事性阐释》，赵文静译，北京大学出版社，2011年。）

4 转引自[美]赫伯特·马尔库塞:《爱欲与文明》，黄勇等译，上海译文出版社，1987年，第83页。

6—8 [日]西田几多郎:《善的研究》，何倩译，商务印书馆，1965年，第125—126页。

第四编
诺贝尔文学奖与世界性经典的形成

正典不拒绝民谣与摇滚：从鲍勃·迪伦获诺贝尔文学奖说起

王化学

按其传记作者的说法，鲍勃·迪伦是“将诗化歌词引入流行音乐”[1]的天才诗人歌手。就此而论，尽管把诺贝尔文学奖这顶桂冠戴到他的头上让几乎所有文学家、文学评论家和文学爱好者大感意外，但细忖也在情理之中。除去是充满独创性与活力的舞台艺术腕、最具影响力之一的美国流行文化的重要代表，他创作的歌词超过900首，主题涵盖人生现实和精神旮旯，就其感召力和慰藉力而言，文学史上一些顶级诗人也未必达至此境，所以获奖词说他“为伟大的美国歌曲传统带来了全新的诗意表达”。总之，这是一位集修辞与表演、诗韵与旋律于一体的真正意义上的文学艺术家，即使从界类分明、壁垒森严的现代文论立场审视，他也不可能被排除于文学圈外。由此可见，他之获奖可谓名至实归。

不过，他的获奖的确可以引发我们进行一些关于文学或文学属性、功能及传播方式的思考。

就像诺奖之于嘉奖已成经典一样，作家获得此奖是其作品经典化的充足条件(尽管不是必备条件)。由于诺奖的唯一性、全球性、程序的严格性，加之历史悠久，其权威性不言而喻（尽管对它的质疑从未消失)。检视设奖百余年来的授受实践，证明它绝非草率行事，故对世界范围内现代文学经典的形成起着举足轻重的作用。

诺奖作家及作品通常为严格意义上的文学家，即诗人、小说家和剧作家，但也不尽然如此，因为其章程规定也可授予那些“在形式或内容上显示出文学价值的著作”[2]，这就为“纯文学”之外的“非文学”或“泛文学”打开了一扇门。一些历史学家、哲学家乃至政治家如蒙森、罗素、丘吉尔等人，因其在历史、哲学、传记乃至演说等方面的高度成就和影响力而获奖。不过，在人们看来，他们的作品仍然属于传统或正统的文学观范畴，所以是没有问题的。然而，把如此严肃甚至神圣的奖项颁给一个摇滚歌星，无论他的歌词多么富有诗意，总不免令人感到突兀：难道“经典”的身价降低了？或者换种问法，大众喜好的通俗作品能否有资格升为经典乃至正典？经常剑走偏锋、游离于主流社会文化之外的文艺创作是否永无可能成为经典？

就鲍勃·迪伦而言，如果他不是一位“摇滚歌王”类的通俗艺术家，如果不是他的歌曲及其表演在世界范围内让其“粉们”足足癫狂了几十年，没准就不会出现对其获奖感到惊讶的情况。因为那样一来，他在公众心目中必定是位诗人，其一本本诗集如《新的清晨》《欲望》《迷途世界》等晓畅直白似无多少典雅的所谓“诗辞藻”也会被视为纯正之诗，给作者戴上一顶“诗人”桂冠一点问题都不会有。然而，一旦与“大众”“流行”“排行榜”挂钩，诗人身份就大可怀疑。这本是一种偏颇之见，但这一偏见却是由来已久，而且中外皆然。

问题出在哪里？或许出在人们的文学观念在不知不觉间发生了偏移。在人类历史上，随着文明程度的提高、主流意识形态的强化、层级文化价值观的凸显，权威与普通、经典与流行、阳春白雪与下里巴人之分日益泾渭分明。在西方文学史上，文艺复兴重新开启了古典文化之门，及至17世纪法国古典主义登峰造极，凡尔赛趣味甚至以政府行为规范文艺（法兰西学院行使这一职能）；以优雅人物为主体的沙龙文化盛行；学术圈内出现“古今之争”这样的公案并以崇古派大获全胜告终。该世纪的“巴洛克”风格在一些国家一度也颇受追捧，而民间文化则甚少被官方或文人注意。这不能不说是文化宫廷化/贵族化进而延展至学院化/精英化的典型反映。这一状况持续了一两个世纪，欧洲文学直到浪漫主义时代始又趋于本真，在民歌、民谣等民间文学的“拯救”下焕发生机。不过，这一“高端化”过程并未终结，事实上它仍在继续发展，只不过表现方式不同罢了。

俗与雅一如江湖与庙堂是一对永久的矛盾存在，或许也与一般事物的发展一样呈现此消彼长的规律。在文化较不发达的时代，它们对立的程度不那么明显，而在等级壁垒分明的时代则正好相反。等级之基础说到底还是经济实力问题，凭借财富取得政治与文化地位，进入社会上层，从而有机会接受更多更好的教育，自然便成为雅士。在雅文化圈里，通俗不被看好，反之亦然。个中偏见和误解自是难免。就当下而言，整个世界似已进入大众文化时代，主要系信息化所致。经济的决定因素似已被削弱，因为普遍穷困已不存在，绝大多数人都能接受教育，成为大众文化的消费者甚至生产者。尽管如此，带有贵族性质的精英文化依然强势，且与传统（从来都取决于社会上层建筑）珠联璧合，其口味往往是小众而非大众。它从方方面面左右人们的意识，久而久之遂成常态。因此不难理解，在我们所处的这个民主化或文明普及化的时代，其实遍及偏见，其中许多偏见都是深植于人们的无意识之中。例如，流行相当于粗俗，大众绝非精英，民调不及美声，小曲难媲交响，等等。

20世纪50年代兴起的摇滚乐极易让人联想到游乐场或街角码头从而与粗俗挂钩，其出现又与不被时流接纳的所谓“垮掉派”“嬉皮士”等不羁青年相连，从而被视为与社会正统背道而驰。摇滚乐风靡街头，它从最平凡甚至充斥苦难的下层汲取灵感，获得生命力。摇滚歌手及其音乐作品包括表演形式，由另类到被接受，雄辩地说明流俗不代表胡闹，卑微的民间（哪怕贫民窟）依然充满诗意。雅士们若能调整心态不故意视而不见，也会被感动。其实略加思考便知，人类原本就是从这种充满原始活力的艺术创作中走来，无论荷马史诗还是《圣经》中的情歌，无论中世纪游吟诗人的歌唱，还是数不清的骑士抒情诗，无不具有其时的“摇滚”性质……无疑，在多元文化视野下，被主流文化排斥的“反叛”文学或文化形态并不缺失“经典”素质，因而也完全有可能成为经典，因为经典总在过程之中。

摇滚乐以其极具个性化的音乐形式和表演形式霸占20世纪下半叶的流行乐坛，可谓音乐发展史上最重要的现象之一。从歌词方面来说，它的简易、通俗、迭句、重复、问答式、口语化等，如雷贯耳，直击听众内心，引发共鸣。这种毫不费解的修辞正是民谣的基本特征，由之可见摇滚与民谣的血肉联系。以摇滚歌手和民谣诗人定义鲍勃·迪伦再确切不过，他把握诗与歌之特点臻于化境，将二者糅合得完美至极。鲍勃·迪伦是“给耳朵写诗的人”，诺贝尔文学奖常务秘书萨拉·达尼乌斯如是说。这其实道出了诗的本质，诗与其说是写来看的，毋宁说是写来听的；诗的最初形态应该就是歌，《诗三百》里的每一首都算得上极好的歌词，无论黄钟大吕的《雅》《颂》，还是开口即唱的《国风》，回环往复，朗朗上口。《楚辞》吟诵起来也格外动听，一唱三叹，回味无穷。从宋词到散曲，韵文（广义上的诗）都是歌，也是音乐。西方同样如此，无论荷马还是萨福、彼特拉克还是华兹华斯，其诗作无不显示出抑扬顿挫的歌之美妙。许多诗人的作品如歌德尤其是海涅的短诗，经常被作曲家谱曲化为演唱作品；拜伦的组诗“希伯来谣曲”也被谱曲成歌。事实证明，诗与歌难解难分，歌以诗为骨，诗以歌传诵。不过，能够成歌的诗一般都是较易上口者，就如我们这里说的民谣诗或歌谣体。此类作品大都形式简易——且记，简易不等于艺术价值低！大音希声、大象无形，个中道道颇为玄奥。《红楼梦》第50回写大观园众钗裙“即景联句”，由并无多少文墨的凤姐顺口出了个上句“一夜北风紧”，却被赞为“正是会作诗的起法”，且随即引出李纨“出门雪尚飘”，堪称妙对！此颇似民谣，不见雕琢，顺口顺耳，上乘诗品无不如此。

鲍勃·迪伦的歌词之所以迷倒听众，与其作为民谣诗人深谙歌谣体特性和艺术手法密切相关。民谣类诗歌崇尚自然，一种原始的质朴若溪水潺潺，你会觉得他的倾诉情真意切——

可爱的梅琳达
村民们称她忧郁的女神
她说地道的英语
招呼你来到她的房间
啊你如此善良
当心不要急于走近她
她会取走你的话语
任你在夜里对月哀号[3]

歌词略带伤感，语调略显凄清，但却非常朴素诚恳。无论对“你”还是“她”，似乎都会产生一种担心：不会是命运在捉弄吧，无论如何他们都是无辜的，是再平凡不过的普通人……直白平易、略有不祥之感的词句撩乱人的意识，难道不是谣曲式诗行不可低估的张力吗?

长久以来，文明已使人们彻底摆脱了初民时代视诗为圣语的原始看法。按说，人类的幼年都是在歌唱里度过的，最初的诗就是祭辞，祭司高声吟出，在场者为之癫狂。拉丁文Vates一词兼指诗人和先知。这种人其实就是充当祭司的巫师——他们灌注了对神明的忘我精神、集灵感和激情于一身，如荷马那样用铿锵之音激起整个部族的热情。《诗经》里也不乏此类诗篇（多见于《雅》《颂》）。这些被视为“神之语”的作品无疑也如民谣，除了神秘高亢，还须字字入耳（短句为多），辅以鲜明节奏。没准诗的正源即在于此。滥觞阶段的此类作品无比流行，但随着自然崇拜乃至信仰时代的结束，其黄金世纪一去不返。本是朴素乃至粗糙的被称为“诗”的这种东西变得越来越精致，终至进入象牙塔，离民间渐行渐远，至艾略特的《荒原》(1948年获诺奖）已是佶屈聱牙、艰涩难懂，令人望而却步。不过，与泥土或民间气息血脉相连的民歌类作品从未中断，民谣圣手鲍勃·迪伦就是证明；数量巨大的受众群体也从未消失过，世界各地的摇滚狂欢即为明证。看来存在两种诗学体系毋庸置疑，没有必要为给摇滚与民谣颁奖感到意外，就如没有必要为给最小众化的作品颁奖感到意外一样。诺贝尔文学奖真的是独具只眼，其胸怀同其判断力均值得点赞!

不管怎么说，鲍勃·迪伦获奖是件大事，不仅有助于纠正某些文学偏见，还会掀起一波重视、发掘、研究、弘扬大众文化资源的浪潮。这将进一步改变人们关于文学和艺术认识的传统观念，进一步扩大关于文学传播多元形式与渠道的观照视野（比如，摇滚不仅是音乐的表演形式，还是文学的传播形式）并就此展开研究，等等。毕竟，最具权威性的世界文学大奖都不拒绝民谣与摇滚，就如不拒绝或可视为“亚文学”的口述纪实作品（2015年诺奖得主斯维特兰娜的写作兼跨新闻、纪实与文学）一样。这是否意味着，许多流行的东西，无论文学还是艺术，只要其本身足够好，就有可能成为经典乃至正典！就此而言，一个流行文化的靓丽符号摘取这顶桂冠，实在比几个传统意义上的作家获奖更有意义；这意义——对当下文学文化的影响——是难以估量的。

■ 注释

1 ［英］霍华德·桑恩斯：《沿着公路直行：鲍勃·迪伦传》，余淼译，南京大学出版社，2012年，第2页。

2 王征：《蒙森》，转引自车吉心、朱德发等主编：《1901—1995诺贝尔文学奖得主全传》，明天出版社，1997年，第9页。

3 ［美］戴维·道尔顿：《他是谁？探寻真实的鲍勃·迪伦》，赫巍译，广西师范大学出版社，2015年，第155页。

库切四部作品英语书名汉译研究

王敬慧

库切不仅是作家、语言学博士，还是文论家与翻译家，这样的资历让他对文字的运用敏感而细腻。作为世界知名作家和翻译家，他深知文本向异国的传输需要借助翻译，而不同的语言出自不同的文化背景与土壤，在被转换到另一种语言的过程中会出现意义的改变或缺失。基于这样的原因，他的文字总是力求简洁，结构上也清晰可辨。曾有阿拉伯语文化季刊记者通过邮件向他提问："对想翻译您小说的译者，特别是阿拉伯语译者，您有何建议？"他的回答言简意赅，但也表明了他对翻译的理解："注意纸上的文字和句子的结构。"[1]除此之外，他对译者不再有任何要求。

相较而言，库切的作品文本容易翻译，而书名翻译对译者则颇具挑战性。很多情况下，库切喜欢使用寓意深刻的词汇，尤其是一词多义或双关语的情形居多，这让译者在翻译时面对诸多可能而不得不退而择其一。译者将其作品书名翻译出来的一刻，即是意义出现缺失的时刻。本文从库切的作品中选出4个比较有代表性的书名予以分析，尝试总结有关库切书名翻译的原则。

小说——*Foe*

该书英文书名*Foe*来自《鲁滨逊漂流记》作者的名字笛福（Defoe）。笛福是18世纪英国现实主义小说之父，本姓Foe，四十多岁时，为了表示自己拥有贵族头衔，他在姓氏前加了一个贵族前缀De，改姓为Defoe。库切则在小说中解构笛福作者本身，让其恢复真实的姓氏。对于库切而言，对经典的戏拟与重写是为了凸显过去被埋没的信息，或者修正错误的信息。所以在这部小说中，库切让男性人物鲁滨逊退到后面，女性人物苏珊·巴顿成为故事的主体叙述者。按照她的记述，当时被营救的船难者有三个人：她本人和鲁滨逊，还有星期五。鲁滨逊在回到英格兰的途中病死船上。是苏珊带着星期五回到欧洲大陆，她希望找到作家福：一个会讲故事的人。她请求福将她的故事整理出版。在《福》这部小说中，作家福绝对不是那个伟大的"现实主义小说之父"，而是一个令人失望的小说写手。他想尽办法躲避法官和债权人，并会为了经济利益而牺牲自己的原则，投读者喜好，篡改苏珊讲述的内容。为了拼凑耸人听闻的情节，福甚至在故事中加入一个年轻女子，谎称这个女子是苏珊正在寻找的女儿。故从解构经典作品创作者身份和还原历史真相的角度来说，将该小说译为《福》是一种可选择的方法。

但台版将其译为《仇敌》也有其道理，因为该故事的复杂性与可读性就在于存在各种对立关系：作者与读者，作者与作品，真实与虚构，女性人物与男性人物，言说者与失语者，新作与旧作，主人与仆役，殖民者与被殖民者等，若想夸张地展现这类关系，也可将其译成"仇敌"。

在书名翻译上，《福》和《仇敌》都可接受，但译者只能二选一。这一选择过程对译者而言是一个痛苦的过程，因为译者知道，在选择开始的时候，即是意义缺失的开始。所以作为该书译者，笔者一直惴惴不安，并曾与库切本人探讨用其他形式来弥补这种缺失。比如，建议中文出版方在图书封面上将"福"字倒印，寓意"福到"；或者用中国剪纸：红色的365个福字来弥补缺失的含义，探求展现新意的可能。尽管最后因出版常规要求的原因（书名不能倒印，否则会在未来书目管理中出现无法检索的情况），这些想法未能实现，但从中可以看出，翻译过程中必然出现的意义的部分缺失对译者会造成一种创伤并导致其他可能。库切本人对此深表理解，所以他对笔者提出的弥补方案也表示可以接受。实际上，由于他也有过翻译的经历，他能接受译者在理解作品之上的创意。比如，在《异乡人的国度》中，他写有一篇关于荷兰小说家兼旅行家努特布姆的文章，其中谈及该书作者荷兰版译名《在荷兰的大山里》的翻译，其实它的荷兰语原文是《在荷兰》，译者之所以在译名中加入大山，是因为根据故事情节，在这个被分裂为南、北两半的国家里，南方来的移民聚居在北方城市周边搭建的临时棚户区。北方人瞧不起南方人，嫌其又脏又狡猾，将其用作廉价劳动力；南方人则称北方人为“严厉冷酷的人”。主人公提布隆在心底觉得自己是个南方人，不喜欢北方人，“因为北方人自尊自大、贪得无厌，又虚伪得总想设法加以掩饰”。一提到北方，提布隆心里就感到怕，“德文中大写的怕”[2]。而南方多山，所以译者在英译本书名中加入了山的意象，库切认为这是在准确把握原文基础上的创意性添加。

小说——*Disgrace*

对于disgrace的翻译，中文版将其译为《耻》。这确实是该词的含义之一，但与Foe的书名翻译类似，当一个含义被选为书名就意味着其他可能的含义被排除。库切研究专家阿特里奇也认为该词与“耻辱”有关：“disgrace一词的对立词是‘荣誉’（honor），因为《牛津英语字典》中关于disgrace一词的解释总是与dishonor相联系。换句话说，公众目睹的耻辱与公众的尊敬相对，故也只能由公众的尊敬来抵消，即通过荣誉挽回耻辱。”[3]单从小说基本情节来考虑，这样理解是可以接受的，但“disgrace”一词其他层面的含义也值得考量，而且至少有三种可能。

第一，对于小说主人公卢里的女儿露西来说，disgrace可以表示一个名叫Grace的女孩的不在场，因为在卢里前妻的记忆里，露西前同性恋女友的名字似乎是Grace。这样来梳理，这部小说的名字可以是《格蕾丝不在场》。

第二，即台版的《屈辱》。该译法从主人公卢里的角度考量，对于他和女儿在南非的生存状态进行了总结。父女二人在南非的境遇可以用“屈辱”来描述。卢里是文学教授，却要在功利化的大学里教授交流技巧类的课程；他对于女性，不论是妓女还是女学生，都希望表达自己的真诚，却不被人理解；他与女学生关系的问题，在他登门拜访女学生梅兰妮的家长时说的话中显示了他所处的状态：

> 我不信上帝，所以我得把您的上帝及上帝的语言转化为我的说法。用我自己的话说，我在为发生在您女儿和我本人之间的事情受到惩罚。

> 我陷入一种disgrace的状态不能自拔。这不是一种我要拒绝接受的惩罚，我对其没有任何怨言。而且，恰恰相反的是：我一直以来日复一日就是这样生活着，接受生活中的disgrace状态。您认为，对于上帝来说，我这样永无止境地生活在disgrace之中，惩罚是否已经足够了？[4]

卢里的女儿露西被黑人强暴，成为种族仇恨的牺牲品。在后种族隔离时代的南非，白人成为被欺凌的对象。白人过去用来侵犯黑人的手段被重新夺权的黑人再一次使用。当卢里教授看着女儿被三名暴徒侵犯、财产被洗劫一空、本人也险些被烧死时，他发现自己无能为力，警察也帮不上忙。此时主人公的状态用“屈辱”一词来形容完全合乎作品主题。

第三，该书也可译为《仁慈的缺失》。在南非这块土地上，黑人与白人相处日久，但是由于祖先的错误，他们之间只有对彼此的仇恨而毫无仁慈与爱意。作为一位语言学专家，库切善于使用词汇来表达抽象的含义。disgrace从构词法上看由两部分组成：dis和grace。“dis”表示“没有”，“grace”除了表示“优雅”，还有一个文化渊源深远的含义：“仁慈”，比如，人们用英语表述仁慈的行为，那个词组是“an act of grace”。所以笔者认为，从寓言角度来读这部小说，《耻》（*Disgrace*）是在描述一个通往仁慈（grace）的道路。小说中体现出的世俗道德之无力，恰恰是为了建构起一个更为有力的世界——这个世界里有仁慈和爱心，有存在的喜悦和悲哀，也有更高的平等和超然。

最后还有一种可能，就是译为《混沌》。库切在《双重视角》里这样定义“grace”：“grace是一种情境，在这种情境下，真理可以被清楚且不盲目地讲出来。”[5]从这个角度来说，disgrace就是一种没有真理的混沌状态。《耻》中的主人公卢里本人就认为自己生活在这一状态中。

文论集——*Stranger Shores*

在该书名中，“stranger”表示陌生人、异乡人；“shore”可以指海滨、海岸，也可以指国家，尤指濒海国家；所以中译本选择了通常含义中的后者，将其译为

《异乡人的国度》[6]，这是一个优美而有深意的翻译。但从构词法上分析，stranger除了表示陌生人、外乡人，它还可以是形容词strange的比较级；shore可以从“海岸”引申为“大海的边缘处”，对内陆人而言很遥远的地方；那么此书名就可译成《蓬莱之处》。这种可能性也可以从文集中各篇文论的内容加以佐证。仔细阅读该文集中所收集的库切1986—1999年间所写的文章，除了部分英美经典作家，如艾略特、笛福等，更多的是来自欧洲、中东与非洲国家，如荷兰、俄罗斯、德国、南非等。库切通过这些来自遥远异域的作家及作品来理解自己的生活与时代。[7]不论在哪个国家居住，库切总觉得自己是一个局外人或外乡人，与周围世界没有亲密感。他的研究也多注重那些对于中心区域而言属于外围的作家。在研究里尔克的文评中，库切在开篇提到，一家英国著名读书俱乐部列出了20世纪最受欢迎的五首诗，其中就有里尔克的《杜伊诺哀歌》。相较其他四首诗的作者：叶芝、艾略特、奥登和普拉斯，库切想要探究：为什么这位对英国没有好感的来自异乡的德国人能被英文读者接受。他敏锐地指出，该诗所具有的异域的思辨方式，如德国形而上学的哲学思辨，使得这种来自遥远陌生区域的文字对于英文读者有着迷人的吸引力。

库切也在从遥远的国度寻找能让其找到共鸣的作家与作品。艾芒兹是荷兰作家和诗人，库切译过他的《死后的忏悔》。从该文集中库切关于艾芒兹的文评可以看出，他试图透过异域作家的文字与人生来思悟自己的生活。库切经过广泛阅读，指出了艾芒兹论文中所产生的观点与其小说的映照：“艾芒兹这一说法强调了两点：一是强调了人类在其无意识内心冲动面前的无助感，二是强调了人在成长过程中痛苦的幻灭感。《死后的忏悔》中的叙述人叫威廉·泰米尔。在他身上，这两点都可以找到：他在激情恐惧和嫉妒所造成的苦海中无助地漂泊着，痛苦地挣扎着，最后一逃了之，他不敢面对自己的生活轨迹向其揭示的所谓真正的自我，因而变得瘦弱、怯懦而可笑。”[8]库切深刻地感受到主人公泰米尔想成为作家却遭出版社退稿打击的痛苦，“作家梦的破灭，可以说是泰米尔遇到的最大危机。既然没有某种替代方式可以表达自己的人生价值，那就只好采取直接的行动了。由于内心自我（不管这一自我有多么怪异，多么可怜）的表达不足以使他成名，他只得创造一点外在于自己的东西，把这东西拿给社会看，以实现自我”。结合译者库切本人在这段时间的经历，他当时也正处于文学创作初期，泰米尔的作家梦中也包含着他的作家梦，所以他对主人公泰米尔的观点非常赞赏：“泰米尔声称没法保守得住他那令人可怕的秘密，把自己的忏悔写了下来，作为一座丰碑留给后人，因而使自己一钱不值的生活成了艺术。”[9]当库切说泰米尔身上有作者艾芒兹的影子时，可以说泰米尔身上也有译者库切的影子。这部文集既包含库切所需要的来自蓬莱之处的安慰，也有库切对各种不被文论界注意的异域作家的研读。

文论集——*Doubling the Point*

该文集出版于1992年，形式颇具新意。文集中既包括库切1970—1989年的文学评论文章，还包括阿特维尔对他的采访。该书出版于文集《白人写作》之后，当时哈佛大学出版社邀请他出版一本与南非无关的语言学研究的论文集。库切不打算再专门从事语言学研究，所以他并不想出这样一本文集。于是他想出一个办法，就是从他的文评中选出八个主题的论文，请阿特维尔阅读并提问，这样就出现了一系列关于他学术文章的深入对话。这八个主题分别是：贝克特，互惠诗学，大众文化，句法，卡夫卡，自传与告白，淫秽与文字审查制度，南非作家。该书目前尚无汉译版，在一些学术论文中它被译为《双角》，但笔者认为，《双重视角》更能表现出库切对该书设计的初衷。库切强调对话的重要性，而这本论文集的优势就在于，它通过对话让库切再次思考和反思自己的观点，这是一种学术研究的较理想状态。库切在该书访谈部分谈到他的作品与文论关系时说，不论他创作的作品还是所写的文论，都是在“讲实话／真理（telling the truth）”[10]，“因为从广义上讲，所有的写作都是一种自传：不论是文评还是小说，你写的每一样东西在被你书写的同时也在书写着你本人”[11]。

在库切看来，阅读文本的本质就是一种无形的翻译，而每种翻译最终就是一种文学批评。文学作品本身的文学性本质就给翻译带来了问题，想要“找到这些问题的完美解决方案是不可能的，部分的解决方案则包含了批评的行为”[12]。在评论里尔克作品翻译的文章中，库切对译者加斯的评判表达了他认为译者创造性之重要。他说："加斯所译里尔克的诗，那些偏爱、信守、忠实于原诗的人读了不一定会感到满意，尽管这些人偏激得很可能会以为，在德文诗和英文诗之间是没法进行理想翻译和沟通的。那些希望被诗歌宏伟的语言音乐效果打动的人，读了加斯的译文可能也不会感到满意。加斯的译文也许称不上具有灵感的诗歌创作，但却是译者多年来用心细读里尔克原诗的结果，译者毕竟以丰富、上乘的英语语汇，明白晓畅地表达了译者对原诗诗味的把握。"[13]同样，库切在《策兰与他的译者》一文中指出："策兰的音乐不是恢弘的：他似乎是逐字逐字、逐句逐句构筑，而不是写一口气读完的字句。译者除了逐字逐句慎重处理外，还必须创造节奏上的力度。"[14]再比如，他认为霍夫曼翻译的约瑟夫·罗斯太过英国化，使用的单词和表达会使美国读者感到困扰；库切呼吁使用较为中立的翻译，这样在英美都可以流通。这些评价体现出库切对译者艰难处境的理解：忠实于原文的翻译可能在目标语与源语言两边都无法得到认可，这其中需要译者本人发挥出自身的创造性作用。库切同意加斯所说，翻译并不需要高深的理论，在翻译诗歌时，有的意义不得不失去，这是没有办法的事情；但问题的关键是，什么东西值得译者全力以赴地去保留，什么东西可以任其丢掉。

库切认为，翻译文学文本，光了解源语言是不够的，译者还必须了解作者及其作品。用库切作品中虚构人物科斯特洛的话说："文字研究首先意味着重新复苏真实的文字，然后做出真实的翻译：真实的翻译离不开对文本所产生的真正的文化与历史矩阵的真实理解。我们要理解的是历史文化的基础，文本就来自那样的基础。就这样，语言研究、文献研究（解释方面的研究）、文化研究和历史研究——所有这些研究构成了所谓人文学科的核心——它们渐渐地相互结合起来了。"[15]在《伊丽莎白·科斯特洛的八堂课》中，伊丽莎白对她姐姐说："各种不同的《圣经》文本一方面很容易被抄错，另一方面也很容易被译错，因为翻译总是无法十全十美。假如教会还能承认，对文本的解释是一个综合工程，极为复杂，并不像某些人所宣称的他们能垄断解释权，假如真是那样，今天我们就不会有这样的争辩。"[16]

总之，在这四部作品书名的翻译中，最难抉择的书名翻译是*Foe*，它需要将英语中具有双关含义的词汇译入汉语，而汉语中则没有相对应的此类一语双关的词汇。这就如同比较典型的一则关于银行的英译：Money doesn' t grow on trees. But it blossoms at our branches. 因为汉语中“分行”与“树枝”是两个不同的词汇，所以英语原文中的双关含义完全无法等效译入汉语。在书名翻译实践中，我们不得不承认一些局限：从宏观范畴说，翻译受到语境、语体以及文化思维差异的直接制约，所以就有了不可译性的客观存在；从微观上看，译者的翻译水平、对文本的总体把握以及对文字的具体处理都会直接影响译作质量，所以文学作品经过语言转换后就已或多或少失去了作品的原汁原味。因而，如果某些评奖者只是根据自己能阅读的语言来对某一作品译本进行评判，就很难做到完全公平。库切曾说他觉得很奇怪，为什么诺贝尔不设立一个音乐奖，他认为音乐更具有普适性，文学则局限于某种特定语言。[17]从艺术表现形式上看，音乐语言完全不同于文字语言，人类有不同的语言，却有相通的音乐。库切曾写过一篇题为“翻译卡夫卡”的文章，在该文中，他详细指出了译者在将卡夫卡的作品译成英文过程中所遇到的种种困难。他指出，翻译的水平决定着一部作品在另一种语言环境中的被接受程度。在对穆齐尔的阅读中，他曾确实感觉到同样一部作品，布里基沃特翻译的版本就要比雷斯曼翻译的版本更容易让他理解和欣赏。翻译能翻出“词”(word)，但有时并不能译出“意”(meaning)。库切本人是很有语言天赋的，除了英语和南非荷兰语，他还可以直接阅读西语、法语和德语作品，因而他在该访谈中的感慨就来自他的实际经验。

书名翻译看似简单，有时甚至出版社会自己定下一个名字让译者使用，但是本文用实例分析证明，书名翻译需要得到更多重视，也需要译者花费更多精力，尤其是在翻译一词多义或双关时更需灵活处理。书名翻译要与作品本身的行文整体风格一致，要与内容保持一致，这就需要译者透彻理解整本书的内容，知晓原文作者的视角，熟悉原文蕴含的文化背景，这样才可能在书名翻译中抓住精华，等效翻译。与此同时，书名翻译也应该是一种创新的过程，因为如果书名翻译必定是一个意义缺失的过程，那么译者可以通过尽量让书名翻译成为一种创造性艺术来弥补其他方面的缺失，这也是一种等效。

■ 注释

1 J. C. Kannemeyer , *J. M. Coetzee, A Life in Writing* , London: Scribe Publications, 2013, p.583.

2、6、8—9、12 ［南非］库切:《异乡人的国度》，汪洪章译，浙江文艺出版社，2010年，第71、51、53、100页。

3 Derek Attridge, *J. M. Coetzee and the Ethics of Reading : Literature in the Event,* Chicago: University of Chicago Press, 2005, p.178.

4 J. M. Coetzee, *Disgrace,* London: Secker & Warburg, 1999, p.172.

5 J. M. Coetzee, *Doubling the Point: Essays and Interviews*. Ed. David Attwell. Cambridge, MA: Harvard University Press, 1992, p.392.

7 关于库切小说*Life and Times of Michael K*的翻译也有类似问题。其中“life”一词的含义既可以说“生活”也可以说“生命”这两个意思，所以中文译者只能在两种翻译中取舍。

10 truth是一个如此难以翻译的词汇，行文中笔者不得不用汉语词汇来表示，但是建议读者不要参考这个汉语翻译，只要思考“truth”本身的多重含义：事实；真相；真理；真实；实话；真实性。

11 J. M. Coetzee, *Doubling the Point: Essays and Interviews*. Ed. David Attwell. Cambridge, MA: Harvard UP, 1992, p.17.

13—14 ［南非］库切:《内心活动》，黄灿然译，浙江文艺出版社，2010年，第115页。

15—16 J. M. Coetzee, *Elizabeth Costello*, London, Secker & Warburg, 2003, p.121, p.122.

17 J. C. Kannemeyer , *J. M. Coetzee, A Life in Writing* , London: Scribe Publications, 2013. p.564.

诺贝尔文学奖与中国现当代文学的发展：兼论鲍勃·迪伦获诺奖对当下文学的启示

张 敏

2016年10月13日，瑞典诺贝尔评奖委员会将本年度的文学奖授予美国民谣歌手鲍勃·迪伦。这一结果在中国文学界引发巨大争议，有人认为这是“创举”，也有人认为评委会“瞎颁”。[1] 鲍勃·迪伦获奖引发的争议再次证明了文学批评和标准的不确定性，也印证了法郎士所言“文学批评乃是灵魂的冒险”。其实，不仅诺奖被一些学者认为是“一个可怀疑的权威”，全球任何文学评奖都会受到不同评委的不同审美趣味、评价体系、文化倾向甚至所属国家/地区的综合影响力以及各种偶然性的左右和影响。所以一味质疑某个奖项的评奖结果并无太大意义，作为文学批评者我们也许更应该关注的是，这个奖项的获奖作品在多大程度上影响了后来的文学创作，以及它对“文学性”“文学”这些文学元理论的思考和启示。因此，本文从诺奖对中国现代文学发展的影响这个角度入手，以作家曹禺和莫言为例，对他们师承诺奖作品进行分析，论述中国文学创作，无论是写作手法还是创作风格，均以开放、谦虚、包容的姿态向诺奖作品学习并与自身民族写作传统相融合，促进了自身的发展演变。而鲍勃·迪伦获奖也势必会促进并深化新世纪以来在“文学终结论”背景下我们对“文学”的重新思考和定位。

一、诺奖对中国现当代文学的影响——以曹禺、莫言为例

“新文化运动”以来，中国文学就与世界文学发生了紧密的联系；可以说，中

国现代文学的发生与外国文艺思潮的影响密不可分。鲁迅、胡适、郭沫若、周作人、郁达夫等新文学先驱进行了大规模的文学翻译活动，并学习借鉴了西方的写作手法和创作风格来表达时代的声音，成为现代文学的第一代作家。在这之后，学习借鉴西方作家优秀的写作手法并与自身相融合，成为中国现当代作家进行文学创作时一个很好的传统。诺奖作为一个世界级的奖项，它的影响力也在一定程度上体现在中国作家身上。

1.曹禺的《原野》与奥尼尔的《琼斯皇》

曹禺是一位深受西方现代派戏剧影响的作家。美国剧作家奥尼尔于1936年获得诺奖，曹禺1937年创作的《原野》就吸收借鉴了奥尼尔的戏剧，尤其是《琼斯皇》，这最鲜明地体现在表现主义的写作手法上。表现主义手法常用幻觉和梦境来表现人物内心深处的心理，形式古怪离奇。在《琼斯皇》中，琼斯靠欺诈手段当上黑人部落的皇帝，用从白人那里学来的手段残酷地统治、压榨人们，引发群众暴动。琼斯在深夜穿越丛林逃跑，最终被起义者击毙。整个剧本剧情简单，从第二场开始就是琼斯一个人的独角戏，重心放在琼斯临终前仓皇逃窜的几幕场景。奥尼尔运用表现主义手法来展现琼斯的内心冲突、恐惧、幻觉和回忆，营造出一个超现实的虚幻世界。在幻觉中，琼斯看到了疯狂舞蹈的非洲黑人、小而无形的恐惧、自己越狱时的场景等。琼斯恐惧的尖叫，贯穿全剧急促的土人鼓声，凄厉的风声，不断响起的枪声……使观众置身于梦魇般的原始、神秘、恐怖的气氛中。曹禺在谈到创作《原野》时说："写第三幕比较麻烦，其中有两个手法，一个是鼓声，一个是有两景用放枪收尾。我采取了奥尼尔在《琼斯皇》中所用的，原来我不觉得，写完了，读两遍，我忽然发现无意中受了他的影响。这两个手法确实是奥尼尔的。"[2]也就是说，在创作《原野》的过程中，曹禺自觉不自觉地学习借鉴了《琼斯皇》中的表现手法。在《原野》中，农户仇虎怀着刻骨仇恨去找地主焦阎王报仇，却发现仇人已死，便杀死了他的儿子——他幼时的好友、善良而懦弱的焦大星。但在复仇后他却陷入深深的愧疚和痛苦之中。当他带着焦大星的妻子、自己的情人花金子逃入森林时，曹禺也运用了幻觉、声音、意识流、对白等形式来表现剧中人物的复杂内心和现实困境。当我们读到：仇虎在黑森森的林中奔跑时头脑中不断出现的幻觉折磨着他，家人的冤魂、焦大星的控诉、令人战栗的鼓声、呼啸而来的枪声……这样恐怖阴森的幽冥世界很容易让人想起《琼斯皇》。不过，曹禺对奥尼尔绝非简单模仿，而是结合了本民族的写作传统，对其进行了中国化的改造。正如曹禺自己所言："读外国剧本，真有好处。人们常说'千古文章一大抄'，'用'就得'抄'。但这种'抄'绝不能是人家怎么说你怎么说，而要把它'化'了，变成你从生活中提炼出来的东西。借鉴与抄袭的界限就在于此。"[3]曹禺的《原野》正是对奥尼尔的《琼斯皇》进行了中国式的化用。我们试举一个细节：《琼斯皇》中的鼓声是非洲战鼓，一开始节奏平稳，之后越来越快，剧中呈现出愈发急促、紧张的气氛；曹禺《原野》中的鼓声则变成中国寺庙中施法叫魂的鼓声，缓慢、单调、阴森、沉闷，节奏不变，一声一声，让人感到说不出的压抑和恐怖。在叫魂鼓声的背景声音中，《原野》中还加入了一首鬼气森森的民间小调《妓女告状》："初一十五庙门开，牛头马面两边排，殿前的判官呀掌着生死的簿，青脸的小鬼哟，手拿拘魂的牌。"《原野》中这看似无心的一笔，恰恰显示出曹禺在学习借鉴西方创作手法时的"民族性"诉求。除此之外，在整体剧作风格上，奥尼尔更关注形而上的探讨、悲剧命运观、人的异化等；曹禺也有对命运和神秘力量的探寻追问，但他的写作仍是扎根中国大地。仇虎与焦阎王的矛盾也可以理解为农民与地主的阶级矛盾，《原野》结尾花金子在仇虎的保护下逃离出去，意味着他们的孩子得以延续，而铁轨、火车和即将出生的孩子一起代表着未来和新事物，这一笔也使《原野》不像《琼斯皇》那样完全是一出悲剧，而是给予观众希望和光明，这也在一定程度上契合了中国观众的接受审美。

2.莫言的《透明的红萝卜》与马尔克斯的《百年孤独》

莫言是当代文坛中较早接触拉美文学并深受影响的作家。1982年哥伦比亚作家马尔克斯获得诺奖，这在当时的中国掀起了一股"马尔克斯热"。莫言这一时期创作的小说，特别是《透明的红萝卜》，明显带有马尔克斯的痕迹。莫言曾说："当我读了马尔克斯的《百年孤独》的一个章节后就把书扔掉了，我心中想：这样写，我也会！"[4]这番自白其实也承认了自身创作受到马尔克斯的启发和影响。莫言对马尔克斯的师承主要体现在两方面，一方面是借助奇异、细腻的感觉对现实进行叙述描写，取得神奇魔幻的效果，即我们常说的魔幻现实主义手法；另一方面是认识到一个作家必须要有一块属于自己的地方，在小地方上建立起对大的世界和整个人类的认识。《百年孤独》中写黑夜里人们超乎寻常的听力，能听到蚂蚁的哄闹声，蛀虫的啃食声，野草的尖叫声……写吉卜赛人墨尔斯阿德斯带着两块磁铁进入村子时，“铁锅、铁盆、铁钳和小铁炉纷纷离开原地，铁钉、螺丝钉由于自拔，弄得木头嘎嘎作响……争先恐后、成群结队地跟在墨尔斯阿德斯那两块魔铁后面乱滚”；这些看似魔幻的描写，却最能反映外界文明进入马孔多镇时给村镇带来震动的现实。类似写法我们在《透明的红萝卜》中也经常可见。黑孩能听到树叶降落时空气震动的声音；能看到河上有发亮的气体起伏上升；能嗅到河水里泛起的血腥味；他眼中的红萝卜是“透明的、金色的外壳里孕育着活泼的银色液体的红萝卜”；他拿着烧红的钢钻，手上冒着烟而不怕烫伤……这些细节显然也是一种虚构，但却真实地写出了动荡岁月中缺失母爱的黑孩身上的孤独、倔强和坚韧。莫言正是学习借鉴马尔克斯魔幻现实主义的写作手法，获得亦幻亦真的独特风格，建立了“高密乡”的艺术世界。诺奖作品尽管对中国现当代作家产生了深远影响，但中国作家对其并非一味照搬，曹禺是这样，莫言亦如是。在《透明的红萝卜》中，铁匠师徒的手艺传承、修水利、砸石子、吃伙房、睡桥洞、偷萝卜、窃地瓜等场景都是当时中国社会生活的缩影，充满了时代、地域特色。《百年孤独》中常常运用《圣经》中的神话、传说和典故来加强作品的虚幻、神秘、神圣的气氛，莫言使用魔幻现实主义手法时运用的则是中国的民间传说、神怪故事、童话寓言等，带有中国民族艺术的味道和气息。这种既学习他人又坚持自我的创作姿态，使莫言在2012年成为中国第一个斩获诺奖的作家。

在曹禺和莫言之外，还有不少中国作家受到诺奖作品的影响和启发，篇幅所限，不再举例。故我们说，在中国现当代文学的发展过程中，它以开放、包容、谦逊的姿态向优秀的世界文学学习，吸取、借鉴诺奖作品并与本民族的写作传统相结合，创造出既具“世界性”又具“民族性”的大气而独特的文学格局。百年诺奖尽管被不少专家学者质疑[5]，但不可否认的是，这个奖项的设立缘起，本身是对文学创作的一种肯定和钟爱，对作家和文学评论、研究者的一种支持和鼓舞，并能引起我们对“文学”的关注和思考。那么，美国民谣歌手鲍勃·迪伦获奖，这对我们的启发是什么呢？

二、鲍勃·迪伦获奖对中国当下文学的启示——何为“文学”？“文学”何为？

进入新世纪，“文学终结论”一直是中国文艺界的热门话题。《文学评论》2001年第1期上发表了米勒的论文《全球化时代文学研究还会继续存在吗？》，引起了关于“文学终结论”的持续讨论。持“文学终结论”观点的人不无悲观地看到，文学特别是精英文学彻底边缘化，越来越多的人被通俗文化和大众文化裹挟而去，文学丧失了对社会的影响。然而，另一种声音则认为，这不过是危言耸听，文学只是改变了存在的方式。争论激烈而持久，在《文学评论》《文艺报》《文艺争鸣》等期刊、报纸上展开了长时间广泛而深入的讨论。鲍勃·迪伦获奖再次激起人们对新时代里何为文学、文学何为等有关文学元理论的思考和讨论。

1.何为“文学”？

鲍勃·迪伦在获奖前便不断被提名，这一现象其实涉及一个核心问题，即歌词是否有资格获得世界级别的文学奖项？最后他终于获得这一奖项，很多人争议的焦点并不是他是否配得上这一荣誉，而是他的艺术能否作为一种“文学”。这就再次回到之前我们谈论的新世纪以来中国文化界讨论的“何为文学”问题。瑞典文学院将诺奖颁给鲍勃·迪伦，在某种程度上就是对这一问题的理解和阐释。2015年，瑞典汉学家、诺奖终身评委之一马悦然在澳门科学馆演讲，提到“文学”这个词的意义并给出了解释：“按照诺贝尔文学奖的宪章，文学这个词除了纯文学以外也包括有文学价值的其余作品。这就是哲学家柏格森（1927）和罗素（1950）与丘吉尔（1953）能得奖的原因。”[6]这里传达出一个信号，即“文学”的边界扩大了，文学不仅是学科化之后自留地里的小说、诗歌、散文、戏剧，还包括带有“文学性”的非文学作品。一年后，瑞典文学院将诺奖颁给鲍勃·迪伦，进一步透露出其与时俱进精神和对“文学”的新认识：文学的内容边界不仅出现了延展，其存在方式和传播途径也发生了改变，即文学不再仅仅是传统意义上以纸质为媒介、以阅读为传播方式的文字，而是在新的时代背景下，在现代传媒技术中更新了自身艺术活动、生产流通和接受方式的多种文学样式。

设立文学奖项的一个重要目的在于唤起人们对以文学形式探讨人类共同问题之有效性的重视，即对以探索人类精神为追求的形式本身拥有更深刻而透彻的理解。鲍勃·迪伦的歌词能够获奖，自然加深了中国文坛在新时代背景下对文学自身的思索和认识。“何为文学”？换句话说就是，“文学的边界在哪里”？关于边界问题，陶东风教授曾说：“文学、艺术概念本身都不是一成不变的，而是移动的、变化的，它不是一种客观存在于那里等待人去发现的永恒实体，而是各种复杂的社会文化力量的建构物，它不是被发现的，而是被建构的。社会文化语境的变化必然要改写文学的定义以及文艺学的学科边界。”[7]从这个意义上说，当我们陶醉在鲍勃·迪伦那略带沙哑的美妙歌声中，当我们沉浸在优秀的影视作品中，当我们徜徉在令人感动的网络小说中，我们已经不知不觉间成为被文学征服的对象和文学生产、流通中的一环。今天的“文学”不应只是以纸质为媒介的小说、诗歌、散文、戏剧等文学样式，还应包括具有文学品质的歌词、网络文学和博客、微信等自媒体文学……这样的文学现象彰显着在“文学终结论”的误读下“文学”无所不在的事实，说明文学其实对我们的生活产生了更大的隐形支配力量。

2.文学何为?

“时运交移，质文代变”，随着时代变化，文学不断有新的文学样式和存在样态，但文学之所以为文学的核心是所有创作者、读者和评论者都应该坚守和维护的，而回答了“文学何为”也就触及文学的本质问题。鲍勃·迪伦获奖的理由是他“用美国传统歌曲创造了新的诗意表达”，也就是说，评奖委员会更看重的是他作品中的诗性、文学性，更看重他描摹心灵色彩、张扬精神光辉、表达内心幽深的高超艺术能力。《大雨将至》是鲍勃·迪伦1962年写的一首歌曲，从主题上说是政治之歌，被乐评家麦克唐纳德奉为“最为独特的抗议歌曲”，但歌词避开了片面的抗议，而是深入人们的灵魂，用细腻深沉的语言表达了导弹危机前夕人们微妙波动的情绪：“喂，你到哪儿去了，我的蓝眼睛的儿子？ 喂，你到哪儿去了，我亲爱的年轻人？我在那十二座烟雨迷蒙的山脚下迷了路，我连滚带爬地走过六条高速公路，我走进了一片悲伤的森林……”[8]歌词中有大量的意象、隐喻和象征，将一代人的困惑惶恐、生的荒诞和存在的悖论用文学化的语言展现得淋漓尽致。鲍勃·迪伦的其他歌词，如《来自北方乡村的女孩》《别多想了，这没什么》《像一颗滚动的石子》《答案在风中飘扬》等都是遣词造句极富诗意，直抵心灵深处。这让我们不得不重视像歌词这样非经典文类的文学创作，因为它坚守了文学何为的本职——守护人类心灵，滋润人类灵魂，探索生存困境，追问自由理性，而这才是经典文学存在的重要功能和核心价值，古今中外莫不如此。[9]即使在当今消费社会，文学变成了生产、流通中的一环而“被消费”，如果它和我们的心灵世界没有关系，只是和经济利益挂钩，只是码字游戏、堆砌辞藻，那它根本称不上文学艺术，而只能是精神垃圾。[10]

另一方面，文学除了要生长于心灵，还要扎根于大地。杨庆祥说得好，文学必须是“高度参与，高度社会化的艺术形式”。文学只有与当下的社会时代、生活方式密切相关，才会拥有更为宽广的发展前景。鲍勃·迪伦获奖的重要原因还在于他与时代和社会思潮的某种同构，无论是看到大批农民工人因饥饿而濒临死亡后愤而创作的《哆来咪》，还是表达与人民休戚与共的《艾默特·提尔之死》，或是刻画曾经高贵后却跌落社会底层的女孩的《像一颗滚动的石子》，我们都能窥见美国20世纪60年代的时代侧影。正如评论者所言：“至今也没人否定鲍勃·迪伦在民谣复兴中的地位，最主要的原因就是没有一个民谣创作者能与时代高度结合，每首词都可构成一幅 60 年代的‘浮世绘’。”[11]当然，鲍勃·迪伦的歌词立足时代但并未受其束缚，而是超越社会、信仰、族群的狭隘性，达到人类普遍情感的高度，这才具有了“经典”文学的意义。

生长于心灵，扎根于大地，飞扬于文字，变化其形式，达到其高度，这才是我们面对“文学何为”时应该给出的时代答案。感谢诺奖，感谢鲍勃·迪伦，这看似“跨界”之举使得我们再次反思传统的文学本体和审美研究，为当代中国文学及文化转变研究提供了新的视野和思路。

■ 注释

1 鲍勃·迪伦获诺奖引争议，中国作家们怎么看［EB/OL］http://cul.qq.com/a/

20161013/046554.htm。

2 曹禺:《原野》，四川人民出版社，1982年，第180页。

3 曹禺:《曹禺研究专集》，海峡文艺出版社，1985年，第187页。

4 莫言:《小说的气味》，春风文艺出版社，2003年，第27页。

5 陈学超、杨彩贤:《诺贝尔文学奖与中国现当代文学》，载《陕西师范大学学报（哲学社会科学版）》2015年第3期，第56页。

6［瑞典］马悦然:《中国现当代文学与诺贝尔文学奖——4月25日在澳门科学馆的演讲词》，载《华文文学》2015年第3期，第6页。

7 陶东风:《移动的边界与文学理论的开放性》，载《文学评论》2004年第6期，第61—62页。

8 胡星灿:《论鲍勃·迪伦的创作转向》，四川师范大学学位论文，2014年，第14、7页。

9 范玉刚:《消费主义时代文学何为——对当下文学现象的一种批评》，载《当代文坛》2005年第3期，第89页。

10 敬文东:《艺术与垃圾》，作家出版社，2016年，第1页。

11 30位中国作家谈鲍勃·迪伦获奖：伟大还是不配［EB/OL］: http://cul.qq.com/a/20161015/005175.htm。

索尔仁尼琴与“旧礼仪派”*

许传华

索尔仁尼琴因出版《伊凡•杰尼索维奇的一天》而成名于苏联，因获诺贝尔文学奖而闻名于世，后因抵触西方而又被冠以“异见者”称号。他一生坎坷，但他的思想理念却是基于信仰。因此，信仰不仅是索尔仁尼琴进行创作活动的基石，也是理解其宗教思想、政治理念和道德意识一把有效的钥匙。对此，俄国学者杜纳耶夫阐释道：“道德本身是不可靠的。若非基于信仰，而只是基于良好的愿望，那它就是建在沙滩上的房子……我们不可能在上帝神明行为之外去认知索尔仁尼琴在俄国文化中的存在。当然，造物主的神明意志无处不在发挥作用，但索尔仁尼琴不仅熟悉这种意志，而且能够刻意遵循。这给了他承受滔天痛苦的力量。若非立足于真正的信仰，哪怕是这种痛苦的一部分亦会改变其秉性。”[1]因此，解读索尔仁尼琴的信仰，尤其是其宗教信仰，对于理解他的整个创作具有一定的意义。

一、索尔仁尼琴的宗教信仰：心理割裂的补救

索尔仁尼琴自幼丧父，跟随母亲寄居外祖父家。他身边的亲人都信东正教，在家庭环境的熏染下，他感受到了宗教的宽容与厚德，感受到了上帝的温暖与慈爱。他的传记作者萨拉斯金娜解释说：“新时代不容忍‘宗教的野蛮’，但索尔仁尼琴亲人们的道德力量能以并非玄虚的东正教信仰精神去培养男孩，让他像普通人一样去信教。”[2]索尔仁尼琴自己也说：“我对上帝的旨意和仁慈产生了信任，这

让我的这段时光过得很轻松。”[3]1983年5月10日，他在白金汉宫的获奖演说中谈到他“与母亲赶赴市里最后一座教堂而被人扯掉贴身十字架”[4]一事，指责“人们忘记上帝，一切皆源于此”[5]。

在家人的宗教信仰中，要数舅母伊琳娜对他的影响最大。舅母是一位忠诚的东正教徒，她的言传身教对他有很深的影响。对此，皮尔斯写道：“她教他领略俄罗斯东正教圣礼真正的美和意义，强调它的古老传统和连续性。她向他说明它对俄罗斯历史的重要作用，证明教会的历史如何与民族的历史无法分割地交织在一起，她慢慢地将对祖国历史之爱、对俄罗斯人民的伟大与神圣使命所持的坚定信仰灌输给了这个男孩。伊琳娜由此帮助他树立起对传统、家庭和根基的意识。”[6]多年之后，索尔仁尼琴将舅母作为原型写进《红轮》，其中写道：“高昂的弥撒歌曲，神父衷心的布道，用堆成小山的彩色苹果和一小桶一小桶蜂蜜举行的祝圣，在热烘烘的太阳下法衣、旗幡、干净手提香炉和飘浮着神香的烟气交错辉映，这一切造成一种天国的气氛。而在天国面前，在上帝的思虑面前，在战争面前，男人的欺负显得那么微不足道，于是伊琳娜决定不仅这一次要原谅丈夫，即使自己没有一点过错也要原谅丈夫，而且以后永远不再吵架了，即使万一吵架了，自己也要第一个表示道歉，因为这正是基督教的教义所在。”[7]

然而，1917年以后，东正教的地位迅速被削弱。尤其是1918年教会分离法令的颁布，标志着东正教作为国教的地位不复存在。1926年颁布的刑法典更使宗教淡出了人们的视野。因此，在学校中，索尔仁尼琴接受的是共产主义思想教育。如此一来，家庭旧传统和学校新教育便产生了强烈的冲突：一边是必须接受的学校新教育，另一边是家庭中难以割舍的旧情怀。这一情况造就了索尔仁尼琴的心理割裂。

索尔仁尼琴是如何补救这种割裂的呢？皮尔斯认为：“他通过拒绝俄罗斯东正教的异端邪说和接受共产主义的正统学说来解决他童年时代的心理分裂问题。”[8]在皮尔斯看来，索尔仁尼琴毅然拒绝俄罗斯东正教，摒弃旧的传统和迷信，迷恋上了革命理论。对此，索尔仁尼琴自我解释说：“我在基督教的熏陶中长大，但在后来我却完全离开了宗教。”[9]这就意味着，索尔仁尼琴的心理割裂问题并非通过“摒弃”和“接受”就完成了，其间还存在复杂的心理斗争。在索尔仁尼琴的潜意识中，宗教信仰依然占据很大空间。他只是暂时将对宗教信仰的激情幻化成对革命理论的研读。对此，萨拉斯金娜解释道："这是因为他在内心已经认知了一种信仰，他那严格要求自己的头脑能够接受马克思主义学说理想主义和浪漫主义的一面。"[10]这就意味着，索尔仁尼琴在潜意识中一直是一个教徒，只是没有公开承认罢了。对此，他自己解释道："最好不要去宣扬信仰，而是让信仰不出声地、无可反驳地流泻出来。"[11]

索尔仁尼琴完全公开自己的宗教信仰是在1972年，那年他发表了一封公开信，信中写道："我们劫掠我们的孩子，使他们失去了对独特的、天使般纯洁的礼拜仪式的知觉，而这在他们成年后是无法弥补的，甚或无法得知失去了什么。"[12]这里，他不但是在感叹社会中对孩童宗教信仰教育的缺失，而且更加悔恨自己青年时代幼稚的宗教脱离。皮尔斯证明道："在这封信发表之前，大部分人都没有意识到索尔仁尼琴的宗教信仰，因为他出于谨慎总是在书中尽可能少地提及他的宗教信仰。"[13]后来在接受皮尔斯的采访时，索尔仁尼琴明确说道："我深信，上帝参与了我所有的生活。"[14]1993年9月，他在法国参加《文化杂谈》节目时说道："上帝是存在的！……上帝始终赋予我们力量。"[15]

二、索尔仁尼琴与"旧礼仪派"：宗教意识的传承

索尔仁尼琴的宗教理想是彼得大帝改革前未经触动的宗教类型，他所信仰的东正教在很大程度上接近"旧礼仪派"。"旧礼仪派"又称"分裂派"，是17世纪宗教改革后的产物。1652年，尼康继任牧首，以希腊教会的宗教书籍和仪式为样本，对东正教的礼仪和典籍进行改革，借以实现"莫斯科——第三罗马"的夙愿。此举遭到传统教徒的抵制，他们以阿瓦库姆为代表，坚持"二指划十字""顺太阳方向祈祷"等"旧"礼仪传统。两者相争的结果是，尼康宗教改革获胜，"旧礼仪派"被迫转入地下，进入长久的蛰伏与对抗期。由此可见，"旧礼仪派"只是宗教派别的称谓，不含有褒贬成分或偏见。旧未必不好，新亦未必全对，只是一种术语上的差别而已。诚如史学家尼克利斯基所言："按照传统意义来理解，这一术语本来是指旧礼仪派的分裂运动，也就是忠实于尼康改革以前的旧礼仪、脱离官方教会

的宗教派别和组织的总和。因此，这一术语并不含有任何宗派主义或异端成分。”[16]

关于索尔仁尼琴的“旧教观”，法国学者尼瓦认为：“索尔仁尼琴高度赞扬旧教徒，他们不屈从于有关信仰，表现出了坚强、禁欲、自我限制等俄国品质。”[17]国内学者金雁教授写道：“索尔仁尼琴的精神家园是尼康以前的‘旧教’，尼康乃至彼得大帝以后俄国似乎就不断在堕落。”[18]这就意味着，索尔仁尼琴不仅认同“旧礼仪派”，同情“旧礼仪派”，而且在精神本质上遵循了“旧礼仪派”精神。

因此，在经历牢狱之灾遇到许多旧教徒时，他对他们生出许多亲切感和同情感。对此，皮尔斯写道：“他与许多因信仰而坐牢的虔诚者朝夕相处，开始对他们产生了一种深深的亲切感。”[19]在获释后，他对“旧礼仪派”及其历史越发感兴趣，他希望莫斯科当局能够开放档案资料供他查阅进行研究。对此，苏联著名作家楚科夫斯基的孙女楚科夫斯卡娅佐证道：“在我们的档案中保留了致莫斯科委员会的信，其中强调指出索尔仁尼琴急需去查阅莫斯科档案来研究十七八世纪的历史。”[20]他希冀通过研究历史来还原真相，还原真正的宗教精神。事实上，他不但自身践行“旧礼仪派”精神，其小说主人公也大多具有旧教徒的倾向。诚如东正教神甫科罗多夫所言：“索尔仁尼琴热衷于描写‘旧礼仪派’，在一定意义上，他的宗教类型正是旧礼仪教徒的类型。这完全是一种个体类型，旧礼仪教徒试图保留中世纪的形式，究其实质来说，他们远远超越了对手——金帐汗国时代的集体主义者。”[21]

问题是：经由宗教信仰补救的割裂心理缘何就倾心于“旧礼仪派”？其主要原因还在于“旧礼仪派”的诸多思想契合了索尔仁尼琴的理念。

“信仰”是“旧礼仪派”和索尔仁尼琴的共同追求，也是他们能够在逆境中生存下来的巨大精神动力，诚如国内学者乐峰所言：“对信仰的执着追求是‘旧礼仪派’得以维持其强大生命力的深层动因。”[22]“旧礼仪派”的精神领袖阿瓦库姆在《行传》中写道：“新信仰失却了神的本质，偏离了真正的圣主、创造万物的圣灵。”[23]因此，“旧礼仪派”的“信仰”在于恢复被尼康篡改的宗教礼仪，恢复古风。索尔仁尼琴亦是如此，他在1973年公开呼吁“旧教”精神，希望以此为基础建立真正的正教[24]。

对于“旧礼仪派”而言，“北方崇拜”具有重要意义，尤其是索洛维茨基起义在旧教徒心中留下了特别的意义。尼克利斯基写道："关于索洛维茨基被围困的'旧礼仪派'传说和述说索洛维茨基被围困的旧礼仪民歌，至今仍在旧信仰拥护者的心中保有一种特别的魅力和特殊的意义。"[25]同样，索洛维茨基修道院亦是索尔仁尼琴心中挥之不去的圣地。他在书中叙述索洛维茨基修道院的建立与繁荣，阐释索洛维茨基精神，并感叹索洛维茨基修道院的现状："囚犯们常爱说的那句谚语'圣地不愁没人住'果真变成了现实。钟声沉寂了，神灯和香火熄灭了，再也听不到弥撒和彻夜祈祷的声音，再也没有人昼夜不停地喃喃颂经……"[26]

"旧礼仪派"由于自身信仰不同而与官方教会为敌，这在很大程度上造就了"旧教徒"的偏执心理，他们经常与官方意识形态相对抗。索尔仁尼琴亦然。可以说，他在一定程度上承继了"旧礼仪派"的反抗精神，故通过"旧礼仪派"可以窥视索尔仁尼琴写作的本质。国内学者金雁写道："分裂运动是解开俄国思想史之谜的一把钥匙。它是俄国知识分子反抗传统的渊源……从中产生了索尔仁尼琴这样的大师。"[27]

其实，索尔仁尼琴从"旧礼仪派"那里承继的不仅仅是对抗，更重要的是"敌基督"思想。"旧礼仪派"认为尼康改革变更了基督教的宗教礼仪，是悖谬的，是对基督教精神的偏离。诚如俄国哲学家弗洛罗夫斯基所言："俄罗斯分裂运动的主题和奥秘根本不在'宗教礼仪'，而在'敌基督'。可以把分裂运动称之为社会-启示录的空想。早期分裂派反抗的全部意义和全部热情不在于'盲目'眷恋某些礼仪或日常生活的'细节'，而恰恰在于这种基本的启示录的猜想：'世界末日临近了。'"[28]这就意味着，国家教会作为"敌基督"破坏了原本和谐的宗教关系，为教会俗世化提供了合法化保证。然而，对于"旧教徒"而言，这却是世界末日的来临。因此，有哲学家总结道："自从尼康改革以来，俄罗斯就不再有教会。只有全国性的宗教，从它到国家宗教只有一步之遥。"[29]

索尔仁尼琴正是基于"旧礼仪派"中"敌基督"和"末世论"思想来论述专权之恶，认为是它造成俄国精神断裂。1976年5月24日，在斯坦福胡佛研究所招待会上的演讲中，索尔仁尼琴建议美国学者从一开始研究苏联就应该提出假设："苏联真的是旧俄国的自然延续吗？"[30]在这一点上，索尔仁尼琴与"旧礼仪派"不谋而合，"旧礼仪派"认为尼康改革造成了教会的分裂和基督教精神的割裂，索尔仁尼琴则强调苏联并非旧俄国的延续。因此，索尔仁尼琴在演讲中多次呼吁西方停止对苏援助。在这个问题上，许多学者认为索尔仁尼琴是在呼吁西方解放苏联，对此索尔仁尼琴回应道："我们自己解放自己，这是我们的任务，不管它有多难。"[31]1976年3月1日，他在接受BBC"全景"节目采访时说："我认为我们只能依靠自己获得自由。"[32]由此可见，索尔仁尼琴并非想通过西方来拯救苏联。

事实上，索尔仁尼琴到达西方后，经由亲身经历，对西方世界亦不满意。他认为，西方亦非乐土，西方亦处于世界末日之下。1978年6月8日，他在《哈佛大学毕业典礼演说辞》中坦言："恕我不能将你们的社会推荐为我们社会改革的理想模式，因其现在的精神衰竭，西方体制并不令人神往。"[33]相反，他还批评西方，或如他自己所说："我不是批评西方，我是批评西方的弱点。"[34]他认为："西方世界和全部西方文明惨重的削弱……主要是其文化和世界观体系在历史、心理和道德上的危机所致，这种文化和世界观体系产生于文艺复兴时代，到18世纪启蒙时期发展到鼎盛时代。"[35]对此，俄国学者梅德韦杰夫总结道："这一尖锐批评的对象不是苏联，而是西方：西方的政治，西方的媒体，西方的一切文明，认为西方人已经二三百年没有走过正确的道路；所有这些都加剧了西方政治家和知识分子对索尔仁尼琴的失望。"[36]这就意味着，西方亦非文艺复兴之前的西方，亦因"忘记上帝"而成为"敌基督"。

如此一来，整个世界都处于分裂之中。诚如美国宗教学家马蒂所言："当他说出'世界的分裂'时，他指的远不是东方与西方，或者苏联阵营与美国阵营，或者俄国精神统一与西方精神多样。他是在攻击处于现代性核心的'分裂'，攻击国家之间的隔离与分化，不管这指的是教会与国家还是教会与教会。于他而言，这种堕落是西方文艺复兴和启蒙运动所倡导的'人身自由'，是被造物脱离造物主所致，是自由人脱离最高统一实体所致，是理性脱离索菲亚所致。"[37]

索尔仁尼琴摒弃了"敌基督"的诱惑，遁入美国佛蒙特的独居院落潜心写作。索尔仁尼琴此举意在模仿"旧礼仪派"的做法。不同的是，"旧礼仪派"多是为了逃避迫害而被迫离群索居寻求自我封闭。对此，弗洛罗夫斯基说道："整个分裂教派始终处于与人疏远和自我封闭之中。分裂教派总在寻求这种与历史和生活隔绝的感觉。"[38]索尔仁尼琴虽然自我封闭，但却并未寻求与历史和生活隔绝。相反，他钻入历史的故纸堆中挖掘历史真相，写出了《红轮》等小说。

此外，“旧礼仪派”遗传给索尔仁尼琴的最大财富莫过于彼岸世界的“神灵”观：尊重此岸之苦，享受彼岸之乐。作为“旧礼仪派”精神领袖的阿瓦库姆不在乎生死，“生与死的距离在阿瓦库姆的意识中是不存在的……‘彼时’与‘此时’在阿瓦库姆看来是平等的”[39]。“阿瓦库姆的一生坚定地献身于思想，他当然不是为了‘统一的我’而死，而是为了对他来说更为重要和珍贵的事情。”[40]索尔仁尼琴虽然处于夹缝之中，但亦尊重自己所处的困境，在夹缝中生存；同时亦希冀彼岸神灵能够佑护民众，使断裂的精神能够复苏。对此，杜纳耶夫阐释道：“索尔仁尼琴诉诸神灵。神灵不仅不会堕落，还会强力复苏。”[41]

三、索尔仁尼琴与阿瓦库姆：文学创作的呼应

在“旧礼仪派”中，对索尔仁尼琴影响最大的莫过于阿瓦库姆。索尔仁尼琴与阿瓦库姆有着相似的生活经验和创作经历，二人都经历了与最高政权的冲突。阿瓦库姆于1669年和1676年分别给沙皇阿列克谢及费奥多尔·阿列克谢耶维奇上书，其中给阿列克谢耶维奇的呈书中写道：“上帝在沙皇和我中间做出裁决：他困于苦难中——我从救主那里听到：他是为了自己的真理。”[42]阿瓦库姆希望沙皇能够理解自己的苦衷，选择上帝的信仰；索尔仁尼琴亦多次致信苏联作协及苏联领导人，并申述说：“我写信的唯一目的，就是提请思考如何避免一场威胁我们民族的灾难。”[43]

二人都因自己的不同观念而承受磨难。从这个意义上说，索尔仁尼琴承继了阿瓦库姆尊重苦难的精神。1653年，阿瓦库姆因反对教会改革而被流放托波尔斯克，后因卷入当地教会冲突而被流放西伯利亚。1663年，沙皇阿列克谢因与牧首尼康关系破裂，特召阿瓦库姆回莫斯科；他沿途布道，宣传旧信仰；后因他不是反对尼康个人而是拒不承认教会改革，1664年又被流放梅津，1666年普世会议判决将其流放普斯托泽尔斯克，在那里他仅靠水与面包在土牢里生活长达15年，1682年惨遭火刑。其后他被“旧礼仪派”奉为“圣徒”。对此，有哲学家阐释道：“阿瓦库姆是信仰的罹难者、圣徒，他的事例，他的炽热话语，他的伟大个性，连

同他的非凡智慧确实称得上是原始的教会——在他的生命进程中一次又一次地激动人心。”[44]

时隔近三个世纪，相似的命运降临到索尔仁尼琴身上。他因信中涉及禁语而被隔离审查，后被关入狱中。1953年，他被流放到哈萨克斯坦苏维埃社会主义共和国扎姆布尔州科克-捷列克，担任中学数理老师。1956年6月才被允许返回，1957年被平反，1974年又被逐出国门。直到1994年，这个被誉为“俄罗斯的良心”“先知”的伟大作家才得以重返家门。作家弗拉基莫夫高度评价索尔仁尼琴，说他“是喉咙里的骨头，是揉进眼里的沙子，是划破社会良心的沙粒”[45]，俄罗斯学者扎哈罗夫认为：“索尔仁尼琴在俄国当代文学中的存在，就如同古代的都主教伊拉里昂、写《伊戈尔远征记》的圣涅斯托尔、圣智者埃皮法尼一样，就如同新时代的杰尔查文、普希金、果戈理、陀思妥耶夫斯基、托尔斯泰一样，就如同20世纪的什梅廖夫、阿赫马托娃、帕斯捷尔纳克一样，改变了我们习称的俄罗斯文学的内容和意义。”[46]弗拉基莫夫和扎哈罗夫看到了索尔仁尼琴的历史意义。但是，索尔仁尼琴更愿意人们称他为当代的“阿瓦库姆”，这并不是毫无理由的，因为他在很多方面都放大了阿瓦库姆的思想。

众所周知，阿瓦库姆习惯于让历史记忆参与自己的创作，重视写作的历史性表达，在自己的作品中将圣徒的历史圣化，并在真实的叙述中表达自己的思想观。他的作品《行传》《言行录》《注疏记》《控诉书》等都是注重历史表达和作者世界观的典范。故俄罗斯学者博内尔克在阐释阿瓦库姆的写作时说：“信奉基督的俄罗斯不仅靠圣徒的记忆而活着，还靠所有逝者的记忆而活着。”[47]阿瓦库姆创作的《行传》其实是他自己的放逐经历，其中并无虚构成分。对此，俄罗斯学者罗宾松评述道：“阿瓦库姆总是在家庭和社会中叙述自己，总是为自己的理想进行残酷而又现实的斗争。他的内心世界、内心矛盾和冲突针对的都是现实。”[48]但是，《行传》更在于求“真”争“斗”与辩“论”，强化说教的意义与作用。故俄罗斯学者门捷列耶娃说：“在大司祭的创作动机中可以注意到，他不仅仅是希望最广泛地宣传‘旧礼仪派’思想。很明显的是，作者自己将‘两种信仰’的出现视为两个世界的对立：一个是平和的宗法制的旧世界，其贡献是圣化了几个世纪以来传统和诸多圣徒的地位；另一个是急切的未被理解的新世界，由一些不同的外族人积极参与筹建。”[49]对此，国内学者任光宣写道：“这部使徒传的特色在于，阿瓦库姆把使徒传变成描述当时的宗教派别斗争，表现人物思想感情的政论式文章。作品充满火一般的战斗激情和对压迫者的无比仇恨，是对尼康为首的宗教礼仪改革派的控诉。”[50]

索尔仁尼琴进一步深化了阿瓦库姆的创作思想，不仅意在体现深刻的历史意识，使文学叙述与历史评论并存，而且重视文学的虚构与想象，使其与再现现实并重。《古拉格群岛》的副标题是“文艺性调查初探”，其中写道：“此书中既无臆造的人物，又无虚构的事件。人与地，都称其真姓实名。如果用的是姓名缩写，则系出于私人性质的考虑。如果什么名称也没用，那只是因为人的记忆力没有把姓名保留下来——而所写的事实都是千真万确的。”[51]萨哈罗夫直言道：“他的作品通过戏剧性的冲突、鲜明的形象、独特的语言，表现了一位历经艰辛的作家对重大社会问题、道德问题和哲学问题的立场。”[52]索尔仁尼琴自己也解释说：“我对自己写的东西从不后悔，再写也还是那个样子，我在作品里注入了自己的意图。”[53]因此，他在文学作品中没有放弃思想的说教，将之视为宣扬自己思想的载体，用艺术的外衣包裹思想的身体。

索尔仁尼琴的创作更为真理和历史记忆而来。他为真理现身，亦为历史记忆喝彩。他反对任何形式的谎言，并在自己的创作中践行书写历史真实。俄罗斯著名历史学家施密特教授称他为“历史学家索尔仁尼琴”，认为“索尔仁尼琴的创作特点——尤其是近十年——具有历史研究者的特点……这不仅因为他的社会历史观点与艺术创作基础密不可分，而且由于他的任何一部艺术作品都成为认识现当代现实生活和公众意见的源泉，同时也是发现伦理与美学理想的源泉。”[54]他的《癌症楼》基于自己患癌的经历，《第一圈》是他多年古拉格生活的真实体验，文中的涅尔仁就是以他自己为蓝本。1976年3月1日，在接受BBC“全景”节目采访时，他强调指出：“艺术家不能给自己设置政治目标，或改变政治制度的目标，只能将它作为一种副产品，但反对不真实和谎言，反对杜撰，反对于人类有害的意识形态，争取我们的记忆，争取记忆事情的本相——这些是艺术家的任务。……我坐下来写作时，我唯一的任务就是再创造发生过的一切。”[55]在索尔仁尼琴看来，文学比历史更为真实：文学不仅承担历史的记忆功能，还担负真实叙述的责任。

诚如他自己所言："我甚至认为，在我们的往事被埋葬和践踏的时候，艺术家比历史学家更能还原真相。"[56]

然而，对于索尔仁尼琴来说，更重要的是阿瓦库姆《行传》的题材和体裁意义。《行传》作为俄罗斯古代文学的典型代笔，既非惊天动地的编年史，亦非歌功颂德的叙事作品，而是一部真实的个人经历和苦难史，其中描述了他的流放困境，"除了睡觉，吃饭都没时间，整个夏天都在遭罪"[57]。阿瓦库姆将事件的叙述与内心感受一一写出，是一部真正意义上的文学作品。正如阿瓦库姆研究者格拉切娃总结的那样："阿瓦库姆的传记是一部富有转折意义的作品，它开启了新文学的道路，其题材和体裁交织，心理描写和作者自白共生，十分复杂。"[58]古谢夫亦云："《行传》明显的创新之处在于描写人，尤其是描写主人公。事实上，这是古俄罗斯文学中彻底书写自我内心的首次尝试。"[59]因此，从这个意义上来说，阿瓦库姆是"劳改营文学"的肇始者，正是他首先将自己的流放经历和苦难体验诉诸笔下，索尔仁尼琴不过是承继阿瓦库姆将"劳改营文学"放大并加以详解的作家。

■ 注释

* 本文为国家社科青年基金项目"索尔仁尼琴创作中的道德意识与政治理念研究"（项目号：14CWW008）阶段性成果。

1 Михаил Михайлович Дунаев: *Вера в горниле Сомнений "Православие и русская литература в XVII–XX вв.* // http://e-libra.ru/read/209299-vera-v-gornile-somnenij.-pravoslavie-i-russkaya-literatura-v-xvii-xx-vv..html

2—3、10—11 ［俄］萨拉斯金娜：《索尔仁尼琴传》，任光宣译，人民文学出版社，2013年，第111、421、158、846页。

4—5、12、30—31、33 Солженицын: *публицистика (том 1)*, Ярославль: Верхне-волжское книжное издательство, 1995, С. 445, С. 447, С. 134, С. 302, С. 377, С. 319.

6、8—9、13—14、19 皮尔斯：《流放的灵魂：索尔仁尼琴》，张桂娜译，上海三联书店，2013年，第24、35、41、207、112、128页。

7 ［俄］索尔仁尼琴：《红轮》（第一卷），何茂正、胡真真译，江苏文艺出版社，2010年，第24页。

15 ［俄］古米廖夫等：《复活的圣火》，王守仁编选，乌兰汗等译，广州出版社，1996年，第311页。

16、25 ［俄］尼科利斯基：《俄国教会史》，丁世超等译，商务印书馆，2000年，第155、161页。

17 Жорж Нива: *Феномен Солженицына* //Звезда, No. 9, 2013, С. 208.

18 金雁、秦晖：《"向后看就是向前进"？——索尔仁尼琴与俄国的"分裂教派"传统》，载《社会科学论坛》（学术评论卷）2009年第4期，第130页。

20 Елена Чуковская: *Каждый шаг своего пространства я отвоевывал* // Вестник русского христианского движения. 2010. № 197 // http://www.chukfamily.ru/Elena/Articles/prostranstvo.htm

21 Священник Яков Кротов, *Солженицын как религиозный тип*, 15 августа 2008 г., http://www.solzhenicyn.ru/modules/sections/index_op_viewarticle_artid_101.html.

22 乐峰：《俄国宗教史（上卷）》，社会科学文献出版社，2008年，第284页。

23 Гордон М.: Житие протопопа Аввакума, М.: Государственное издательство художественной литературы, 1960, С.55.

24、35、43、52 ［俄］索尔仁尼琴：《致苏联领导人的信》，收入《麦德维杰夫，索尔仁尼琴等：苏联持不同政见者论文选译》，外文出版局《编译参考》编辑部，1980年，第224、198、194、231页。

26、51 ［俄］索尔仁尼琴：《古拉格群岛（中）》，田大畏等译，群众出版社，2010年，第25、3页。

27 金雁：《解开"俄罗斯之谜"的钥匙：俄国思想史上的"分裂运动"》，载《人文杂志》2010年第1期，第20页。

28、38 ［俄］弗洛罗夫斯基：《俄罗斯宗教哲学之路》，吴安迪等译，世纪出版集团，2006年，第98、106页。

29 Паскаль Пьер: *Протопоп Аввакум и начало раскола*, М.: Знак, 2010, С. 622.

32、34 、55 Solzhenitsyn: *Warning to the west*. Toronto : McGraw-Hill Ryerson Ltd., 1976, P.104, P.106,P.111.

36 Медведев Р. А.: *Солженицын и Сахаров*. М.: Права человека, 2002, С. 134.

37 Martin E. Marty: *On Hearing Solzhenitsyn in Context* // World Literature Today, Vol. 53, No. 4 (Autumn, 1979), P. 578.

39 Понырко Н. В.: Три жития—три жизнь, Санкт-Петербург: Изд. «Пушкинский дом», 2010, С. 8–9.

40 Гордон М.: *Житие протопопа Аввакума*, М.: Государственное издательство художественной литературы, 1960, С. 21.

41 Михаил Михайлович Дунаев: *Вера в горниле Сомнений "Православие и русская литература в XVII–XX вв.* // http://e-libra.ru/read/209299-vera-v-gornile-somnenij.-pravoslavie-i-russkaya-literatura-v-xvii-xx-vv..html.

42 Десятников В. А.: Патриарх Никон-Протопоп Аввакум, М.: Новатор, 1997, С. 298.

44 Паскаль Пьер: *Протопоп Аввакум и начало раскола*, М.: Знак, 2010, С. 602.

45—46 Струве Н.А., Москвин В.А.: *Между двумя юбилеями*. М.: Русский путь, 2005. С.100, С.409.

47 Понырко Н. В.: Три жития—три жизнь, Санкт-Петербург: Изд. «Пушкинский дом», 2010, С. 10.

48 Робинсон А. Н.: *Жизнеописания Аввакума и Епифания*, М.: Издательство Академии наук СССР, 1963, С. 63.

49 Менделеева Дарья: *Строгий суд Аввакум* // Литературная учеба, 01–01–2001, С. 47.

50 任光宣:《试论俄国古代使徒传作品及其演变》，载《国外文学》1995年第2期，第50页。

53 索尔仁尼琴:《牛犊顶橡树》，陈淑贤等译，群众出版社，2000年，第118页。

54 Струве, Н. А. и Москвин В. А. : *Между двумя юбилеями: Писатели, критики, литературоведы о творчестве А.И. Солженицына.* М.: Русский путь, 2005. С. 266, С. 267.

56 Сараскина: *Александр Солженицын*, М., Молодая гвардия, 2008, С. 12.

57 Протопоп Аввакум: *Житие протопопа Аввакума, им самим написанное* // http://old-russian.chat.ru/12avvak.htm

58 Грачева И.В.: *Новые принципы изображения человека в "Житии протопопа Аввакума* // Русская словесность, 09–01–2000, С. 47.

59 Гордон М.: *Житие протопопа Аввакума*, М.: Государственное издательство художественной литературы, 1960, С. 36.

库切的自传三部曲与坎尼米耶的《库切传》

于冬云

库切是拥有南非与澳大利亚双重国籍的世界著名作家，是世界各地大学英语文学研究中的热点人物。据统计，截至2012年，有关其作品的硕博论文超过500篇[1]。但与学者探究库切的热切愿望相反，库切本人高度重视个人隐私，既不愿公开讲述自己，也不愿为读者提供任何关于其作品的解释。1983年和1999年他两获布克奖，均缺席颁奖典礼。鉴于库切不愿在公众场合抛头露面的特点，当他于2003年获得诺奖的消息公布后，人们纷纷猜测他是否会出席颁奖典礼。结果，库切决定参加颁奖典礼，但事先与瑞典方面的联系人交涉，只接受一次采访，且将机会留给他熟悉并信任的大卫·阿特维尔[2]，并保留未来对获奖演说的使用权。他的受奖演讲以《他和他的人》为题，由《鲁滨逊漂流记》中鲁滨逊与星期五的关系引出他和他的人的故事，最大限度地将他本人隐藏在寓言般的虚构叙述中。出人意料的是，在一周后的晚宴结束时，库切却发表了一段在所有获奖者中最为个人化的演讲。他的这段演讲不仅牵扯出他的伴侣多萝西，还提到他内心最隐秘的痛——他的儿子，提到他的父母，大谈他对母亲的深情："不管怎样，如果不是为了我们的母亲，我们为什么要做那些能使我们获得诺奖的事情呢？"[3]这段在特定情境下的真诚告白表明，库切一直矜持内敛、沉默寡言，但其内心却是敏感深情、丰富复杂。鉴于此，"库切传"也就成为读者理解库切的一座必要桥梁。

一、库切的自传三部曲：探究自我的内心真实

最早问世的库切传记是由他本人撰写的自传三部曲：《男孩》《青春》《夏日》。与一般以第一人称过去式记录个人生活经历的自传不同，库切将自传写成了第三人称视角的小说。他认为："传记是一种故事叙事。你从记忆中的过去选取材料，将其编织成叙述，而从过去提取的叙述内容又或多或少地与活生生的当下无缝对接。传记的前提是过去和当下的连续性。"[4]这段文字不仅表达了库切的自传观念，也阐明了他对写作与自我、虚构与真实关系的看法。也就是说，一方面，传记中的自我真实并非传记主体过去经历的文本复原，而是基于当下的自我认同需求，有选择地提取过去的材料，在叙述进程中借助记忆和想象，杂糅事实和虚构建构出来的；另一方面，库切传中被叙述的自我是特定时空条件、特定语境中的自我，伴随着时空和语境的变化，自我的认同要求会有变化，并在连接着过去的当下语境中建构出新的自我，在不同的文本中呈现自我真实的不同层面。因此，库切在《夏日》中借虚构的库切传记作者文森特之口，向他选择的采访对象马丁解释了自己对作家传记的看法："我不想对库切作最后的判断。我只把它留给历史。我要做的就是讲述他生命中某一阶段的故事，或者，如果说我们不能提供一个独立的故事，那就从若干角度去提供几个故事。"[5]在此意义上，库切的自传三部曲与他的其他小说一样，都是他在不同时刻不同语境下对自我内心真实的探究，以及这种探究过程的文本呈现。正如库切本人所说："一切自传都是讲故事，一切写作都是自传。"[6]

以上述传记理念为前提，库切在自传三部曲中始终与被叙述建构出来的自我——"他"保持距离。库切出生于1940年，《男孩》叙述"他"10岁到13岁的生活经历，确切来说是这段生活在"他"内心世界中的回响。其时南非处于马兰内阁统治下，当局推行严酷的种族主义政策，对英裔白人和英国人采取疏远、排斥和反对态度，主张在南非建立阿非利堪人主宰的共和国。为了实现这一目标，他们也排斥有亲英倾向的阿非利堪人[7]。库切的父母属于亲英的荷兰裔白人，他们反对种族隔离，选择用英语和英国文化来教育孩子。因此，在马兰统治下的南非，库切的家庭处于非主流的边缘位置。中文版译者文敏在译后记中写道：《男孩》

“并不是一个简单的青春期反叛故事”“库切是通过一个小男孩对周围世界的感受，揭橥南非社会的文化裂痕”[8]。小说中的男孩受家庭影响更亲近英国文化。他家从伍斯特搬到开普敦后，他进入一所天主教学校——圣约瑟夫学校就读。每天上学放学路上，他都能看见英国人，他“羡慕地观察他们笔直的金黄头发和发亮的肌肤，欣赏他们宽窄合体的衣着，还有他们镇定自若的风度”[9]。他不想加入他们，却试图学习他们的样子。在学校里，老师询问他信仰什么宗教，由于他的父母没有明确的信仰，他就在基督教、天主教和犹太教中选择了罗马天主教，但随后却发现这一瞬间的选择与正确答案基督教错位。因此，他不仅被基督徒同学孤立、歧视、欺负，也饱受天主教会的规训束缚之苦。最后，他选择赖在家里来躲避天主教徒的功课：教理问答、忏悔和团契活动。综上所述，在《男孩》中，库切将他的“他”置身于20世纪中叶南非诸多种族文化裂痕的沟壑里，凸显其少年自我身份归属的不确定性，以及求证自我的孤独、焦虑、痛苦和困惑。

《青春》叙述“他”19岁到24岁的经历。同《男孩》中的“他”一样，青春期的“他”依然在不同情境中的自我之间彷徨、求索。他想象中的自我实现与现实中的人生遭际总是不一致，哪一个更接近真实的自我？他憧憬完美的爱情，想象着“在一个完美的世界里，他只跟完美的女人睡觉。她们不仅拥有完美的女人气质，其内心世界也隐秘而不可测，和他隐秘不可知的自我相呼应”[10]。但他真实的爱情经历却是一次又一次和不同的女人共性异梦，尔后不欢而散，各奔西东。他厌恶种族隔离和暴力事件频发的南非，不愿在这样的国家等候应召从军，认为伦敦是他可以寻找理想生活的欧洲都市，于是便移居英国。像所有的外来者一样，他努力想要融入英国中产阶级的生活，但却发现：一方面，他始终是英国人眼里的“他者”，永远无法变成货真价实的伦敦人；另一方面，英国的生活也并非他想象中艾略特/卡夫卡式的现代作家生活——一边承受刻板平庸的银行或保险公司职员工作来养活自己，一边在精神世界中酝酿伟大的文学艺术作品；他在IBM公司的程序员工作竟然是为皇家空军研发新的轰炸机提供数据，参与到英国轰炸莫斯科的计划中，这是他所不能忍受的恶行。于是他以在公司找不到朋友为由辞职，去了另一家国际计算机公司。结果发现新工作依然与冷战时期的军备竞赛有染，他感到自己无意间成了帮凶。在自责的同时，他又觉得，在以英美为一方、苏联为另一方的这场争吵中，他只是一个局外人。随即他又意识到这是在为自己诡辩，而且是不光彩的诡辩。但无论怎样，在现实社会中生存，不管是出于对的理由、错的理由，还是没有理由，都要做该做的事情。让他踌躇的问题是："他是不是能够在做该做的事情的同时继续做一个诗人。当他一而再再而三地试图想象从他该做的事情中会诞生什么样的诗歌时，他看到的只是一片空白。该做的事情是无聊的，因此他陷入僵局：他宁愿很糟糕也不愿意无聊，但他不尊重宁愿糟糕也不愿做枯燥之事的人，也不尊重能把他的两难处境灵巧地表达出来的那种聪明。"[11]"他"究竟是一个怎样的人？"他"想成为一个怎样的人？库切没有给青春期的"他"描绘一个确定的形象，而是将其置于或现实或想象的自我探究情境中，通过一般现在时的当下叙述呈现其内心的不同层面，但随即又质疑已有叙述的唯一真实性，并在质询中剖开自我内心的又一层次。由此在"呈现—质疑—呈现"的叙述过程中趋向内心深处永远无法抵达的自我真实，库切在《青春》中称这一意义上的真实为内心深处的darkness[12]。

如果说《男孩》和《青春》的叙述内容是探究"他"的内心自我真实的多个生活场景，其叙事推进过程基本上还遵循线性的时间逻辑，那么《夏日》则完全颠覆了传统传记写作的线性逻辑，由几个叙述者不同视角的叙述片断拼贴而成。小说的基本内容是，一位虚构的英语传记作者文森特打算为已故南非知名作家库切立传。第一部分是作家库切"一九七二年至一九七五年的笔记"，最后一部分是库切"未标明日期的零散笔记"，中间部分则由文森特对那一时期与库切有过交集的五个人的采访构成。如此一来，《夏日》中关于作家库切的叙事就由作家本人和他人的多种叙述声音建构而成。其中，接受文森特访谈的四位女性在不同程度上都与库切有过情感纠葛，她们分别讲述了自己与库切的人生交集，并对他做出评价。朱莉亚现为一名心理治疗师，当年在购物超市邂逅库切时是一名家庭主妇。在她看来，库切的人生规划"是把自己改造成那种不会伤害别人的绅士，甚至不会吓唬动物，不会吓唬女人"[13]。在恋爱方面，朱莉亚认为，像库切这类男性艺术家"不是为了我所谓的爱而打造的，他们不能或是不愿把自己完全交付出去，就为了这么简单的原因，他们要为艺术保留自己"[14]。但作为男性的文森特却不想苟同朱莉亚的看法，表示"愿意更通达地看待这个问题"[15]。无论如何，作为作家的库切不是女人的白马王子，更像一团白雾。通常，他把自己的心包裹在铠甲里，从不轻易示人。在一个美妙的夜晚，一个你侬我侬的时刻，当朱莉亚以为他们彼此心心相印时，库切却大吃一惊，随即就匆忙抓起铠甲盖上心扉，并且还要加上铁链和挂锁，偷偷溜入黑夜，躲进自己内心深处不可测的隐秘世界。这种一旦笔触探及内心真实，旋即叙述转向，或者戛然而止，尔后转换叙述视角的叙事特点，正是库切的文学真实观使然，也是他对传记中的自我真实的理解。在此意义上，《夏日》中的每一个被采访人都在叙述中触及作家库切在某一特定情境某一特定时刻的内心真实，但又无法描绘一个完整意义上的作家库切形象。作家库切永远是一个叙述者借回忆和想象去抵达却无法真正抵达，并在抵达过程中有待补充的不确定的形象。因此，库切借假设的传记作者文森特之口，向受访人马丁解释："我不想对库切作最后的判断。我只把它留给历史。我要做的就是讲述他生命中某一阶段的故事，或者，如果说我们不能提供一个独立的故事，那就从若干角度去提供几个故事。"[16]

库切虚构的库切传作者文森特是《夏日》中唯一没有见过库切的人。如此一来，他只能通过阅读库切留下的零散笔记，通过受访人的叙述，通过阅读受访人过滤修订过的库切生命中某一阶段的故事来理解库切。读者通过阅读若干角度的若干故事去触及库切的内心自我真实，这正是库切写作自传三部曲和其他小说而寄情于读者的叙事目的。至此我们也可以理解这位不愿在公众场合讲述自己、不愿向公众开放隐私世界的伟大作家，是多么愿意通过他的作品真诚地向读者敞开自己不同情境、不同时刻、不同层面的内心真实。

二、坎尼米耶的《库切传》：小说外的作家库切

坎尼米耶的《库切传》是第一部由南非学者用阿非利堪语写就的库切传记，2012年由南非约翰内斯堡的乔纳森·鲍尔出版社出版，中译本于2017年由浙江文艺出版社出版，译者是清华大学库切研究学者王敬慧教授[17]。坎尼米耶是南非著名的阿非利堪语文学研究权威和文学传记作者，与库切以探究自我内心真实见长的自传三部曲不同，他运用传统的传记写作手法，在阅读过库切所有出版的作品之

后于2009年3月赴澳大利亚阿德莱德对库切进行为期两周的深入采访，大量调研与库切相关的人士，复制经他本人授权的文档，查阅、考证南非格雷厄姆斯敦国家英语文学博物馆中的库切研究资料、美国哈佛大学霍顿图书馆中的库切手稿、得克萨斯大学奥斯汀分校哈里·兰塞姆人文研究中心贮藏的库切资料，在上述繁复的调研基础上写成了《库切传》。因此，坎尼米耶的《库切传》受到学界一致好评。库切的学生阿特维尔（也是著名的库切研究专家）称赞“这本传记可以称得上是一座体量宏大的信息宝库，事无巨细地介绍了库切的家族历史、童年生活、教育背景、亲朋密友以及学术生涯，还有跟出版商、当局的文字审查人员和电影制作人的往来交际。这本书因循了传统传记写作手法，因而也更具实证价值”[18]。坎尼米耶本人在写作过程中，对作家关于自己生活经历的再创作有可能导致的误导也始终保持高度警惕，不轻易把库切小说中虚构的真实当成作家生活中的事实，而是“超越小说，在小说之外找寻事实真相”，因为只有这样，“传记才会具有一种传递真实的权威力量”[19]。

《库切传》以编年史的时间顺序为叙述推进的线索，以地理空间（南非、英国、美国、南非、澳大利亚）为叙事分界线，将库切1940年至今与外部世界发生事实关联的丰富材料最大可能地收入文本，并将这些事实材料妥善安置在库切的多重社会角色中。读者从中了解到，在那些享有高度声誉的小说之外的现实世界中，作家库切是一个有着多重社会角色体验的普通人，与普通人的不同之处只在于，他的个人体验与作家库切的小说发生了不同程度的联系。下面笔者从家庭生活、教育背景、职业生涯、个人爱好、思想倾向、栖居地选择这几个方面，对《库切传》的学术贡献做一扼要评析。

第一，《库切传》第一次向读者揭秘了库切的家庭关系。据坎尼米耶考证，库切于1940年2月9日出生于开普敦的莫布雷护理院，名为约翰·麦克斯韦尔·库切，父亲是律师，母亲是小学教师。库切祖上是荷兰移民，祖父格里特·麦克斯韦尔·库切是一位成功的商人和农场主，买下了沃杰尔方丹农场，家人称其为百鸟喷泉农庄，1919年举家迁入农庄。每年圣诞节和复活节，家族成员都会齐聚农庄。库切小说中的农庄生活场景即来自对百鸟喷泉农庄的记忆。每到周五，农庄都会宰杀一只羊给工人吃。库切在看到羊如何被宰杀后，回到父母在伍斯特的家里，他开始躲避肉店和生肉。关于羊被宰杀前的痛苦记忆出现在他的《男孩》《耻》等多部小说中，也是他后来变成素食者的初始缘由。

库切成长为作家的天赋源自他母亲的家族，文化上的亲英倾向也来自母亲家族。外祖母路易莎·阿玛利亚的父亲杜比尔曾在美国传教，并写过两本有关心灵的书。路易莎出生于美国，她不喜欢布尔文化，在家里跟库切的母亲说英语，而非南非荷兰裔讲的阿非利堪语。因此，库切的家庭成长环境不同于传统布尔人，他们对外说阿非利堪语，在家说英语。置身于这样的家庭环境中，库切自幼就感受到种族、政治、文化双重身份认同的焦虑。这种自我认同焦虑在《男孩》和《青春》中都有所表现。

1963年，库切与大学校友菲利帕·贾伯结婚。库切内向寡言，菲利帕则长于社交，两个人看似完美互补，但婚后的家庭生活却颇多舛变。先是他们感情破裂离婚，其时他们的一双儿女刚刚进入青春期，儿子尼古拉斯14岁，女儿吉塞拉12岁，感情上很受打击。儿子尼古拉斯不愿上学，慵懒叛逆，一度沉迷于药物和酒精，库切不得不以各种方式接济他。1989年，尼古拉斯在住处的阳台上意外坠亡。库切的友人透露，儿子葬礼前，他整整哭了一夜[20]。后来，在小说《彼得堡的大师》中，库切借陀思妥耶夫斯基对继子巴维尔无止境的追寻和悼念，表达了自己的丧子之痛和无尽的哀悼之情。因此，坎尼米耶称"《彼得堡的大师》是一本关于悲痛和失去的书"[21]。1990年，菲利帕因癌症去世。他们的女儿吉塞拉患有癫痫，一度酗酒。也许，正是这些来自家庭生活的痛苦体验，一方面造就了库切悲悯的情怀，另一方面也使得他的小说在深刻洞察社会和人生时"缺少一些光亮"[22]。

第二，《库切传》翔实地梳理了库切的教育背景。库切在《男孩》中提到，"他"在求学过程中的自我追寻充满困惑和焦虑，但在实际受教育过程中库切始终是名学霸。小学及中学时代，他习惯于排名第一。1957年到1961年，他在开普敦大学读本科，申请英语和数理统计两个学位，英语成绩是优，数理统计是一等。1965年，他获得富布莱特奖学金，在收到录取通知的多所美国高校中选择得克萨斯大学奥斯汀分校修语言学和文学博士课程，所有考试成绩都是A，并于1969年获得博士学位，其学位论文题目是《塞缪尔·贝克特英文小说文体研究》。大学期间，库切还学习并掌握了拉丁文、德语、法语、西班牙语。上述教育背景为库切的大学文学教师和作家角色提供了专业知识方面的支撑。

第三，与库切的多重文化身份一样，他有多重职业角色。大学毕业后，他先后在英国伦敦的IBM公司和国际计算机公司做程序员。在美国取得文学博士学位后，他先后在纽约州立大学布法罗分校、南非开普敦大学教授文学课，1984年被开普敦大学聘为终身教授，1993年被评聘为开普敦大学英语系的阿德恩首席教授，2001年从开普敦大学退休。他还先后被美国的约翰·霍普金斯大学、哈佛大学、得州大学、芝加哥大学、斯坦福大学聘为客座教授，被澳大利亚阿德莱德大学聘为荣誉研究员。在担任大学文学课教职期间，库切写有大量文学批评论文，出版过多部批评文集，是一位杰出的文学批评家。他还翻译过诗歌、小说、文论等，是一位出色的译者。当然，库切最为人关注的社会角色是作家。作为作家，他先后获得1983年和1999年布克奖，也是有史以来第一位两获该奖的作家。2003年，库切获得诺贝尔文学奖。

第四，对库切的个人思想构成，坎尼米耶也进行了大量调研和考证，为读者和研究者更到位地理解库切及其作品提供了权威依据。比如，坎尼米耶对库切的素食选择和动物权利保护立场的解释就避免了简单化的判断，而是有理有据。从1974年起，库切成为严格的素食者。在坎尼米耶笔下，库切选择素食的缘由是多方面的。初始原因与他童年记忆中百鸟喷泉农场残忍的宰羊场景有关。同时，这一选择与他发生过敏症后医生给他的食物建议也有关。《库切传》还提到，在他和菲利帕共同生活期间养过一条狗，菲利帕非常喜欢它，但库切不喜欢。由于他们家门外是车来车往的大道，为了避免危险，狗被锁在院门后。有一天，库切故意让院门开着，狗不出意外地跑出去出了意外，结果，被车碾压受伤后的狗死在了菲利帕的床上。这次偶然事件过后，库切坚定地站在动物权利保护者的立场上，反对一切杀戮动物的残酷行为，包括为获得动物肉食而实施的机械化蓄养动物、将动物加工成肉食的做法。他说："如果食品供应包括美其名曰动物产品的那些东西（就像猪和牛勤奋地操控着香肠机似的），那么把动物变成食物的流程一定是机械化的。事实上，不仅是动物的死亡，甚至还包括它们的生活，从受孕开始，都是机械化的。"[23]《库切传》提供的上述信息，有助于我们理解库切的素食选择和动物关怀立场的复杂性。库切敬畏并尊重一切生命，为动物权利辩护，但他的思想又不会囿于简单片面的道德诉求。他不吃鱼和肉，但喜欢穿皮夹克，2013年他来北京出席中澳文学论坛时的着装就是一件黑皮夹克。在他最新出版的小说《耶稣的小学时代》中，小男孩大卫向养母伊妮丝提出吃肉是不是很残忍的问题时，伊妮丝向他解释说："如果你不吃肉，你的身体就不结实，不长个儿。"[24]这也印证了诺奖授奖词中对库切的评价："当他在作品中表达自己认定的信念时，譬如为动物权利辩护，他也阐明了自己的前提，而不仅仅是单方面的诉求。"[25]

第五，《库切传》还介绍了库切的个人爱好。他喜欢打板球，在奥斯汀分校时是校板球队队员。20世纪80年代开始，库切将骑自行车当作常规运动和消遣，曾15次参加开普敦一年一度的阿格斯自行车赛[26]。1991年，他取得了3小时14分骑完104公里的个人最佳成绩。上述内容让读者了解到库切除了沉默内敛，还有喜爱运动的一面。

第六，对于库切缘何选择澳大利亚作为最后的栖居地，坎尼米耶也给出了令人信服的说明。人们普遍认为，库切选择在2002年离开南非定居澳大利亚的原因是非国大对《耻》的负面评价。其实早在20世纪90年代，库切与他的伴侣多萝西就多次访问澳大利亚。据《库切传》介绍，在访问澳大利亚的过程中，他深深地被这片土地所吸引。辽阔而贫瘠的土地让他回忆起童年时代的百鸟喷泉农场和卡鲁，而且这片土地上没有南非殖民地的种族政治罪恶。他曾在接受采访时说："就我所见而言，澳大利亚人自然地以平等的方式对待他人，您可能会说，凡是从存在严重种族隔离问题的南非走出的人都会有这种反应。但就我的经历而言，澳大利亚的平等主义在世界范围内也是相当独特的。"[27]库切最终选择定居阿德莱德，是出于对农村和小城市的偏爱。2006年3月6日，库切正式入籍成为澳大利亚公民，但他也保留了南非国籍。他在演讲中说："南非是我存有深厚情感的国家，我并不是为了来到澳大利亚而离开南非。我来到澳大利亚，是因为从1991年第一次访问这里起，我就被这里人们自由和宽厚的精神所吸引。当我第一次看到阿德莱德，我就被这个城市的优雅所吸引，现在我很荣幸地将这座城市称为我的家。"[28]

毋庸置疑，库切是诺奖获得者中文学成就最高的作家之一。他在有生之年就在全世界享有至高的文学声誉，虽然他不愿在公共场合曝光，但他也意识到，作为知名作家他注定难逃被人写传的宿命。正如他的学生阿特维尔所说："无论愿意与否，成功的作家不得不接受传记存在的事实，他们深知这就像感冒头疼一样无可避免。诺贝尔获奖作家尤其如此。”[29]因此，库切为自己写作了自传三部曲，向读者敞开真实的内心，也接受了南非阿非利堪语学者坎尼米耶为他写作一部传记。遗憾的是，坎尼米耶写完《库切传》后不久便去世了。他在传记的最后一页写道：“现在，我们都在生命中的第八个十年中，已经到了上帝给我们的年限。我很乐意用J.M.库切明晰文笔的淡定来思考未来。”[30]同样，作为一名喜爱库切的读者，笔者也一直困惑：作为一个如你我一般被多重社会角色缠绕的普通人，库切是如何依循缪斯女神的精神引领，抵达世界知名作家所在的辉煌彼岸？无论是库切的自传三部曲，还是坎尼米耶的《库切传》，在为我们更好地理解库切及其作品，进而思考我们自身的在世生存上，都提供了有益的启示。

■ 注释

1、3、19—21、23、26—28、30 ［南非］J. C. 坎尼米耶：《库切传》，王敬慧译，浙江文艺出版社，2017年，第1、573、5、460、473、600、36—38页插图、544、561、629页。

2 大卫·阿特维尔教授出生于南非，现任教于英国约克大学，是最早研究库切的学者之一。20世纪80年代早期，他在南非开普敦大学攻读文学硕士学位时，库切是他的毕业论文指导教师。1988—1990年，他在奥斯汀分校攻读文学博士期间，应邀与库切合作，将他对库切的访谈与库切撰写的评论文章分九个主题编辑成书，即《双重视点：论文及访谈》。阿特维尔的库切研究著作还有《J. M. 库切：南非与写作策略》，《用人生写作的J. M. 库切：与时间面对面》。

4、6 Coetzee, J. M. *Doubling the Point: Essays and Interviews,* David Attwell ed. , Cambridge, MA.: Harvard University Press, 1992, p.391.

5、14—16 ［南非］库切：《夏日》，文敏译，浙江文艺出版社，2010年，第276、84、84、226页。

7 郑家馨：《南非史》，北京大学出版社，2010年，第290页。

8—9、25 ［南非］库切：《男孩》，文敏译，浙江文艺出版社，2006年，第179、147、183页。

10—12 Coetzee, J. M. *Youth,* New York: Penguin Books Ltd, 2002, p.32, p.165, p.32.

13 Coetzee, J. M. *Summertime,* New York: Penguin Books Ltd, 2009, p.59.

17 王敬慧写有《库切评传》，2010年由北京大学出版社出版。该书第一章“库切的流散生涯”由“童年时期”“英国”“美国”“南非”“澳大利亚”五部分构成，坎尼米耶《库切传》的编排顺序与之不谋而合。

18、29 ［南非］大卫·阿特维尔，《用人生写作的J. M. 库切：与时间面对面》，董亮译，黑龙江教育出版社，2017年，第10、11页。

22 陆建德在为大卫·阿特维尔的《用人生写作的J. M. 库切：与时间面对面》中译本写的序言中称，同样是南非作家，戈迪默的vision或可译成“愿景”，库切的vision更接近幽暗的现实，要少一些光亮，不能以“愿景”称之。

24 Coetzee, J. M, *The Schooldays of Jesus*, London: Harvill Secker, 2016, pp.75,76.

后经典时代的翻译及对经典之再认识的帮助

陆元昶

墨西哥作家富恩特斯曾获塞万提斯奖，他在*En esto creo*（意为“我相信这个”，中译本《我相信》，张伟劼译，译林出版社，2007年）一书中谈到卡夫卡时，说昆德拉曾说，如果没有读过德语的卡夫卡，也就是没有读过卡夫卡。

可以说，所有文学作品一旦被译为他国语言，就会丧失或在很大程度上丧失其原有之美。

然而，绝大多数中国读者在接触/接受外国文学作品时都需借助翻译。因此，在文学经典的传播中，翻译又非常重要。从另一个角度来看，许多误读/误解都由翻译所致，这也从反面证明了翻译之重要。

过去，为了使中国读者能够接受在完全不同的文化背景下产生的西方作品，前辈译者付出许多努力，以使中国读者觉得外国作者就像中国人一样思想和说话。中国读者难以接受比三个字更长的人名，译者们就将西方人的姓名简化并写得像中国人的名字，于是便出现了像郝思嘉这种成为翻译经典的名字。在西方作品向中国传播的过程中，前辈译者的这些做法起到了非常巨大的作用，但与此同时，他们的译文也在相当大的程度上偏离了本文。

在今天这个后经典时代，人们面对的外国作品，如荒诞派戏剧、新小说、拉美作品等，其真正价值其实正是作者看待事物特有的角度和特有的表现方式，也就是那些一眼看上去与中国读者理解习惯相抵触的东西。如果因为生怕中国读者难以接受这些成分而用过去的翻译方法来翻译，虽然可能会达到中文表达优美典雅、明白易懂的效果，但实际上也就抛弃了作品的真正价值。而抛弃了这些不合中国读者理解习惯的成分，对这些作品的译介也就没有意义。

以过去的翻译方法来翻译后经典时代的作品，最终不过是转述了作品所讲的故事。

就读者一方来看，现在的读者热心阅读那些后经典时代的作品，他们希望从作品中看到的应当不再仅仅是故事情节这类表层的东西，而更多是作者那些独特的视角与表达技巧。译者如果还坚持过去的翻译手法和翻译标准，就明显落后于读者，辜负读者的希望了。

很多新的经典早在20世纪八九十年代就被译为中文并在中国的读者和作家中产生了巨大的震撼和影响。卡尔维诺的作品就是其中之一。他的作品中有一些看起来是说不通的话，或者残缺的话，过去为了便于中国读者接受，同时也可能是出于译者的习惯，这些文字被加以处理，读起来比较通顺。但其实这样表达出来的也就不再是作者原有的意思了。

例如，《烟云》里那段深夜接到克劳迪娅电话的情节。原文是这样的：

> Una notte mi svegliò il telefono. Era lo squillo prolungato delle chiamate interurbane. Accesi la luce: erano quasi le tre. Già prima di decidermi ad alzarmi, slanciarmi nel corridoio, afferrare nel buio il ricevitore, e prima ancora, al primo sussulto nel sonno, già sapevo che era Claudia.
>
> 一天夜里电话叫醒了我。这是城市间长途电话那种被拉长的铃声。我开了灯，差不多是三点钟。在我决心起床，冲进走廊，在黑暗中抓起听筒之前，但更在睡眠中的第一下惊跳之前，我就已经知道这是克劳迪娅。（本文作者译。）
>
> 有天夜里我被电话铃吵醒。那是外地打来的长途电话。我打开灯，才夜里三点，没等穿好衣服我就扑向走廊，抓起听筒，懵懵懂懂听到对方讲话，我便辨别出那是克劳迪娅的声音。（卡尔维诺文集的译文。译成这样也就没有了卡尔维诺原文那种特有的效果。）

再看《阿根廷蚂蚁》中的几个例子：

Noi non lo sapevamo, delle formiche, quando venimmo a stabilirci qui. Ci sembrava che saremmo stati bene, il cielo e il verde erano allegri, forse esageratamente allegri per i pensieri che avevamo, io e mia moglie ; come potevamo supporre la storia delle formiche ?

在我们来定居在这里时，关于蚂蚁，我们并不知道。我们觉得我们将会过得不错，天空和绿色是令人愉快的，对于我和我妻子所具有的那些想法，也许是夸大地令人愉快的；我们怎么会设想蚂蚁的事？（本文作者译。）

我们搬来住时，对这里的蚂蚁一无所知，满以为往后会过得挺惬意。天宇碧净，草木翠绿，景色宜人，对心事重重的我和我的妻子来说，也许宜人得有点过分。我们怎么能想到这个地方蚂蚁成灾呢？（卡尔维诺文集的译文。改变了句子结构，还将原文的天空和绿色作了补充描述。）

... e noi non avevamo detto niente perch é c' era troppa carne al fuoco.

我们没有说任何东西，因为有太多的肉在火上。（本文作者译。“有太多的肉在火上”是一个惯用语，比喻有太多紧急事情要处理，此刻根本顾不上眼前的事。这种表达方法其实是非常有意思的。）

我们也避而不谈，因为面前有许多更加紧迫的问题亟待解决。（卡尔维诺文集的译文。）

Ora con questo nostro camminare la prima sera per il terreno volevamo convincerci ch' eravamo arrivati a prendere confidenza e anche, in un certo senso, possesso di quel luogo; per la prima volta l' idea d' una continuit à della nostra vita era possibile, di sere una dopo l' altra, sempre meno angustiate, a camminare tra quei semenzai. Queste cose certo non le dissi a mia moglie; ma ero ansioso di vedere se le sentiva anche lei: e di fatto mi sembr ò che quei quattro passi avessero su di lei l' effetto che speravo ; adesso ragionava sommessa, con lunghe pause, e ce ne venivamo a braccetto senza che lei si rifiutasse a quest' atteggiamento proprio ad epoche pi ù agiate.

现在，通过第一天晚上我们在田里的这个散步，我们想要使自己相信我们已经得到了这个地方的信任，在某种意义上，甚至是拥有；第一次，我们生活的一个持续性的想法变得可能，在越来越不烦恼的一个又一个晚上，在这些苗圃间散步。这些东西当然我没有对我妻子说；但我急于看看她是不是也感觉到了它们：确实，我觉得这四步路在她身上已经有了我希望的效果；现在她顺从地说话，带着长时间的停顿，最后我们互相挽起手臂，而她并不拒绝这个只属于更为优裕的时期的姿态。(本文作者译。四步也就是几步，意大利人常用“四”指不多的数量。)

就这样，第一天晚上我们就到庭院里蹓了一趟，为的是熟悉环境，在某种意义上说，也是为了摸清情况。我生平第一次觉得，终于有可能过上安顿日子了。今后，我们每天晚上都要到庭院里来散散步，我们的心情将越来越愉快。这些是在我脑子里盘旋的念头，我没跟妻子讲。我渴望知道，她是否也有同样的想法。我认为，我让她到庭院里走走，已经获得预期效果：她此刻讲起话来温柔动听，稳重得当；我去挽着她的胳臂，也没有被她推开，尽管这种亲昵举动在目前并不合适，因为我们的生活尚未安排停当。(卡尔维诺文集的译文。原文中的terreno是田地，此处译为庭院。另外，译者增添了一些原文中没有的成分。)

Era un signore basso e occhialuto, in pigiama e col cappello di paglia.

这是一个矮小的戴眼镜的先生，穿着睡衣，戴着草帽。(本文作者译。)

这位先生个子矮小，穿着睡衣，戴着草帽，架着一副大眼镜。(卡尔维诺文集的译文。词序被颠倒，眼镜被作了补充描述。)

Mia moglie prese a dire delle frasi sorridenti e appena accennate, come si usa per cortesia ; da tempo non la sentivo parlare cos ì ; non che mi piacesse, ma ero pi ù contento che a sentirla lamentarsi.

我妻子露出一丝微笑，开始说一些刚刚被提到的话，就像人们出于礼貌而习惯做的那样；我很久没有听到她这样说话了；不是因为我喜欢这样，我更高兴是因为不听到她抱怨。（本文作者译。“我妻子”重复说了雷吉瑙多先生刚刚说的话，所以这里说“刚刚被提到的话”。）

我妻子嫣然一笑，说了几句客套话。我很久没听她用这种细声柔气的语调讲话了；但我并不觉得不愉快，相反，我为自己用不着听她发牢骚而颇感高兴。（卡尔维诺文集的译文。）

卡尔维诺在《烟云》的前言里说自己在小说中多次使用了grigio（灰色的）这个词。这个词不光被用来描写事物的颜色，还被用于精神层面。可能是在这篇小说被初次译成中文的那个时候，这些精神层面的grigio如果被直译出来不太符合一般中国读者的理解习惯，所以它的丰富内涵也就随着这个词在翻译中被明确化而丧失了。例如：

Adesso no, non sapevo vedere che il grigio, il misero che mi circondava, e cacciarmici dentro, non tanto come se vi fossi rassegnato, ma addirittura come se mi piacesse,

现在则不，现在我只能看到灰色，包围着我的贫困，并且我只能挤进这一切之中，好像不是我顺从它，不如说就像是我喜爱它。（本文作者译。）

可是现在不一样了，现在我看到的全是阴暗面，看到的是大家都在贫困中挣扎，我也在其中挣扎。（卡尔维诺文集的译文。）

Ci sono quelli che si condannano al grigiore della vita pi ù mediocre perch é hanno avuto un dolore, una sfortuna.

有人命定遭受最平庸生活的灰色，因为他们有过一个痛苦，一个不幸。（本文作者译。）

有人命中注定要过平庸的生活，默默无闻，因为他们经历了痛苦或不幸。（卡尔维诺文集的译文。）

Ma soprattutto, quanto l' altro giornale cercava d' essere sempre brillante nella stesura degli articoli e d' attirare il lettore con fatterelli divertenti, per esempio i divorzi delle belle ragazze, tanto questo era scritto con espressioni sempre uguali, ripetute, grige, con titoli che mettevano in rilievo il lato negativo delle cose. Anche il modo con cui il giornale era stampato era grigio, fitto fitto, monotono.

但特别是，另一份报纸多么努力在文章的编织上总是闪光，努力以各种有趣的小事吸引读者，如美丽女孩的离婚，这一份报纸就多么被写得总是带有相同的、重复的、灰色的表达，带有突出事物之消极面的标题。并且报纸印刷的方式也是灰色的、紧密的、单调的。（本文作者译。此处作者用的quanto...tanto这个表示同等程度的结构很难在译文中体现出来。这一段里有两个grigio，一个是说表达是灰色的，另一个是说报纸的印刷方式是灰色的。）

更明显的是，他那份报纸讲究编辑技巧，以各种生活经历吸引读者，例如少妇离婚等。虽然那些文章语言乏味，千篇一律，但标题诱人，富于教育意义。该报纸的印刷也不行，字号很小，只有一种黑体。（卡尔维诺文集的译文。这里译者可能还没有看到卡尔维诺在对两种报纸作比较。）

由上述例子可以看出，在上世纪八九十年代，新的经典作品被引入了，但当时的翻译方法并没有适应作品，而是在陈旧的翻译理念的指导下，使新的经典迁就中国读者的理解水平，而不是提升中国读者的理解能力，引导他们认识新的经典中那些真正值得认识的因素。换句话说，那时虽然引进了一些新的作品，但却没有将这些作品的真正价值传递给中国读者。

最后，如果我们回过头去看看过去已被公认的经典，也许就会发现，一些经典作品的真正价值已经被过去那种翻译方法当成废渣过滤掉了。如果可能，就像今天以不同于以往的评价标准重新评价经典作品一样，我们以一种与过去不同的更加贴近和忠实于原文的翻译方法重新翻译经典作品，它们真正的价值将会被发掘和表现出来。也就是说，后经典时代的翻译方法将有可能为重新认识经典提供帮助。

第五编
跨文化语境下世界文学教学策略再探讨

大数据时代的世界文学教学挑战

郝岚

笔者在课堂教学中曾有过这样一幕：在《约伯记》那节课上，我询问同学们有没有按照要求提前阅读文本时，回答有的学生比平时多很多。我心中暗自高兴不已，继而请他们拿起人手一份的纸质本作品选回答《约伯记》第一章的问题，却发现更多同学把作品选放到一边，拿出手机，点开"微读《圣经》"或"《圣经》助手"手机软件，迅速找到那一节经文。后来我才得知，之所以这节课提前读过的人数多，也是因为这一方便的阅读方式（软件配有通行的和合本汉译、NIV版英文及详细注解）。我追踪发现，凡是我发过电子版书籍的文选篇目，阅读人数和课堂效果都要远优于只有传统纸质本的作品。我的同事也遇到过同样的问题，我们把这归结于"90后"这代学生的阅读和生活方式与我们有根本不同：他们是数码"原住民"，而作为他们的老师，我们无论如何精通网络，都只能是数码"移民"，因此比起他们总是显得不够"地道"。这一现象值得我们所有教师认真思考：你可以拒绝注册微信，或者从不网上购物，但当大数据和互联网直接影响到文学阅读和课堂教学时，我们有必要自我反思：疏离现代信息技术在什么意义上是对人文主义的坚守，在什么程度上是对当前教育变革的漠视？

一、大数据特征与世界文学变化的相似性

近年来，"大数据"成为热词。何为大数据？说法多种多样，但简单说，大数

据就是通过分析过去结构化及非结构化的海量数据，得出对未来的预测，获得有价值的服务和洞见。大数据基本特征的简称包括三个“V”：Volume（容量），Variety（多样），Value（价值）；大数据容量很大，形式多样（以文本、多媒体等形式存在），价值密度与数据量成反比（数据越多，价值越小），因此数据优化分析很重要。与此相适应，大数据时代在分析信息上有三个转变：一是不再是过去的随机采样，而是更多数据，个别情况下甚至是所有数据；二是由于数量庞大，数据精确度减低；三是不再追求数据间的因果关系，而是追求数据间的相关关系[1]。与这几个特征相对应，世界文学教学也颇有相似之处：世界文学课程时数有限，但囊括的文本数量越来越大；文学组成超越了西方中心主义，来源更加多样（例如，《诺顿世界文学文选》从1995年起开始收录非西方作家作品，目前至少涉及6种语言）；由于文本多，保守主义阵营的教师抱怨教学越来越不可能进行深度文本的内部分析；世界文学目前更多被视为一种流通和相关的民族文学交流。

大数据对世界文学教学或者说高等教育变革的影响尚未引起教师的足够重视。我在开篇讲的看似只是一个阅读方式问题，实则是信息技术与大数据对学习方式变革发挥作用的直接例子。2012年以来，随着“慕课”（MOOC，“大型开放式在线课程”的简称）、“翻转课堂”、微课堂、TED等概念在全世界流行，高等教育的信息化趋势越来越明显，而大数据对世界文学教学的影响主要体现在教育规模和教学模式两个方面。

安妮伯格基金会针对美国师生设计的“学习者网站”上有一门课《世界文学之邀》（http://www.learner.org/courses/worldlit/），内设《吉尔伽美什》《奥德赛》《我的名字叫红》《憨第德，又名老实人》《源氏物语》《百年孤独》等15个专题。每个专题都是内容丰富，以《我的名字叫红》为例，该部分包含五个专题：“开始学习”（含创作时间、语言、背景、特色），“阅读文本”（英译本部分章节，土耳其伊斯坦布尔、细密画及托普卡帕宫的图片），“专家视频：博物馆式的作品”（含Michael Barry等三位教授的讲解视频），“翻译与版本”（含英译本、土耳其文本等的链接），“人物表”（含作品中24位虚构及真实历史人物的介绍、身份，其中个别难读人物的名字还有英文发音）。我们姑且不说它的选本原则，仅就其教学规模而言，依据网站所做的五年分析报告，课程网站访问量月均500万次，五年共有11.7

万所学校的学生获益[2]。不仅如此，这其中的学习者遍布世界各地，他们借助互联网享受到世界上优质的教育资源。这代表了现代信息技术对于高等教育受众规模与范围的巨大影响，它几乎是教育大众化和教育平等一个非常具体可见的成果。它集合了文字、图片、音频、视频等内容，可以随时随地方便学习，但也有人认为它阻碍了深度学习，电子媒介让“全世界文学系的年轻教员都在大批离开文学研究，转向文化研究、后殖民研究、媒体研究（电影、电视等）、大众文化研究、女性研究、黑人研究等。他们写作和教学的方式更接近社会科学，而非传统意义上的人文学科。他们在写作和教学中经常把文学边缘化或忽视文学”[3]。然而，无论有多少反对的声音，大数据带来的广泛影响和对教育的深度变革，怎样评估都不为过。

尽管作为文学课的教师我们可能坚信不会被日益泛滥的各类大型在线公开课取代，但我们却应该对大数据带来的教学模式的巨大变革引起重视。在人类历史上，教学模式的变革主要有两次：一是公元前6世纪和前5世纪孔子和苏格拉底的私人启发式教学，它是一种特权，受教育群体面小，但能获得个人化的指导；二是16世纪捷克教育家夸美纽斯发明的现代学校体系和班级制，它是将工业革命的成果应用于教育，极大地降低了教育成本，提高了学校教育的效率，但它在让更多人接受教育的同时难免会忽略学生学习的个性。第三次变革，应该就是随着大数据时代的到来，引发新的教学与学习模式；这个时代的受教育者可以利用社交媒体自主组织讨论学习，构建生成性学习资源，“慕课”也带动了大型“在线学习”和“翻转课堂”（实际的课堂讨论），这为前两种学习模式和优势的结合提供了可能：如何以最低成本达到最大效果且尽力保证带有学习个性的具体指导，这是新时代教学改革正在解决的重点。

部分教师误认为大数据就是我们过去所谓课程改革的视频录像和一个结构化网站，事实远非如此。除此之外，在为我们未来的高等教育教学能做的方面，大数据还有很大的开拓空间。教师不再是学习的唯一教育者，最重要的在于学生的学习不再只依靠教师发布，自媒体时代的学习者也将参与教学资源建设，如利用SNS社区、QQ讨论组、微信组群等自己发布学习内容与经验。此时需要教师积极参与课程设计，除了使用图文、音视频、动画等“富媒体”形式建设网站，还应在自主学习的个性化（如某个作家的兴趣小组）、学习环境的社会化（帮助学生将学习触角伸展到课堂与校园之外）、研究性学习的深度化（提出问题，指导学生进行深度讨论）等的设计上发挥作用。学生可以建立自己的学习群组，寻找自己感兴趣的圈子，发起话题，协作交流，订阅资源，管理自身信息与知识学习。

此外，大数据还可以帮助教学进行数据分析。教师可以通过对线上学习的大数据分析，追踪掌握很多有利于改进教学的信息。例如，如果在线学习的注册用户观看“托尔斯泰世界观的转变”课次数最少，这一数据可以让教师注意到有可能是难度最大，难于理解，应该在未来调整教学顺序或重新安排教学时数，循序渐进；根据学生反馈或点击频率数据分析哪些课程的设计效果最好，哪些需要改进；甚至可以将某一学年的数据与之前的学习数据比对，看出哪些经典作品或当代畅销作品学生最感兴趣等。

大数据统计也可以助力人文学科发展和教学。例如，谷歌在2005年开启的“数字图书馆计划”，至2013年4月已完成超过3000万本书，包含5000亿个单词。他们不仅扫描书籍，还对书籍进行数字化和数据化，因此用户可以对书籍词频的数据进行统计。我们可以通过谷歌的“全球书籍词频统计”画出某一时段某个作家的词频统计结果，来判断哪些作家或作品在哪一时期是研究的热点或备受冷落。庞大的数据库甚至孕育出一个新学科“文化组学”（Culturomics），这个英文词由“文化”和“基因组学”复合而成，指通过对数字化文本中海量数据的分析，实现词汇应用频率和社会文化潮流的对接。例如，在Ngram输入“女人”（woman）一词，就会出现该词的许多相关词，而其对位词“男人”（man），直到20世纪70年代早期才被广泛应用，这为女权主义文学研究提供了过去很难发现的数据支持。

此外，我们也可以使用“百度学术”这样本土化的涵盖中英文、期刊与会议、核心期刊及一般期刊等多样化的数据库，对莎士比亚、海明威、鲁迅和村上春树这四位在世界文学史上占有重要地位的作家进行近十五年来的研究统计。结果发现，本土作家鲁迅的研究数量稳居榜首。在三位外国作家中，莎士比亚无疑是“超经典”，村上春树作为当代作家备受追捧，但在研究数量上仍然不敌像海明威这样的经典作家。这样的数据可以用于教学与研究，或者用于指导学生论文，帮助我们分析还可以从哪些视角切入其中。

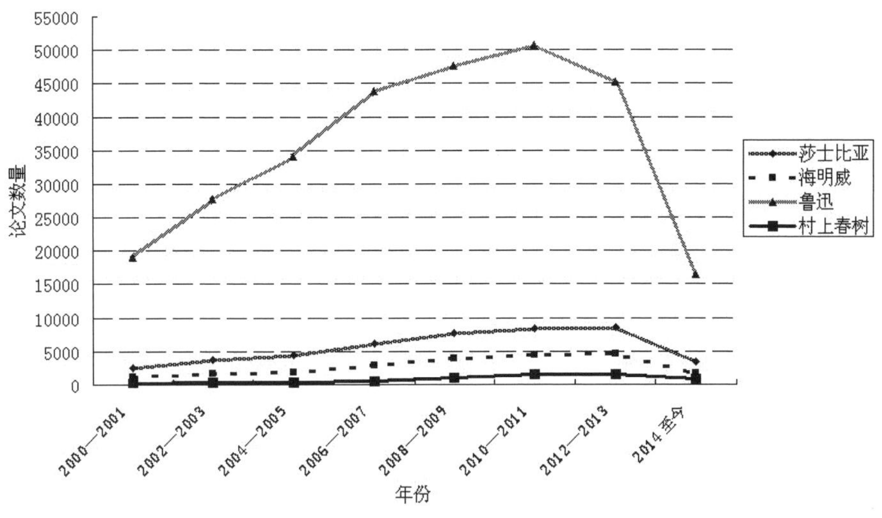

二、亟须冷静对待的“慕课”

虽然中国高校教师个体对大数据与教学关系的重视还不足，但在各级制度化层面上却存在片面追捧新技术的倾向。目前最能代表大数据时代教学的热词莫过于“慕课”。自2012年在美国出现后，它在短时间内席卷全球教育领域，成为一种流行的大型在线公开教育资源。中国高等教育界由清华和北大领跑，各级教育厅和各类高校闻风而动，大有“没有慕课就称不上现代教育改革”之势。殊不知，就是在其发源地美国高校，慕课也遭到不少大学教授的反对：慕课是为了打破传统课堂的同质化，实现教育多元化，但因世界顶级名校的社会资源优势极大地冲击了世界各地的各类/各级院校教育，未来知识领域有可能出现新一轮的同质化或霸权化。为此，2013年5月，哈佛大学文理学院58位教授联名致信院长，言及“教育在线”与“哈佛在线”上的公开课所引发的教师监管以及对高等教育体制的整体影响，要求学院成立专门委员会进行调查评估。在这些署名者中就包括我们耳熟能详的英文系新历史主义批评家格林布拉特[4]。这表明，在信息技术席卷教育领域的兴奋过后，更需要人文主义学者的冷静思考。

"慕课"通常具有典型的名师、名课、名校特征，在学校的社会资源、资金实力和师资水平上占有极大优势。而且慕课最初的理念是真正实现教育公平，即在高标准的技术配备、学校财力的高投入和教师大量的时间成本投入之后，应该放在线上向社会免费公开，这些都非等闲院校所能具备。因此，针对目前各级/各类院校与课程的盲目"慕课"热潮也应冷静对待。

另一方面，即使学生未来可以完全在互联网平台免费观看世界顶尖学者的同类课程讲授，它带来的也应该是教师提升课堂教学质量的紧迫感，而不必过分担心自己被取代。大家可以在网上轻易找到有中文字幕的耶鲁大学公开课《解读但丁》或《1945年后的美国小说》，我们可以把这些有效资源作为参考与补充，链接放置于自己的课程网络平台上，但这不可能代替中国21世纪的年轻人对这些经典文学的解读，他们仍然需要我们这些本土教师的引导。数据专家预测，未来的学校功能将发生重大改变，现在的学校是一个学生接受信息的地方，未来学生将在家里通过视频和自学之后到学校去和老师、同学讨论。因此，学校将变成一个社会性的场所，是互相讨论和学习的地方，而教师的功能也将发生改变："以前照本宣科地传授、宣讲知识的技能，要让位于组织学生讨论的技能、让位于从数据中获取学生学习信息的技能、让位于根据数据对学生进行个别引导的技能。"[5]正因如此，在大数据时代，世界文学教学需要的不仅是现代信息技术与教学的结合，最关键的应该是课堂教学模式的转变和由此带来的教学质量的提升。

三、不是"翻转课堂"而是"混合课堂"

"翻转课堂"并不是一个新概念，但在2004年却因萨尔曼·可汗为了解决侄女遇到的数学难题上传的精短教学视频而再度成为热点。无疑，在以知识点讲授以及理解应用的基础知识学习中，短视频起到了清晰明了、可重复学习的好效果。但对基于深度学习的大学课程，尤其是人文学科的教学来说，"翻转课堂"虽然在教学观念上重新把以学生为中心、先学后教等提到了重要位置，但却无法解决所有问题。笔者认为，大学课堂不能一窝蜂地跟进"翻转课堂"，"混合课堂"才是可行之道。

课堂教学是一种多环节相连、科学的互动性活动，它必须根据课程性质（通识课、基础课、专业课）、教学任务（了解、掌握、理解、深入分析）、教学内容（基础、重点、难点）等来进行授课类型设计。具体到大学课堂来说，对于需要了解的知识点和教学的基础内容可以设计基于信息技术的自学，但一定要有学习效果考评；教学的重点和需要学生理解的关键内容仍然需要教师进行传统课堂讲解；在教师的讲解和引导之后，部分教学的重点或难点才适宜进行"翻转课堂"模式的师生互动。在这一过程中，具体到世界文学教学，需要注意以下几个问题。

首先，"翻转课堂"不应只是短视频的微课堂，而应"富媒体"化。哈佛大学达姆罗什教授在《如何阅读世界文学》中，对新时代的世界文学教学做出了具体的指引和示范，其中不仅包括大学里的世界文学课程和优秀教材、出色的世界文学文集和选集、世界文学的理论探讨，也包括世界文学网站，笔者理解这应该就是优化了信息组成的"富媒体"网站。大学"翻转课堂"的前期准备不一定要求所有教师都进行短视频制作，也不能只仰赖写字板、录音与PPT结合的教学短视频模式，而应依据学科与课程特色，借助"富媒体"多维开发学习资源。例如，国家级教学资源公开课中所包含的课程网站、课程录像；基于"富媒体"观念创设的网络学习：网络中可公开使用的作家生平、经典影视改编、名家诗歌朗读的音频文件、文学选本、权威学者的研究、背景资料等。

其次，"翻转课堂"的重点是改变学生被动学习的习惯，培养批判思维。凡是进行过以学生为中心教学实验的人都知道，自主学习和课堂讨论的主要障碍是学生的消极回应。中国学生聪明、守纪律，但却很少主动思考，缺乏在公众面前表达自己观点的自信。如何激发学生学习动力、改变由基础教育养成的学习惰性、打破大学讨论课就是"沉默的大多数"的魔咒、培养批判思维，是大学课堂除去专业教学之外的重要目标。因此，学生不仅需要进行课前学习准备，关键是要培养一种积极回应的批判思维，带着问题阅读，试着回答并思考问题，这样才能在"翻转课堂"的讨论课上形成良性互动。这些能力和素养的形成，除去在"翻转课堂"上的培养外，也需要大学教师在传统课堂上言传身教，引领启发。

再次，"翻转课堂"的难点是教师的教学设计与学习评价。"翻转课堂"看似把发言压力转给了学生，其实这类课堂的难点是教师针对教学目标进行的问题设计和对学生是否有合理的教学评价。例如，传统上讲述莎士比亚与《哈姆雷特》，主要需要教师阐明哈姆雷特作为人文主义者典型的形象特征，但若是“混合课堂”就需要重新设计课程，建设课前学习所需要的“富媒体”（具有针对性的视频，挑选重点阅读的场次等）。关于莎士比亚的生平和主要作品可以在网上自主学习；关于其戏剧特色与伊丽莎白时期英国戏剧舞台的关系，还应在传统课堂上由教师讲解，帮助学生注意两者间的联系，总结出特点，为理解《哈姆雷特》情节与对白的特点打下伏笔。《哈姆雷特》的教学重点则可设计为“翻转课堂”的一部分，给予学生发言的空间。它的最大挑战是如何设计思考题，层层递进，深度解剖。例如，问题可以包括：(1) 如果哈姆雷特是尊重以人为核心的人文主义者，那么如何理解第二幕第二场对人的经典赞美“宇宙的精华！万物的灵长”之后哈姆雷特失望的慨叹：“这一个泥土塑成的生命算得了什么？人类不能使我发生兴趣；不，女人也不能使我发生兴趣。”(2) 如何理解哈姆雷特复仇的犹豫？如果目的是正确的（复仇），可以不择手段吗（违背当时的原则，在叔父祷告时突袭他）？类似这样的问题，可以让学生在阅读文本的同时，带着疑问去解决看似矛盾的独白与情节，从而体会出哈姆雷特是作为人文主义转型期走向深化的人物。哈姆雷特作为“犹豫王子”的问题，也将“目的与手段”这一难题抛给了面对社会纷繁变化的大学生自己。如此设计不仅展示了关于经典文学阅读的争议，引导他们基于文本阅读和以往研究得出自己的结论，而且将时空遥远的文学命题纳入当代视野，让大学生带入性地去思考自身处境。考虑到中国学生不习惯在公众面前表达个人观点，教师也可以设计小组式讨论或“旋转式头脑风暴”，由几个人分别代表小组发表集体观点、互相聆听对方小组观点后再修正总结，这样可以部分避免学生的羞怯与尴尬。

最后，针对学生的学习惰性，教师必须严密设计对自主学习的评价与考核，做到有任务必有评定，切不可放任自流。例如，为了检验讨论课之前的工作，要求学生书写2000字以内的阅读笔记。教师需要在公共平台上明示阅读笔记的规格、写法、评分标准乃至以往优秀阅读笔记的范例等，好让学生有本可依。讨论课的小组发言，教师可以按集体形式给分，组长再依据小组得分和参与讨论的情况为同学评定不高于小组分的个人平时分。只有在有针对性的教学设计和细致的教学评价的前提下，学生才能在规则内开始主动学习，最终达到养成批判思维的好习惯、终身学习的意识与素养。除此之外，“翻转课堂”对教师的挑战还包括课堂组织方面的经验与技巧。例如，怎样组织高效率的讨论，怎样掌控讨论方向以达成教学目的、解决教学难点等。

结语

大数据给高等教育带来的深度变革正在进行中，有些领域亟待开拓。大数据时代需要利用技术优势遴选和优化世界文学教学资源，对信息进行结构化组合，更需依据世界文学教学内容和教师专长对各类“富媒体”内容进行个性化重组；真正想让大数据时代教学区别于过去的“网站+录像”，关键在于激发学生利用社交网站构建高质量的自媒体学习资源，利用数据分析在学生论文专题选择、回馈教学效果、及时调整和组织教学方面促进教学模式改革和提升人才培养质量。总之，结合新技术触发的教育变革，将学生的主体性重新置于课堂中心，提升和培养学生的主动学习习惯和批判思维方式，是目前大数据引发的最积极的后果。但无论如何，“慕课”不可能代替课堂教学，“翻转课堂”也不应占据所有大学教学领域，只有科学且有针对性的混合式教学设计，将传统课堂与“翻转课堂”相结合，才能有效地应对世界文学自身及其教学模式的双重变革，达到大学教育的育人目的。

■ 注释

1 [英]维克托·舍恩伯格:《大数据时代：生活、工作与思维的大变革》，周涛译，浙江人民出版社，2012年。

2 *Advancing Excellent Teaching Annenberg/CPB 1999–2004, http://www.learner.org/about/5yearreport.pdf*, 2015年3月28日访问[EB/OL]。

3 [美]希利斯·米勒:《跨越边界：翻译·文学·批评》，单德兴编译，台北：书林出版社，1993年，第175页。

4 转引自郭英剑：《“慕课”在全球的现状、困境与未来》，载《高校教育管理》2014年第7期，第43页。

5 ［英］维克托·迈尔-舍恩伯格：《大数据如何改变我们学习》，《解放日报》2014年12月6日。

日常生活美学视阈下的高校英美文学课教学策略探析

李伟

一、当前我国高校英美文学课教学所面临的困境

英美文学课是我国高等学校英语语言文学专业开设的一门重要的专业课。《高等学校英语专业英语教学大纲》对文学课程的描述为:“文学课程的目的在于培养学生阅读、欣赏、理解英语文学原著的能力，掌握文学批评的基本知识和方法。通过阅读和分析英美文学作品，促进学生语言基本功和人文素质的提高，增强学生对西方文学及文化的了解。”数十年来，英美文学课在提高大学生的语言技能、审美意识、鉴赏能力、文化素养等方面贡献良多。然而，随着市场经济迅猛发展，它的另一方面也逐渐凸显。在高等教育领域，外语学科边缘化、英语教学功利化现象比较严重，社会、高校和大学生看重语言的工具性，主要精力花在训练和提高英语语言技能上，轻视外语的思想性和人文性。在全国高校英语专业的课程设置中，英美文学课时不断缩减；在课堂教学中，很多学生对英美文学课缺乏兴趣。这一现象引起了吴瑾瑾[1]、丁兆国[2]、彭晓燕[3]、范晴[4]、梁玉莹[5]等学者的关注，并提出了一些行之有效的应对策略。笔者认为，我们有必要引入新的理论方法，推进英美文学课教学改革。

二、日常生活美学及其对英美文学教学的启示

日常生活美学是指“西方美学中后现代以来一种超越艺术美学来重新定义美学的理论话语，它以日常生活经验为基础来重新筑构美学体系”[6]，主要体现在韦尔施、费瑟斯通、鲍德里亚、舒斯特曼、曼德卡等学者的言说中。舒斯特曼说：审美，作为“具有人类价值的东西，必须以某种方式满足人在应付他的环境世界中的机体需要，增进机体的生命和发展”[7]。美学家张法认为：“日常生活审美化，不仅在于日常事物的美学外观，也不仅在于日常事物内部的组织方式和结构方式，而在于人的经验……无论在生活之中，还是在艺术之中，都因这经验的流动而成美，都因为美而提升了人的经验感和生命感。在这一意义上，生活即艺术即经验即美。”[8]学者陶东风认为：“日常生活审美化及审美活动日常生活化深刻地导致了文学艺术以及整个文化领域生产、传播、消费方式的变化，乃至改变了有关‘文学’‘艺术’的定义。”[9]因此，我们要有与世俗生活、当代现实对话的诚意和愿望。鉴于当前高校英美文学课被边缘化、学生兴趣缺失，笔者认为应将日常生活美学理论引入英美文学课的教学中，强化英美文学文化与当代中国大学生学业需求、心理情感需求等之间的密切联系，采用有效的教学策略，激活英美文学课堂，取得应有的教育效果。

三、日常生活美学融入英美文学教学的三种有效策略

作为一名普通高校主讲英美文学课的教师和英美文学研究者，多年来，笔者在英美文学教学实践中尝试融入日常生活美学，取得了可喜的效果。具体教学策略包括以下三个方面：

第一，将日常生活美学融入英美文学课堂提问的设计与操作中。在文学课的课堂提问设计中，既要紧密联系文学课的基本要求，又要充分贴近当代大学生的学业需求和心理情感需求。英语专业学生有提高语言技能、审美能力和批判思维能力的学业需求，因此教师在讲授英美文学史上的重要文学运动、流派思潮和代表性作家作品时，应精心设计相关的课堂提问，调动学生积极融入课堂讨论和学

习。例如，在讲授英国文艺复兴时期著名作家培根时，可依据他的随笔名篇《论读书》设计以下与学生专业学习相关的问题：Why do you read? How and why is reading/education useful? What inspirations do you get from this essay? 在讲解浪漫派诗歌，如华兹华斯的《我孤独地漫游，像一朵云》时，可提问学生以下问题来培养其审美能力：Why do people sometimes fail to appreciate nature' s beauty and wonders? Wordsworth believed that nature and human intuition impart a kind of knowledge and wisdom not found in books and formal education. Do you agree? Explain your answer. 在讲授唯美主义大师王尔德时，既要引导学生肯定这一流派“为艺术而艺术”的主张对文学审美性质的推崇，又要批判思考其某些过激或有失公允的观点，教师可设计以下问题：Wilde says, “There is no such thing as a moral or an immoral book. Books are well written, or badly written. That is all.” Do you agree? Why or why not?

英语教师在引领学生学习英美文学课程时，应充分考虑“90后”大学生的心理情感需求。当代大学生有着对美好爱情的向往，有训练交际能力、组织领导能力的需要，有强烈的社会责任感。因此，在英美文学课的教学过程中，应该依据学生的这些心理情感需求，凸显英美文学与大学生实际生活的联系。比如，教师在讲授《威尼斯商人》时可提问学生以下问题，引导他们建立正确的爱情观：How do you describe your ideal lover? How does Portia compare to the men around her? Is Bassanio a worthy husband for her? What would Portia have done if the wrong man had selected the right casket? 在讲解盎格鲁-撒克逊时期的民族史诗《贝奥武夫》、盎格鲁-诺曼时期的亚瑟王传奇《高文爵士和绿衣骑士》时，教师可设计以下问题，帮助学生培养交际能力和组织领导能力：What makes an eloquent speaker? What makes a hero/knight? What makes a good king/political leader? What makes a good CEO?

当代大学生生活在全球化、信息化高速发展的时代，比较关注社会问题，喜欢通过网络、微博、微信等平台表达自己对社会问题的看法。英语教师应启发学生在课程学习中思考欧美及中国社会中存在的问题并提出应对措施。在讲授英国现实主义文学，如狄更斯的《雾都孤儿》时，应引导学生思考社会慈善、社会福利问题，可有如下提问：How can we solve the problem of child labor and juvenile crime ? What is the essence of charity? What can we do to promote volunteer work? 在讨论萧伯纳的剧作《华伦夫人的职业》时，可引导学生思考妓女现象何以能够长久存在、如何消除这一现象等问题。教师可提问学生：Why does prostitution exist? How can we eliminate prostitution?

在讲解美国小说家菲茨杰拉德的名作《了不起的盖茨比》和“二战”后美国剧作家阿瑟·米勒的《推销员之死》时，教师应启发学生思考“美国梦”的本质、“美国梦”是否具有荒诞性和欺骗性等问题，并对比中美两国社会文化、政治现实来分析“中国梦”的内涵和特点，可设计如下问题：How does Gatsby represent the American dream? What does the novel have to say about the condition of the American dream in the 1920s? In what ways do the themes of dreams, wealth, and time relate to each other in the novel' s exploration of the idea of America? Is the American dream disillusioned? Is the American dream a lie? What does Chinese dream mean to you? How can you realize your dream?

第二，将日常生活美学融入英美文学作品的主题阐释中。自然生态意识和消费主义批判是英美文学的两大重要主题，笔者将以此为例阐释如何将日常生活美学观点渗入文学课的教学活动。生态意识的崛起有多方面原因，如浪漫派诗人对自然的欣赏和眷恋、对人与自然关系的哲学思考，工业化对自然环境、人类家园的破坏，激发了人们的生态环保意识等。英国浪漫主义诗人华兹华斯和济慈的诗歌，美国超验主义大师爱默生的《自然》，梭罗的《瓦尔登湖》，梅尔维尔的《白鲸》等作品都体现出了鲜明的生态意识。在解析这些作品的主题意蕴时，教师可引导学生讨论以下问题：What is nature？ What kind of inspiration can we get from nature? How can human beings maintain a harmonious relationship with nature? Why are natural resources excessively exploited and the earth severely polluted? What can the government, the common people and university students do to protect environment and make the world a better place for us to live in?

始于18世纪欧洲工业革命的世界工业化进程，至“二战”前铸造出几十个工业化国家，先后有英、法、德、美、日等强国通过工业化而崛起。随着工业化和城市化持续发展，其负面效应逐渐凸显，物质主义和消费主义成为亟待解决的严重社会问题。这构成了英美文学中的一个重要主题：消费主义对人的诱惑和伤害。美国现实主义作家德莱塞的《嘉莉妹妹》剖析了消费主义对人的巨大诱惑，菲茨杰拉德的《了不起的盖茨比》反映了“一战”后经济崛起、享乐主义盛行的“爵士时代”中人们物质欲望的不断膨胀及其后果。作为生活在21世纪市场经济制度的中国当代大学生，他们不可避免地要面对物质生活问题，教师应引导学生理性思考这一问题。关于《嘉莉妹妹》，可设计如下问题激发学生讨论个人成功、幸福生活等问题：Why does Hurstwood fail? Why does Carrie succeed? Can any moral lessons be drawn from either of their fates? Why or why not? How do you define success and happiness? Does success mean happiness? 关于《了不起的盖茨比》，可提问：How do you understand Gatsby’s “greatness” ? Is Daisy a material girl? Does she deserve Gatsby’s love?

第三,将日常生活美学融入英美文学课堂教学拓展中。课堂教学拓展一般有两种方式：一是把课外资源引入课堂，二是把课堂学习引向课外。日常生活美学启示英语教师在设计教学拓展活动时，务求做到既符合课堂教学内容，又密切联系学生生活经验。在英美文学课的教学中，教师应充分搜集英美文学原著及其中译本的电子书、文学作品朗诵的音频资料、文学改编电影的视频资料和作家画像照片等，有选择性地引入文学课堂，充分利用互联网技术和多媒体设备，活化文学课堂，提高教学效果。比如，在讲解殖民地时期的美国文学时，教师应提到美国历史最为悠久的大学之一耶鲁大学始建于1701年，我国的北京大学始建于1898年，可向学生播放这两所大学风格迥异的招生宣传片，帮助学生感受这两所久负盛名的高等学府的历史、学科设置、校园环境、学术成就等，激发学生刻苦学习，不断深造，为实现自己的梦想而不懈努力。

关于把英美文学课堂学习引向课外，教师可设计小组讨论、读书报告、节日庆典、暑期出国实习等特色活动，使文学课成为学生增长知识、扩大视野、提高技能和生活品质的重要途径。比如，在英美文学课程的第一课，教师一般会介绍本门课的教学目标、内容大纲、英美文学发展概况，并向学生提供一份课外阅读书目。教师可向学生布置课外小说讨论话题：英美文学与我们的个人生活有何关系？教师可要求学生在每学期挑选并完整阅读一部感兴趣的英美文学作品，撰写读书报告或心得，鼓励学生发表自己的个人思考和见解。关于节日庆典活动，教师可根据教学内容，指导学生在课外举办圣诞游艺晚会、万圣节化装舞会、感恩节宴会等，这些活动可以帮助学生加深对英美文化的了解，引导学生树立正确的是非善恶观念，成为一名诚实、正直、善良的公民。英语教师还可鼓励学生尽可能赴英美等国参加暑期实习活动，这样既能丰富他们的人生阅历，提高英语语言技能，又能亲身体验英美文化，增强跨文化交际能力。

四、结语

概言之，高等教育承担着培养社会主义现代化建设者和接班人的使命，其根本任务是立德树人。在全球化、信息化和消费主义的时代背景下，外语专业是沟通中外经济社会文化交流的重要平台。英美文学课程是帮助当代我国大学生了解异域文化，培养鉴赏能力、审美意识、批判意识的重要途径。在英美文学课的教学中引入日常生活美学的思想观点和方法策略，能在很大程度上解决目前高校存在的文学课边缘化、工具化的问题，增进英美文学文化与我国"90后"大学生日常生活、情感需求之间的密切联系，提高教学效果，更好地实现我们的教育目标。

■ **注释**

1 吴瑾瑾：《高校英语专业英美文学课的边缘化问题与对策》，载《西安外国语大学学报》2007年第1期，第95—97页。

2 吴瑾瑾、丁兆国：《网络环境下的美国文学教学——走出英美文学课程边缘化的对策探索》，载《外语电化教学》2009年第3期，第53—57页。

3 彭晓燕：《英美文学课程"边缘化"现状调查与对策研究》，载《教育与职业》2011年第3期，第152—153页。

4 范晴：《立足根本才是高校人文基础性专业的生存之道——由国内高校英语专业"文学边缘化"和剑桥大学英文系"纯文学"的反差引发的思考》，载《现代大学教育》

2012年第3期，第38—43页。

5 梁玉莹：《新形势下英美文学课程摆脱边缘化困境的对策研究》，载《山西大同大学学报（社会科学版）》2013年第4期，第91—95页。

6 张法：《西方理论对日常生活美学的三种态度》，载《中州学刊》2012年第1期，第17页。

7 ［美］理查德·舒斯特曼：《实用主义美学》，彭锋译，商务印书馆，2002年，第24页。

8 张法：《西方日常生活型美学：产生，要点，争论》，载《江苏社会科学》2012年第1期，第104—105页。

9 陶东风：《日常生活的审美化与文化研究的兴起：兼论文艺学的学科反思》，载《浙江社会科学》2002年第1期，第31页。

论文学经典的典范式独创性

李玉平

文学经典首先是文学，文学是一种创造性艺术，而非政治报告和社会档案，所以文学经典最根本的性质也应该在文学之内探寻。文学作为一门艺术，它的生命是独创性，是对作者个性的张扬。文学经典作为文学作品中最优秀的部分，理应是独创性最强的作品。我们无意否认种族、阶级、性别、性取向等这些因素在文学经典生成过程中所起的重要作用，但与独创性相比，它们无疑是无足轻重的。独创性是文学经典的最根本性质和最主要条件。古今中外的文学经典，无论是西方的《荷马史诗》《哈姆雷特》《浮士德》，还是中国的《红楼梦》《西游记》《阿Q正传》，没有一部不具有强烈的独创性。我们无法设想一部没有独创性全是拾人牙慧的文学作品经过权力运作成为了文学经典。对此，比较文学家张隆溪有过精辟的论述：

> 以为经典的产生可以是一部分人的阴谋策划，甚至以为完全可以通过权力的运作硬造一批经典出来，实在是荒谬无稽之谈。这种说法显然不能解释何以某些经典可以数百甚至数千年发生影响，为大多数人接受，而在这样的长时间内，政治和意识形态往往改朝换代，经历了无数次的变化。经典的形成可能有许多复杂因素，但完全否认经典作品本身有任何内在因素或价值，也很难使人信服。[1]

有论者认为文学经典寄寓了人生的普遍主题，如爱情、生命、道德等，具有时空的跨越性。这样的观点有一定道理，但尚未抓住问题的本质。为什么有的作品也触及了人生的普遍主题，却没有成为文学经典？答案只能是这些作品不具有独创性。独创性是文学经典的必要条件，正是独创性使一部作品成为文学经典。萨义德如此定义“独创性”：

> 作为一种品格或观念，独创性以几种主要方式说明，它对于文学经验而言是本质性的……人们不仅只说某某作品是有独创性的，某某作家比另外一个作家具有或多或少的独创性，同时还说某一形式、样式、人物、结构的独创性运用；此外，在有关文学起源、新颖性、激进主义、革新、影响、传统、惯例和时代等一切［文学］思想中，都可以找到独创性的各种专门化的表征。[2]

需要特别指出的是，很难给“独创性”下一个确切的定义。它包括主题、文类、形象、语言等方面的创新和发明，但又不限于这些方面。而且到底多大程度算是独创，也是个仁者见仁、智者见智的问题。

为了深入研究文学经典的独创性功能，我们先来辨析两个英语术语：creation与originality。这两个词意义相近，但其区别也很重大。据威廉斯考证，creative在现代英文里有一个普遍的意义：“原创的”“创新的”，以及一个相关的意义：“生产的”。它也被用来区别某些种类的作品，例如：creative writing（创作），creative arts（创意艺术）。16世纪前，create主要用来描述天神初始创造的世界：Creation（创造）与creature（创造物）。17世纪末，create与creation这两个词已普遍具有现代的意义。18世纪，这两个词都明显与艺术有关。由于这种关系，creative（独创性的、创造的）在18世纪被新创出来。19世纪初，creative这个词充满高度的自主意识，到19世纪中叶它已变得普遍通用。20世纪，creativity成为一个普遍的语汇，意指“心智能力”。[3]

originality是一个相当现代的词，从18世纪末起在英文里普遍通用。它由original的一个特别意义演变而来。original与origin于14世纪出现在英文里。origin早期的用法具有一种静态的意义，指时间的某个点、某种力量或某个人，由此产生后来的事物及状况。在艺术作品的例子里，original从追溯源头的意义（指原作而非仿作）转移到“新颖”的意义（指不像其他作品）。这种改变主要始于17世纪。将original的旧用法（原作）及其仿作的意义延伸，形成新的用法——指一个独特的作品，经由天才而产生，因此它是自然成长，而非人为制造，亦非机械制造；它的材料取自自身而非别人，因此它不仅仅是技巧与劳力的产物。originality于是成为一个普遍的词语，用来表示对艺术与文学的褒扬。一部好作品，并不是与其他作品比较或是依据一个标准而来，而是“根据自身的特质”。[4]

英国学者阿特里奇教授对creation与originality有过精彩的辨析。[5]他认为：“creation”是一个私人事件，当个体完成某一事情，只要这件事情对于他的知识、假定、能力和习惯来说是前所未有的，即可称为creation。如果这件事情对于更广泛的文化中的规范和惯例来说是全新的，我们就用originality来形容这件事的特性。当你家的宝宝在众多乐高零件中发现了一种新的组装方式，我们就可以称这是宝宝的creation——尽管在此之前已有成千上万名宝宝如此组装过。然而，originality就没有这么简单了，它必须是在其产生和接受的文化母体内对于规范的更新。文化母体可大可小，但它必定是有界限的。我们可以说邓恩的抒情诗在英国文学乃至西方文学中是originality的，但不说它在世界文学内是originality的。正如creation并非必然导致originality，originality也不必然是creation的标志，它有可能是意外所得，而非有意为之。[6]

由此可见，creation主要是相对于某一个体或群体创制出新事物。“创造就是生产或产生以前不存在的东西，最重要的是，它不仅生产以前不存在的个别的东西，而且生产一种迄今尚未为人所知的新的种类。”[7]originality不只是新事物的创造，它更强调对文化规范的更新，具有典范意义。对比而言，非文学经典的独创性是一种creation，文学经典的独创性是一种originality。威廉斯曾说：“任何模仿的或定型的文学作品按例皆可称为‘创意的作品’（creative writing），且广告文案撰写者往往描述自己是具有创意的（creative）人。”[8]但这些模仿的或定型的文学作品却不是originality——在文学王国里，它是文学经典的专利。

独创性可以用于指涉作品、作家、文类、题材、风格等，文学经典的独创性则是“典范式独创性”，它不仅是新作品的创造，更强调对文化规范的更新，具有典范意义。康德在《判断力批判》中宣称：“天才就是给艺术提供规则的才能（禀赋）……通过它自然给艺术提供规则。”[9]这就是我们通常所说的“天才为自然立法”。独创性经常与天才相提并论，与天才相联系的独创性乃是一种“典范式独创性”。“天才的作品同时又必须是典范，即必须有示范作用；因而它们本身不是通过模仿而产生，但必须被别人用来模仿，即用作评判的准绳或规则。”[10]布鲁姆曾断言：“莎士比亚就是经典。他设立了文学的标准和限度。”[11]

英国文学批评家扬格在其名著《试论独创性作品》中系统地论述了“独创性”：“独创性作家是且应当是人们极大的宠儿，因为他们是极大的恩人；他们开拓了文学的疆土，为它的领地添上一个新省区。模仿者只给我们已有的可能卓越得多的作品一种副本，他们徒然增加了一些不足道的书籍，使书籍可贵的知识和天才却未见增长。”[12]文学经典开创了新的审美风格、拓展了人性蠡测的深度，成为后世文学作品的典范。非文学经典是对文学经典在内容和形式方面的模仿，充其量也就是数量的递增，并未给文学园地增添新质。

艾略特认为，文学经典必须具备如下品质：“心智的成熟、习俗的成熟、语言的成熟，以及共同文体的完善。”“经典作品必须在其形式许可范围内，尽可能地表现代表本民族性格的全部情感。它将尽可能完美地表现这些情感，并将具有最为广泛的吸引力。”[13]惟其如此，文学经典才能充当后世文学创作的典范。

具有典范式独创性的文学经典创造出并被读者接受后，文学领域的面貌焕然一新：旧的可能性丧失殆尽，新的可能性应运而生。后者或是可被模仿的准则或是难以同化的“异端”，而这又可成为未来典范式独创性的刺激物。这就可以解释文学史上一个思潮取代另一个思潮不断进化的过程。文学经典A创造的可能性孕育出文学经典B，文学经典C又突破了文学经典B，成就新的典范式独创性。[14]文学史由此得以新旧交替，生生不息，活力永存。布鲁姆说得好：“诗歌、故事、小说和戏剧产生于对先前诗歌、故事、小说和戏剧的反应，这种反应依赖于后辈作家的阅读和阐释活动，这些活动又与新的创作相一致。”[15]

文学经典的典范式独创性是“超验所指”式的。“超验所指”是解构主义哲学家德里达创立的一个概念。超验所指“不再指向任何所指，并且超越符号链，自身不再作为能指”[16]，它是一切意义的“本源的本源，它反射自身”[17]。在西方文化史上，“上帝”“理性”“自我”“力比多”等在不同学派那里都扮演过“超验所指”角色。质言之，文学经典也是一种“超验所指”。文学经典具有普遍性和永恒性，是后世一切文学作品的楷模和意义源泉。圣伯夫在《什么是古典作家？》中指出：“‘古典’这个观念本身含有连贯和坚实的、整体和传统的自然结构，自然相传而永久持续的东西。”“一位古典作家就是一位古代作家，他已有定论，受一致推崇，在他擅长的文体中已成权威。”[18]陈中梅这样评价荷马及其经典《伊利亚特》和《奥德赛》：

> 他站立在西方文学长河的源头上。他是诗人、哲学家、神学家、语言学家、社会学家、历史学家、地理学家、农林学家、工艺家、战争学家、杂家——用当代西方古典学者Havelock教授的话来说，是古代的百科全书。至迟在苏格拉底生活的年代，他已是希腊民族的老师；在亚里士多德去世后的希腊化时期，只要提及诗人，人们就知道指的是他。此人的作品是文艺复兴时期最畅销的书籍之一。弥尔顿酷爱他的作品，拉辛熟读他的史诗。歌德承认，此人的作品使他每天受到教益；雪莱认为，在表现真理、和谐、持续的宏伟形象和令人满意的完整性方面，此人的功力胜过莎士比亚。他的作品，让我们援引当代文论家H. J. Rose教授的评价，“在一切方面为古希腊乃至欧洲文学”的发展定设了“一个合宜的”方向。这位古人是两部传世名著即《伊利亚特》和《奥德赛》的作者，他的名字叫荷马。[19]

与此类似，克默德宣称：维吉尔是一切经典的源头，“如果有人停止阅读维吉尔，不再尊崇维吉尔，他将会倒退回过去”[20]，无法在现代安身立命。他还深入地分析了弥尔顿、斯宾塞、马韦尔等作家对维吉尔经典的继承和挪用，揭橥了维吉尔经典的“超验所指”功能。在布鲁姆眼中，莎士比亚的作品是西方文学的“超验所指”。“西方文学的伟大以莎士比亚为中心，他是所有作家的试金石，不论他们是前辈还是后继者，是戏剧家、抒情诗人还是说故事者。”[21]莎士比亚的“超验所指”角色并不局限于西方文学，甚至具有跨文化的世界性，由此也就不难理解为何会有论者将中国明代戏剧家汤显祖称为“中国的莎士比亚”。

萨莫瓦约把互文性视为“文学的记忆”。“当我们把互文性当成是对文学的记忆时，我们提议把文学创作和释义紧密联系起来。”[22]实际上，文学经典的典范功能也可以从创作和释义两方面来考察。“canon”一词来自希腊语“kanon”，其原意是用于度量的一根芦苇或棍子，后来意义延伸，用来表示尺度。正如“经典”一词的希腊文原意所示，文学经典形成文学记忆，在作者的互文性写作和读者的互文性阅读中发挥尺度和典范的功能。从作者的互文性写作可以考察文学经典的功能。经典（包括文学经典）的教学已经成为教育体系中不可或缺的组成部分，以至于有人感叹：“如果不多少参照一套人人必读的特定文本，没人知道该如何来教文学。”[23]以美国大学为例，各专业学生都要必修两门课。一门课是“文学人文”，它提供欧洲文学名著的标准选目；另一门是“当代文明”，它提供哲学和社会理论名著的选目。这两门课都是“大书”课程，或者说是西方文明的通览。这样的课程于20世纪初由哥伦比亚大学首创，然后传至芝加哥大学，40年代又传到其他许多高等院校。[24]在这样的“大书”课程与通识教育背景下，文学经典成为每一个人文学修养最基础的组成部分。

文学经典在读者的互文性阅读中也发挥着尺度和典范的功能。每位读者在阅读文学作品时都会调动其文学记忆，尤其是读过的文学经典。文学经典作为最重要的前理解，担当着衡量文学作品的尺度功能。比如，我们拿到一本史诗，在阅读前我们会无意识地打通即将阅读的史诗与我们以前读过的史诗（尤其是《荷马史诗》这样的史诗经典）的联系，对它产生某种阅读期待。在实际阅读过程中，我们的阅读期待或者得到实现，或者产生悖反（比如在阅读后现代主义作品时），我们会基于史诗经典的标准对正在阅读的作品做出评判。

文学经典的标尺功能在文学批评中表现得最为显著。“批评”一词的希腊词源就是“裁判”的意思。在西方文学的源头古希腊时代，文学作品（史诗、悲剧等）与特定的节日、仪式和场景相联系，文学作品是表演性的，具有竞赛性质。[25]这大约就是西方文学批评最初的萌芽。既然批评意味着裁判胜负、评价高下，就必然要有一个尺度、一个标准。这个尺度就是文学经典。罗森格伦曾给“文学经典”

下过一个操作性定义：文学经典包括那些在讨论其他作家作品的文学批评中经常被提及的作家作品。由此在衡量文学经典时，只需数一数某些作家（或作品）在针对另一作家的批评中被提到的次数。也就是说，文学经典成为文学批评的标准和尺度。该方法源于如下思想：关于某一批作家作品的知识属于文化阶层拥有的一般性知识，因而为批评家提供了一个参照系。[26]

典范式独创性“保存了丰富而复杂的对比框架，它创立了阐释经验的文化语法”[27]。惟其如此，文学经典才能扮演制定理想的角色，作为权威的模型，找到放诸四海而皆准的规则。

■ 注释

1 张隆溪：《中西文化研究十论》，复旦大学出版社，2005年，第190页。

2 ［美］爱德华·萨义德：《世界·文本·批评家》，李自修译，生活·读书·新知三联书店，2009年，第225页。

3、4、8 ［英］雷蒙·威廉斯：《关键词：文化与社会的词汇》，刘建基译，生活·读书·新知三联书店，2005年，第92—95、343—344、95页。

5 Derek Attridge, *The Singularity of Literature*, London and New York: Routledge, 2004, pp.35-41.下文对这两个词的辨析主要参考了阿特里奇的相关论述。

6、14 Derek Attridge, *The Singularity of Literature*, London and New York: Routledge, 2004, p.35, p.36.

7 R. Harre, “Creativity in Science”，转引自李建盛：《艺术学关键词》，北京师范大学出版社，2007年，第99页。

9、10 ［德］康德：《判断力批判》，邓晓芒译，人民出版社，2002年，第151、152页。

11、15、21 ［美］布鲁姆：《西方正典——伟大作家和不朽作品》，江宁康译，译林出版社，2005年，第3、6、414页。

12 ［英］爱德华·扬格：《试论独创性作品》，袁可嘉译，人民文学出版社，1998年，第82页。

13 ［英］T. S.艾略特：《艾略特诗学文集》，王恩衷编译，国际文化出版公司，1989年，第194、201页。

16 Jacques Derrida, *Position*, Alan Bass (trans.), London: Athlone Press, 1987, pp.19-20.

17 Charles E. Bressler, *Literary Criticism: An Introduction to Theory and practice*, Pearson Education, 2003, p.104.

18 伍蠡甫主编：《西方文论选》(下卷)，上海译文出版社，1964年，第198、197页。

19 [古希腊]荷马：《奥德赛》，陈中梅译，译林出版社，2000年，“译序”第1页。

20 Frank Kermode, *The Classic: Literary Images of Permanence and Change*, Harvard University Press, 1983, p.49.

22 [法]蒂费纳·萨莫瓦约：《互文性研究》，邵炜译，天津人民出版社，2003年，第35页。

23、26 [荷]佛克马、蚁布斯：《文学研究与文化参与》，俞国强译，北京大学出版社，1996年，第37、51页。

24 [美]大卫·丹比：《伟大的书》，曹雅学译，江苏人民出版社，2003年，第1—2页。

25 Richard Harland, *Literary Theory from Plato to Barthes: An Introductory History*, Palgrave Macmillan Limited,1999, p.1.

29 Charles Altieri, “An Idea and Ideal of Literary Canon” , in Robert Von Hallberg (ed.), *Canons*, The University of Chicago Press, 1984, p.51.

后经典时期外国文学教学的吊诡与量子观念下的可能进路

李志峰 陈嫚

19世纪初，歌德和马克思预言“世界文学”的时代即将来临。在这之后，经由比较文学与世界文学学科的发展和理论建构，关于“世界文学”的探讨不断被拓展；与其相应，加拿大学者麦克卢汉在20世纪60年代提出的“地球村”愿景，正在以一种“客观事实”状态日益进驻人们的生活。进入21世纪，“世界文学”的召唤激起一波又一波回响。达姆罗什引用大量数据说明，近十年来，在世界文学领域，当代比较文学研究形成了“超经典”“反经典”“影子经典”三重结构模式，取代了此前“主流作家”和“非主流作家”这一双重结构模式。[1]事实上，无论在日常的阅读与文学文本传播中，还是在课堂教学中，都呈现出一种新现象：人们关注的目光从欧洲扩散到亚非拉，从经典作家作品扩散到边缘作家作品，世界文学进入后经典时期。然而，与文学相对应的教学却未随之改变，作为世界文学研究和传承的重要阵地，高校“外国文学史”教学进入“超经典”模式。由此出现一种吊诡现象：不断开阔的视野、不断丰富的作品（多到难以被一个学科所传承）与不断收缩和核聚的教学内容，构成现实中的一个悖论。如何弘扬“世界文学”多元与开放的视野，或彻底摆脱断裂脱节的教学现实，成为传道授业者难以回避的问题。

一、失衡的外国文学教学生态?

在歌德眼中,“世界文学”这一术语可用于(1)不同民族文学关系发生的所有中介形式,(2)对其他民族文学的了解、理解、宽容、接受和热爱的一切方式,(3)对本民族文学接受外来影响的关注。在他看来,世界文学并非只是一种“理念”,而更是一种“生活方式”。[2]歌德宣称“世界文学的时代已快来临了,现在每个人都应该出力促使它早日来临”,但这不过是想“跳出周围环境的小圈子朝外面看一看”[3],外民族的情况最终只是他认知本民族文学的一面镜子。由“生活方式”一词可以看出,“世界文学”在提出之初就与欧洲资本主义的发展紧密相连,歌德和马克思虽然提出了“非西方”以及拓宽民族文学的视野,但却无法跳出本民族或欧洲的立场去看待这个术语。

随着全球化的到来,后殖民主义和东方学兴起,“世界文学”逐渐摆脱了术语原先的语境。两百多年后的今天,“世界文学”超越艺术作品本体论范畴,进入文学现象学研究领域。艾田伯在《世界文学新论》序言中声称:“20世纪末叶,从全球的角度来看,将其(世界文学)视为一种世界现象是合乎情理的事情。”[4]莫雷蒂和达姆罗什也表达了相同的观点:莫雷蒂连续发表《世界文学猜想》和《世界文学猜想续篇》,认为我们只有将文学发展史经验与世界体系理论相结合,形成一种所谓“世界文学”的新理论,才能满足全球化时代的需要;达姆罗什则认为世界文学是一种流通和阅读方式,是民族文学的椭圆形折射,是“一个文学作品在国外以不同于国内的方式展现自己”。比较文学视野下有关“世界文学”的当代热议似乎展现出一种机遇:世界文学格局重新洗牌,单一的世界文学体系朝着多元、互动、自觉的方向发展,曾被西方经典排斥在外的一些边缘文学开始入局。这无疑也带动着高校研究与教学的重新思考或范式转向。

当前,国内高校本科阶段对世界文学的教学主要由“外国文学史”课程承接。这里需要说明的是,“外国文学史”是剔除了本民族文学中具有世界影响力成分的狭隘的世界文学,它所面对的范围是本民族国家之外的文学,更确切地说是欧洲文学。从当下外国文学课堂来看,其教学内容和教学模式仍未远离欧洲中心,换言之就是处于“超经典”的范畴中。但丁、莎士比亚、歌德、巴尔扎克、雨果这些经典作家及其作品俨然是世界文学的代言，一些边缘的作家作品很难在时间有限的外国文学课堂上登场亮相。高速流通的当代文学仅仅在以欧洲古典文学为核心的世界文学外围打转，给人一种卡夫卡、乔伊斯难与古希腊罗马文学一较高下的错觉，更何况是新生代的作家作品。一些“反经典”的教学尝试固然对原有秩序有所扰动，但它同时也巩固了“超经典”的地位，加剧了“影子经典”问题。

中心与边缘、古典与现代、丰富的内容与有限的课时之间的矛盾冲突，构成了当下失衡的外国文学史教学生态。这些看似失衡的教学现象背后凸显出两个重要问题：一是有限的教学时间与无限的教学内容之间的冲突，二是时间与空间的扩展反而彰显了中心的地位与重要性；因此，与其说是“失衡”，倒不如说是一种“悖论”或“吊诡”。

陷于这一吊诡中的外国文学史教学，不免让人担心会让学生视野受到局限。陈跃红指出，“仅仅依靠经典扩容、文学史加料、外国文学课程中非西方章节的添加及类似的学科框架改良，注定不可能是真正的世界文学”；周蕾说得更为简明：“那只不过是以牛易羊，其问题依然存在。”[5]莫雷蒂指出了其中症结所在：“世界文学不是一个对象，而是一个问题，一个需要用新的批评方法加以解决的问题：没有人能仅仅通过阅读更多的作品就能找到一种方法。”显然，外国文学史教学内容的“封闭性”（经典、超经典）固然不容忽视，但更为突出的是教学思维上的“封闭”（何谓世界文学？），才会在这看似失衡的现象面前进退维谷。

二、选择的困惑：叠加态与坍缩

“世界文学”经历了“理念”“生活方式”“世界现象”“传播与阅读方式”等认知发展的过程，同样，外国文学的教学内容也有或多或少的变化。在国内各大高校，外国文学史是汉语言文学专业学生的专业必修课。从课程名称来看，这是一门以“史”为纲进行教学的课程，无论是教材编排、内容选择，还是授课逻辑，均带有“史”的倾向（或者说带有“时空”属性）。文学是特定历史下的产物，文学的接受与阐释同样是在特定历史下进行的。在历史来来去去的选择下，一些经典作家作品沉淀为“超经典”，成为特定时期文学风貌的代表，如《荷马史诗》与古希腊罗马文学，但丁的《神曲》与中世纪文学，莎翁的“四大悲剧”与文艺复兴文学等。另一些风靡一时的作家则逐渐淡出人们的视野，成为达姆罗什口中的“影子经典”。文学阐释同样会囿于历史的判断，中外文学史上一些作家作品被禁与解禁就是历史性阐释的结果。例如，劳伦斯大胆的性描写在当时被视为有伤风化之举，而若干年后他在作品中对灵肉冲突、人与自然、人与社会冲突的呈现以及对救赎人类途径的探索又被奉为英国现实主义的典范。因而，“世界文学应该是怎样的”，外国文学教学的课堂上应该选择什么或者说要“讲什么”，成了当下学者热议的话题，同时也成为教学中的一个困扰。

“薛定谔的猫”[6]这一量子力学试验或许能给这一现象提供一种新的认识可能。在一般人的日常经验中，都会认为客观物体的存在一定要有一个确定的时空位置，并且这种存在是客观的，不以人的意志为转移。薛定谔是量子力学的创始人，其“薛定谔的猫”试验向人们展示了这样一种可能：我们所说的“世界”总是以一种“叠加状态”存在，与意识不可分开。当我们意识到或确定“是什么”时，就意味着“叠加态”“坍缩”了。所以我们一直假想的客观存在的“世界文学”，事实上正是基于我们的意识（观测、测量），由“叠加态”（“世界文学”的本原）“坍缩”后的结果。正是由于我们不断地观测（秉持各种立场、角度或意识形态的测量尺度），“世界文学”才一步步走向“欧洲文学”“亚洲文学”“美洲文学”……或是走向“经典”“超经典”等割裂的、缺乏相互联系的“世界文学”。因而，关于外国文学课堂上应该选择什么，这样的困惑就是多个“坍缩”后的结果所致。

例如，古希腊神话中的“欧罗巴故事”：

> 腓尼基公主欧罗巴深居父亲的宫中。一天夜里，她做了一个奇怪的梦。她梦见世界的两大部分亚细亚和对面的大陆变成两个女人的模样，在激烈地争斗，想要占有她。其中一位妇女非常陌生，而另一位，她就是亚细亚，长得完全跟当地人一样。亚细亚十分激动，她温柔而又热情地要求得到她，说自己是把她从小喂养大的母亲；而陌生的女人却像抢劫一样强行抓住她的胳膊，将她拉走。“跟我走吧，亲爱的，”陌生女人对她说，“我带你去见宙斯！因为命运女神指定你作为他的情人”。……

宙斯化作公牛，将欧罗巴泅渡到了对面的大陆，并使之委身于他。女神阿佛洛狄忒告知她："美丽的姑娘，把你带走的是宙斯本人。你现在成了地面上的女神，你的名字将与世长存，从此，收容你的这块大陆就按你的名字称作欧罗巴！"

这个故事原本暗喻世界文化初始的普遍联通，或者说这更接近"世界文学"的原生态。然而，在后来的流通与认识中，这个故事却成了古希腊神话或欧洲文学的起源（欧洲文学的一部分），欧洲、亚洲、非洲亦在这样的观测中走向无休止的差异与断裂。

陈跃红认为，世界是由历史的延续和地理框架构成的一个时空，"世界文学则是其中一种文化现象而已"。在历数"文化断层""信仰差异""种族冲突"种种"黑暗中摸索不见尽头"的"整体性""历时性""本质主义"的世界观之后，他指出："多元性、共时性和相互依存性恐怕才是这个世界文学发展的真实生态。"[7]显然，这种多元、共时与相互依存的特性，与处于叠加状态的世界或世界文学的本原，可谓异曲同工之表述。

杰姆逊早在20世纪80年代就开始思考：如何站在第三世界的立场上，用白人的话语来反对和解构白人中心主义，但其思考依旧未能摆脱自身的文化语境[8]。而在当下，沃克则希望透过一种多元与开放的格局，以"非西方视角""比较诗学与东西比较研究""流通的审美"三种方式去支持周蕾提出的"道德的以及理论理想化的包容性世界文学"[9]。从这些学者的讨论中不难看出，世界文学应该不仅仅是对已经"坍缩"的"世界文学"之具体作家作品的讨论，而更多应是朝向一种开放的思维模式和多元的认知视野。与之不相适应的是，国内不少外国文学史课堂依然停留在前一阶段。学生被动地接受固有知识点，通过经典作家、作品和文学思潮了解西方文学概貌，甚少对其进行现象学反思。也就是说，学生的视野依然局限在"坍缩"后的"世界文学"中，因而如何将其导入文化领域、拓宽思维视野，值得深思。

外国文学教学的最终目的不在于让学生获取具体知识，或是获取超越民族文学范围之外的对其他民族文学的了解，而是要形成"叠加态"的"世界眼光"，更加广阔的思维能力，享受获得知识过程的乐趣。这或许将成为当下世界文学研究与教学的意义所在。

三、重返纠缠态的"世界文学"

"薛定谔的猫"是一个单体叠加态，相较而言，更为复杂化的世界在量子意识中呈现为多体叠加态，且各种态都处于普遍而明确的关系之中，此即"量子纠缠"，而如此量子体系的状态则称为"纠缠态"[10]。基于这样的意识，"世界文学"的本原亦是多体叠加态，呈现为多元文化观念、时空交叉混置的"纠缠态"。

"纠缠态"下的"世界文学"所期待的视野是超越历史、地理乃至学科界限。韦勒克早就明确阐述过，不能孤立地研究一个国家的文学，所有各国的文学都相互依赖，理想的世界文学史应该是超越民族界限、国家界限的文学史。[11]超越历史的开放思维可以摆脱历史价值作为文学审美的标准，使文学回归其本身成为可能；超越地理的开放思维，可以使外国文学的教学与研究跨越民族、国家、语言、文化的界限，从而达成对某种"世界的"或"本民族的"文学的重新理解；跨越学科界的开放思维，可以将语言学、哲学、心理学、社会学、传播学乃至自然科学等的方法与视野吸纳过来，使"世界文学"呈现出不一而足的多样性。

与其说世界文学是通过开放的视野和跨越性，"启发和引导学生不断寻找'空白点'，积极进行'填充'，拂去文学表层的灰尘，祛除以往的遮蔽，弥合人为造成的断裂，恢复文学本真状态和重回历史现场"[12]，倒不如说是，以"纠缠态"的方式将"确定性的世界文学"重新归零于"多体叠加态"，使我们获得重返本原的、意识与物质相融的"世界文学"的可能。

基于以上观念，我们认为外国文学教学或可从以下三个方面重返世界文学的"纠缠态"。

首先，从以时间性为线索、空间分布的"史"的认知，转向以非连续性的"时空点"（作家个体或作品）为始发的多向延伸，推动弥合"经典"与"边缘"之间的鸿沟。本科阶段外国文学教学通常沿着"史"的脉络实施，在这种情况下，内容的无限性与教学时间的有限性常会导致外国古典文学和现当代文学、经典和边缘文学之间出现鸿沟。当"史"的脉络被消解，"点"就有可能在不同的脉络中得到发散，生成一个又一个新的关系。例如，在讲授史诗时，不将它作为这一特定时期的精神产物，而仅仅把它视为一种文学样式和文学现象，跨越时间界限，对照学习不同地区不同时间下的史诗，了解世界各民族文学文化的源头。《荷马史诗》《吉尔伽美什》《亡灵书》《吠陀文集》可以放在一起对照学习。我们需要了解的并不只是这些史诗内容所反映的当时社会现状，更重要的是寻找不同民族在文化源头如何思考人的起源、人与社会的关系、人的价值生成、文体形式诞生的文化土壤，以及这些相同的文学样式采用的不同艺术手法和审美差异，并对其进行现象学解读。在这种互文性对照下，那些被推至"超经典"位置的作家和作品的地位会相对弱化，之前一直被忽略的边缘作家作品则可能走进人们的视野。需要说明的是，我们所要认识的是某一文学现象，我们不是通过不同民族文学的对照来强化某一民族的文学，事实上，不同民族文学之间是互相观望，互为巴赫金所说的"外位性"。

其次，从确定性的认知目标，转向非确定性的多元理解。在以往的外国文学教学中，老师向学生传递的通常都是前人形成的知识经验，而考试制度则把确定性作为认知目标在学生意识中进一步固化。教学改革应追求小说戏剧般的"开放式结局"，教学于此已然成为文学本身，或是世界文学的本然之态——师生对文学作品和文学现象都可有自己的认知与理解，教师所起的作用是引导学生探索构成种种不同认知和理解的原因与各种可能的关联，在导向非确定性的多元理解的同时，思考其相互纠缠的各种时空的叠加状态。

最后，探索本科教学中问题意识的生成。大体而言，本科阶段的外国文学教学主要是学生被动接受老师所讲内容，了解西方文学发展概貌。主要课程有"外国文学史"（从古希腊到19世纪末），而像文学理论、20世纪以来的当代文学及东方文学，多为选修课或根本没有此类课程。就教学而言，这不只是内容的缺失，更重要的是，这种缺失使学生失去了质疑与批判的能力，从而失去了对"世界文学"普遍联系的"纠缠态"的认知可能。故在教学实践中，教师可以有意开放性和跨越性地引入其他文本，引发学生破除理解与接受的障碍，自觉探索和生成

“问题”。

借助量子观念，我们清楚地意识到，以往种种“世界文学”概念的认知只不过是本原的“世界文学”“坍缩”后的结果，也就是一种主动的意识介入（观测或测量）而呈现出的确定性，然而，这只是多体叠加态的部分状态。重返“纠缠态”的“世界文学”研究与教学的探索极为有益。然而，由于研究与教学亦为多体叠加态，这些策略难免会呈现出试验性与理想性的特征，尤其是在制度或政策因素的制约下，某些探索难以在教学中得到落实。例如，怎样解决外国文学教学的统一评价问题、怎样从多元化的本科外国文学教学探索中走向相对一致性的研究生考试？但这已经超出本文讨论界限，只能容后再做思考。

■ 注释

1 [美]大卫·达姆罗什：《后经典、超经典时代的世界文学》，汪小玲译，载《中国比较文学》2007年第1期，第4页。.

2 [德]歌德：《歌德论世界文学》，查建明译，载《中国比较文学》2010年第2期。

3 [德]爱克曼辑录：《歌德谈话录》，朱光潜译，人民文学出版社，1982年，第113页。

4 艾田伯：《比较文学之道：艾田伯文论选集》，胡玉龙译，生活·读书·新知三联书店，2006年，第50页。

5 周蕾：《以比较文学的名义》，载查理斯·伯恩海默编：《多元文化主义时代里的比较文学》，霍布金斯大学出版社，1995年，第109页。

6 “薛定谔的猫”描述了这样一个现象：把一只猫放进一个封闭的盒子里，然后把这个盒子接到一个装置上，这个装置会使得一旦打开盒子就会立即触发毒气，杀死这只猫。因而，封闭在盒子中的猫是一只既死又活的猫，也就是说，猫处于既死又活的“叠加状态”。一旦你去观测这只猫是死是活，打开盒子，触发毒气，就会确定这是只死猫，这就是所谓的波函数“坍缩”。换言之，正是“观测”使“叠加态”走向“坍缩”，“坍缩”的过程是一种发展，由不确定走向确定。由此可以推出，意识（观测）是物质世界的基础。关于量子力学观念的解释，目前还有很多争议和不同见解，此处概约化的描述仅限于借量子观念导向一种外国文学史或世界文学教学可能的进路。

7 陈跃红：《什么“世界”?如何“文学”?》，载《中国比较文学》2011年第2期，第3页。

8 [美]弗雷德里克·杰姆逊:《处于跨国资本主义时代中的第三世界文学》，张京媛译，载《当代电影》1989年第6期，第45页。

9 Chow, Rey. "The Old/New Question of Comparison in Literary Studies: A Post-European Perspective", in ELH 71.2,Summer, 2004: 297.

10 朱清时:《量子意识》[OL]. 搜狐教育[2016-11-02].http://learning.sohu.com/20161102/n472062752.shtm。

11 季进:《浅议本科生与硕士生比较文学教学的衔接问题》，收入陈惇、王向远主编:《比较文学教研论丛(第一辑)》，宁夏人民出版社，2008年，第278页。

12 徐媛媛:《外国文学教学的尴尬与教学改革的几点思考》，载《喀什师范学院学报》2009年第1期，第96页。

理解世界文学：中文系本科生外国文学课程考试考核方式探讨

马晓冬

作为高校本科中文专业的必修课，外国文学课因其教学内容在时间和空间上的广度以及有限的课时数量而给教学者提出了很多挑战。如何既能为学生提供更为广阔的世界文学视野，同时又能让他们深切认知具体作家作品的文学魅力？特别是在“全球化”的今天，如何改变外国文学课常常就是西方文学课的现状而仍能让学生充分把握作为主流文化的西方文学和文化传统？这些都是教师必须面对和思考并寻求解决的问题。而在本科生的教学中，课程的考试考核方式作为授课之外对学生学习的考查和监督，作为课程学习价值观的传递，都将对学生的学习产生重要的引导作用。本文拟从笔者的教学实践和反思出发，总结个人如何通过对考试考核方式的探索和发掘，努力实现课程的教学和改革目标。

一、文学史脉络与重点文本的阅读

外国文学课在教学内容上有着涵盖时段广、地域宽、作家作品众多的特点。以比较通行的外国文学史教材为例，朱维之等主编的《外国文学史（欧美卷）》包含从荷马史诗到20世纪现代派文学在内的55个著名作家或文学专题的重点讲解，郑克鲁主编的《外国文学简史》包含东西方文学专题与重点作家67个，黄晋凯、何乃英主编的《外国文学简史》涵盖62个东西方文学专题与作家。毫无疑问，学生在一学期或两学期（笔者所在北外中文学院的外国文学课程共72课时，4学分）的课程中，肯定无法完成对每个具体作家或专题代表性作品的阅读。因此，如果讲授和考核面面俱到，学生就会陷入对各种历史流派、作家作品知识的背诵和记忆之中，远离文学文本的力量，而把文学流派的特点、作家的思想主题、作品的人物特征变成条条框框的总结。怎样让学生真正去阅读文本，从具体作品出发去理解文学的流派特征、其背后的异国文化以及作家的思想历程，是笔者一直思考的问题。我们很难想象，一个不去阅读文学文本的学生仅靠上外国文学课就能真正理解世界文学。因此，在笔者所讲授的中文系本科生必修课“外国文学（二）”的教学过程中，我挑出了能够代表不同时代和流派的7部重要文本，要求同学们作为必读作品进行阅读和分析。有了先期阅读的基础，教师在课上的启发式问题以及接下来的分析讲解才有更充分的展开余地，而通过学生自身的阅读体验、课堂讨论以及教师引入的各种分析视角，他们也就更深入地理解了文学文本。

作为大学本科阶段的教学，教师往往会给学生布置相当多的阅读任务，但考虑到这门课学生众多[笔者班上通常是48—50个学生]，课堂教学课时有限，对学生阅读任务的检查和督促不易进行。课堂提问和讨论当然是一种检查方式，但时间有限，无法确保人人参与，而且参与度很高的学生多是学习兴趣浓厚、态度自觉、无须教师督促和检查的学生。因此，尚需用考试考核方式进行调节，笔者采用的办法有以下三种。

（一）考勤的设计

对学生的考勤是教师教学工作的一部分，但单纯的上课点名既占用了宝贵的课堂时间，又易引起学生抵触情绪，因此笔者在学期初就告诉学生，对要求大家必读的文本，会在课上进行不定期小测验，要求大家在10—15分钟内，根据自己的阅读感受回答老师针对一个具体文本提出的问题。测验本身既是对同学上课出勤的记录，也为平时成绩的评定提供了依据。

当然，由于现今网络发达，教师对问题的设计要特别用心，提出的问题既不能太过概括，让学生不读文本也能轻易地在书上和网上找到答案；又不能太过深奥，让那些认真读了文本的学生也难以回答。这些问题还要能帮助学生去思考他们所阅读的文本，为他们提供一种向文本提出问题并与之交流的方法。比如，针对必读作品，笔者不会问"《玩偶之家》的主题是什么？""娜拉的形象有什么意义？""包法利夫人如何体现了理想与现实的矛盾？"这样的问题，而是会问"《玩偶之家》中的配角阮克大夫在剧中起什么作用？""娜拉在圣诞节参加舞会的情节对人物塑造起什么作用？""《包法利夫人》中的查理与爱玛的理想相距如此遥远，很多读者都觉得爱玛嫁给查理这样的人太过愚蠢，也太不可思议了，你怎么看这个问题？"以最后一个问题为例，读过此书的读者对此进行思考时，就会联系起书中爱玛的成长经历、社会身份、书中查理治好了爱玛父亲的腿等情节给爱玛带来的可能的幻想等，更有洞察力的同学还会联系起书中先述查理后叙爱玛的叙事方式，说明读者对查理的愚蠢比艾玛了解更多，而爱玛并不具备读者的先知先觉，爱玛的选择中正包含着她悲剧命运的必然。

此类问题的提出既考察了每个学生的阅读情况，也促使他们在阅读的基础上对作品进行思考分析，引导学生从文学感受向文本研究行进。不过，由于笔者作为教师对要讲授的作品特别熟悉，偶尔也会有所提问题偏难的情况出现。但无论如何，这一环节还是在客观上给予学生一定的学业压力，督促他们进行阅读。

当然，在具体作品的理解之外，仍需让学生对其背后的思潮流派有所认识，因此在课上的文学史梳理中，针对每部作品努力向学生呈现其中所体现出的某一流派的特征也很重要，在最后的期末笔试中，笔者也倾向于提出这样一些问题：以某一作家作品为例，分析其中所体现的某一流派的特征，或者给出一段有代表性的文本，让学生进行赏析。这就要求学生能将对作家、流派的理解与具体文本相结合，真正理解其文学史地位和特征，而不是对其进行抽象的记诵。

（二）口试考查

为了进一步了解学生的阅读和学习情况，掌握每个学生对作品的理解程度，在测验和期末笔试之外，笔者还安排了对必读作品的口试。口试考查的优势是实现了更为集中的交流，其形式有时是教师和一个学生的问答，有时是教师和两个学生形成问答与讨论。通过对学生具体问题的跟进和追问，教师对学生的阅读情况也有更多的了解。

口试考查的存在让学生有了更多的压力去阅读文学文本。面对老师的问题和追问，学生如果完全没读作品很难“蒙混过关”。而学生认真完成阅读任务，则给教师课堂讲授提供了非常好的讨论与分析基础，提升了课堂教学的效果。不过，口试考查虽然对一个学生来说不过5—10分钟，但对全班学生的考查却要占用大量的教师业余时间。尽管如此，这种考查所提供的师生单独交流机会以及提升课堂教学效果的力量还是弥足珍贵的。

（三）期末作业

笔者所在的北京外国语大学中文学院，一向以培养“具有扎实、系统的汉语言文学、文化知识和较好的文学素养”“能熟练使用一门外语”、具有跨文化视野的中文人才为培养目标，因此在中国文学课程之外，我们的培养计划中有大量英语课程，为他们打下了良好的英文基础。基于学生的这一优势，笔者在课上讲授外国文学中的英文文本时，会基于原文进行文本呈现和分析。同时借助这一优势设计考察环节，通过考核方式考查学生对必读作品的阅读与深入思考，培养其研究能力。具体办法就是给学生推荐一些英文的外国文学研究文章，请他们组成小组进行翻译。这些学术论文的研究对象就是课程要求学生必读的外国文学文本。为了完成对研究论文的阅读、翻译和理解，必须首先完成对外国文学文本的阅读。同时，通过对这些论文的阅读和翻译，也使他们更深入地理解了世界文学的经典文本，并在一定程度上了解了外国文学研究方法，培养了其研究意识。小组合作形式也能在同学之间形成一种互相帮助和相互探讨的氛围，使他们取长补短，加强交流和合作。

虽然笔者会对学生作业中的某些问题进行批改和辅导，并与某些学生进行讨论，但因作业量较大，很难彻底解决同学们在阅读和翻译过程中遇到的全部问题。考虑到这种情况，在今后布置作业时应使篇目更为集中，这样教师可以更有针对性地对同学们的问题进行批改和辅导。

总之，上述考核和考试环节的设计，旨在整体的外国文学史框架下，增进学生对具体文学文本的阅读和理解，促进其在文学阅读过程中的主体投入，体验与世界经典文学作品进行创造性对话的乐趣，愿意在今后继续接近世界文学，而不是在课程结束后只记得一些人名和书名，却远离了生动的文本，无从体验文学文本所提供的情感、思想和观察的力量。

二、扩展世界文学视野

在近十几年来的文学研究界，与外国文学教学相关的一个重要现象就是“世界文学”概念与研究项目的兴起。正如达姆罗什所言：“过去二十年里发生的文化和政治重构，使世界文学的疆域空前开阔，来自不同国家的各类作者和作品，着实令人眼花缭乱。”[1]在全球化的今天，这一概念使学者们进一步质疑“西方中心主义”的世界文学图景，并试图重新构建更具包容性和去中心化的世界文学。以著名的《诺顿世界文学作品选》为例，其2012年最新版“与早期版本的最大区别就是选入了非西方文学作品，拓展了文学视野，真正实现了从歌德时代的‘Weltliteratur’向‘world literature’的转变，即从欧洲中心主义的文学向全世界文学的跨越”[2]。

依据这一趋势，外国文学课的教学也理应改变那种实际上是欧美文学教学的现状，更具“世界文学”意识。不过，我们在胸怀去中心化和批判西方中心主义意识的同时，也要面对现状，让学生对当今世界强势文化有基本的掌握和了解。在这种形势下，学生又确实应该熟悉已有的西方文学经典，特别是考虑到相当一部分学生的考研压力，现有的外国文学课程体系很难在短时间内转变为东西方文学均衡的局面。

因此，虽然在我们的课程讲授中也包含了个别东方文学的作家作品，但对于拓展学生的世界文学视野来说还远远不够。所以在主要的课堂讲授之外，应该考虑用其他方式来完成这一目标。笔者主要尝试了以下两种方式。

（一）以考勤方式进行的拓展

据笔者了解，无论在外国文学教材的编写还是外国文学课的讲解中，抒情诗人所占的比重都相对偏少（荷马、莎士比亚、弥尔顿、莫里哀等作家虽然都用诗体写作，但课上讲的主要是他们的叙事文学，雨果虽是法国著名诗人但课上讲的主要是他的小说)。有鉴于此，笔者会不时利用上课考勤环节给学生朗读一些篇幅较短的诗歌，让学生听写，教师收回批改作为考勤记录。

这种方式不仅使枯燥的点名变得更有“内涵”，而且可以灵活地加入不同时代不同国别的诗歌作品：既可以选择与当天要讲的作家有关的作品——比如讲雨果时使用雨果的抒情诗，讲《源氏物语》时让同学们听写几首俳句；也可以朗读一些与当天要讲的作家作品没有直接联系的诗歌。这样就扩展了在教材内容之外的作家作品范围。从古希腊的抒情小诗到美国当代女诗人玛雅·安德鲁的作品，从经典剧作家布莱希特的诗歌到当代叙利亚诗人阿多尼斯的精彩警句，通过这样的呈现，自然而然地让学生进入一个更广阔的世界文学世界。学期末，教师将所批改的作业返还学生时，每位同学都积累了一定数量的小诗，相当有成就感。

另外，诗歌作为一种讲究音乐感的语言艺术，采用朗读听写的方式，学生更易把握诗歌语言的力量。虽然这些诗歌都经过了翻译，但经过译者的创造，学生们仍然为这些诗歌的深刻内涵和节奏感唤起的情绪所打动。

这一环节更长远的意义在于让学生对文学、对诗歌产生兴趣。虽然我们有意识地通过这个考勤环节为学生呈现不同时代不同国家尽可能多样性的诗歌表现，但教师的阅读范围和授课时间毕竟有限，因此更重要的是以这种管中窥豹的方式让学生发现诗歌之美和读诗之乐。有学生在课程评估中留下这样的文字：“我喜欢听写各种诗歌，要是每堂课都有就好了，可以发现各种喜欢的诗人。”[3]考虑到外国文学课体量小、内容多，或许这门课最理想的效果就是激发学生发现世界文学的乐趣，传授给他们与文学对话的方法和习惯，传递给他们一种在未来的学习和生活中去阅读发现世界文学的动力。

（二）学生课堂报告与期末考核

除了采取听写诗歌的考勤方式扩展学生的世界文学视野，笔者还给他们布置了小组课堂报告的任务。由于课上所讲内容以西方文学为主，东方文学和拉美文学为辅，所以小组报告给学生布置的作家作品偏重东方文学和拉美文学。每个小组的同学负责精读一篇作品，然后在半小时到四十分钟内向其他同学介绍这部文本。我们给小组布置的要求是不做过多关于作家生平、作品情节的介绍，而是从自身阅读感受出发，参考现有研究，抽取作品最具特点和魅力的部分向同学们进行呈现。最后，由教师在课上对同学们的发言进行总结、补充和点评。

采用这种方式，同学们在课上既为大家呈现了西方主流国家之外的作家：如加拿大女作家阿特伍德的长篇小说，瑞士作家迪伦马特的短篇小说，也包含了相当的东方文学作品，如土耳其当代作家帕慕克、印度作家阿兰达蒂·洛伊以及日本作家芥川龙之介的作品。课堂报告这一环节要求学生对作品更加投入和思辨性地进行阅读，也加深了他们对作品的理解。笔者推荐的作品加深了同学们对世界文学的兴趣，许多同学都在课上表达了对所研读作品的喜爱之情，而这也意味着有更多同学会在今后去阅读其他同学所报告的作品。

考虑到需要引起学生们对其他同学课堂报告的关注与重视，笔者亦会抽取学生课堂报告所呈现作品的重点内容在期末考试的选择题中进行考核。关于这一部分考核内容，在开学前的课程安排和介绍环节就会向学生说明。这样，学生们听取同学报告时也会更加投入。根据对往届学生的考察，对于这部分内容他们无须为考试进行特别准备，只要课上认真听取了同学们的报告，就能正确完成相关选择题目。

不过，在这个环节的教学中，笔者尚有一些需要反思的问题。由于学生们的文学基础有深有浅，投入报告的精力有多有少，口头表达的水平有高有低，因此有些报告者的讲解不易引起其他同学的兴趣，报告效果打了折扣。关于如何安排课堂报告，有学者认为应“事先选好一部具有复杂性、矛盾性、丰富性、争议性的名著对主讲学生加以辅导，并与之共同探讨”[4]。笔者对学生的相关准备提供了建议，但并未进行有针对性的辅导，这是今后需要改进的方向。

其实，归根结底，所有这些设计的根本功用在于让学生真正去阅读尽可能多的外国文学作品，并试着通过思考与之对话。通过考试考核的调节，这些“鞭策”下的阅读肯定会给学生带来一定的压力。但笔者曾在课上对学生讲：“这些经典不会像文化快餐那么容易接近，特别是对于此时的你，许多意义都还无法充分领会，无法真正照亮你的人生，不过，只要你认真去读并试着与之对话，你就像拿到了一根根蜡烛。我们不是生命中的每时每刻都需要它们，但在你的人生堕入黑暗中的某时某刻，你或许就可以通过点亮它们获得温暖和力量。”

本文主要根据笔者自身的教学经验与反思，探讨了如何通过外国文学考试考核方式的改革和探索，完成全球化时代对外国文学课提出的挑战。当然，所有这些尝试，无论是授课前的诗歌听写，英文研究论文的翻译，还是课堂测验、口试等，都同时给学生和老师带来了压力。对学生来说，主要是给他们带来了阅读和思考的压力，但比起死记硬背大量文学常识，很多同学都表示阅读许多文学作品给他们带来了收获，并通过思考感到了文学与人生和价值感的关联。而对老师来说则需投入更多的精力和时间：既需扩展自身的世界文学阅读范围，也要对文本进行更深入的思考，提出富于启发性的问题，还要对同学们的书面作业进行批改。不过，考虑到这些压力对授课者自身也是一种学术上的成长和提升，上述意味着师生双赢的付出也就充满了价值。

■ 注释

1 ［美］大卫·达姆罗什：《世界文学：理论与实践》，颜海峰译，载《江南大学学报（人文社会科学版）》2016年第4期，第96页。

2 刘洪涛、杨伟鹏：《美国〈诺顿世界文学作品选〉及其世界文学观的发展》，载《中国比较文学》2016年第1期，第9—10页。

3 该评论出自笔者2015—2016学年上半学期所教授的外国文学（一）课程评估，评论者系中文学院2013级本科学生（无记名）。

4 阮温凌：《立体式·开放性·引进型——外国文学教学改革初探》，载《外国文学研究》1992年第1期，第122页。

后记

本论文集终于能够合辑而成，要出版了。自2016年4月比较文学系提出申请承办“后经典时代世界文学经典阐释及教学策略学术研讨会”至2016年11月底获准并得到首都师范大学文学院“内涵式发展项目资金”的资助得以在北京金龙潭饭店成功举办，至今已经过去了五年，诚可谓好事多磨。

五年虽是历史长河中的短暂一瞬，但对我们来说，彼时世界与当下世界已有诸多改变。且不说“新冠”给我们日常生活所造成的影响，单从我们置身的新历史语境来看，比较文学学科发展同样受到当下历史进程中诸多因素的影响。自2018年以来，国家教育部在国内高校人文社会科学研究领域积极倡导推行“新文科”理念。在此背景下，“双一流”学科建设、“新文科”建设和新一轮教学改革逐步在国内高校启动与推进。毫无疑问，在这一新的历史语境下，比较文学及世界文学学科发展必然要有所突破。倡导“新文科”理念，提倡跨学科的创新意识，必然会对比较文学及世界文学专业研究及教学产生深远影响；尤其是在世界文学经典阅读、阐释及教学方式方面，专业研究者必须具备更为广阔的文化视野。当今世界范围内人文社会科学研究范式和文学批评已处于从现代向后现代的“转型”过程中，以往研究中所存在的缺乏主体意识和创新意识的低端重复弊端正逐步被学者们所抛弃。中国学者也迫切意识到在国内比较文学学科领域构建本土学术话语体系和文化立场的重要性。本论文集主要针对上述学术前沿问题收录了与会国内知名专家学者的最新研究成果，相信他们的思考有助于开阔学界同人的视野。

本论文集得以结集出版，首先感谢首都师范大学文学院提供的“内涵式发展项目资金”的两次资助，更感激文学院比较文学系同人的大力支持与配合，尤其要感谢比较文学系2014—2016级几十名硕博研究生的积极参与和奉献。在本论文集即将出版之际，需要特别说明的是，要对曾给予首都师范大学文学院比较文学系学科建设巨大支持的黄晋凯教授致以崇高的敬意和感谢。黄晋凯会长于2016年11月26日抱病参加了在北京金龙潭饭店举办的此次学术研讨会，他在会上致开幕辞，在发言中对我们学界后辈寄予殷切期望。不幸的是，会议过后不久他便因病离世。作为后学之辈，在悲伤之余，我们定当秉承他的遗志在外国文学研究领域孜孜矻矻做好学问。之所以在后记中特别提及黄晋凯教授，不只因为他曾有过一段在首都师范大学中文系外国文学教研室执教的经历，更主要的原因是他在担任教育部高等教育委员会外国文学专业学会会长期间，多次参加由我们比较文学系承办的国内及国际学术研讨会，并对我们的学科建设与发展给予无私的帮助与支持。因此，我们决定将黄晋凯教授毕生从事的巴尔扎克研究的一篇代表性论文刊发于此，以示纪念。

最后我们要特别致谢应邀出席会议并在开幕式和闭幕式上致辞的诸位学校领导和专家学者，他们是东北师范大学文学院博导同时兼任中国高等教育专业委员会外国文学学会会长刘建军教授、北京师范大学和教育部“长江学者”特聘教授方维规教授、首都师范大学文学院院长马自力教授、北京师范大学文学院李正荣教授、中国人民大学文学院曾艳兵教授和梁坤教授、首都师范大学文学院资深教授李冰梅和庄美芝、中国社会科学院外文所研究员和《世界文学》前主编余中先，以及未能与会发来贺词的中国社会科学院外文所副所长吴晓都研究员、法国文学研究会秘书处的朱穆先生等。他们能够亲自与会就是对首都师范大学文学院比较文学学科建设及发展的支持。

在论文集即将出版之际，需要补充说明的一点是，书中没有将参加会议“翻译论坛”所有嘉宾的发言稿收录进来，因为论坛嘉宾多为即兴发言，会后没能及时将其整理成文字稿，为此我们感到万分遗憾。在此我们代表会议组织方，向应邀出席“法国文学翻译论坛”的诸位嘉宾表示诚挚歉意，更要表达由衷的谢意。出席该论坛的嘉宾包括特邀嘉宾主持人《世界文学》前主编和著名法国文学翻译家余中先教授，新小说丛书主编杨令飞教授，上海“九九读书会”的何家伟先生，北京师范大学的陈太胜，著名的兰波译者中国人民大学的王以培先生，《译林》出版社社长陆永昶先生和北京大学出版社的张冰女士。尤其需要提及的是，北京大学出版社长期给予首都师范大学文学院比较文学系学科建设工作以大力帮助，为了支持这次会议顺利举办，还特地赠送了一批最新学术著作，在此我们也一并致谢。最后感谢为我们这部论文集做责任编辑的于海冰编辑和高秀芹主任，感谢她们为本论文集顺利结集出版所付出的艰辛劳动。

吴康茹　尹文涓

2021年11月初于北京花园村